DJIN PING MEH

金瓶梅

DJIN PING MEH

Schlehenblüten in goldener Vase

Ein Sittenroman aus der Ming-Zeit
mit 200 Holzschnitten
einer Ausgabe von 1755

Herausgegeben und eingeleitet
von Herbert Franke

ULLSTEIN

Zum ersten Mal vollständig aus dem
Chinesischen ins Deutsche übertragen
von Otto und Artur Kibat

Mit freundlicher Genehmigung des
Verlag Die Waage, Hamburg

Gesamtherstellung: Mohndruck Gütersloh
Printed in Germany 1987
ISBN 3-549-06673-2

DJIN PING MEH

BAND 1

VORWORT

Unter allen Nationalliteraturen der Welt ist diejenige Chinas die einzige, die kein Epos als Gattung aufzuweisen hat. Während sonst meist epische Dichtung am Anfang der Dichtkunst steht, gibt es in China nichts dergleichen. Dafür ist die Form des Romans in China schon früh in einer Weise ausgebildet, die ihm einen bevorzugten Platz neben anderen Gattungen der Dichtung sichert. Freilich ist der Roman wohl überall in der Welt vergleichsweise ein Spätprodukt. Er setzt eine verbreitete Lesekenntnis und ein ansprechbares Publikum voraus. Nur wo es Städte gibt, kann sich eine Romanliteratur herausbilden, und es ist wohl kein Zufall, daß in allen Ländern der Roman als Gattung erst nach der Einführung des Buchdrucks seinen Aufschwung nehmen konnte, auch in China. Die Anfänge der chinesischen Romanliteratur kennen wir heute recht genau. Handschriftenfunde in der westlichen Grenzmark Chinas, in Tun-huang, haben Dichtungen in Volkssprache *(pien-wen)* zutage gefördert, die mythologische oder religiöse Stoffe in leicht faßlicher Form, mit schlichten Versen durchsetzt, einem ungelehrten Publikum darboten. Sie waren zum mündlichen Vortrag bestimmt, wobei zunächst eine missionarische Absicht der frommen buddhistischen Verfasser im Vordergrund stand. Von diesen Anfängen im 8. und 9. Jahrhundert n. Chr. führt ein gerader Weg über die Vortragsbücher der Geschichtenerzähler *(hua-pen)* in der Sung-Zeit bis zur eigentlichen Novellistik in Umgangssprache. Seit dem 14. Jahrhundert entstehen dann größere Zyklen von Erzählungen, in denen einzelne Motive oder Handlungselemente ausgeschmückt und zusammengefaßt werden. Sie sind oft von großem Umfang, lassen aber, auch wenn sie durchaus für ein Lesepublikum und nicht mehr für den öffentlichen Vortrag bestimmt sind, ihre Abkunft vom Geschichtenerzählen auf dem Markt oder im Teehaus noch erkennen. Das zeigt sich in vielen Floskeln, die nur beim abschnittweisen Erzählen Sinn haben, oder auch in der Bezeichnung der Kapitel (eigentlich «Wiederkehr», *hui*).

In der Ming-Zeit (1368—1644) erreicht die chinesische Romandichtung einen ersten Höhepunkt. Neben die Romane mit historischen und religiös-mythologischen Themen tritt damals zum ersten Male der realistische Sittenroman, als dessen größtes Meisterwerk das Djin Ping Meh gelten muß. Wenn es das Kennzeichen eines Romans ist, daß er eine ganze Welt zu spiegeln vermag, so trifft das auf das Djin Ping Meh in jeder Weise zu. Wie so oft in China, ist auch hier die Handlung genau nach Zeit und Raum lokalisiert: Nordchina, genauer Shantung, während der ersten Jahrzehnte des 12. Jahrhunderts. Das bedeutet aber nicht, daß der im 16. Jahrhundert lebende, anonyme Verfasser bewußt archaisiert hat. Man darf wohl annehmen, daß er in allen nicht historischen Details seine Zeit schildert und zwar so umfassend, wie es eben nur in einem langen Romanwerk mit 100 Kapiteln möglich ist. Das Gemälde der Gesellschaft reicht vom Hofe und den Haushaltungen der Minister über das Provinzbeamtentum und die bürgerlichen Schichten bis hinab zu den kleinen Handwerkern, Angestellten und Arbeitern, ja zur Unterwelt. Wir erfahren nicht nur bis ins Einzelne, wie es in einem reichen Hause aussah oder wie eine Drogengroßhandlung geführt wurde. Kaum eine Einzelheit des täglichen Lebens, die nicht geschildert würde, ob es nun die Kosmetik der Damen ist oder die Reihenfolge der Gänge eines Diners. Man könnte eine ganze Kulturgeschichte Chinas im 16. Jahrhundert allein auf Grund der Angaben unseres Romans verfassen. Vom gleichen Umfang ist auch der sprachliche Bereich. Das Gezeter des Küchenpersonals, die gemessene Sprache höflicher Etikette, das Stammeln der Liebesraserei, das lyrische Gedicht und der steife Prunk amtlicher Dokumente – alles findet sich im Roman, verbunden durch eine klare, nur hin und wieder von den herkömmlichen Romanfloskeln durchsetzte, beschreibende Prosa.

Wir wissen nicht, wer dieses Meisterwerk verfaßt hat. Es muß ein Mann gewesen sein, der mit scharfem und mitleidslosem Blick das Leben beobachtet hat. Schon einer der frühesten Berichte über den Roman (Shen Te-fu in seinem 1607 erschienenen *Yeh-huo-pien*, Kap. 25) weiß zu melden, daß man damals einen prominenten Gelehrten als Verfasser vermutete, der seine Persönlichkeit hinter einem Pseudonym versteckte, wie es in der Romandichtung der Chinesen des öfteren vorkommt. In der Volkssprache zu schreiben galt ja damals noch auf lange Zeit bis in unser Jahrhundert hinein als vulgär, und die Verfasserschaft eines Romans mochte zwar Popularität beim Publikum eintragen, aber sicherlich kein gesellschaftliches Prestige. Die Textgeschichte des Djin Ping Meh ist ziemlich verwikkelt und für den westlichen Leser erst seit kurzem durch eine ausgezeichnete Arbeit erhellt worden (P. D. Hanan, *The Text of the Chin P'ing Mei*, in Asia Major N. S. vol. IX, 1, 1962). Dem gleichen Verfasser wird auch eine eindringende Studie über die Quellen des Romans verdankt (*Sources of the Chin Ping Mei*, ib. vol. X, 1, 1963). Man weiß heute, daß bereits 1596 ein Manuskript von Teilen des Romans umlief und daß der erste Druck 1610 oder 1611 datiert war. Die älteste erhaltene Ausgabe dürfte kurz nach 1616 gedruckt sein. Schon bald nach dem Erscheinen teilten sich die Meinungen. Manche berühmten Autoren der Ming-Zeit wie Yüan Hung-tao oder Feng Meng-lung begrüßten ihn als Meisterwerk; andere hingegen warfen ihm allzu große Realistik, namentlich in den erotischen Partien vor. Als unter der Mandschuherrschaft nach 1644 eine streng am Neukonfuzianismus orientierte Orthodoxie mehr und mehr zur offiziellen Lehre wurde, verfiel das Djin Ping Meh zusammen mit allen anderen erotischen Werken dem Bannspruch des Zensors. Vollständige ältere Ausgaben sind deshalb selten geworden. Aber gelesen wurde der Roman trotzdem. Er wurde sogar in die Sprache des herrschenden Staatsvolks, ins Mandschurische, übersetzt (1708), eine Fassung, aus der G. und H. A. von der Gabelentz dem deutschen Publikum im 19. Jahrhundert einige Abschnitte zugänglich machten (Globus, III [1863], S. 143–146; V [1864] S. 348–350). Es scheint also, als ob den Mandschu das Sittengemälde des Djin Ping Meh als weniger schädlich für die Moral ihrer Bannerleute galt als etwa der Abenteuer- und Räuberroman *Shuihu chuan* («Die Räuber vom Liang Schan Moor»), der nie ins Mandschu übersetzt wurde, wohl wegen seiner gegen die staatlichen Gewalten gerichteten Tendenzen. Jedenfalls blieb das Djin Ping Meh offiziell als unsittlich gebrandmarkt, und immer wieder findet man im 18. und 19. Jahrhundert in China Stimmen, die sich gegen den Roman wenden, die aber auch erkennen lassen, daß das inkriminierte Buch fleißig insgeheim nachgedruckt und gelesen wurde. So erzählt das *Pei-tung yüan pi-lu ssu-pien* (Kap. 4, 6a—7b der Ausgabe im Pi-chi hsiao-shuo ta-kuan), ein Notizenwerk des 1814 geborenen Liang Kung-ch'en, wie Buchhändler in Yangchou und Su-chou, die im Besitz von Druckplatten des

Romans waren, einen schwunghaften Handel mit dem verbotenen Werk trieben. Aber der sehr moralisch gesonnene Autor berichtet auch, wie der Besitz solch schmutzigen Gutes zum Unsegen ausschlägt. So wird ein Buchhändler aus Su-chou nebst seiner ganzen Familie von Krankheiten verfolgt und muß sogar trotz langjähriger Ehe auf Nachwuchs verzichten. Erst als er auf das Zureden eines Freundes hin die Druckplatten des Romans vernichtet, braucht er nicht mehr den ganzen Gewinn zum Doktor und Apotheker zu tragen und wird mit einem gesunden Sohn gesegnet.

In Europa hat man sich durch den zweifelhaften Ruf des Romans nicht abschrecken lassen. Und mit Recht – denn insgesamt machen die Abschnitte des Werks, die in deutlicher Realistik erotische Szenen beschreiben, nur einen geringen Bruchteil des Ganzen aus. Die gänzlich leidenschaftslose Art der Darstellung, die ein Festessen mit der gleichen Genauigkeit wie den Ablauf eines Liebesabenteuers schildert, hat manchmal fast etwas Unheimliches. Das Leben wird in allen seinen Höhen und Tiefen zum Gegenstand einer unnachsichtigen Beobachtung. Dem Übersetzer stellt sich hier eine schwierige Aufgabe. Der Jargon des 16. Jahrhunderts im lebensnahen Dialog, die zum Teil kaum noch zu erhellenden Wortwitze und Anspielungen, die vielen lyrischen Einlagen, die Dokumente im schwerfälligen Amtsstil – all das widersetzt sich oft der wörtlichen Wiedergabe. Schon die mandschurische Fassung ist stellenweise mehr Paraphrase als Übersetzung. Und der erste längere Auszug aus dem Djin Ping Meh, mit dem das europäische Publikum bekannt gemacht wurde (Georges Soulié de Morant, *Lotus d'Or, Roman adapté du chinois,* Paris 1912), ist denn auch nichts als eine höchst bruchstückhafte Verkürzung des Ganzen. Die Übersetzung von Franz Kuhn, die 1930 im Insel-Verlag erschien, bedeutet demgegenüber einen großen Fortschritt. Sie weist alle Vorzüge der Arbeitsweise dieses erfolgreichen und unermüdlichen Meisters der Übersetzung aus chinesischen Roman- und Novellentexten auf: lebendige Sprache, leichte Lesbarkeit, dichterischer Schwung. Freilich hat auch Franz Kuhn nicht den gesamten Text des Romans übertragen; manches für den Fortgang der Handlung als unwesentlich Erachtete ist ausgelassen oder gerafft, viele Verseinlagen sind übergangen. Eine fast vollständige Übersetzung ins Englische erschien bald darauf (Clement Egerton, *The Golden Lotus,* 4 Bde., London 1939 u. ö.). Sie verzichtet nur gelegentlich auf Gedichteinlagen, hält sich aber sonst weitaus enger an den Originaltext als Kuhns frei gestaltete deutsche Fassung. Die Kriegsjahre haben es leider verhindert, daß diese bedeutende Leistung des englischen Autors in der internationalen Fachwissenschaft entsprechend gewürdigt wurde. Noch weitaus weniger aber nahm die Wissenschaft Notiz von dem Unternehmen der Brüder Otto und Arthur Kibat. Zu Beginn des Erläuterungsbandes findet der Leser eine autobiographische Skizze über Leben und Werk der beiden Übersetzer aus der Feder des 1961 verstorbenen Arthur Kibat. Sie brachten eine Übersetzung der Kapitel 1 bis 23 des Romans heraus, die nach der heutigen Seltenheit der Bände zu schließen, wohl nur in kleiner Auflage erschienen ist (*Djin Ping Meh,* 2 Bände, Engelhard-Reyher Verlag, 1928–33). Nur die wenigsten Seminare oder Bibliotheken besitzen heute die beiden Bände der Kibat'schen Übersetzung, deren Fortsetzung vermutlich durch die nationalsozialistische Kulturpolitik verhindert wurde. Umso dankbarer werden die Liebhaber der chinesischen Romandichtung, aber auch die Sinologen sein, daß dank der Initiative des Verlags Die Waage nunmehr nach über einem Menschenalter die vollständige Übersetzung der Brüder Kibat ans Licht gebracht werden kann. Sie stellt, soweit zu übersehen, die einzige wirkliche Extenso-Übersetzung eines größeren chinesischen Romans ins Deutsche dar. Hier ist nichts ausgelassen, keine schwierige Stelle ist übergangen, und der Leser wird mit dem *ganzen* Text bekannt gemacht.

Es ist klar, daß nur eine solche vollständige Fassung den ganzen kulturgeschichtlichen Wert des Romans vermitteln kann. Freilich wird der deutsche Leser, der bisher nur die Kuhnsche Übersetzung kannte, größere Geduld und Einfühlung aufbringen müssen. Die Übersetzung der Brüder Kibat macht keine Konzessionen an ein flüchtiges Lesepublikum, das vielleicht gar nur durch die erotischen Stellen des Werkes angezogen wird. Dafür versucht die Übersetzung in anderer Weise den Text einzudeutschen, so etwa durch das streng festgehaltene Prinzip, sich bei Namen und Titeln nicht mit Transkriptionen zu begnügen, sondern auch hierbei zu übersetzen. So erscheinen die Ortsnamen und Provinznamen in Übersetzung, etwa Vierstromlande anstatt Ssu-ch'uan, Klarenfluß statt Ch'ing-ho, und auch bei den Personennamen wird, zumindest bei der erstmaligen Nennung, die Bedeutung zu geben versucht. Denn auch die Personennamen *(ming)* haben ja in China immer ihren Sinn, wenn er auch manchmal nicht an der Oberfläche liegt, zumal da, wo er auf bestimmten Textstellen der Literatur beruht. Man könnte sich sogar fragen, ob ein solches Maß der Eindeutschung nicht des Guten zu viel tut, denn sicherlich wird im Übersetzungstext dadurch das «exotische» Element etwas reduziert. Es ist vielleicht auch nicht überflüssig, hier noch ein Wort zum Anmerkungsteil zu sagen. Die Anordnung nach systematischen Gesichtspunkten hat es erlaubt, bei den vielen mehrmals vorkommenden Stichworten auf jeweils einen neuen Verweis zu verzichten — ein geschicktes Verfahren, welches vorteilhaft von dem sonst ja erforderlich gewesenen Wust von

Fußnoten bzw. Anmerkungen absticht. Der reine Text der deutschen Übersetzung liest sich auf diese Weise flüssig ohne störende Unterbrechung, doch kann der Leser sich rasch über irgendeine ihm zunächst nicht vertraute Realie oder Anspielung unterrichten. Die Übersetzer haben bei der Abfassung ihres Anhanges sichtlich eine nicht fachlich vorbelastete Leserschaft im Auge gehabt. Wenn etwa Franz Kuhn Stellen auf Deutsch wiederzugeben hatte, wo eine Erläuterung für den Nichtfachmann nötig war, so hat er entweder so paraphrasiert, daß unter Verzicht auf Wörtlichkeit nur der allgemeine Sinn der Stelle wiedergegeben wurde, oder den betreffenden Satz durch eigene Zutaten so erweitert, daß ein dem deutscher Leser verständlicher Zusammenhang entstand. Beides sind Nothilfen, die zwar der Eingängigkeit der Übersetzung zugute kommen mögen, aber doch eine falsche Vorstellung vom Originaltext hervorrufen müssen. Die Brüder Kibat waren dagegen bemüht, eng am chinesischen Text zu bleiben, ein Ziel, welches sie auf die angegebene Weise aufs beste erreicht haben. Sicherlich wird die philologische Einzelkritik auch an der Kibatschen Übersetzung hier und da herumzuflicken haben, aber das tut der großen, in Jahrzehnten geduldiger und weltabgewandter Arbeit entstandenen Gesamtleistung keinen Abbruch. Dies auch zumal nicht, wo es sich um einen sprachlich gerade im Dialog oft so schweren Text handelt wie das Djin Ping Meh. Es wäre außerordentlich ungerecht, wollte man hier Beckmesserei betreiben. Auch der Sinologe wird zugeben müssen, daß hier endlich einmal ein chinesischer Romantext vollständig und mit einer Texttreue übersetzt worden ist, die bisher im deutschen Sprachbereich unbekannt war. Das allein verdient schon uneingeschränkte Anerkennung, über manche möglichen Reserven hinsichtlich der Einzelinterpretation oder Diktion hinweg. In den vorliegenden Bänden finden jedenfalls der Literaturfreund, der Kulturhistoriker und der Sittenforscher zum ersten Mal in deutscher Sprache das chinesische Meisterwerk des 16. Jahrhunderts so wiedergegeben, daß man von einer echten Übersetzung in extenso reden kann. Aber auch der Sinologe wird für das schon lange überfällige Erscheinen der Kibatschen Übersetzung dankbar sein, denn für ihn ist ja eine in einer europäischen Sprache vorliegende Übersetzung stets eine bedeutende Hilfe, auch und gerade dann, wenn es ihm um eine bestimmte Einzelstelle geht, die es auszuschöpfen gilt. Die Zunft pflegt ja auch bei Zitaten aus den konfuzianischen Klassikern immer auf die Übersetzungen von Legge, Couvreur oder Wilhelm zu verweisen. Und die Kibatsche Übersetzung ist jedenfalls zitierwürdig, eben dank ihrer Vollständigkeit.

Daß die Autoren das endliche Erscheinen ihres magnum opus nicht mehr erleben durften, ist zu bedauern, doch mag es tröstlich sein, hier des alten chinesischen Ausspruchs (*Wu-tai shih* ch. 21, 4a, ed. Po-na) zu gedenken: «Stirbt der Leopard, so bleibt sein Fell; stirbt der Mensch, so bleibt sein Nachruhm».

Herbert Franke

1. KAPITEL

Simen Tjing mit Feuereifer
schafft den Bruderbund der Zehn
Seiner Schwäg'rin gegenüber
kühl den jüngern Wuh wir sehn.

Mächte des Prunkes? – Wenn sie verrauscht sind,
scheuen die Gäste den dürren Grund.
Wie die Flöten und Harfen verklangen,
ist verstummt auch der Liedermund.
Würde der Schwertmacht? – Wenn sie geschwunden,
bleibt ihr schillernder Glanz auch fern.
Klanglos verkümmern kostbare Saiten;
lichtlos erlischt auch der Abendstern.
Jadestufen bleiben verödet,
nur benetzt von des Herbstes Tau.
Wo man bei Liedern im Tanze schwebte,
stumm nur beleuchtet der Mond den Bau.
Die dort ehemals sangen und sprangen,
nimmer erwachen zur Wiederkehr.
Staub nur, wie in den Kaisergräbern,
wurden sie lange schon und – nicht mehr.
Oh! die sechzehnjährigen Schönen! –
Sind sie auch weich und zart von Gestalt,
können sie doch mit der Klinge der Lenden
Toren bringen in Todesgewalt.
Rauben sie gleich mit sichtbarem Willen
nicht dem Manne das Haupt sofort,
können sie doch so wirken im Stillen,
daß in den Knochen das Mark verdorrt.

Dieses Gedicht verfaßte in der weit zurückliegenden Tang-Zeit [1,f] ein lauterer Wahrheitsucher mannhafter

Art, der zu den sittlich Vollkommenen gehört, und der ein alle überragender Führer zur Tugend war. Er ist nachmals zu einem Platz unter den Heiligen der berühmten Schar des Purpurpalastes im Himmel gelangt. Sein ist die Führung der Seligenschar aus den acht Grotten droben, um die Welt vor der Bitternis zu bewahren. Dieser Hervorragendste der Unsterblichen ist Lü Jän [2, a] mit dem dauistischen [3] Ehrennamen Schun-Yang-dse, d. i. Künder des rein Lichten im All. Er ist für uns Ahnherr und Meister.

Er betonte besonders: Bei aller Emsigkeit, Hast und ungeduldigen Hetze können die Menschen auf Erden die Schranken der sieben Gemütsstimmungen [3, l] und sechs Sinne [3, m] nicht überspringen. Sie sind auch nicht imstande, die Schlingen der Rauschgetränke, der Sinnlichkeit, des Besitzstrebens und der Machtbegier zu zerreißen. Es sollte für sie das Allerwichtigste der Gedanke daran sein, daß doch schließlich für jedermann einmal das letzte Stündlein schlägt. So weit Lü Jän.

Von dem Viergespanne der Wünsche nach Rauschgetränken, Sinnenlust, Reichtum und Macht sind die beiden nach Reichtum und Wollust am gefährlichsten. Inwiefern? Gesetzt den Fall, jemand sei in das harte Gegenstück des Reichtums, das Elend der Armut, geraten; dann muß er zahllose Bitternisse auskosten und fortwährend widerwärtigsten Verdruß erleiden. Kommt der Abend und tastet er in den Reistopf: O weh! Kein Mahlzeitrestchen ist mehr zu finden. Blickt er am Morgen nach dem Aufstehen einmal in den Küchenherd: Erneute Verlegenheit! Nicht ein halbes Fünkchen Glut ist mehr darin. Frau und Kinder hungern und frieren. Auch ihn fröstelt es am ganzen Körper.

Und macht es schon Schwierigkeiten, Reis für die Reisgrütze zu beschaffen, woher einen Geldrest nehmen, um Wein zu kaufen. Aber noch ein anderer Ärger kommt hinzu: der Verwandten und Bekannten verächtliche Blicke und die frostige Säure ihrer Gesichter. Das muß auch eine himmelanstrebende Willenskraft ungewöhnlich zermürben. Wie kann ein solcher Mensch es mit anderen aufnehmen? Es trifft zu:

Ist eines Tages hin das Roß,
erschöpft des gelben Goldes Segen,
verhält sich der Verwandtentroß
wie fremdes Volk auf Weg und Stegen.

Ist man aber in der Lage, über Geld zu verfügen, so wird es für Vergnügungen verpraßt, und zwar in ungeheuren Summen mit einem Wurfe. Man wünscht, Gelage mit echten Leckerbissen und edelsten Getränken zu veranstalten. Unzählige Male kreisen die Bernsteinbecher. Dünkel entsteht; denn Geld macht selbst die Götter gefügig. Selbstverständlich will man befehlen und seine Macht fühlen lassen. Schmeichler drängen sich in dichten Scharen heran. Sie sind bereit, selbst den Eiter aus den Schwären und Fisteln am After auszusaugen[7,a]. Wahrheit liegt darin, wenn man sagt:

Die Achseln pflegt man hochzudrücken,
wenn man zu einem Mächt'gen drängt.
Vom Einflußlosen abzurücken,
hält man die Arme fest verschränkt.

Feuer und Flamme sein und sich frostig zeigen waren von jeher bis heute ein schlechtes Gebaren. Gibt es überhaupt etwas Schlimmeres? So leiden beide Teile unter den Gefahren des Reichtums.

Und nun zu den Gefahren der Sinnlichkeit! Wie viele Männer kann es gegeben haben und gibt es heutzutage, die wie jener Menschenfreund unter den Weiden [5,e] ein Mädchen auf dem Schoße haben, ohne in Wallung zu geraten, die wie jener Mann aus dem Staate Lu ihre Türe verriegeln und keiner Schönen Einlaß gewähren [83], oder die wie Gwan-Jün-tschang bis zur Morgendämmerung eine Kerze in den Händen halten würden, wenn sie nachts mit fremden Frauen eingeschlossen wären [23,b]? Über Leute aber mit drei Frauen und vier Nebenfrauen, die ihr Geld mit Prostituierten verprassen und Genüssen nachjagen, braucht man nicht viel zu reden. Erblickt ein Schürzenjäger ein Mädchen oder eine Frau, die sich einer gewissen Wohlgestalt erfreut, so stellt er ihr auf alle erdenkliche Art und Weise nach, um ihr die Sprödigkeit zu nehmen und sie sich geneigt zu machen. Hat er sie erst in der Hand, so giert er nur nach jenem kurzen Wonnekitzel. Alle Rücksichtnahme auf den guten Ruf und Stand der Verwandten und Angehörigen hört auf. Freundschaftliche Beziehungen bleiben unbeachtet. Bedenkenlos im Verbrauch, kommt es ihm nicht darauf an, wieviel Geld verschwendet wird, wie viele Weingelage und Gastereien es werden. Es trifft zu:

Bei ein paar Täßchen Tee
sitzt man zuerst zusammen,
und ein paar Gläschen Wein
entzünden Liebesflammen.

Vertieft sich später die Leidenschaft, so wird die Geschichte ruchbar. Haß und Streit, Feindschaft und Totschlag sind die Folgen. Das Leben ist in Gefahr, Frauen und Kinder geraten in Not. Hab und Gut verkommt. So ging es dem Schi Dji-lun: Trotz seinem ungeheuerlichen Reichtum endete um seiner Geliebten willen sein Leben im Kerker.[25a] So ging es dem Gewaltherrscher des Staates Tschu: Trotz seiner Energie, die Berge ausreißen konnte, blieb sein Kopf um der schönen Yü willen zu Gaisja hängen[24,a]. Zutreffend heißt es:

> Ins Dasein mein Tor – meine Tür in den Tod.
> Durchschaut man das recht, wird Verzicht nicht Gebot?

Für jene Männer war doch die Liebesgier gewißlich von Unheil.

Leider werden von jeher Reichtum und leidenschaftliche Sinnlichkeit von niemandem wirklich durchschaut. Man müßte sonst doch einsehen, daß man angehäuftes Geld und Geschmeide in den Sarg nicht mitnehmen kann und daß sie dann nicht wertvoller sind als Ziegelbrocken, Lehm und Sand. Geldstränge[55,a] verrotten. Reis wird braun. Sie lassen sich nicht in Ledersäcke stopfen. Sie sind auch nichts als modrige Misthaufen. Hohe Bauten und weite Wohngemächer, Jadepaläste und Schlösser können sich auf Friedhöfen nicht erheben und sie wären auch nichts Besseres als schlichte Ahnenhallen[54,a]. Brokatgewänder, bestickte Röcke, Fuchspelze, Zobelmäntel sind zum Einhüllen für ein Gerippe nicht geeigneter als geringwertige Stoffe.

Und wer durchschaut je die Schmeicheleien und die herausgeputzte Schönheit bezaubernder Frauen und bildhübscher Mädchen? Etwa jener im Kampf an der Spitze stehende Feldherr[24,a] mit seiner lauten Kommandostimme und seiner Achtung gebietenden Würde? Ist man sich über der Lippen Röte, der Zähnchen blendendes Weiß, der Bewegungen und Blicke Lockkungen einmal wirklich klar, so bedeuten sie nicht mehr als eine besonders unheilvolle Miene und Haltung des Höllenrichters und Höllenknechtes.[4,c]. Die winzigen Goldlotos-Füßchen in seidenen Strümpfen sind Hacke und Spaten, mit denen uns das Grab ausgehoben wird. Das Liebesgetändel auf den Kissen und die Liebkosungen im Bettpfühl sind gleichbedeutend mit einem Leben im Kessel mit siedendem Oel drunten in der fünften Hölle[4,d]. In dem buddhistischen Lehrbuche «Der Diamantsutra»[14,a] wird das Dasein treffend bezeichnet als ein Traum, ein Gaukelgespinst, eine Schaumblase, ein Schatten, ein Blitzstrahl, der Tau am Morgen. Aber die Menschen wollen, so lange sie leben, nicht das Geringste missen, ob sie gleich beim Scheiden aus der Welt nichts mitnehmen können. Mag man auch über die übernatürliche Kraft verfügen, einen ehernen Opferofen zu heben[24,a] oder ein Schiff über Land zu rudern[5,f], schließlich werden die Knochen doch einmal weich, und die Muskeln erschlaffen. Mag man in üppiger Pracht inmitten von kupfernen Bergen und goldenen Tälern leben[25,b],alles muß einst wie Eis schmelzen und wie Schnee zerfließen. Müßte selbst der Mond vor einem Antlitze weichen und dessen Schönheit die Blumen beschämen, sobald seine Augen für immer geschlossen sind, halten sich die Leute nur noch die Nase zu, wenn sie vorübergehn[6,a]. Und besäße man auch den Scharfsinn und Redeschneid eines Lu Dja und Sui Ho[26,a], wenn der Mund einst für immer erkaltet ist, sind wie die Männer selbst auch ihre Gaben und Künste zu Ende.

Ist es da nicht richtiger, das alles von sich zu weisen, bestrebt zu sein, die sechs Sinne rein zu erhalten, eine Mönchskutte anzulegen, die Eitelkeit der weltlichen Genüsse zu durchschauen, den Kreislauf von Leben und Vergehen zu erfassen, aufrichtig nach dem Gipfel der Vollkommenheit zu streben, nie im Schachte des Schwankens zwischen Recht und Unrecht zu versinken, sich vielmehr um ein reines, beschauliches, freies Dasein zu bemühen, anstatt in das Feuer der Hölle kopfüber zu taumeln?

Der Mensch mag seine Lebenskraft
auf tausendfache Art verwenden,
Einst ruht was nur die Zeit erschafft!
Und alles Tun muß dann doch enden.

Der Verfasser bringt diese einleitenden Ausführungen über Trunk, Sinnlichkeit, Besitzstreben und Machtgelüste als Ursachen des Unheils, weil es ehedem eine Familie gegeben hat, die ursprünglich ungeheuer reich war und hohes Ansehen genoß, später aber in bittere Not geriet. Macht, Pläne, Ränke und Schlauheit nützten ihr nichts. Die Freunde und Verwandten erwiesen sich der Reihe nach als unzuverlässig. Das Haus genoß nur wenige Jahre seinen Glanz, gab aber Grund zu viel übler Nachrede wegen Streit, Eifersucht, Verführung und Gefallsucht. Selbst eine Frau, die anfangs äußerst bezaubernd und berückend war, konnte dem Geschicke nicht entrinnen, daß auch ihr Leichnam im trüben Schein der Totenlampe dalag und ihr Blut ein verödetes Gemach färbte.

Die guten Taten Segen bringen,
aus Bösem kann nur Fluch entspringen.
Des Himmels Netz ist sternenweit,
und doch von Undurchdringbarkeit.

Im zweiten Jahrzehnte des zwölften Jahrhunderts, nämlich während der Regierungslosung Dscheng Ho (Waltet in Eintracht! 1111) des erlauchten Kaisers Hui-Dsung (Edler Ahnherr) aus dem Herrscherhause Sung[1,h], gab es in der Kreisstadt Tjingho (=Klarenfluß) des Regierungsbezirks Dungping (=Ostniederung) in der Provinz Schantung einen jungen Lebemann von ansehnlichem Äußeren, stattlichem Wuchs und leichter Lebensart, der über ererbtes Vermögen verfügte. Er stand im sechsundzwanzigsten bis siebenundzwanzigsten Lebensjahre[27,a] und hieß Simen Tjing.

Sein Vater Simen Da (=der Freigesinnte) hatte früher West- und Südchina bereist und mit Drogen gehandelt und dann in Klarenfluß vor dem Kreisamt ein sehr großes Geschäft für Roherzeugnisse des Arzneimittelhandels[28,a] eröffnet. Sein Hausgrundstück hatte eine fünfräumige Straßenfront und war sieben Höfe tief. Zum Haushalte gehörte eine große Zahl von dienenden männlichen und weiblichen Leibeigenen[31,l]. Die Ställe waren mit Pferden und Maultieren gefüllt. Wenn man die Familie auch nicht als die wohlhabendste bezeichnen konnte, so galt sie doch im Kreise Klarenfluß als blühend reich.

Der alte Hofrat Simen Da und seine Frau waren leider früh gestorben. Da sie nur den einen Sohn gehabt hatten, war er auf hundertfältige Art verhätschelt worden. Man hatte ihm jeweils jeden Willen gelassen. Deshalb hatte er nicht richtigen Unterricht genossen und sich den ganzen Tag über nur müßig umhergetrieben. Nach dem Tode der Eltern verbrachte er die Nächte überhaupt nur noch mit leichten Frauen außer Hause, winken doch sozusagen alle Pflanzen dem Winde[5,n]. Er hatte etwas Boxen und Fechten gelernt und verstand sich auf Dominospiel, Würfeln, Schach und Wortspielereien. Derartige Dinge beherrschte er sicher.

Die Freunde, denen er sich angeschlossen hatte, waren auch nur Müßiggänger und dazu Schmeichler und Leute ohne Pflichtgefühl. Der ihm Vertrauteste hieß Jing Bo-djau (= Graf) mit dem Mannesnamen[30,a] Gwang-hou (=Glanzfürst). Er war der zweite Sohn des Hofrates Jing, der ein Seidenwarengeschäft gehabt hatte. Nachdem der Sohn das ererbte Vermögen verloren hatte, beschäftigte er sich hauptsächlich damit, jedem Bekannten Gesellschaft zu leisten, der eine der drei Vergnügungsstätten der Stadt besuchte oder ein Gastmahl veranstaltete. Er hatte deshalb ganz allgemein den Spitznamen Schmarotzer Jing. Er konnte gut Fußball spielen, würfeln, Schachspielen und dergleichen. Der zweite der Freunde hieß Sjä Si-da (= der Großes erhofft) mit dem Mannesnamen Dseschun (= der Lautere). Er war der Sohn eines Tausendschaftsführers[56,a] im Standorte Klarenfluß. Das Amt vererbte sich eigentlich. Da seine Eltern indessen starben, als er noch jung war, wurde er ein umherschweifender Müßiggänger, gab seine eigentliche Laufbahn auf und half nur anderen Tagedieben die Zeit totschlagen. Er spielte übrigens ausgezeichnet Laute. Es war ganz verständlich, daß diese beiden zu Simen Tjing prächtig paßten. Von sonstigen Bekannten waren da noch einige verkrachte, unbedeutende Gesellen: einer namens Dschu Schi-niän (= der richtig vorliest) mit dem Freundesnamen Gung-tscheng (= der Aufrichtigkeit darbringt), dann ein gewisser Sun Tjän-hwa (= der vom Himmel gestaltete) mit dem Freundesnamen Bo-sju (= der Oberordner) und dem Spitznamen der wortkarge Sun, ferner einer, der Wu Djän-én (= der vorbildlich Gütige) hieß und Kreisgeomant[44,a] gewesen, aber wegen einer üblen Geschichte sein Amt leichthin aufgegeben hatte. Sein Hauptgeschäft war es, für Darlehen von Amtsanwärtern zu bürgen.[55,c]

Aus solchem Anlaß war er auch mit Simen Tjing in Fühlung gekommen. Zu dem Bekanntenkreise gehörte ferner noch ein gewisser Jün Li-schou (= Rechtshüter) mit dem Freundesnamen Fei-tjü (= Unrecht verschwinde!), der jüngere Bruder des Stabsrates Jün; weiter Tschang Dschi-djiä mit dem Beinamen Djäntschu (= Entschlossenheitsanfänger), dann Bu Dschidau und schließlich Bai Lai-gwang mit dem Freundesnamen Gwang-tang. Zu dem Letzterwähnten äußerten sich zuweilen Leute, sein Rufname sei unglücklich gewählt[66,a], doch er selbst rechtfertigte ihn: Ich hätte ihn selbstverständlich schon längst geändert, wenn es nicht pietätlos wäre. Als mir der Rufname gegeben worden ist, hat ein Hauslehrer unsere Familie belehrt: Der Familienname sei Bai (=Weiß); in irgend einer alten Sage heiße es, ein Weißfisch sprang ins Boot des Prinzen Wuh hinein [1,c,2], ferner gebe es zwei klassische Stellen: «Groß ist der Lohn des Dschou-Geschlechts» und «. . . hat Glanz dem Herrscher Jang verschafft». Daraus sei mein Name und auch der Freundesname Gwang-tang zusammengestellt worden. Wegen der im Namen angedeuteten Sagen sehe er von einer Änderung ab. [30,d]

Da man in dieser Schar von insgesamt zehn Leuten beobachtet hatte, daß Simen Tjing über Geld verfügte und es auch springen ließ, kletteten sich alle an ihn, um von ihm Geld zu ziehen oder mit ihm zu zechen und zu prassen, die Stätten des Vergnügens zu besuchen und um Geld zu spielen. Mit Recht heißt es:

Am Weinkrug die Hand, den Becher am Munde,
wie alle da die Stimmung übermannt!
Und «Bruder, Bruder» schallt's in der Runde,
als seien alle verwandt.
Trifft eines Tags indessen
die Flur Unwettergrauen,
dann erst ist Freundschaftsschwur zu messen:
Ins Herz läßt erst das Leid uns schauen.

Mochte die Familie Simen nun auch noch so reich sein, ein so entarteter Sohn, der sich überdies noch ganz unnützen, ja ihm in hohem Grade schädlichen Kumpanen angeschlossen hatte, hätte sie zugrunde richten müssen. Wenn die Familie noch eine geraume Zeitspanne weiter bestand, so war das in folgendem begründet: Simen Tjing war ein ziemlich gewalttätiger Charakter und in seinen Unternehmungen sehr hinterhältig. Er lieh außerdem an Mandarine Geld aus. Zu den ganz besonders feilen vier Hofschranzen Gau, Jang, Tung und Zai unterhielt er Beziehungen und wandte Bestechungen an. Aus diesen Gründen hatte er auch bei allen öffentlichen Angelegenheiten im Kreise immer wieder seine Hand im Spiele. Anderen räumte er Schwierigkeiten aus dem Wege gegen gute Bezahlung. Allen Leuten im Kreise flößte er Scheu ein, und da er der erste und einzige Sohn seiner Eltern war, nannte man ihn allgemein den Oberrat Simen.

Dieser Oberrat Simen hatte zunächst eine geborene Tschen geheiratet. Sie war aber früh gestorben, nachdem sie kurz vor ihrem Tod einer Tochter das Leben geschenkt hatte, die man kurz Fräulein Simen nannte. Sie war mit Tschen Djing-dji (=der höflich aushilft) verlobt worden, einem Sohn von Tschen Hung, der wieder ein Verwandter des kommandierenden Generals Jang der acht Legionen starken kaiserlichen Leibgarde in der östlichen Reichshauptstadt war. Fräulein Simen hatte noch nicht geheiratet, als ihr Vater, da nach dem Tode der Mutter niemand den Hausstand leiten konnte, die aus der Kreisstadt stammende Tochter eines Mannes namens Wu heiratete, der Tausendschaftsführer vom linken Flügel im Standorte Klarenfluß war. Diese geborene Wu stand im fünfundzwanzigsten bis sechsundzwanzigsten Lebensjahre. Sie war an dem Herbstvollmondfeste [39, d] geboren worden. Man rief sie daher mit dem Kindernamen Mondtrautchen. Als sie später Simen Tjing heiratete, nannte man sie entsprechend Frau Mondtraut. Sie war sehr tugendhaft und ihrem Gatten gegenüber verständig. Ihre Bedienung bestand aus drei oder vier Mägden und Zofen, denen Simen Tjing sämtlich beigewohnt hatte.

Dann hatte er Holdchen Li, mit der er bei seinen häufigen Besuchen der Vergnügungsstätten bekannt geworden war, auch noch geheiratet und zu seiner zweiten [31, a] Frau gemacht. In der Südstraße besaß er ein Absteigequartier und hielt dort eine Zeitlang die zweite Tochter eines gewissen Dscho, das Findelkindlein Dscho, aus, um sie später als dritte Frau zu sich ins Haus zu nehmen. Diese kleine Dscho hatte einen recht zarten Körper und kränkelte deshalb fortwährend. So kam es, daß Simen Tjing sich alsbald wieder Ausschweifungen überließ und Abenteuer mit anderer Leute Frauen und Mädchen suchte.

Der Hausherr, den von Lied und Scherz
noch färbte trunkne Röte,
schon wieder sann, welch Prunkgastmahl
er seinen Nachbarn böte.
Wie jüngst er im smaragdnen Laub
bei Pfirsichblüten schlief,
so rührte zum Erbarmen ihn
jetzt die Päonie tief.

Eines Tages saß Simen Tjing unbeschäftigt daheim und sprach zu seiner Frau Mondtraut:

«Heute haben wir den Fünfundzwanzigsten des neunten Mondes[41,a]. Am Dritten nach Neumond ist wieder Zusammenkunft unseres Freundeskreises. Wir müssen dafür ein Weinessen an zwei Tischen vorbereiten, auch zwei Singmädel dazu bestellen, natürlich in unserem Hause. Ich möchte mir mit meinen Freunden lebensfroh einen lustigen Tag machen. Bereite bitte alles vor!»

«Du solltest doch nicht wieder von dieser Sippschaft zu reden anfangen!» antwortete Frau Mondtraut. «Hat denn überhaupt einer von dieser Ramschware ein reines Gewissen? Sie kommen doch tagtäglich hergelaufen, diese Windbeutel und Schreckgespenster. So lange du mit ihnen verkehrst, habe ich noch nicht ein einziges Mal gesehen, daß du dich mit ihnen in ihren Häusern getroffen hättest. Schwester Dscho ist jetzt auch wieder unpäßlich. Hör' doch auf meinen Rat und trink nicht so oft und so viel!»

«Sonst läßt sich immer hören, was du sagst», fiel Simen Tjing ein. «Deine heutige Äußerung ist mir aber lästig und langweilig anzuhören. Deiner Meinung nach sind meine Freunde also keine guten Kerle. Mit den anderen mag es sein Bewenden haben. Ich halte den jüngeren Jing für einen herzensguten Mann; dazu versteht er es ausgezeichnet, alle Welt prächtig zu unterhalten. Jeder, der mit ihm umgeht, hört auf ihn, und alles, was er tut, ist immer trefflich und zweckentsprechend. Sodann ist auch noch Herr Sjä da. Er ist flink und fähig und ein tüchtiger Mensch. Wenn wir uns über die Sache aussprechen, ist es wohl besser, wir sehen davon ab, ob die Leute gekommen sind oder ich zu ihnen hingegangen bin. Richtig wäre es aber, wenn wir bei der diesmaligen Zusammenkunft uns als Brüder Treue gelobten, so daß wir uns künftig aufeinander fest verlassen können.»

«Brüderschaft schließen ist recht und gut und schön», ging Frau Mondtraut darauf ein, «nur hege ich Besorgnis, es wird später vielmehr so sein, daß die anderen immer mehr auf dich vertrauen werden. Wenn du dich aber einmal auf jemand verlassen willst, hast du nur wie im Puppentheater Marionetten in der Hand, denen jeder Lebensodem fehlt.»

«Ist es denn nicht viel besser, wenn immer die anderen auf uns bauen können?» lachte Simon Tjing. «Aber warten wir, bis der jüngere Jing einmal herüberkommt, und besprechen die Sache mit ihm!»

Während sie sich so unterhielten, erschien ein Dienerjunge von anmutigem Aussehen und pfiffigem, aufgewecktem Wesen. Es war Simen Tjing's Leibdiener Dai-an.

Er näherte sich und meldete, der Onkel Jing und Herr Sjä seien draußen, um den Vater zu besuchen.

«Ich sprach gerade von ihnen, und da sind sie auch schon hier!» bemerkte Simen Tjing und begab sich zur Empfangshalle.

Dort saß auf dem Ehrenplatz Jing Bo-djau mit frisch gepreßter Mütze aus dunkler Seidengaze und einem nicht mehr ganz neuen Gewand aus gefüttertem himmelblauem Seidenkrepp. Seine Fußbekleidung bildeten reine Strümpfe und seidene Schuhe. Neben ihm hatte Sjä Si-da Platz genommen. Als sie Simen Tjing kommen sahen, erhoben sie sich zusammen unverzüglich und verneigten sich.

«Du hast ein paar Tage dein Haus nicht verlassen, und so haben wir uns nicht getroffen.»

Simen Tjing bat sie, sich zu setzen, bestellte Tee und bemerkte:

«Ihr seid mir nette Leutchen! Ich war in den letzten Tagen nicht in bester Stimmung und bin deshalb nicht ausgegangen. Von euch hat sich da auch nicht ein Schatten blicken lassen.»

«Soll ich es erklären oder willst du es tun?» fragte Jing Bo-djau seinen Begleiter Sjä Si-da und fügte, sich zu Simen Tjing wendend, hinzu: «Du hast nicht so ganz unrecht, dich über uns zu beschweren, jedoch wir selbst ahnten nicht, daß wir in all diesen Tagen zu reichlich beschäftigt sein würden, um mit unseren Beinen deinen Mund aufholen zu können[5,h].» Auf Simen Tjing's Zwischenfrage, was sie denn getrieben hätten, fuhr er fort: «Gestern waren wir bei Mutter Li und haben da ein kleines Mädel gesehen. Es ist die Nichte deiner zweiten Frau und die jüngere Schwester von Zimtfee. Man nennt sie Zimtknospe. Wir hatten sie eine Zeitlang aus den Augen verloren, und inzwischen hat sie sich prächtig entwickelt. Wenn sie erst einmal vollerwachsen ist, wird sie unausdenkbar hübsch sein. Ihre Mutter bemerkte nun gestern mehrmals, wir möchten ihr doch einen feinen Herrn beschaffen, der ihr den Gürtel löst. Ich denke bestimmt, daß es etwas für dich sein wird.»

Als Simen Tjing äußerte, daß sich das schon einrichten lassen werde, und er Freizeit genug habe, um hinzugehen und sie sich daraufhin einmal anzuschauen, bestätigte Sjä Si-da:

«Ob du es nun glaubst oder nicht: sie ist wirklich von Natur mit vollendeter Schönheit bedacht worden.»

«Also gestern seid ihr dort gewesen», sagte Simen Tjing, «und wo in den Tagen vorher?»

«Vorgestern ist doch unser Freund Bu Dschi-dau gestorben», antwortete Jing Bo-djau. «Wir haben seiner Familie bei den Beerdigungsangelegenheiten geholfen. Seine Frau hat mir übrigens wiederholt aufgetragen, dir in ihrem Namen für die gesandten Trauergaben an Weihrauch und Opferpapiergegenständen zu danken. Sie habe in ihren Räumlichkeiten kaum Platz genug zum Umdrehen, deshalb habe sie kein besonderes Trauermahl hergerichtet und dich auch nicht geladen. Es sei ihr das recht peinlich.»

«Ich hatte eben erst gehört, daß er leidend sei», bemerkte Simen Tjing, «und nur wenige Tage darauf ist er auch schon dahingeschieden! Noch vor ganz kurzer Zeit hatte er mir einen echten Fächer aus Goldflüssen (Szu Tschuan) geschickt. Ich wollte ihm gerade ein Gegengeschenk machen, ohne zu ahnen, daß er verstorben ist.»

Sjä Si-da stieß einen Seufzer aus:

«In unserer Bruderkette der Zehn fehlt jetzt einer», und fügte, sich an Jing Bo-djau wendend, hinzu: «Am Dritten nach Neumond ist wieder Klubtag. Wir werden leider schon unsern Oberrat damit behelligen müssen, für die Unterhaltung unseres Freundeskreises zu sorgen.»

«Ganz recht!» stimmte Simen Tjing zu. «Ich habe mich gerade eben mit meiner Frau über die Angelegenheit ausgesprochen. Bei unseren bisherigen Zusammenkünften ist es leider zu weiter nichts gekommen als zum Trinken und Scherzen. Wie wäre es nun, wenn wir uns dieses Mal einen Tempel aussuchten, einen Opferspruch ausfertigen ließen und einen Bruderbund schlössen, um uns in Zukunft gegenseitig zu stützen und beizustehen? Die Feier würde natürlich eine Kleinigkeit kosten, denn wir müßten drei Opfertiere kaufen. Jeder sollte da nach Kräften zu den Ausgaben beisteuern. Ich wünsche die Kosten durchaus nicht auf euch abzuwälzen; es würde aber entschieden größere Herzlichkeit bekunden, wenn alle zu der Feier der Brüderschaft etwas beitrügen.»

«Ich pflichte dir vollkommen bei», erklärte Jing Bo-djau sofort. «Es genügt für keine Familie, wenn die Hausmutter allein Weihrauch verbrennt; Vater und Kinder müssen ihrerseits auch noch aus innerstem Herzen Buddha anrufen! Aber freilich wird es mit uns allen so gehen wie mit dem Geschwürchen auf der Schwanzspitze einer Maus. Es sondert zwar Eiter ab, doch nur wenig.»

«Ach, du Hundsfott!» lachte Simen Tjing. «Wer verlangt denn viel von euch? Das deutest doch nur du selbst an.»

«Um den Bruderbund zu schließen, sollten wir richtig zehn Mann sein», meinte Sjä Si-da. «Bu Dschi-dau ist ausgefallen. Aber von wem wird die Lücke ausgefüllt?»

Simen Tjing summte eine Weile nachdenklich vor sich hin:

«Von meinem Nachbarn, dem zweitältesten Hwa. Er ist ein Neffe des Hämlings[49,u] Hwa beim Hofe. Er dürfte bereit sein, für die Kosten seines Anteils aufzukommen. Er hält sich viel in den Vergnügungsstätten auf. Der Hinterhof seines Anwesens ist nur durch eine niedrige Mauer von unserem Grundstücke getrennt. Für mich ist es bequem, mit ihm zu reden. Am besten beauftrage ich einen Diener, ihn einzuladen.»

Jing Bo-djau klatschte in die Hände:

«Natürlich! Es ist doch jener Hwa Dse-hü, der Silberschönchen Wu, die Kleine aus den Vergnügungsstätten, aushält?» Simen Tjing bestätigte es und Jing Bo-djau sagte lachend: «Schicke nur deinen Botenmeister mit der Einladung rasch hinüber! Wenn wir mit diesem Hwa Verkehr anknüpfen können, so haben wir für später einen Schlemmerplatz mehr.»

«Törichter Schmarotzer!» lachte Simen Tjing. «Du bist wohl am Heißhungerleiden erkrankt, daß du nur ans Futtern denkst!»

Alle lachten. Simen Tjing wandte sich um, rief Dai-an heran und befahl ihm:

«Geh zu der Nachbarfamilie Hwa und sage dem zweiten Herrn Hwa folgendes: Mein Herr möchte am Dritten nach Neumond mit Freunden einen Treubund für zehn Brüder schließen. Er erlaubt sich durch mich, Euch zum Beitritte zu dieser Brudergemeinschaft einzuladen. – Berichte mir, was er dir antwortet! Sollte Hwa nicht zu Hause sein, so sag's seiner Gemahlin!»

Als Dai-an der Weisung entsprechend hingegangen war, erkundigte sich Jing-Bo-djau:

«Verweilen wir an jenem Tage nun besser hier bei dir oder in einem Tempel?»

«Von den Tempeln am Platze kommen nur zwei in Frage», bemerkte Sjä Si-da, «das buddhistische Kloster Zur ewigen Seligkeit und der dauistische Tempel des Erhabenen-Höchsten, des Jadekaisers. Wohin haben wir zu gehen?»

«Die buddhistischen Mönche befassen sich nicht mit dem Abschluß von Brüderschaften, auch kenne ich die Mönche des Klosters nicht», antwortete Simen

Tjing. «Vielmehr kommt nur der Tempel des Erhabenen-Höchsten in Betracht. Ich bin dort mit dem Priester Wu gut bekannt. Es ist da auch recht geräumig und sehr ruhig.»

«Ich pflichte dir bei», bestätigte anknüpfend Jing Bo-djau. «Die Mönche des Klosters Zur ewigen Seligkeit sind aber gute Bekannte von Sjä Si-da's Frau; deshalb würde er natürlich empfehlen, dorthin zu geh'n.»

«Alter Schmarotzer!» schalt Sjä Si-da lachend, «du stänkerst stets dazwischen, wenn wir uns über so ernste Dinge unterhalten.»

Während sie noch lachten, kam Dai-an zurück und meldete Simen Tjing:

«Der junge Herr war nicht zu Hause. Ich habe alles seiner Gemahlin bestellt. Sie war sehr erfreut und meinte: Wenn dein Herr meinen Mann in den Bruderbund mithineinnehmen will, muß er gehn. Ich werde es ihm ausrichten, sobald er heimkommt. Also ich bringe ihn bestimmt dazu, an dem Tage zu erscheinen. Viele Empfehlungen deinem Herrn! – Sie schenkte mir noch zwei Stückchen Teegebäck.»

«Der zweite Hwa hat wirklich eine gewandte und ganz allerliebste Frau», bemerkte Tjing zu Jing Bo-djau und Sjä Si-da. Dabei trank er ein Schälchen Tee. Die beiden Gäste erhoben sich gemeinsam[40, a]:

«Wir wollen uns jetzt verabschieden, die anderen benachrichtigen und für ihre Beiträge sorgen. Ordne du nur vorerst alles mit dem Priester Wu!»

«Es wird besorgt werden! Ich halte euch nicht länger bei mir», bestätigte Simen Tjing und geleitete sie zusammen zum Haustor.

Jing Bo-djau war bereits einige Schritte gegangen, als er sich nochmals umwandte:

«Wir tun gut, an jenem Tage auch Singmädel hinzuzuziehen.»

«Abgemacht!» antwortete Simen Tjing. «Wenn wir miteinander plaudern und scherzen, muß es doch etwas zur Belustigung geben.»

Jing Bo-djau erhob darauf die Hände zum Gruß und ging mit Sjä Si-da davon.

Doch Weitschweifigkeiten beiseite! Im Nu waren vier oder fünf Tage verflogen, und der Erste des zehnten Mondes brach an. Simen Tjing hatte sich frühzeitig erhoben und saß gerade im Zimmer der Frau Mondtraut, als ein Botenknabe eintrat, dem man eben erst die Haare hatte wachsen lassen[50, b]. Er warf sich vor Simen Tjing auf das Antlitz, erhob sich dann, stellte sich zur Seite und sprach:

«Ich gehöre zur Familie Hwa. Viele Empfehlungen meines Herrn an Herrn Simen! Vor ein paar Tagen sandte Herr Simen durch seinen Botenmeister meinem Herrn eine Einladung. Mein Herr konnte sie nicht persönlich entgegennehmen, weil er damals in Geschäften ausgegangen war. Wie er erfahren hat, soll die Zusammenkunft am Dritten stattfinden. Er sendet deshalb zunächst diesen geringen Unkostenbeitrag und läßt sagen, der Herr möge ihn vorerst irgendwie verwenden. Sollte Herr Simen weitere Auslagen haben und auf meinen Herrn mehr entfallen, wird er das Fehlende noch nachzahlen.»

Simen Tjing nahm das geschlossene Päckchen entgegen. Zur Kennzeichnung war darauf geschrieben: Unkostenbeitrag eine Unze Silber[55, b].

«Es ist schon zuviel», bemerkte er sofort, «Nachzahlung kommt gar nicht mehr in Frage. Bitte deinen Herrn, übermorgen nicht auszugehen! In der Frühe möchte er sich gemeinsam mit uns allen zum Tempel begeben!»

«Meine Wenigkeit weiß Bescheid», äußerte der Dienerknabe dienstbeflissen. Er war im Begriffe, sich umzuwenden, als ihm von Frau Mondtraut zugerufen wurde, noch zu warten. Sie wies ihre Zofe Jadeflöte an, ihm aus dem Speisenkorbe zwei gedämpfte knusprige Obstkuchen auszuwählen und zu reichen.

«Das hast du dir zum Tee verdient», bemerkte sie dazu. «Bestelle Empfehlungen an deine Herrin, wenn du nach Hause kommst, sag' ihr, Frau Simen werde sie in einigen Tagen bitten, herüberzukommen, um einmal einen halben Tag zu verplaudern!»

Der Knabe nahm das Gebäck in Empfang, warf sich aufs Antlitz und entfernte sich dienstwillig. Kaum hatte der Bote der Familie Hwa das Haus Simen Tjing's verlassen, als Jing Bau von Jing Bo-djau's Familie, von Dai-an hereingeführt, mit einem Besuchskästchen eintrat. Er warf sich nieder und meldete, daß sein Herr die Beiträge der übrigen eingesammelt und ihn hergesandt habe, sie abzuliefern. Simen Tjing entnahm sie dem Kästchen. Es waren im ganzen acht Päckchen. Ohne sie zu öffnen, reichte er sie Frau Mondtraut:

«Nimm du sie an dich! Wir können nun morgen für das Fest im Tempel alles einkaufen lassen.» Dann entließ er Jing Bau, erhob sich selbst und begab sich zu seiner Nebenfrau Dscho, um nach deren Befinden zu schauen. Gerade war er bei ihr eingetroffen und hatte Platz genommen, als Jadeflöte erschien: die gnädige Frau bitte den Herrn zu sich, da sie ihm etwas mitzuteilen habe. Simen Tjing brummte, warum sie es ihm nicht eben gesagt habe, ging aber in das Haupthaus. Da sah er, daß Frau Mondtraut ein paar Papierpäckchen vor sich auseinandergelegt hatte. Sie wies lachend auf sie hin:

«Nun sieh dir nur einmal diese Beiträge an! Lediglich der jüngere Jing hat eine Achtelunze zwölflötiges Silber gesandt, die übrigen überhaupt nur den zwanzigsten oder gar dreißigsten Teil einer Unze und dazu von Silber rotgelber Färbung, das fast wie Gold aussieht. Ich habe derartiges Silber bisher noch nie zu Gesichte bekommen. Wenn wir es annehmen und in den Verkehr bringen, verderben wir unseren Ruf. Das beste wäre, wir senden es den Leuten zurück.»

«Du nörgelst doch dauernd», widersprach Simen Tjing. «Wirf das Zeug doch weg! Was wir wirklich brauchen, übernehmen wir eben zusätzlich. Warum soviel Aufhebens machen?» Sprachs und ging stracks nach vorn.

Am folgenden Tage, dem Zweiten, wägte Simen Tjing vier Unzen Silber, hieß den Diener Lai-sing, ein Schwein, ein Schaf, fünf bis sechs Krüge Güldenprachter Wein, Weihrauch, Kerzen, Opferpapiergegenstände, Hühner, Enten und Sonstiges für das Festessen einzukaufen, legte eine halbe Unze Silber in einen Umschlag und ließ seine drei Diener Lai-bau, Dai-an und Lai-sing diese Dinge zum Tempel des Erhabenen-Höchsten schaffen und dem Priester Wu bestellen, er beabsichtige morgen eine Schwurbrüderschaftsfeier im Tempel zu veranstalten, wozu der Meister die Opfergebetsurkunde ausfertigen möge. Abends gedächten sie, bei ihm zu feiern. Er möchte den Meister bemühen, auch dafür Vorsorge zu treffen. Der Herr würde morgen früh vorsprechen. Dai-an kam nach einiger Zeit mit der Meldung zurück, daß alles hingebracht worden sei und der Priester von des Herrn Wünschen Kenntnis genommen habe.

Dieser zweite Tag ging rasch zur Neige. Als am folgenden Morgen, dem Dritten, Simen Tjing sich erhoben hatte und mit Waschen und Kämmen fertig geworden war, wies er Dai-an an, den jungen Herrn Hwa zum Frühmahle zu bitten, um im Anschluß daran sich mit ihm gemeinsam zum Tempel zu begeben. Dai-an sollte dann weiter den jüngeren Jing ersuchen, die übrigen Herren zur Eile anzuspornen. Er entfernte sich, um den Auftrag auszuführen. Er war gerade dazu gekommen, Hwa Dse-hü zu bitten, als auch bereits Jing Bo-djau mit allen anderen auftauchte, nämlich den früher schon erwähnten Herren Sjä Si-da, Sun Tjän-hwa, Dschu Schi-niän, Wu Djän-én, Jün Li-schou, Tschang Dschi-djiä und Bai Lai-gwang. Einschließlich Simen Tjing und Hwa Dse-hü waren es volle zehn Personen, die zur Türe hereingekommen waren. Man verneigte sich im Kreise zueinander. Jing Bo-djau meinte, es sei die rechte Zeit zum Aufbruche, doch Simen Tjing bat, noch zu warten, bis sie gefrühstückt hätten, bestellte für alle Tee und ließ für das Essen sorgen.

Der Imbiß war bald beendet. Simen Tjing wechselte darauf seine Kleidung, wählte eine funkelnagelneue Kopfbedeckung, und nunmehr begaben sich alle gemeinsam zum Tempel des Erhabenen-Höchsten [3,c]. Sie hatten keine zu lange Wegstrecke zurückgelegt, als sie das Tor des Tempels erblickten. Da stand er auf kühner Höhe, einsam zu schauen.

Der Tempel hielt die Kuppe der Höhe überspannt;
hoch reckte sich nach oben des Prachtbaus
    Mauerwand.
Der Vorderseite aber mit ihrem Bogentor
des Tempelbaues Schutzwand abwehrend schob
    sich vor.
Zum Tünchen hatte Ocker man rötlich-braun
    benutzt
und damit alle Wände von außen rings verputzt.
Drei Pfade beieinander zum Eingang führten hin,
als hätte man das Schriftbild des Stroms
    gehabt im Sinn. [63,h]
Es wies an allen Seiten erstellter Stufen
    Lauf
den Schmuck von Wellenlinien an weißen
    Steinen auf.

Zwei Säulenhallen! —Drüber erstrahlte golden-grün
das Hauptdach, dessen Enden sich aufwärts
schwangen kühn.
Kostbar in Standbildnissen zeigten tief innen sich
der Lehre drei Begründer prachtvoll und
feierlich. [3,a]
Als mittleren, den Rücken aufs Rind gestützt,
man sah
den Edelen, Erhab'nen, Lau-dse, den Alten da.

Bog man vor der hinteren Wand des zweiten Tempelgebäudes durch eine seitliche Tür ab, so gelangte man zu dem Andachts-Höfchen des Priesters Wu. Beiderseits des Eingangs zu dieser Stätte wuchsen feenhafte Blattpflanzen, herrlich weiße Blumen, alte Kiefern und blaugrüner Bambus. Als Simen Tjing aufblickte, fiel ihm ein Sinnspruchpaar an den beiden Türpfosten auf:

Nimmer es unserem Himmel an Jahren und
Monden gebricht.
In dem Jenseits des Dau gibt es die Zeitlichkeit
nicht. [3]

Die vordere geräumige Halle war der Ort, wo der Priester Wu früh und spät seinen Kultusübungen oblag. Dieser Raum war für den heutigen Tag hergerichtet und wohl aufgeräumt. An erhöhter Stelle hing ein Gemälde des Erhabenen-Höchsten im goldenen Palaste des klaren Himmels. Zu beiden Seiten daneben waren die Bildnisse der Sterngottheiten des himmlischen Purpurpalastes angebracht. Wandte man den Kopf ein wenig um, so wurden da die Abbildungen der vier Himmels-Marschälle Ma, Dschau, Hwang und Wönn sichtbar.

Der Priester Wu bewillkommnete die Herren vor seinem Andachtsraume mit einer Verbeugung. Simen

Tjing und die ganze Männergruppe traten ein. Nachdem Tee gereicht worden war, erhoben sich alle wieder, um sich rings umzuschauen. Bai Lai-gwang ergriff Tschang Dschi-djiä's Hand und trat mit ihm, links beginnend, vor das Bildnis des Marschalls Ma. Beim Anblicke von dessen Schauer einflößender, gestrenger Haltung und seinem gebieterischen, dreiäugigen Antlitze rief Bai Lai-gwang zu Tschang-djiä:

«Wie deutet man das? Heutzutage darf man in der Welt doch immer nur ein Auge aufmachen und muß eins zudrücken. Der hat sich nun gar ein Auge mehr zugelegt! Wird er da nicht alle Schwächen der Menschen durchschauen?»

Jing Bo-djau, der diese Bemerkung gehört hatte, trat hinzu:

«Ihr Einfaltspinsel! Ist es nicht gerade gut, daß er noch ein Auge mehr hat, um auf euch achtgeben zu können?»

Man lachte. Tschang Dschi-djiä wies auf das Bildnis des Marschalls Wönn:

«Bruder, der da ist ja am ganzen Körper blau! Ist das nicht sonderbar?[45,i] Das ist vielleicht der Ahnherr Lu Tji.[53,a]»

Jing Bo-djau lachte hell auf und rief:

«Herr Wu, kommt flink her! Ich will Euch einen Witz erzählen», und fuhr, als der Priester Wu herangetreten war, fort: «Ein dauistischer Priester kam nach seinem Tode vor den Höllenfürsten. Dieser fragte ihn, wer er sei. Der Priester antwortete, er sei berufsmäßig ein dauistischer Mönch. Darauf wies der Höllenfürst den Höllenrichter an, zu prüfen, ob jener ein wahrer Dauist gewesen sei. Da man ihm keine Sünde nachweisen konnte, wurde er entlassen. Am Ausgang der Hölle begegnete ihm ein Färbermeister, der ihn von früher kannte. Auf des Meisters Frage, wie er es angestellt habe, der Hölle zu entrinnen, antwortete der

Priester, er sei doch Dauist, deshalb habe man ihn laufen lassen. Der Färbermeister merkte sich dies, und als er dem Höllenfürsten gegenüberstand, behauptete er auch, Dauist zu sein. Der Höllenfürst ließ ihn untersuchen. Der Meister mußte seine Hände vorweisen. Da fand sich, daß sie blaugefärbt waren. Man fragte ihn, woher das komme. Mit fester Stimme wie bei der Prüfung antwortete der Färbermeister: Ich bin Geburtshelfer des Marschalls Wönn gewesen.»

Alle Anwesenden lachten hell auf und wandten sich weiter nach rechts. Dort hing unten das Abbild des Furcht erregenden Marschalls Hwang und darüber eine Gestalt mit schwarzem Antlitz: ein Ebenbild des Feldmarschalls Jüan-tan. Neben ihm stand ein mächtiger Tiger auf dem Bilde[2,e]. Bai Lai-gwang wies auf diesen und fragte:

«Der lebt doch wohl kaum von Pflanzenkost! Wie kommt es denn, daß er so friedlich daneben steht?»

«Wißt ihr nicht, daß dieser Tiger sein vertrautester Gefährte ist?» antwortete Jing Bo-djau lachend.

Sjä Si-da trat bei diesen Worten hinzu, streckte verwundert die Zunge heraus und meinte:

«Ich danke schön für einen solchen Gefährten! Ich würde es auch nicht eine Minute in seiner Gesellschaft aushalten, ohne vor Furcht zu vergehn, er könnte mich vertilgen.»

«Wenn das so gefährlich ist», bemerkte Jing Bodjau zu Simen Tjing gewandt, «wie kann man dann nur überhaupt herkommen?»

Simen Tjing fragte ihn, was er meine, worauf Jing Bo-djau erklärte:

«Sjä Si-da fürchtet sich schon vor einem einzigen Gefährten, der ihn verschlingen könnte. Wir begleiten dich nun hier heute sogar sieben oder acht Mann hoch zum Vertilgen. Mußt du dich da nicht zu Tode ängstigen?»

Während alle laut auflachten, kam der Priester Wu hinzu und sprach:

«Die Herren Räte unterhalten sich wohl über den Tiger? Ja, unser Kreis hat leider in letzter Zeit großen Schaden durch einen Tiger erlitten. Wie viele Reisende sind schon von ihm zerrissen worden! Auch zehn Jäger sollen bereits ihr Leben eingebüßt haben.»

Auf Simen Tjing's Zwischenfrage, wie das denn gekommen sei, bemerkte der Priester:

«Wenn es den Herren Räten noch nicht einmal bekannt ist, wie soll ich es dann wissen? Vor einiger Zeit sandten wir zum Herrn Rat Tschai in der Marktstadt Seesperrvogtei (Henghai) von Blauenstrand (Zangdschou) einen unserer Jünger, um etwas Geld und Korn zu erbitten. Er ist volle fünf bis sieben Tage unterwegs gewesen, bis er wieder hergekommen ist. An der Raststelle am Djingjang-Hügel in unserem Kreise Klarenfluß auf der Straße nach Blauenstrand bricht neuerdings immer ein Tiger mit funkelnden Augen und weißer Stirn hervor, der die Menschen zerreißt. Reisende können an dem Orte kaum noch vorüber. Sie müssen stets warten, bis Trupps und Gruppen zusammengekommen sind, um vorbeizuziehen. Der Landrat hat bereits eine Belohnung von fünfzig Unzen Silber für die Erlegung des Tigers ausgesetzt, doch bisher leider umsonst. Die Jäger sind wirklich bedauernswert. Weil sie die ihnen gestellten Fristen nicht einhielten, sind sie schon oft geprügelt worden.»

Bai Lai-gwang hüpfte plötzlich hoch auf und rief:

«Heute schließen wir Schwurbrüderschaft. Morgen wollen wir den Tiger erlegen! Da können wir uns ein schönes Stück Geld verdienen!»

«Dein Leben ist wohl nichts wert?» bemerkte Simen Tjing.

«Habe ich nur Geld, was schert mich dann mein Leben!» entgegnete Bai Lai-gwang belustigt.

Der Bruderbund wird feierlich geschlossen.

Alle lachten wiederum. Jing Bo-djau sprach:

«Ich weiß noch einen Scherz: Ein Tiger hatte einen Mann gepackt. Sein Sohn wollte ihn retten und ergriff eine Axt, um den Tiger zu töten. Da schrie der Mann im Rachen des Tigers: Hau vorsichtig zu! Zerhack' nicht das Tigerfell!»

Alle lachten los. Inzwischen hatte der Priester Wu die Opferfeier vorbereitet und forderte auf:

«Ich bitte die Herren Räte, Papier zu verbrennen!»[54,g] Er zog gleichzeitig das Opfergebet hervor und sagte: «Das Gelöbnis ist vollständig ausgefertigt. Es kommt nun nur noch darauf an, wer an erster Stelle zu nennen ist, und wie die Reihenfolge der übrigen Herren sein soll, damit die Namen in richtiger Ordnung eingetragen werden.»

Alle riefen sofort, daß Oberrat Simen selbstverständlich der Älteste sein müsse. Simen Tjing wandte ein, daß sich das doch nach dem Lebensalter zu richten habe. Der jüngere Jing sei älter als er. Der Rang des Ältesten komme also ihm zu. Jing Bo-djau streckte beunruhigt die Zunge heraus:

«Mache mir doch nicht das Leben sauer! Heutigentags zählt doch nur Besitz und Macht. Wer rechnet noch nach Lebensjahren? Wenn es auf das Alter ankäme, so bin ich auch nicht einmal der älteste. Würde ich der Älteste unseres Bundes werden, so dürften zwei Unzuträglichkeiten bestehen: Erstens hat der Oberrat das größere Ansehen und die bessere Lebensart. Die Klubbrüder ordnen sich euch alle unter. Zweitens bin ich der jüngere Jing. Wenn ich nun der Älteste würde, so würde man mich Ältester Jing nennen. Falls nun zwei Leute gerade etwas von mir wünschen würden und der eine riefe mich Jüngerer Jing, der andere Ältester Jing, worauf soll ich dann wohl hören, auf Jüngerer Jing oder auf Ältester Jing?»

«Du wirst noch unser Zwerchfell sprengen, wenn du immer derart unnützes Zeug schwatzest», sagte Simen Tjing schmunzelnd.

Sjä Si-da redete Simen Tjing zu, den Ehrenposten doch nicht länger abzulehnen. Aber der sträubte sich weiter. Als er dann jedoch von Hwa Dse-hü, Jing Bodjau und den übrigen fortgesetzt gedrängt wurde, nahm er die Rolle des Ältesten schließlich an. Zweiter im Range wurde Jing Bo-djau, der dritte Sjä Si-da und der vierte Hwa Dse-hü mit Rücksicht auf sein Vermögen. Für die anderen ergab sich die Ordnung von selbst.

Als der Priester die Gelöbnisformel ausgefüllt hatte, zündete er Weihrauch und Kerzen an. Alle nahmen der Rangordnung gemäß Aufstellung. Der Priester hob das Blatt mit dem Opfergelöbnis empor und las mit vernehmlicher Stimme:

«Die gläubigen Herren aus dem Kreise Klarenfluß im Regierungsbezirk Ostniederung der Provinz Schantung des Reiches Sung, nämlich Simen Tjing, Jing Bodjau, Sjä Si-da, Hwa Dse-hü, Sun Tjän-hwa, Dschu Schi-niän, Jün Li-schou, Wu Djän-én, Tschang Dschidjiä und Bai Lai-gwang haben heute mit reinen Händen Weihrauch angezündet und schwören, sich durch diesen Treueid nach Art des Schwures im Pfirsichgarten [23,a] zu binden, daß sie einander von ganzem Herzen lieben und dem Beispiele jener nacheifern werden. Ihre Zuneigung zueinander soll gleich tief werden wie die von Gwan Dschung und Bau Schu [57,a]. Alle werden treu zusammenhalten und in ihrer Liebe jenen beiden gleichzukommen streben. Sintemal ja die Menschen auf der Erde Brüder sind [5,i], was hindert Männer, trotz ihren verschiedenen Familiennamen einander das zu werden, was leibliche Brüder einander sind? Dementsprechend haben sie am heutigen Tage lauteren Herzens ein Schwein, ein Schaf sowie sonstige Speisegaben geopfert und Opferfiguren und Opfergeld dargebracht, verbeugen sich nun in tiefer Demut vor dem reinen Altar und schauen mit aufrichtigem Herzen empor zu dem im Himmelspalaste thronenden Erhabenen-Höchsten. Sie bitten ihn nebst den unter ihm wirkenden Gottheiten der ganzen Welt, die heute Tagesdienst haben, sowie den Schutzgott der Kreishauptstadt und alle Gottheiten und Geister, die vorüber schweben, den gespendeten Weihrauch in Gnaden anzunehmen und dem Gebet Erhörung angedeihen zu lassen. Wenn auch alle zu verschiedenen Zeiten geboren sind, so wünschen sie doch, nur gleichzeitig aus dem Leben zu scheiden. Der Bund möge für ewige Zeiten feststehn! Glück und Friede möge allen in gleichem Maße zuteil werden! In Fährnis und Not wollen sie sich gegenseitig stützen. Mählich und mählich möge sich der Treubund festigen! Die Wohlhabenderen sollen immer der weniger Bemittelten gedenken. Von Anfang bis zu Ende sollen alle aufeinander bauen können. Die gegenseitige freundschaftliche Zuneigung soll sich stetig erneuern wie Sonne und Mond in ihrem Kreislaufe. Das allseitige Einvernehmen soll hoch wie der Himmel und fest wie die Erde werden. Vom Abschlusse des Bundes an soll nur noch der Wunsch bestehn, einander herzlich zu lieben und keinen Groll oder Haß untereinander aufkommen zu lassen. Besonders innig flehen alle, daß einem jeden von ihnen ein recht langes Leben und unübertreffbares Glück beschieden sei, und daß alle während ihrer Lebenszeit unter dem Schutze der Gottheiten stehn mögen!»

Als der Priester Wu geendet und alle gemeinsam der Gottheit ihre Verehrung erwiesen hatten, machte jeder der Reihe nach nochmals acht Verbeugungen, verabschiedete sich dann von ihr, verbrannte Opferpapier, nahm den Segen entgegen und trat zurück.

Der Priester Wu hatte inzwischen das Schwein und das Schaf entfernen, das Geflügel, die Fische und Früchte herrichten und alles auf großen Schüsseln und Platten auf zwei Tischen auftragen lassen. Simen Tjing nahm den Ehrenplatz ein. Die übrigen saßen der Rangfolge gemäß. Der Priester Wu leistete an einem Seitentische Gesellschaft. Nicht lange währte es, da hatte man einige Weinrunden [40,b] getrunken. Rätselraten begann sowie Trinken nach Anlässen, und bald war die Tempelhalle von dem Gelächter der Zecher erfüllt.

Es kam dann so:

Eben sah man, wie die Sonne stieg vom
  Sonnenbaum herauf,
und schon senkt sich hinterm Hügel ab des
  Sonnenwagens Lauf.
Als, gestützt von einem Jüngling, er berauscht
  von dannen strebt,
sich des Mondes neue Sichel aus der Bäume
  Wipfeln hebt.

Als sie gerade die fröhlichste Weinlaune erreicht hatten, erschien Dai-an, um Simen Tjing ins Ohr zu flüstern: die gnädige Frau habe ihn beauftragt, den Herrn abzuholen und ihm mitzuteilen, daß die dritte Frau heute einen Ohnmachtsanfall gehabt habe. Deshalb möchte der Herr etwas früher heimkehren. Simen Tjing erhob sich sogleich mit den Worten:

«Es liegt mir ganz fern, die Tafelrunde aufzuheben oder die Gemütlichkeit zu stören. Aber meine dritte Frau ist ernstlich erkrankt, und so muß ich früher aufbrechen.»

Kaum hatte er ausgesprochen, als Hwa Dse-hü bemerkte, sie hätten beide den gleichen Weg. Er wolle ihn deshalb begleiten. Jing Bo-djau erklärte:

«Ihr Reichen wollt fort und uns hier allein lassen. Das geht doch nicht! Bitte, Bruder Hwa, bleib noch ein Weilchen und brich erst später auf!»

«Bei ihm ist niemand daheim», sagte Simen Tjing; «wenn wir beide zusammen gehn, braucht sich seine Gattin nicht zu sorgen.»

«Als ich mich vorhin auf den Weg machte», bemerkte Dai-an, «ließ die gnädige Frau Hwa den Diener Tjän-fu (d. i. Himmelsglück) ein Pferd satteln.»

In diesem Augenblick erschien auch schon der kleine Junge und meldete Hwa Dse-hü, das Pferd sei draußen. Die Frau Gemahlin bitte den Herrn heimzukommen. So brachen denn beide gleichzeitig auf, bedankten sich bei dem Priester Wu und baten um Entschuldigung der Störung, die sie ihm verursacht hätten, hoben zum Abschiedsgruß zu Jing Bo-djau und den andern die Hände empor und riefen:

«Laßt euch nicht stören! Wir müssen fort!»

Draußen bestiegen sie die Pferde, während die Zurückgelassenen im Tempel weiter zechten und bummelten. Diese Burschen hätten, falls sie sich auch bis zum Taischan (d. i. Hohen Berge)[9, c] hinaufgekaut hätten, noch nicht einmal ein Dankeswörtchen geäußert.

Vor seinem Anwesen angelangt, verabschiedete sich Simen Tjing von Hwa Dse-hü. Im Hause erkundigte er sich sofort bei Frau Mondtraut, wie es zu dem Ohnmachtsanfalle von Frau Dscho gekommen sei.

«Ich schob die Krankheit vor», erwiderte Frau Mondtraut, «weil ich befürchtete, du könntest, wenn du erst einmal in der Gesellschaft der Burschen bist, noch anderswohin gehn. Tatsächlich verschlimmert sich aber auch ihr Leiden von Tag zu Tag. Du solltest daheim sein und nach ihr sehen.»

Simen Tjing ging hierauf zu Frau Dscho und blieb einige Tage zu Hause, um sie zu pflegen.

Wie im Vorbeihuschen an einem Türspalt schwand die Zeit dahin. Schon war der Zehnte des zehnten Mondes verstrichen. Simen Tjing hatte eines Morgens soeben einen Diener zum Arzte gesandt, um ihn angesichts des Krankheitszustandes der Frau Dscho zu Rate zu ziehen. Als er sich in die Empfangshalle begab, trat Jing Bo-djau gerade schmunzelnd ein. Simen Tjing begrüßte ihn mit höflicher Verbeugung und bat ihn, Platz zu nehmen. Jing Bo-djau erkundigte sich nach dem Befinden von Frau Dscho. Simen Tjing antwortete, es sei äußerst wenig Besserung in ihrem Befinden, so daß er wirklich nicht wisse, wie Genesung zustande kommen solle. Dann fragte er, wann ungefähr sie neulich auseinander gegangen seien.

«Da der Priester Wu uns immer wieder aufforderte, doch noch zu verweilen», berichtete Jing Bo-djau, «sind wir erst nach der zweiten Nachtwache aufgebrochen[42, a]. Wir waren so bezecht, daß wir nicht mehr konnten. Du bist gut davongekommen, weil du so früh nach Hause gegangen bist.»

Simen Tjing erkundigte sich, ob Jing Bo-djau schon gefrühstückt habe. Dieser wollte nicht eingestehn, daß er noch nicht gespeist hatte. Deshalb bemerkte er, Simen Tjing solle versuchen, es zu erraten. Simen Tjing sagte, er habe sicherlich bereits gegessen, worauf Jing Bo-djau hervorstieß:

«Fehlgeraten!»

«Du Hundsfott!» lachte Simen Tjing. «Wenn du noch nichts zu dir genommen hast, so sag' es doch. Was willst du mit diesem Spannen der Geduld erreichen?» Er hieß einen Diener Essen für Jing Bodjau aufzutragen. Dieser lachte: «Nicht doch! Ich habe ja schon gegessen.» Er sei hauptsächlich wegen einer ganz außerordentlichen Begebenheit gekommen und um Simen Tjing abzuholen, gemeinsam sich die Sache anzusehen. Simen Tjing forschte, um was für eine Angelegenheit es sich handle. Jing Bo-djau führte aus:

«Das große Untier von den Hellicht-Bergen, das der Priester Wu neulich erwähnte, ist gestern von einem Manne mit gewaltigen Faustschlägen erledigt worden.»

«Nun redest du schon wieder Unsinn! Ich glaub' es nicht!» sagte Simen Tjing.

«Bruder! Zwar wirst du auch nicht glauben, was ich sage, aber höre, ich will dir die Sache genau erzählen.» Und nun begann Jing Bo-djau mit den Händen fuchtelnd und mit den Füßen strampelnd zu berichten: «Dieser Mann hat doch seinen richtigen Namen und Rufnamen. Er heißt Wuh und mit Rufnamen Sung (Föhre). Er ist der zweite Sohn seiner Familie. Zuerst, weißt du!, hat er Zuflucht zu Arbeit auf dem Landgute des Rates Tschai genommen. Später, weißt du!, hat er sich eine Krankheit zugezogen, und als er die Krankheit überstanden hatte, weißt du!, ist er seinen älteren Bruder suchen gegangen. Dabei ist er an den Hellichtbergen vorübergekommen und, weißt du!, auf den großen Tiger gestoßen und hat ihm, weißt du!, mit gewaltigen Faustschlägen und Fußtritten den Garaus gemacht.» Er erzählte alles so eingehend und ausführlich, als ob er es mit eigenen Augen gesehen oder gar selbst das Untier zur Strecke gebracht hätte.

Simen Tjing schüttelte über seine Worte den Kopf: «Wenn sich das so verhält, komm' ich mit, und wir wollen uns nach dem Frühstücke die Sache ansehen.»

«Laß uns lieber nicht erst essen, damit wir nichts versäumen!» meinte Jing Bo-djau. «Es wird sich empfehlen, daß wir uns in die oberen Räume eines Weinhauses in der Hauptstraße setzen.»

Als in diesem Augenblicke der kleine Lai-sing erschien, um den Speisetisch zurechtzurücken, befahl ihm Simen Tjing, der Herrin zu bestellen, sie brauche sich um das Essen nicht mehr zu bemühen. Dann rief er: «Bring mir mein Gewand! Ich will mich umziehen!» und verließ Hand in Hand mit Jing Bo-djau das Haus.

Auf der Straße stießen sie auf Sjä Si-da; dieser fragte lachend, ob sie sich auch den Kerl ansehen wollten, der den Tiger zu erlegen vermochte. Als Simen Tjing das bejahte, und Sjä Si-da darauf wieder bemerkt hatte, daß in der Hauptstraße ein Gedränge sei, durch das man kaum hindurchkomme, begaben sie sich gemeinsam in eine Nachbarstraße und ließen sich hier im oberen Stockwerk eines gemütlichen Weinstübchens nieder.

Bald hörte man auch schon Gongschläge und Paukenschall. Alle lugten aus und sahen, wie die Jäger mit quastengeschmückten Waffen paarweise vorüberzogen. Ihnen folgte, von vier Männern nur mühsam getragen, der getötete Tiger, der wie ein Leinwandsack an der Tragstange hing. Den Abschluß bildete hoch auf stattlichem Schimmel der Held, der den Tiger erschlagen hatte.

Bei seinem Anblicke biß sich Simen Tjing auf die Finger und meinte:

«Seht nur den Kerl! Wenn er nicht Kraft hätte wie ein Büffel von vielen Zentnern Gewicht, wie hätte er es mit dem Tiger aufnehmen können!»

Die drei tranken dann Wein und unterhielten sich über das Ereignis.

Doch zu dem Helden, den man im Triumph eingeholt hatte:

Schauer ging aus von dem mannhaften Kerl.
Er mochte wohl messen
Sieben Fuß und noch mehr. Sein breites Antlitz war eckig.

Aber an Jahren zählte sein Alter noch nicht
fünfundzwanzig.
Frei und gerade waren die Augen gerichtet.
Von Ferne
Glichen sie leuchtenden Sternen. Die beiden Hände
verstanden
Zuzupacken gar wohl, und aus der Nähe betrachtet
schienen die Fäuste ähnlich den eisernen Stößeln
der Mörser.
Flog seine Fußspitze hoch, wo er einen
Fußtritt versetzte,
drückten sich ängstlich tief im Gebirge selbst
Tiger und Panter.
Es fanden ihr Ende Bären und Bärinnen auch in
den Schluchten,
wenn die Fäuste des Helden herniedersausend sie
trafen.
Turbanartig gebunden trug er ein Tuch auf dem
Kopfe.
Haarpfeile steckten darin, wie zwei Blüten aus
Silber gestaltet.
Angetan war er mit einem Gewande von
Affenblutfarbe, [76, p]
über das er ein Purpurbrokatstück hatte geworfen.

Es war der von Jing Bo-djau erwähnte jüngere Wuh aus dem Kreise Lichtental (Yanggu). Er hatte sich auf den Weg gemacht, seinen Bruder zu suchen. Da unerwartet die Tigerbestie von ihm getötet worden war, hatte ihn der Landrat zu sich geladen, und so zog er unter den Augen der Bevölkerung nach dem Kreisamtsgebäude. Der Landrat hatte sich dort auf seinem Amtsplatz niedergelassen. Wuh Sung stieg vom Pferd und trat ein, während man die Bestie vor die Amtshalle trug. Beim Anblicke von Wuh Sung's Gestalt fragte der Landrat sich, wie er eigentlich das Meisterstück, den riesigen Tiger zu erschlagen, fertiggebracht haben mochte.

Er rief Wuh Sung heran und ließ sich nach ein paar Worten der Begrüßung von ihm sein Abenteuer von Anfang bis zu Ende genau darlegen. Die Unterbeamten standen zu beiden Seiten und lauschten starr vor Staunen. Der Landrat ließ darauf Wuh Sung drei Glas Wein einschenken und wies die Kassenverwaltung an, ihm die Belohnung von fünfzig Unzen Silber, die von sämtlichen Bewohnern zusammengesteuert worden war, auszuzahlen.

«Meine Wenigkeit ist Euer Gnaden sehr verpflichtet!» bemerkte Wuh Sung bescheiden. «Wenn ein blinder Zufall es glücklicherweise so gefügt hat, daß meine Wenigkeit das Ungeheuer zur Strecke brachte, so ist das weiter kein Verdienst von mir. Wie dürfte ich es daher wagen, die beträchtliche Belohnung anzunehmen? Die Jäger haben dieses Raubtiers wegen wiederholt Eurer Gnaden Strafe hinnehmen müssen. Wäre es da nicht am besten, die Belohnung nun auch unter sie zu verteilen? Auch könnte das Eurer Gnaden Güte kundtun.»

Der Landrat erklärte, wenn er, der tapfere Mann, es so wünsche, möge er die Sache nach seinem Belieben regeln. So verteilte Wuh Sung die fünfzig Unzen Silber in der Amtshalle unter die Jäger. Als Augenzeuge dieser uneigennützigen Denkungsart, und weil er sah, daß Wuh Sung ein braver Kerl war, entschloß sich der Landrat, ihn zu fördern:

«Du bist zwar ein Mann aus dem Kreise Lichtental, der unserem Kreise Klarenfluß nur benachbart ist, ich möchte dich aber in meinem Amtsbereich anstellen, und zwar als Polizeihauptmann mit der Sonderaufgabe, alle Diebe und Räuber in der Gegend der Gewässer des Bezirkes einzufangen. Würde dir das wohl zusagen?» Wuh Sung kniete nieder und dankte:

«Wenn Eure Gnaden meine Wenigkeit fördern wollen, so bin ich für diesen Beweis der Huld lebenslänglich zu Dank verpflichtet.»

Der Landrat wies darauf seinen Schriftführer an, sogleich eine Anstellungsurkunde auszufertigen, laut der Wuh Sung mit sofortiger Wirkung zum Polizeihauptmann ernannt wurde. Alle Gemeindevorstände und Vertreter der Patrizierfamilien beglückwünschten ihn. Die Glückwunsch-Feiern mit Festgelagen dauerten ununterbrochen mehrere Tage. Während er noch soeben erwogen hatte, ob er nicht nach Lichtental zurückkehren sollte, um seinen Bruder dort zu suchen, war er plötzlich Polizeihauptmann im Kreise Klarenfluß geworden. Das stimmte ihn fröhlich. In den beiden Kreisen des Regierungsbezirks Ostniederung war sein Name in jedermanns Munde:

Er war ein Mann von Schrot und Korn,
klug und geschickter Hand.
Den Hellichtbergen hatte er sich furchtlos
zugewandt.
Und wie im Rausch erschlug er dort den Tiger
im Gebirge.
Sein Name war seitdem berühmt und überall
bekannt.

Als Wuh Sung eines Tages dienstfrei die Straße entlang schlenderte, rief plötzlich jemand hinter ihm: «Bruder! Warum kümmerst du dich denn gar nicht mehr um mich, seitdem dich unser gnädiger Herr Landrat zum Polizeihauptmann befördert hat?»

Wuh Sung blickte sich um:

Freude keimte bei den Schläfen,
ward an Brauenenden kund.
Glücksgefühl ersetzte Frohmut.
Lachend tat sich auf der Mund.

Vor sich sah er seinen leiblichen älteren Bruder, den «großen» Wuh, den er die ganze Zeit hindurch gesucht hatte. Dieser war seit der Trennung der Brüder wegen einer Hungersnot in den Kreis Klarenfluß übergesiedelt und hatte seine Wohnung in der Rotensteinstraße bezogen. Schwächlich und unansehnlich wie er war, hatten ihm die Leute den Spottnamen Dreizollnagel und Korkstöpsel gegeben. Sprichwörtlich sagt man, daß Menschen mit unbeholfenem Körper einen beschränkten Kopf haben. Weil er nun so schwächlich war, wurde er von vielen Fähigeren verspottet und gehänselt. Davon indessen genug! Dieser «große« Wuh hatte kein rechtes Gewerbe, verhökerte nur tagsüber auf den Straßen Gebäck und erwarb sich so seinen Lebensunterhalt. Seine Frau war ihm gestorben, hatte ihm aber eine Tochter von zwölf Jahren hinterlassen namens Willkomm. Vater und Kind fristeten kaum ein halbes Jahr so ihr Leben, da war das dürftige Geschäftskapital dahingeschwunden. Er mietete bei dem Patrizier Dschang eine Wohnung an der Straße. Das Gesinde der Familie war ihm behilflich, und so konnte er wieder wie früher Gebäck im Straßenhandel verkaufen. Da er den Dienstboten stets mit Hochachtung begegnete, hatten sie ihn recht gern und legten für ihn bei ihrem Herrn ein gutes Wort ein. So kam es, daß dieser nicht einmal Miete von Wuh einzog.

Der Patrizier Dschang war recht wohlhabend. Ihm gehörten etwa hundert Wohnungen. Das sechzigste Lebensjahr hatte er bereits überschritten, hatte aber weder einen Sohn noch eine Tochter. Seine Ehehälfte, eine geborene Jü, führte ein strenges Regiment im Hause und duldete insbesondere keine hübschen Dienerinnen. Da aber ihr Mann sich immer wieder stöhnend an die Brust schlug, er sei schon sehr alt und habe weder Söhne und Töchter, was nütze ihm da sein bißchen Vermögen, so versprach sie ihm eines Tages, durch eine Heiratsvermittlerin zwei junge Zofen zu kaufen, die zunächst Lautenspiel- und Gesangunterricht nehmen und ihn dann später unterhalten und pflegen sollten. Hocherfreut dankte der Patrizier seiner Alten.

Nach einiger Zeit beauftragte diese tatsächlich eine Vermittlerin, ihrem Manne zwei Dienerinnen zu kaufen. Eine von ihnen hieß Goldlotos Pan und die andere Jadelotos Bai. Jadelotos war etwa sechzehn Jahre alt, das Kind einer Musikantenfamilie und sehr fein und zart gebaut. Goldlotos Pan, das sechste Kind[31,k] des Schneiders Pan aus der Südvorstadt, war von Kindheit an recht niedlich, und weil sie ein Paar besonders zierliche Füßchen[32,a] hatte, war ihr der Name Djin-liän, Goldlotos, beigelegt worden. Ihr Vater war lange tot. Als die Mittel der Mutter nicht mehr zum Lebensunterhalte genügten, hatte sie Goldlotos als neunjähriges Kind ins Schloß des Reichsherolds Wang verkauft[31,l]. Dort war Goldlotos Unterricht in Lautenspiel und Gesang erteilt worden, und in Mußestunden hatte man ihr auch Lesen und Schreiben beigebracht. Sie war von Natur ein flinkes Geschöpf und verstand sich schon im Alter von zwölf bis dreizehn Jahren darauf, die Augen spielen zu lassen, Puder und Schminke aufzutragen, Flöte zu blasen und Laute zu spielen. Sie konnte auch nähen und sticken, vortragen und vorlesen, sich geschmackvoll frisieren und durch enge Kleidung ihre feinen Körperformen zur Wirkung bringen. Als sie fünfzehn Jahre alt war, starb der Reichsherold Wang. Ihre Mutter, die alte Pan, brachte es fertig, sie aus der Familie herauszustreiten, und verkaufte sie dann zum zweiten Male für zwanzig Unzen Silber an die Patrizierfamilie Dschang. So kam es, daß Goldlotos gleichzeitig mit Jadelotos dort einzog.

Der alte Patrizier ließ ihnen Unterricht im Lautenspiel und Gesang erteilen. Da Goldlotos beides bereits erlernt hatte, ersparte sie sich viel Mühe und übte auch noch das Gitarrespiel, während Jadelotos sich auf der Harfe versuchte. Beide Mädchen wohnten und schliefen in einem Raume. Die alte Ehehälfte Dschang's, die geborene Jü, behandelte sie anfänglich mit aller Zuvorkommenheit, beschenkte sie mit goldenen und silbernen Schmucksachen und kleidete sie auch hübsch. Als aber Jadelotos ganz unerwartet plötzlich starb und nur Goldlotos allein übrig blieb, sie inzwischen auch das achtzehnte Lebensjahr erreicht und sich zu einer Schönheit entwickelt hatte, einer Pfirsichblüte vergleichbar, mit Augenbrauen wie Mondsicheln, und der Fabrikant Dschang immer danach trachtete, ihr beizuwohnen, wurde die Alte ihr gegenüber brutal und ließ sie nicht in ihres Mannes Hände gelangen. Eines Tages war Frau Dschang zur Nachbarin zum Essen gegangen. Während ihrer Abwesenheit von Hause rief ihr Mann Goldlotos zu sich in sein Zimmer und verführte sie.

Wenn man im Tjäntai[9, a] sich auch spät erst traf,
geschah kein Wunder.
Herr Liu ist ja derselbe noch, wie eh'mals,
so jetzunder.[67, c]

Nach diesem Schäferstündchen stellten sich bei dem Alten ganz unvermutet einige Erkältungserscheinungen ein:

Kreuzschmerzen brachten ihm das erste Leid;
Dann tränten ihm die Augen immerzu;
Als drittes zeigte sich Schwerhörigkeit,
Auch Schnupfen, viertens, ließ ihm keine Ruh;
Hinzu trat, fünftens, Harndranglästigkeit.

Aus diesem Krankheitsbild erriet Frau Dschang, was geschehen war. Tagelang überschüttete sie ihren Mann mit Scheltreden und verprügelte Goldlotos in grausamer Weise.

Der alte Patrizier ward bald inne, daß seine Frau die Sache nicht verwinden konnte, und wünschte, Goldlotos durch ein Haus als Mitgift zu entschädigen und ihr einen passenden Mann zu suchen, um sie an diesen zu verheiraten. Nun meinten alle Diener des Haushalts, der große Wuh sei ein treuer und aufrichtiger Mensch, und da er keine Frau habe, andererseits auch auf dem Grundstück der Familie wohne, sei er auch der geeignete Ehemann. Da der Patrizier das Mädchen auch fernerhin immer vor Augen zu haben wünschte, gab er Goldlotos völlig unentgeltlich dem großen Wuh zur Frau.

Nach seiner Verheiratung mit Goldlotos wurde der große Wuh von dem alten Dschang ganz besonders begönnert. Fehlte es ihm an Geld, um Kuchen backen zu können, so steckte es ihm der Alte heimlich in reichem Maße zu. War der große Wuh sein Gebäck austragen gegangen, so schlich sich der Alte, wenn er sich unbeobachtet wähnte, in Wuh's Räume, um dort Goldlotos zu treffen. Zu einem solchen Stelldichein kam der große Wuh gelegentlich hinzu. Da er aber eine Kreatur des Alten war, wagte er es nicht, auch nur den Mund zu öffnen. So ging der Patrizier eine geraume Zeit hindurch morgens bei Goldlotos ein und abends aus, bis er sich dabei plötzlich eine ernsthafte Erkältung zuzog und verschied.

Als Frau Dschang hinter den Sachverhalt gekommen war, ließ sie voller Zorn ihre Dienerschaft Goldlotos und den großen Wuh sofort aus dem Grundstück hinausjagen. Wuh mußte so eine andere Unterkunft suchen und fand sie in der Rotensteinstraße in einem Hause, das Verwandten der kaiserlichen Familie gehörte. Er mietete dort zwei Räume und verhökerte dann nach wie vor Kuchen.

Bald nach ihrer Verheiratung hatte Goldlotos gemerkt, daß der große Wuh ein ganz zahmer Geselle und einfältig wie ein Affe war. Sie begann, ihn zu verabscheuen und mit ihm zu zanken. Sie grollte auch dem alten Patrizier:

«Es gibt auf der Welt so unendlich viele Männer, warum hat er mich ausgerechnet an diesen Kerl verheiratet, der, wenn man mit ihm ein vernünftiges Wort reden will, störrisch ist, auf jeden Schlag aber sofort zurückweicht, und der nur ans Saufen denkt, sonst aber nichts tut? Ich muß ihm wohl für Verfehlungen in einem früheren Leben angetraut sein. Es ist schrecklich bitter!» [4,f und 17,f]

So oft sie allein war, summte sie:

Verfehlt von Anbeginn war unser Bund!
Ich wähnte, einen rechten Mann zu haben.
Doch – ohne Überhebung tu ich's kund –
ein Phönixweibchen paßt nicht zu dem Raben;
bin lautres Gold verwühlt im Erdengrund.
Ein Messingklumpen er, des Ton nur gellt,
ist meinem Goldeswert nicht zu vergleichen.
Er, kaum ein Stein zum Spielen, ist bestellt,
– wie konnte er nur dieses Glück erreichen! –
Daß er an meinen edlen Leib sich hält.
Als ob der ew'gen Jugend Kräutelein
im Unrat grünt, so ist's. Soll ich willfahren
ihm bis ans Ende hin? Mein Herz sagt: Nein!
Darum will ich vernehmlich offenbaren:
Zum Fundament aus Lehm paßt nicht ein
Goldbaustein.

Lieber Leser! Alle flinken und hübschen Frauen und Mädchen der Welt finden sich schließlich mit ihrem

Ehemann ab, wenn er nur ein rechtes Mannsbild ist. Männer, wie den großen Wuh, seien sie auch noch so gutherzig, verabscheuen sie jedoch. Leider trifft es sich sehr selten, daß ein hübsches Mädchen auch gerade einen talentvollen Mann heiratet. Wer Gold kaufen möchte, findet nicht immer einen Goldverkäufer.

Während der große Wuh tagaus tagein Kuchen zum Verkauf umhertrug und erst gegen Abend heimkehrte, saß Goldlotos, sobald er das Haus verlassen hatte, hinter dem Türvorhang und kaute Melonenkerne. Sie streckte wohl auch absichtlich ihre zierlichen Goldlotosfüßchen aus, um damit einen Lebemann zu angeln. Tag für Tag trat sie vor die Tür und sang zur Laute, wobei sie versteckte Anspielungen machte. So klagte sie, daß ein prächtiges Stück Hammelfleisch in eines Hundes Maul geraten sei. Sie machte schlüpfrige Bemerkungen. Es gab überhaupt nichts, was sie nicht ausplauderte. Aus diesem Grunde war es dem großen Wuh in der Rotensteinstraße nicht recht geheuer. Er wünschte umzuziehen und besprach dies mit seiner Frau. Sie schalt:

«Du Spitzbube und unfähiger Kerl! Als du die billige und gewöhnliche Wohnung mietetest, hättest du dir doch sagen müssen, daß wir unter dem Lärm und Gezeter des gemeinen Pöbels zu leiden haben würden. Es wäre doch viel richtiger gewesen, ein paar Unzen Silber mehr anzulegen und etwas Rechtes zu wählen mit wenigstens zwei Räumen, in denen wir uns behaglicher gefühlt hätten und außerdem von den Leuten nicht belästigt worden wären.» Auf Wuh's Zwischenfrage, wo er das Geld für ein ganzes Häuschen hernehmen solle, fuhr sie ihn an: «Pfui, du Schmierfink! Du bist mir der richtige Kerl. Immerfort muß ich mich über dich ärgern. Nicht einmal Geld für eine Dienerin gibst du mir. Mach' dich auf die Beine und schaff', was nötig ist! Es ist doch gar nicht schwer. Wenn wir es erst haben, wird sich alles Weitere schon regeln lassen.»

Auf diese Worte seiner Frau hin trieb der große Wuh etwas über zehn Unzen Silber auf und mietete in der Nähe des Kreisamtes eine zweistöckige Hütte mit vier Räumen, Vorratskammern im Oberstock und zwei kleinen Höfchen. Alles war sehr sauber. Nach dem Umzug in die Weststraße am Kreisamte verdiente der große Wuh seinen Lebensunterhalt auch weiter durch Verkauf von Gebäck.

Zufällig war er jetzt zu seiner großen Freude auf seinen leiblichen Bruder gestoßen. Er nahm ihn zu sich mit, nötigte ihn in das obere Stockwerk und rief Goldlotos, um sie Wuh Sung vorzustellen:

«Der Mann, der neulich am Djingjang-Hügel das Untier erlegt hat, ist dein Schwager. Jetzt ist er neugebackener Polizeihauptmann. Es ist mein leiblicher jüngerer Bruder.»

Mit den Händen in den Hüften trat Goldlotos sofort hervor und sagte:

«Lieber Schwager, tausendfältiges Glück!»

In Erwiderung des Grußes verneigte sich Wuh Sung tief.

«Lieber Schwager, bitte, richtet Euch auf! Tut mir nicht zuviel Ehre an!» wehrte Goldlotos ab.

«Bitte, Schwägerin, nehmt nur meine Ehrfurchtsbezeugungen entgegen!» antwortete Wuh Sung.

Nachdem sie sich gegenseitig noch eine Weile davon hatten zurückhalten wollen, fielen beide gleichzeitig voreinander auf ihr Antlitz und erhoben sich dann. Ein Weilchen danach brachte die kleine Willkomm Tee. Beide tranken. Wuh Sung hatte gesehen, daß die Frau sehr hübsch war, und hielt seinen Blick auf den Boden geheftet. Der große Wuh hatte alsbald zu Wuh Sung's Bewirtung einen Imbiß hergerichtet.

Im Laufe der Unterhaltung begab er sich hinunter, um noch Wein und Speisen einzukaufen, und ließ seine Frau oben allein Wuh Sung Gesellschaft leisten.

Sie hatte Wuh Sung's Wuchs, der vor Bewunderung erschauern ließ, und seine recht ebenmäßigen Gesichtszüge betrachtet und dachte nun bei sich: Er muß doch über ganz außerordentliche Kraft verfügen, wenn er die Tigerbestie töten konnte. Ohne ein Wort zu sagen, spann sie ihre Gedanken weiter: Das sind nun zwei Brüder von ein und derselben Mutter. Wie kommt es nur, daß mein Mann so ein kleiner Krüppel ist, nur zu einem Drittel Mensch und zu zwei Dritteln Gespenst. Daß ich an ihn geraten bin, ist wirklich die allerschlimmste Strafe für die Verfehlungen in meinem früheren Leben. Angesichts Wuh Sung's hünenhafter, kräftiger Gestalt überlegte sie, ob sie ihn nicht auffordern sollte, bei ihnen Wohnung zu nehmen. Sie überdachte ihr trauriges Eheleben, und ob hier nicht Schicksalsfäden der Liebe erkennbar seien. Darüber mußte sie auflachen. Dann sprach sie:

«Lieber Schwager, wo wohnt Ihr denn jetzt eigentlich? Wer sorgt für Eure täglichen Mahlzeiten?»

«Seitdem meine Wenigkeit zum Polizeihauptmann befördert worden ist», erwiderte Wuh Sung, «muß ich mich meinen Vorgesetzten täglich zur Verfügung halten. Es lohnt sich nicht für mich, irgendwo anders eine Wohnung zu suchen. Ich habe deshalb in Eile einen Unterschlupf in der Nähe des Kreisamtes gewählt. Täglich kommandiere ich zwei Soldaten ab, mir meine Mahlzeiten zu kochen.»

«Lieber Schwager», meinte die Frau, «warum wollt Ihr denn nicht zu uns ziehen? Da hättet Ihr es nicht nötig, Euch das Essen von Soldaten zubereiten zu lassen. Wenn Ihr bei uns Wohnung nehmt und, gleichgültig ob morgens oder abends, heißes Wasser wünscht, wäre das höchst einfach. Das Essen würde ich für

Euch selbst herrichten, lieber Schwager. Für Sauberkeit verbürge ich mich.» Auf Wuh Sung's Dankesäußerungen fuhr sie fort: «Habt Ihr etwa irgendwo eine Schwägerin von mir wohnen, so könnten wir sie ja auch herbitten, damit ich sie kennen lernen und ihr zu Diensten stehn könnte.»

Wuh Sung antwortete, daß er noch ledig sei.

«Lieber Schwager, wie alt seid Ihr eigentlich?», fragte sie.

Auf Wuh Sung's Mitteilung, daß er im achtundzwanzigsten Lebenjahre stehe, fügte sie hinzu:

«So seid Ihr also drei Jahre älter als ich, lieber Schwager. Wo kommt Ihr denn jetzt eigentlich her, lieber Schwager?»

«Ich habe über ein Jahr in Blauenstrand gelebt. Ich glaubte, mein Bruder weile noch in seiner alten Wohnung und wußte es nicht, daß er hierher umgezogen ist.»

«Die Sache ist mit wenigen Worten nicht leicht zu erklären», bemerkte Goldlotos. «Seit meiner Verheiratung an Euren Bruder habe ich unter seiner Weichheit zu leiden gehabt. Wir wurden von den Leuten gekränkt, bis wir hierher umgezogen sind. Wenn man freilich über eine solche Hünengestalt wie Ihr verfügt, lieber Schwager, dürfte niemand ein Wort zuviel zu sagen wagen.»

Wuh Sung meinte, sein Bruder sei von jeher ein Mann der Pflichterfüllung und nicht ein solcher Unruhestifter wie er gewesen. Lachend sagte Goldlotos:

«Aber warum nur die Dinge verkehrt darstellen? Wer nicht stark ist, erfreut sich nicht lange der Ruhe, heißt es doch sprichwörtlich. Ich selbst habe eine lebhaftere Wesensart und kann es nicht ausstehen, daß jemand auf drei Schläge noch nicht einmal den Kopf wendet, beim vierten aber gleich mit dem ganzen Körper nachgibt.»

«Wenn mein Bruder kein Unheil heraufbeschwört, so gerät meine Schwägerin auch nicht in Betrübnis.»

In dieser Weise ging das Gespräch der beiden im Oberstocke hin und her.

Als der Schwager unerwartet
kommt zur Schwägerin ins Haus
kehrt, verführerisch geartet,
alle Reize sie heraus.
Allsogleich ihr Herz im Stillen
sie zu Liebesfreuden drängt.
Lockres Wort verrät den Willen,
daß sie Wuh Sung angelnd fängt.

Die Unterhaltung zwischen Goldlotos und Wuh Sung war noch in vollem Gange, als der große Wuh mit etwas Fleisch, Gemüse, Früchten und Kuchen zurückkehrte. Er legte die Speisen in der Küche ab, begab sich nach oben und fragte seine Frau, ob sie zum Anrichten hinunterkommen wolle.

«Da seht Ihr, lieber Schwager, daß mein Mann nicht versteht, was sich gehört», erwiderte Goldlotos. «Hier ist niemand da, Euch Gesellschaft zu leisten, und doch ruft er mich hinunter.» Auf Wuh Sung's Einwand, sie möge sich keinen Zwang antun, fuhr sie fort: «Warum geht er denn nicht zur alten Frau Wang nebenan und bittet sie, herüberzukommen und das Essen anzurichten? Wie kann man es nur anders machen wollen?»

Dem großen Wuh blieb nichts anderes übrig, als zu Frau Wang, die nebenan wohnte, zu gehen und sie zu bitten, das Essen zu richten und aufzutragen. Sie brachte denn auch die Speisen hinauf und deckte den Tisch. Alles war da, es fehlte an nichts: Es gab Fisch, Braten, Obst, Gemüse und Nachtisch. Gleichzeitig stellte sie heißen Wein bereit. Der große Wuh wies

Lieber Schwager! Ihr müßt unbedingt zu uns ziehen.

seiner Frau den Ehrenplatz an, Wuh Sung kam ihr gegenüber zu sitzen, und der große Wuh selbst setzte sich seitlich. Als sie sich so niedergelassen hatten und der Wein eingeschenkt worden war, stellte der große Wuh vor jeden einen Becher mit Wein. Goldlotos erhob ihren Becher:

«Lieber Schwager, nichts für ungut! Wir sind schlechte Gastgeber. Bitte trink ein Schälchen unseres gewässerten Weins!»

«Herzlichen Dank, Schwägerin», antwortete Wuh Sung, «verkleinert Euch doch nicht unnötig!»

Der große Wuh hielt nur immer Umschau, die geleerten Becher zu füllen. Über ihr ganzes Gesicht schmunzelnd sagte die Frau plötzlich:

«Lieber Schwager, warum wählt Ihr denn nicht ein besonders schönes Stück Braten oder etwas Obst aus und legt es mir vor?»

Wuh Sung, der ein rechtschaffener Bursche war, konnte nicht umhin, seiner Schwägerin entsprechend vorzulegen. Er wußte nicht, daß sie, die Tochter einer Dienerin, gewöhnt war, Gelegenheiten zu ihrem Vorteil zu nützen! Auch wußte er nicht, daß sie ziemlich eitel und verführerisch veranlagt war. Sie hatte inzwischen Wuh Sung zur Gesellschaft einige Becher Wein geleert und betrachtete ganz ohne Scheu nur noch seinen Körper. Wuh Sung wurde es ungemütlich. Er hielt den Kopf gesenkt. Nach Beendigung des Mahles erhob er sich. Der große Wuh forderte noch zum Bleiben und Weitertrinken auf, doch der Bruder wehrte ab:

«Bitte, haltet mich nicht! Ich komme schon wieder, um mich nach Eurem Befinden zu erkundigen.»

Sie geleiteten ihn also hinunter, und – er war bereits zur Haustüre hinaus – die Frau sagte noch:

«Lieber Schwager! Ihr müßt unbedingt zu uns ziehen. Tut Ihr es nicht, so werden die Leute uns, das

Ehepaar, verlachen und verspotten. Mit Brüdern ist es doch etwas anderes als mit fremden Leuten. Für uns würde es überdies Zunahme an Ansehen und Einfluß bedeuten. Das wäre auch ein Vorteil.»

«Da Ihr es so dringend wünscht, Schwägerin», antwortete Wuh Sung, «will ich heute Abend noch mein Gepäck herschaffen lassen.»

«Wir warten also darauf!» rief Goldlotos.

Wenn schon Leidenschaft im Busen wühlt,
niemand noch Verständnis dafür fühlt.
Aber sind nur winz'ge Pfirsichknöspchen da,
bringt der Lenz sie zum Erblühen, ist er nah.

2. KAPITEL

Goldlotos läßt auf Liebelei
Sich vor der Tür ein ohne Zagen
In ihrem Teehaus nebenbei
Zeigt sich die alte Wang verschlagen

Mit dem Antlitz von der zarten
Malvenblüte in dem Garten,
mit der Haut wie Schnee so weiß
und durchschimmernd wie das Eis,
höchste Anmut lieblich zeigend,
zu des Hauses Tür sich neigend,
harrt mit vollerblühtem Leib
das verführerische Weib,
wie wenn aufgebrochen eben
einer Schlehenblüte Leben,
offen scheinbar und doch zu.
Röte deckt die Wang' im Nu,
als am Vorhang mit den Blicken
beide jählings sich verstricken,
aber sie bleibt dennoch stehn.
Nochmals muß vorübergehn
er am Häuschen in der Bindung
einer freudigen Empfindung:
Soll man wirklich gehn vorbei?
Steht nicht auch das Bleiben frei?
Darf das Niedersetzen siegen?
Doch am meisten würde wiegen
enges Aneinanderschmiegen.

Als Wuh Sung in seiner Herberge beim Kreisamt angelangt war, schnürte er Bettzeug und Gepäck zusammen, übergab sie Mannschaften der Ortswehr zum Tragen und leitete diese zum Hause seines Bruders hin. Goldlotos freute sich über sein Kommen mehr, als wenn sie ein güldenes Kleinod gefunden hätte, kehrte behende ein Zimmer aus und richtete es besonders gut für Wuh Sung ein. Dieser befahl den Soldaten heimzugehen und legte sich alsbald in seines Bruders Hause zur Ruhe. Am nächsten Morgen erhob sich gleichzeitig mit ihm auch in Eile Goldlotos und besorgte ihm heißes Wasser zum Waschen. Als Wuh sich gekämmt und gewaschen sowie seinen Turban gebunden hatte und fortgehen wollte, um sich im Kreisamte zum Dienst einzufinden, bat Goldlotos:

«Lieber Schwager, kommt, bitte, rasch zum Frühmahle zurück, sobald Ihr Euch zum Dienste gemeldet habt! Geht nicht anderswohin speisen!»

Wuh Sung sagte zu und entfernte sich. Nach der Eintragung zum Dienst im Kreisamte hielt er sich dort zunächst noch den Morgen über bereit und kehrte erst dann heim. Die Frau hatte frühzeitig den Frühstückstisch tadellos sauber gedeckt und alles zum Mahle hergerichtet. Die drei speisten nun gemeinsam. Goldlotos bot mit beiden Händen[49, P] Wuh Sung eine Tasse Tee dar.

«Schwägerin», sagte er, «wenn wir voneinander Aufmerksamkeiten verlangen, die unbequem sein können, darf ich doch nicht so dreist sein, hier zu speisen und zu wohnen. Ich werde morgen einen Ortswehrmann zur Bedienung abkommandieren.»

«Lieber Schwager!» fiel ihm die Frau ins Wort, «aber damit schafft man doch nichts Gutes. Wir sind doch ein Fleisch und ein Blut. Ich bediene doch keinen Fremden. Wir haben ja die kleine Person Willkomm hier. Ich weiß aber aus Erfahrung, daß sie dieses und jenes verwechselt. Bald ist sie hier im Wege, bald steht sie dort herum. Ich kann mich auf sie nicht verlassen. Wolltet Ihr Mannschaften hersenden, so dürfte es mit den Kochtöpfen und am Herde nicht sauber genug zugehn. Ich mag diese Kerle auch überhaupt nicht ausstehn.»

Wuh Sung bemerkte, daß die Schwägerin sich solchenfalls aber weniger Umstände machen möge.

Wuh Sungs Anstand ihn bewahrte vor der
Zügellosigkeit.
Doch es ließ sich nimmer hemmen seiner Schwäg'rin
Lüsternheit.
Lockend riet sie ihm, er möge zu ihr ziehen in
das Haus.
Daß ihr Bett er helfe füllen, darauf ging allein
sie aus.

Doch wir wollen in der Erzählung nicht zu weitschweifig werden!

Nachdem also Wuh Sung zu seinem Bruder gezogen war, stellte er ihm etwas Geld zur Verfügung, um Kuchen, Tee, Obst und dergleichen einzukaufen, er ließ Einladungen an die Nachbarn ergehn, die hinwiederum sich untereinander Mühe gaben, um Wuh Sung Aufmerksamkeiten zu erweisen. Der große Wuh mußte dann das mit Einladungen erwidern. Doch auch hiervon soll nicht weiter die Rede sein.

Nach Verlauf von einigen Tagen schenkte Wuh Sung seiner Schwägerin eine Rolle bunten Atlasseidenstoff zu einem Kleide.

«Lieber Schwager», meinte die Frau mit unterdrücktem Lachen, «aber das geht doch nicht. Da Ihr mir nun aber einmal ein Geschenk zugedacht habt, wage ich es nicht abzulehnen, sondern muß es annehmen. So wünsche ich Euch tausendfaches Glück.»

Auch seitdem Wuh Sung nur noch das Quartier bei seinem Bruder hatte, trug dieser wie früher auf den Straßen Gebäck zum Verkaufe aus. Wuh Sung begab sich täglich zum Kreisamte zu seinen Dienstobliegenheiten. Ob er nun früh oder spät zurückkehren mochte, Goldlotos bereitete in der allerfröhlichsten Stimmung Tee oder Speisen und war erpicht, Wuh Sung zu bedienen. Er versuchte, vermochte es aber nicht, die dahintersteckende Absicht zu übergehen, zumal da Goldlotos auch immer Redewendungen gebrauchte, die ihn beeinflussen sollten. Er war ein eigensinniger, gerader Bursche. Länger sprach er nur, wenn wirklich Stoff zur Aussprache vorlag, war das nicht der Fall, so war er wortkarg.

So verstrich im Flug ein Monat und mehr, und es setzte die Witterung des zwölften Mondes ein. Mehrere Tage hintereinander tobte strenger Nordwind. In allen Himmelsrichtungen ballte sich dichtes rotes Gewölk zusammen, und alsbald erhob sich, der Landwirtschaft willkommen, Schneegestöber und Schneetreiben vom ganzen Himmel, und es gingen gewaltige Schneemengen nieder.

Meilenweit die Wolken woben
dichte Decken, rötlich gleißend.
Schnee stob vor dem Hausschutzvorhang
durch den Luftraum Glück verheißend.
Wirbelnd vor den Hausdach-Rändern
tanzten Flocken über Flocken.
Solcher Art im Bergstrom Jän einst
Wang Dse-ju's Boot kam ins Stocken.[26,b]
Schnee im Nu die hohen Bauten
und Terrassen schwer bedrückte.
Silberfärbung gleicherweise
Ströme und auch Berge schmückte.
Es sah aus, als sei unendlich,
tagelang herbeigezogen,
Ringsum Mehl verstreuet worden,
oder Salz herabgeflogen.
Ehemals an solchem Tage

seufzend Lü Meng-dscheng[26,c] beklagte,
in dem Ziegelofen hausend,
daß ihn sehr die Geldnot plagte.

Der Schneefall hielt an jenem Tage bis zur ersten Nachtwache an. Die ganze Welt war alsbald silberweiß geschmückt, und Himmel und Erde schienen wie von Edelsteinmehl bedeckt. Als sich Wuh Sung am anderen Morgen zum Kreisamt auf den Weg gemacht hatte, um sich zum Dienst einzutragen, kehrte er bis Mittag nicht zurück. Der große Wuh war von seiner Frau zeitig fortgeschickt worden, seinem Kuchenhandel nachzugehen. Sie hatte sich dann zu Frau Wang nebenan begeben, um Wein und Fleisch durch sie einkaufen zu lassen. Dann begab sie sich in Wuh Sung's Stube. Dort brachte sie in einem offenen Bekken Holzkohlen zum Glühen und überdachte, wie sie ihn wohl heute einmal ernsthaft aufpeitschen wolle, so daß sie nicht besorgt zu sein brauche, er werde gefühlskalt bleiben. Fröstelnd und im Gefühle der Vereinsamung spähte sie unter dem Vorhange nach Wuh Sung aus. Er stapfte gerade durch den Schnee unter den Schneeflocken und Eiskriställchen heim. Die Frau schob den Vorhang zur Seite und empfing ihn lächelnd mit den Worten:

«Lieber Schwager, es ist bitter kalt.»

Wuh Sung dankte für die Aufmerksamkeit. Als er beim Hereinkommen das Haus betrat und seinen Regen-Filzhut herunterzog, wollte ihn die Frau entgegennehmen, doch Wuh Sung schüttelte selbst den Schnee herunter mit den Worten:

«Bemüht Euch nicht, Schwägerin, das macht Beschwerde.» Dann hängte er ihn an die Wand. Er löste seinen Leibgurt, entledigte sich seiner derben, gefütterten Joppe mit papageiengrüner Einfassung und begab sich in seinen Raum. Die Frau bemerkte:

«Lieber Schwager, ich habe heute den ganzen Morgen auf Euch gewartet. Warum seid Ihr denn nicht zum Frühstücke gekommen?»

Wuh Sung erwiderte, es habe ihn des Morgens ein Bekannter zum Essen gebeten. Eben erst habe es wieder Grund zum Bechern gegeben, doch er habe abgelehnt und sei stracks heimgegangen.

«Ach so! Ja dann!» sagte die Frau. «Setzt Euch ans Feuer, lieber Schwager!»

«Das ist wirklich angenehm», rief Wuh Sung aus, entledigte sich seiner trangetränkten Stiefel, wechselte die Socken, schlüpfte in ein Paar warme Hausschuhe, rückte einen Schemel an das Feuer und kauerte sich auf dem Boden neben dem Feuerbecken nieder.

Goldlotos hatte längst Willkomm angewiesen, die vordere Haustüre zu verriegeln und das hintere Tor zu schließen. Sie brachte Schüsseln mit warmen Speisen in das Zimmer und setzte sie auf dem Tisch ab. Wuh Sung erkundigte sich, wo sein Bruder stecke. Goldlotos antwortete:

«Er ist ausgegangen, um Gebäck zu verkaufen, und noch nicht zurück; ich trinke mit Euch, lieber Schwager, ein paar Gläschen allein.»

Wuh Sung wandte ein, es würde schon nicht zu spät werden, wenn sie auf den Bruder warteten. Doch Goldlotos erklärte, das Warten komme gar nicht in Frage. Sie hatte die Worte noch nicht völlig beendet, als auch bereits die kleine Willkomm eine Kanne heißen Weines hereintrug.

«Da bin ich wieder schuld an Eurer Mühe, Schwägerin!» bemerkte Wuh Sung.

Goldlotos rückte nun auch einen Schemel an das Feuer und ließ sich auf ihm nieder. Auf dem Tische waren Teller und Schüsseln abgestellt. Da hob sie einen Becher mit Wein empor, blickte Wuh Sung an und sprach:

«Lieber Schwager, leert diesen Becher!»

Er nahm ihn entgegen: Ein Zug! Und der Becher war leer. Die Frau schenkte ihm den Becher zum zweiten Male voll:

«Wegen des frostig kalten Wetters, lieber Schwager, trinkt noch einen Becher! Dann wird es auch ein Paar.»

Mit den Worten: «Da Ihr darum bittet, Schwägerin», nahm Wuh Sung ihn entgegen und leerte ihn wiederum in einem Zuge. Jetzt füllte Wuh Sung seinerseits einen Becher und reichte ihn seiner Schwägerin, die ihn entgegennahm und schlürfte. Sie ergriff die Kanne, schenkte dann von neuem ein und stellte den Becher vor Wuh Sung hin. Sie ließ ihren schwellenden Busen leicht sichtbar werden. Strähnen des geknoteten Haares hingen ihr halb ins Gesicht. Mit unterdrücktem Kichern sagte sie:

«Lieber Schwager, ich habe erzählen hören, Ihr haltet in der Nähe des Kreisamtes eine Sängerin aus. Stimmt das?»

«Schwägerin, hört nicht auf fremder Leute Geschwätz!» antwortete Wuh Sung. «Ich war niemals ein Mann dieser Sorte.»

«Ich glaub's nicht und fürchte nur, lieber Schwager: Eines Sprechers Mund ist nicht so wie sein Herzensgrund.»

«Falls Ihr es nicht glaubt, Schwägerin, so fragt doch einmal meinen Bruder!»

«Ach was! Erwähnt ihn nicht!» fiel ihm Goldlotos ins Wort. «Was weiß er von solchen Dingen. Er lebt doch immer nur in einem Rausch- und Traumzustand. Wenn er sich irgendwie zu helfen wüßte, so würde er doch nicht das Gebäck verhökern! Lieber Schwager, bitte, trinkt!»

Sie goß nun hintereinander drei oder vier Becher voll, die getrunken wurden. Da sie selbst auch mehrere Becher Wein genossen hatte und die Wirkung davon im Leibe spürte, loderte ihre Sinnlichkeit auf. Wie Feuer brannte in ihr die Begierde. Sie schwatzte darauf los. Wuh Sung war noch fast im Besitze seiner geistigen Frische, hielt seinen Kopf nur gesenkt und schickte sich durchaus nicht an, die Lage auszubeuten. Goldlotos erhob sich, um den Wein anzuwärmen. Wuh Sung blieb allein in der Stube zurück. Er ergriff die Feuerzange und schürte die Glut. Goldlotos hatte eine ganze Weile gebraucht, um die Kanne Wein anzuwärmen, und als sie in das Zimmer zurückkam, in einer Hand die Weinkanne, legte sie die andere auf Wuh Sung's Schulter, betastete ihn und bemerkte:

«Schwager, Ihr habt ja kaum etwas an. Friert es Euch nicht?»

Wuh Sung fühlte sich bereits beträchtlich unbehaglich und beachtete sie nicht weiter. Weil er auf ihr Verhalten nicht einging, riß Goldlotos nun die Feuerzange an sich:

«Schwager, ihr versteht es nicht, Feuer zu schüren. Ich will Euer Feuer einmal anfachen, bis Ihr ganz wie ein Feuerbecken glühend werdet. Also gut!»

Wuh Sung war bereits zum Bersten ärgerlich, sagte aber kein Wort. Goldlotos gewahrte seinen Verdruß nicht, ließ einfach die Feuerzange fallen, füllte einen Becher mit Wein, schlürfte davon selbst einen Schluck, so daß der Becher halb gefüllt blieb, blickte Wuh Sung an und sprach:

«Trink den Weinrest aus meinem Becher, wenn du mich willst!»

Wuh Sung riß den Becher an sich und schüttete den Inhalt auf den Boden:

«Schwägerin, laßt Euch nicht so gehn! Kennt Ihr denn keine Scham?» Er machte dabei mit der Hand eine fortstoßende Bewegung der Abwehr, so daß er sie ein bißchen wegschob, und fügte mit weit aufgerissenen Augen hinzu: «Ich bin ein Mensch, der mit dem Scheitel den Himmel berührt, ob er auch auf der Erde steht, ein Kerl mit Zähnen im Munde und Haaren auf dem Kopfe. Ich bin kein solcher Schweinehund, der alle Sitten verletzt und sich über alle menschlichen Beziehungen hinwegsetzt. Seid nicht so bar jeder Scham, Schwägerin, in solcher Art zu angeln! Wenn Ihr Euch wie das Gras vom Winde bewegen laßt, so können Euch zwar meine Augen noch als Schwägerin erkennen, meine Fäuste aber nicht mehr!»

Goldlotos wurde feuerrot, schluckte seine Worte hinunter, hieß Willkomm Teller, Becher und alles Gerät abräumen und murmelte erbittert:

«Ich wollte doch natürlich nur ein bißchen spaßen. Das ernst zu nehmen, lohnte doch wirklich nicht. Aber darin zeigt sich ein gehöriger Mangel an Höflichkeit.» Damit begab sie sich – das Tafelgerät war abgeräumt worden – selbst hinab in die Küche.

Es wollt' eine fallende Blüte
begleiten des Flusses Lauf.
Doch keinerlei Liebesempfindung
brachte der Strom für sie auf.

Goldlotos sah ein, daß sie Wuh Sung nicht verführen konnte. Sie hatte sich ganz im Gegenteile von ihm eine gehörige Zurechtweisung erteilen lassen müssen. Wuh Sung saß seinerseits allein in der Stube und überdachte verärgert alles Geschehene. Es war noch zeitig am Tage, etwa vier Uhr nachmittags, als der große Wuh durch den tiefen Schnee mit seinem Traggestelle heimkehrte. Er stieß das Tor auf, trat ein, legte die Traglast ab und schritt nun in das Hausinnere. Dort gewahrte er die rotverweinten Augen seiner Frau und erkundigte sich sofort, mit wem sie aneinandergeraten sei.

«An allem bist nur du Schwächling schuld, läßt einen fremden Kerl mich beleidigen», antwortete sie. Auf seine Frage, wer sich hergewagt habe, sie zu kränken, fuhr sie fort: «Du willst es wissen? Nun denn: der zweite Wuh, dieser gemeine Kerl. Ich sah ihn durch den tiefen Schnee heimkehren und setzte ihm in der besten Absicht Wein und Speisen vor, doch er fing an, sich schlechte Späße mit mir zu erlauben, als er gemerkt hatte, daß niemand zugegen war. So ist es gewesen. Willkomm hat es mit eigenen Augen wahrgenommen. Ich bringe keine fälschliche Beschuldigungen gegen ihn an.»

«Mein Bruder ist eigentlich gar nicht so», bemerkte der große Wuh. «Er war bisher stets artig. Sprich aber nur nicht so laut, damit die Nachbarn es nicht hören und sich belustigen!» Er ließ nun seine Frau allein und begab sich in Wuh Sung's Zimmer: «Bruder, du hast doch wohl noch keinen Imbiß eingenommen. Ich möchte mit dir zusammen etwas essen.»

Wuh Sung verharrte in Schweigen, starrte nur lange Zeit sinnend vor sich hin und ging schließlich zur Haustüre hinaus. Auf des großen Wuh's Zuruf: «Bruder, wo willst du hin?» antwortete er ebenfalls nicht, sondern schritt, ohne anzuhalten, weiter. Der große Wuh trat wieder in das Haus ein und sagte zu seiner Frau, die ihn fragte:

«Ich habe ihn angerufen, aber er hat mir nicht geantwortet. Unentwegt ist er die Straße zum Kreisamte weitergegangen. Ich weiß nicht, was da vorliegt.»

«Du Pastetenmade!» schalt die Frau. «Was ist da so schwierig zu erkennen? Der Kerl schämt sich und wagt es nicht, dir in die Augen zu sehen. Da er sich aus dem Staube gemacht hat, vermute ich, daß er bestimmt jemand herschicken und sein Gepäck abholen lassen wird. Er vermeidet es, hier zu wohnen. Rede mir nur nicht davon, daß du ihn halten willst!»

«Wenn er auszieht, mußt du damit rechnen, daß sich die Leute über uns belustigen.»

«Du Gespenst des Wirrwarrs!» keifte Goldlotos. «Wenn er sich üble Späße mit mir erlaubt, werden sich die Leute wohl nicht über uns lustig machen? Geh du nur allein zu ihm, wenn du es willst! Ich habe mit dergleichen Volk nichts zu schaffen. Gib mir einen Ehescheidungsbrief[31,o], dann magst du ihn bei dir behalten!»

Der große Wuh wagte nun nicht mehr, den Mund zu öffnen; indessen fuhr Goldlotos fort, heftig zu schelten. Noch während dieser lärmenden Auseinandersetzung zwischen dem Ehepaar erschien Wuh Sung mit einem Ortswehrmann, der eine Tragstange trug, packte seine Sachen zusammen und schritt dann zum Hause hinaus. Da trat der große Wuh auch heraus und rief:

«Bruder, was hast du denn eigentlich vor, daß du so einfach ausziehst?»

«Frage mich nicht, Bruder!» sagte Wuh Sung. «Wenn ich zu erzählen anfangen sollte, dann ändere nur dein Ladenschild um! Laß mich meines Weges gehn. Das ist besser so!»

Wie konnte es der große Wuh daraufhin wagen, nach Einzelheiten zu forschen. Wuh Sung zog also aus. Die Frau zeterte unterdessen im Innern des Hauses weiter und schimpfte:

«Es ist aber gut so! Man wird eben nur sagen: Verwandten einen Pump anzudrehen, ist schwierig. Kein Mensch würde etwas anderes glauben, als daß er als jüngerer Bruder, nachdem er Polizeihauptmann geworden ist, seinen älteren Bruder und seine Schwägerin unterstützt. Niemand ahnt es, daß er ganz im Gegenteil sich uns gegenüber als bissiger Beleidiger erwiesen hat. Die richtige Quittenblüte! Nichts dahinter, nur ansehnlich! Himmel und Erde seien bedankt, daß er ausgezogen ist und dieser boshafte Geselle mir aus den Augen kommt.»

Der große Wuh wußte sich bei solchen Worten seiner Frau nicht recht zu verhalten. Innerlich kam er über die Sache nicht zur Ruhe.

Als Wuh Sung weggezogen war, nahm er sein Quartier in der Herberge unweit des Kreisamtes. Der ältere Wuh verkaufte wie früher auf den Straßen seine Kuchen. Eigentlich hätte er am Kreisamte seinen Bruder gern aufgesucht, um sich mit ihm auszusprechen, aber von seiner Frau war ihm unzählige Male so nachdrücklich eingeschärft und zur Pflicht gemacht worden, den Verkehr, der ein Unrecht sei, unter allen Umständen zu meiden, daß er sich nicht getraute, sich zu Wuh Sung zu begeben und mit ihm zu reden.

Nach Wuh Sung's Auszug aus der Wohnung seines Bruders schmolz der Schnee im Handumdrehen unerwartet schnell. Etwa zehn Tage später war das Wetter wieder hell und freundlich.

Der Landrat des Kreises war seit seinem Amtsantritte schon länger als zwei Jahre im Dienst und hatte dabei beträchtliche Mengen an Gold und Silber zurücklegen können. Er wollte jetzt eine Vertrauensperson in die Osthauptstadt senden, um das Vermögen Verwandten zu treuen Händen anzuvertrauen in der Absicht, nach Ablauf der dreijährigen Amtszeit gelegentlich der Audienz bei Hofe auch seine Vorgesetzten zu bedenken. Er fürchtete jedoch den Pöbel auf der Straße, so daß er nur einen kräftigen Mann hätte senden können. Plötzlich erinnerte er sich des Polizeihauptmanns Wuh Sung. Durch ihn konnte die Angelegenheit erledigt werden. Er rief ihn noch an demselben Tage zu sich ins Amt, um die Sache mit ihm zu besprechen:

«Ich habe einen Verwandten in der Reichshauptstadt, einen Beamten des Namens Dschu Miän, der jetzt das Amt eines Hofmarschalls im kaiserlichen Palast innehat. Ich möchte ihm eine Sendung Geschenke zugehen lassen, ihm auch einen Brief übermitteln und mich nach seinem Befinden erkundigen. Ich fürchte nur, daß unterwegs nicht alles nach Wunsch gehn könnte. Wenn du den Transport übernähmest, wäre aber alles in Ordnung. Gib mir keine Absage wegen Beschwerlichkeit der Reise! Nach deiner Rückkehr werde ich dich natürlich hoch belohnen.»

«Eure Gnaden haben meine Wenigkeit gefördert. Wie sollte ich mich erkühnen, mich vor dem geäußerten Wunsche zu drücken?» sagte Wuh Sung sofort. «Zumal da doch Euer Gnaden mich mit weiter nichts beauftragt haben als einfach hinzugehen.»

Der Landrat war hierüber hoch erfreut und bedachte Wuh Sung mit drei Bechern Wein und zehn Unzen Reisekosten. Es erübrigt sich, davon weiter zu berichten.

Auf die Unterredung mit dem Landrate hin rief Wuh Sung, als er das Amtsgebäude verlassen hatte und in seiner Herberge angelangt war, einen Ortswehrmann, kaufte unterwegs einen Krug Wein nebst Gerichten verschiedener Art und begab sich stracks zu seines Bruders Behausung. Als dieser die Straße entlang heimkam, fand er Wuh Sung vor seiner Haustür am Boden sitzen. Wuh Sung hieß nun den Ortswehrmann in die Küche gehn und die Speisen zubereiten.

Die übersprudelnde Leidenschaft der Frau war keineswegs erschöpft. Als sie Wuh Sung Wein und Speisen hatte bringen sehen, hatte sie bei sich gedacht: «Wahrscheinlich hat der Bursche sich doch nach mir gesehnt, sonst wäre er doch nicht wiedergekommen. Was nun? In einigen Tagen werde ich es ganz allmählich aus ihm herausbekommen.» Sie war sogleich nach oben gegangen, hatte sich sorgfältig und gleichmäßig gepudert, hatte ihren wolkigen Haarknoten geordnet und hatte farbige Kleidung angelegt, dann trat sie vor die Tür, um Wuh Sung zu bewillkommnen. Sie begrüßte ihn:

«Lieber Schwager, ich weiß nicht, was Ihr übel genommen habt, daß Ihr eine so geraume Zeit gar nicht zu uns herangekommen seid. Ich habe das überhaupt nicht verstehen können und bin heute desto mehr erfreut, daß Ihr uns wieder besucht, lieber Schwager. Aber es ist doch nichts los! Warum habt Ihr Euch noch Kosten gemacht?»

«Ich bin eigens wegen einer Mitteilung, die ich meinem Bruder machen will, hergekommen.»

«Wenn es das ist, so begebt Euch, bitte, nach oben und nehmt dort Platz!»

Alle drei gingen nun hinauf. Wuh Sung veranlaßte seinen Bruder und seine Schwägerin, die Ehrenplätze einzunehmen. Er selbst setzte sich auf einen Schemel quer vor sie. Der Wehrmann sorgte für den Wein und brachte auch das ganze Mahl herauf. Wuh Sung ermunterte seinen Bruder und die Schwägerin, zuzulangen. Goldlotos schaute aufmerksam zu Wuh Sung hinüber, doch er sprach nur dem Weine zu. Sie hatten einige Runden genossen, da bat Wuh Sung die kleine Willkomm um ein Paar übereinstimmende Becher. Er ließ von dem Wehrmann den einen Becher mit Wein füllen, nahm ihn dann in die Hand und sprach mit einem Blick auf den älteren Wuh:

«In Ehrerbietung, lieber Bruder! Mir ist heute von Seinen Gnaden dem Herrn Landrat der Auftrag zuteil geworden, in Geschäften nach der Reichshauptstadt zu reisen. Morgen schon will ich mich auf den Weg machen. Wenn es lange währt, hoffe ich, in zwei bis drei Monaten, wenn es rasch geht, in einem zurück zu sein. Ich habe nun noch etwas auf dem Herzen und bin hauptsächlich gekommen, dir das zu sagen. Du bist von jeher etwas schwächlich gewesen. Wenn ich nun nicht hier bin, hege ich Besorgnis, es könnte dir ein Fremder vielleicht Schmach antun. Gesetzt, du hättest bisher täglich zehn Behälter Gebäck verkauft, so fertige von morgen an nur noch deren fünf an und trag sie aus! Verlaß täglich das Haus spät und kehre früh wieder heim! Geh auch nicht mit Leuten zechen. Wenn du heimgekehrt bist, laß die Vorhänge herunter und schließ frühzeitig die Türe! Auf diese Weise wirst du dir wer weiß wie viel Ärger und Zank über das, was Recht und Unrecht ist, ersparen. Sollte dich jemand kränken, so rechte nicht mit ihm; warte bis ich zurück bin! Ich werde die Sache dann für dich vernünftig regeln. Bruder, wenn du mir Folge leisten willst, so leere vollständig diesen Becher!»

«Bruder, du hast recht. Ich will mich in allem nach deinen Worten richten», sprach der große Wuh, nahm den Becher entgegen und leerte ihn.

Wuh Sung schenkte auch den zweiten Becher voll Wein und wandte sich zu Goldlotos:

«Schwägerin, Ihr verfügt über scharfen Geist. Ich brauche deshalb nicht viele Worte zu machen. Mein Bruder ist ein Mensch von schlichtem Wesen, der ganz von der Leitung durch seine Frau abhängig ist. Ein Sprichwort sagt:

Innerliche Kraft
Besseres als äuß're schafft.

Wenn Ihr, Schwägerin, treu zur Familie haltet, was sollte da meinen Bruder noch anfechten können! Ihr habt doch auch gehört, daß es schon bei den Alten hieß:

Der Zaun muß fest sein,
soll kein Hund 'rein.»

Ein Fleckchen Rot vom Ohre her
zur Purpurglut im Antlitz schwoll,

als sie diese Worte hörte. Auf den großen Wuh weisend, schalt sie:

«Du zerfahrenes Geschöpf, was hast du nun anderwärts schon wieder herumerzählt? Du beleidigst deine Frau. Ich steh auch ohne Turban[50,c] meinen Mann; bin eine flott und fleißig hantierende Frau; auf meiner Faust kann auch ein Mann stehn und auf meinem Arm ein Pferd traben. Ich bin doch kein Amphibium, das nicht aus dem Schleim herauskommt! Seitdem ich dich geheiratet habe, hat wahrhaftig nicht einmal eine Ameise sich in unsere Räume gewagt. Welcher Zaun ist da nicht fest, daß ein Hündchen hereinschlüpfen könnte? Redet nicht solchen Unsinn!

Was man in Worte faßt,
soll hin, wo es auch paßt.

Fallen Ziegel und Dachpfannen 'runter,
muß doch am Boden sein jegliches Stück!»

«Wenn es so steht, Schwägerin», bemerkte Wuh Sung lachend, «und Ihr die Leiterin seid, ist das das Beste. Mund und Herz müssen nur übereinstimmen, wenn es sich so verhält. Ich beherzige alles, was ihr, Schwägerin, gesprochen habt. Bitte, nehmt diesen Becher an!»

Die Frau schob den Trank mit der Hand zur Seite und eilte geradewegs hinunter. Auf der Treppe stieß sie noch hervor:

«Du willst ein kluger Mensch sein, der weiß, was sich gehört, aber im gegebenen Augenblicke gilt dir die Frau deines älteren Bruders nicht wie deine Mutter![26,d] Damals, als ich den großen Wuh heiratete, habe ich nichts davon gehört, daß da noch solch ein

Schwagerjüngelchen lebt. Woher kommst du denn überhaupt? Gehörst du wirklich zur Familie oder nicht? Du willst wohl hier den Hausherrn spielen? Es ist zum Verzweifeln, welche üblen Geschichten man erleben muß!» Bitterlich weinend ging sie hinunter.

Ob mit Strenge oder Güte,
rügend, mahnend, er gesprochen,
ihr im Busen war vor Ärger
solch ein Sturmwind losgebrochen,
daß vor grimmiger Beschämung
schwer ihr fiel das Sitzenbleiben,
sie im Zorn den tapfern Schwager
in den Tod hätt' mögen treiben.

Goldlotos hatte sich so hochfahrend und lange ausgesprochen, daß die Brüder nur noch wenige Becher Wein tranken und nicht länger sitzen bleiben mochten. Sie gingen auch hinunter. Mit Tränen in den Augen nahmen sie voneinander Abschied. Der ältere Wuh bat:

«Bruder, komm doch recht bald zurück, damit wir uns wiedersehen.»

Wuh Sung schärfte ihm seinerseits ein:

«Bruder, gib doch deinen Handel auf und bleib daheim! Meine Reisespesen will ich dir durch jemand zugehen lassen.» Und als er im Begriffe war zu gehen, wiederholte er nochmals: «Bruder, vergiß meine Worte nicht! Bleib zu Hause und überwache sorgfältig Tor und Türe!»

Der große Wuh erwiderte, er habe es verstehen können. Wuh Sung schied nun von ihm, kehrte zu seiner Unterkunftsstelle beim Kreisamte zurück, schnürte sein Gepäck zusammen und legte die Schutzwaffen bereit. Am anderen Tage holte er von dem Landrate die Edelmetall-Geschenke ab, eine Kamellast, bat um den Marschbefehl und brach in der Richtung nach der Osthauptstadt auf.

Der Bruder hatte unterdessen drei bis vier volle Tage hindurch aufs gründlichste die in erregtem Tone geäußerten Scheltworte seiner Frau auszuhalten und mußte die wütenden Schimpfereien hinnehmen, denn nur allein sie schalt. Er folgte den Mahnungen Wuh Sung's, fertigte täglich nur noch die halbe Menge Kuchen und trug sie aus. Noch vor Tagesneige kehrte er heim, stellte sein Traggestell beiseite, ließ dann sofort den Türvorhang herunter, schloß das Haustor und setzte sich in der Stube nieder. Die Frau ärgerte sich darüber wütend und schalt:

«Nicht auf die Tageszeit Rücksicht zu nehmen, was für ein Blödsinn! Ich habe es wirklich noch nicht erlebt, daß jemand die Türe wie in einem Gefängnis verriegelt, da die Sonne noch hoch am Himmel steht. Die Nachbarn lachen uns doch nur aus und fragen sich, was für verbotene Geschichten wir wohl aushecken mögen. Du hörst ja nur auf die Worte deines Bruders, dieses nichtigen Grünschnabels, der unreif ist wie ein Ei, und fürchtest nicht Gelächter und Mißachtung anderer.»

Auf seinen Einwurf:

«Wenn sie spotten, hören sie auch damit auf! Was mein Bruder sagt, ist schon vernünftig. Wir werden uns wer weiß wie viele Unannehmlichkeiten ersparen», spie ihm die Frau ins Gesicht:

«Pfui, du blödes Geschöpf! Bist mir das rechte Mannsbild! Du hast ja gar keine eigene Meinung, sondern tanzest nur nach der Pfeife anderer!»

«Laß ihn aus dem Spiele!» bemerkte der große Wuh mit abwehrender Handbewegung. «Meines Bruders Äußerungen sind diamantene Worte.»

Seit Wuh Sung's Abreise ging der große Wuh Tag für Tag erst spät fort und kehrte früh heim. War er zu Hause angelangt, so schloß er sofort die Haustüre. Die Frau kam vor Ärger und Zorn fast um. Das ging so einige Tage hindurch mit ihren Zornausbrüchen. Als dann diese Auftritte aber zur Gewohnheit zu werden anfingen, änderte sie plötzlich ihr Verhalten, nahm noch am Abend zur Rückkehrzeit des großen Wuh selbst den Türvorhang herab und schloß das Haustor. Er freute sich innerlich hierüber; aber das, was er für Tugend hielt, war nichts Gutes.

Daß aus Vorsicht man das Tor schließt,
abends früh daheim sich hält,
ist von *dem* Tun grundverschieden,
daß sich nur wie Liebe *stellt.*
Wenn wie Seidenfädenwirrnis
keimt im Herzen Lenzbegier,
magst du das Gelaß verschließen:
Zwecklos nur erweist sich's dir.

Im Nu, wie Jungschimmel über klaffende Furchen hinwegsetzen, verfliegen die Tage. Die Monde eilen dahin wie die Weberschiffchen. Eben erst sah man, wie die Blütenknospen der Schlehen aufbrachen, als der zwölfte Mond vollendet war, und bald wurde die Witterung wieder freundlicher. Es war eines Tages im dritten Monde. Der Frühling war um diese Zeit strahlend hell und kosend. Goldlotos in glänzend frischer Kleidung, wartete nur, bis der große Wuh das Haus verlassen hatte. Sie stellte sich vor die Tür unter den Vorhang bis ungefähr abends um die Zeit seiner Rückkehr. Dann pflegte sie den Vorhang herabzulassen, ins Haus zu gehn und Platz zu nehmen. An jenem Tage, der so recht für ein Abenteuer geschaffen war, mußte gerade ein Mann unter dem Vorhange seines Weges gehen. Seit alters her ist es so:

Ohne Zufalls Walten
fehlt Stoff zum Unterhalten.
Wo man sich zufällig findet,
das Schicksal seine Fäden bindet.

Goldlotos hatte gerade die Stützgabel [37,a] ergriffen, um den Vorhang herabzulassen, als plötzlich von einem Windstoß, der die Stützgabel packte, diese weggerissen wurde. Goldlotos hatte sie losgelassen und konnte sie weder fassen noch gehörig aufrichten. Die Stützgabel traf gerade den Kopf jenes vorübergehenden Mannes. Verlegen lächelnd blickte Goldlotos ihn an. Er hätte fünfundzwanzig bis sechsundzwanzig Jahre alt sein können und war eine ausgesprochene Lebemannsgestalt. Er trug einen Hut nach Art der Beamtentracht mit Quaste, im Haare goldene, klingende Haarpfeile und am Arm einen goldenen durchbrochenen Armring mit einer Nephriteinfassung. Seine Gestalt war groß und schlank und mit einem Gewand aus gefältelter grüner Seidengaze bekleidet. Schuhwerk aus Altenbrücke (Tschentjau) mit dünnen gesteppten Sohlen und Strümpfe aus wasserheller Leinwand paßten dazu. In der Hand hielt er einen gesprenkelten Fächer aus Goldflüssen und fächelte sich damit. In der ganzen Gestalt hatte er ziemlich die Erscheinung des Scholaren Dschang [85,a], und seine Gesichtszüge ähnelten denen von Pan An [64,a], kurz er war ein Mann, der gefallen konnte. Ihm also warf Goldlotos unter dem Türvorhang ausgelassen keck einen Blick zu. Von der Stützgabel getroffen, war er sofort stehen geblieben und hatte sich umgesehen, im Begriffe aufzubrausen. Wider alles Erwarten fiel sein Blick auf eine Frauengestalt, die durch die Anmut ihrer bezaubernden Gesichtszüge blendete. Von ihrem rabenschwarzen Haupthaare hingen tänzelnde Strähnen an den Schläfen herunter. Die Brauen waren graziös gebogen wie die erste Sichel des neuen Mondes. Klar und kühl waren ihre mandelförmigen Augen. Dem kirschenroten Mündchen entströmte Duft. Das gerade Näschen hob sich ab wie ein kostbarer Edelstein. Wohlgepudert waren die roten üppigen Wangen. Lieblich wie eine wohl geputzte Silberschale war ihr Antlitz. Jung und zart wie eine Blütenknospe war ihr Körperchen. Die entzückenden Händchen waren wie feinste Blumenzwiebeln, die sprießen. In den Hüften war sie schlank wie eine Pappel oder Weide, die man mit den Händen umspannen kann. Weich und wohlgepudert war ihr weißer Leib. Die schmalen Füßchen waren wie Sternchen spitz und behende. Stramme Brüste formten ihren Busen. Weiß und gestreckt waren ihre Beine. Ihr nicht recht benennbares Etwas war eng schließend und in seiner vollen Frische in dunklem Haarflausche sorgsam geborgen. Am Antlitze der Frau konnte man sich nicht satt sehen. Wie war sie gewachsen und gekleidet!

Aus geölten schwarzen Haaren,
die ein Duft-Gewölke woben,
rings umsteckt mit kleinen Pfeilen
flausch'ge Knoten sich erhoben.
Kämme saßen weiter hinten.
Eine Nadel schräg im Haare,
formte sich zu einem Stengel
mit gleich-hohem Blütenpaare.
Die gemalten Brauen glichen
garnicht zu beschreiben feinen
Weidenblättchen; unter denen
Pfirsichblüten noch erscheinen.
Ohrgehänge niederglitten,
klingend, kaum genug zu loben,
über jeden Preis erhaben
sich des Busens Wellen hoben.

Ihres dunklen Leinwandjäckchens
Ärmel waren breit im Schnitte,
und dazu trug sie ein Röckchen,
wie in Hunan es ist Sitte;
es war kurz und aus gewalzter
gaze-gleicher dünner Seide.
Ein geblümtes Seidentüchlein
hielt im Ärmel sie am Kleide.
Tief ein duftgefülltes Täschchen
ließ sie seitab niederwandern.
Brustschutz gaben mehrfach Lätzchen
je in Lage eins auf andern.
Ihr Gewand war hoch vom Hals ab
zugeknöpft bis ganz hinunter;
niedliche Goldlotosfüßchen
zeigten klein und spitz sich drunter.
Zierlich war auf ihren Schühchen
zwirngestickt das Bild des Raben;
wo sie hinschritt auf weißseid'nen
hohen Sohlen, da umgaben
Duftstaubwölkchen ihre Tritte.
Wenn sie stieg, wenn sie sich bückte,
sah man Kniehöschen aus Seide,
rote, lenzmustergeschmückte.
Wo sie ging und saß, wie war doch
ihre leichte Kleidung luftig!
Moschusartig es entströmte
ihrem Mündchen seltsam duftig,
das der Kirsche glich an Röte.
Lächeln lag auf ihren Mienen,
die wie wohlgewachs'ne Blüten
wirklich blumenhaft erschienen.
Als der Mann sie sah, da war's ihm,
als sei schon sein Geist entflogen
und als sei sein leiblich Dasein
seinem Ende zu gezogen.

Ganz betört von ihren Reizen,
wie sie vor ihm stand mit allen,
war er dieser tödlich schönen
Herzensräuberin verfallen.

Als jener Mann sie erblickte, stand er zunächst wie gebannt. Gar rasch war sein Zorn «bis nach Java hin verflogen», und seine Miene wandelte sich bis zum hellen Auflachen. Die Frau, die sich ihres schuldhaften Ungeschickes ihrer Hand noch bewußt war, blickte ihn mit zusammengelegten Händen an und sagte nach tiefster Verbeugung:

«Meine Hand hat infolge des Windes zufällig den Halt verloren, so habe ich versehentlich den Herrn Rat getroffen. Ich bitte um Verzeihung.»

Er rückte mit der Hand seine Kopfbedeckung zurecht, erwiderte ihre Verneigung, indem er sich fast bis zum Erdboden verbeugte, und äußerte:

«Das macht doch nichts! Bitte, meine Dame, fühlt Euch ganz unbehelligt!»

Nun war dieser ganze Vorgang von der nebenan wohnenden Teestubeninhaberin, der alten Wang, beobachtet worden. Sie bemerkte schmunzelnd:

«Da hat bestimmt ein gewisser Herr Oberrat vom Dachvorsprunge her gerade richtig eins abbekommen.»

Der Mann lachte:

«Die Schuld war ganz auf meiner Seite. Ich bin auf einmal dagegengerannt. Ich bitte, es mir nicht zu verübeln, meine Dame.»

«Der Herr Rat braucht die Schuld nicht auf sich zu nehmen», antwortete Goldlotos.

In größter Ehrerbietung antwortete er:

«Meine Wenigkeit vermißt sich dessen nicht.»

Dabei ruhten seine begehrlichen, durchtriebenen Augen, die seit vielen Jahren nur daran gewöhnt wa-

Als der Mann sie sah, da war's ihm, als sei schon sein Geist entflogen.

ren, blühendes Leben an sich zu locken, unablässig auf dem Körper der Frau. Als er sich zum Gehn anschickte, wandte er sich noch sieben- oder achtmal um, ehe er geradewegs weiter dahinstolzierte, wobei er sich mit dem Fächer schirmte.

Wind und Sonne, laue Lüfte!
Weithin er spazieren geht.
Unterm Vorhang sie, errötend,
unerwartet vor ihm steht.
Weiter will er eben schreiten.
Wendet nur nach ihr das Haupt,
und schon hat verliebt Begehren
seiner Freiheit ihn beraubt.

Nun war der Frau zu gleicher Zeit aber der Mann mit der Haltung eines flotten Lebemannes und mit seiner einschmeichelnden, unschuldigen Redeweise auch aufgefallen und hatte sie für sich eingenommen. Sie wußte freilich weder seinen Namen, noch wo er wohnte. Andererseits sagte sie sich, daß er, wenn er nicht auch Zuneigung zu ihr gefaßt hätte, beim Fortgehen den Kopf nicht sieben- oder achtmal umgewandt haben würde. So stand sie denn unter dem Vorhang und schaute unverwandten Blickes jenem Herrn nach, bis er ihren Blicken entschwunden war. Dann erst nahm sie den Vorhang herunter, schloß die Haustür und begab sich in die Stube.

Lieber Leser, wer glaubst du wohl, war jener Mann? Es mußte natürlich gerade jener Anführer der Kumpane sein, die allen Winden trotzten und den Mond verlachten, jener Marschall im Ausfindigmachen von Blumen und Aufstöbern von Duft, der Besitzer der Drogenhandlung mit dem Doppelnamen Simen und dem einfachen Nachnamen Tjing, der Oberrat, er war es.

Ihm war die dritte Nebenfrau, die kleine Dscho gestorben, und er hatte sie bestattet. Deshalb war er nicht in fröhlichster Stimmung spazieren gegangen und schlenderte umher, um Jing Bo-djau zu suchen und mit ihm irgendwohin zu gehn, auf andere Gedanken zu kommen und sich zu zerstreuen. Aber in Verfolg dieser Absicht war er zuerst an dem Hause des großen Wuh vorübergekommen. Unvermutet war er durch den Schlag auf den Kopf getroffen worden.

Als Oberrat Simen nach dieser Begegnung mit der Frau unter dem Türvorhang in seiner Wohnung angelangt war, überlegte er bei sich: Das war wirklich ein hübsches Geschöpfchen. Wie könnte ich es wohl in meine Hände bekommen? Auf einmal fiel ihm die nebenan wohnende Teestubenbesitzerin Wang ein: Die wäre wohl imstande, so oder so, auf diese oder jene Art sie zusammenzubringen und die Sache zu fördern. Ich wende ein paar Unzen Silber daran, auch zum Dank. Das ist die Geschichte wert! Bei solchen Gedanken vergaß er sogar seine Mahlzeiten und verließ wieder sein Haus, um spazieren zu gehn, eilte dann aber geradewegs in die Teestube der alten Wang und nahm dort unter dem Regenschutzdache Platz. Die alte Wang bemerkte schmunzelnd:

«Der Herr Oberrat hat aber neulich eine großartig üppige Verbeugung fertig bekommen!»

«Mütterchen», sagte Simen Tjing, «kommt einmal näher! Ich möchte Euch fragen, wessen Frau das Geschöpfchen von nebenan ist.»

«Das ist die jüngere Schwester des obersten Höllenfürsten und die Tochter des Schutzgottes der Räuber. Warum die Frage?»

«Ich will mit Euch im Ernste reden, macht doch keine Scherze!» wehrte Simen Tjing.

«Wie kommt es denn, daß der Herr Oberrat sie nicht kennt?» entgegnete die alte Wang. «Ihr Oller verkauft doch heiße Eßwaren in der Nähe des Kreisamtes.»

«Sie ist doch nicht die Frau des Dattelkuchenverkäufers, des dritten Su?» meinte Simen Tjing.

«Nein», wehrte die alte Wang mit einer Handbewegung ab, «wenn es der aber wäre, würde das auch kein schlechtes Gespann sein. Ratet nur weiter, Herr Oberrat!»

«Sicher also das Frauchen des Knochenbrüheverkäufers Li», meinte Simen Tjing.

«Nein», und die alte Wang bewegte wieder die Hand ablehnend, «wäre es der, so würde das aber wohl auch ein gutes Paar sein.»

«Ist es etwa die Frau des jungen zweiten Liu mit dem Ausschlag am Arm?» fragte Simen Tjing.

«Nein», entgegnete lachend die alte Wang, «wenn es der wäre, so wäre er freilich auch ein rechter Ehepartner gewesen. Ratet aber nur weiter, Herr Oberrat!»

«Mütterchen, ich kann dieses schwierige Rätsel nicht lösen.»

Frau Wang lachte hell auf: «Ich will vernünftig reden, damit der Herr Oberrat es endlich zu wissen bekommt. Ihr alter Deckel ist jener Straßengebäckverkäufer, der «große» Wuh, dieser Herr!»

Als Simen Tjing das hörte, fiel er vor Lachen beinahe um:

«Ist er es wirklich? Jener «große» Wuh, den die Leute Dreizollnagel und Korkstöpsel nennen?» Und auf Frau Wang's Antwort: «Gerade der ist es auch!» rief er aus: «Bitter!

Ein trefflich Stücklein Hammelbraten,
darfs in ein Hundemaul geraten?»

«Ganz recht! Das ist nun einmal eine alte Erfahrung», sagte die alte Wang.

«Mütterchen», sagte Simen Tjing, «kommt einmal näher!»

«Stattliche Rosse tragen die blödesten Kerle.
Herrliche Frauen schlafen bei fadesten Gatten;
aber der Alte im Monde[47, e] erlaubt die Verbindung.»

«Mütterchen, was schulde ich für Tee und Obst?»

«Es ist nicht sonderlich viel. Es mag einige Zeit stehn bleiben; das ist doch kein Hindernis für das Berechnen.»

«In wessen Diensten steht eigentlich Euer Sohn Wang Tschau?» fragte nun wieder Simen Tjing.

«Das kann ich wirklich nicht einmal sagen. Er nahm Arbeit bei einem Handelsmann auf dem Hwai-Strom an und ist bis heute nicht zurückgekehrt. Ich weiß gar nicht, ob er noch lebt oder schon tot ist.»

«Warum habt Ihr ihn denn nicht mir in Dienst gegeben? Der Junge war doch aufgeweckt und flink!» meinte Simen Tjing.

«Wenn der Herr Oberrat ihn fördern wollen, so wären seine Aussichten hundertprozentig gut», sagte Frau Wang.

«Wir wollen warten, bis er zurück ist, und dann weiter über die Sache sprechen», bemerkte Simen Tjing. Damit beendete er die Unterhaltung, dankte, erhob sich und ging fort.

Es mochten noch keine vier Stunden verstrichen sein, als er schon wieder erschien und sich mit dem Antlitze nach der Haustüre des großen Wuh außen schräg an den Eingang der Wang'schen Teestube setzte. Nach einer Weile kam die alte Wang heraus und fragte, ob der Herr Oberrat vielleicht ein Schlehentränkchen zu sich nehmen wolle. Auf Simen Tjing's Antwort, daß das ein ausgezeichneter Gedanke sei, sie den Geschmack nur etwas säuerlich machen solle, bereitete die alte Wang den Schlehenaufguß und reichte ihn Simen Tjing mit beiden Händen. Er setzte den Napf ab, als er ihn geleert hatte, und bemerkte:

«Welch ein Schlehenträнkchen! Mütterchen, Ihr wirklich köstliche braut! Wieviele habt Ihr davon im Hause?»

«Braut? Ja! Ich habe in meinem Leben oft eine beschafft», grinste die Alte. «Nur kann man doch nicht gleich eine hier im Hause verlangen.»

Simen Tjing lachte auf, er habe sie nach den Schlehenträнkchen gefragt, und sie rede von Brautbeschaffung, das sei doch ein gewaltiger Unterschied.

«Meine alten Ohren hörten nur den Herrn Oberrat sagen: Wirklich eine köstliche Braut! Wieviele habt Ihr davon im Hause?» behauptete die alte Wang.

«Mütterchen», sagte darauf Simen Tjing, «wenn Ihr Berge verbinden könnt[51, c], so spielt doch auch einmal für mich die Vermittlerin. Kommt durch Eure Besprechung eine gute Heirat zustande, so werde ich Euch natürlich gewichtige Dankbarkeit beweisen.»

«Sehe doch nur einmal einer an, wie der Herr Oberrat schauspielert», fiel die alte Wang ein. «Wenn Eure Frau Gemahlin dahinterkäme, könnte ich mich ihren Backenstreichen kaum entziehen.»

«Meine Frau ist äußerst verständig von Natur», beschwichtigte Simen Tjing. «Ich habe ja auch jetzt schon etliche Gefährtinnen zu Hause; nur ist leider auch nicht eine einzige darunter, die mir zusagt. Wenn Ihr also eine passende Frau für mich in Aussicht habt, so kommt und meldet es mir! Es schadet nichts. Wäre es eine geschiedene Frau, ginge das auch. Nur muß sie mir gefallen.»

«Vor ein paar Tagen hatte ich eine», erklärte die alte Wang, «die wirklich ausgezeichnet war. Nur fürchte ich, daß sie dem Herrn Oberrat nicht passen wird.»

«Wenn sich hier eine gute Gelegenheit für mich bietet und Ihr es, wie wir es besprochen haben, erledigt, so werde ich Euch natürlich tüchtig belohnen», antwortete Simen Tjing, und als Frau Wang bemerkte, sie sei ein hundertzwanzigprozentig idealer Mensch, nur an Jahren etwas älter, fuhr er fort: «Seit alters her heißt es: Der Schönen kommt die Hälfte ihres Alters zu. – Ein oder zwei Jahre Unterschied haben natürlich nichts zu bedeuten. Wie alt ist sie denn in Wirklichkeit?»

«Diese Frau ist im sechzigsten Jahreszyklus geboren, gehört also zum Jahrgang des Wildschweins[41, e]. Sie wird zu Neujahr dreiundneunzig Jahre alt», antwortete die alte Wang.

«So ein durchtriebenes Frauenzimmer, zieht ein pfiffiges Gesicht und zwingt einen zum Lachen», erklärte Simen Tjing. Er erhob sich und ging heiter gestimmt davon.

Als es Abend geworden war, wie man es am Aussehen des Himmels erkannte, war auch für die alte Wang der Augenblick da, die Lampe anzuzünden; sie wollte nun die Türe schließen. Da erschien Simen Tjing wieder, ließ sich unter dem Vorhange mit dem Gesicht nach der Türe des großen Wuh auf einen Schemel nieder und schaute sich die Augen aus. Frau Wang fragte:

«Will der Herr Oberrat vielleicht ein Verlobungs-Tränkchen genießen?»

«Ausgezeichnet», erwiderte Simen Tjing, «aber versüßt es mir etwas!»

Frau Wang holte nun unverzüglich einen Becher herbei und reichte ihn Simen Tjing. Er trank, blieb noch bis zum Abende sitzen und erhob sich dann mit den Worten:

«Mütterchen, schreibt es an! Ich begleiche morgen alles auf einmal.»

«In dieser Hinsicht werde ich ergebenst nach Wunsch verfahren. Kommt, bitte, in den nächsten Tagen zur Erörterung wieder!» sagte die alte Wang.

Simen Tjing ging lachend davon. Zu Hause konnte er wirklich weder ruhig essen noch schlafen. Die Gestalt jener Frau hielt sein ganzes Sinnen und Trachten gefangen. Mondtraut glaubte, die Zerstreutheit und Unruhe sei durch den Tod der kleinen Dscho verursacht, und schenkte ihr deshalb weiter keine Beachtung.

Über den Abend ist weiter nichts zu berichten. In der Frühe des folgenden Tages sah Frau Wang, sie hatte gerade ihre Türe geöffnet und lugte hinaus, Simen Tjing bereits wieder die Straße entlang hin und her schlendern. Sie dachte bei sich: Diese Bürste arbeitet aber scharf. Sehe nur einer das an! Ich habe dem Burschen etwas Zuckersüßes auf die Nase gestrichen, das er nicht ablecken kann. Das Patrönchen versteht es, aus den Kreisinsassen für sich Nutzen herauszuschlagen. Der ist mir nun gerade passend einmal in die Hände gefallen. Da soll er schon etwas von seinem Vermögen herausrücken und mich einen Batzen Lustbarkeitsgeld verdienen lassen.

Die Teestubenbesitzerin Wang war im Grunde ein geriebenes Frauenzimmer. Sie hatte viele Jahre hindurch emsig Heiraten vermittelt und war Händlerin und Maklerin gewesen. Sie verstand sich auch auf Geburtshilfe, sei es als Frau, die das Kind auffängt, oder als Frau, die die Lenden stützt. Sie wußte recht geschickt, Leute einzuschüchtern. Es war schwierig, sich über alle ihre Betätigungsgebiete klar zu werden.

Bereden konnte sie wie Lu Dja wortgewandt.[26,a]
Dem Mundwerk hätt' Sui Ho auch nicht
gehalten stand.
In die Sechs-Reiche-Zeit[22,a] hätt' wehrhaft und
geschmeidig
gepaßt ihr Lippenpaar, und wie ein doppelschneidig
Schwert in der Tji-Staat-Zeit war ihre Zung' dazu.[22,b]
Zuwege bracht' sie's leicht und zwar in einem Nu,

daß bald ein Phönixhahn auf öden Einzelfahrten
die Phönixhenne fand und rasch sich beide paarten.
Ermunterte bei Tisch sie, redend, wie's ihr Brauch,
vermählten Witwen sich und Hagestolze auch.
Die Mädchen, meilenweit, verstand sie fest zu ketten.
Verleitet hätte sie aus den Neun
Zufluchts-Stätten [20, a]
die Klosterheiligen und, die für Weihrauch war
beim Dienst im Tempelsaal des Himmelsherrn sogar,
die Knabenschar aus Gold. – Es war ihr
zuzutrauen,
daß auch die botendienst-tät'gen
Nephritjungfrauen [21]
im Kön'ginmutterkloster [45, a] gern hätten hoch
beglückt
sich hüftumfaßt gefühlt, umarmt auch und
gedrückt.
Gelungen wär' ihr auch ein Anschlag,
daß mit Wonne
ein Lohan [15, a] lustbetört, umarmt hätt' eine Nonne.
Ja, zwäng' die Lage nicht, ihr Listwort da zu
schonen,
umschläng der Himmelswart [46, a] die Mutter
der Dämonen. [45, b]
Wo sie mit süßem Wort verlockte listenreich,
wär auch ein harter Mann geworden herzensweich.
Weil sie mit Wohllaut sprach und klug,
war es erklärlich,
daß Magu-gleiche [33, e] Frau'n entbrannten heiß
begehrlich.
Verborgen teils, teils frei konnt' sie ihr Wort
so rüsten,
daß reinste Mädchen traf gefährlichstes Gelüsten.
Und schenkte Wärme sie und stahl die Kälte allen,
es wär' selbst Fee Tschang-o [47, a] auf Buhlenwahl
verfallen.

Diese Alte hatte soeben ihre Türe geöffnet und die Töpfe in ihrer Teestube zurechtgestellt. Nun beobachtete sie aufmerksam, wie Simen Tjing mehrmals auf und ab schritt, dann eilig in ihre Teeschenke eintrat, unter dem Regenschutzdache mit der Aussicht auf den Hauseingang des großen Wuh Platz nahm und unverwandten Blickes nach jenem Türvorhange hinstarrte. Sie stellte sich, als hätte sie nichts bemerkt, schürte nur beständig das Feuer in ihrem Herd und ging nicht hinaus, um zu fragen, ob Tee gefällig sei. Simen Tjing rief deshalb:

«Mütterchen, bringt mir zwei Tassen Tee!»

«Oh, der Herr Oberrat ist erschienen», antwortete die alte Wang. «Wir haben uns ja eine Reihe von Tagen nicht gesehen! Bitte, nehmt doch Platz!» Von dem Tee, der rasch und stark zubereitet worden war, brachte sie zwei Tassen voll und stellte sie auf den Tisch.

«Mütterchen, trinkt zur Gesellschaft mit mir!» bat Simen Tjing.

Sie lachte hell auf:

«Ich bin doch nicht eine, die Ihr etwa verführen könnt. Wie kann ich Euch da zur Gesellschaft Tee trinken?»

Simen Tjing lachte eine Weile und fragte dann:

«Mütterchen, was wird denn eigentlich nebenan verkauft?»

«Sie verkaufen Backwerk mit Fleischfüllung, Krusten-Geback, Röllchen mit Fleischeinlage, Muschelfleisch in Teig, Fleischklöße, warmen Pfefferkäse», antwortete die alte Wang.

«Nun seht nur einmal das windige Frauenzimmer!» fiel ihr Simen Tjing belustigt ins Wort. «Sie phantasiert nur.»

«Ich phantasiere nicht», lachte Frau Wang. «Andere haben ihre eigenen lieben Ollen.»

«Ich will mit Euch vernünftig reden», wehrte Simen Tjing. «Der Nachbar hat doch nun einmal Rezepte für leckeres Gebäck, und da möchte ich ihn angehen, mir vierzig, fünfzig Stück zu verkaufen, um sie nach Hause mitzunehmen.»

«Wenn Ihr Gebäck kaufen wollt», meinte die Alte, «so wartet doch das Weilchen, bis er von seinem Straßenhandel zurückkommt. Es ist doch nicht gleich nötig, an Tor und Tür zu gehn.»

Mit den Worten: «Mütterchen, Ihr habt recht», trank Simen Tjing den Tee, blieb noch ein Weilchen sitzen, erhob sich dann und ging für geraume Zeit davon.

Frau Wang beobachtete von ihrer Teestube aus mit scharfem Blicke gespannt, wie er vor ihrer Türe zunächst nach Osten bog, einmal Umschau hielt, dann umkehrte und wieder nach Westen ging und so sechs-, siebenmal hintereinander hin- und herspazierte. Als er nach einer guten Weile wieder die Teestube betrat, rief sie ihm zu:

«Ach, der Herr Oberrat! Das ist aber ein Glück! Wir haben uns so lange nicht gesehen.»

Simen Tjing mußte lachen, zog ein Stück Silber im Gewichte von einer Unze hervor und reichte es Frau Wang mit den Worten:

«Mütterchen, nehmt es nur einstweilen hin für den Tee!»

«Es ist doch nicht nötig, daß ich gleich so viel bekomme», wandte die alte Wang schmunzelnd ein, doch Simen Tjing erwiderte:

«Was zuviel ist, Mütterchen, behaltet nur!»

Frau Wang dachte in ihrem Innern: Die Bürste soll Haar lassen! Das Silber nehme ich an mich. Es mag mir nächstens als Miete dienen. Sie sagte laut:

«Es will mir alter Mutter so scheinen, als ob dem Herrn Oberrat etwas auf dem Herzen liege.»

«Wie habt Ihr das nur erraten können, Mütterchen?» fragte Simen Tjing.

«Was war da schwierig zu erraten?» erklärte die Alte. «Seit alten Zeiten gilt:

> Beim Eintritt nicht sprecht:
> Steht's gut oder schlecht?
> Blickt auf die Mienen!
> Als Künder sie dienen.

Ich alte Frau habe, ich weiß nicht wie viele merkwürdige, seltene, ja absonderlichste Begebenheiten erraten können.»

«Mütterchen, wenn Ihr erraten könnt, was mein Herz bewegt, so habe ich fünf Unzen Silber verloren, und Ihr bekommt sie von mir.»

«Ich altes Weib brauche nicht dreifache Klugheit und fünfmalige Vermutungen, Rätsel zu lösen», erklärte lachend Frau Wang. «Schon mit einfacher Klugheit löse ich den Rätselknoten. Bringt 'mal Euer Ohrläppchen näher! Herr Oberrat! Daß Ihr in den letzten Tagen gar so emsig auf den Beinen gewesen seid und das auch jetzt noch seid, hat ganz sicherlich seinen Grund darin, daß Ihr mit allem Euren Denken an der Nachbarin hängt. Habe ich recht geraten?»

«Mütterchen, hinsichtlich Verstand könnt Ihr mit Sui Ho wetteifern und in List übertrefft Ihr Lu Dja», sagte Simen Tjing heiter. «Ich will nun nichts mehr vor Euch verheimlichen. Ich weiß es selbst nicht, wie es gekommen ist: Seitdem ich sie an jenem Tage gelegentlich des Vorfalls mit der Stützgabel zu Gesichte bekommen habe, bin ich völlig wie vernarrt und besessen. Weder bei Tage noch bei Nacht vermag ich sie zu vergessen. Zum Essen und Trinken daheim habe ich keine Lust mehr. Arbeiten kann ich auch nicht mehr. Wißt Ihr vielleicht ein Heilmittel?»

«Ich altes Weib will dem Herrn Oberrat nichts vormachen», lachte Frau Wang hell auf. «Ich verkaufe meinen Tee und muß im übrigen den Teufel für mich Nachtwache halten lassen. Seit jenem starken Schneefall am Dritten des sechsten Mondes vor drei Jahren, während dessen ich einen Aufguß Tee verkaufte, ist mein Geschäft ansonsten bis heute nicht gegangen. Ich verließ mich ganz auf allerlei Laufereien, um nur für meinen Mund zu sorgen.»

Auf Simen Tjing's Frage: «Was nennt Ihr allerlei Laufereien?» fuhr sie lachend fort:

«Seit meinem sechsunddreißigsten Lebensjahr habe ich meinen Alten verloren; mir blieb nur der Bengel zurück. Weil ich mein Leben sonst nicht hätte fristen können, nahm ich zuerst mit Verhandlungen von Angesicht zu Angesicht die Tätigkeit als Ehevermittlerin auf. Danach nahm ich von anderen Kleider zum Weiterverkauf an. Auch als Hebamme habe ich Dienste geleistet. Fand ich Zeit, so konnte ich auch Liebespärchen gefällig sein und das Brautpferd heranführen. Auch habe ich schon bei Krankheiten Nadel- und Brennheilbehandlung [28, b] ausgeführt.»

Simen Tjing mußte bei ihren Worten lachen:

«Von einer solchen Vielseitigkeit hab' ich gar nichts geahnt, Mütterchen. So regelt also diese bewußte Angelegenheit für mich. Ich schenke Euch sofort zehn Unzen Silber als Grundstock für Euren Sarg [48, d]. Seht nur zu, daß Ihr das Geschöpfchen veranlaßt, mich einmal zu treffen.»

Jetzt lachte die alte Wang hell auf:

«Ich habe selbstverständlich doch nur plaudern wollen. Wie könnt Ihr denn das gleich für wahr nehmen, Herr Rat!»

Man wird im nächsten Kapitel sehen, wie sich der Knoten löst. Ein Gedicht beleuchtet die Sachlage:

Weil Simen Tjing in lock'rem Denken
von tollen Lüsten sich läßt lenken,
sucht er die Zeit nur totzuschlagen,
um Frau'n und Mädchen nachzujagen.
Dank der verwünschten Teehaus-Alten,
der Mutter Wang, und ihrem Schalten,
wird's möglich, daß, die fremd sich sahen,
wie «König Sjang und Fee» sich nahen. [64, d]

3. KAPITEL

Annäherungsentscheidung fällt.
Frau Wang Bestechungsgeld gewinnt.
Der Prasser seine Falle stellt,
Und sein Verführungswerk beginnt.

Unbekannt waren sich beide,
als Zufall zusammen sie führte.
Aber Leidenschaft ward,
was in ruhigem Sinnen man spürte.
Wieder sieht man sich nun;
der Becher begünstigt die Stunde.
Augenpaare, verliebt,
sich begegnen auf blumigem Grunde.
Durch ihrer Haltung trunkenes Tänzeln
ist hin er gerissen.
Unbestimmt, nur nebenhin,
wünscht er ihren Namen zu wissen.
Jetzo, da in der Nacht
um die Kerzen die Schatten schon sanken,
lodert die Leidenschaft auf,
Wünsche verstricken sich in Gedanken.

Simen Tjing lag der alten Wang in den Ohren, es sei sein innigster Herzenswunsch, mit jenem Weibchen einmal zusammenzukommen:

«Mütterchen, wenn du diese Geschichte für mich wirklich fertig bekommst, schenke ich dir zehn Unzen Silber.»

«Herr Oberrat, hört mich einmal an!» antwortete die Alte. «Das, was hinter dem Wörtchen Annäherung steckt, macht große Schwierigkeiten. Was bedeutet denn solche Annäherung? In gewöhnlicher Benennung doch nichts anderes als heimlichen Liebesgenuß. Dazu muß schon Fünferlei genau zusammen stimmen. Erstens nämlich wäre das Antlitz eines Schönen wie Pan An[64, a] erforderlich, zweitens etwas von der Größe eines Eselsschlauches, drittens müßte man so reich an Geld sein wie einst Deng Tung [25, b], viertens sollte man jung an Jahren, ohne Schärfe und geduldig sein wie eine mit Watte umhüllte Nadel, und fünftens müßte man viel freie Zeit haben. Man bezeichnet diese fünf Punkte kurz als Erfordernisse im Schönesel-Reich Jungfrei. Die müssen also alle zusammen vorhanden sein, um ein Gelingen zu ermöglichen.»

«Ich will ganz offen zu Euch reden», antwortete Simen Tjing. «Diese fünf Bedingungen treffen sämtlich bei mir zu. Meine Gesichtszüge zunächst einmal können sich schon sehen lassen, wenn sie sich natürlich auch mit denen von Pan An nicht messen können. Was das zweite betrifft, so hab ich seit meiner Jugend zahlreiche Straßen und Gassen durchzogen und weiß schon, wie man eine stattliche Schildkröte zustande bringt. Zum dritten verfügt meine Familie über Geld und Gut, und wenn beides auch nicht dem des Deng Tung gleichkommt, so genügt es immerhin, um davon zu leben. Sodann bin ich äußerst sanft und geduldig. Selbst wenn sie mir auch vierhundert Trachten Prügel verabfolgte, so würde ich noch nicht einmal daran denken, zur Abwehr auch nur einmal die Faust zu erheben. Schließlich habe ich auch sehr viel freie Zeit. Wäre es nicht der Fall, wie könnte ich dann so drängen kommen? Mütterchen, wenn Ihr also die Sache zustande bringt, werde ich mich selbstverständlich in ganz besonderer Weise erkenntlich zeigen.»

«Herr Oberrat, daß mit den fünf Bedingungen alles in Ordnung ist, habe ich nun wohl von Euch gehört, aber es besteht nun noch eine weitere Schwierigkeit. An ihr wird wahrscheinlich alles scheitern.»

Auf Simen Tjing's Frage, ihm doch zu sagen, welches weitere Hemmnis es denn noch gebe, fuhr die alte Wang fort:

«Seid mir nicht böse, Herr Oberrat, wenn ich als alte Frau geradeheraus rede. Was Ihr da Annäherung nennt, ist etwas äußerst Schwieriges. Selbst wenn von hundert nötigen Ausgaben neunundneunzig geleistet sind, bleibt doch noch immer ein schwieriger Rückstand vor der Vollendung. Ich weiß, daß Ihr die Hand auf der Tasche haltet und nicht sinnlos mit Geld um Euch werft. Darin aber eben liegt die Schwierigkeit.»

Simen Tjing erklärte sofort, daß dem leicht abzuhelfen sei und er sich ganz nach ihren Vorschlägen richten werde, worauf die alte Wang bemerkte:

«Wenn der Herr Oberrat sich nicht scheuen sollte, etwas Geld anzuwenden, so hätte ich schon einen folgerichtigen Plan, wie der Herr Oberrat mit dem Weibchen zusammentreffen könnte.»

«Was für einen wundervollen Plan habt Ihr denn?»

Frau Wang lachte:

«Heute abend ist es zu spät. Geht nur nach Hause und kommt nach einem halben Jahr oder doch drei Monaten wieder, um weiter zu beratschlagen!»

«Mütterchen, macht doch nicht solche Scherereien! Wenn Ihr die Sache zustande bringt, will ich Eure Güte reichlich vergelten.»

«Der Herr Oberrat ist aber ungeduldig», lachte die alte Wang hell auf. «Mein Plan ist zwar nicht so, daß man in den Tempel von König Wuh, dem Vollender[60,a] hineinkäme, doch er ist in jedem Falle Sun Wuh's[26,h] Entwürfen überlegen. Acht, ja neun von zehn Amazonen wären damit zu packen. Ich will ihn Euch jetzt wahrheitsgemäß mitteilen. Das Frauchen stammt an sich aus schlichtesten Verhältnissen, ist jedoch äußerst flink und gewandt, kann sehr gut musizieren und singen, weiß die Nadel zu handhaben und ist auch geübt in allen sonstigen weiblichen Handarbeiten. Alle Lieder und Gesänge kennt sie. Sie kann würfeln und auch Schach spielen; ja, es gibt kaum etwas, das sie nicht beherrschte. Mit ihrem Rufnamen heißt sie Goldlotos, ihr Vatersname ist Pan. Sie ist eine Tochter des Schneiders Pan aus der Südvorstadt. Sie wurde an die Familie des Patriziers Dschang verkauft, wo sie musizieren und singen gelernt hat. Als der alte Patrizier betagt wurde, gab man sie frei und ohne auch nur einen einzigen Kupferling Entgelt völlig umsonst dem großen Wuh zur Frau. Für gewöhnlich verläßt das Weibchen nicht das Haus. Wenn ich nichts zu tun habe, geh ich häufig hinüber, um mit ihr zusammen ein Weilchen in Ruhe zu verbringen. Hat die Frau irgendein Anliegen, so kommt sie mich bitten, ihr behilflich zu sein. Sie redet mich übrigens auch Mütterchen an. Der große Wuh ist dieser Tage immer früh fortgegangen. Herr Oberrat, um bei dieser Sache mitzuwirken, kauft zunächst eine Rolle blauen und weißen Seidenstoff, eine Rolle weißen Taft sowie zehn Lot gute Baumwolle und schafft alles her! Ich gehe dann zu ihr hinüber, um sie zu bitten, mir ihren Kalender zu leihen und mit dessen Hilfe einen günstigen Tag[41,h] auszuwählen, für den ich einen Schneider zur Verarbeitung des Stoffes bestellen könnte. Wenn sie mich anhört, einen Termin bestimmt, sich aber etwa nicht bereit erklären sollte, die Schneiderei für mich zu übernehmen, so wäre die Sache zunichte geworden. Wenn sie sich indessen mit großer Freude zu der Arbeit für mich erbietet und bemerkt, daß ich keinen Schneider zu rufen brauche, so leuchtet uns der erste Hoffnungsschimmer. Ich kann sie dann herbitten, um sie eben für mich die Näharbeit übernehmen zu lassen, und macht sie sie wirklich für mich, so gäbe das den zweiten Hoffnungsstrahl. Kommt sie dann zu mir, will ich zur Mittagsstunde Wein, Speisen und Nachtisch auftragen und sie zum Essen einladen. Sollte sie ablehnen und unter allen Umständen heimgehen und die Arbeit zu Hause vollenden wollen, so wäre der Plan auch zunichte geworden. Speist sie indessen mit mir, ohne viel Aufhebens davon zu machen, so gäbe das den dritten Hoffnungsstrahl. An diesem ersten Tage dürft Ihr noch nicht erscheinen. Erst gegen Mittag des dritten Tages sollt Ihr geschniegelt und gebügelt kommen und Euch mir durch lautes Rufen kenntlich machen. Ihr müßt vor der Türe rufen: Wie kommt es nur, daß ich Euch, Mütterchen Wang, schon eine Reihe von Tagen nicht mehr zu sehen bekommen habe? Ich bitte um eine Tasse Tee! Ich werde dann sofort herauskommen und Euch einladen, einzutreten und den Tee im Hause einzunehmen. Wenn sie, sobald sie Euch erblickt, aufsteht, um nach Hause zu gehn, und ich sie trotz Zuredens nicht zum Bleiben veranlassen kann, so müßten wir die Sache wohl aufgeben. Wenn sie aber, ohne sich zu rühren, Euch eintreten sieht, so wäre das unser vierter Hoffnungsstrahl. Sobald Ihr Euch niedergesetzt habt, will ich dem Frauchen sagen: Das ist der Herr Rat, der mir den Kleiderstoff geschenkt hat. Ich schulde ihm tiefsten Dank. Ich werde dann die Vorzüge des Herrn Oberrates kräftig herausstreichen, und Ihr müßt ihre Handfertigkeit loben. Wenn sie die Gelegenheit, mit Euch zu reden, von sich weist, dann wäre die Sache verloren. Sollte sie indessen antworten und mit Euch sprechen, wäre die Sache schon halb geglückt. Ich sage dann, ich hätte die Dame bemüht, für mich selbst Hand anzulegen. Müsse ich nicht euch beiden Gönnern dankbar dafür sein, daß der eine das Geld gegeben, der andere die Arbeit geleistet habe? Hätte ich nicht die Gäste aus verschiedenen Richtungen zusammengebeten, die Dame könnte schwerlich hier sein. Herr Rat, spielt die Rolle des

Gastgebers und laßt einmal etwas springen! – Ihr müßtet hierauf Geld hervorholen und mich etwas einzukaufen auffordern. Wenn sie dann etwa fortgehen will und ich sie trotz Zuredens nicht halten könnte, so wäre die Sache auch in die Brüche gegangen. Sollte sie sich aber nicht rühren, so muß sich das Übrige leichter durchführen lassen, und wir wären zu sechs Zehnteln des Erfolges sicher. Ich werde das Geld an mich nehmen und kurz vor meinem Fortgehen zu ihr sagen: Frauchen, ich muß Euch die Mühewaltung verursachen, mit dem Herrn Rat zusammen zu warten und noch sitzen zu bleiben! Sollte sie aufstehn, um heimzugehn, und ich sie gar nicht daran hindern können, so wäre die Geschichte aus. Wenn sie sich indessen nicht erhebt, so ist alles gut, und wir hätten zu sieben Zehnteln gewonnen. Habe ich dann die Eßwaren eingekauft und auf den Tisch gestellt, so will ich zu ihr sagen: Bitte, legt die Handarbeit zur Seite und kommt ein Schälchen trinken; der Herr Rat soll sein Geld doch nicht umsonst ausgegeben haben! Wenn sie es ablehnt, mit Euch an einem Tisch zu speisen, und sich entfernt, so ist die Sache verloren. Sollte sie jedoch nur sagen, sie wolle gehn, sich indessen nicht rühren, so stünde unsere Sache wiederum gut, und wir wären des Erfolges zu acht Zehnteln sicher. Sobald sie reichlicher Wein genossen hätte und unsere Unterhaltung in die richtige Bahn gekommen ist, will ich vorschützen, es sei kein Wein mehr da, Ihr solltet noch etwas springen lassen. Darauf müßtet Ihr mir Geld geben und mich auffordern, Wein und dazu passende Früchte einkaufen zu gehn. Ich werde dann die Türe zuziehen und Euch beide in der Stube einriegeln. Sollte sie sich ängstlich zeigen und nach Hause laufen wollen, so müßten wir unsere Sache aufgeben. Sollte sie aber trotz der durch mich verriegelten Türe keine Angst bekunden, dann wäre der

Erfolg zu neun Zehnteln gesichert und es mangelt nur an einem Zehntel. Dies freilich ist schwer zu gewinnen. Herr Oberrat, um zum Ziele zu kommen, müßtet Ihr recht süß sprechen. Ihr dürft aber nicht zu hitzig sein und auch nicht mit Händen und Füßen zappeln. Gibt es dabei Schwierigkeiten, so ist das nicht mehr meine Sache. Schiebt zunächst mit dem Ärmel versehentlich ein Paar Eßstäbchen vom Tische hinunter und betätschelt unter dem Vorwand, sie aufheben zu wollen, ihre Füßchen mit den Händen. Wenn sie aufbrausen sollte, will ich hereinkommen, um zu beschwichtigen. Wir müßten die Sache dann aber aufgeben, und es wäre in solchem Falle wohl überhaupt schwer, zum Ziele zu kommen. Sollte sie indessen nicht laut werden, so sind alle hundert Prozent gewonnen. Werdet Ihr Euch mir auch erkenntlich zeigen, wenn Ihr alles erreicht habt?»

«Mütterchen», strahlte Simen Tjing vor Freude, «wenn Ihr auch nicht in die Halle im Äther [60, b] kommt, Euer Plan ist doch tatsächlich ausgezeichnet, ein trefflicher, wunderbarer Rat.»

«Ja», fiel die alte Wang ein, «vergeßt aber nur die mir versprochenen zehn Unzen Silber nicht!»

Simen Tjing erwiderte darauf:

«Nur von der Orangenschale
möcht' ein Stück ich zum Verzehr,
und des Tungting-Sees [13, a] vergäß ich
fürder nimmer, nimmermehr.

Wann können wir den Plan in die Tat umsetzen, Mütterchen?»

«Ich gebe Euch noch heute abend, wenn Ihr kommt, Nachricht. Um den Umstand auszunutzen, daß der große Wuh noch nicht zurück ist, werde ich hinübergehn, sie um den Kalender bitten, um ganz genau mit

Dai-an bringt die Stoffrollen zu Mutter Wang.

ihr das Nötige zu besprechen. Schickt Ihr nur Eurerseits schleunigst jemand mit dem Seidenstoffe, dem Taft und der Baumwolle zu mir! Schiebt das ja nicht hinaus!»

«Mütterchen, das ist meine Sache. Wie dürfte ich es wagen, mein Wort zu brechen?» beruhigte Simen Tjing sie. Er verabschiedete sich darauf von ihr und verließ die Teestube. Drei Rollen Seidenstoff, Taft und zehn Lot allerreinste, feinste Baumwolle kaufte er unterwegs ein. Als er zu Hause angekommen war, hieß er Dai-an alles in eine Decke einzuschlagen und sandte die Sachen sofort zu Frau Wang. Diese nahm sie hoch erfreut entgegen und entließ den Boten. Die Sachlage war nun so:

Zauberberg [9,b] und Wolken-Regen? [64,d]
Etwas Zeit! – Es kommt dazu.
Rückt nicht fort! Zuerst den Hochstand
baute König Sjang in Tschu.

Nach dem Empfange des Seidenstoffs, des Tafts und der Baumwolle öffnete Frau Wang die hintere Pforte und begab sich in die Wohnung des großen Wuh. Nachdem seine Frau sie empfangen hatte, gingen sie ins Obergeschoß, um sich zu setzen. Die alte Wang fragte:

«Frauchen, warum seid Ihr in den letzten Tagen gar nicht mehr zum Tee zu mir armem Weibe gekommen?»

Auf Goldlotos Antwort, daß sie körperlich mehrrere Tage nicht frisch und zu matt zum Gehn und zu allen Bewegungen gewesen sei, bat Frau Wang, ihr den Kalender zu leihen, falls sie einen besitze, um einen günstigen Tag für das Zuschneiden eines Kleides auszusuchen. Goldlotos forschte, um was für ein Gewand es sich handle. Da klagte die alte Wang:

«Ja, so ist's! Ich habe alle möglichen Leiden und überall Schmerzen. Ich fürchte, daß mir eines Tages alle Berge zu hoch und alle Wasser zu tief sein werden. Mein Sohn ist auch nicht bei mir.»

Goldlotos erkundigte sich, wie es komme, daß man den jungen Herrn gar nicht mehr sehe. Darauf Frau Wang:

«Der Schlingel hat sich einem Kaufmann angeschlossen, und ich habe nicht die geringste Nachricht von ihm aus der Fremde erhalten. Ich bin in täglicher Unruhe um ihn.»

Goldlotos fragte weiter, wie alt denn der Junge sei.

Als die alte Wang zur Antwort gab, daß er siebzehn geworden sei, meinte sie:

«Warum sucht Ihr ihm keine Braut? Das wäre doch auch für Euch, Mütterchen, vorteilhaft.»

«Ganz recht», erwiderte Frau Wang. «Ich habe zu Hause niemand, der mir, was ich brauche, heranholt und instandsetzt. Unablässig werde ich eine Frau für ihn suchen gehn und warte jetzt nur, daß der Bursche zurückkehre. Dann sorge ich für eine Heirat. Jetzt plagt mich Tag und Nacht der Husten. Ich bin körperlich wie zerschlagen. Vor lauter Beschwerden und Schmerzen kann ich keinen Schlaf finden. Deshalb möchte ich auch einmal meine Sterbekleider vorbereiten. Zufällig pflegt ein reicher beamteter Herr immer bei mir Tee zu trinken. Ich hatte in seinem Hause, was auch immer vorkam, Krankenpflege geleistet, ihm Dienerinnen gekauft und eine Heirat besprochen. Er sah mich auf solche Art im Großen und im Kleinen meine Pflicht tun, denn es gab doch nichts, wofür ich nicht sorgte, und so schenkte er mir für ein Sterbekleid bemessenen Seidenstoff, Taft, Futter, alles zusammen. Ich hatte dazu noch eine Menge schönster Baumwolle. Alles liegt schon über ein Jahr bei mir, ohne daß ich es verarbeiten lassen konnte. Heuer fühle ich mich nun sehr matt, andererseits trifft es sich günstig, daß noch ein Schaltmonat [41,b] zur Verfügung steht. Da benutzte ich ein paar Tage der Muße, das Kleid von einem Schneider machen zu lassen. Ich drängte ihn und flehte ihn an, aber er lehnte es ab: Er sei lebhaft beschäftigt. Er weigerte sich also, zur Arbeit zu kommen. Ich vermag diesen Verdruß gar nicht in Worte zu fassen.»

«Ich fürchte nur, daß ich bei der Arbeit nicht Euren Geschmack treffen könnte», meinte Goldlotos lachend. «Wenn Ihr indessen meine Leistungen nicht verschmähen wollt, so hätte ich in diesen Tagen schon Zeit, Euch dabei zur Hand zu gehn und die Arbeit zu übernehmen, Mütterchen. Wie wäre das?»

«Wenn Ihr selbst Hand anlegen wollt», antwortete die alte Wang mit verhaltenem Lachen, «so hätte ich also auch noch für meinen Todesfall Glück. Ich habe schon immer sagen hören, daß Ihr Euch gut auf Nadelwerk versteht, doch ich wagte es nicht, Euch darum anzugehn.»

«Was hätte das denn geschadet?» meinte Goldlotos. «Nachdem ich nun einmal zugesagt habe, Mütterchen, werde ich also bestimmt für Euch arbeiten. Nehmt den Kalender mit und laßt Euch durch jemand einen geeigneten Tag der Ekliptik [43,b] auswählen, wann ich ans Werk gehn kann!»

«Stellt Euch doch nur nicht, als ob ich nicht wüßte, daß Ihr die Texte wer weiß wie vieler Gedichte, Hymnen und Gesangstücke aller Art lesen könnt. Wie viele Ihr kennt, wißt Ihr gar nicht. Warum da noch jemand anders ersuchen, in den Kalender zu gucken?»

Goldlotos entschuldigte sich lächelnd, daß sie in ihrer Jugend den Unterricht versäumt habe, doch die alte Wang drückte ihr mit den Worten: «Ihr seid nur zu bescheiden!» den Kalender in die Hand. Goldlotos schlug einmal nach und bemerkte:

«Morgen haben wir einen einschneidend vernichtenden Tag. Übermorgen ist auch kein guter Tag. Erst überübermorgen wäre der Zeitpunkt zum Zuschneiden des Kleides.»

Die alte Wang nahm ihr den Kalender ab, hängte ihn an die Wand und sagte:

«Frauchen, wenn Ihr die Arbeit für mich übernehmen wollt, so schwebt schon über dem Ganzen ein Glückstern. Warum brauche ich da noch einen besonderen Tag auszuwählen? Ich hatte übrigens schon jemand gebeten, den Kalender für mich zu studieren. Als er mir erklärte, morgen sei ein einschneidend vernichtender Tag, habe ich geantwortet, daß der Tag, an dem man den Stoff zu einem Kleide zuschneidet, doch nicht aufzufassen sei als ein Tag, an dem das Schneiden vernichtend wirkt und daß ich mich nicht fürchte.»

«Für ein Kleid zur Rückgabe eines langen Lebens ist doch gerade ein einschneidend vernichtender Tag verwendbar. Das paßt also sehr gut», fiel Goldlotos ein, worauf die alte Wang bemerkte:

«Frauchen, da gerade Ihr willens seid, es mir anzufertigen, bin ich beherzt. Um nun morgen die Arbeit in Angriff zu nehmen, kommt also zu mir in meine einsam-frostige Hütte!» Goldlotos fragte:

«Warum habt Ihr die Arbeit denn nicht sogleich herübergebracht?»

«Das wäre das Einfachste gewesen», erklärte die Alte, «doch ich möchte Euch gern bei der Arbeit zuschauen, bin aber bange, mein Haus ohne jede Aufsicht zu lassen.»

Goldlotos versprach, unter diesen Umständen am anderen Morgen nach dem Frühstück hinüberzukommen, und die alte Wang stieg unter unzähligen Dankesworten für Goldlotos Güte die Treppe hinunter und ging. Sie verständigte noch an dem gleichen

Abend Simen Tjing und vereinbarte mit ihm, daß er am dritten Tage erscheinen solle.

Von der Nacht ist nichts zu erzählen. In der Frühe des nächsten Tages brachte die alte Wang ihre Teestube fein säuberlich in Ordnung, legte Nadeln und Garn zurecht, stellte Wasser für den Tee bereit und harrte nun. Nach dem Frühstücke ging der große Wuh mit seiner Traglast aus. Seine Frau hängte den Vorhang auf, befahl Willkomm, auf das Haus achtzugeben, und begab sich dann durch die Hinterpforte zu der alten Wang. Diese war ganz ausgelassen vor Freude, geleitete sie in ihre Stube und bat sie Platz zu nehmen. Dann goß sie ziemlich kräftig auf eine Tasse Walnuß- und Pinienkerne Tee auf und reichte ihn der Frau. Als sie den Tisch wieder sauber hatte abwischen können, holte sie die drei Rollen Seide und Taft hervor. Goldlotos maß die richtigen Längen ab, schnitt zu und begann zu nähen. Die alte Wang schaute ihr zu und rühmte unaufhörlich ihre gediegene Leistung: «Gesetzt den Fall, ich würde sechzig oder siebzig Jahre leben, wahrhaftig! Ich könnte zum zweiten Male eine derartig treffliche Näharbeit nicht erleben.» Unter der Arbeit kam der Mittag heran. Frau Wang richtete nun ein kleines Mahl her und bat Goldlotos zu Tische. Sie hatte auch Nudeln aufgetragen und hieß sie tüchtig zulangen. Danach nähte Goldlotos wieder in einem fort und hörte erst, als der Abend kam, auf. Dann packte sie die Arbeit ordentlich beiseite und ging heim.

Der große Wuh kehrte auch gerade zurück und trug sein Traggestell zur Haustüre hinein. Goldlotos zog die Türe zu und ließ den Vorhang herunter. In der Stube fiel dem großen Wuh das etwas gerötete Gesicht seiner Frau auf. Er erkundigte sich, wo sie gewesen sei. Sie erzählte, daß sie bei der Nachbarin geweilt habe. Diese habe sie gebeten, ihr ein Sterbekleid anzufertigen; mittags habe sie Speisen und Wein aufgetragen und sie zum Essen geladen.

«Du hättest nicht bei ihr essen sollen», rügte der große Wuh, «und das um so weniger, als wir auch Anliegen hatten, die sie für uns regelte. Selbst wenn sie dich gebeten hat, ihr das Kleid anzufertigen, solltest du zu den Mahlzeiten heimgehn. Das bißchen Imbiß ist ja nicht der Rede wert, aber warum ihr die damit verbundenen Mühen machen! Wenn du morgen wieder hingehst, steck dir etwas Geld ein, kauf Wein und Speisen und erwidere ihre Gastfreundlichkeit! Ein Sprichwort sagt:

Gute Nachbarschaft
ist besser als ferne Verwandtschaft.

Nur ja nicht Aufmerksamkeiten außer acht lassen! Wenn sie es nicht zuläßt, daß du ihre Einladung und Bewirtung erwiderst, so bring die Arbeit heim und gib ihr alles, sobald es fertig ist!»

So stand also die Sache:

Die Alte mit geplanter List
strebt hin zum dunklen Ziele.
Der Eh'mann töricht harmlos ist,
ahnt nicht, was da im Spiele.
Sein Geld verschafft der argen Frau
noch eine Weinmahlspende
und spielt die eigene genau
dem andern in die Hände.

Goldlotos erwiderte nichts weiter auf ihres Mannes Worte an diesem Abend. Als er am nächsten Morgen nach dem Frühstücke mit seinem Traggestelle fortgegangen war, kam die alte Wang eilig herüber um sie zu sich zu bitten. Goldlotos folgte ihr in ihre Wohnung, holte dort die Arbeit hervor und begann zu nähen. Frau Wang bereitete ihrerseits rasch Tee und setzte ihn ihr vor. Allmählich kam über der Näherei die Mittagsstunde heran. Goldlotos zog nun aus ihrem Ärmel[49,k] den Betrag von dreihundert Kupferlingen hervor:

«Mütterchen, mit Eurem Einverständnis möchte ich jetzt einen Becher Wein zur Mahlzeit kaufen.»

«Ach, ach! Das wäre doch gegen alle Vernunftregeln», rief die alte Wang sofort. «Ich habe Euch gebeten, hier für mich etwas zu schneidern. Da dürft Ihr doch nicht noch Geld zu einem Weinmahle für mich ausgeben! Ihr meint doch nicht etwa, daß Euch mein Wein und meine Speisen schädlich sind?»

«Aber mein dummer Mann hat mich angewiesen, falls Ihr ablehnt, die Arbeit heimzubringen und Euch zurückzugeben, wenn alles fertig ist», antwortete Goldlotos.

«Euer Gemahl hat es im Grunde nur gut gemeint. Da Ihr es so wünscht, will ich das Geld annehmen», sagte die alte Wang, besorgt, daß ihr Plan gestört werden könne. Sie legte ihrerseits auch noch Geld zu und kaufte besten Wein und köstlichste Speisen, um Goldlotos besonders zuvorkommend zu bewirten.

Lieber Leser! Von allen Frauen in der Welt, es kommt dabei vollkommen bis ins kleinste auf dich an, lassen sich neun von zehn durch kleine Kniffe leiten. Die alte Wang trug also Wein, Speisen und Nachtisch auf und hielt die Mahlzeit mit Goldlotos. Dann nähte diese in einem fort und hörte auf, als man sah, daß der Abend kam. Tausendfach wegen ihrer Güte belobt und überreich bedankt, ging Goldlotos heim.

Doch wir wollen uns kurz fassen. Nach dem Frühmahle des dritten Tages spähte die alte Wang wachsam aus, ob der große Wuh fortgehe, dann begab sie sich durch die Hinterpforte hinaus und rief:

«Frauchen, ich bin heute unternehmungslustig!»

Goldlotos antwortete ihr aus ihrem Erkerstübchen. daß sie sogleich kommen werde. Bald nachdem die beiden Frauen sich so verständigt hatten, trat sie auch schon bei der alten Wang ein, nahm Platz, holte die Arbeit vor und machte sich ans Nähen. Die Alte setzte ihr selbstverständlich wieder Tee vor. Goldlotos sah man bis ungefähr um die Mittagszeit nähen.

Simen Tjing hatte unterdessen kaum den Anbruch dieses Tages erwarten können. Er wählte besonders gediegene Kleidung aus. Geschniegelt und gebügelt, steckte er noch vier bis fünf Unzen Silber zu sich, nahm den gesprenkelten Fächer aus Goldflüssen in die Hand und schritt stolz dahin, geradewegs zur Rotensteinstraße, bis zur Türe der alten Wang. Dort hustete er und rief:

«Mütterchen Wang, wie kommt es, daß ich Euch geraume Zeit gar nicht zu sehen bekam?»

«Wer ruft mich denn da plötzlich?» antwortete die Alte verabredungsgemäß.

Auf Simen Tjing's Antwort: «Ich bin's!» kam sie heraus. Lachend erklärte sie, als sie ihn sah:

«Ich sagte doch nur so hin, wer ist da? Natürlich! Der Herr Oberrat. Ihr kommt gerade sehr gelegen. Tretet nur ein! Ihr sollt einmal etwas sehen!» Sie zog dabei Simen Tjing am Rockärmel, zerrte ihn in die Stube und sagte zu Goldlotos: «Dies ist der Herr Rat und Kunde, der mir den Kleiderstoff geschenkt hat.»

Simen Tjing hatte nur Augen für Goldlotos mit ihrem wolkigen Haarknoten und ihrem gepuderten Antlitze, das Lenzstimmung erweckte. Sie trug ein ungefüttertes Jäckchen aus weißer Leinwand, einen pfirsichroten Rock und ein blaues Westchen. Gerade in der Stube mit der Anfertigung des Kleides beschäftigt, sah sie Simen Tjing herankommen. Da senkte sie den Kopf. Simen Tjing trat rasch vor und machte eine gewählte Verbeugung. Goldlotos ließ sofort die Arbeit niedergleiten und erwiderte die Begrüßung mit dem Wunsche zehntausendfältigen Segens. Bei der Gelegenheit erzählte die alte Wang:

«Ich hatte meine liebe Not. Der Herr Rat gab mir die Rolle Seiden- und Atlasstoff. Ich legte sie bei mir nieder. Aber über ein Jahr konnte ich sie nicht verarbeitet bekommen. Allertiefsten Dank schulde ich dieser Dame aus der Nachbarschaft. Da sie für mich Hand anlegte, wird das Kleid nun endlich fertig. Ihre Arbeit ist derart, daß alles wie in einem Stücke gewoben erscheint. Auch sind die Stiche mit der Nadel wie eine Gewebskette so ausgezeichnet und dicht, wie man es nur selten antrifft. Kommt nur einmal heran, Herr Oberrat, und seht es Euch an!»

Simen Tjing hob das Gewand empor, betrachtete es und bemerkte lobend:

«Die Dame hat es vermocht, eine derartig vorzügliche Nadelarbeit zu liefern, als hätte sie gewissermaßen Feenhände.»

Mit gesenktem Haupte wehrte Goldlotos lächelnd ab: Der Herr Oberrat müsse sich nicht über sie lustig machen. Simen Tjing fragte geflissentlich die alte Wang:

«Mütterchen, darf ich mir die Frage gestatten, wessen Gattin die Dame ist?»

Frau Wang meinte, er solle es doch einmal zu erraten versuchen, doch Simen Tjing erklärte, daß er es nicht zu erraten vermöge. Die alte Wang lachte laut:

«Herr Rat, nehmt zunächst einmal Platz! Ich will es Euch sagen.» Und als Simen Tjing sich Goldlotos gegenüber niedergesetzt hatte, fuhr sie fort: «Gut! Ich will es den Herrn Oberrat wissen lassen. Ihr seid doch neulich, als Ihr unter dem Dachvorsprunge des Hauses gingt, so gut getroffen worden.»

«Aber, selbst wenn sie es ist», bemerkte Simen Tjing, «die mich damals an der Haustüre mit der Stützgabel getroffen hat! Ich weiß gleichwohl noch nicht, wessen Gattin sie ist.»

Goldlotos senkte den Kopf ungewöhnlich tief und meinte lächelnd:

«Bitte, Herr Rat, verübelt es mir nicht, daß ich damals diesen Zusammenprall verschuldet habe!»

«Meine Wenigkeit nimmt sich das auch gar nicht heraus», gab Simen Tjing rasch zur Antwort, und die alte Wang sagte:

«Ja, es ist jene Dame. Sie ist die Frau des Nachbarn, des großen Wuh.»

«Oh, so ist es! Ich habe leider bisher verfehlt, meine Aufwartung zu machen», bemerkte Simen Tjing.

Die alte Wang wandte sich an Goldlotos mit der Frage, ob sie den Herrn Oberrat kenne, und als sie es verneinte, fügte sie hinzu:

«Der Herr Rat ist einer der Reichen des Kreises. Seine Gnaden, der Herr Landrat, verkehren auch mit ihm. Er wird Oberrat Simen genannt. Seine Familie verfügt über Millionen. Vor dem Kreisamte betreibt er eine Drogenhandlung. Das Geld der Familie kann nicht einmal der große Scheffel [3, d und 43, e] am Himmel fassen. Der Reis verdirbt ihnen in den Reisspeichern, so viel ist da. Was da im Hause nur gelblich aussieht, ist aus Gold, was weißlich, aus Silber. Die Kügelchen sind Perlen, und es blinkt von Kleinodien. Sie besitzen auch Hörner vom Kopfe des Nashorns und Zähne aus dem Maule von Elefanten. Für seine Hauptfrau war ich auch die Vermittlerin, die die Rücksprachen nahm. Sie ist die Tochter des Tausendschaftführers Wu, eine äußerst flinke und gewandte Person.» Sie wandte sich dann wieder an Simen Tjing: «Herr Oberrat, warum kommt Ihr denn gar nicht mehr zu mir in meine armselige Häuslichkeit Tee trinken?»

«Das liegt einfach daran, daß ich dieser Tage meine Tochter in eine hochstehende Familie verlobt habe; infolgedessen gebrach es mir an Zeit zu kommen», erwiderte Simen Tjing.

«Wem habt Ihr denn Eure Tochter versprochen? Warum habt Ihr mich nicht aufgefordert, hinzugehn und als Vermittlerin zu sprechen?» fiel die alte Wang ein.

«Wir haben sie in die Familie Tschen verlobt, Verwandte des kommandierenden Generals der acht starken Truppenverbände in der Reichshauptstadt. Der junge Tschen Djing-dji (= der würdige Helfer) ist erst siebzehn Jahre alt und besucht noch die Schule. Wäre es nicht diese Familie, hätten wir natürlich Euch gebeten, die Vermittlung zu besorgen, Mütterchen. Jene sandten indessen eine Gevatterin Wen und ließen durch sie um unsere Urkunden bitten. Wir bedienten uns unsererseits der Frau Süeh, die Eisvogelfederschmuck verkauft und bei uns aus- und eingeht. Beide Frauen haben gemeinsam die Garantien übernommen und diese Familienangelegenheit geregelt. Wenn Ihr, Mütterchen, auch hingehen wollt, so kommt morgen zu einem Imbiß! Ich werde noch besonders jemand mit einer Einladung zu Euch senden.»

«Ich hatte den Herrn Oberrat doch nur geneckt», lachte die alte Wang hell auf. «Wir Heiratsvermittlerinnen stammen von Hundemüttern ab. Wenn jene die Heiratsbesprechungen geführt haben und nicht ich, werden sie da mir den Reis kochen? Wo werden sie mir einen Teil abgeben. Man pflegt doch zu sagen:

Gewerbe mit dem gleichen Kram
sind einander immer gram.

Drei oder vier Tage, nachdem die Braut zum Heime des Gatten geführt worden ist, werde ich mich auch

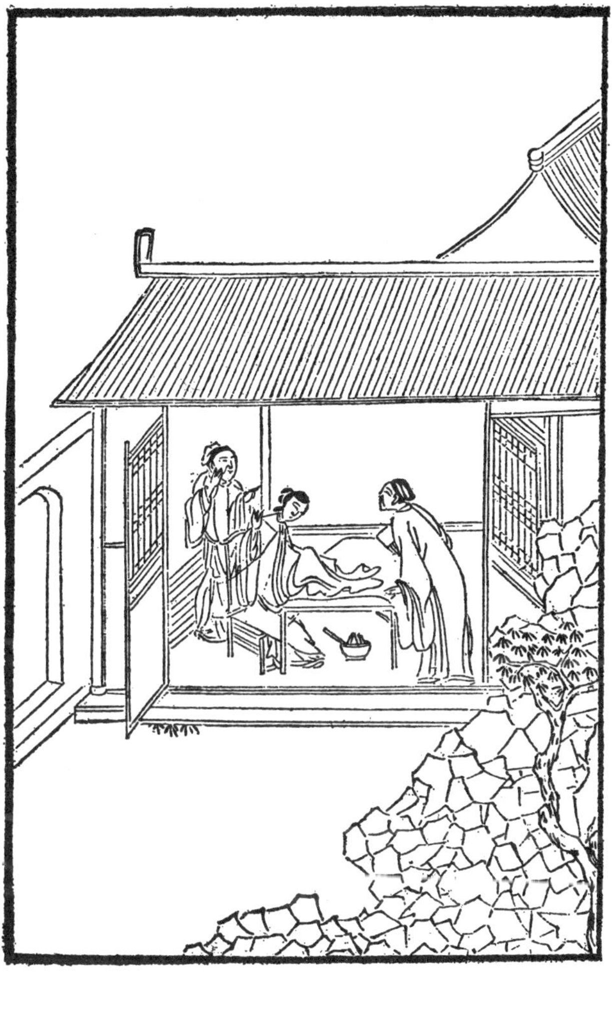

Goldlotos nähte bei diesem Scheinstreit mit tief gesenktem Kopf ihre Fäden.

ungebeten ganz formlos einfinden und meine Geschenke überbringen. Dann kann ich ja als Gast an höherer oder niederer Stelle zu sitzen kommen. So ist es in Ordnung! Aber soll ich mich jetzt mit den andern herumstreiten?»

In dieser Weise führten die beiden eine Weile ein Zwiegespräch miteinander, wobei es der Alten offenbar nur darauf ankam, Simen Tjing möglichst herauszustreichen. Goldlotos nähte bei diesem Scheinstreit mit tief gesenktem Kopf ihre Fäden.

Frauen glichen von jeher
im Wesen den Wassern, die wandern.
Hinter dem Rücken der Männer
liebäugeln sie heimlich mit andern.
Goldlotos Neigung beginnt
auf Simen Tjing sich zu lenken;
ausschweifend sinnlich durchglüht,
vermag sie sie nicht zu beschränken.

Simen Tjing hatte mit Freude wahrgenommen, daß Goldlotos ihm zu einem gewissen Grade gewogen war, und er konnte es nun kaum noch erwarten, daß sie ein Pärchen würden. Die alte Wang bereitete zwei Tassen Tee, stellte die eine vor Simen Tjing und setzte die andere Goldlotos mit der Bemerkung vor:

«Frauchen, bitte, trinkt mit dem Herrn Rat zusammen Tee!»

Mit einem Blick auf Simen Tjing fuhr sie sich beim Umwenden mit der Hand streichelnd über ihr eigenes Gesicht[49, f]. Simen Tjing verstand sofort, daß seine Sache schon zur Hälfte günstig stehe. Von alters her ist's doch so:

Tee zieht die Lebewelt in Bann;
Wein facht dann das Begehren an.

«Wäret Ihr, Herr Oberrat, nicht gekommen, ich hätte es natürlich nicht gewagt, mich zu Euch zu begeben, um Euch herzubitten. In jenem ersten Falle lag das unvermutete Zusammentreffen im Schicksalsplane, jetzt beim zweiten Male kommt Ihr zu einem besonders günstigen Zeitpunkte. Nun heißt es aber:

Es braucht ein Gast allein
Bedienung nicht von Zwei'n.

Ihr, Herr Oberrat, habt das Kapital gegeben, die Dame hier leistet die Arbeit, so daß ich Euch beiden Gönnern zu tiefstem Danke verpflichtet bin. Ich glaube nun nicht abwegig zu sein, wenn ich, da die Dame doch selten hier ist, den Herrn Rat bitte, für mich die Rolle des Gastgebers zu übernehmen und etwas Geld für ein Essen mit Wein herauszurücken, um der Dame die Hand anzufeuchten. Wie denkt Ihr darüber?»

«Meine Wenigkeit hat dies zwar nicht vorausgesehen, doch ich führe Silber bei mir», bemerkte Simen Tjing. Dabei entnahm er seiner Gürteltasche ein Stückchen Silber, etwa eine Unze, und gab es der alten Wang, damit sie ein Mittagessen mit Wein herrichte.

Goldlotos warf sofort ein, daß das nicht nötig sei und nur Mühe verursache; doch sie ließ es bei den Worten bewenden und traf jedenfalls keine Anstalten aufzustehn. Die alte Wang nahm das Geld und sagte beim Hinausgehen an der Türe:

«Frauchen, ich muß Euch damit bemühen, dem Herrn Oberrat zur Gesellschaft ein Weilchen sitzen zu bleiben. Ich komme sofort wieder.»

«Mütterchen, laßt doch die Sache!» rief Goldlotos, rührte sich aber nicht.

So ging die alte Wang fort und ließ Simen Tjing mit Goldlotos allein in der Stube zurück. Er wandte kein Auge von ihr. Auch sie richtete verstohlen ihre verliebten Blicke auf ihn, um sich dann mit gebeugtem Kopfe wieder ihrer Arbeit zuzuwenden. Nach kurzer Zeit kam die alte Wang zurück. Sie hatte fix und fertig eine fette Gans, eine gebratene Ente, sonstigen Braten und frisches köstliches Obst eingekauft und stellte Teller und Schüsseln reich gefüllt im Zimmer auf den Tisch und wandte sich dann einladend an Goldlotos:

«Frauchen, bitte, legt nun die Handarbeit beiseite und kommt einen Becher Wein trinken!»

«Bitte, leistet Ihr selbst dem Herrn Oberrat Gesellschaft! Ich bin nicht dazu berufen», erwiderte Goldlotos.

«Das wäre schön», fiel die alte Wang ein: «Einzig und allein für Euch, Frauchen, ist das Geld ausgegeben worden. Was soll denn so eine Erklärung?» Sie stellte Teller mit Leckerbissen für sie hin.

Die drei nahmen darauf Platz. Simen Tjing schenkte Wein ein und erhob seinen Becher:

«Mütterchen, bitte, trinkt mit der Dame einige Schälchen Wein!»

Goldlotos lehnte dankend ab: «Ich kann nicht mittrinken, weil ich nur wenig Wein vertrage». Doch die alte Wang erklärte:

«Frauchen, ich weiß, daß Ihr reichlich vertragen könnt, also legt die Ziererei ab und trinkt einmal ein paar Becher!»

Da griff Goldlotos mit dem Wunsche zehntausendfältigen Segens für die beiden anderen zum Weinbecher. Simen Tjing faßte nach den Eßstäbchen mit den Worten:

«Mütterchen, ermuntert doch für mich die Dame, ein paar Bissen zu versuchen.»

Die alte Wang wählte etwas besonders Gutes aus und legte es Goldlotos vor. Als die Alte nach der dritten Runde Wein hinausgegangen war, den Wein erneut anzuwärmen, begann Simen Tjing:

«Meine Wenigkeit nimmt sich nicht die Freiheit, die Frage zu stellen, wieviele junge Lenze die Dame zählt!»

Goldlotos senkte den Kopf und erwiderte, sie sei fünfundzwanzig.

«Da steht die Dame mit meiner Hauptfrau gerade im gleichen Lebensalter», bemerkte Simen Tjing. «Sie gehört auch zum Jahreskreise des Drachens[41,e]. Sie ist am Fünfzehnten des achten Mondes zur Mitternachtsstunde geboren.»

Da Goldlotos hierauf erklärte, dieser Vergleich wie von Himmel und Erde schmettere sie, die Sklavin, völlig nieder, mischte sich die alte Wang ein:

«Das gute, feine Frauchen, so geschickt und gewandt, darf doch nicht unrecht beurteilt werden. Sie beherrscht die Handarbeiten mit Nadel und Faden; aber auch alle Philosophen und Weisheits-Schulen, auch Würfelspiel und Schach, kann Schriftzeichen zerlegen und aus der Bewertung ihrer inneren Bestandteile wahrsagen und schreibt die schönste Handschrift.»

«Allerdings das kann man doch kaum von jemand fordern», stimmte Simen Tjing zu.

«Ich mache kein bloßes Geschwätz, wenn ich sage: Im Hause des Herrn Oberrats wimmelt es von Frauen, aber Ihr könnt nicht verlangen, daß eine so ist wie das Frauchen.»

«Das ist nun einmal so, dazu ließe sich mancherlei sagen», klagte Simen Tjing. «Ich habe eben kein Lebensglück und deshalb keine tüchtige Frau für meinen Hausstand gefunden.»

«Herr Oberrat», bemerkte die alte Wang, «Eure Allererste muß doch tüchtig sein.»

«Laßt uns nicht davon reden. Wenn sie noch am Leben wäre, so läge es nicht so wie jetzt.

Muß ein Haus der Aufsicht entbehren,
Läßt sich dem Einsturz des Daches nicht wehren.

Dabei habe ich nun daheim drei, fünf, ja sieben Münder. Sie alle wollen essen, aber kümmern sich um nichts.»

Da rief die Alte laut:

«Ich hatte es schon ganz vergessen, daß Eure erste Frau seit einigen Jahren nicht mehr am Leben ist.»

«Ich mag gar nicht davon sprechen», bemerkte Simen Tjing. «Meine Dahingeschiedene, die geborene Tschen, war, obwohl sie aus schlichten Verhältnissen stammte, doch sehr geschickt und gewandt. Sie vertrat mich in allen Angelegenheiten. Leider ist sie nun tot, und zwar schon über drei Jahre. Meine jetzige Frau, die ihre Stelle eingenommen hat, ist beständig leidend und kümmert sich um nichts. In allen Hausangelegenheiten geht es jetzt kunterbunt her. Deshalb geh ich auch immer aus. Bin ich daheim, so habe ich nur Verdruß.»

«Herr Oberrat», sagte die alte Wang, «verübelt es mir nicht, wenn ich gerade heraus spreche: Eure verstorbene und Eure jetzige Frau können hinsichtlich Handfertigkeit mit Nadel und Faden dieser Dame nicht gleichkommen. Sie ist einzigartig und vorbildlich.»

«Ganz recht», bemerkte Simen Tjing. «Ich habe in meinem Anwesen auch nicht eine, die so lebensprühend ist wie diese Dame.»

«Herr Oberrat», lachte die Alte, «Ihr habt doch außerhalb Eures Hauses in der Oststraße jemand. Warum ladet Ihr mich denn nicht einmal dorthin zum Tee ein?»

«Ganz recht, Lenztraute Dschang, die die anzüglichen Lieder singt! Seidem ich weiß, daß sie auf Abwegen ist, mag ich sie nicht.»

«Herr Rat, aber mit Holdchen Li aus der Vergnügungsstätte verkehrt Ihr doch schon eine ziemliche Weile?» bemerkte die alte Wang.

«Ich habe sie bereits geheiratet, und sie gehört jetzt zu meinem Hause. Wenn sie es verstünde, den Haushalt zu führen, würde ich sie selbstverständlich zur ersten Frau erhoben haben.»

«Aber mit der zweiten Dscho steht Ihr Euch doch gut?» fragte Frau Wang weiter.

«Ach, fangt doch nicht von Findelkindchen Dscho zu reden an!» gab Simen Tjing zur Antwort. «Ich hatte sie als dritte Frau geheiratet. Sie hatte sich neulich eine geringfügige Krankheit zugezogen und ist nun nicht mehr am Leben.»

«Ach, wie schade, wie schade! Wenn ich nun eine wüßte, die dem Herrn Rat so zusagen würde wie die Hauptfrau, würde es nichts ausmachen, wenn ich zu Euch käme, um es Euch zu sagen?»

«Meine Eltern sind nicht mehr am Leben», antwortete Simen Tjing. «Wenn es meiner eigenen Absicht entspricht, wer erkühnt sich, ein Nein entgegenzusetzen?»

Als die alte Wang erklärte, sie habe natürlich nur gescherzt, wie könnte es auch nur möglich sein, so rasch des Herrn Oberrats Wünsche zu treffen, fragte Simen Tjing seinerseits:

«Warum denn eigentlich nicht? Ach! Es ist wirklich traurig, daß ich als Ehegatte so wenig glücklich gewesen bin, selbst einer passenden Frau zu begegnen.»

So ging das Zwiegespräch zwischen Simen Tjing und der alten Wang eine Weile hin und her, bis diese erklärte:

«Gerade wenn der Wein am besten mundet, ist nichts mehr vorhanden. Herr Rat, nichts für ungut, wie wäre es, wenn Ihr mich noch ein Krüglein kaufen hießet?»

Simen Tjing übergab die in seiner Gurttasche noch vorhandenen drei oder vier Unzen Bruchsilber der Alten:

«Mütterchen, nehmt es nur hin und holt Wein, wenn getrunken werden soll! Ist etwas zu viel, behaltet es nur, Mütterchen!»

Die Alte erhob sich dankend und prüfte noch mit einem Blicke Goldlotos. Die drei Kännchen Wein, die inzwischen getrunken worden waren, hatten ihre Sinne in Wallung gebracht, und während der Unterhaltung der beiden, die damit ein bestimmtes Ziel verfolgten, hatte sie mit gesenktem Kopfe nur dagesessen ohne aufzustehn.

Schließlich geht nun zu Ende
das Wünschen und Werfen der Blicke,
weil sie an Neigungen gleich,
einander bestimmt vom Geschicke,
bringt die Zusammenkunft auch
die Erfüllung in Freuden der Sinne.
Aber es strebt Frau Wang
allein nach ihrem Gewinne.
Andere Fähigkeit nicht,
nur die eine hat sie: zu fassen
alles gewandt mit dem Wort
und die Zunge spielen zu lassen.

4. KAPITEL

Goldlotos geht zur Zauberhöh'
Geheimer Liebeslust.
Der Streiterjunge lärmend schimpft
Am Teehaus rechtsbewußt.

Ins Jaspis-Gemach mit bestickter Wand
dringt schräge des Sonnenlichts Helle.
In goldener Anmut die Schöne stand
ans Tor gelehnt an der Stelle.
Ob auch ihre Blicke dem Manne noch
gefolgt waren, als er gegangen,
ihre Füßchen im Seidenflor blieben ihm doch
so fern, ach: nicht zu erlangen.
Er hörte erzählen, daß dieses Jahr
sie erst die Außenwelt meide. [32, d]
Wie hübsch doch an ihrem Gewande war
ihr Korallen- und Spiegelgeschmeide!
Er wartete, wünschend, ihr kund zu tun,
wie sehr es danach ihn verlange,
mit ihr zu kosen und bei ihr zu ruhn
dort hinter dem Gaze-Vorhange.

Die alte Wang hatte das Geld zu sich gesteckt und sagte zu Goldlotos, wobei sie mit selbstzufriedenem Gesichte schmunzelte:

«Ich mache mich jetzt auf den Weg, einen Krug Wein zu holen, und darf Euch, mein Frauchen, wohl bemühen, bei dem Herrn noch sitzen zu bleiben. In der Kanne befindet sich ein Restchen Wein. Wenn die Becher geleert sind, so füllt sie wieder und trinkt dem Herrn Oberrat zu! Ich geh direkt zur Oststraße am Kreisamt und werde dort einen guten Krug Wein einkaufen. Es wird ein geraumes Weilchen dauern.»

«Mütterchen, geht nicht!» rief Goldlotos. «Ich habe schon zu viel Wein zu mir genommen. Es ist also unnötig.»

«Na, na!» bemerkte die alte Wang jedoch, «Ihr, mein Frauchen, und der Herr Oberrat seid einander doch nicht fremd. Deshalb ist doch auch nichts dabei, ein Gläschen miteinander zu trinken. Was fürchtet Ihr denn?»

Obwohl Goldlotos erklärt hatte, es sei unnötig, blieb sie sitzen und rührte sich nicht. Die alte Wang zog nun die Türe hinter sich zu, band sie auch noch mit einem Stricke fest und schloß so die beiden in ihrer Teestube ein, während sie selbst sich an die Straße setzte, damit das Angefangene sich vollende.

Nach dem Fortgange der Alten rückte Goldlotos mit einem verstohlenen Blick auf Simen Tjing ihren Stuhl zunächst etwas zur Seite, während er ihr gegenüber saß und sie mit seinen feuchten weit offenen Augen anstarrte. Er erkundigte sich nun noch einmal nach ihrem Familiennamen, da er ihm just wieder entfallen sei, und als Goldlotos mit gesenktem Kopfe lächelnd geantwortet hatte, sie heiße Wuh, stellte er sich, als ob er nicht recht gehört hätte:

«Tu also heißt Ihr!»

Ihr Antlitz abwendend bemerkte Goldlotos schmunzelnd im Flüstertone:

«Ihr seid doch aber gar nicht schwerhörig!»

«Ach, ich bin zu vergeßlich; ganz recht Wuh», rief Simen Tjing lachend. «In unserem Kreise Klarenfluß gibt es nicht viele Familien des Namens Wuh; aber vor dem Kreisamte hält sich immer ein Gebäckverkäufer und Dreizöller namens Wuh auf, der der «große Herr Wuh» genannt wird; gehört er vielleicht zur Sippe der Dame?»

Goldlotos war bei diesen Worten feuerrot geworden, ließ den Kopf sinken und sagte lächelnd:

«Ja! Es ist mein Mann.»

Simen Tjing blieb zunächst eine Weile stumm, und sein Gesicht hatte dabei einen starren Ausdruck, als ob er die Sprache verloren hätte, dann rief er: «Welch ein Unrecht!»

Goldlotos warf lachend einen Seitenblick auf ihn und sagte lachend mit leiser Stimme:

«Ihr habt doch keine Kränkung erlitten! Warum sprecht Ihr von Unrecht?»

Simen Tjing erklärte, er habe um ihretwillen den Ausruf «Welch ein Unrecht» getan. Im übrigen sprudelte er nun fast über mit Redewendungen wie «meine Gnädige hier», «meine Gnädige da» und erging sich in einem blinden Wortschwalle. Sie spielte mit gesenktem Kopf an ihrem Rocke, kaute an dem Saume des Ärmelrandes, biß in heftigstem inneren Widerstreit hörbar auf ihren Ärmelrand und mußte dabei ihre Seitenblicke auf Simen Tjing gleiten lassen. Simen Tjing entschuldigte sich plötzlich, es sei ihm zu heiß, zog sein Obergewand aus grüner, faltiger Seidengaze aus und sagte:

«Ich bitte die Dame um die Bemühung, es mir über das Geländer von Mütterchens Lagerstatt abzulegen.»

Goldlotos kaute weiter an ihrem Ärmel herum, wandte sich ab und, ohne das Gewand in Empfang zu nehmen, bemerkte sie leise lachend:

«Eure eigenen Hände sind doch nicht abgefallen, warum Euch also noch anderer Leute bedienen?»

«Wenn die Dame es für meine Wenigkeit nicht ablegen will, muß ich es eben selbst tun!» lachte Simen Tjing und warf sein Gewand mit ausgestreckter Hand über den Tisch hinweg auf die Lagerstatt. Dabei fegte er absichtlich eines seiner Eßstäbchen vom Tische hinunter, und wie es die Schicksalsfäden der Liebe wie zufällig bestimmt hatten, rollte es gerade unter Goldlotos Rock. Simen Tjing schenkte Wein ein und trank ihr zu. Sie lachte, beachtete ihn aber nicht weiter. Er schickte sich nun an, die Eßstäbchen zu ergreifen, um Goldlotos zum Zulangen und Essen aufzufordern, doch wiewohl er links und rechts suchte, eines seiner beiden Eßstäbchen fehlte ihm. Goldlotos beugte den Kopf und schob es lachend mit ihrer Fußspitze hervor:

«Ist das nicht Euer Eßstäbchen?»

Simen Tjing näherte sich ihr bei diesen Worten und bemerkte:

«Oh, da war es!»

Er bückte sich, hob aber nicht das Stäbchen auf, sondern streichelte die gestickte Blüte auf ihren Schuhen. Goldlotos lachte und machte Miene aufzustehen.

«Warum belästigt Ihr mich in dieser Weise? Ich soll wohl schreien!»

Nun fiel Simen Tjing vor ihr auf die Knie [32, f] und mit den Worten:

«Meine Dame, habt doch in diesem Falle mit meiner Wenigkeit Mitgefühl!» streichelte er ihr Beinkleid. Sie schob seine Hände zur Seite:

«Unnützer Bursche, Ihr werdet aufdringlich. Ich sollte Euch eine kräftige Ohrfeige versetzen!»

«Und wenn Ihr mich todschlüget, meine Gnädige, so würde ich das noch als ein schönes Erlebnis ansehen!» antwortete Simen Tjing lachend. Dabei trug er sie ohne weiteres auf den Armen gerade zu Frau Wang's Bett, entkleidete sie, nachdem er ihren Gürtel gelöst hatte und vergnügte sich mit ihr auf den Kissen.

Ursprünglich hatte sie der Patrizier Dschang verführt. Doch dieses alten Mannes Dingelchen war weich wie Nasenrotz und wabbelig wie Bohnenkäse. Wie oft hätte sie da befriedigt werden können? Dann hatte sie Wuh geheiratet. Du lieber Leser, versuche dir nur einmal vorzustellen, wie kräftig wohl das

Nun fiel Simen Tjing vor ihr auf die Knie.

Dingelchen eines Dreikäsehochs sein kann! Nun war sie an Simen Tjing geraten, der, in der Wollust alt erprobt, ein gar gewaltiges Leistungsvermögen hatte.

So tummelt auf dem Wasser,
eng Hals an Hals gefügt,
von Mandarinen-Entlein [31,b]
ein Pärchen sich vergnügt.
So geht auch miteinander
dicht Kopf an Kopf beim Flug
hin über Blumenauen
des Phönixpaares Zug.
So auch es unermüdlich
wie Glücksempfindung rauscht,
was von ganz dicht gewachs'nen
Zweiglein wird ausgetauscht.
Und auch das Paar der Teile
zum Gurt-Eintrachtsverschluß
in einheitlichem Herzstück
sich gerne schließen muß. –
Er drückt mit seinen Küssen
die Lippen an sie fest;
schräg rückgelehnt ihr Antlitz,
sie sich's gefallen läßt.
Die seid'nen Strümpfchen heben
sich weit hinauf empor:
Ob seiner Schulter streben
zwei Neumondsicheln vor.
Die gold'nen Haarschmuckpfeile
bekamen schrägen Hang;
des Haupthaars dichte Wolke
aufs Kissen niedersank.
Er schwört ihr meerestiefe
und bergefeste Treu
mit seinem Liebesspiele
auf tausend Arten neu.

Sie schien zuerst zu scheuen
das Wolken-Regen-Spiel,
und doch ist Lustempfindung
ihr tausendfältig Ziel.
Im rechten Augenblicke
dringt an des Ohrs Bereich
von ihr ein heller Lockruf
dem der Goldamsel gleich.
Es fließt der süße Speichel
zusammen ihr im Mund,
und lachend schiebt hervor sie
der Zungenspitze Rund.
Der schlanken Hüften Adern
zieht Frühlingsglück in Bann;
ihr kirschenrotes Mündchen
hält fast den Atem an.
Die Umwelt nur verschwommen
sehn ihre Äugelein.
In Hunderten von Tröpfchen
stellt feiner Schweiß sich ein.
Und während noch ihr Busen
in weicher Woge bebt,
wird die Päonienblüte
durch reichen Tau belebt.
Ein völliges Verknoten
des Paares kam zurecht,
zwar heimlich und verboten
doch dadurch doppelt echt.

Wolken und Regen waren vorüber. Sie kleideten sich an und waren gerade dabei, die letzte Hand anzulegen, da stieß die alte Wang die Tür auf und trat ein. Wie mit höchstem Erstaunen und einer gewissen Verwunderung schlug sie die Hände zusammen und sagte in gedämpftem Tone:

«Ihr macht mir ja schöne Sachen!»

Simen Tjing und Goldlotos waren betreten. Die Alte wandte sich an Goldlotos:

«Das ist ja nett, das ist ja nett! Ich habe Euch hergebeten, mir ein Kleid zu fertigen, und das bedeutet noch nicht, daß Ihr Euch hier heimlich mit Mannsleuten einlassen dürft. Wenn Euer Herr Gemahl, der große Wuh, davon erfährt, muß er mich auch für verantwortlich halten. Da scheint es mir schon ratsamer, ich geh' sogleich hinüber und berichte ihm alles.» Sie drehte sich um, bereit fortzugehn.

Goldlotos hielt sie eiligst an ihrem Rocke zurück und flehte mit gesenktem, von Scham gerötetem Antlitze:

«Mütterchen, verzeiht!»

«Ja, aber nur, wenn Ihr mir unbedingt Folge leistet!» erklärte die alte Wang. «Von heute ab dürft Ihr, ohne daß der große Wuh etwas merkt, des Oberrats Neigung nicht abweisen. Ob ich Euch früh morgens oder spät abends rufe, Ihr müßt immer sofort kommen. Tut Ihr es, dann lasse ich die Sache auf sich beruhen. Solltet Ihr aber eines Tages nicht kommen, so erzähle ich alles unerbittlich sofort dem großen Wuh.»

Vor tiefster Scham brachte Goldlotos kein Wort heraus, doch die alte Wang drängte:

«Wie steht es denn nun? Antwortet mir rasch!»

Goldlotos wandte sich ab, verhüllte ihr Gesicht und sagte leise, sie werde kommen. Die alte Wang wandte sich nun an Simen Tjing:

«Herr Oberrat, Ihr braucht mir natürlich nichts zu sagen. Diese hundertprozentig erfolgreiche Unternehmung ist nun schon ganz vollendet. Ihr dürft Euer Wort hinsichtlich dessen, was Ihr zugesagt habt, nicht brechen. Wenn Ihr Euch mir gegenüber undankbar erweist, werde ich die Sache auch dem großen Wuh verraten.»

«Mütterchen, seid ganz beruhigt! Ich werde Euer Vertrauen in mich nicht enttäuschen», bemerkte Simen Tjing.

«Für Euer beider Wort gibt es kein besseres Beweisstück», meinte die alte Wang. «Es lasse ein jedes in des andern Hand ein Erinnerungsstück. Durch die Annahme läßt sich die Aufrichtigkeit erkennen.»

Simen Tjing zog sofort aus seinem Haare[50, b] einen goldenen Haarpfeil und steckte ihn Goldlotos in den Haarknoten. Sie zog ihn indessen wieder heraus und verbarg ihn in ihrem Ärmel aus Besorgnis, der große Wuh möchte den Haarpfeil daheim sehen und Verdacht schöpfen. Auch lehnte sie selbst es ab, irgendetwas herzugeben, doch die alte Wang zupfte ihr ein weißes Schweißtüchlein aus Hangdschou-Krepp aus dem Ärmel fort und reichte es Simen Tjing, der es zu sich steckte. Alle drei tranken nun zusammen noch ein paar Schälchen Wein. Da es inzwischen bereits später Nachmittag geworden war, erhob sich Goldlotos mit der Bemerkung, sie müsse heimgehn. Sie verließ eilig die alte Wang und Simen Tjing und strebte durch die hintere Pforte nach Hause. Dort ließ sie sogleich den Vorhang herunter. In diesem Augenblicke kam auch der große Wuh wieder nach Hause.

Jedoch zurück zu der alten Wang! Simen Tjing anblickend, fragte sie:

«War es nicht ein guter Kniff?»

«Ich muß mich entschieden bei Euch bedanken, Mütterchen, ein ganz ausgezeichneter.»

«War das Geschöpfchen sehr leidenschaftlich?» erkundigte sich die Alte weiter.

«Sie ist eine Frau von leidenschaftlicher Glut, wie sie nicht mit Worten zu schildern ist.»

«Sie sticht die Mädchen aus, die in den Häusern singen und musizieren», fiel die alte Wang ein. «Was es auch immer sei, sie ist in allem erfahren und beschlagen. Jedenfalls habt Ihr es mir alter Person zu verdanken, daß ich Euch beide gleich Eheleuten verbunden und es bewerkstelligt habe, daß Ihr ein Pärchen wurdet. Vergeßt nur nicht, was Ihr mir versprochen habt!»

«Sobald ich nach Hause komme, hole ich das Silber und bringe es her», beruhigte Simen Tjing sie.

«Mein Blick hinaus nach Siegesbannern späht;
es lauscht mein Ohr, ob gute Kunde geht»,

deklamierte die Alte. «Bringt es nicht dazu, daß ich alte Person aus dem Sarge heraussteige, um wenigstens die Sargträger und Trauersänger bezahlen zu können!»

Lachend blickte Simen Tjing hinaus auf die Straße, ob sie leer sei, legte dann die Augenmaske an und entfernte sich.

Am nächsten Tag erschien er wieder und bestellte seinen Tee. Als die alte Wang ihn aufgefordert hatte, Platz zu nehmen, etwas Tee rasch zubereitet und ihm vorgesetzt hatte, zog Simen Tjing aus seinem Ärmel ein Päckchen von zehn Unzen Silber hervor und reichte es der Alten. Geld und Gut machen auf jedermann in der ganzen Welt Eindruck. Als Frau Wang mit ihren schwarzen Augen das schneeweiß glänzende Silber erblickte, war ihre Freude geradezu überwältigend. Sie nahm das Silber an sich und wünschte hintereinander gleich zweimal zehntausendfältigen Segen: «Vielen Dank, Herr Oberrat, für die überreichliche Gabe!» Dann bemerkte sie, der große Wuh habe zu dieser Zeit das Haus noch nicht verlassen; sie wolle aber unter dem Vorwande, eine Fülldose[66,b] zu borgen, einmal hinübergehn, um nachzuschauen. Durch die hintere Pforte ihres Anwesens schritt sie hinaus zu Goldlotos.

Diese war gerade damit beschäftigt, das Essen für ihren Mann, den großen Wuh, aufzutragen. Als es an ihrer Haustüre pochte, fragte sie Willkomm, wer erschienen sei. Diese meldete, Muhme Wang sei da, um eine Fülldose zu leihen. Goldlotos kam eiligst vor, die alte Wang zu begrüßen:

«Mütterchen, hier ist schon die Fülldose! Nehmt sie nur mit!» Gleichzeitig forderte sie die alte Wang auf, Platz zu nehmen.

Diese lehnte ab: es sei niemand bei ihr zu Hause, ließ aber durch Handbewegung Goldlotos wissen, daß Simen Tjing gekommen sei, und entfernte sich mit der Fülldose. Goldlotos drängte nun den großen Wuh, rasch zu essen und seine Traglast auszutragen. Sie begab sich in die oberen Räume, puderte sich erneut, vertauschte ihr Obergewand mit einem reizvollen frischen Kleid und hieß Willkomm sorgfältig auf das Haus zu achten:

«Ich geh zur Muhme Wang, werde dort nur ein Weilchen sitzen und gleich wiederkommen. Sollte der Vater heimkehren, so melde es mir! Wenn du nicht hörst und tust, was ich dir auftrage, werde ich dich kleinen Taugenichts verdreschen, daß dir die Fetzen herunterfliegen.»

Willkomm antwortete bejahend, aber davon braucht nichts weiter erwähnt zu werden. Goldlotos begab sich in die Teestube der alten Wang.

Die Ehe band zusammen der beiden Lebenslose.
Wie lenzesfreudig leuchtet Pfirsich bei Aprikose.
Doch stand in ihrem Herzen die Frau dem Manne fern.
Es barg die Aprikose noch einen zweiten Kern.

Die folgenden Verszeilen bewahren den mehrfachen Sinn der Kürbis-Fülldose:

Leichte Pflanze – Kürbis-Dose!
Beide sind von gleichem Kraut.
Zu der Öffnung klein und lose
groß der volle Leib sich baut.
Jung im Frühlingswind zu sprießen,
sie so manchen Pfahl umrankt.
Ausgewachsen zu genießen,
schwerlich jemand nach ihr langt.
Was hält je sie fest im Leben
nach Jän Hui's Art, dem[5,b] nur galt
Armut-froh zum Recht zu streben?
Nein, vom Wind, vom Wasser bald
mochte sie getrieben werden.
Wird verwendet sie im Stall,
gibt sie Futter dort den Pferden.
Auch hat sie, wie's jetzt der Fall,
in das Teehaus rufen lassen.
Dem genügsamen Süh Ju[7,b]
würde selbst sie schwerlich passen.
Noch ein Hinweis kommt hinzu:
Gift-Zeug holt man sich wohl auch
aus der Pflanze dunklem Bauch.

Simen Tjing empfand Goldlotos Nahen, als habe sie sich vom Himmel droben herniederbegeben. Beide setzten sich Schulter an Schulter und Hüfte an Hüfte ganz eng nebeneinander. Die alte Wang brachte ihnen Tee. Sie erkundigte sich dabei, ob der große Wuh gestern bei der Rückkehr seiner Frau nicht Fragen gestellt habe. Goldlotos berichtete, er habe sich nur erkundigt, ob denn des alten Mütterchens Kleid noch nicht fertig sei. Sie habe darauf geantwortet, das Kleid sei schon fertig, doch sie arbeite jetzt für Mütterchen noch Sterbeschuhe und Sterbestrümpfe. Diese Aussprache endete damit. Die alte Wang schaffte schleunigst Wein heran und stellte ihn im Wohnstübchen bereit. Das Pärchen schenkte sich vergnügt den Wein ein und trank. Simen Tjing betrachtete jetzt Goldlotos sorgfältiger und eingehender. Sie erschien ihm schöner als bei dem ersten Zusammensein. Sie hatte Wein getrunken. Obgleich sie gepudert war, drang die Rötung des Antlitzes durch das Weiß des Puders durch. Lockig hingen die Schläfenhaare herunter und verschönten das Bild. Sie stellte selbst himmlische Genien weit in Schatten und übertraf an Schönheit sogar die Mondgöttin[47, a].

Es brachte die Männerherzen in Not
ihres Antlitzes Farbe weiß und rot,
wohl wert, daß man verliebt in sie war!
Auch gefiel ihr Gewand und ihr Schmuck im Haar.
Ihr eisvogelblaues Schleppröcklein
aus Seidengaze war schattenhaft fein.
Die Ärmel trug sie wie aufgerollt
und Litzen darunter betupft mit Gold.
Mit freudigem Eifer aus ihrem Haar
ein Knoten schräge geschlungen war.
Und kurz: Es war, als steige einmal
die Mondgöttin Tschang-o ins Erdental.
Ja, gäbe man tausend Dukaten her,
erkaufen könnte man's nimmermehr.

Simen Tjing konnte sie nicht genug preisen. Er drückte sie an seine Brust. Dann hob er ein wenig ihren Rock an, so daß ihre zierlichen Füßchen sichtbar wurden, an denen sie Schuhe aus rabenschwarzem Atlas trug. Sie maßen gerade eine halbe Fingerspanne. Darüber geriet er immer wieder in Entzücken. Sie tranken, plauderten und scherzten. Auf Goldlotos Frage nach seinem Alter, teilte Simen Tjing ihr mit, daß er siebenundzwanzig und am Achtundzwanzigsten des siebenten Mondes um die Mitternachtsstunde geboren sei. Goldlotos erkundigte sich, wieviele Frauen er habe. Er gab zur Antwort, außer seiner Hauptfrau habe er noch drei, vier Gefährtinnen, von denen indessen keine einzige ihm recht gefalle. Auf die weitere Frage, wie viele Söhne er habe, bemerkte er, daß er nur eine Tochter besitze, die demnächst heiraten werde, sonst aber keine jüngeren Kinder. Simen Tjing stellte seinerseits ein paar scherzende Fragen und zog dann aus seinem Ärmel eine silberne Kapsel hervor, die außen vergoldet und mit einem durchbohrten Herzen geschmückt war. Sie enthielt Kuchen mit Tee- und Gewürzfüllung. Er reichte Goldlotos etwas davon mit seiner Zungenspitze. Dabei fielen sie sich laut lachend in die Arme und herzten einander. Die alte Wang lief nur hin und her, um Speisen zu bringen und Wein einzuschenken und achtete im übrigen nicht auf den Zeitvertreib der beiden, die sich auf ihre Art in der Stube zu ergötzen begannen. Der Wein hatte längst ihre Sinnlichkeit entfacht.

Von Lust übermannt, entblößte Simen Tjing sein Glied und ließ Goldlotos es mit ihren zarten Händen betasten und damit spielen. Simen Tjing hatte von Jugend auf mit den Buhldirnen aller Straßen und Gassen verkehrt und trug an der Wurzel seines Gliedes eine silberne Stütze, die durch Arzneikräuter-Abkochung vervollkommnet war, um sein Glied besonders zu stärken. Das prächtige Ding stand aus dem schwarzen Haarbusche rötlich und dunkel steif empor:

Ein Ding, das fast sechs Zoll lang ward!
Es kann wohl weich sein, doch auch hart.
Ist's schlaff, es wie ein Trunkner fällt,
ist's stramm, es fakirsteif sich hält.
Eingang zur Weiblichkeit sein Ziel;
sie ist sein Reich beim Liebesspiel.
Um solch ein Himmelsding am Mann

schon manche Schöne Streit begann
in ihrem Wunsch, es müsse sein
nur zum Gebrauch für sie allein.

Als sich Goldlotos nach einem Weilchen entkleidet hatte, betastete und betrachtete Simen Tjing ihre Schoßöffnung. Sie war völlig unbehaart und glich ganz einem weichen, saftigen, rötlich gesprenkelten, eben aus dem Behälter herausgenommenen Kuchen mit Fruchtfüllung. Es war ein Dingelchen, in das Tausende von Männern sich verliebt und das Zehntausende sich ersehnt hätten.

Duftig, trocken, mollig, weich,
ist sie lotosblumengleich.
Leicht sie dehnt sich, fein sie schließt.
Wo ist, der das nicht genießt?
In der Wonne, wie erlöst,
Lächelnd sie die Zung' vorstößt.
Ist sie müde, will sich schonen,
darf sie in dem Höschen wohnen,
hinter Backen, zwischen Schenkeln,
gut geschützt vor losem Plänkeln.
Wie den alten Gartenrain
säumt sie kaum ein Hälmchen ein.
Doch wenn angreift ein Galan,
Tritt sie stracks zum Kampfe an.

Um indessen nicht zu weitschweifig zu werden: Von jenem Tage an kam Goldlotos täglich zu Frau Wang's Behausung herüber und traf sich dort mit Simen Tjing. Die gegenseitige Zuneigung und Liebe der beiden leimte und kittete sie fest zusammen.

Von altersher sagt man:

Es tritt ein gut' Geschehnis
nicht aus der Häuslichkeit,

doch bös' Geschehn wird ruchbar
bald viele Meilen weit.

Es war noch kein Monat verstrichen, so wußten in den Häusern der Straße und des Stadtviertels alle um die Sache, nur der betrogene große Wuh erfuhr nichts. Es bewahrheitete sich so recht:

Wem selbst als Lebensnorm
gilt die bewußte Pflicht,
der denkt an Schutz vor Trug
und Untreu-Abwehr nicht.

Hier müssen wir nun etwas einschalten: Im Kreise gab es einen erst fünfzehn oder sechzehnjährigen Knaben, der eigentlich Tjau hieß. Da seine Vorfahren der Streitmacht angehört hatten und er im Bezirk Streiterstadt geboren und aufgezogen worden war, so nannte man ihn ganz allgemein bloß den Streiterjungen. Er hatte noch einen alten, bereits hochbetagten Vater. Der kleine Bursche war sehr anstellig und durchtrieben. Er lebte davon, daß er in den zahlreichen Gaststuben in der Nähe des Kreisamtes Obst, der Jahreszeit entsprechend, verkaufte. Simen Tjing hatte ihm stets ein paar Zehrpfennige zukommen lassen. Einmal hatte er gerade ein Körbchen mit schneeweißfleischigen Birnen aufgetrieben. Nun suchte er Straße auf, Straße ab Simen Tjing. Ein Klatschmaul des Ortes sagte zu ihm:

«Streiterjunge, du suchst Simen Tjing? Ich kann dir einen Ort angeben, wohin du gehn mußt.»

«Verehrter Herr», sprach der Knabe, «so darf ich Euch bitten, weist mir doch den Ort, wo ich ihn finden kann!»

«Ich gebe ihn dir genau an», erklärte jenes Klatschmaul, «Simen Tjing hat eine Liebschaft mit der Frau des großen Wuh, des Gebäckverkäufers. Er sitzt mit ihr täglich in der Teestube der Frau Wang in der Rotensteinstraße. Um diese Zeit ist er ganz bestimmt dort anzutreffen. Geh nur hin! Das schadet nichts!»

Der Junge bedankte sich für den Rat, hob sein Körbchen auf und begab sich schnurstracks zur Rotensteinstraße, um dort ohne Umschweife in die Teestube der alten Wang einzutreten. Es war ihm ganz willkommen, daß er dort die Alte auf einem Holzschemelchen Garn zwirnen sah. Er stellte seinen Korb auf den Erdboden und blickte sie an:

«Mütterchen, einen ergebenen Gruß!» Auf die Frage der Alten, was ihn denn herführe, sagte er: «Ich wollte den Oberrat suchen, um wieder einmal zur Unterstützung meines alten Vaters dreißig bis fünfzig Kupferlinge zu verdienen.»

«Welchen Oberrat?» forschte die Alte.

«Nun, der Euch bekannte, der ist es.»

«Und mag jemand auch Oberrat sein, so muß er doch Zu- und Nachnamen haben», meinte die Alte.

«Nun der mit dem zweisilbigen Namen», rief der Junge.

«Welche zwei Silben?» fragte Frau Wang wieder.

«Mütterchen», bemerkte jetzt der Streiterjunge, «ich wollte mit Euch scherzen. Ich möchte nur ein paar Worte mit Oberrat Simen sprechen.» Da er Miene machte, im Innern nachzuschauen, hielt ihn die Alte fest:

«Wo willst du kleiner Affe denn nur hin? Jedermann hat doch sein Privatgemach außer seinem Besuchsraume!»

Der Junge äußerte, er gehe nur in ihre Wohnstube, um Simen Tjing zu bitten, herauszukommen. Da schalt die Alte:

«Du hergelaufener Strolch, wo gibt es bei mir einen Oberrat Simen?»

«Mütterchen», flehte der Junge, «doch nicht Ihr allein wollt leben. Laßt mich doch auch etwas Saft schlürfen! Worauf habe ich denn nicht acht gegeben?»

«Du kleiner Eindringling», schimpfte die Alte. «Was du und acht geben!»

«Du bist genau wie eine, die mit dem Hackmesser im hölzernen Schöpfgefäß Gemüse schneidet, wobei auch nicht ein Safttröpfchen herausspringt», schrie nun der Streiterjunge. «Du wünschest wohl richtig, daß ich offen herausrede? Dann paß' nur auf, wie der Onkel Kuchenbäcker wild werden wird!»

«Er ist völlig aus dem Häuschen», bemerkte die Alte, als sie diese Worte zu hören bekam, und zorniger rief sie: «Du hergelaufener finsterer Baumaffe, kommst du zu mir, um hier zu stänkern?»

«Wenn ich ein Baumaffe bin, dann bist du eine Zutreiberin, eine Kupplerin, ein altes Stück Hundefleisch», stieß der Junge hervor.

Die Alte packte ihn nun fest und versetzte ihm mehrere Püffe, hart und erbarmungslos.

«Warum mißhandelst du mich?» schrie der Junge auf.

«Du Spitzbube einer anrüchigen Mutter, du kleiner Affe!» schalt sie. «Wenn du noch laut zu schreien wagst, so prügle ich dich mit ein paar saftigen Ohrfeigen hinaus!»

Als der Streiterjunge darauf ausrief:

«Spitzbübisches, altes, bissiges Reptil! Du hast gar keine Ursache, mich zu schlagen», ohrfeigte ihn die alte Wang heftig und hart auf die Straße hinaus. Dann warf sie ihm noch den Korb mit den Birnen nach, so daß die Früchte zum großen Teile hinausfielen und nach allen Richtungen kollerten.

Da der Junge gegen die Alte, die ihm zuvor in den Weg getreten war, nicht hatte aufkommen können, machte er seinem Herzen erst einmal durch Schmäh-

«Wenn ich ein Baumaffe bin, dann bist du eine Kupplerin»,
stieß der Junge hervor.

reden Luft; dann wieder heulte er; dann tat er ein paar Schritte und las seine Birnen auf der Straße zusammen. Hinter der alten Wang in der Teestube schimpfte er her:

«Altes bissiges Reptil! Ich sollte dich nicht das Fürchten lehren können? Ich sollte es ihm nicht stekken können, es nicht da hinbringen können, daß die Sache herauskommt, nicht darauf vertrauen können, daß er dir deine Tür eintreten wird und du keinen Kupferling mehr verdienen kannst?» Mit diesen Worten eilte der kleine Bursche mit dem Körbchen in der Hand schnurstracks die Straße entlang, um den großen Wuh zu suchen.

Aber die Sachlage war so:

In der Höhle der Füchsin
wurde die Streu zerzaust;
Auffuhr vom Schlaf auf dem Sande
das Entenpaar, das da gehaust.

5. KAPITEL

Zum Ehebrecher-Fange soll
Ein Plan des Streiterjungen führen.
Der große Wuh nimmt Gift-Arznei
Und muß die Unheilsfolgen spüren.

Dem Hang, dich auszuleben,
sinn tief und gründlich nach!
Geglückter Liebschaft Bindung
ist Bund zum Ungemach.
Gern geben sich die Menschen
Herznarreteien hin,
Doch kühler Blick zeigt jedem
den argen Widersinn.
Pflück' nicht unnütze Blumen!
Brich nicht ein wild' Gekräut'!
Haltung mit innrer Stärke
sich selbst die Ruhe beut.
Dein Weib und deine Kinder,
das Mahl, daheim bestellt,
ersparen Liebesmühen
und mindern nicht dein Geld.

Nach der Tracht Prügel, die der Streiterjunge von der alten Wang bezogen hatte, war er, da er seiner Wut nicht Luft hatte machen können, mit seinem Körbchen Schneebirnen geradewegs die Straße entlang geeilt, um den großen Wuh zu suchen. Er war bereits durch zwei Gassen gezogen, als er ihn mit dem Gebäck-Traggestelle die Straße daherkommen sah. Auf der Stelle blieb er stehn und musterte den großen Wuh:

«Wie habt Ihr Euch in der Zeit, seit ich Euch nicht gesehen habe, mästen können!»

Wuh setzte seine Traglast ab:

«Ich habe doch immer so ausgesehen. Wodurch soll ich denn dicker geworden sein?»

«Neulich wollte ich etwas Reis- oder Weizenkleie kaufen», bemerkte der Streiterjunge. «Ich konnte nirgends eine Verkaufsstelle finden; alle Leute sagten mir nur immer, in Eurem Hause sei die Kleie zu haben.»

«Ich halte doch zu Hause weder Gänse noch Enten, wie soll ich da Kleie haben?» sagte Wuh.

«Ihr behauptet, keine Kleie zu haben?» erklärte der Streiterjunge. «Was müßt Ihr verdienen können, daß Ihr so feist und prall geworden seid, daß man Euch bequem beim Hochheben um und um wenden mag, ohne daß das etwas schadet. Selbst wenn Ihr im Kochtopfe gesotten würdet, verdrösse es Euch noch nicht einmal!»

«Kleiner Strolch», fiel der große Wuh ein, «du beschimpfst mich ja schön. Meine Frau läßt sich doch nicht mit andern Männern ein! Warum vergleichst Du mich denn mit einem Enterich?» [50, d]

«Eure Frau läßt sich nicht mit Mannsvolk ein? Natürlich läßt sie sich mit einem Mann ein!» sagte der Streiterjunge.

Bei diesen Worten packte ihn Wuh fest:

«So gib mir den Mann an!»

«Ich lache Euch aus. Ihr bringt es nur fertig, mich zu zerren, aber Ihr redet nicht davon, daß Ihr den Kerl zur Linken wegbeißen wollt!» bemerkte der Streiterjunge.

«Bester Freund, sage mir, wer es ist! Ich schenke dir auch zehn von meinen besten Kuchen», bat nun der große Wuh.

«Kuchen helfen in der Sache nicht weiter. Ihr müßt Euch als Gastgeber betätigen! Wenn ich drei Gläschen getrunken habe, bespreche ich es mit Euch.»

«Wenn du Wein verträgst, so komm nur mit!» bemerkte der große Wuh, hockte sein Traggestell auf und zog den Streiterjungen in eine kleine Schenke. Dort setzte er das Gestell ab, nahm ein paar Kuchen heraus, kaufte etwas Fleisch, bestellte ein Kesselchen Wein und forderte den Streiterjungen auf, zuzulangen.

«Bester Freund, so sprich doch mit mir über die Sache!» bat er dann.

«Ihr müßt nicht so unruhig sein!» erwiderte jener. «Wartet doch wenigstens, bis ich mit dem Essen fertig bin. Doch wenn ich Euch davon erzähle, so werdet nicht zornig und verbittert! Ich helfe Euch natürlich, sie zu fassen.»

Der große Wuh schaute dem Äffchen eine Weile beim Essen und Trinken zu und mahnte dann:

«Nun sag's mir doch jetzt endlich!»

«Wenn Ihr es wissen wollt, so fühlt erst einmal die Beulen an meinem Kopfe», erklärte der Streiterjunge und fuhr fort, als sich der große Wuh erkundigte, wie er denn überhaupt dazu gekommen sei: «Ich will zu Euch darüber reden: Heute suchte ich mit diesem Körbchen Schneebirnen den Oberrat Simen, fand aber seinen Aufenthalt nicht. Auf der Straße sagte mir jemand, er halte sich in der Teestube der alten Wang auf und habe dort mit Eurer Frau ein Techtelmechtel. Täglich gehe er dorthin. Ich hoffte also, ihn dort anzutreffen und an ihm so zwischen dreißig und fünfzig Kupferlinge zu verdienen. Aber ich kann es nicht hinnehmen, daß die alte Wang, diese Sauhündin, mich nicht losließ, als ich ihn in ihrer Stube aufsuchen wollte. Höchst bestürzt prügelte sie mich erbarmungslos hinaus. Ich bin deshalb eigens Euch suchen gegangen und habe Euch mit ein paar Redensarten aufgerüttelt. Hätte ich das nicht getan, so hättet Ihr mich doch nicht gefragt.»

«Ist diese Geschichte auch wirklich wahr?» unterbrach ihn der große Wuh.

«Kommt Ihr mir damit? Ich sag's Euch, Ihr seid ein stinkdummer Kerl! Das gerissene Pärchen versteht es, sich vergnüglich zu betätigen. Sie warten nur so lange, bis Ihr ausgegangen seid, dann benutzen sie in Frau Wang's Behausung die Gelegenheit. Ihr fragt mich noch, ob es wahr ist oder nicht! Ist es denkbar, daß ich Euch zum besten halte?»

Als der große Wuh bis zu Ende zugehört hatte, erklärte er:

«Lieber Freund, ich will es dir nur eingestehn: Meine Frau geht täglich zur alten Wang, um ihr ein Gewand und Fußbekleidung zu fertigen. Sie kommt dann mit einem leicht geröteten Gesicht zurück. Das mir von meiner ersten Frau hinterlassene Töchterchen schilt und prügelt sie von früh bis spät und gibt ihr auch nichts zu essen. Seit ein paar Tagen ist sie ziemlich zerfahren. Wenn sie mich sieht, ist sie mißvergnügt. Ich selbst hege auch argwöhnische Befürchtungen. Mit der Geschichte wird es seine Richtigkeit haben. Soll ich nun nicht sofort mein Traggestell unterstellen und hineilen, die Ehebrecher zu fassen?»

«So ein alter, ausgewachsener Bursche wie Ihr, aber ohne ein bißchen Lebenserfahrung!» antwortete der Streiterjunge. «Frau Wang, die alte Hündin, was ist das für eine gefährliche Person! Die sollte andere fürchten? Wie wollt Ihr aus ihren Klauen herauskommen? Sie haben doch sicherlich ein geheimes Zeichen verabredet. Wenn sie Euch kommen sieht, um jene festzunehmen, wird sie Eure Frau versteckt hinausbringen. Simen Tjing wird, er muß doch die Sache glücklich bereinigen, Euch Eure zwanzig Püffe versetzen. Was also das Erwischen betrifft, so wird es nicht gelingen, dagegen werdet Ihr eine Tracht kräftiger Faustschläge beziehen. Simen Tjing hat doch

Geld und ist mächtig, er wird Euch mit einer Anzeige belangen und Euch den Prozeß machen lassen. Niemand wird Euch beistehn, und das Ergebnis wird das sein, daß es Euch Euer Leben kostet.»

«Mein Freund, was du sagst, kann richtig sein, aber wie soll ich mich dieses Schimpfes erwehren?»

«Ich bin doch von der alten Wang auch verprügelt worden und habe nirgends meinem Herzen Luft machen können», antwortete der Streiterjunge. «Ich will indessen Euch einen Schachzug weisen: Geht heute zunächst einmal heim! Macht keine Szene, sagt nichts und verhaltet Euch wie gewöhnlich! Backt morgen etwas weniger Kuchen zum Verkaufen! Ich werde am Eingang der Gasse auf Euch warten. Sobald ich Simen Tjing hineingehen sehe, will ich Euch rufen. Ihr müßt dann mit Eurem Traggestell in der Nähe warten, während ich mich zunächst hineinbegebe und die alte Hündin reize. Sie wird mich natürlich schlagen wollen. Sobald ich dann meinen Korb auf die Straße schleudere, müßt Ihr eindringen und, derweil ich mich allein der Alten entgegenstelle, in die Stube stürmen und dort ‚Schmach!' schreien. Sagt Euch der Plan zu?»

«Da es nun so steht, kann ich dir nur dankbar sein, mein Freund. Hier habe ich zwei Stränge Kupferlinge; Ich gebe sie dir hin. Erwarte mich also morgen in aller Frühe an der Rotensteinstraße!»

Der Streiterjunge entfernte sich nun mit dem Gelde und etlichen Kuchen. Der große Wuh bezahlte die Zeche, zog noch mit seiner Traglast umher, um Gebäck zu verkaufen und ging dann heim.

Ursprünglich hatte Goldlotos den großen Wuh stets gescholten und ihm auf jede Art ihre Mißachtung ausgedrückt. Im Bewußtsein ihres eigenen sittenwidrigen Verhaltens strebte sie danach, ihn neuerlich ein wenig einzulullen. Als der große Wuh an jenem Abend sein Traggestell heimbrachte, benahm er sich genau so wie gewöhnlich, ohne sich etwas anmerken zu lassen.

«Männchen, hast du Wein getrunken?» fragte sie ihn.

Der große Wuh erwiderte, daß er eben mit einem Geschäftsvermittler drei Schälchen Wein zu sich genommen habe. Goldlotos setzte ihm darauf das Abendessen vor. Der Rest des Tages verlief ereignislos.

Nach dem Frühstück am nächsten Morgen stellte der große Wuh nur wenige Behälter mit Backwerk her und setzte sie auf sein Traggestell. Da Goldlotos Herz ganz von den Gedanken an Simen Tjing erfüllt war, achtete sie natürlich nicht weiter darauf, ob der große Wuh mehr oder weniger Gebäck hergestellt hatte. Er ging dann mit seinem Traggestell natürlich seiner Verkaufstätigkeit nach. Sie hatte seinen Fortgang kaum erwarten können und begab sich sogleich in die Teestube der alten Wang, um dort Simen Tjing's zu harren. Der große Wuh brachte sein Traggestell nur bis zum Eingang der Rotensteinstraße. Hier stieß er auf den Streiterjungen, der dort mit seinem Korbe stand und umherschaute. Der große Wuh erkundigte sich, wie die Sache stehe.

«Es ist noch etwas früh», antwortete der Junge. «Macht erst einen Verkaufsrundgang! Der Bursche muß freilich ziemlich bald kommen. Haltet Euch also irgendwo in der Nähe auf und entfernt Euch nicht zu weit.»

Der große Wuh verduftete, als ob er einen Rundgang zum Verkaufe machte, und kehrte dann zurück. Der Streiterjunge wies ihn an:

«Gebt acht! Sobald mein Korb herausfliegt, müßt Ihr eiligst hineinstürmen.»

Der große Wuh stellte nun sein Traggestell beiseite. Der Streiterjunge begab sich mit seinem Korbe in die Teestube und fuhr auf die Frau Wang los:

Er umklammerte ihre Hüften, zielte auf ihren Unterleib
und stieß mit dem Kopfe zu.

«Du alte Sauhündin, wie kamst du dazu, mich gestern so einfach zu schlagen?»

Die Alte, in ihrer Art unverändert, sprang auf:

«Du kleiner Baumaffe, was haben wir miteinander zu schaffen? Warum erscheinst du schon wieder und beschimpfst mich?»

«Mit Absicht beschimpfe ich dich, du Kupplerin, du Anreizerin, du alter Fetzen Hundefleisch, ich will dich fertigmachen», schrie der Junge.

In heller Wut packte die Alte den Streiterjungen und schlug auf ihn ein. Er brüllte:

«Du schlägst mich?» und warf sein Körbchen hinaus mitten auf die Straße. Die Alte aber packte fest zu und bearbeitete ihn. Da wurde Frau Wang von dem kleinen Affen angeschrien: «Wenn du zuschlägst, dann schlag ich auch zu!» Er umklammerte ihre Hüften, zielte auf ihren Unterleib und stieß mit dem Kopfe zu. Die alte Wang stürzte zwar nicht zu Boden, aber nur die Wand vermochte ihr so festen Halt zu bieten, daß sie nicht zu Falle kam. Während der Junge sie nun wie auf Tod und Leben gegen die Wand preßte, stürmte der große Wuh mit hochgerafftem Gewand und mit Riesenschritten von draußen in die Teestube hinein. Als die Alte sah, daß es der große Wuh war, der da kam, und seine Hast gewahrte, wollte sie ihm in den Weg treten. Doch der kleine Bursche hielt sie mit äußerster Kraftanstrengung fest und ließ nicht locker. So vermochte sie nur zu rufen:

«Der große Wuh kommt!»

Goldlotos trieb gerade ihr Kurzweil in der Wohnstube mit Simen Tjing. Augenblicklich stürzte sie zur Tür und verrammelte sie, während Simen Tjing unter das Bett kroch, um sich zu verstecken. Der große Wuh stürmte auf den Stubeneingang los. Als er mit den Händen die Tür aufstoßen wollte, vermochte er es nicht, so rief er aus:

«Das ist ja eine schöne Sache!»

Goldlotos, die sich voller Bestürzung innen gegen die Türe stemmte, murmelte:

«Wenn nichts los ist, girrst du wie ein Vogel und gebärdest dich, als ob du den besten Boxer zu Boden schlagen könntest. Im rechten Augenblick bist du aber nichts nütze und erschrickst schon beim Anblick eines Tigers aus Papier.» Sie wollte mit diesen Worten offenbar Simen Tjing anfeuern, den großen Wuh zu verprügeln und so einen Durchgang zu erzwingen.

Als Simen Tjing unter dem Bette Goldlotos Worte vernahm, rüttelten sie sein Denken auf. Er kroch vor:

«Es fehlte mir ja nicht an Mut, aber ich hatte im Augenblicke völlig die Fassung verloren.» Er riß nun die Tür auf und rief: «Weg da!»

Der große Wuh hatte nur gewartet, um ihn zu packen. Da wurde er von Simen Tjing, der ihm zuvorkam, plötzlich mit einem Fußtritte gerade in die Herzgrube getroffen, weil er von zwerghafter Gestalt war. Er stürzte rücklings nieder auf den Fußboden. Simen Tjing benutzte den Tumult, um zu verschwinden. Der Streiterjunge sah, daß die Sache schlecht stand, ließ die alte Wang los und machte sich auch eilends aus dem Staube. In den Nachbarhütten der Straße und des Stadtviertels wußten alle, daß Simen Tjing zu fassen gewesen wäre, aber niemand wagte es, sich in die Sache einzumischen.

Die alte Wang hob den großen Wuh sachte vom Erdboden auf. Er hatte Blut gespien; sein Gesicht war wächsern und fahl, ja wie vergilbt. Frau Wang rief Goldlotos herbei und hieß sie, eine Tasse Wasser holen, um den großen Wuh aus dem Zustand der Bewußtlosigkeit zu erwecken, dann stützten ihn beide an den Schultern, brachten ihn durch die hintere Pforte in sein Haus und legten ihn dort im Oberstübchen auf sein Bett. Er versank in Schlaf.

Die Nacht verstrich, ohne daß sich etwas Besonderes ereignete. Simen Tjing begab sich am andern Morgen – er hatte sich vergewissert, daß nichts weiter erfolgt war – wie bisher zu der alten Wang, um dort mit der Frau des großen Wuh zu schäkern. Sie hofften, daß der große Wuh von selbst sterben würde.

Er lag fünf Tage lang krank im Bett, ohne aufstehn zu können. Wenn er außerdem Suppe gewünscht hatte, so hatte er sie nicht erhalten, und wenn er nach Wasser verlangt hatte, es nicht bekommen. Jeden Tag hatte er nach seiner Frau gerufen. Sie hatte nicht geantwortet. Er hatte nur gesehen, daß sie prächtig geschmückt und üppig gepudert ausging und mit gerötetem Antlitze heimkam. Der kleinen Willkomm hatte sie verboten, hervorzukommen und sie eingeschüchtert:

«Du Taugenichts! Wenn du ihm, ohne es mir zu sagen, Wasser zu trinken gibst, so sollst du es an deinem Leibe spüren.»

Wie konnte es Willkomm bei dieser Drohung ihrer Stiefmutter wagen, ihrem Vater etwas Suppe oder Wasser zu bringen? Der große Wuh wurde einige Male ohnmächtig vor Ärger, indessen wer fragte danach? An dem Tage, von dem die Rede ist, rief er seine Frau zu sich und erklärte ihr in eindringlichem Tone:

«Du bist eine Liebschaft eingegangen. Ich selbst habe dich beim Ehebruch ertappt. Du hast auch noch deinen Buhlen veranlaßt, mir den Tritt in die Herzgegend zu versetzen. Während ich jetzt nicht gesund werden kann, wenn ich mir Genesung erflehe, und den Tod nicht zu finden vermag, wenn ich ihn mir wünsche, geht ihr selbst aber eurem Vergnügen nach. Sollte ich sterben, so ist das an sich natürlich ohne Bedeutung. Mit euch habe ich es nicht aufnehmen können. Du dürftest aber das Temperament meines Bruders kennen. Er kommt vielleicht recht bald zurück. Er sollte willens sein, alles auf sich beruhen zu lassen? Wenn du mit mir nun aber Mitleid hast und mir dazu verhilfst, daß ich bald wieder genese, so werde ich bei seiner Rückkehr ihm gegenüber nichts erwähnen. Solltest du dich aber nicht um mich kümmern, so warte nur seine Rückkehr ab! Er wird dann schon mit euch ein Wörtchen reden!»

Ohne etwas zu erwidern, begab sich Goldlotos zur alten Wang, um ihr und Simen Tjing alles Wort für Wort zu hinterbringen. Auf Simen Tjing wirkte das so, als ob er in ein Becken mit eisigem Wasser gesteckt würde, und er meinte:

«O weh! Ich hätte an den Polizeihauptmann Wuh denken sollen, der die große Bestie in den Hellicht-Bergen erschlagen hat! Unsere Liebe ist jetzt von Dauer, und unsere Gefühle zueinander sind tief. Wir sind von dem gleichen Wunsche beseelt. Das kann nicht mehr in Stücke gehn.»

Auf die Umstände, unter denen er so geredet hatte, paßt richtig das Zitat:

Wie angenehm ein Leben sei,
von Leiden ist es doch nicht frei.

«Ich habe es eigentlich nicht für möglich gehalten», lachte die alte Wang ironisch, «daß Ihr, der Ihr nun am Steuer steht, an Händen und Füßen schlottert, während ich, die das Schiff zu staken hat, völlig unbesorgt bin.»

«Ich bin vergeblich von Natur ein Mann», bemerkte Simen Tjing, «und weiß mir unter diesen Umständen keinen Rat. Was habt Ihr denn für einen Plan, für uns die Sache zu verschleiern? Haltet mit Eurem Rat nicht länger zurück!»

«Wenn Ihr wünscht, daß ich Euch schützen und die Sache vertuschen soll», erklärte die alte Wang, «so hätte ich schon einen Ratschlag. – Wollt Ihr aber nun eigentlich für immer Eheleute bleiben oder es nur auf Zeit sein?»

«Mütterchen», fiel Simen Tjing ein, «erklärt erst einmal, wie es werden soll, wenn wir ein Paar für immer oder wenn wir es nur zeitweilig sind.»

«Wenn Ihr nur auf Zeit Eheleute sein wollt», sagte die alte Wang, «so trennt ihr euch heute, wartet ab, bis der große Wuh wiederhergestellt und aufgestanden ist, und gönnt ihm dann ein paar freundliche Worte. Kehrt später der jüngere Wuh heim, wird alles vergeben und vergessen sein. Ihr müßtet dann warten, bis er wieder einmal dienstlich abkommandiert wird, und könntet euch dann alsbald erneut treffen. Das bezeichne ich als Ehepaar auf Zeit. Wenn ihr dagegen für immer verbunden und täglich ohne Zaghaftigkeit, Scheu oder Furcht beieinander sein wollt, so habe ich dafür gleichfalls einen prächtigen Plan, wenn ich ihn euch freilich auch nur ungern weise.»

«Mütterchen», bemerkte Simen Tjing, «Ihr habt unsere Sache wohlwollend gefördert. Wir wollen natürlich nur Eheleute für immer sein.»

«Für meinen Plan wird etwas benötigt, was im Hause anderer Leute nicht vorhanden ist», sprach die alte Wang. «Es ist etwas, was in der Natur vorkommt und sich da gebildet hat, und Ihr, Herr Oberrat, habt es zu Hause.»

«Und wenn es sich darum handelte, meine eigenen Augen herauszureißen und sie Euch zu geben! Was ist es denn?» forschte Simen Tjing.

«Der Knirps ist doch jetzt schwer krank», begann die alte Wang. «Benutzt seine mißliche Lage und helft ihr nach! Herr Oberrat, rückt etwas Arsenik heraus und händigt es der Dame ein! Sie selbst geht auf ein

Rezept eine Arznei für Herzbeschwerden besorgen und mischt das Arsenik hinein, um es in dem Knirps wirken zu lassen. Dann wird der Leichnam fein säuberlich verbrannt und alle Spuren sind verwischt. Kommt später der jüngere Wuh zurück, was könnte er dann wohl noch unternehmen? Seit alters her heißt es:

> Erste Vermählung: der Eltern Beschluß;
> Wiederverheiratung: eigner Entschluß[31, a].

Wie könnte der Schwager sich in diese privaten Dinge auch nur einmischen wollen? Sei es ein halbes Jahr oder ein ganzes, wartet, bis die Zeit der Trauer um den Ehemann vorbei ist! Dann nehmt Ihr sie als Frau in Euer Haus, Herr Oberrat! Wäre das nicht die Ehe für immer? Ihr könntet in Einklang alt werden und gemeinsam Freuden genießen. Wie gefällt Euch dieser Plan?»

«Mütterchen, er ist ausgezeichnet. Es ist eine uralte Wahrheit:

> Willst du so recht in Frieden leben,
> auch Tod nicht scheu beim danach Streben.

Pah! Tut man das eine nicht, glückt auch das and're nicht.»

Die alte Wang bestätigte: «Denkt gut daran, daß es so ist:

> Mäht man das Unkraut und rodet die Wurzel,
> sprießt kein Keim und kein Trieb mehr hervor!

Herr Oberrat, geht jetzt heim und bringt flugs das Zeug! Ich werde die Dame in der Anwendung unterweisen. Ist alles erledigt, so müßt Ihr mir aber sehr reichlich Euren Dank abstatten.»

«Das versteht sich doch von selbst und bedarf gar nicht Eurer Erwähnung», antwortete Simen Tjing.

In dem Verlangen
nach Liebesvereinigung enge verbunden
drängten sie, blumig verwirrt,
nach den wollustdurchzitterten Stunden. –
Menschliche Leben zerspringen
wie Blasen, verhuschen wie Schemen.
Nie also schmiede man Pläne,
dem Nächsten das Leben zu nehmen!

Nicht lange nach seinem Fortgange hatte Simen Tjing ein Päckchen Arsenik eingewickelt und es der alten Wang übergeben. Diese wandte sich an Goldlotos:

«Meine Dame, ich zeige Euch das Verfahren, wie Ihr es der Arznei beimischt.

Hat nicht der große Wuh zu Euch davon gesprochen, Ihr sollt ihm zur Genesung verhelfen? Knüpft also hieran an und erfüllt ihm kleine Wünsche mit einer Beigabe von Verliebtheit in ihn. Wenn er Euch bittet, ihm Arznei zu geben, mischt Ihr Arsenik in die Arznei gegen Herzbeschwerden hinein. Sollte er etwas spüren oder sich sein körperliches Empfinden sträuben, so flößt ihm die Medizin gewaltsam ein. Sobald das Gift wirkt, ihm die Eingeweide zerfrißt und er aufschreien will, müßt Ihr ihn mit einer Bettdecke gleichmäßig überdecken, damit niemand etwas höre, ganz straff, und preßt Kanten und die Zipfel an! Vorher müßt Ihr einen Topf siedendes Wasser bereiten und darin ein Wischtuch brühen. Als Wirkung des Giftes wird aus seinen sieben Leibesöffnungen Blut austreten. Auf den Lippen werden sich Spuren von Zahnbissen finden. Sobald er sein Leben ausgehaucht hat, müßt Ihr die Bettdecke abheben und alle Blutspuren mit dem gebrühten Wischtuche beseitigen. Ist er erst in der Sargkiste, fortgetragen und verbrannt, was könnte es dann noch an Schwierigkeiten geben?»

«Alles ist schön und gut», erklärte Goldlotos. «Ich bin aber schwächlich, und im gegebenen Augenblick werden mir die Hände versagen, so daß ich es nicht schaffen kann.»

«Dem ist leicht abgeholfen», beruhigte die Alte sie. «Pocht nur von drüben an meine Wand! Ich komme Euch dann helfen.»

«Gebt Euch alle Mühe», mahnte noch Simen Tjing, «die Sache glücklich durchzuführen! Morgen früh um die Zeit der fünften Nachtwache werde ich mich erkundigen kommen.»

Er ging nun heim. Die alte Wang zerrieb Arsenik mit ihren Fingerspitzen staubfein und gab es Goldlotos zur versteckten Aufbewahrung. Diese kehrte in ihr Obergeschoß zurück und schaute nach dem großen Wuh. Sein Leben schien an einem seidenen Faden zu hängen, und nur noch wenige Atemzüge schienen ihm bis zum Tode beschieden zu sein. Goldlotos setzte sich zu ihm auf den Bettrand und weinte Krokodilstränen. Er fragte: «Warum kommst du her und weinst?» Sie wischte sich die Tränen aus den Augen:

«Ich habe einen im Augenblick unüberlegten Fehltritt getan und mich von jenem Simen Tjing betören lassen. Wie konnte ich voraussehen, daß er dir einen Fußtritt ins Herz versetzen würde! Nun habe ich mich überall umgehört. Es gibt eine gute Arznei. Ich wollte sie schon zu deiner Heilung kaufen, doch ich fürchtete, du möchtest Argwohn hegen, und habe sie deshalb nicht zu holen gewagt.»

«Wenn du mir mein Leben rettest, ist alles erledigt», entgegnete der große Wuh. «Mit einem Pinselstrich wird alles durchgestrichen. Kommt mein Bruder zurück, werde ich ihm gegenüber nichts erwähnen. Kauf' also schnell die Arznei und rette mich damit!»

Goldlotos steckte etwas Kupfergeld zu sich, begab sich sofort zu der alten Wang, hockte dort nieder und ließ sie die Arznei einkaufen gehn. Mit dem Heilmittel kehrte Goldlotos in ihr Obergemach zurück und zeigte es Wuh:

«Der Arzt hat dir verordnet, dieses Mittel zur Linderung von Herzbeschwerden um Mitternacht einzunehmen und dich darauf – auch über den Kopf – mit ein, zwei Decken gut zuzudecken, damit du schwitzest. Morgen würdest du dann aufstehn können.»

«Das ist schön», bemerkte Wuh. «Du mußt aber die Mühe auf dich nehmen und heute nacht dich aus dem Schlaf ermuntern, um mir die Arznei um Mitternacht zu verabfolgen.»

Goldlotos erklärte, er könne unbesorgt schlafen, sie werde ihn natürlich versorgen. Allmählich wurde es dunkel. Goldlotos zündete in der Stube eine Lampe an und brachte im Erdgeschoß einen großen Kessel Wasser zum Sieden. Dann legte sie ein großes Wischtuch hinein, um es zu brühen, und lauschte auf die Stundenschläge des Nachtwächters[42,b].

Er meldete gerade die Mitternachtsstunde. Goldlotos schüttete zunächst das Arsenik in eine Tasse und trug sie nebst einem Schälchen mit klarem, heißem Wasser nach oben. Dort rief sie:

«Männchen, wo ist die Arznei?»

«Unter meiner Matratze neben dem Kopfkissen», antwortete er. «Rühre rasch um und gib sie mir ein!»

Goldlotos hob die Matratze an, tat die Arznei schüttelnd in die Tasse und goß das heiße, klare Wasser aus dem Schälchen darüber. Dann rührte sie alles mit einem silbernen Haarpfeile gleichmäßig um, stützte den großen Wuh mit ihrer rechten Hand auf und flößte ihm mit der linken Hand die Arznei ein. Als er einen Mund voll geschlürft hatte, erklärte er:

«Frauchen, die Arznei schmeckt recht übel», sagte der große Wuh.

«Frauchen, die Arznei schmeckt recht übel!»

Goldlotos bemerkte, die Hauptsache sei doch, daß sie die Krankheit heile; was habe da der unangenehme Geschmack zu bedeuten! Als der große Wuh das zweite Mal schlürfen wollte, goß ihm Goldlotos gewaltsam die ganze Arznei die Kehle hinunter, ließ ihn auf das Bett zurückfallen und sprang selbst rasch vom Bett herab. Er stieß Klagelaute aus und jammerte:

«Frauchen, nun habe ich auch noch Leibschmerzen, nachdem ich die Arznei genommen habe. O weh, o weh! Es ist kaum auszuhalten!»

Goldlotos trat an das Ende des Bettes, ergriff zwei Bettdecken und bedeckte den großen Wuh rücksichtslos über Kopf und Gesicht hinweg. Er rief:

«Ich bekomme keine Luft!»

Der Arzt habe ihr ausdrücklich eingeschärft, ihn zum Schwitzen zu bringen, erklärte Goldlotos. Dann werde er rascher genesen. Sie sprang – der große Wuh wollte noch Laute hervorstoßen – aus Besorgnis, daß er mit Anstrengung die Bettdecken abwerfen möchte, auf das Bett, setzte sich rittlings auf den Leib und preßte mit ihren Händen die Ecken der Decken fest an, ohne auch nur im geringsten nachzulassen.

Wie wenn ihm siedendes Öl
hätt' Eingeweid und Lungen
und ein sengendes Feuer die Leber,
die Därme durchdrungen,
war's ihm; doch in der Brust,
als ob kalte Schwerter er fühlte
und man ihm blindlings den Leib
mit stählernen Messern zerwühlte.
Eiseskälte hatte
den ganzen Körper befallen,
und heraus quoll das Blut
aus den Leibesöffnungen allen.

Krampfhaft sich schloß sein Gebiß,
und die Luftröhre kam zum Erliegen.
Seine drei Seelen [4,a] hinauf
zu den Schuldlos Getöteten stiegen.
Doch die tierischen wurden
zur Rückblick-Terrasse [4,b] genommen.
Während die Unterwelt zunahm
um einen, der Gifttrank bekommen,
war in der helleren Welt
der Menschen zu Grunde gegangen
einer, der es versuchte,
die Ehebrecher zu fangen.

Der große Wuh hatte zweimal laut aufgeschrien und noch einmal röchelnd nach Atem gerungen, dann waren ihm Magenwände und Eingeweide zerfressen. O Jammer, o Elend! Sein Körper lag leblos da.

Als Goldlotos die Bettdecken abhob, sah sie, daß der große Wuh die Zähne fest aufeinandergepreßt hielt und daß Blut aus allen seinen sieben Leibesöffnungen ausgetreten war; da überkam sie Schrecken. Sie sprang vom Bette herab und pochte an die Scheidewand. Kaum hatte die alte Wang dieses Klopfen vernommen, als sie auch schon hustend zu ihrer hinteren Pforte hinausging, während Goldlotos herabstieg und ihr die Haustüre öffnete. Die alte Wang erkundigte sich, ob alles erledigt sei. Goldlotos bejahte das, erklärte aber, sie sei allein zu schwach, um wieder Ordnung zu schaffen. Mit dem Bemerken «Wenn es weiter nichts ist, ich helfe schon!» krempelte die alte Wang ihre Ärmel auf, nahm einen Eimer mit siedendem Wasser, warf das Wischtuch hinein und brachte alles nach oben. Dort rollte sie die Bettdecken zur Seite und reinigte zunächst die Lippen und Mundränder des großen Wuh. Dann entfernte sie von den sieben Körperöffnungen die Spuren des ausgetretenen Blutes, legte die Kleider des großen Wuh auf seinen Leichnam und nun trugen sie ihn in gleichem Schritte die Treppe hinunter. Unten legten sie ihn auf einen alten Türflügel, kämmten ihm das Haupthaar, setzten ihm ein Käppchen auf, kleideten ihn an, zogen ihm Strümpfe und Schuhe über und verhüllten sein Angesicht mit einem Stücke weißer Seidengaze. Sie suchten aus dem Bette eine reine Bettdecke und bedeckten den Leichnam damit. Nun begaben sie sich wieder nach oben und säuberten dort alles. Darauf entfernte sich die alte Wang. Goldlotos wehklagte auf dem Erdboden in geheuchelter Trauer um den Familienernährer.

Lieber Leser, allenthalben in der Welt gibt es drei Arten, wie Frauen ihrer Betrübnis Ausdruck verleihen: Mit Tränen unter Lautäußerung, Schluchzen genannt; mit Tränen ohne Lautäußerungen, Weinen geheißen; ohne Tränen und ohne Lautäußerungen, als Trauern bekannt. Aber Goldlotos wehklagte mit trokkenen Augen die halbe Nacht hindurch.

Am nächsten Morgen um die fünfte Nachtwache, bevor es noch hell geworden war, kam Simen Tjing herbeigeeilt, um sich Nachricht zu holen. Die alte Wang berichtete ihm alle Einzelheiten. Mit der Weisung, einen Sarg zu kaufen und die Bestattung zu veranlassen, händigte er ihr Geld ein. Er ließ dann Goldlotos kommen, um sich mit ihr zu besprechen. Nach ihrem Eintritte sagte sie zu ihm:

«Heute ist der große Wuh, mein Mann, verschieden. Rückhalt habe ich nur bei Dir. Bring es nicht später dahin, daß ich, nachdem ich in dein Netz gegangen bin, mich vergeblich auf dich verlassen haben werde.»

«Wie kannst du dir darüber nur Sorge machen!» beruhigte Simen Tjing sie.

«Und wenn du dich von mir abwenden solltest, was dann?» fragte sie ihn.

«Wenn ich mich von dir abwende, soll es mir gehn wie dem großen Wuh», bemerkte Simen Tjing.

«Herr Oberrat», mischte sich die alte Wang ein. «Jetzt ist nur noch eines von Wichtigkeit. Wir müssen ihn bei Tageshelle einsargen. Ist nicht vielleicht zu besorgen, daß die Leichenbeschauer die schwache Stelle bei unserer Sache merken könnten, und dann? Der Vorsteher der Leichenbeschau, der neunte Ho, ist ein Mann, der alles sehr genau nimmt. Ich fürchte fast, er wird die Einsargung ablehnen.»

«Von der Seite droht keine Gefahr», lachte Simen Tjing. «Wenn ich Ho Weisungen erteile, wird er nicht wagen, irgend etwas Gegenteiliges zu tun.»

«So geht nun sofort zu ihm und verliert keine Zeit mehr!» rief die alte Wang, und Simen Tjing machte sich auf den Weg, um mit dem Leichenbeschauer zu sprechen.

Schatten wirft, was Himmelslicht umfließt.
Doch wer stellt im Tun sich darauf ein?
Kein Geschehn aus fremden Wurzeln sprießt,
nur sich selbst gemäß tritt es ins Sein.
Weiße Reiher kann vom Schnee nicht scheiden
unser Blick. Ihr Flug erst zeigt sie klar.
Und die Papagei'n in grünen Weiden
erst verrät das Plappern ihrer Schar.

6. KAPITEL

Es wird Herr Ho bestochen
Den Himmel er verrät.
Die alte Wang beim Helfen
In Wolkenbruch gerät.

Wer weiß denn bei der Trennung,
was noch die Zukunft bringt.
In Stücke geht die Perle,
der Edelstein zerspringt.
Der Schwur von Meerestiefe
und Bergwucht leicht verweht,
daß man zusammenhalte,
so lang der Himmel steht. –
Wenn zur Fasanenhenne
wird Neigung plötzlich wach,
steht achtlos als Gefährtin
das Phönixweibchen nach.
Es geht der Freund, ob heimlich
auch ihre Träne rinnt,
vorbei am Ort der Freude,
schaut hin, doch leergesinnt.
Vor ältrer immer siegreich
sich Neubekanntschaft zeigt;
und doch mit Trennungstränen
ins Boot auch sie einst steigt.

Simen Tjing war also fortgegangen. Als es taghell geworden war, machte sich die alte Wang auf den Weg, einen Sarg, Papiergebilde zum Verbrennen bei der Bestattung[54, f], etwas Weihrauch, Kerzen, Totengeld und dergleichen einzukaufen, und zündete dann nach ihrer Rückkehr für die Seele des großen Wuh die Totenlampe an. Alle Nachbarn und Anwohner kamen herbei und gafften. Um den Schein zu wahren, hatte Goldlotos ihr gepudertes Antlitz verhüllt, und sie weinte erheuchelte Tränen[28,l]. Auf die Fragen aller in Straße und Stadtviertel, an welchem Leiden ihr Mann gestorben sei, antwortete sie, er sei von einem sehr schweren Herzübel heimgesucht worden. Es habe sich von Tage zu Tage verschlimmert, bis im Zusehen jede Aussicht auf Besserung geschwunden und er nun leider gestern um Mitternacht verschieden sei. Welch ein bitteres Los! Dabei äußerte sie Jammerlaute und vergoß Krokodilstränen. Die Nachbarn wußten natürlich ganz genau, daß bei dem Todesfalle etwas nicht stimmte, und stellten deshalb keine weiteren Fragen. Sie ermahnten Goldlotos eindringlichst, gestorben sei gestorben; das Leben müsse natürlich weitergehen. Sie solle sich also nicht unnötig grämen. Die Witterung sei so schwül. Goldlotos dankte zum Scheine. Die Leute zerstreuten sich. Die alte Wang trug den Sarg herein und ging dann fort, um den neunten Ho, den Vorsteher des Leichenbeschauwesens, herzubitten, nachdem sie alles zur Beisetzung Nötige inzwischen gekauft hatte und beide Frauen im Hause alle Vorkehrungen getroffen hatten. Aus dem Kloster der Gnadenverkündung wurden zwei Mönche der buddhistischen Versenkung[15,b] bestellt, des Abends beim Sarge die Totenwache zu halten und die Verlesung der Gebete vorzunehmen.

Der neunte Ho hatte seinerseits alsbald einige Feuerleute vorausgesandt, um alles vorzubereiten, und machte sich um die frühe Vormittagszeit selbst gemächlich auf den Weg. Am Eingange der Rotensteinstraße stieß er auf Simen Tjing. Der rief ihn freundlich an:

«Wohin des Weges, Freund Ho?»

Ho antwortete, er gehe nur, da vorn den Kuchenbäcker, den großen Wuh, einzusargen.

«Haltet noch etwas inne und laßt uns plaudern!» sagte Simen Tjing.

Der neunte Ho folgte ihm um die Straßenecke in eine kleine Weinschenke, um dort auf dem Söller Platz zu nehmen. Simen Tjing bot Ho den Ehrensitz an, doch dieser lehnte ab: Wer er denn sei, daß er es überhaupt wagen dürfe, mit dem Herrn Oberrat an einem Tische zu sitzen? Simen Tjing wehrte:

«Mein Freund, seht das doch nicht als etwas so Besonderes an! Nehmt doch, bitte, Platz!»

Nachdem man in dieser Weise sich gegenseitig noch einmal Höflichkeiten gesagt hatte, setzten sich beide. Simen Tjing bestellte beim Kellner eine Kanne vom besten Weine. Der Weinschenk stellte Speisen, Obst und dergleichen mehr zum Weine, wärmte dann den Wein an und setzte ihn vor. Ho war innerlich ziemlich verwundert und dachte bei sich: Simen Tjing hat doch bisher niemals mit mir gezecht, also sollen diese Becher, die wir jetzt trinken, mich sicherlich veranlassen, nicht zu scharf vorzugehn. Als sie eine Weile getrunken hatten, zog Simen Tjing aus dem Ärmel einen Schuh schneehellen Silbers, und legte ihn mit den Worten auf die Tischplatte:

«Mein Freund, verschmäht diese Kleinigkeit nicht! Morgen werde ich mich noch besonders erkenntlich zeigen.»

«Meine Wenigkeit hat sich doch noch nicht ein einziges Mal im allergeringsten für Euch bemüht», wehrte der neunte Ho mit einer Handbewegung ab, «wie könnte ich es da wagen, vom Herrn Oberrat irgendwelche Geschenke und gar Silber unzenweise anzunehmen? Sollte der Herr Oberrat Anweisungen zu geben haben, so dürfte ich es mir auch ohnedies gar nicht gestatten, meine Dienste zu versagen.»

«Ach, mein Freund», fiel Simen Tjing ein, «Ihr dürft das nicht als etwas Ungewöhnliches ansehen.»

Simen Tjing bewirtet den neunten Ho in der Weinschenke.

«Herr Oberrat, redet nur ganz frei heraus!» bemerkte der neunte Ho.

«Es ist weiter nichts Wesentliches», sagte darauf Simen Tjing. «Wenn Ihr Euch in einer knappen Viertelstunde zu jener Familie begebt, so müßt Ihr für Eure Mühewaltung doch einen kleinen Geldbetrag erhalten. Wenn Ihr heute den Leichnam des großen Wuh einsargt, so handelt in allen Dingen freundlich! Haltet das Bett nur immer mit einem Tuche bedeckt!»

«Ich glaubte, es drehe sich um wer weiß was», sagte Ho, «und nun ist es nur eine derartige Kleinigkeit und so gar nichts von Bedeutung! Wie könnte ich es wagen, dafür des Herrn Oberrats Silber anzunehmen?»

«Wenn Ihr es nicht einsteckt, ist das eine glatte Ablehnung», entgegnete Simen Tjing.

Da der neunte Ho sich vor Simen Tjing fürchtete, weil er bei der Beamtenschaft großen Einfluß besaß, so konnte er nicht umhin, das Silber anzunehmen. Sie tranken darauf wieder ein paar Becher Wein, bis Simen Tjing den Kellner rief und ihn anwies, die Zeche auf Rechnung zu setzen und das Geld am anderen Tage sich in seinem Geschäfte zahlen zu lassen. Nun gingen sie gemeinsam vom Obergeschoße hinab und verließen die Weinschenke. Beim Gehn bemerkte Simen Tjing noch:

«Also, lieber Freund, beherzigt alles und laßt nichts laut werden! In den nächsten Tagen will ich Euch überdies ganz besonders belohnen.» Damit entfernte er sich.

Der neunte Ho hatte das Silber also angenommen und überlegte bei sich:

Er wird schon seine Gründe haben, doch er darf sie nicht erwähnen. Bewahre ich das Silber auf, so ist es vielleicht ein Beweismittel gegen mich, wenn der junge Wuh heimkehrt und es dann eine Auseinandersetzung gibt. Andererseits, so dachte er weiter, sei ihm in den letzten Tagen der Geldbedarf schon immer in die Quere gekommen. Nun sei es ihm zugefallen, also wolle er es verbrauchen. Zur gegebenen Zeit müsse er dann eben achtgeben. Unter solchen Gedanken gelangte er zu dem Haustore des großen Wuh. Hier sah er die Leichenverbrenner an der Türe warten. Auch die alte Wang wartete, und in ihrem Herzen brannte es wie Feuer.

Der neunte Ho befragte die Leichenverbrenner bei seiner Ankunft, an welcher Krankheit der große Wuh gestorben sei. Sie meldeten, die Frau habe erklärt, er sei an einem sehr schweren Herzleiden erkrankt gewesen und daran verschieden. Ho schickte sich nun an, in das Haus einzutreten, lüftete den Türvorhang und schritt hinein. Die alte Wang empfing ihn mit den Worten:

«Wir warten schon sehr lange. Der Geomant für den Totenschein ist bereits eine ganze Weile hier. Wie kommt es denn, daß Ihr erst jetzt erscheint, Herr Ho?»

«Ja», antwortete er, «so geht es eben. Ich wurde durch eine kleine Angelegenheit aufgehalten und habe mich deshalb ein wenig verspätet.»

Mit erheuchelten Tränen kam jetzt Goldlotos aus dem Hausinneren hervor in gewöhnlichem, farblosen Gewand und mit einem weißen Tuch[54,o] um das Haupthaar.

«Frauchen», sagte Ho zu ihr, «zergrämt Euch nicht! Der Herr Gemahl ist nun im Himmel.»

Goldlotos gab sich den Anschein, als verberge sie Tränen in den Augen:

«Es ist unaussprechlich bitter für mich. Mein Mann hat infolge eines schmerzhaften Herzleidens nach nur so wenigen Tagen den Geist aufgeben müssen und mich verlassen. Es ist ein großes Unglück für mich.»

Während Ho die Gestalt Goldlotos musterte, dachte er bei sich: Ich hörte bisher immer nur von der Frau des großen Wuh sprechen; ich kannte sie aber nicht. Also der große Wuh konnte diese Frau ins Haus bekommen! So ging er denn unter dem Einflusse der zehn Unzen Silber von Simen Tjing zur Seelentafel, um die Leiche zu besichtigen. Nach Beendigung der Totenmesse durch den Geomanten und Hissung der Gebetsfahne der tausend Herbste zog er die weiße Seidengaze fort und betrachtete den großen Wuh eingehend: Seine Fingernägel waren blau, die Lippen violett, die Gesichtshaut gelb und die Augen aus den Höhlen getreten. Er war sich keinen Augenblick darüber im unklaren, daß ein Verbrechen geschehen sei. Die beiden danebenstehenden Leichenverbrenner bemerkten:

«Ist es nicht sonderbar, daß das Gesicht violett ist, die Lippen die Eindrücke der Zähne tragen und sich Blutspuren in seinem Munde befinden?»

«Schwatzt keinen Unsinn!» wehrte Ho. «Es ist dieser Tage so entsetzlich schwül; warum macht ihr da nicht voran?»

Sofort begann in aller Eile und Hast unter Verwendung von Schilf die Einsargung. Man legte den Leichnam in den Sarg und vernagelte diesen zu beiden Seiten mit starken sogenannten Lebensnägeln. Die alte Wang, die mit voller Kraft die Verleiterin zu dem bösen Werke gewesen war, überreichte dem neunten Ho einen Strang Kupferlinge. Er entließ die Leichenverbrenner und erkundigte sich, wann die Leiche fortgeschafft werden solle.

«Die Dame hat gewünscht, daß die Bestattung übermorgen stattfinde und zwar mittels Einäscherung vor der Stadt», sagte die alte Wang.

Ho machte sich darauf auf den Heimweg. Für den Abend richtete Goldlotos ein Essen mit Wein her und sandte Einladungen aus. Am nächsten Tage bestellte sie vier buddhistische Mönche für eine Seelenmesse.

Am dritten Tage früh, zur Zeit der fünften Nachtwache, erschienen die Leichenverbrenner und trugen den Sarg fort. Einige Nachbarn und Anwohner folgten ihm, um ihr Beileid kundzutun. Goldlotos saß in Trauerkleidung in einer Sänfte. Während des ganzen Weges heuchelte sie lautes Wehklagen um den verlorenen Familienernährer. Am Bestattungsplatze vor der Stadtmauer ließ sie das Feuer anzünden und den Sarg verbrennen. Es währte nicht lange, so war er gründlich und säuberlich vom Feuer verzehrt. Die Gebeine warf man in einen Teich. Natürlich mußte alle Unkosten für die Mönche, für die Bewirtung und die Bestattung Simen Tjing bestreiten.

Nach der Rückkehr in ihre Wohnung stellte Goldlotos im oberen Stockwerke die Seelentafel [54, b] auf mit der Inschrift: Seele des verstorbenen großen Wuh, meines Ehemannes. Vor dem Tafelgestelle zündete sie eine Lampe aus glasiertem Ton an, befestigte an dem Gestelle goldfarbene Fähnchen und legte Papiernachbildungen von Gold- und Silberbarren hinein.

Noch an diesem Tag aber nahm sie die Gelegenheit mit Simen Tjing wahr. Sie schickten die alte Wang fort und überließen sich in den oberen Räumen des Hauses nach ihrem Belieben ausschweifend einem Freudenrausche. Es waren nun nicht mehr wie in der Teestube der alten Wang die Freuden von Spitzbuben, die heimlich Hühner oder Hunde stehlen. Da der große Wuh tot und sonst niemand im Hause war, konnten sie jetzt nach Belieben beieinander verweilen, im Bette ruhen und sich richtig ausschlafen.

Aus Besorgnis, die Nachbarn möchten es merken, begab sich Simen Tjing anfänglich immer erst für eine Weile in die Teestube der alten Wang und ließ sich da nieder; später ging er dann aber direkt und mit einem Dienerjungen, der ihm nachfolgte, durch die kleine hintere Pforte zu Goldlotos. Seine Begierde und sein

Verlangen nach ihr steigerten sich, so daß er drei, ja fünf Nächte gar nicht mehr nach Hause ging und daheim bei groß und klein alles drunter und drüber gehn ließ, so daß alle mißvergnügt waren.

Sinnlichkeit, himmelhoch kühn, ohne Schranken
hatte die Selbstbeherrschung erstickt.
Glut des Gefühls und das Ziel der Gedanken
hielt sie mit seidenen Fäden verstrickt.
In der Begierde nach Wonnen unsagbar
kümmerte sie weder Leben noch Tod.
Wer nimmt denn Rücksicht, ob's körperlich tragbar,
wenn ihn die Leidenschaft brünstig durchloht?
Doch wenn Empfindung so tief ist gegangen,
Sucht uns wie Dickicht im Walde verflicht
und schier unlöslich uns treibt das Verlangen,
reckt sich auf einmal der Haß zum Licht.
Hätte gelöst je der Feindschaft Beschwerde
zwischen Staat Wu und Jüäh irgendwer? [22, f]
Nimmer! Und wär auch uralt die Erde,
und der Himmel verödet und leer.

Die Zeit ist geschwinde, Tag und Monde sind hurtig wie Weberschiffchen. Simen Tjing hatte Goldlotos mehr als zwei Monate hindurch beigelegen, und eines Tages stand der Fünfte des fünften Mondes mit dem Drachenbootfeste [39, c] vor der Türe.

Die Zweige der schwankenden Weiden
sich senkten smaragdfädengleich.
Mit rötlichen Pünktchen schmückten
Granatapfelbäumchen sich reich.
Die schwach nur säuselnden Winde
bewegten der Vorhänge Rand;
Um stärkere Kühlung zu bringen,
ergriff den Fächer die Hand.

Die Feier des Drachenbootfestes
beging man auf jeglichem Grund;
gesellig in Häusern und Hütten
man führte die Becher zum Mund.

Auf dem Heimwege vom Besuche des Tempels des Prinzen Yo Fei[26,w] kehrte Simen Tjing in die Teestube der alten Wang ein. Die Alte setzte ihm sofort eine Tasse Tee mit der Frage vor:

«Woher kommt Ihr denn, Herr Oberrat, und warum begebt Ihr Euch nicht zu der Allergnädigsten?»

«Ich machte heute einen Spaziergang zu einem Tempel, da es Feiertag ist», antwortete Simen Tjing. «Weil ich an sie denken mußte, komme ich, um nach meinem ‚sechsten Kindchen'[31,k] zu schauen.»

«Heute ist ihre Mutter, die alte Pan bei ihr», bemerkte Frau Wang. «Ich fürchte, sie ist noch nicht fortgegangen. Wartet ein Weilchen! Ich werde hinübergehn, um einmal nachzusehen und dann zum Herrn Oberrat zurückkehren.» Sie begab sich nun durch die hintere Türe zu Goldlotos.

Diese saß gerade mit ihrer Mutter in der Stube beim Weine. Sie forderte die alte Wang sogleich beim Eintritt auf, Platz zu nehmen, und lachte:

«Mütterchen, Ihr kommt sehr gelegen. Bitte, leistet meiner Mutter Gesellschaft und trinkt ein Eintrittsgläschen[36,g]! Später gibt es dann die Kinderchen.»

«Ich Alte habe doch gar keinen Lebenskameraden», sagte die Frau Wang lachend, «wie soll ich da nur zu Kinderchen kommen! Aber Ihr selbst seid jung an Jahren, in jugendlicher Kraft und ganz dazu geeignet.»

«Man sagt doch immer:

Junger Blüte Frucht noch fehlt;
alte Blüte sie schon hehlt»,

entgegnete Goldlotos.

«Nun sieh nur, wie mich Deine Tochter kränkt», entrüstete sich Frau Wang mit einem Blick auf die Mutter Pan. «Sie bezeichnet mich als ‚alte Blüte' [49, n], dabei wird sie mich, die alte Blüte, eines Tages noch nötig haben.»

Als sie aufgehört hatte zu sprechen, erklärte Mutter Pan:

«Sie ist von Kindheit an so rasch mit dem Munde gewesen. Ihr könnt es doch nicht mit ihr in gleichartigen Einfällen aufnehmen.»

«Deine Tochter hier ist nicht vergebens äußerst flink und geschickt und ein tüchtiges Frauenzimmer», sagte nun die alte Wang. «Wer weiß, welcher glückliche Herr sie über kurz oder lang noch einmal als Frau heimführt!»

«Mütterchen», bemerkte die alte Pan hierauf, «Ihr bringt doch Berge zusammen. Wir verlassen uns ganz auf Euch, daß Ihr etwas zustande bringt.»

Sie setzte ihr gleichzeitig einen Becher auf den Tisch und legte ein Paar Eßstäbchen dazu. Goldlotos schenkte ein, und Frau Wang stürzte hintereinander mehrere Schälchen Wein hinunter, so daß sich ihr Gesicht rötete. Besorgt, Simen Tjing zu lange warten zu lassen, wandte sie sich zum Gehn, gab aber beim Abschiednehmen Goldlotos ein Zeichen mit den Augen und kehrte heim. Goldlotos hatte verstanden, daß Simen Tjing gekommen sei, und drängte mit ihrer ganzen Kraft die Mutter zum Aufbruche. Dann ordnete und reinigte sie das Zimmer und brachte etwas eigenartigen Duftrauch zum Abbrennen. Sie entfernte die übriggelassenen Speisen, deckte den Tisch von neuem und stellte Wein und Leckerbissen für Simen Tjing zurecht. Als er bald danach durch die hintere Pforte eintrat, bewillkommnete sie ihn im Hause mit dem Wunsche zehntausendfältigen Segens und ließ ihn Platz nehmen.

Seit dem Tode des großen Wuh hatte Goldlotos nicht im entferntesten an Wahrung der Trauerbräuche gedacht. Seine Seelentafel hatte sie abseits gestellt und mit einem Bogen weißen Papiers bedeckt. Die Speiseopfer hatte sie natürlich auch nicht dargebracht, sondern sich Tag für Tag nur geputzt, geschmückt, geschminkt und gepudert, sorgfältig gekleidet und schön gemacht, um möglichst hübsch und reizvoll zu erscheinen. Da Simen Tjing zwei Tage nicht zu ihr gekommen war, schalt sie:

«Treuloser Schelm, warum hast du mich so ganz aufgegeben? Wohin bist du denn gelaufen, dir etwas Süßes für dein Herz zu beschaffen, daß du mich einfach kalt liegen läßt? Wenn du nicht kommst, soll ich dich herbeizaubern?»

«An den beiden vergangenen Tagen hatte ich zu tun», antwortete Simen Tjing. «Heute habe ich auf dem Wege zu einem Tempel dir etwas Kopfschmuck aus Perlen und Eisvogelfedern, Kleiderstoffe und ähnliches gekauft.»

Goldlotos war darüber äußerst erfreut. Simen Tjing rief seinen Diener Dai-an herbei, holte nun aus dem Paket alles Stück für Stück heraus und reichte es Goldlotos. Sie nahm die Geschenke entgegen und bedankte sich. Die kleine Willkomm, die von Goldlotos gewöhnlich durch Prügel eingeschüchtert worden war und vor der sie nichts mehr verheimlichte, mußte Tee bereiten und Simen Tjing vorsetzen. Goldlotos selbst rückte den Tisch zurecht und setzte sich zu Simen Tjing, um ihm beim Tee Gesellschaft zu leisten.

«Bemühe dich doch nicht!» sagte Simen Tjing. «Ich habe Mütterchen bereits Geld gegeben, um etwas einzukaufen. Am heutigen Festtage wollte ich so recht mit dir beisammen sein.»

«Ich hatte heute meine Mutter zu Gast», erklärte Goldlotos, «und habe den Tisch gedeckt gelassen.

Wenn wir warten wollten, bis Mütterchen Wang eingekauft hat, würden wir uns wohl eine ganze Weile zu gedulden haben. Laß uns also nur essen!» Sie schmiegte dabei den Kopf an Simen Tjing's Wange. Schenkel an Schenkel und Schulter an Schulter gelehnt tranken sie.

Unterdessen hatte sich die alte Wang mit einem Körbchen auf den Weg gemacht, um Wein zu holen und Fleischspeisen einzukaufen. Es war gerade die Witterung des ersten Drittels des fünften Mondes. Die jahreszeitlich bedingten starken Niederschläge hatten eingesetzt. An diesem Tage wurde die Sonne, die noch rot gestrahlt hatte, urplötzlich von düsteren Wolken verdeckt, und im Nu ergoß sich der Regen, als ob man Wannen ausschüttete.

Finstere Wolken ballten
sich rings auf allen vier Seiten.
Schwärzlichem Brodem erlag
die Leere der Räume, der weiten.
Gründlichst, als ob es mit Bürsten
den endlosen Himmelsraum kehrte,
flog heran das Gewölk, das
der Sonne das Leuchten verwehrte.
Hart auf Bananenblätter
die Tropfen klatschten zerspringend,
alte Wacholder geselligen Wuchses
himmelan dringend,
riß der Sturm entwurzelnd heraus.
In sein Wüten sich webten
Donnerschläge mit Krachen hinein,
daß die Berge erbebten:
Taischan und Hwahschan auch
und des Sungschan erhabene Spitze[9, c]
Weggeschwemmt wurde die Glut
und verjagt die drückende Hitze.

Beim Drachenbootfest gerät Mutter Wang in Sturm und Wolkenbruch.

Aber das Ackerland wurde gekräftigt
und reichlich bewässert
und das Gedeihen der Saaten
und Sprossen fördernd verbessert.

So war Wirklichkeit geworden:

Jangtse und Gelber Fluß und Hwai
und auch des Dji-Stroms Flut [10, a]
ergänzten ihren Wasserschwall
und steigerten ihn gut;
indes das Grün des Bambus,
Rot der Granatäpflein,
vom Regen gut gewaschen,
ward gründlich wieder rein.

Die alte Wang hatte gerade eine Flasche Wein geholt und einen Korb voll Obst und anderer Speisen eingekauft, als sie auf der Straße von dem Wolkenbruch überrascht wurde. Flugs suchte sie Schutz unter dem Dachvorsprung eines Hauses und wickelte ein Handtuch um ihren Kopf, ließ aber ihre Kleider vom Regen völlig durchnässen. Sie wartete auf sein Nachlassen, und als der Regen schwächer wurde, verschwand sie und eilte mit Riesenschritten heim. Sie trat zur Türe herein, stellte Wein und Speisen unten in der Küche ab und begab sich in die Wohnstube. Da sah sie Simen Tjing mit Goldlotos beim Weine sitzen und sagte kichernd:

«Der Herr Oberrat und die Gnädige haben gut Wein trinken. Seht mich einmal an! Meine Kleider sind vollständig durchnäßt, morgen muß der Herr Oberrat mir Ersatz leisten.»

Da widersprach Simen Tjing:

«Nun seht nur die Alte! Ihr Geist ist ganz von hinnen.»

«Herr Oberrat, so ganz bin ich auch nicht von Sinnen; Entschädigung muß sein: ein Ballen meerblau Linnen.»

Doch Goldlotos fiel ein:

«Mütterchen, trinkt ein Schälchen heißen Wein!»

Die Alte trank mit und zwar sogleich drei Becher. Dann begab sie sich mit den Worten:

«Ich werde meine feuchten Kleider unten in der Küche am Feuer trocknen», zum Herd und tat es. Hierauf schnitt sie Hühner- und Gänsefleisch für den Reis in kleine Stückchen. Sie legte alles zurecht. Teller und Schüsseln füllte sie mit Obst und dergleichen mehr. Die Speisen trug sie in die Stube und brachte erwärmten Wein herbei.

Simen Tjing und Goldlotos schenkten in die Becher von neuem den vortrefflichen Wein, und, eng aneinander geschmiegt, schlürften sie aus einem Gefäße. Während er trank, fiel Simen Tjing's Blick auf eine Laute, die an der Stubenwand hing:

«Ich habe schon immer gehört, daß du sehr gut spielen kannst; heute mußt du mir wohl oder übel ein Liedchen beim Weine vortragen.»

«Ich habe als Kind nur wenige Stückchen und oberflächlich gelernt», bemerkte Goldlotos lächelnd, «und spiele nicht recht gut. Du darfst mich also nicht auslachen.»

Simen Tjing holte die Laute herunter, umarmte Goldlotos und schaute ihr zu, wie sie das Instrument auf ihre Knie legte, ihre zarten Fingerchen, die jungen Bambussprossen glichen, spreizte, in die Saiten griff, sie behutsam anschlug und dazu mit gedämpfter Stimme sang:

Ohne die Haube, in lässiger Tracht,
dunkele Strähnen in Knoten gebracht,
an den Schläfen mit Löckchen behangen,

schräge im Haupthaar die schimmernden Spangen,
heißt sie die Dienerin öffnen die Truh'n,
willens ein schlichtweiß Gewand anzutun.
Gleichend der Si-Schi[34,b] im Kleide so licht,
aus dem Gemache tritt vor sie und spricht:
Hoch zieh den Vorhang! Zünde mir dann
Weihrauchkerzen zur Liebesnacht an!

Simen Tjing konnte sich vor Entzücken nicht halten. Er legte seinen Arm um ihren gepuderten Nacken, küßte sie und lobte:

«Wer hätte wohl gedacht, daß du, meine Teure, über eine so reiche künstlerische Begabung verfügst! Selbst wenn ich mich in den Vergnügungsstätten aller Straßen und Gassen umsehe: Es gibt doch keine Lautenschlägerin, die dir gleichkommt.»

«Herr Rat», lachte Goldlotos, «Ihr seid mein Gönner. Heute bin ich Euch in jeder Hinsicht gefügig und zu Willen. Ihr dürft mich später aber auch niemals vergessen.»

Simen Tjing hielt ihre duftenden Wangen mit seinen Händen:

«Wie sollte ich dich, meine Teure, jemals vergessen!»

In beiden steigerte sich mehr und mehr die Sinnenlust. Durch das Lachen und Scherzen angeregt, zog Simen Tjing ihr alsbald eines ihrer blumenbestickten Schühchen aus und nahm es in die Hand. Er stellte einen kleinen Weinbecher hinein und machte sich den Scherz, aus dem Becher im Schuh zu trinken. Goldlotos sagte:

«Ich habe sehr kleine Füßchen, belustigt Euch nicht über sie!»

Bald waren beide völlig weinselig. Sie verschlossen und verriegelten die Türe, entkleideten sich und begaben sich auf das Bett, um dort ihre Kurzweil fortzusetzen. Die alte Wang verrammelte das Haustor und hockte dann mit Willkomm auf dem Boden der Küche. Die beiden tummelten sich in der Stube wie ein Phönixpaar und gehörten zusammen wie Fisch und Wasser. Goldlotos war auf den Kissen weit leidenschaftlicher als die Singmädchen. Sie verstand es, sich auf alle möglichen Arten und Weisen einzuschmeicheln. Simen Tjing war in der Speerkunst wohl erfahren und betätigte sich. Es standen ja beide, die Schöne und ihr galanter Ritter, in höchster Blüte der Jugend.

Die Stille hielt im Orchideengemach
die Kissen und die Matte kühl umfangen.
Der schönen Frau unnennbar stark ward wach
und auch des lieberfahrnen Manns Verlangen.
Soeben angezündet, war entbrannt
die rote Kerze auf dem weichen Kissen,
und Liebesfeuer von hinter der Wand
sie bald darauf hervorzustehlen wissen.
Die Blume bebte, als der Schmetterling
in ihren duft'gen Kelch hinein stieß tastend.
Sie glichen den Libellen, die so flink
am Wasser spielend fliegen, niemals rastend.
Trotz Sättigung mit höchster Wonne Grad
sind sie noch frisch geblieben, so wie immer.
«Gib auf dich acht! Du Teuerster!» sie bat,
«Nicht untreu werde! Und vergiß mich nimmer!»

Simen Tjing blieb an jenem Abend bei Goldlotos. Als er nach Hause geh'n wollte, ließ er ihr einige Unzen Bruchsilber als Zehrgeld zurück. Sie konnte ihn nicht bei sich halten, obwohl sie es immer wieder versuchte, doch Simen Tjing setzte seinen Augenschutz auf, trat aus der Tür heraus und ging. Goldlotos ließ nun den Vorhang herunter und schloß das Haustor. Mit der alten Wang trank sie noch etwas Wein, dann trennten sie sich auch.

Noch ein Abschied an der Türe!
Und «Herr Liu ist fort». [67,c]
Dunstgewässer – Pfirsichblüte!
Unklar Weg und Ort.

7. KAPITEL

Es bringt Frau Süeh wortgewandt
Der dritten Meng den Ehestand.
Großmuhme Jang's Erregung schwillt;
Den vierten Oheim Dschang sie schilt.

Als Heiratsmittlerin bin ich
gewandt an jeder Stelle,
verlaß auf meine Beine mich
mit aufmerksamer Schnelle.
Den Hagestolz ins Ehejoch
mein Lippenspeer kann schirren;
es muß auch keusche Frauen noch
mein Zungenschwert verwirren.
Weil's dem Geschäfte förderlich,
ins Haar ich Blumen drücke [36, e]
Heim von der Hochzeit trage ich
Gebäck und Silberstücke.
Nur eines dabei ärgert mich,
ich fühl' es manchmal herb:
der Menschen Wunsch erfülle ich,
doch oft wird's ihr Verderb.

Ihr Schmucksachenkästchen bei sich führend, hatte Gevatterin Süeh, die Verkäuferin von Schmucksachen aus Eisvogelfedern, vergeblich Simen Tjing in seinem ganzen Anwesen gesucht. Als sie seinen Leibdiener Dai-an erblickte, erkundigte sie sich, wo der Oberrat stecke. Von ihm erfuhr sie, daß der Hausherr sich im Geschäft aufhalte und dort mit Ohm Fu abrechne.

Der Geschäftsführer der Drogenhandlung der Familie Simen Tjing's hieß nämlich Fu Ming (d. i. der, dem etwas eingemeißelt ist) und hatte den Mannesnamen Dse-sin (d. i. der sich selbst Erneuernde [30, e]). Er war der zweite Sohn seiner Großfamilie, und man nannte ihn «Ohm» Fu.

Die Gevatterin Süeh begab sich geradewegs zum Ladeneingange, hob den Türvorhang empor, und bewog Simen Tjing, der mit dem Geschäftsführer abrechnete, durch Kopfnicken, herauszukommen. Simen Tjing hatte kaum die Gevatterin Süeh bemerkt, als er auch sofort schleunigst den Geschäftsführer stehen ließ und hinausging, um sich mit ihr an einem abgelegenen und ruhigen Platze zur Besprechung zu begeben. Auf Simen Tjing's Frage, was es gebe, bemerkte die Gevatterin Süeh, sie sei gekommen, um mit dem Herrn Oberrat über eine Eheangelegenheit zu reden; sie habe die tatsächlichen Verhältnisse wohl beachtet, um seine, des Hausherrn Wünsche richtig zu treffen und für die Stelle der verstorbenen dritten Gemahlin Ersatz zu schaffen. Auf Simen Tjing's Äußerung, sie solle nur sagen, um Herkunft aus welchem Hause es sich bei der Heiratssache handle, sprach sie:

«Wenn ich von der Dame zu erzählen beginne, werdet Ihr sicherlich Bescheid wissen. Es handelt sich um die Hauptfrau des Stoffhändlers Jang vor dem Südtore. Sie hat einen schönen Batzen Geld in den Händen, besitzt zwei Bettstellen aus Nanking mit vorspringenden Fußaufsätzen, vier oder fünf Kisten Kleider für alle Jahreszeiten, und zwar so vollgepackt, daß keine Hand mehr in die Kisten hineingeht, goldene Armspangen und silberne Armbänder, was zu erwähnen sich eigentlich erübrigt, über tausend Unzen bares Geld und zweihundert bis dreihundert Rollen vom besten Drillich. Ihr Mann ist unerwartet auswärts auf einer Geschäftsreise gestorben. Sie hat nun schon über ein Jahr lang Witwenschaft gehalten. Söhne und Töchter hat sie nicht, nur einen erst zehn Jahre alten Schwager. Was hat es für einen Zweck, daß sie weiter trauert, da sie jung ist? Aus der Familie ihres

Mannes lebt noch eine blutsverwandte Muhme, die darauf drängt, daß sie wieder heirate. Die Frau selbst ist heuer höchstens fünfundzwanzig oder sechsundzwanzig Jahre alt. Ihr Körper ist reizvoll schlank. Sie hat eine musterhafte Gestalt, kleidet sich wie die Frauen auf den Laternenbildern und ist sehr sinnenfreudig, dabei aber fein und vornehm. Sie ist äußerst geschickt und gewandt, kann einem Haushalte vorstehn und alle Anordnungen treffen, ist geübt mit der Nadel und in Handarbeiten und kann, was ich gar nicht hervorzuheben brauche, würfeln und Schach spielen. Um Euch, Herr Oberrat, ihren Namen nicht länger zu verheimlichen: sie ist eine geborene Meng, und zwar das drittälteste Kind der Familie. Sie wohnt in der Faulwassergasse. Übrigens kann sie recht gut Brettgitarre spielen. Wenn Ihr sie seht, Herr Oberrat, so verbürge ich mich: der erste Pfeil sitzt.»

Schon die Erwähnung, daß sie Brettgitarre spielen könne, nahm Simen Tjing für sie ein. Er fragte deshalb die Gevatterin Süeh auch sogleich, wann eine Begegnung stattfinden könne. Frau Süeh antwortete:

«Der Besuch ist nicht so dringlich! Ich habe mit Euch erst noch anderes zu besprechen. Von der ganzen Familie ihres verstorbenen Mannes ist nur die Muhme von Bedeutung. Wiewohl da auch noch ein Oheim vorhanden ist, der vierte Dschang, es gibt wie in der Wallnuß da eine Scheidewand. Die Muhme war ursprünglich mit dem schiefhalsigen Sun[28,m] verheiratet, der im Norden der Stadt in der Halben Straße im Hause des alten Herrn Sü wohnte. Nach dem Ableben des Schiefhalses hat sie weit über dreißig Jahre Witwenschaft gehalten. Sie hat weder männliche noch weibliche Nachkommenschaft und hängt hinsichtlich ihres Unterhaltes von ihren Neffen und Nichten ab. Herr Oberrat, Ihr müßt bei dieser alten Dame um die Hand der Frau anhalten. Sie liebt nur Geld und Gut und weiß ganz genau, daß die Frau ihres verstorbenen Neffen Vermögen hat. Wenn man ihr nur Hoffnung auf etwas Silber macht, ist es ihr ganz gleichgültig, wer um die Hand anhält. Herr Oberrat, Ihr habt doch zu Hause zurückgesetzten Atlas. Nehmt ein Stück, kauft noch eine Traglast Geschenke, macht ihr morgen in Person einen Besuch und versprecht ihr noch einige Unzen Silber: Auf den ersten Streich werft Ihr sie so um. Sollte sonst jemand etwas einzuwenden haben, so wird niemand zu widersprechen wagen, da die alte Dame die ganze Bestimmungsgewalt hat.»

So redete die Gevatterin Süeh. Und Simen Tjing?

Freude keimte an den Schläfen,
ward an Brauenspitzen kund,
nahm Besitz von Wang' und Antlitz;
Lächeln spielte um den Mund.

Im übrigen traf es hier so recht zu:

Mit Eifer von der Mittlerin
ward all und jedes unterstrichen:
Die schöne Meng woll' einen Herrn
aus reichem Hause ehelichen. –
Wenn's Schicksal seine Fäden flicht,
ob weit der Weg: Man kommt zusammen;
doch fehlen sie, geschieht das nicht,
mag man von gegenüber stammen.

Simen Tjing kam mit der Gevatterin Süeh überein, daß der folgende Tag geeignet sei, die Geschenke zu kaufen und die Muhme zu besuchen. Frau Süeh entfernte sich hierauf mit ihrem Schmucksachenkästchen, während sich Simen Tjing wieder in das Geschäftszimmer begab und dort weiter mit seinem Angestellten Fu abrechnete.

Die Ereignisse der Nacht sollen übergangen werden. In der Frühe des nächsten Morgens erhob sich Simen Tjing, wählte sorgfältig geeignete Kleidung und Kopfbedeckung aus, nahm ein Stück Atlas, kaufte vier Platten Kuchen und Früchte ein und ließ alles zu einer Traglast zusammenstellen und dann forttragen. Unter Führung der Gevatterin Süeh gelangte er zu Roß und gefolgt von einem Dienerknaben, alsbald zum Hause der Muhme Jang. Die Gevatterin Süeh trat zuerst ein und meldete:

«Ein reicher Herr aus der Nähe wünscht mit der Gnädigen über eine Heiratsangelegenheit zu sprechen. Ich hatte ihm erklärt, daß Ihr, meine Dame, als die maßgebende von der ganzen Familie zu allererst von Angesicht zu Angesicht persönlich zu besuchen seid, er sich also in Euer Haus begeben müsse, um sich vorzustellen. Erst dann dürfe er sich erlauben, vor der Stadt einen Besuch abzustatten. Heute hat meine Wenigkeit ihn hergeleitet, wo er gegenwärtig am Türeingange harrt.»

«Du meine Güte, Heiratsbürgin, warum seid Ihr denn nicht früher gekommen, um mir etwas zu sagen?» rief die Alte bei diesen Worten, wies ihre Magd an, guten Tee zu bereiten, und sagte: «Ich lasse bitten!»

Die Gevatterin Süeh sorgte jedoch erst nachdrücklichst dafür, daß die Geschenklast hineingetragen wurde, daß man die Geschenke in der Stube auslegte und das leere Traggestell entfernte. Erst dann bat sie Simen Tjing zum Empfang einzutreten. Dieser trug einen Staatshut mit Umschnürung, schwarzes Schuhwerk mit hellgestrichenen Sohlenrändern und um den Leib einen Gurt. Nach seinem Eintritt machte er beim Anblick der Matrone vier Verbeugungen. Die alte Dame, auf ihren Krückstock gestützt, schickte sich rasch an, die Ehrung zu erwidern, doch Simen Tjing wollte das nicht annehmen und rief unaufhörlich:

«Bitte, meine Dame, nehmt nur meine Ehrfurchtsbezeugungen an!»

Nachdem er eine Weile so gebeten hatte, duldete die Matrone die halbe Begrüßungszeremonie. Gast und Gastgeberin ließen sich einzeln nieder. Die Gevatterin Süeh nahm seitlich Platz. Frau Jang erkundigte sich nach dem Namen des Oberrats. Die Gevatterin Süeh bemerkte darauf:

«Ja natürlich, er steht unter den Reichen unseres Kreises Klarenfluß an erster oder an zweiter Stelle. Es ist der Oberrat Simen, der vor dem Kreisamt eine große Drogenhandlung betreibt. Das Geld der Familie kann nicht einmal der große Scheffel am Himmel fassen, und in ihren Vorratskammern ist so viel Reis aufgespeichert, daß er verrottet. Ihm fehlt eine Frau, die seinem Haushalte vorstehen und die Familienangelegenheiten erledigen kann. Da er erfahren hat, daß sich unsere gnädige Frau vor der Stadt verheiraten möchte, ist er eigens erschienen, um Euch seinen Besuch zu machen und um die Hand der Frau anzuhalten.»

«Herr Rat», bemerkte die alte Dame, «wenn Ihr wegen der Witwe meines Neffen kommen wolltet, so hättet Ihr selbstredend jederzeit erscheinen können, wann es Euch paßt. Warum habt Ihr Euch nun so besonders bemüht und gar noch Geschenke gekauft?

Unziemend wär's, tät' ich's verschmähen:
so nehm' ich's denn und schäm' mich des.»

«Verehrte Schwiegermuhme, ich schätze Euch sehr hoch. Ohne Geschenke hätte ich mich gescheut zu kommen», sagte Simen Tjing.

Die Matrone machte nun zwei Verbeugungen, bedankte sich, nahm die Geschenke in Empfang, ließ Tee bringen und hob an:

«Ich Alte kann nicht reden, wie man reden sollte und bin nicht imstande, mich richtig auszudrücken. Als mein Neffe noch lebte, verdiente er ein schönes Stück Geld. Leider ist er nun gestorben, und alles ist in ihrer Hand. Ich möchte nicht zuviel sagen, aber sie besitzt über tausend Unzen Silber an Sachwerten. Herr Rat, ob Ihr nun im Range hoch oder niedrig steht, das gilt mir gleich, Ihr müßtet nur für meinen Neffen gute Messen lesen lassen. Ich bin ja seine blutsverwandte Muhme und keine entfernte Seitenverwandte. Mir gebt nur das Kapital für einen Sarg [48, d] und selbst das braucht nicht von Euch zu kommen! Ich will dann mein altes ehrbares Gesicht [49, e] riskieren, um dem alten Hunde, dem vierten Dschang gegenüber wie eine widerliche Ratte für Euch beide in harter Mundarbeit den Heiratsplan durchzusetzen. Ist sie erst zu Euch gekommen, so laßt sie, bitte, an Geburtstagen und bei besonderen Gelegenheiten ausgehn, Herr Rat, damit sie die verwandtschaftlichen Beziehungen zu uns, ihren bedürftigen Verwandten, aufrecht erhalte. Unsere Armut wird Euch ja nicht anstecken!»

«Seid nur ganz beruhigt, meine Verehrteste!» lachte Simen Tjing; «alles, was Ihr gesagt habt, will meine Wenigkeit beherzigen. Und wenn Ihr, meine Verehrteste, an Eurem Plane festhaltet, so soll es meiner Wenigkeit auch nicht darauf ankommen, wenn Ihr statt des Kapitals für einen Sarg solches für deren zehn wolltet.» Er rief nach diesen Worten seinem Dienerknaben zu, das Besuchskästchen zu bringen, entnahm ihm sechs Schuh schneeweiß glänzenden Staatshüttensilbers, dreißig Unzen schwer, legte das Silber vor sich hin und bemerkte: «Das ist keineswegs der Hauptbetrag, doch ich gebe es Euch, meine Verehrteste, vorerst, damit Ihr eine Tasse Tee kaufen könnt. Wenn ich demnächst die Frau eingeholt habe, werde ich Euch noch siebzig Unzen Silber und zwei Rollen

Atlas senden als Kapital und Spende für Euren Lebensabend. Meine Verehrteste, kommt nur ruhig an den Festtagen aller Jahreszeiten zu Besuch!»

Als die willfährige Matrone mit ihren schwarzen, glänzenden Augen die ungefähr dreißig Unzen weißleuchtenden und blitzenden Staatshüttensilbers sah, unterdrückte sie nur mit Mühe das Lachen im ganzen Gesicht:

«Herr Rat, ich schätze Euch hoch. Ich bin durchaus nicht kleinlich, aber seit alters heißt es:

Wird etwas vorher entschieden,
ist nachher das Streiten vermieden.»

«Meine Verehrteste, Ihr seid aber gar zu mißtrauisch!» fiel die anwesende Gevatterin Süeh ihr ins Wort. «Damit kann man sich doch nicht abgeben! Unser Herr Oberrat ist kein solcher Mensch. Er wird auch so noch den Verwandtenverkehr mit Euch pflegen und Geschenke machen. Ihr, meine Verehrteste, wißt offenbar nicht, daß Ihre Gnaden der Regierungspräsident und der Landrat, diese hohen Herren, mit ihm verkehren. Er ist ein höchst umgänglicher Mensch, und ihr, meine Verehrteste, könnt bei ihm zu Gaste sein, so viel Ihr wollt.»

Während der ganzen Unterhaltung hatte sich die Alte fast in die Hosen gemacht. Als Simen Tjing nach der zweiten Tasse Tee im Begriffe war, aufzustehen, und sie ihn nicht zurückhalten konnte, meinte die Gevatterin Süeh:

«Nachdem wir heute die Frau Schwiegertante besucht haben, könnten wir morgen unsere Aufwartung vor dem Stadttore machen.»

«Der Herr Oberrat braucht der Witwe meines Neffen keinen Besuch abzustatten», bemerkte die Matrone. «Ihr, Heiratsagentin, könnt ihr melden, ich habe erklärt, wenn sie diesen Mann nicht heirate, wen sie dann überhaupt heiraten wolle?»

Simen Tjing hatte sich erhoben, um Abschied zu nehmen, als die alte Dame sagte:

«Ich habe es gar nicht geahnt, daß der Herr Oberrat sich zu dem Besuche herablassen würde. In der Eile habe ich nichts vorbereiten können, so daß Ihr schlecht bewirtet worden seid. Bitte, verübelt mir dies nicht!»

Auf ihren Stock gestützt, begleitete sie ihn noch hinaus, aber schon nach zwei Schritten ging sie, von Simen Tjing aufgefordert, zurück. Die Gevatterin Süeh geleitete Simen Tjing bis zu seinem Pferde, das er bestieg. Dabei benutzte sie die Gelegenheit, um zu bemerken:

«Habe ich nicht den rechten Plan gehabt? Geht jetzt einmal heim, werter Herr! Ich bleibe noch hier, um mit ihr zu reden. Morgen müssen wir dann in aller Frühe vor die Stadt gehn.»

Simen Tjing holte eine Unze Silber hervor und gab sie der Gevatterin Süeh, damit sie einen Esel für den Rückweg mieten könne. Die Gevatterin steckte das Silber zu sich. Simen Tjing saß auf und ritt heim. Sie blieb noch bei der Großmuhme Jang, plauderte und trank. Erst bei Einbruch der Dunkelheit entfernte sie sich.

Um jedoch nicht zu weitschweifig zu erzählen: Am nächsten Morgen unterzog Simen Tjing Kleidung und Kopfbedeckung sorgfältigster Auswahl und ritt mit vollgesteckten Ärmeln auf einem Schimmel, gefolgt von seinen beiden jungen Dienern Dai-an und Ping-an, mit der Gevatterin Süeh auf einem Esel zum Südtore hinaus. Bald hatten sie den Eingang des Jang'schen Anwesens erreicht. Es war auf der Südseite gelegen und bestand aus einem nach Norden blickenden zweistöckigen Torhäuschen mit einer dunkel getünchten

Schutzwand[37,b] gegenüber der Eingangstüre. Die Gevatterin Süeh bat Simen Tjing, abzusitzen und mit ihr hineinzugehn.

Im Innern des Grundstückes vor dem zweiten Eingangstore stand, von einer Bambushecke beschattet, eine Schutzwand. Im Hofe waren Granatapfelbäumchen aufgestellt. Auf dem Unterbau einer Aussichtsempore befand sich eine Reihe von tönernen Indigobottichen nebst zwei Färbebänken. Die Gevatterin Süeh stieß eine dreiteilige, zinnoberrote Tür auf. Damit gelangten sie in den Empfangsraum. Stühle und Tische glänzten hier von oben bis unten wie neu. Die Vorhänge waren aus tränengesprenkeltem Bambus. Die Gevatterin Süeh bat Simen Tjing, Platz zu nehmen. Sie selbst ging weiter ins Innere. Nach einigen Augenblicken kam sie zurück und raunte Simen Tjing ins Ohr:

«Die Gnädige hat ihre Toilette noch nicht beendigt. Bitte, bleibt ein Weilchen sitzen!»

Es trat dann ein kleiner Diener herein mit einer Tasse Tee Marke Gesegnete Saat, und Simen Tjing trank. Mit Händen und Füßen sprechend, redete nun die Gevatterin Süeh auf Simen Tjing ein:

«Außer jener Muhme ist in der Verwandtschaft nur die Gnädige selbst von Wichtigkeit. Es lebt zwar noch ein kleiner Schwager, aber der ist noch jung und versteht von allem nichts. Als seinerzeit ihr verstorbener Mann noch selbst im Geschäfte tätig war, verkaufte er, wenn man das Silber außer Betracht läßt, für Kupfergeld doch immerhin täglich zwei große Rollen schwarzen Stoffes für Schuhoberteile. Jedes Mal, wenn ich, um zu kaufen, ihn danach fragte, bestand er beim Verkauf auf drei Scherf[55,b] Silber für den Fuß. Täglich hatte er zwanzig bis dreißig Färber in der Kost. Das alles hat die Frau geleitet und verwaltet. Ihr stehn zwei Dienerinnen zu Diensten und ein kleiner Dienerjunge. Die große Dienerin ist fünfzehn Jahre alt, trägt jetzt ihr Haar aufgeknotet und heißt Duftwunder. Die jüngere namens Phönixchen, steht erst im zwölften Lebensjahre. Sobald die Frau zu Euch übersiedelt, ziehen die Mägde und Diener mit ihr. Wenn ich diese Heirat für Euch, werter Herr, zustande bringe, hoffe ich, daß Ihr mir eine Behausung von zwei Zimmern zur Verfügung stellt.» Auf Simen Tjing's Bemerkung, daß das doch nichts Besonderes sei, erklärte die Gevatterin Süeh: «Als Ihr, werter Herr, im vergangenen Jahre Schlehenblüte kauftet, verspracht Ihr mir ein paar Rollen Stoff, seid sie aber noch schuldig. Ihr könntet mir dann ja bei dieser Gelegenheit meinen früheren Vermittlerlohn gleichzeitig zukommen lassen.»

Während sie sich noch in dieser Weise unterhielten, erschien eine kleine Magd, um der Gevatterin Süeh etwas zuzurufen. Bald danach vernahm man das klingende Geräusch von Schmucksachen. Würzig duftete es wie von Orchideen und Moschus. Die Gevatterin Süeh hob eiligst den Türvorhang empor, und die Dame trat heraus. Simen Tjing betrachtete sie mit großen Augen:

Viel leichter mit schildernden Worten man malte
Mondeslichtzauber und Nebelhauch
als sie, die, geschmückt, an Reiz überstrahlte
Edelgestein und die Perlen auch.
Was bliebe an Fülle wohl zuzufügen
ihrem ebenmäßigen Bau?
Nirgends könnte man dürftig rügen
diese Mustergestalt einer Frau.
Die heitere Stirne freilich trug oben
schwach von Pockennarben die Spur.
Sie aber grade erst anmutig hoben
ihre natürliche Schönheit nur.

Die zierlichen Lilienfüßchen sich streckten
unter dem Röckchen aus Hunan vor.
Verliebtes Verlangen gar leicht sie erweckten.
Rasch an sie man sein Herz verlor.
So wie sie dahinschritt, der liebliche zarte
Duft von Blumen sie stetig umstrich,
und sah man sie sitzen, erst recht offenbarte
hundertfältiger Liebreiz sich.

Simen Tjing war auf den ersten Blick voll befriedigt und entzückt. Bei ihrem Eintritt in die Halle hatte sie mit etwas unsicher-verlegenem Aufblicke zehntausendfältiges Glück gewünscht und sich auf einem Stuhl Simen Tjing gegenüber niedergelassen. Während sie ihre Blicke zu Boden gesenkt hielt, wandte Simen Tjing kein Auge mehr von ihr.

«Meine Gnädige», begann er, «meine Frau ist bereits seit geraumer Zeit aus dem Leben geschieden. Ich bin erfüllt von dem Wunsche, die Gnädige zu ehelichen, damit sie meinen Haushalt leite. Aber noch weiß ich nicht, wie Eure werte Absicht ist.»

Die Dame sah mit verstohlenem Blick nach Simen Tjing. Sie erkannte sofort in ihm einen Lebemann. Innerlich war sie schon völlig für ihn eingenommen. Sie wandte ihr Antlitz der Gevatterin Süeh zu und erkundigte sich:

«Wie alt ist denn der Herr Rat? Wie lange ist seine Gemahlin bereits verschieden?»

«Ich habe schon achtundzwanzig Lebensjahre vergeudet», bemerkte Simen Tjing. «Meine dahingegangene Frau ist leider bereits über ein Jahr nicht mehr unter den Lebenden. Darf ich auch meinerseits die Frage nach den blühenden Lenzen der Gnädigen stellen?»

Als sie geantwortet hatte, daß sie dreißig sei, und Simen Tjing hinwarf:

Die Gevatterin hob leicht den Rock der Dame, so daß deren zierliche Goldlotosfüßchen sichtbar wurden.

«Also eigentlich zwei Jahre älter als ich», mischte sich die mitanwesende Gevatterin Süeh ein:

> Ist die Frau zwei Jahr' voraus,
> mehrt täglich sich das Gold im Haus.
> Ist sie aber drei voran,
> häuft das Gold sich berghoch an.»

Während dieser Unterhaltung hatte eine kleine Dienerin drei Tassen, Honiggebäck sowie Apfelsinen gebracht und Tee aufgebrüht. Die Dame erhob sich, wischte mit ihren zarten Fingerspitzen zunächst das übergelaufene Wasser vom Rande der ersten Tasse ab und reichte sie Simen Tjing mit dem Wunsche zehntausendfältigen Segens. Während sie stand, benutzte die Gevatterin Süeh den freien Augenblick, um ganz leicht mit ihrer Hand den Rock der Dame so aufzuheben, daß deren spitze, zierliche Goldlotosfüßchen sichtbar wurden, die nur drei Zoll oder genauer eine halbe Fingerspanne maßen. Sie steckten in Schuhen aus scharlachrotem, auf Blatt und Kappe goldig grundiertem Stoffe mit hohen Sohlen, deren Rand mit weißem Seidenstoff verbrämt war. Das sah Simen Tjing und war voller Freude.

Die zweite Tasse Tee reichte die Dame der Gevatterin Süeh. Dann nahm sie noch eine Tasse für sich selbst, setzte sich und trank auch eine Tasse Tee. Simen Tjing ließ sich nun von seinem Diener Dai-an ein rechteckiges Kästchen überreichen, entnahm diesem zwei Brokat-Tücher, ein Paar kostbare Haarpfeile und sechs goldene Fingerringe, breitete alles auf einer Tellerplatte aus und ließ es zu der Dame hinübertragen. Die Gevatterin Süeh veranlaßte sie, sich zu bedanken. Daran schloß die Dame die Frage, wann die Vermählungsfeier stattfinden solle, weil sie danach ihre Vorbereitungen zu treffen habe.

«Wenn die Gnädige einwilligt», sagte Simen Tjing, «könnte am vierundzwanzigsten dieses Monats die Übersendung der kleinen Hochzeitsgeschenke stattfinden und am Zweiten des sechsten Mondes möchte ich mir erlauben, die Braut einzuholen.»

Als die Dame bemerkte, sie wolle unter diesen Umständen morgen jemand zu ihrer Schwiegertante senden, um ihr davon Mitteilung zu machen, erklärte die Gevatterin Süeh:

«Der Herr Oberrat hat gestern bereits der Frau Schwiegertante seine Aufwartung gemacht. Es ist alles erörtert worden.» Sie fuhr auf die Erkundigung der Dame, was die Schwiegertante gesagt habe, fort: «Als die Frau Schwiegertante hörte, daß der Herr Oberrat der Freier sei, war sie über die Maßen erfreut und meinte nur, wenn sie einen solchen Herrn nicht heirate, wen wolle sie dann überhaupt heiraten! Sie sei gesonnen, sich energisch dafür einzusetzen, daß die Eheschließung zustande komme.»

«Wenn meine Schwiegertante dies gesagt haben sollte, so müßte ja alles in Ordnung sein», erklärte nun die Dame.

«Meine verehrte Gnädige, als Heiratsvermittlerin darf ich doch in einem solchen Punkte nicht so dreist Unsinn schwatzen», erwiderte Frau Süeh.

Nach Schluß der Unterhaltung erhob sich Simen Tjing und verabschiedete sich. Während ihn die Gevatterin zum Eingange der Gasse begleitete, fragte sie ihn, wie ihm die Dame, da er sie ja nun gesehen habe, gefalle. Simen Tjing erwiderte:

«Gevatterin, ich bin Euch wirklich sehr verbunden.»

«So geht nun voraus! Ich will noch mit ihr sprechen und komme nach», erklärte Frau Süeh.

Simen Tjing schwang sich darauf in den Sattel und ritt stadteinwärts fort. Die Gevatterin Süeh kehrte unterdessen in das Haus zurück und sagte zu der Dame:

«Frau Jang, den Herrn Rat könnt Ihr ruhig heiraten.»

«Ich weiß nur noch nicht, ob er schon jemand bei sich im Hause hat und was für ein Geschäft er betreibt», entgegnete sie.

«Meine beste Dame, und wenn er im Hause jemand hätte, könnte Euch das den Kopf heiß machen? Beschwindele ich Euch mit meinen Worten? Geht vorbei, dann seht Ihr alles mit eigenen Augen! Was ihn selbst betrifft, wer kennte nicht seinen Namen? Im Kreise Klarenfluß ist er einer der Reichsten. Er ist der bekannte Oberrat Simen, dem die Drogenhandlung gehört und der an Amtsträgeranwärter Geld ausleiht [55,c]. Der Landrat und der Regierungspräsident pflegen mit ihm Verkehr. Neuerdings ist er in verwandtschaftliche Beziehungen zu dem kommandierenden General Jang in der östlichen Hauptstadt getreten. Da sie alle zur Familie Simen gehören, wer könnte es wagen, ihr etwas anzuhaben?»

Frau Jang ließ nun ein kleines Weinfrühstück auftragen. Während sie gerade mit der Gevatterin Süeh speiste, erschien, von der Schwiegertante gesandt, der kleine Botenjunge An-tung mit einer Schachtel, die vier Stückchen aus gelblichem Reismehl und Datteln, gebackenen Kuchen, zwei Stückchen Zuckerzeug und einige Dutzend Beifußplätzchen enthielt. Er meldete, daß er den Auftrag habe, anzufragen, ob die Verlobung mit Oberrat Simen inzwischen zustande gekommen sei oder nicht. Seine Herrin lasse sagen, auf wen man warten wolle, wenn man ihn nicht heirate?

«Ich danke Deiner Herrin vielmals für ihr besorgtes Herz. Wir haben uns heute bereits verlobt», erklärte Frau Jang, und die Gevatterin Süeh bemerkte dazu:

«Ei, du lieber Himmel! Es hat sich rasch erwiesen, daß ich, die Heiratsvermittlerin, nicht bloß dummes

Zeug geredet habe. Die Frau Schwiegertante hat es nun selbst sogleich ausrichten lassen.»

Frau Jang nahm die Kuchen in Empfang und füllte das entleerte Behältnis ihrerseits bis zum Rande mit Teegebäck und Fleischspeisen, schenkte auch dem Knaben An-tung mehr als fünfzig Kupferlinge und beauftragte ihn, seiner Herrin daheim mit vielen Empfehlungen von ihr zu bestellen, daß am Vierundzwanzigsten die Heiratsförmlichkeiten erledigt werden sollten und am Zweiten des nächsten Mondes die Vermählung stattfinden werde. Die Gevatterin Süeh bat, der Junge hatte sich inzwischen entfernt, ihr für ihre Kinder etwas von dem, was die Schwiegertante geschickt habe, mitzugeben. Frau Jang gab ihr ein Stückchen Zuckergebäck und zehn Beifußplätzchen und nun ging auch Frau Süeh heim.

Der Schwiegeroheim der verwitweten Frau Jang, der vierte Dschang, begünstigte seinen kleinen Neffen Jang Dsung-bau (d. i. Stammhalter Jang), trachtete danach, für ihn das Vermögen der Witwe zu erhalten und legte sich deshalb mit ganzer Seele ins Zeug für ihre Wiederverheiratung an den Magister Schang, den Sohn eines reichen Nachbarn, des Untersuchungsrichters Schang. Wäre nun der Rivale ein unbedeutender Mann gewesen, so hätte er leichtes Spiel gehabt. Wider Erwarten mußte er jedoch erfahren, daß sich die Witwe mit Simen Tjing verlobt hatte, und da er genau wußte, daß dieser die ganze Beamtenschaft am Gängelbande führte, konnte er seine eigenen Pläne nicht durchsetzen. Er sann nun über alle möglichen Schliche und Mittel nach; denn es erschien ihm am besten, diese Verlobung zu stören. So begab er sich also zu der Witwe und sagte:

«Frauchen, du solltest dich nicht an Simen Tjing binden! Hör' lieber auf mein Wort und heirate den

Magister Schang! Er ist ein literarisch und ethisch fein gebildeter Mann und seine Familie hat Häuser und Grundbesitz, um bequem seinen Lebensunterhalt zu bestreiten. Das ist weit besser, als wenn du Simen Tjing heiratest, jenen Burschen, der schon seit einer Reihe von Jahren die ganze Beamtenschaft gängelt, diese unmoralische Person und boshafte Haut. Er hat ja auch schon eine Hauptfrau, nämlich die Tochter des Tausendschaftführers Wu. Dachtest Du denn eigentlich Hauptfrau oder nur Nebenfrau zu werden? Auch solcher Weiber hat er übrigens schon drei oder vier, die nicht erstklassigen Zofen gar nicht eingerechnet. Ziehst du zu ihm – Menschengedränge, Maulaufreißermenge – so erlebst du fortgesetzt Zank und Streit.»

Frau Jang merkte, worauf der vierte Dschang hinauswollte, und durchschaute seine Absicht, die Ehe zu hintertreiben, ließ sich aber nichts anmerken:

«Es heißt doch seit alters:

Ein Schifflein mehr
stört nicht den Verkehr.

Sollte er schon eine erste Frau haben, so will ich sie gern als meine ältere Schwester anerkennen. Bei mehreren Frauen in einem Haushalte kommt es doch nur auf die Entscheidung des Gatten an. Wenn der Ehemann eine Frau liebt, was haben die vielen anderen daneben zu besagen? Fehlt die Zuneigung des Gatten, so wäre das Leben für mich unerträglich, selbst wenn ich die einzige wäre. Welcher Mann aus reichem Hause hätte nicht übrigens vier oder fünf Frauen? Macht Euch also keine unnützen Sorgen, verehrter Oheim. Wenn ich hinüberziehe und mich immer vernünftig betrage, wird mich nichts anfechten.»

«Das ist ja nicht das einzige!» erwiderte Dschang. «Er pflegt die Frauen zu schlagen und die Hauptfrau zu quälen. Ja, er treibt sogar richtigen Frauenhandel. Sagt ihm eine auch nur in einer Kleinigkeit nicht zu, so läßt er sie durch Heiratsagentinnen verkaufen. Willst Du Dir diese Schmach bieten lassen?»

«Verehrter Oheim, Ihr seid im Irrtum», bemerkte die Frau. «Selbst der allerschlimmste Ehemann prügelt keine fleißige und sparsame Frau.

Wenn ich Glied bin der Familie,
zu ihr halt mit festem Wollen,
Inn'res nicht nach außen sage,
Außentratsch herein nicht trage,
wie könnt' dann er je mir grollen?»

«Ich habe mich durchaus nicht nach seinen Familienverhältnissen besonders erkundigt», ließ Dschang nicht locker, «er hat noch eine vierzehnjährige unverheiratete Tochter. Wenn du ihn heiratest, hast du auch von dieser Seite sicher noch allen möglichen Verdruß zu gewärtigen.»

«Ach was, Oheim! Auch dort sind, tret' ich ins Haus ein, die Großen groß, die Kinder klein. Wenn ich die Kleinen liebevoll behandle, habe ich nicht zu besorgen, daß der Mann mißvergnügt gestimmt wird, und auch nicht zu befürchten, daß mir ein Mädchen nicht folgt, und es ist doch nur von einer die Rede, ja, selbst wenn es zehn wären, hätte es nichts zu bedeuten.»

Dschang versuchte noch ein Letztes:

«Noch eins, und zwar das Allerwichtigste: Der Mann ist kein sittenreiner Mensch. Er verbringt die Nächte bei leichtfertigen Frauenzimmern in den Vergnügungsstätten. Überhaupt ist er nur äußerlich richtig, innerlich nichtig. Anderen Leuten ist er verschuldet. Ich fürchte, es ist für dich ein Weg in den Abgrund.»

«Verehrter Oheim», sagte die Frau, «auch darin täuscht Ihr Euch wieder. Er ist doch noch jung an Jahren. Wenn er sich unter diesen Umständen außerhalb des Hauses vergnügt und auslebt, so ist das doch nichts, was nicht alltäglich vorkäme. Wie sollte ich mich darüber groß aufregen können? Und ob man ihn nun als nichtig oder richtig ansieht, so heißt es doch sprichwörtlich:

> Geld und Gut auf Erden
> gehn vom Zufall aus;
> es gibt kein ewig armes,
> kein dauernd reiches Haus.

Unsere Heirat ist überdies doch sicherlich schon in einem früheren Leben vorbestimmt worden. Ihr, verehrter Oheim, braucht Euch also nicht in dieser Weise zu bemühen.»

Der vierte Dschang erkannte endlich, daß er mit Reden Frau Jang nicht umstimmen konnte. Er hatte sich sogar von ihr noch den Kopf zurecht setzen lassen müssen, trank daher nur noch zwei Täßchen dünnen Tee, erhob sich und ging von hinnen.

> Kein Ende fand Herr Dschang
> im Strauchwerk seiner Reden.
> Doch knüpfen – wer bedenkt's! –
> den Ehbund Schicksalsfäden.
> Zu Simen war gewandt
> der Schönen Herzgedanke;
> ob Dschang sich heiser sprach:
> Endgültig war die Schranke.

Abgeblitzt kehrte der vierte Dschang nach Hause zurück. Hier beriet er sich mit seiner Frau, und man kam überein, abzuwarten, bis die Witwe umziehen wollte, um sich dann mit einem Hinweis auf den Neffen Jang Dsung-bau ihrer Koffer und Kisten zu bemächtigen.

Wir wollen jedoch nicht zu weitschweifig erzählen. Am Vierundzwanzigsten erledigte Simen Tjing alle Förmlichkeiten, und am Sechsundzwanzigsten erschienen zwölf Vegetariermönche, die man bestellt hatte, um eine Messe zu lesen und die Seelentafel des verstorbenen Gatten zu verbrennen. Alles war von der Schwiegertante nachdrücklichst angeordnet worden. Der vierte Dschang hatte tags zuvor einige Anwohner und Nachbarn gebeten, bei der Aussprache mit der Witwe seines Neffen zugegen zu sein. Um die Zeit, da er mit ihnen erschien, hatte die Gevatterin Süeh gerade das Dienerpersonal der Familie Simen Tjings für den Umzug herangeführt. Von der Kommandantur angeforderte zwanzig Wachsoldaten kamen gerade herein, um die Betten und Vorhänge und die Brautausstattung der Frau sowie Koffer und Truhen mit ihrem Gute fortzuschaffen. Daran wurden sie jedoch von dem vierten Dschang gehindert:

«Heiratsagentin, laßt doch nichts hinaustragen! Ich habe etwas zu erklären.» Gleichzeitig traten die Nachbarn und Anwohner ein, um die Witwe zu sehen. Man nahm Platz, und Dschang eröffnete die Auseinandersetzung: «Verehrte und hochgeschätzte Nachbarn, hört bitte zu! Zwar gehört es sich nicht, daß ich in Anwesenheit der Dame rede, aber dein verstorbener Mann Jang Dsung-si (Ahnengeschenk) und dein junger Schwager Jang Dsung-bau (=Stammhalter) sind meine Neffen mütterlicherseits. Unglücklicherweise ist der ältere der beiden gestorben, und es fehlt nun an jemandem, der über die ganzen Betriebsanlagen und das Geschäftsvermögen verfügt. Du gibst hier auch alles auf. Jedoch mein zweiter Neffe Jang Dsung-bau ist noch jung, ein Dummkopf, und alle Verantwortung ruht auf mir. Er ist ja der leibliche Bruder deines Mannes und soll doch nicht etwa ohne seinen Teil an dem ganzen Familienvermögen ausgehen? Öffne also heute in Gegenwart aller der werten Nachbarn deine Koffer und Truhen, damit jedermann sehe, was sie enthalten, und alles öffentlich vor sich gehe!»

Bei diesen Worten waren der Frau Jang Tränen in die Augen getreten, und sie bemerkte:

«Verehrte Anwesende, bitte, hört! Verehrter Oheim, Ihr befindet Euch im Irrtume. Mein Mann ist nicht durch böswillige Ränke von mir gestorben. Jetzt muß ich noch den Ehrverlust der Wiederverheiratung[36, i] auf mich nehmen. Ob mein Mann Geld besessen hat oder nicht, ist aller Welt ganz genau bekannt. Alle seine Ersparnisse hat er in dieses sein Hausanwesen gesteckt. Das Haus nehme ich ja nicht mit. Ich überlasse es völlig meinem jungen Schwager. Von dem beweglichen Haushalts- und Betriebsgerät rühre ich auch nicht einmal das allerkleinste Stückchen an. Außerdem sind für den Schwager noch durch Urkunden und Verträge verbriefte Außenstände in Höhe von dreihundert bis vierhundert Unzen Silber vorhanden, die ich Euch, verehrter Oheim, sämtlich bereits übertragen habe, um sie nach und nach einzuziehen. Was könnte denn außer meinen Mitteln zur Bestreitung des Haushalts an Silber überhaupt noch vorhanden sein?»

«Wenn du kein Silber mehr hast», antwortete der vierte Dschang, «so macht das doch nichts. Öffne nur deine Koffer und Truhen vor den Augen aller Anwesenden! Und wäre etwas da, nimm es auch ruhig mit! Ich will deine Sachen gar nicht.»

«Ihr wollt Euch doch nicht etwa gar auch meiner Schuhe Fußmaß ansehen?»[35, a] rief Frau Jang aus.

In diesem Augenblick entstehenden Wirrwarrs trat aus dem Hausinnern, auf ihren Krückstock gestützt, die Schwiegertante hervor. Alle Anwesenden sagten:

«Die Großmuhme!»

Sie riefen ihr einstimmig einen Gruß zu. Sie erwiderte ihn mit dem Wunsche zehntausendfältigen Segens, setzte sich zu der Gesellschaft und hob an:

«Meine verehrten Nachbarn, ich schätze euch hoch. Ich bin die leibliche Schwiegertante der Frau und keine entfernte Seitenverwandte, also wohl berechtigt, auch mitzureden. Der Verstorbene ist mein Neffe, der Lebende ist es auch. Von meinen zehn Fingern schmerzt jeder, wenn er gebissen wird. Ob ihr verstorbener Mann, wie es jetzt heißt, kein Geld gehabt hat oder ob er hunderttausend Unzen Silber besessen hätte, so könntet Ihr sie auch nur leichthin mit einem Auge ansehen. Er hat nun einmal keine Nachkommenschaft hinterlassen. Warum willst du der jungen, zarten Frau nicht die Wiederverheiratung erlauben?»

Alle Anwesenden zollten ihr laut Beifall:

«Die Großmuhme hat ersichtlich recht!»

«Ihr wollt doch wohl nicht auch noch die Sachen zurückhalten», fuhr sie darauf fort, «die sie von ihrer eigenen Familie in die Ehe mitbekommen hat? Sie hat kein heimliches Privatabkommen mit mir getroffen, daß ich sie decken soll. Ich will nur ein gerechtes Verfahren. Ich kann es vor den verehrten Anwesenden offen bekennen: Meines Neffen Witwe ist immer gütig und rechtlich denkend gewesen. Ich Alte trenne mich nur höchst ungern von ihr; sie hat ein freundliches und gefälliges Wesen, andernfalls hätte ich mich gar nicht um sie gekümmert.»

Der vierte Dschang schielte mit einem Auge auf die Matrone und bemerkte:

«Ihr habt es leicht, ein gerechtes Herz zu zeigen! Kein Phönix läßt sich nieder, wo nicht der Ort kostbar ist.»

Dieser Satz hatte das wahre Leiden der Alten gekennzeichnet. Sie brauste deshalb auf, ihr Gesicht überzog flammende Röte, sie zeigte auf Dschang mit dem Finger und schalt laut:

«Vierter Dschang, sprecht nicht solch dummes Zeug! Wenn ich als Frau auch nicht der rechte Weihrauchordner der Familie Jang sein kann, von welchem Fettwanst der Familie Jang stammst du ab, du Schwätzer?»

«Ich habe zwar einen anderen Familiennamen», antwortete Dschang. «Die beiden Neffen sind aber Kinder meiner ältesten Schwester, du alte bissige Bestie! Frauen wechseln nun einmal ihren Familiennamen. Warum legst du auf das Haupt des einen Feuer und überschüttest das des anderen mit Wasser?»

«Du gemeiner, unverschämter, alter Hundeknochen!» schrie die Großmuhme. «Was führst du denn im Schilde, daß du die junge, zarte Witwe im Hause halten willst? Wenn dich nicht sinnliche Begierden leiten, so willst du dich wohl mit ihrem Gelde selbst mästen?»

«Ich strebe nicht nach dem Gelde», entgegnete Dschang. «Ich muß nur fürchten, daß unser Stammhalter Jang später nichts zu leben hat, wenn er erwachsen ist. Ich bin nicht so wie du, alte Überschlaue. Du willst durch den Umzug im Großen für dich kleine Vorteile ziehen, du schwarzschwänzige gelbe Katze.»

«Vierter Dschang», rief nun die Großmuhme ihrerseits, «du Erzbettler und Kriecher, du alte Puderschnauze. Aus deinem Lügenmaule hängt dir ja schon die Zunge heraus. Verhalt dich lieber ruhig! Du wirst doch bald verrecken, und dann braucht man für dich nicht einmal einen Strick mehr, um dich fortzuschleppen.»

«Du wiederkäuendes Frauenzimmer!» gab Dschang zurück. «Du trachtest nur nach Geld. Bei deinem vertrockneten Hinterteil ist es kein Wunder, daß du keine Söhne und Töchter hast bekommen können.»

Wild keifend fuhr die Alte auf:

Während des Familiengezänkes ließ sie Kisten und Koffer,
Betten und Vorhänge eilig hinausschleppen.

«Vierter Dschang, du Spitzbube, du Hurenstengel, du alter Sauhund! Ich habe zwar weder Sohn noch Tochter, bin aber noch besser als deine Mama. Sie hat sich in den Klöstern herumgetrieben und sich hingebend buddhistischer Mönche und dauistischer Priester angenommen. Du schläfst und träumst wohl noch?»

Es fehlte nicht viel, so hätten die beiden sich zu prügeln begonnen. Zum Glücke mahnten die Nachbarn zur Mäßigung und riefen:

«Alter Oheim, gönnt doch der Großmuhme ein gutes Wort!»

Als die Gevatterin Süeh die Uneinigkeit der beiden wahrnahm, führte sie Simen Tjing's Hausdiener und die hergesandten Truppen-Angehörigen herein und ließ während des Gezänkes Hals über Kopf Betten, Vorhänge, Putzkästen, Kisten und Koffer mit Windeseile hinaustragen, hinausschleppen und fortschaffen. Der vierte Dschang riß vor Zorn nur die Augen weit auf, brachte aber eine ganze Weile kein Wort mehr hervor. Die Nachbarn merkten, daß sie in der Sache nichts ausrichten konnten, suchten noch zu beschwichtigen und dann ging jeder seiner Wege.

Am zweiten des sechsten Mondes geleitete der kleine Schwager Dsung-bau seine ehemalige Schwägerin in einer großen Sänfte von Simen Tjing mit vier Paar karminroten Gazelaternen [36, c] in ihr neues Heim. Sein Haar hatte er zu einem Knoten gebunden. Im schwarzen Gewande saß er hoch zu Roß. Simen Tjing beantwortete seine Glückwünsche mit einer Rolle Seidenbrokat und einem Nephritstäbchen. Die beiden Zofen Duftwunder und Phönixweibchen folgten der Frau, um das Bett herzurichten und die Bettdecken zusammenzufalten. Der kleine Lautenjunge, der eben erst fünfzehn Jahre alt geworden war, zog auch zur Aufwartung mit. Am dritten Tage erschien die Großmuhme Jang nebst den beiden früheren Schwägerinnen der Frau, um Geburtstag zu feiern. Simen Tjing zahlte Muhme Jang die siebzig Unzen Silber aus und schenkte ihr drei Rollen Stoff. Der Verwandtenbesuch hörte von dieser Zeit an nicht mehr auf.

Simen Tjing hatte im westlichen Seitengebäude für die neue Gattin eine dreiräumige Wohnung herrichten lassen. In ihrer Großfamilie war sie die dritte Tochter gewesen, und ihr Name war Jadeturm. In der jetzigen Familie nannte sie jedermann, ob alt oder jung, fortan dritte Gemahlin. Am Abend begab sich Simen Tjing zu ihr und verweilte drei Nächte hintereinander bei ihr.

Der golddurchwirkte Bettvorhang
entsprach recht einem jungen Paar.
Das rot bestickte Bett erfuhr,
daß es ein alt-erfahr'nes war.

Ein neuer Gegenstand der Lust
weckt neu Begehren in der Brust.
Dann bleibet ohne alles Glück
die alte Liebe weit zurück.
Wer so wie Liä-dse ward von Winden [8,c]
verweht, wird der zurück auch finden?
Nächtlich bei seiner Schönen leben
heißt Weidenwipfelglück durchschweben. [75,c]

8. KAPITEL

Im Groll auf den Geliebten treibt
Orakelspiel die Schöne.
Ein Mönch vom Seelentafeldienst
vernimmt Unkeuschheitstöne.

Überm Fenstervorhang gleitet
rötlich Morgensonnenschein.
Doch vom Schlaf ins seidne Jäckchen
halb erst schlüpfte sie hinein.
Woran liegt es, daß so lässig
sich die Schöne hat gezeigt,
müßig bleibt und gar nicht eilet,
wenn die Sonne höher steigt?
Wie auf einem Jadeturm läßt
Wind mit Stößen Schlaf nicht zu,
so läßt Harren sie im Herzen
auch nicht finden Schlummerruh.

Simen Tjing und Jadeturm waren, seit sie im Hause war, wie ein Schwalbenpaar. In der neuen Ehe waren sie schier zusammengeleimt und zusammengekittet. Eines Tages sandte die Familie Tschen die Gevatterin Wen mit der Nachricht, daß am Zwölften des sechsten Mondes die Verheiratung von Simen Tjings erwachsener Tochter stattfinden sollte. Wie sehr nun auch Simen Tjing drängte und trieb, ein Bett für sie konnte nicht rechtzeitig fertiggestellt werden. So gab er ihr eines der von Jadeturm Meng in die Ehe eingebrachten goldbemalten, buntlackierten Nankinger Betten mit angebautem Fußtrittbrette mit.

Dreimal wurde es Morgen, dann wurden daraus neun Tage; ein reichliches Durcheinander entstand; ein Monat und mehr verging, und noch war Simen

Tjing nicht wieder zu Goldlotos gekommen. Sie lehnte täglich an der Tür und schaute sich die Augen nach ihm aus. Auch sandte sie die alte Wang zu seinem Haustor, um ihn zu suchen. Der junge Pförtner am Toreingange wußte, daß Goldlotos Pan sie geschickt hatte, und kümmerte sich nicht viel um sie. Unmutig sah Goldlotos mit scharfem Blicke die alte Wang zurückkehren und hieß ihr kleines Mädchen Simen Tjing auf den Straßen suchen gehn. Wie hätte sich aber die Kleine in fremde, tiefe Anwesen mit großen Gehöften hineingewagt! So ging sie nur bis zum Toreingange, spähte dort umher und kehrte heim, als sie Simen Tjing nicht sah. Zu Hause schrie ihr Goldlotos Schimpfworte ins Gesicht, tadelte sie, daß sie auch zu gar nichts nütze sei, ließ sie zur Strafe bis Mittag kniend hungern und gab ihr auch dann noch nichts zu essen.

Es war gerade der dritte der Hundstage. Die Hitze hatte Goldlotos sehr angegriffen. Darum befahl sie Willkomm, heißes Wasser zu bereiten und ihr dann beim Bade aufzuwarten. Sie selbst dämpfte in einem Kessel Hörnchen mit Fleischfüllung, um sie mit Simen Tjing zu verspeisen, wenn er käme. Nur ein dünnes Nesselhemdchen auf dem Leibe setzte sie sich auf ein Stühlchen, Mißmut im Blicke, weil Simen Tjing nicht erschienen war, und schalt vor sich hin: «Treuloser Spitzbube ohne Mitgefühl und bar jeder Anhänglichkeit!»

Mit ihren zarten Händen streifte sie nun ihre beiden roten, bestickten Schühchen ab und versuchte mit einem Wahrsagerwurfe festzustellen, ob er sie liebte. Es ist nun einmal so:

Wenn irgendwie man gar nicht wagt,
etwas in Worte laut zu fassen,
sucht man es heimlich sich durch Geld
und Fremde weissagen zu lassen.

Hier im Liede nach der Weise: An dem Berghang weidet Schafe[65, a] schildert Goldlotos ihre Lage:

Füßchen, ihr in seid'nen Strümpfen,
klare Wellen der Natur!
Rote Schühchen, seid der Liebe
Weissager zur Zukunftsspur!
Gleich den Lotoswurzelsprossen,
Blüten ohne Blütenblatt
Füßchen ihr! Warum wohl Schnürung
euch so klein gehalten hat?
Meine Hüften: Weidenstämmchen
mit nur halber Spannen Maß!
Wenn er mein nicht denkt, gewiß ist's,
daß ich seiner nie vergaß.
Heimlich an die Tür gelehnt,
senke ich den Vorhang still.
Nutzlos ist's, wenn auf dem Lager
ich ihn rufen, schelten will.
Liebst du jetzt nur noch die Halbwelt?
Kommst nicht mehr zu mir heran?
Meine Brauen sind verblichen;
sie zu malen, wen geht's an?
Ach! an welches Ortrands Pappel
bandst dein Roß du fern von mir?
Undankbar und treulos bist du.
Niemals war ich so zu dir.

Goldlotos hatte einen Liebesorakel-Wurf getan. Unmerklich müde geworden, hatte sie sich aufs Bett gelegt und war eingeschlummert. Etwa zwei Stunden später erwachte sie, nicht gerade in bester Laune. Willkomm richtete an sie die Frage, ob sie baden wolle; das Wasser sei gewärmt. Goldlotos ihrerseits erkundigte sich, ob die Hörnchen gar gedämpft seien: «Bring sie her, daß ich sie sehe!» Willkomm brachte sie eiligst in die Stube, und Goldlotos überzählte sie mit ihren feinen Händen. Sie hatte ursprünglich ein Blech mit dreißig Hörnchen angefertigt. Als sie jetzt aber hin und her prüfte, kam sie stets nur auf neunundzwanzig. Sie forschte, wohin das eine, das fehlte, gekommen sei. Willkomm antwortete, sie habe es überhaupt nicht gesehen; ob ihr nicht vielleicht beim Zählen ein Irrtum unterlaufen sei?

«Ich habe zweimal eigenhändig dreißig Hörnchen festgestellt, um sie deinem neuen Vater vorzusetzen, sobald er kommt», erklärte Goldlotos. «Warum hast du eins heimlich genascht? Du schmucke Sklavendirne, du leidest an Freßsucht und Heißhunger! Ich werde dafür sorgen, daß du an dieses Hörnchen-essen denkst. Ob es sich um eine große Schüssel oder um einen kleinen Napf handelt, du darfst die Mahlzeiten nicht beeinträchtigen. Ich werde dich schon lehren, gehorsam zu sein.»

Ohne weitere Umstände streifte sie dem Mädchen die Kleider vom Leibe, ergriff eine Reitpeitsche und versetzte ihm zwanzig bis dreißig Hiebe. Während das Kind schrie wie ein Schwein, das man absticht, drohte Goldlotos, ihr mindestens hundert Hiebe zu verabfolgen, wenn sie nicht geständig sei.

«Mutter, schlag mich nicht!» rief eiligst das geprügelte Kind, «ja, ich war furchtbar hungrig und habe heimlich ein Hörnchen gegessen.»

«Du hast gestohlen! Wie kannst du dich dann unterstehen, mir den Vorwurf zu machen, daß ich mich verzählt habe?» bemerkte Goldlotos. «Da kann man deutlich sehen, daß du ein gefängnisreifes, unheilstiftendes, verworfenes Frauenzimmer bist. Als dein Vater, das Ekel, noch lebte, hast du es dir leicht angewöhnt, schwere Beschuldigungen vorzubringen. Wo ist er denn nun? Wenn du dich nochmals vor mir als Unschuldsengel aufspielst, so werde ich dir, du gefängnisreifes, liederliches Frauenzimmer, dein Unterteil wieder gehörig verbläuen.» Dann ließ sie sie das Beinkleid anziehen und sich erheben und befahl ihr, ihr Wind zuzufächeln. Plötzlich – Willkomm hatte eine Weile gewedelt – rief sie: «Diebisches, verworfenes Frauenzimmer, dreh' einmal dein Gesicht herum! Ich werde dir deine Haut mit zwei Kratzern versehen!»

Willkomm wandte ihr wirklich das Gesicht zu, und Goldlotos kratzte ihr mit ihren spitzen Nägeln zwei blutige Striemen. Erst hierauf ließ sie sie in Ruhe. Nach einer Pause begab sich Goldlotos zum Spiegeltischchen, um sich zu putzen. Dann trat sie unter den Türvorhang. Wie durch eine Fügung des Himmels sah sie Dai-an mit einem in eine Decke gehüllten Packen an ihrem Haustore vorbeireiten. Sie veranlaßte ihn durch Zurufe zum Halten und fragte ihn nach dem Woher und Wohin. Der junge Bursche war in der Wahl seiner Worte befangen. Als Simen Tjings Leibdiener war er immer zu Goldlotos Behausung mitgegangen. Sie hatte ihm regelmäßig etwas zugesteckt, deshalb war er von eifervoller Glätte. Er stieg ab:

«Mein Herr hat mich mit Aufmerksamkeiten fortgeschickt. Ich will zur Kommandantur.»

Goldlotos hieß ihn ins Haus treten:

«Was treibt dein Herr daheim? Wie kommt es, daß sich schon so lange nicht einmal ein Schatten von ihm bei mir hat blicken lassen? Er hat wohl mit einem herzsüßen Dämchen angebändelt?»

«Mein Herr hat nicht weiter mit Dämchen angebändelt. Wir haben dieser Tage nur so sehr viel zu tun gehabt, daß es ihm an Zeit zu einem Besuche bei Euch gemangelt hat.»

«Und wenn er zu Hause auch noch so beschäftigt ist», warf Goldlotos ein, «wie kann er mich einen halben Monat so links liegen lassen und mir weder einen Laut noch ein Briefchen zukommen lassen? Es beruht sicher darauf, daß ich ihm überhaupt nicht mehr am Herzen liege.» Im Anschluße daran forschte sie, was für Angelegenheiten denn Simen Tjing so stark in Anspruch nähmen; Dai-an möge sie ihr doch verraten. Das Bürschchen kicherte nur, wollte aber nicht recht mit der Sprache heraus. Goldlotos sagte sich, daß er wohl nicht ohne Grund lache, und drang nur noch mehr in ihn, ihr zu sagen, was für Geschäfte es seien.

«Ich kann nur sagen, es liegt eine Sache vor, das genügt doch!» erklärte Dai-an lachend. «Ihr pustet immer nur in den Pelz, um schadhafte Stellen zu finden, wenn Ihr so nach dem Warum fragt.»

«Bester kleiner Schwätzer, wenn du es mir nicht mitteilst, werde ich dir das ganze Leben lang grollen.»

«Ich will es Euch wissen lassen, nur dürft Ihr dem Herrn nicht sagen, daß ich es war, der es erzählt hat.»

Goldlotos versprach, ihn unter keinen Umständen zu verraten. Darauf berichtete ihr Dai-an ganz ausführlich von Anfang bis zu Ende die Geschichte von der Verheiratung mit Jadeturm Meng. Das hätte Goldlotos nicht hören dürfen. Nun war sie außerstande zu verhüten, daß ihr die Tränen über die duftenden Wangen perlten und sie sich nicht halten konnte.

«Sechste Tante[31,k]», bemerkte Dai-an bestürzt. «Ihr seid wirklich zu engherzig. Deshalb habe ich es Euch zunächst auch nicht sagen wollen.»

Goldlotos lehnte sich fest an die Türe, seufzte eine Weile tief und sprach:

«Dai-an, du weißt ja nicht, wie innig ich ihn bisher geliebt habe. Und nun, warum schiebt er mich eines Tages zur Seite?» Ununterbrochen perlten ihr dabei die Tränen herab.

«Sechste Tante», sagte Dai-an, «wie bitter es auch für Euch sein mag, die Frauen daheim müssen sich doch auch mit seinem gewohnten Tun und Treiben abfinden.»

Aber Goldlotos bat Dai-an, sie anzuhören:

«Ich traue seiner Lauterkeit nicht mehr.
Ein Monat ging dahin, daß er nicht kam.
Schon dreißig Nächte blieb mein Lager leer.
Nicht offen war er, als er Abschied nahm.
In meiner Einfalt war ich ganz vernarrt.
Es war nicht gut, daß ich mich ganz ihm gab.
Von dem, was allzu leicht gewonnen ward –
ein Sprichwort lehrt – läßt leicht man wieder ab.
Die Freudenzeit von einst ist nun vorbei.
Der Liebe Fäden rissen jäh entzwei.»

Ihre Worte endeten wieder unter Tränen. Dai-an sagte:

«Sechste Tante, weint doch nicht! Wegen meines Herrn braucht Ihr nichts zu fürchten. In ein paar Tagen kommt sein Geburtstag. Wartet sein Kommen dann ab! Schreibt ein paar Zeilen! Ich werde sie für Euch, wenn ich in kurzem hingehe, meinem Herrn zu lesen geben. Er wird dann bestimmt erscheinen.»

«Ja, ich muß dich schon bemühen», erklärte Goldlotos. «Wenn du ihn herbittest, so will ich dir in den nächsten Tagen ein Paar schöne Schuhe anfertigen. Ich will hier auf sein Kommen warten, um ihm meine Glückwünsche darzubringen. Sollte er nicht kommen, so trägst du, Schlaumäulchen, die ganze Verantwortung.» Sie schloß ihre Worte mit der Anweisung an Willkomm, von den gedämpften Hörnchen auf dem Tische für Dai-an einen Teller vollzupacken und ihm Tee vorzusetzen. Dann begab sie sich selbst in die Stube und holte einen Bogen mit Blumen verziertes Briefpapier[63,a] hervor. Sie ergriff einen Pinsel mit Nephritstiel[63,b], strich die Pinselhaare zurecht und

Er war fort wie ein Stein, der in die Tiefe des Meeres gesunken ist.

schrieb alsbald nach einer ihr als Vorbild dienenden Weise ein Gedicht:

Dem Blatte, das Blumen umschlingen,
erschließe mein Herz ich hier.
Es soll sein Klagewort dringen
zu ihm, zu ihm von mir.
Ich denke an jenes Erleben,
als an der Türe ich stand;
ich wollte den Vorhang heben,
erschrak, und – dich ich fand.
Bist jetzt du nicht zu erreichen,
ging deine Treue zu Stück?
So schick' mir als Abschiedszeichen
mein seidenes Dufttuch zurück!

Das Geschriebene faltete sie umschlagförmig zusammen, verschloß es ordentlich und reichte es Dai-an mit den Worten:

«Bestelle ihm unter allen Umständen viele Empfehlungen! Er soll an seinem Geburtstag unter allen Umständen herkommen. Ich werde hier ganz besonders nach ihm ausschauen.»

Dai-an nahm den Imbiß zu sich. Goldlotos schenkte ihm noch einige Dutzend Kupferlinge. Als er im Begriffe stand, das Haus zu verlassen, um aufzusitzen, rief sie ihm zu:

«Wenn du heimkommst, so sage deinem Herrn, sobald du ihn siehst, ich hätte dich sehr ausgescholten. Wenn er nicht kommt, so sage, ich würde mir nächstens eine Sänfte nehmen und selber kommen.»

«Sechste Tante», sprach Dai-an, «Eßt Ihr nur selbst die Kuchen, die Ihr an den Mann bringen wollt! Wir könnten uns damit unvermutet in die Nesseln setzen, und es würde schwierig sein, wieder herauszukommen.» Er schwang sich in den Sattel und ritt weg.

Obwohl nun Goldlotos täglich von früh bis spät wartete, er war fort wie ein Stein, der in die Tiefe des Meeres gesunken ist. Der siebente Mond näherte sich seiner Vollendung, und Simen Tjing's Geburtstag war da. Das Warten ließ ihr den einen Tag wie einen ganzen Herbst erscheinen. Mißmutig sah sie der einen Nacht entgegen, als sei sie der halbe Sommer. Als sie wartend feststellen mußte, daß keinerlei Nachricht gekommen war, biß sie unbewußt heimlich ihre silberweißen Zähne zusammen. Ihren sternhellen Äuglein entrollten Tränen. Als der Abend da war, blieb ihr nur die Möglichkeit, wieder ihre Zuflucht zu der alten Wang zu nehmen. Sie richtete für sie ein Mahl mit Wein her. Aus ihrem Haare zog sie einen silbernen Pfeil mit goldenem Knopfe, schenkte ihn der Alten und flehte sie an, zu Simen Tjing zu gehn und ihn herzubitten. Die alte Wang meinte:

«Jetzt so spät vor dem Tee zur Nacht aber nach dem Weine wird er bestimmt nicht kommen. Ich werde morgen in aller Frühe zu ihm gehn und ihn herbitten.»

Goldlotos beschwor sie, es sich zu merken und ja nicht zu vergessen. Darauf beteuerte Frau Wang, sie kümmere sich doch nur um diese eine Familie; wie könne sie da die Sache versäumen! Ohne Vergütung rührte die Alte keinen Finger. Als sie den Haarpfeil erhalten und so viel gegessen und getrunken hatte, daß ihr Gesicht ganz gerötet war, ging sie heim. Goldlotos indessen befand sich in ihrer Wohnung bei ihren weihrauchduftenden Mandarinenentensteppdecken. Sie stocherte an der silbernen Öllampe herum. Schlafen konnte sie nicht und seufzte. Es traf zu:

Der Lauten hatte sie viele,
und lange währte die Nacht.
Sie ward um die Lust zum Spiele
durch Einsamkeit gebracht.

Sie fühlte sich verlassen,
in dem Gemach allein
mocht' nicht in die Saiten fassen
in ihres Herzens Pein.

Dann griff sie zur Gitarre und begleitete das Liedchen, das sie sang:

Hätte je ich können glauben,
daß du eine andre hast?
Wirst noch ganz die Ruh mir rauben!
Bin betäubt, von Sinnen fast.
An der Wand lehn' ich mit Beben,
Klarheit such' ich über dich.
Doch wie kann es Klarheit geben,
wo du konntst verlassen mich!
Hab' ein Blatt als Brief geschrieben,
dir's gesandt, doch kamst du nicht.
Wenn es dir für all mein Lieben
aber so an Dank gebricht,
dann soll, wenn auch hier auf Erden
niemand dich verfolgt und haßt,
Himmelsstrafe so dir werden,
daß dich schweres Unglück faßt.

Goldlotos wälzte sich die ganze Nacht hindurch hin und her und hatte noch keinen Schlaf finden können, als es heller Tag geworden war. Da sandte sie Willkomm zum Hause nebenan, um nachzusehn, ob die Muhme Wang schon gegangen sei, den Vater herzubitten. Willkomm kam rasch mit der Meldung zurück, Muhme Wang sei schon in aller Frühe fortgegangen.

Die alte Wang hatte inzwischen zeitig am Morgen ihr Haus verlassen, sich zum Portale Simen Tjing's begeben und sich dort nach ihm erkundigt. Alle sagten ihr nur, sie wüßten nicht, wo er stecke. Sie wartete darauf eine Zeitlang an der Mauer gegenüber. Als sie den Geschäftsführer Fu erscheinen sah, um den Drogenladen aufzumachen, trat sie mit einem Gruß auf ihn zu und fragte nach, ob der Oberrat zu Hause sei.

«Weshalb suchst du ihn, Alte?» erwiderte Fu. «Du kommst mit deiner Frage zu früh. Alle anderen wissen es auch nicht. Der Oberrat hat gestern an seinem Geburtstage Gäste zu sich geladen gehabt. Es wurde den ganzen Tag über gezecht. Abends hat er alle seine Freunde zum Vergnügungsviertel geschleppt. Während der ganzen Nacht ist er nicht zurückgekehrt. Geh ihn dort suchen!»

Die alte Wang verabschiedete sich und ging am Kreisamt entlang zum Eingang der Oststraße gerade auf die Lustbarkeitsgasse zu. Dort sah sie schon von ferne Simen Tjing von Osten heranreiten. Zwei junge Diener folgten ihm. Er war vom vorausgegangenen Weingenusse noch nicht ernüchtert. Seine Augen waren umnebelt. Er schwankte vor und zurück. Als er aufsah, wurde er von der alten Wang laut angerufen:

«Herr Oberrat, Ihr solltet nicht so viel trinken!» Sie streckte ihre Hand aus, ergriff die Halfterringe des Pferdes und brachte es zum Stehen.

«Bist du es, Mütterchen Wang?» fragte Simen Tjing in seinem Rausche. «Du kommst wohl, weil mich die sechste Schwester sucht?»

Die alte Wang raunte ihm etwas ins Ohr. Sie hatte kaum ein paar Worte ausgesprochen, als Simen Tjing bemerkte:

«Der Junge hat es mir zu Hause ausgerichtet. Ich weiß es. Die sechste Schwester zürnt mir. Ich werde mich jetzt hinbegeben.»

Simen Tjing folgte also der alten Wang, wobei sich beide auf dem ganzen Wege lebhaft unterhielten. Als sie zu Goldlotos Behausung gekommen waren, schritt Frau Wang zuerst hinein und meldete:

«Gnädigste, meinen ergebensten Glückwunsch! Dank meinen Bemühungen habe ich den Herrn Oberrat schon in einer knappen Stunde hergeführt.»

Bei der Nachricht von Simen Tjing's Ankunft war es Goldlotos, als schwebte sie vom Himmel droben hernieder. Sie kam eiligst aus ihrer Stube vor, um ihn zu empfangen. Simen Tjing trat ein, mit seinem Fächer wedelnd. Vom Weine noch halb angeheitert, begrüßte er sie. Sie erwiderte den Gruß mit dem Wunsch zehntausendfachen Segens:

«Herr Oberrat, Eure werte Persönlichkeit war so spärlich zu sehen. Wie konntet Ihr mich nur so links liegen lassen. Auch nicht ein Schatten von Euch hat sich bisher gezeigt! Ihr seid mit der neuen Frau zu Hause ja förmlich festgeleimt und festgekittet. Wie könnt Ihr da daran denken, zu mir zu kommen!»

«Höre doch nicht auf das dumme Geschwätz der Leute! Was für eine neue Frau ist denn gekommen?» antwortete Simen Tjing. «Ich bin nur mit der Verheiratung meiner Tochter sehr beschäftigt gewesen und fand deshalb nicht die Muße, dich zu besuchen.»

«Du täuschest mich auch noch?» erwiderte Goldlotos. «Wenn du nicht ein Mensch bist, der nur die neuen liebt und die alten im Stiche läßt, und wenn du nicht sonst noch jemand hast, so weise mit der Hand auf deinen üppigen Springeleib und schwöre es mir! Dann glaube ich dir.»

«Wenn ich mich dir gegenüber treulos zeige», sprach Simen Tjing, «so will ich Beulen von der Größe eines Reisnapfes bekommen, vier bis fünf Jahre soll mich die Gelbsucht plagen, und ein Tausendfüßler von der Größe einer Tragstange möge mich in den Sack beißen!»

«Treuloser Schurke», rief Goldlotos, «wenn dich ein Tausendfüßler von der Größe einer Tragstange in den Sack beißt, was ficht das dich an?» Sie riß ihm mit einer Hand seinen neuen, dachziegelförmigen, eckigen Hut mit Fransen vom Kopf und warf ihn auf den Boden.

Die alte Wang hob ihn bestürzt vom Fußboden auf und legte ihn für sie auf den Tisch:

«Gnädige Frau, nur mir macht Vorwürfe, daß ich den Herrn Oberrat nicht hergebeten habe! So ist es doch wirklich.»

Goldlotos zog ihm nun einen Haarpfeil aus dem Haare, hielt ihn in der Hand und betrachtete ihn. Es war ein etwas fettiger goldener Haarpfeil, auf dem zwei Spruchreihen eingraviert waren:

Auf duftigem Rasen wiehert
das goldgezügelte Rößlein.
Beim Blühen der Aprikosen
beschert man im Jadeturm-Schlößlein.

Simen Tjing hatte die Nadel von Jadeturm Meng erhalten. Goldlotos wähnte, eine Sängerin habe sie ihm gegeben. Sie steckte sie deshalb in ihren Ärmel:

«Du änderst dich noch immer nicht! Wo ist denn der Haarpfeil, den ich dir geschenkt habe?»

«Ich habe ihn neulich verloren, als ich angeheitert vom Pferde glitt», antwortete Simen Tjing. «Mein Hut fiel mir vom Kopfe, mein Haar geriet in Unordnung, und als ich den Haarpfeil suchte, konnte ich ihn nicht finden.»

Goldlotos schnippte mit ihren Fingern vor seinem Gesichte:

«Freundchen, und wenn du so betrunken gewesen wärest, daß du nicht aus den Augen gucken konntest! Du könntest auch ein dreijähriges Kind nicht verleiten, dir zu glauben.»

«Gnädige, wundert Euch nicht über den Herrn Oberrat», fiel die mitanwesende Frau Wang ein. «Er sieht auf vierzig Wegstrecken, wie die Bienen vor der Stadt scheißen. Ginge er aber aus dem Hause und vor der Türe stünde ein Elefant, so würde er gegen ihn anrennen. Er ist sehr weitsichtig, sieht aber nichts in der Nähe.»

«Sie quält mich schon genug. Nun bist du auch dabei, deine Späße über mich zu machen!» bemerkte Simen Tjing.

Goldlotos Blicke fielen nun auf den goldgesprenkelten Fächer, der aus rotem Bein geschnitzt und goldgenagelt in den Stromlanden verfertigt worden war. Simen Tjing hielt ihn in der Hand. Goldlotos nahm ihn an sich, ging ans Licht und betrachtete ihn dort genau. Sie war seit langem erfahren in den Vorgängen bei der Lebewelt. Nun sah sie auf dem Fächer zahlreiche Eindrücke von Zähnen und vermutete deshalb, daß ihm eine Schöne den Fächer geschenkt habe. Ohne auf eine Erklärung zu warten, zerbrach sie ihn in zwei Stücke. Als Simen Tjing ihn retten wollte, war er schon zerbrochen. Er klagte:

«Den Fächer hat mir einer meiner Freunde, Bu Dschi-dau geschenkt. Ich hatte ihn bis jetzt weggelegt und nicht benutzt. Heute habe ich ihn erst drei Tage im Handgebrauch. Nun hast du ihn zerbrochen!»

Goldlotos ließ Simen Tjing eine Weile links liegen. Als Willkomm mit Tee kam, befahl sie ihr, das Teebrett hinzustellen und vor Simen Tjing aufs Antlitz zu fallen.

«Ihr beiden Eheleutchen habt euch nun lange genug Torheiten geleistet; versäumt nur nicht das eigentliche Geschäft! Ich werde in die Küche gehn, um dort aufzuräumen», bemerkte die alte Wang.

Goldlotos befahl ihrerseits Willkomm, die für die Feier von Simen Tjing's Geburtstag vorbereiteten Speisen und Getränke anzurichten. Dann sollte sie sie in die Stube bringen und auf den Tisch stellen. Sie selbst holte aus ihren Koffern die Angebinde hervor, die sie damals Simen Tjing zum Geburtstage zugedacht hatte. Sie benutzte ein Tragbrett, um alles zu fassen, und setzte dieses vor Simen Tjing hin, damit er die Geschenke betrachte. Es waren ein Paar Schuhe aus dunklem Atlas; ein Paar gestreifte Knieschützer aus Seide von der Farbe der Sojabrühe mit dem Muster von Kiefer, Bambus und Schlehenblüten als den drei freundlichen Gewächsen der kalten Jahreszeit, von duftigen Gräsern eingefriedet; ein Purpur-Zwirn-Gürtel, gefüttert mit hellgrüner Seidengaze aus Schensi und wasserheller Kreppseide; ein dunkelroter Bauchwärmer, der innen anstelle der Grasfüllung mit Rosenblättern gefüttert war, und ein Haarpfeil mit der Nachbildung eines Lotosblütenpaares als Knopf. Auf dem Pfeile war folgender Vierzeiler eingraviert:

Ich schenke diesen Haarpfeil dir:
Ein Lotosblütenpaar.
Trag immer ihn und nie verlier
ihn je aus deinem Haar!

Beim Anblicke dieser Gegenstände war Simen Tjing herzensfroh. Er umfaßte Goldlotos mit einem Arm und küßte sie auf den Mund:

«Wie wußte ich denn, daß du so geschickt und klug bist!»

Goldlotos hieß Willkomm aus der Weinkanne einen Becher vollschenken und ihn Simen Tjing reichen und fiel vor ihm viermal auf ihr Antlitz nieder wie ein windbewegter Blütenzweig oder wie eine Kerze, die man aufstecken will. Simen Tjing zog sie empor, und sie saßen Schulter an Schulter und tranken wechselweise aus einem Becher oder Gläschen. Die alte Wang zechte zur Gesellschaft mit, bis ihr Gesicht ganz weingerötet war, verabschiedete sich dann und ging heim.

Die beiden vergnügten sich unterdessen nach Herzenslust. Dabei erwies sich Goldlotos als die rechte Gefährtin für Simen Tjing. Allmählich – sie hatten geraume Zeit gezecht – begann sich der Tag zu neigen.

Abendlich dichtes Gewölk
verhüllet die Berge der Ferne.
Doch mit des Mondes Licht
wetteifert der Heerbann der Sterne.
Tarnender Nebel verschleiert
weithin die Luft in der Runde.
Wasser und Himmel scheinen
vereint in smaragdenem Bunde.
Heim zum Kloster, dem alten,
die Mönche ziehn auf den Wegen.
Raben im Walde flattern empor,
wo im Dickicht sie saßen,
fliegen nun krächzend und hastend
zum Dorfe, das abseits gelegen.
Laut aber schallt durch die Nacht
das Hundegebell auf den Straßen.

Simen Tjing befahl seinen Dienern, das Pferd nach Hause zu führen, er übernachte hier. Als die Nacht hereingebrochen war, tobten die beiden ihre unersättliche Leidenschaftlichkeit bis zur Erschöpfung aus. Ein Sprichwort lautet:

Freude am höchsten,
Trübsal am nächsten.

Die Zeit war dahingerast. Der Landrat hatte Wuh Sung, an den man sich wieder erinnern muß, Briefe und Geschenklasten übergeben. Wuh Sung hatte dann die Kreisstadt Klarenfluß verlassen und sogleich nach seiner Ankunft in der Reichshauptstadt bei dem Hofmarschall Dschu alles abgeliefert. Ein paar Tage danach war ihm dann das Antwortschreiben eingehändigt worden. Darauf setzte sich Wuh Sung an die Spitze seines Trupps und trat den Rückweg nach Schantung an. Die Hinreise hatte er in der Zeit des dritten, vierten Mondes gemacht. Als er sich jetzt auf den Heimweg begab, ging der Sommer bereits zur Neige; der Herbst begann. Unterwegs herrschte ununterbrochen Regenwetter. Dadurch erlitt er eine Verzögerung um viele Tage. Für die vorausgegangene Hinreise und den nun folgenden Rückmarsch brauchte er etwa drei Monate. Unterwegs auf dem Marsche, beim Halten, wenn er saß und schlief, ergriff ihn Unruhe und Besorgnis. Er konnte nicht umhin, einen seiner Soldaten vorauszusenden, um seiner Gnaden dem Landrate vorweg eine Nachricht zukommen zu lassen und gleichzeitig auch privatim seinen Bruder, den großen Wuh, davon in Kenntnis zu setzen, daß er ganz bestimmt innerhalb des achten Mondes zurück sein würde.

Der Soldat lieferte zuerst die Botschaft an Seine Gnaden den Landrat ab und machte sich dann auf die Suche nach der Behausung des großen Wuh. Es traf sich wie eine Fügung des Himmels, daß die alte Wang gerade in ihrer Haustüre stand, als der Soldat, der die Pforte von des großen Wuh's Behausung verschlossen vorgefunden hatte, im Begriffe war, anzupochen. Sie fragte ihn, wen er suche. Er erwiderte, daß ihn der Polizeihauptmann Wuh Sung gesandt habe, um seinem Bruder einen Brief abzuliefern.

«Der große Herr Wuh ist nicht im Hause. Alles ist fort zum Friedhofe. Gebt mir Euren Brief! Ich werde ihn abliefern, wenn er zurückkommt. Es ist das gleiche», bemerkte die alte Wang.

Der Soldat trat auf sie zu, zog nach einer Verbeugung das Schreiben hervor und händigte es ihr ein.

Dann schwang er sich eiligst auf sein Reittier und sprengte davon. Die alte Wang begab sich sofort mit dem Briefe durch die hintere Türe zu Goldlotos. Da diese die halbe Nacht mit Simen Tjing durchgetobt hatte, hätte sie wohl bis zur Mittagszeit geschlafen und wäre auch dann vielleicht noch nicht aufgestanden.

«Herr Oberrat und gnädige Frau! Steht auf! Ich habe Euch etwas zu berichten», rief die alte Wang laut. «Der junge Wuh hat einen Soldaten mit einem Brief an seinen Bruder gesandt und melden lassen, er werde in aller Kürze eintreffen. Ich habe den Brief entgegengenommen und den Soldaten fortgeschickt. Ihr habt jetzt keine Zeit zu verlieren und müßt Euch rechtzeitig den Verhältnissen anpassen.»

Oh, hätte Simen Tjing von alledem nur nichts zu hören brauchen! Bei dieser Kunde war es ihm gerade, «wie wenn achtfach ihm würde in Stücke die Schädeldecke zertrümmert; halb hinein man ihn stürzte ins Eis und den Schnee eines Bottichs». Goldlotos und er erhoben sich in Aufregung und Hast, kleideten sich an und forderten die alte Wang auf, in die Stube zu treten. Hier setzte sie sich, holte den Brief hervor und reichte ihn Simen Tjing zu lesen. Wuh Sung hatte geschrieben, daß er erst im Herbst zurück sein würde. Die beiden waren bis in Hände und Füße hinein erregt und riefen:

«Was soll nun werden, Mütterchen? Ihr müßt uns schützen und die Sache vertuschen. Wir werden Eure Güte doppelt belohnen und sie nie zu vergessen wagen. Unser beider Liebe ist nun so tief und unsere gegenseitige Zuneigung so stark, daß wir voneinander nicht mehr lassen können. Wenn dieser Bursche, der zweite Wuh, zurückkommt, sollen wir uns dann trennen? Was ist da am besten zu tun?»

«Herr Oberrat, was gibt es da für eine Schwierigkeit?», meinte die alte Wang. «Ich habe Euch doch schon früher einmal darauf hingewiesen: Die Jugendvermählung bestimmen die Eltern, zur Wiedervermählung entschließt man sich selbst. Seit alters dürfen doch Schwager und Schwägerin keinen Verkehr pflegen. Die hundert Trauertage für den großen Wuh sind beinahe um. Die Gnädige braucht nur ein paar Mönche herzubitten, um die Seelentafel zu verbrennen, und der Oberrat muß, bevor der junge Wuh zurückgekehrt ist, die Gelegenheit wahrnehmen, um die Gnädige in einer Sänfte als Frau heimholen zu lassen. Kommt der Bursche Wuh Sung zurück, so übernehme ich selbst die Aussprache. Was könnte er dann wohl zu unternehmen wagen? Ihr beide aber seid für euer ganzes Leben beieinander. Wäre das nicht herrlich?»

«Mütterchen, Ihr habt recht», antwortete Simen Tjing.

Sie nahmen nun ihren Morgenimbiß ein und verabredeten, für den Sechsten des achten Mondes, als den hundertsten Tag nach dem Ableben des großen Wuh, Priester zur Verbrennung der Seelentafel zu bestellen und am Abend des achten Tages die Heimholung Goldlotos stattfinden zu lassen. Bald nachdem sich die drei über diesen Plan einig geworden waren, erschien Dai-an mit einem Pferde, um Simen Tjing abzuholen.

Die Zeit flog pfeilgeschwind. Tage und Monde sind flink wie Weberschiffchen. Rasch war der Sechste des achten Mondes da. Simen Tjing steckte einige Unzen angebrochenen Silbers zu sich und begab sich zu Goldlotos. Sie ließen durch die alte Wang sechs buddhistische Mönche aus dem Kloster der Gnadenverkündung rufen, um eine Messe für alle Seelen zu Lande und zu Wasser zu lesen und es so der Seele des großen Wuh zu ermöglichen, über Wasser und Land hinweg ins Jenseits einzugehen, und um am Abend die Seelentafel zu vernichten. Ein Obermönch trug schon um die Zeit der fünften Nachtwache die Messegeräte herbei, richtete die Gebetsstätte her, hängte ein Buddhabildnis auf und bereitete mit Hilfe der alten Wang in der Küche die Speiseopfer vor. Simen Tjing hatte an jenem Tage in Goldlotos Behausung genächtigt.

Bald waren die Priester vollzählig versammelt und begannen nun geräuschvoll ihre Szepter[16, a] zu schwingen, die Trommeln und Schallbecken zu rühren, die heiligen Schriften und Bußgebete psalmodierend zu verlesen, kurz alle Förmlichkeiten des Glaubens zu erfüllen. Davon soll im einzelnen nicht weiter die Rede sein. Goldlotos ihrerseits dachte gar nicht daran, keusch und enthaltsam zu sein. Sie leistete Simen Tjing Gesellschaft und schlief mit ihm, bis die Sonne mitten am Himmel stand. Selbst dann erhob sie sich noch nicht einmal. Erst da die Mönche sie aufforderten, als die fastende Hauptleidtragende Weihrauch darzubringen, die Gebetsformeln zu unterzeichnen und Buddha Verehrung zu erweisen, stand sie auf, wusch sich, legte in Verstellung schlichtweiße Trauertracht an, trat vor das Buddhabild und erwies ihm Verehrung.

Alle Mönche bekamen die Frau des großen Wuh zu Gesicht. Einer wie der andere geriet in Verwirrung. Ihr buddhaähnliches Wesen und ihr auf innere Versenkung gerichtetes Äußere vermochte sich nicht fest abzuriegeln. Ihre Herzen wurden unstet wie Affen, ihre Gedanken wie durchgehende Pferde. Alles ging drunter und drüber. Sie bildeten eine formlose Menge.

Der Mönche Oberhaupt gab
flüchtig und willkürlich
Buddha-Namen an,
die völlig ungebührlich.

Er warf – und merkt' es nicht –
vollkommen durcheinand',
Was in dem Sutra-Text
des Vimakita [15,e] stand.
Unklar und ganz verworren
den Text er psalmodierte,
bald laut bald leisen Tons,
wie's zufällig passierte.
Ein Mönch, den seine Pflicht
für Weihrauch sorgen hieß,
zu Boden unachtsam
die Blumenvase stieß.
Zur Weihrauchbüchse griff
anstatt zu einer Kerze
ein Mönch und hielt sie hoch
in ungewolltem Scherze.
Und als ein Priester dann
die Glaubensformel las,
er seiner eignen Zeit,
des Reichs der Sung, vergaß.
Und sprach vom Staate Tang. [1,f]
Als für den bußbereiten,
Verstorbnen großen Wuh
der Priester mußte leiten
das Bittgebet, da stand's
um die Benennung kraus,
denn immer wurde ihm
nur «Frauchen Wuh» daraus.
Der Abt, beim Trommelschlag
so eifrig wie es Regel,
benutzte irrtümlich
des Jüngers Hand als Schlegel.
Ein Priesterneuling kam
aus Rand und Band und Fug,
so daß er blindlings los
im Trommeltakte schlug

auf eines Bonzen Haupt
statt auf des Gonges Glocke,
und er verletzte ihn
mit seinem Klöppelstocke.
Was durch Kasteiung schon
errungen schien so klar,
mit einem Schlage jetzt
doch ganz vernichtet war.
Auch den Standhaftesten,
zehntausend andern, allen
wär's anders nicht geschehn:
Sie wären umgefallen.

Goldlotos hatte Weihrauch vor Buddha verbrannt, ihre Unterschrift abgegeben und sich vor Buddha's Bild verneigt. Dann war sie wieder in die Stube gegangen, um dort wie vorher in Simen Tjing's Gesellschaft zu sein. Sie trug Wein und Fleischspeisen [16,f] auf und überließ sich nur dem Vergnügen. Simen Tjing wies die alte Wang an:

«Sollte es etwas zu tun geben, so handelt entsprechend nach Eurem Belieben! Laßt sie nicht mit ihrem lärmenden Ableiern zur sechsten Schwester kommen!»

«Ha, Ha!» lachte Frau Wang. «Macht Ihr Eheleutchen es Euch nur bequem und überlaßt mir altem Weibchen, alles mit den Kahlköpfen [16b] abzuwickeln!»

Nachdem die Mönche die herrliche, berückende Gestalt der Frau des großen Wuh zu Gesicht bekommen hatten, haftete der Eindruck lange in ihren Herzen. Um die Mittagszeit begaben sie sich zum Fastenmahle zurück in ihr Kloster. Goldlotos hielt unterdessen mit Simen Tjing in ihrem Zimmer ein richtiges Weingelage und machte sich Freude. Nun war ihr Schlafgemach von dem Raume, in dem die frommen Verrichtungen stattfanden, nur durch eine Bretterwand geschieden. Einer der Mönche, der als erster

Goldlotos dachte gar nicht daran, während der Seelenmesse keusch und enthaltsam zu sein.

zurückgekehrt war, trat unter das Fenster von Goldlotos Schlafzimmer, um sich dort in einem Waschbecken die Hände zu säubern. Plötzlich hörte er in Goldlotos Stube Rüttelgeräusch und wie man tief atmete, leicht stöhnte, etwas summend zu seufzen schien und ganz wie bei einem Schäferstündchen flüsterte. Alsbald verzichtete er auf das Händewaschen, blieb stehn und lauschte. Dabei hörte er Goldlotos keuchend rufen:

«Schatz, Schatz! Wie lange willst du denn noch machen! Ich fürchte, die Mönche kommen und hören es. Mach daß du schnell fertig wirst! Nimm Rücksicht auf mich!»

«Sei doch nicht so ängstlich! Ich will noch auf dem Ofendeckel eins abbrennen!» erwiderte Simen Tjing.

Das hatte nun unvermutet der Kahlkopf vernommen. War es nicht vergnüglich für ihn? Als dann bald darauf die Mönche vollzählig erschienen waren und den Andachtsdienst mit Flötenblasen und Schellenschlagen aufnahmen, erzählte es einer dem andern, bis es alle wußten, daß Goldlotos in ihrer Stube einen Mann bei sich habe. Unwillkürlich begannen sie sämtlich tänzelnde Handbewegungen zu machen und mit den Füßen zu trappeln. Als sich der Buddhadienst seinem Ende näherte und gegen Abend die Seelentafel mit den Opfergaben aus Papier hinausgetragen wurde, hatte Goldlotos ihre Kopftrauertracht schon wieder abgelegt und sich neu und bunt gekleidet. Sie stellte sich Schulter an Schulter mit Simen Tjing hinter den Türvorhang, um den Mönchen bei der Verbrennung von Seelentafel nebst Gestell zuzuschauen. Die alte Wang versprengte den Opfertrank, entflammte einen Anzünder und kam, um alsbald die Seelentafel zusammen mit dem Buddha-Bildnis in Brand zu setzen. Als die kahlköpfigen Schelme mit gleichgültigen Blicken hinter dem Türvorhang die Umrisse eines Mannes und

Goldlotos deutlich Schulter an Schulter stehen sahen, fiel ihnen jene am hellen Tage belauschte Geschichte ein. Sie schlugen nun blindlings los auf die Trommeln und bearbeiteten die Schellen ohne aufzuhören. Vom Winde wurde dem Abte die hohe Priesterhaube vom Kopfe geweht, so daß sie zur Erde fiel und sein dunkler, rundlicher Schädel unbedeckt war. Aber er ging sie nicht aufheben. Alle schlugen nur weiter die Schellen und trommelten und vollführten ein Gelächter. Die alte Wang rief laut:

«Meister! Alle Papieropfergaben sind doch längst verbrannt, warum wird denn immer noch weiter getrommelt und geschellt?»

«Auf dem Deckel des Papierofens ist noch etwas abzubrennen!» gab der Bonze zurück.

Als Simen Tjing dies hörte, wies er die alte Wang an, rasch den Mönchen ihr Almosen zu geben. Der Abt rief:

«Bittet die Hauptleidtragende heraus, damit wir uns bei ihr bedanken können!»

«Mütterchen, sagt nur, sie möchten davon absehen», bemerkte Goldlotos.

«So ist es schon besser, daß wir Rücksicht nehmen!» riefen die Mönche und zogen lachend ab.

Es traf richtig der Spruch zu: «Wände haben nun 'mal Ohren. Sollt' am Fenster niemand steh'n?» Auch paßt ein Gedicht hierher:

Ungewöhnlich verhielt sich
die Frau bei dem Tafelverbrennen;
konnt' doch ein Mönch an der Wand
unkeusche Laute erkennen.
Und wenn auch Frucht der Buddhaverehrung
ist Tilgung von Fehle,
Brächt' es dem Toten, könnt' alles er hören,
doch Marter der Seele.

9. KAPITEL

Mit Goldlotos Herr Simen Tjing
In Heimlichkeit die Eh' einging.
Es brachte, Irrtum hingegeben,
Wuh Sung den Boten Li ums Leben.

Dankbar ist sie dem Geliebten,
daß zur alten Lieb' er steht,
Immer zu behüten willig
treu ihr Putz- und Schmuckgerät.
Sollten Monde auch und Jahre
fort in weite Ferne treiben,
würden ihrer Neigung Spuren
dennoch unvertilgbar bleiben.
Fliegen möchten sie zusammen
wie ein zärtlich Schwalbenpaar,
oder wie nach alter Sage
bei den Vögeln Djän[76, a] es war.
Ihre Fingerglieder krümmend[49, g],
sorgsam rechnend sie erkunden
aus vergang'nen schönen Tagen
gern die Zahl der Liebesstunden.

Simen Tjing und Goldlotos Pan hatten also gemeinsam die Seelentafel des großen Wuh verbrennen lassen. Am folgenden Tage veranstaltete Simen Tjing ein Abschiedsessen für die alte Wang, übergab ihr Willkomm zur Pflege und beratschlagte mit ihr, wie man es anstellen könne, daß Wuh Sung nach seiner Rückkehr nicht erfahre, daß er Goldlotos geheiratet habe, erst dann sei alles in Ordnung. Frau Wang lachte:

«Dafür bin ich Alte ja noch da! Und wenn der Bursche Wuh Sung noch so ausforschend sein sollte,

Goldlotos wird in ihr künftiges Heim getragen.

ich habe schon meine Antworten für ihn bereit. Seid nur ganz beruhigt, Herr Oberrat!»

Simen Tjing war über diese Worte höchst erfreut und schenkte ihr zum Danke drei Unzen Silber. Noch an demselben Abend ließ er Goldlotos Kisten und Körbe nach seinem Hause schaffen. Es blieben nur etliche schadhafte Tische, gebrechliche Schemel und alte Kleidungsstücke zurück. Alles dieses gaben sie der alten Wang. Am nächsten Tag, dem Achten des Mondes, wurde Goldlotos in neuer schmucker Kleidung in ihr künftiges Heim getragen. Das geschah in einer Sänfte mit vier Laternen. Die alte Wang diente als begleitende Angehörige. Dai-an folgte der Sänfte als Diener. Die Leute der ganzen Straße, nah und fern, wußten ausnahmslos über die Geschichte genauesten Bescheid; doch alle fürchteten Simen Tjing's Geld und Einfluß und wagten es deshalb nicht, sich einzumischen. Sie verfaßten nur ein zweistrophiges Gedichtchen, das recht zutreffend ausfiel:

Recht zum Gespött wird Simen Tjing,
schamlos ist er, und nicht gering!
Erst brach die fremde Ehe er;
Jetzt freit die Frau er hinterher.

Um seinen Ruf sieht's schändlich aus.
Nun geht die Sänfte in sein Haus:
Das sittenlose Weib sitzt drin;
nach folgt die alte Kupplerin.

Nachdem Simen Tjing Goldlotos auch zur Frau genommen, sie feierlich eingeholt hatte und sie zu Hause auf seinem Grundstück angekommen war, ließ er im doppelgeschossigen Gartenhause als Wohnung für sie die unteren drei Kammern herrichten. Nur ein einziges Ecktürchen bildete den Zugang. Auf dem Hofe waren blühende Topfpflanzen, zu zierlichen Formen gebunden, aufgestellt. Ganz selten kam tagsüber jemand zu der Stelle. Es war ein Plätzchen, das im höchsten Maße abgesondert für sich allein gelegen war. Die eine Hälfte der Räumlichkeiten diente als Empfangsgemach, die andere Schlafstubenzwecken. Simen Tjing ließ sechzehn Unzen Silber springen und kaufte dafür ein schwarzlackiertes, goldbemaltes Himmelbett mit tief roten, seidenen, goldgefaßten Bettvorhängen, einen mit wertvollen Elfenbein-Schnitzereien verzierten Ankleidetisch, Stühle und brokatene Kissen. Alles ließ er schön und ordentlich aufstellen. Von den beiden Dienerinnen, die seiner Hauptfrau Mondtraut aufwarteten und von denen die eine Schlehenblüte, die andere Jadeflöte hieß, übertrug er Schlehenblüte die Dienstleistung in Goldlotos Räumen und ordnete an, daß sie sich künftig Goldlotos zur Verfügung zu halten und sie Herrin zu nennen habe. Für Frau Mondtraut kaufte er als Ersatz gegen fünf Unzen Silber eine junge Magd namens Edelsteinchen und als Küchenmagd für Goldlotos um sechs Unzen Herbstaster. Goldlotos wurde der Reihenfolge nach die fünfte Gattin; denn die Zofe, die seiner verstorbenen ersten Frau, der geborenen Tschen, in die Ehe gefolgt war, namens Schneeholdchen Sun, die jetzt etwa zwanzig Jahre alt und eine Schönheit von gedrungener Gestalt war, hatte von ihm die Erlaubnis erhalten, ihr Haar aufgeknotet zu tragen, und war seine vierte Frau geworden, so daß Goldlotos nun die fünfte wurde.

Doch zurück von dem Nebensächlichen zur Haupthandlung! Nach der Vermählung mit Goldlotos und ihrem Umzuge zu ihm verbrachte Simen Tjing die Nacht bei ihr und fühlte sich so wohl wie ein Fisch im Wasser; unnötig dies zu schildern. Am anderen Morgen kämmte und schmückte sich Goldlotos und warf sich beim Anziehen in besonders geschmackvolle

Kleidung. Nachdem ihr Schlehenblüte in Ehrerbietung mit beiden Händen Tee gereicht hatte, begab sie sich zu den Räumen der Hauptgattin, Frau Mondtraut, um ihr ihre Aufwartung zu machen und sie und die Nebenfrauen bei der Begrüßung mit Schuhen zu beschenken[35,b]. Frau Mondtraut hatte den Ehrenplatz inne und musterte Goldlotos: An Jahren nicht über fünfundzwanzig und ganz außerordentlich prächtig gestaltet.

Blättchen gleich von Frühlingsweiden
waren ihrer Augen Brauen,
drückten aus Verliebtheits-Leiden
sinnenfreudig mannigfalt.
Wie zur Zeit des Monds, des dritten,
Pfirsichblüten sind zu schauen,
war ihr Antlitz, wohlgeschnitten,
von verführender Gewalt.
Ihrer Hüften Reiz gewinnen,
der geschmeidig gurt-umstrebten,
konnten selbst nicht Tänzerinnen
wie in träger Lässigkeit.
Und dem leicht gewölbten Munde,
dem's wie Sandelduft entströmte,
flogen Bienen zu im Bunde
mit den Faltern närrisch weit.
Ihre Prachtgestalt, verschönet
noch durch Anmut, so berückte,
als ob eine Blüte tönet
und mit Menschenworten spricht.
Ihr Gesicht, das duftig feine,
durch Zurückhaltung beglückte,
Gleich als wenn aus edlem Steine
vollends Wohlgeruch noch bricht.

Frau Mondtraut betrachtete sie vom Kopfe bis zum Fuße. Alles an ihr deutete auf Leichtlebigkeit hin.

Dann wieder musterte sie sie vom Fuße bis zum Kopf: Überall nur Ausgelassenheit. Ihre Lebenslust war wie eine helle Perle, die auf einem Kristallteller rollt; ihre Haltung war anziehend wie im klaren Mondschein ein Zweig, mit roten Aprikosen behangen. Während Frau Mondtraut Goldlotos eine Weile lang so betrachtete, äußerte sie keinen Laut und dachte nur bei sich: Jedesmal, wenn die Dienerjungen heimkamen, haben sie nur davon geschwärmt, wie hübsch die Frau des großen Wuh sei. Bisher hatte ich sie ja nicht zu Gesichte bekommen; doch ich hatte kaum erwartet, daß sie eine solche Schönheit ist. Kein Wunder, daß mein Gebieter sich in sie verliebt hat.

Goldlotos warf sich zunächst vor Frau Mondtraut aufs Antlitz. Dann überreichte sie ihr ein Paar Schuhe. Frau Mondtraut nahm ihre viermalige Ehrfurchtsbezeugung entgegen. Erst hierauf begrüßte Goldlotos der Reihe nach Holdchen Li, Jadeturm Meng und Schneeholdchen Sun, und zwar in der Weise, wie es unter gleichgestellten Frauen üblich ist. Sie trat dann zur Seite. Frau Mondtraut ließ durch eine Dienerin etwas zum Sitzen holen und hieß Goldlotos Platz nehmen. Sie wies die Zofen und Frauen an, zu Goldlotos fünfte Gemahlin zu sagen. Während Goldlotos an der Seite saß, prüfte sie verstohlen, ohne nur ihre Augen zu bewegen, alle Personen:

Frau Mondtraut mochte siebenundzwanzig Jahre alt sein. Ihr Antlitz glich einer silbernen Schale; ihre Augen waren wie Mandelkerne, in ihrem Verhalten war sie sanft, hielt sich ernst zurück und war schweigsam. Die zweite, Holdchen Li, eine Sängerin aus dem Vergnügungsviertel, mit wohlgenährter Haut und Körperlichkeit, hatte einen Körper von stattlichem Gewichte. Obwohl sie zu den namhafteren Hetären hätte gezählt werden können, reichte sie hinsichtlich Sinnlichkeit doch bei weitem nicht an Goldlotos heran.

Die dritte war die erst kürzlich geheiratete Jadeturm Meng im Alter von etwa dreißig Jahren mit Gesichtszügen wie eine Birnblüte, mit Hüften wie eine Pappel oder ein Weidenstämmchen, mit stattlichem, schmiegsamem Körper, der Antlitzform eines Melonenkerns und mit einigen wenigen winzigen Pockennarben im Antlitze, die zu ihrer natürlichen Schönheit gehörten. Unter ihrem Rocke verbargen sich zwei Füßchen, die in ihrer Zierlichkeit sich von denen Goldlotos nicht unterschieden. Die vierte, Schneeholdchen Sun, war ursprünglich Zofe gewesen. Sie hatte einen gedrungenen, nicht zu vollen Körper. Sie konnte mancherlei Gerichte kochen und war vorzüglich gewandt im Gaukelspiele mit bunten Tellern. In einem Zuge hatte Goldlotos alle diese Frauen in ihrem Wesen erkannt und durchschaut.

Nach drei Tagen stand sie fortan in aller Morgenfrühe auf und begab sich zu Frau Mondtraut, um für sie Nadelarbeiten zu machen oder Schuhe zu fertigen. Alles, auch das, was man ihr gar nicht aufzutragen gedachte, nahm sie aus eigenem Antriebe in die Hand. Sogar zu dem, was sie nicht anzurühren nötig hatte, drängte sie sich förmlich. Sie erteilte den Zofen Weisungen und sprach in Gegenwart der Frau Mondtraut bei jedem Satze und jedem Worte nur immer von der Hauptgemahlin. Auch verstand sie es, durch kleine Aufmerksamkeiten und Gefälligkeiten Frau Mondtraut über alle Maßen zu erfreuen, so daß diese sie bald sechste Schwester nannte, ihr aus ihren Kleidervorräten und von ihren Schmucksachen auswählte, was sie am meisten liebte, und sie damit beschenkte. Bei Mahlzeiten und beim Tee waren sie immer beieinander. Holdchen Li und die anderen aber meinten, daß sich Frau Mondtraut unrichtig in der Rangbewertung verhalte, und erklärten ärgerlich und entrüstet hinter ihrem Rücken immer wieder: Wir sind die Alten und kommen nicht zu unserem Rechte. Wann ist sie denn gekommen, daß sie nun so bevorzugt wird? Unsere Herrin hat keine Ahnung von dem, was Rangordnung bedeutet.

Simen Tjing blieb nach der Vermählung mit Goldlotos und ihrer Heimführung eine Zeitlang in seinem großen Anwesen und legte Sorgfalt auf Kleidung und Kopftracht. Beide, Goldlotos und er, standen hinsichtlich Frauenschönheit und männlicher Stattlichkeit gerade im Höhepunkte der herrlichsten Lebensjahre. Sie waren in allem wie aneinander geleimt und -gekittet und richteten sich nach einander und kamen sich in allem entgegen. Täglich durchkosteten sie alle Lust und Sinnlichkeit. Aber lassen wir darüber die Haupthandlung nicht aus dem Auge!

Wuh Sung war im ersten Zehnt des achten Mondes in der Kreisstadt Klarenfluß eingetroffen. Er hatte sich zunächst zum Kreisamt aufgemacht und dort den Antwortbrief abgegeben. Der Landrat las den Brief und war hoch erfreut; denn er entnahm aus ihm, daß das Gold und die anderen Kostbarkeiten mit der Ablieferung richtig angekommen waren. Er beschenkte Wuh Sung mit zehn Unzen Silber und bewirtete ihn mit einem Mahle mit Wein; unnötig, das näher auszumalen. Als Wuh Sung in seine Unterkunftsstelle zurückgekehrt war, wechselte er Kleider, Strümpfe und Schuhe und band ein neues Kopftuch auf. Seine Zimmertüre schloß er ab und begab sich direkt zur Rotensteinstraße. Die Nachbarn und Anwohner zu beiden Seiten der Straße waren beim Anblicke des heimgekehrten Wuh Sung bestürzt. Sie krampften die Hände zusammen, bis diese schwitzten, und meinten: Nun gibt es eine Familienkatastrophe. Unheil droht. Der Planet Jupiter[43,g] ist wieder erschienen. Wie könnte man da etwas beilegen wollen!

Wuh Sung trat an das Tor der Behausung seines Bruders, hob den Vorhang empor und tastete sich hinein. Er sah die kleine Willkomm unter dem Wandelgange des oberen Stockwerkes Garn zwirnen. Er rief laut: «Bruder!» – Keine Antwort. Er rief: «Schwägerin!» – Auch keine Antwort. «Ich bin doch nicht taub geworden», sagte er. «Wie kommt es, daß ich weder einen Laut von meinem Bruder noch von meiner Schwägerin höre?» Er trat vor und befragte Willkomm. Als diese ihren Oheim hatte kommen sehen, war sie so erschrocken, daß sie keinen Ton von sich zu geben wagte. Wuh Sung fragte: «Wohin sind dein Vater und deine Mutter gegangen?»

Willkomm weinte nur und gab keine Antwort. Während er noch Fragen an sie richtete, hatte die Nachbarin, Frau Wang, zu hören bekommen, der junge Wuh sei zurückgekehrt. Besorgt, er möchte zu einem ungünstigen Urteile kommen, begab sie sich eiligst hinüber. Als Wuh die alte Wang herüberkommen sah, grüßte er sie und erkundigte sich:

«Wo ist mein Bruder hingegangen? Wie kommt es, daß meine Schwägerin sich nicht zeigt?»

«Herr Bruder, nehmt bitte Platz!» antwortete Frau Wang. «Ich will es Euch sagen. Nachdem Ihr fortgegangen waret, befiel Euren Bruder im vierten Monde eine dumme Krankheit, und an ihr ist er gestorben.»

Wuh Sung forschte, wann sein Bruder im vierten Monde gestorben sei, an welchem Leiden und was für eine Arznei er eingenommen habe.

«Euer Bruder ist ganz plötzlich am Zwanzigsten des vierten Mondes von schweren Herzschmerzen befallen worden. Er hat acht bis neun Tage krank darniedergelegen. Was ist nicht an Geisterbeschwörung und Orakelbefragung versucht worden! Eine Arznei hat er nicht zu sich genommen. Ärzte vermochten ihm nicht zu helfen, und so ist er verschieden.»

«Mein Bruder hat doch früher nie an solchen Krankheitserscheinungen gelitten», meinte Wuh Sung. «Wie ist er denn nur zu den Herzbeschwerden gekommen und gestorben?»

«Herr Polizeihauptmann, wie könnt Ihr nur so sprechen?» erklärte die Alte.

«Unbestimmbar, wie der Himmel
es mit Wind und Wolken treibt,
so vom Morgen bis zum Abend
Menschenglück und -unglück bleibt.
Hat zur Nacht man von den Füßen
Schuh' und Strümpfe abgetan,
Weiß doch niemand, ob wenn's hell wird,
man sie wieder anzieh'n kann.

Wer vermag dafür zu bürgen, daß niemals etwas vorfällt?»

Wuh Sung erkundigte sich nun, wo sein Bruder begraben worden sei.

«Als es nun einmal mit Eurem Bruder zu Ende gegangen war», erzählte Frau Wang, «befand sich auch nicht ein Kupferling im Hause. Seine Frau, Eure Schwägerin, war wie eine Krabbe ohne Beine. Wo sollte man einen Begräbnisplatz suchen gehn? Der Unterstützung eines wohlhabenden Gönners aus der Nachbarschaft, mit dem Euer Bruder lange Zeit hindurch Geschäfte gemacht hatte, ist ein Sarg zu danken gewesen, sonst wäre keine Möglichkeit gewesen, den Verstorbenen hineinzubetten. Drei Tage vergingen, dann wurde er zur Feuerbestattung hinausgeschafft.»

«Wo ist denn meine Schwägerin geblieben?»

«Sie war eine junge, hübsche Frau und hatte nun keinen Ernährer mehr!» gab Frau Wang zur Antwort. «In ihren Lebensverhältnissen geriet alles in Unordnung, und als die hundert Tage der Trauerzeit um waren, hat sie sich auf die Mahnungen ihrer Mutter hin an einen Herrn aus der Reichshauptstadt nach außerhalb wieder verheiratet. Dieses Dummerchen von Kind hat sie mir zurückgelassen, um es statt ihrer aufzuziehen. Ich habe nur gewartet, daß Ihr zurückkommt, um Euch das Kind übergeben zu können. Damit möchte ich die ganze Geschichte für mich erledigt sein lassen.»

Wuh Sung verfiel nach dieser Mitteilung in tiefes, langes, langes Sinnen, dann verließ er die alte Wang und ging zum Haustore hinaus. Er begab sich direkt zu seiner Unterkunftsstelle am Kreisamte, schloß dort die Tür auf und trat ein. Er legte weiße Trauerkleidung an und ließ sich durch Ortswehr-Mannschaften auf der Straße Hanfband kaufen, auch baumwollene Strümpfe und einen Trauerhut, den er tragen wollte. Er kaufte dann weiter Früchte, Süßigkeiten, Räucherkerzen, Opfergegenstände, Gold- und Silberbarren aus Papier und ähnliches und begab sich damit zum Hause seines Bruders. Hier stellte er eine neue Seelentafel für ihn auf, bereitete Suppe und Reisspeise zu und setzte sie davor. Dann zündete er Weihrauchkerzen an, deckte zum Mahle und hißte die papierene Totenfahne[54,c]. Als alles ordnungsgemäß verrichtet worden war, mochte etwa die Zeit der ersten Nachtwache vorüber sein. Mit dem Weihrauch in den Händen verneigte Wuh Sung sich zur Verehrung des Toten und sprach:

«Bruder, deine Seele weilt nicht fern. Als du noch auf Erden wandeltest, warst du schwach. Nun bist du tot. Ich kann nicht über alles Klarheit erlangen. Wenn du Unrecht leiden, Kränkung erfahren und von jemand Leibesschaden hast über dich ergehn lassen müssen, so offenbare es mir, deinem Bruder, im Traum[44,1], damit ich an deiner Statt Vergeltung üben und Rache nehmen kann!» Hierauf brachte er dem

Toten das Weinopfer dar, indem er etwas vom Weine versprengte, und verbrannte die aus Papier geformten Opfergebilde, und nun gab Wuh Sung seinen Empfindungen mit lautem Wehklagen so Ausdruck, daß schließlich die Menschen auf der ganzen Straße in die Totenklage mit einstimmten. Es gab niemand in der Nachbarschaft, der nicht auch Schmerz und Zorn empfunden hätte. Nach der Totenklage verzehrte Wuh Sung gemeinsam mit den Wehrleuten und mit Willkomm Suppe, Reis, Wein und die andern Speisen. Er hatte zwei Matten beschafft. Die Mannschaften hieß er außerhalb der Stube auf der rückwärtigen Seite des Hauses schlafen und Willkomm im Zimmer. Er selbst begab sich mit seiner Matte vor den Tisch, auf dem die Seelentafel des Bruders stand, um zu schlafen. Bis kurz vor Mitternacht warf er sich fortwährend hin und her. Er vermochte keinen Schlaf zu finden, obwohl er sich bemühte. Der seelische Druck zwang ihn zu dauerndem Seufzen. Die Wehrleute schnarchten unterdessen laut und lagen ausgestreckt, ohne sich zu rühren, wie leblos da. Als Wuh Sung sich zusammenraffte, im Begriffe, sich zu erheben, fiel sein Blick auf das Tischchen mit der Seelentafel. Die glasierte Lampe darauf brannte nur matt und drohte fast zu erlöschen. Auf seiner Matte sitzend, sagte er zu sich selbst: Mein Bruder war zu Lebzeiten sehr schwach. Nun ist er tot; hinterher aber ist keine Klarheit zu gewinnen. Er hatte das noch nicht zu Ende gesprochen, da ward er gewahr, daß ein kalter Windstoß unter dem Tische hervorwirbelte, auf dem die Seelentafel stand:

Keine Gestalt war zu sehn,
auch nichts von Schattengebilden,
weder Nebel noch Dunst.
Doch es war in dem Wirbel, dem wilden,

seltsam durchbohrender Hauch,
der Todeskälte mitführte,
Fleisch und Knochen durchdrang
und die Muskeln wie eisig berührte.
Trübe war alles und dunkel.
Der Lampe Helligkeit stockte
Dort vor der Seelentafel,
wo düstere Finsternis hockte.
Aber das Opferpapiergeld
flog wirbelnd empor zu der Decke,
allenthalben zerstreut.
Im geheimnisvollen Verstecke
war auch der Geist des Mannes,
dem Gift man hatte geboten,
flatternd im Wirbelstoß mit:
Die Schattenseele des Toten.

Der kalte Windstoß packte Wuh Sung, so daß sich ihm alle Haare sträubten. Als er hinstarrte, nahm er etwas wie einen Menschen wahr, der unter dem Tische hervorzukriechen im Begriffe stand und ausrief: Bruder, ich mußte sehr qualvoll sterben. Wuh Sung konnte nichts genau erkennen, aber als er sich vorbeugte, um zu fragen, war der kalte Windhauch verweht und kein Mensch zu sehen. Wuh Sung glitt zurück, setzte sich dann wieder auf der Matte zurecht, versuchte nachzudenken und sagte: Sonderbar! Ach! Als ob ich träumte! – Oder träumte ich nicht? – Gerade wollte doch eben mein Bruder mir Gewisses sagen, da habe ich ihn durch meinen unruhigen Geist verscheucht. Mir kommt die Vermutung, daß sein Tod unbedingt lichtscheuer Art war. Er horchte auf die Schläge des Nachtwächters. Sie kündeten gerade Mitternacht an. Wuh Sung wandte sich um und schaute nach den Soldaten. Die schliefen fest. Es ergab sich für ihn, wehe! nichts Erfreuliches. So wartete er, daß es tage, um dann mit der Sache sich weiter zu befassen.

Nach und nach kam die fünfte Nachtwache heran, die Hähne krähten. Im Osten breitete sich Helligkeit aus. Die Ortswehrleute erhoben sich und bereiteten heißes Wasser. Wuh Sung wusch und reinigte sich, hieß Willkomm auf das Haus achten und zog dann mit der Ortswehrmannschaft ab. Auf der Straße erkundigte er sich bei den Anwohnern und Nachbarn, wie sein Bruder ums Leben gekommen sei und wen seine Schwägerin geheiratet habe. Doch wiewohl die Nachbarn und Anwohner den ganzen Sachverhalt genau kannten, bangten sie vor Simen Tjing und wollten sich deshalb nicht einmischen. Sie sagten nur übereinstimmend:

«Herr Hauptmann, Ihr braucht Euch doch nicht so viel umzuhören. Die alte Wang wohnt ja ganz dicht nebenan; befragt sie, und Ihr wißt alles!»

Es gab auch Klatschmäuler, die erzählten:

«Der Streiterjunge, der Birnen verkauft hat, und der Leiter des Bestattungswesens, der neunte Ho, wissen bestens alle näheren Einzelheiten.»

So machte sich denn Wuh Sung schließlich daran, auf Straßen und Plätzen nach dem Streiterjungen zu suchen, und stieß auch auf den kleinen Affen, der mit einem Weidenkörbchen und Säckchen in der Hand gerade vom Reiseinkauf zurückkam. Wuh Sung rief ihn an:

«Hallo, junger Freund!»

Als der kleine Bursche gewahr geworden war, daß Wuh Sung ihn angesprochen hatte, antwortete er:

«Herr Hauptmann Wuh, Ihr seid ein wenig zu spät gekommen. Ich kann mich für Euch nicht einsetzen. Das ist so eine Sache. Mein alter Vater ist sechzig und hat niemand, der ihn betreut und unterstützt. Ich kann Euch deshalb beim Prozessieren nicht helfen.»

«Mein bester Junge, komm einmal mit mir!» sagte Wuh Sung. Er führte ihn dann in das Erkerstübchen eines Speisehauses. Er hieß den Geschäftsinhaber zwei Portionen Essen zubereiten und bringen. Dann sprach er zu dem Streiterjungen: «Mein Freund, du bist zwar noch jung an Jahren, aber du läßt dich doch schon von der sittlichen Pflicht leiten, für deine Familie zu sorgen. Ich habe leider nicht viel bei mir.» Dabei tastete er fünf Unzen Bruchsilber heraus und gab sie dem Streiterjungen mit dem Bemerken: «Nimm es nur als Zehrgeld für deinen betagten Vater! Wenn die ganze Geschichte erledigt ist, werde ich dir noch zehn und mehr Unzen Silber als Geschäftsgrundstock geben. Nun berichte mir aber auch einmal ganz ausführlich, mit wem mein Bruder aneinander geraten ist und wer ihn auf dem Gewissen hat, ferner wessen Frau meine Schwägerin geworden ist. Erzähle mir alles bis ins kleinste! Verheimliche mir nichts!»

Während der Streiterjunge das Silber mit einer Hand an sich nahm, dachte er bei sich: Das Silber deckt den Lebensunterhalt für meinen alten Vater auf vier bis fünf Monate. Wenn ich ihm bei seinem Prozesse helfe, so schadet das nichts mehr. So sagte er: «Herr Wuh, also hört, was ich Euch berichten kann! Werdet aber nicht ärgerlich!» Anschließend erzählte er, wie er, um Birnen zu verkaufen, Simen Tjing gesucht habe, darauf von der alten Wang verprügelt und nicht eingelassen worden sei, wie er dann dem großen Wuh habe helfen wollen, das Ehebrecherpaar zu fassen, der große Wuh dabei aber von Simen Tjing einen Tritt erhalten habe. Er sei einige Tage herzleidend gewesen. Man wisse nicht, wie er gestorben sei. Als der Streiterjunge die ganze Geschichte von Anfang bis zu Ende mit allem Drum und Dran genau erzählt und Wuh Sung sie vernommen hatte, fragte dieser:

«Ist, was du gesagt hast, auch die Wahrheit?» Er erkundigte sich weiter, an wen sich seine Schwägerin verheiratet habe.

«Eure Schwägerin hat sich von Simen Tjing in sein Haus einholen lassen. Aber wenn ich bis auf den Grund durchstoße und Ihr als Erwiderung noch fragt, ob es wahr sei, so ist alles umsonst.»

«Rede nicht blind darauf los!» bemerkte Wuh Sung.

«Auch vor der Behörde würde ich nur das Gleiche aussagen können», beteuerte der Streiterjunge.

«Mein Junge, so mag es denn Geltung haben», erklärte Wuh Sung. Er rief nach dem Essen. Als sie ihr Mahl beendet hatten, bezahlte er beide Portionen. Als sie von dem Erkerstübchen herunterkamen, schärfte er dem Streiterjungen ein, er solle sich nach Hause begeben und seinem Vater das Zehrgeld aushändigen. Morgen aber in aller Frühe solle er zum Kreisamte kommen, um dort als Zeuge zu dienen. Er erkundigte sich dann noch bei ihm nach der Wohnung des neunten Ho.

«Wie wollt Ihr den jetzt noch finden?» bemerkte der Streiterjunge. «Er ist vor drei Tagen, als er hörte, daß Ihr zurückgekommen seid, unbekannt wohin, verzogen.»

Wuh Sung ließ hierauf den Streiterjungen heimgehen.

Früh am anderen Morgen erhob er sich, ließ sich zunächst von dem Lehrer Tschen eine Anklageschrift anfertigen und begab sich dann zum Kreisamte. Hier wartete der Streiterjunge bereits. Wuh Sung eilte stracks in den Amtssaal und kniete nieder, um seine Beschwerde vorzutragen. Als der Landrat ihn bemerkt und erkannt hatte, erkundigte er sich:

«Was hast du vorzubringen und worüber beschwerst du dich?»

«Mein älterer Bruder, der große Wuh, hat von dem anmaßend lasterhaften Simen Tjing, der mit meiner Schwägerin, einer geborenen Pan, buhlte, einen Fußtritt in die Herzgrube bekommen und ist auf Anstiften der alten Wang ums Leben gebracht worden. Der neunte Ho hat ihn vertuschend eingesargt. Die Leiche ist verbrannt worden. Simen Tjing hat sich jetzt angemaßt, meine Schwägerin als Nebenfrau in sein Haus einzuholen. Der hier erschienene kleine Bursche, der Streiterjunge, ist mein Zeuge. Ich blicke flehend zu Euer Gnaden auf mit der Bitte, die Angelegenheit in die Hand zu nehmen und überreiche deshalb die Anklageschrift.»

Der Landrat nahm sie entgegen und erkundigte sich, warum der neunte Ho nicht zur Stelle sei. Wuh Sung bemerkte:

«Der neunte Ho kennt meinen Charakter und ist mir aus dem Wege gegangen, man weiß nicht wohin.»

Der Landrat stellte einige ausgewählte Fragen an den Streiterjungen und zog sich sodann aus dem Amtssaale zurück, um sich mit seinen Beisitzern zu beraten.

Der Landrat, sein Stellvertreter, der Leiter des Archivs und der Bezirksgefängnisvorsteher standen aufs stärkste unter Simen Tjing's Einfluß. Alle vertraten deshalb im Einvernehmen miteinander bei der Beratung die Ansicht, daß ein Verfahren nicht eröffnet werden könne. Der Landrat kam daraufhin wieder heraus und rief Wuh Sung vor:

«Du bist doch auch Polizeihauptmann in unserem Bezirke. Warum ersparst du uns nicht Verfahrensmaßnahmen? Es heißt doch seit alters: Bei Ehebruch führ' vor das Paar! Tötung wird durch Verletzung klar. Deines Bruders Leichnam ist nun nicht mehr vorhanden. Die Ehebrecher hast du auch wiederum nicht festgenommen. Du verläßt dich jetzt einzig und allein auf die Mitteilungen dieses kleinen Burschen. Muß ich nicht in einem Verfahren wegen Mordes gerecht und ganz unparteiisch sein? Du sollst nichts überstürzen, sondern dir selbst alles überlegen und bedenken.»

«Was Euer Gnaden von meiner Wenigkeit unterbreitet worden ist, sind sämtlich Tatsachen. Nichts ist von mir zurecht gemacht worden oder erfunden», antwortete Wuh Sung. «Ich möchte nur, daß Euer Gnaden Simen Tjing, die geborene Pan, meine Schwägerin, und die alte Wang festnehmen und hier in der Amtshalle einem scharfen Verhör unterziehen, dann wird sich ihr Unrecht herausstellen. Sollte ich leere Gerüchte vorgebracht haben, so bin ich gern bereit, dafür jede Strafe willig auf mich zu nehmen.»

«Steh zunächst auf! Ich will die Sache erneut überdenken und, wenn es möglich ist, die Leute für dich festnehmen», erklärte der Landrat.

Da erst erhob sich Wuh Sung und entfernte sich. Den Streiterjungen behielt er bei sich im Hause und ließ ihn nicht heimkehren.

Die ganze Geschichte wurde natürlich ehestens Simen Tjing hinterbracht. Er war bestürzt ob der Nachricht, rief eiligst seine vertrauten Diener Lai-bau und Lai-wang herbei, hieß sie Silber zu sich stecken und noch in der gleichen Nacht die Hörigkeit aller Mandarine erkaufen. Als Wuh Sung in aller Frühe des nächsten Morgens in der Amtshalle erschien in der Hoffnung, der Landrat werde zufolge seiner Eingabe die Festnahme der Schuldigen angeordnet haben, hatte der Landrat – wer hätte das gedacht? – sich bestechen lassen, seine Anklage abgewiesen und sprach nun zu ihm:

«Wuh Sung, höre nicht auf fremder Leute Herumträgerei, um dich mit Simen Tjing zu verfeinden! Die Sache ermangelt zu sehr der Klarheit, als daß ein

Verfahren daraufhin eingeleitet werden könnte. Schon einer unserer Weisen hat gesagt:

Was man mit eignen Augen sah,
ist oft nicht wirklich wahr.
Wie soll Gerücht aus fremdem Mund
die Wahrheit machen klar?

Handle nicht so überstürzt!»

Die anwesenden Mitarbeiter fielen auch noch ein: «Hauptmann Wuh, Ihr arbeitet doch selbst im Amt und solltet die Verfahrensvorschriften kennen. Bei allen Mordprozessen muß Fünferlei, nämlich Leiche, Verletzungen, Krankheitsformen, Werkzeuge und Spuren vorliegen, um eine Untersuchung einleiten zu können. Eures Bruders Leichnam ist nun nicht mehr da. Wie sollte man unter diesen Umständen etwas verfolgen?»

«Und redet Ihr beliebig viel, ich kann doch das meinem Bruder zugefügte Unrecht unter keinen Umständen ungesühnt lassen», erklärte Wuh Sung. «Wenn Seine Gnaden die Untersuchung auf meine Anklage hin nicht eröffnen, so habe ich dennoch recht.» Er nahm damit seine Eingabe wieder an sich, verließ den Amtssaal und begab sich zu seiner Unterkunftsstelle. Hier ließ er den Streiterjungen wieder nach Hause gehn. Zum Himmel aufblickend, seufzte er unbewußt tief auf, biß knirschend die Zähne zusammen und schimpfte unaufhörlich: «Hurenweib! Wie weit bin ich, Wuh Sung, denn überhaupt noch ein Kerl! Wie tilge ich auf das Allergründlichste diese stinkende Schmach?» Er ging dann geradewegs bis zu Simen Tjing's Drogenhandlung auf der Suche nach ihm, um ihn niederzuschlagen.

Gerade hatte der Geschäftsführer Fu den Laden geöffnet und stand hinter dem Ladentisch. Da sah er den zweiten Wuh wie ein reißendes Tier hereinkommen. Dieser fragte:

«Ist dein Oberrat zu Hause?»

Der Geschäftsführer Fu erkannte Wuh Sung und sagte deshalb nur: «Er ist ausgegangen. Was habt Ihr denn zu bestellen, Herr Hauptmann?»

«Bitte, kommt einmal etwas hervor! Ich habe etwas mitzuteilen», antwortete Wuh Sung.

Fu wagte nicht, diese Aufforderung unbeachtet zu lassen. Darauf führte ihn Wuh Sung in eine entlegene Gasse. Dort änderte er seine Miene. Er packte Fu am Kragen und mit unheimlich rollenden Augen rief er aus:

«Willst du sterben, oder ist dir dein Leben lieb?»

«Herr Hauptmann, ich schätze Euch so hoch», stammelte Fu. «Meine Wenigkeit hat Euch doch gar nicht beleidigt. Warum seid Ihr so zornig, Herr Hauptmann?»

«Wenn du sterben willst», rief Wuh Sung, «so brauchst du nichts zu sagen, wenn dir aber dein Leben lieb ist, so teile mir der Wahrheit gemäß mit, wo jetzt der Bursche Simen Tjing steckt und seit wann er meine Schwägerin als Frau zu sich genommen hat! Sagst du mir alles bis ins einzelne, so will ich es gut sein lassen.»

Kleinmütig, wie Fu war, zitterte er bei Wuh Sung's Aufwallung vor Schreck an Händen und Füßen:

«Herr Hauptmann, mäßigt doch Euren Zorn! Ich bin ja nur ein schlichter Angestellter mit einem Lohne von zwei Unzen Silber im Monat und bin nur für diesen Laden verpflichtet. Über seine Familienangelegenheiten weiß ich gar nichts. Der Oberrat ist selbst nicht daheim. Er ist eben mit einem Bekannten in das große Weinhaus der Löwenstraße zu einem Trunk im oberen Erker gegangen. Meine Wenigkeit darf es sich doch gar nicht erlauben, die Unwahrheit zu sagen.»

Wuh Sung ließ ihn auf diese Erklärung hin los, um mit Riesenschritten nach der Löwenstraße zu stürmen, und, während der eingeschüchterte Geschäftsleiter Fu noch eine ganze Weile keinen Fuß zu rühren wagte, gelangte er geradewegs bis zur Weinstube unterhalb der Brücke in der Löwenstraße. Hier saß Simen Tjing gerade mit dem Behördenangestellten, dem sogenannten «Botschafter» Li, im Turmstübchen beim Weine.

Botschafter Li schnüffelte nämlich in Regierung und Kreisamt überall herum und lief hin und her, um Neuigkeiten zu ergattern und Geld herauszuschlagen. Sobald zwei Leute einen Rechtsstreit hatten, schmiedete er Ränke, bestach Beamte, arbeitete aber mit beiden Parteien und zog daraus seinen Vorteil. Im Kreise hatte man ihm deshalb den Spottnamen Botschafter Li gegeben. Als an jenem Tage Wuh Sung's Klage vom Landrat abgewiesen worden war, hatte er sich sofort mit dieser Nachricht zu Simen Tjing auf den Weg gemacht, um ihm die Kunde zu überbringen. Simen Tjing hatte ihn dafür höflich nach oben in ein Weinhaus zu einem Gelage gebeten und ihm fünf Unzen Silber geschenkt.

Gerade beim Zechen inmitten des lebhaften Getriebes blickte Simen Tjing ganz zufällig durch das Fenster des Turmstübchens auf die Straße hinab und sah Wuh Sung wie einen bösen Geist von der Brücke her direkt auf die Weinstube zustreben. Er sagte sich sofort, daß Wuh Sung's Erscheinen sicherlich nichts Gutes zu bedeuten habe, schrak unwillkürlich zusammen und wollte sich entfernen. Vom Turmstübchen konnte er nicht mehr rechtzeitig hinunterkommen, so begab er sich unter dem Vorwande, austreten zu müssen, in die hinteren Räume des Turmgeschosses, um zu entrinnen.

Als Wuh Sung die Weinstube erreicht hatte, erkundigte er sich beim Kellner, ob Simen Tjing da sei.

Jener antwortete ihm, Oberrat Simen trinke im Turmstübchen mit einem Bekannten Wein. Mit ausgreifenden Schritten und gerafftem Gewande stürmte Wuh Sung nach oben. Doch er fand dort Simen Tjing nicht, sondern nur einen Mann und neben ihm zwei gepuderte Gesangs-Dämchen sitzen. In dem Mann erkannte er den Kreisamtsangestellten Botschafter Li und wußte nun sofort, daß dieser Simen Tjing die Nachricht aus dem Amte zugetragen hatte. Ohne daß es ihm zum Bewußtsein kam, stieg in ihm hierüber Wut auf. Er trat näher, zeigte fest auf den Botschafter Li und schalt:

«Bursche, wo hast du Simen Tjing versteckt? Sag's sofort, wenn du dir eine Tracht Schläge ersparen willst!»

Botschafter Li war schon beim bloßen Anblicke des jungen Wuh wie gelähmt. Als dieser nun in bösem Ingrimm herandrängte und an ihn die Frage richtete, konnte er überhaupt keinen Laut von sich geben. Wuh Sung, der nur wahrnahm, daß er sich nicht sogleich äußerte, wurde noch zorniger. Er stieß mit dem Fuße den Tisch um, so daß Gläser und Teller zu Scherben zerbrachen und die beiden Schönen in Ohnmacht fielen. Botschafter Li sah die Lage ernst werden, riß sich gewaltsam zusammen und wollte eben vom Oberstocke nach unten fliehen, da riß ihn Wuh Sung zurück:

«Bursche, auf meine Fragen antwortest du nicht. Warte nur, bevor du dich trollst, sollst du erst noch meine Faust zu spüren bekommen! Ich will doch einmal sehen, ob du sprechen kannst oder nicht.» Augenblicklich sauste ein Faustschlag dem Botschafter Li ins Gesicht.

«Oh weh!» rief er trotz dem plötzlichen heftigen Schmerze. «Simen Tjing ist eben nach hinten austreten gegangen. Mich geht die Sache doch nichts an. Laßt mich doch meines Weges gehen!»

Als Wuh Sung das hörte, benutzte er kurzerhand die Lage, packte Li mit beiden Händen, stieß das Erkerfenster nach außen auf und stürzte ihn mit den Worten hinaus: «Du willst gehn? Spar' dir das Gehn!»

Mit dumpfem Aufprall fiel Li richtig mitten auf die Straße.

Wuh Sung eilte nun sofort nach hinten, um dort Simen Tjing zu suchen. Dieser hatte inzwischen gehört, wie jener vorn gewütet hatte. Innerlich wie zerschmettert, war er deshalb ohne Rücksichtnahme auf sein Leben mit einem Satze durch das rückwärtige Fenster des Obergeschosses glatt unterhalb der Ecke des Dachvorsprunges in den Hinterhof des Nachbarn gesprungen und entkommen. Da Wuh Sung in den hinteren Räumen des Oberstocks Simen Tjing nicht fand, meinte er, der Botschafter Li habe ihn belogen. Ungeduldig wandte er sich um und stürmte die Treppe hinab. Er konnte seinen Zorn nicht beherrschen und versetzte dem vom Sturze zwar schon halbtoten Botschafter Li, der lang ausgestreckt auf dem Erdboden lag, aber die Augen noch bewegte, zwei Fußtritte in die Schrittgegend des Unterleibes. Mit einem schwachen Aufschrei hörte Li auf zu atmen. Er war tot. Alle Leute sagten:

«Das ist doch der Behördenangestellte Li; inwiefern hat er Euch denn gekränkt, Hauptmann? Warum habt ihr ihn gleich totgeschlagen?»

Wuh Sung antwortete nur:

«Ich wollte eigentlich Simen Tjing verprügeln. Entgegen meiner Absicht bekam gerade dieser Bursche meinen Zorn zu fühlen. Er ist mit Simen Tjing auf gleicher Tour gewesen und mir dabei in die Hände geraten.»

Trotzdem der Blockvogt gesehen hatte, daß ein Menschenleben vernichtet worden war, wagte er

Der junge Wuh stürzt den Botschafter Li in rasender Wut hinunter auf die Straße.

nicht sogleich sich vor, um Wuh Sung zu verhaften. Er näherte sich nur ganz langsam, um ihn festzunehmen, ließ ihn dann aber nicht mehr los. Er führte ihn endlich gemeinsam mit dem Kellner Wang und den beiden gepuderten Dämchen namens Bau und Niu gefesselt ins Kreisamtsgebäude.

Der ganze Löwenstraßenzug war damals in lärmende Bewegung geraten, und auf allen Straßen und Gassen des Kreises Klarenfluß erörterten unzählbare Gruppen von Leuten das Ereignis. Man wußte nicht, daß Simen Tjing tatsächlich nicht umgekommen war, und behauptete im Gegenteil, der Oberrat Simen sei von Wuh Sung erschlagen worden.

Es traf hier richtig zu:

Herr Li hat den Genuß von Wein,
Der in Dschang's Kelterhaus gegoren [30,b]
Der neunte Dscheng muß Vater sein
dem Kinde, das Dscheng sechs geboren.

10. KAPITEL

Wie sich für's Recht einsetzt der Held,
Wird fort er nach Mengdschou verbannt.
Doch in der Malvenlaube fand
Genuß am Fest die Frauenwelt.

Während des Herbstvollmondfestes,[39, d]
wenn der kühle Wind weht sacht,
wenn sein Blütenkleid, sein bestes,
trägt der Eibisch voller Pracht,
um die Wette reich sich zieret
der Familie Frauenschar,
und gemeinsam man spazieret,
nimmt des Gartens Schönheit wahr.
Für die Vasen Zweig' und Blüten
pflückt man ab und steckt sie ein;
will man dann die Stuben hüten,
Freude macht Genuß von Wein!
Aller Kummer ist vergessen,
nach drei Gläschen man berauscht.
Beim Erwachen wird indessen
Schwermut wieder eingetauscht.

Wie erzählt, war Wuh Sung von dem Blockvogte verhaftet und in das Kreisamt gebracht worden, um dem Landrat vorgeführt zu werden. Davon ist nichts weiter zu erwähnen. Indessen hatte sich aber, wie beschrieben, Simen Tjing nach seinem Sprunge durch das Fenster des Turmstübchens im Gehöfte des Nachbargrundstückes kriechend und geduckt versteckt. Es war das Anwesen des alten Hu, der als Arzt praktizierte. Eine sehr beleibte Dienerin der Familie hatte sich gerade auf den Abort begeben, um einem Bedürfnisse nachzukommen, und eben ihr stattliches Gesäß niedergesenkt, als sie plötzlich einen Mann im Hofe geduckt sich nach vorn zu bewegen sah. Sie schrie laut: Ein Dieb! Ein Dieb! Aufgeregt kam der alte Hu herbeigeeilt, um nachzusehen. Er erkannte Simen Tjing und redete ihn an:

«Herr Oberrat, na, freut Euch nur, daß Wuh Sung Euch nicht gefunden hat! Den anderen hat er erschlagen. Der Blockvogt hat ihn nun festgenommen und dem Kreisamt eingeliefert. Das bringt ihm sicher die Todesstrafe ein. Geht nur heim, Herr Oberrat, und betrachtet den Vorfall als erledigt!»

Simen Tjing verabschiedete sich dankend von Hu und stolzierte nach Hause. Er erzählte alles ausführlich Goldlotos. Beide klatschten freudestrahlend in die Hände, scherzten und betrachteten sich als der gefährlichsten Lage entronnen. Goldlotos riet Simen Tjing, alle Amtsträger von oben bis unten reichlich zu schmieren; das sei unbedingt erforderlich, um bei ihnen den Erfolg zu erzielen, daß man Wuh Sung keinesfalls wieder freilasse. Simen Tjing hieß sofort seinen vertrauten Diener Lai-wang, dem Landrat ein ganzes Weingedeck aus Gold und Silber nebst fünfzig Unzen barem Silber als Geschenk zu überbringen. Er bedachte auch alle anderen Amtsangestellten von oben herunter bis unten reichlich mit Geld, damit das Verhör von Wuh Sung nur ja nicht leicht ausfalle.

Der Landrat hatte sich bestechen lassen. Als er sich anderen Tages in den Sitzungssaal begeben hatte, führte der Blockvogt Wuh Sung, den Kellner und die beiden Sangesdämchen vor. Die ganze Gesellschaft kniete in der Halle nieder. Der Lenker des Kreises setzte eine finstere Miene auf und fuhr Wuh Sung mit gespielter Empörung an:

«Du Bursche, erst neulich hast du gegen friedliche Bürger Anklage erhoben, und ich habe dir gegenüber da nochmals Milde walten lassen. Warum verhältst du dich denn nicht gesetzmäßig und erschlägst nun gar grundlos einen Menschen?»

«Meine Wenigkeit hatte eigentlich Groll gegen Simen Tjing», erklärte Wuh Sung. «Ich suchte ihn, um ihn zu verprügeln. Wie ich nicht voraussehen konnte, stieß ich auf den anderen. Er verheimlichte mir Simen Tjing's Aufenthalt. Darüber ist meine Wenigkeit, ohne dessen inne zu werden, in heftige Erregung geraten und hat jenen erschlagen. Ich hoffe, daß Euer Gnaden für meine Wenigkeit Simen Tjing festnehmen und mit dem Tode bestrafen werden, damit das meinem Bruder zugefügte Unrecht seine Sühne finde; dann will ich gern meinen Fehltritt büßen, daß ich diesen Mann versehentlich getötet habe.»

«Was für dummes Zeug redest du, Bursche?» fiel der Landrat ein. «Hast du denn nicht gesehen, daß es ein Kreisamtsangestellter war? Daß du ihn erschlagen hast, hat ganz bestimmt seine anderen Gründe. Warum versuchst du nun, die Schuld auf Simen Tjing abzuwälzen? Du willst ohne Prügel nur nichts eingestehen!» [59,a]

Auf seinen Befehl an die Büttel zu beiden Seiten links und rechts, Wuh Sung heftiger zu schlagen, packten augenblicklich mehrere zu, rissen Wuh Sung herum und versetzten ihm regentropfenartig zwanzig Hiebe. Der geprügelte Wuh Sung gab nur mit jedem Mundauftun den Laut «Unrecht» von sich:

«Meine Wenigkeit hat doch für Euer Gnaden seine ganze Kraft eingesetzt. Warum haben Euer Gnaden gar kein Erbarmen mit meiner Wenigkeit? Euer Gnaden sollten mich nicht so grausam strafen!»

Der Landrat wurde durch diese Worte nur verärgerter:

«Bursche, mit eigener Hand erschlägst du einen Menschen und nun willst du noch hartnäckig die Schuld auf andere abwälzen!» Er befahl, ihm gehörig die Fingerschrauben anzuziehen. Das geschah auch sofort. Nachdem Wuh Sung noch fünfzig Klopfschläge erhalten hatte, ließ der Landrat ihm den hölzernen Halskragen anlegen und ihn darauf in das Gefängnis abführen.

Unter den Leuten, die in den Wächterräumen des Kerkers weilten, befanden sich auch zwei Hilfsbeamte, die sich mit Wuh Sung gut gestanden hatten. Sie wußten, daß er ein braver und redlicher Kerl war, und hätten ihm wohl gern Freundlichkeiten erwiesen. Doch da alle von Simen Tjing bestochen waren, wagten sie es nicht, den Mund aufzutun, und unternahmen nichts für Wuh Sung. Da dieser nur das Wort Unrecht im Munde führte, ließ man einige Tage verstreichen und spiegelte dann vor, daß er ein Geständnis abgelegt habe. Man rief den diensthabenden Beamten, den Leichenbeschauer, die Nachbarn und führte sie zum Tatort in der Löwenstraße. Der Leichnam des ‚Botschafters' Li wurde besichtigt. Man füllte den Sterbebericht mit dem Datum aus und nahm zu Protokoll, Wuh Sung habe nach dem Getöteten gesucht und gefragt und von ihm einen Geldbetrag verlangt. Dabei sei er unter dem Einfluß von Rauschgetränken in Erregung geraten. Dann hätten sie sich auf einmal mit den Fäusten geschlagen und mit den Füßen bearbeitet. So habe er dabei den tödlichen Fußtritt gegeben. An der linksseitigen Rippe, der Stirn, der Herzgrube und am Keimdrüsensacke des Toten befänden sich überall dunkelrote Wundstellen verschiedener Art.

Nachdem durch die Untersuchung der Sachverhalt so klargestellt worden war, begab man sich wieder in das Kreisamt. Man hatte einen Tag mit der Aufsetzung des Schriftstückes zu tun. In ihm wurde dem Regierungspräsidenten in Ostniederung der Sachverhalt genau berichtet und der Fall zur Entscheidung vorgelegt.

Der Regierungspräsident in Ostniederung hieß Tschen Wen-dschau (= Leuchte der Bildung) und stammte aus der Provinz Honan. Er war ein höchst redlicher Beamter. Als ihm der Bericht zuging, begab er sich sofort auf seinen Amtsstuhl.

Aufrecht und rechtschaffen war er,
auch würdig und schlicht im Gebaren;
lernte im Hause Süä
schon fleißig in jüngeren Jahren;
dann, erwachsen, bestand er
zum Djinluan [49,q] leicht das Examen.
Nimmer das fromme Herz ihm
wollte in Treue erlahmen.
Wohlwollend hatt' beim Regieren
er menschlich immer gehandelt,
auch bei Gebührenerhebung und
Steuern sich niemals gewandelt.
Das schwarzhaarige Volk [50,a]
in der Straßen und Plätze Gedränge
lobte ihn laut. Es verminderte
sich der Gerichtsfälle Menge.
Diebstahl und Raub nahmen ab;
aber Lieder lebhaft erschallten
rings an den Brunnen und Märkten,
und Beifall ihm zollten die Alten.

Es galt für ihn auch:

Rühmlich zeichneten auf
sein Tun die Regierungsbeamten
für Jahrtausende hin.
Sein Lob scholl in den gesamten
Sälen des Kaiserpalastes,
bewahrt für spätere Zeiten.
Seine Redlichkeit ließ bis zum
hohen Himmel sich breiten.

Weiser Pläne, erstrangig in Art,
war er voll als Berater
und in all seinem Tun
dem Volke wie Mutter und Vater.

Der Regierungspräsident Tschen Wen-dschau hatte sich also auf seinem Amtsstuhl niedergelassen und gab Anweisung, ihm die Verbrechergruppe vorzuführen. Zunächst überlas er nochmals den Bericht des Landrats von Klarenfluß und darauf die Aussagen und Geständnisse der Beteiligten. Der sauber geschriebene Bericht lautete:

«Das Kreisamt Klarenfluß im Regierungsbezirk Ostniederung macht untertänigst die folgende Anzeige über die Vernichtung eines Menschenlebens:

Der achtundzwanzigjährige Missetäter Wuh Sung aus dem Kreise Lichtental war wegen seiner Körperkraft in unserem Amtsbereiche zum Polizeihauptmann ernannt worden. Nach Rückkehr von einer Dienstreise veranstaltete er für seinen aus dem Leben geschiedenen älteren Bruder die Totenopfer. Er erfuhr, daß seine Schwägerin, eine geborene Pan, nicht die volle Trauerzeit gewahrt, sondern sich eigenmächtig anderweitig verheiratet hatte. Nachdem er dies gehört hatte, stieß er unglücklicherweise im obern Stock der Weinstube des Wang Luan in der Löwenstraße auf den Botschafter Li. Unter dem Einflusse berauschender Getränke forderte er von ihm dreihundert Kupferlinge, die er ihm früher geborgt hatte. Der Botschafter Li gab sie nicht. Darüber kam es zwischen ihnen zu einer Schlägerei, und da keine der Parteien nachgab, prügelten sie sich und traten sich mit den Füßen, bis Li schwere Verletzungen erlitt und augenblicklich starb. Zeugen des Vorfalls waren die Sängerinnen Niu und Bau. Nach Wuh Sung's Festnahme durch den Blockvogt ist ein Beamter zum Tatort entsandt worden. Er hat gemeinsam mit dem Leichenbeschauer und den Ältesten des Straßenviertels alles eingehend untersucht und zu Protokoll genommen. Nach seinen überreichten Unterlagen ist die Angelegenheit nochmals untersucht worden, und es liegt kein Irrtum vor.

Nach hiesiger Auffassung untersteht Wuh Sung den Strafbestimmungen über Totschlag in einem Streite. Andere Fragen wie Gold- und Silber-Raub sind nicht zu erörtern. Der Weinstubenkellner Wang Luan und die Mädchen Niu und Bau haben offene Aussagen gemacht und sind schuldlos.

Nach Abschluß der aktenmäßigen Ermittlungen wird um Billigung und Bestätigung gebeten.

Am ... Tage des achten Mondes im dritten Jahre der Regierungslosung

«Waltet in Eintracht.»

Li Da-tjän, Landrat, Lö Ho-an, stellvertretender Landrat, Hwah Ho-lu, Vorstand des Archivs, Sja Gung-dji, Polizeistrafrichter, Tjiän Lau, Gefängnisvorsteher.»

Als der Regierungspräsident die Akten durchgelesen hatte, ließ er Wuh Sung vor sich treten:

«Wie konntest du nur diesen sogenannten Botschafter Li erschlagen?»

Wuh Sung warf sich vor ihn hin aufs Antlitz und wandte sich an ihn:

«O, himmelhoch stehender Herr! Da meine Wenigkeit hier zum Verhöre kommt, ist es mir so, als ob ich wieder des Himmels Licht zu schauen bekomme. Wenn es meiner Wenigkeit gestattet ist, wage ich zu reden.»

«So sprich dich nur aus!» bedeutete ihm der Regierungspräsident.

Wuh Sung erzählte nun, wie Simen Tjing seine Schwägerin, die geborene Pan, zum Ehebruche verführt, sein Bruder die Ehebrecher ertappt, dabei aber den Tritt in die Herzgrube erhalten habe. Hinterher sei seiner, Wuh Sung's, Anklage nicht stattgegeben worden. Er erwähnte alle Umstände von Anfang bis zum Ende in ihren Einzelheiten und bemerkte:

«Meine Wenigkeit fühlte sich verpflichtet, meinen Bruder zu rächen. Deshalb habe ich Simen Tjing gesucht, um ihn zu verprügeln. Unabsichtlich und versehentlich habe ich dabei nun diesen Mann getötet. Meiner Wenigkeit ist tatsächlich übel mitgespielt worden, so daß sich das Unrecht in mich hineinfraß. Da Simen Tjing Geld in Fülle hat, bin ich gegen ihn machtlos. Wenn ich sterben müßte, so will ich das nicht sonderlich bedauern; denn ich hätte mein Leben für meinen Bruder hingegeben, dem Unrecht unten auf der Erde widerfahren ist.»

«Du brauchst nichts mehr zu sagen. Ich durchschaue den Sachverhalt völlig», bemerkte der Regierungspräsident. Er rief den Gefängnisvorsteher Tjiän Lau vor, ließ ihn mit zwanzig Hieben schmerzhaft bestrafen und sprach: «Dein Landrat da braucht nicht im Amte zu bleiben. Wie kann man nur derartig parteiisch sein und das Recht beugen?» Er vernahm hierauf die ganze Schar, einen nach dem andern, zu Protokoll, berichtigte mit dem Pinsel Wuh Sung's Geständnis gründlich und bemerkte zu dem stellvertretenden zweiten Beamten: «Dieser Mann, der in der Absicht, seinen Bruder zu rächen, den sogenannten Botschafter Li versehentlich erschlagen hat, ist ein Mensch von Rechtschaffenheit und Tatkraft und deshalb einem gewöhnlichen Totschläger nicht gleichzusetzen.»

Er verfügte sogleich, daß Wuh Sung's großer Holzkragen zu öffnen und durch einen Kragen für leichtere Vergehen zu ersetzen sei. Dann solle er wieder ins Gefängnis abgeführt werden. Alle übrigen könnten in ihre Kreisstadt zurückkehren, um das weitere dort abzuwarten. Ferner ordnete er einen Erlaß an, worin

Von allen Nachbarn betrauert wird Wuh Sung in die Verbannung geführt.

dem Kreisamte von Klarenfluß die Weisung gegeben werden sollte, sich noch den Hauptmissetäter Simen Tjing, Wuh Sung's Schwägerin, die geborene Pan, die alte Wang, den Streiterjungen und den Leichenbeschauer, den neunten Ho, vorführen zu lassen, sie sämtlich streng rechtlich und eingehend zu verhören und dann zur weiteren Beschlußfassung zu berichten.

Da jedermann in Ostniederung wußte, daß Wuh Sung ein ordentlicher und tüchtiger Kerl war, verlangte keiner der Gefängniswachen und Schließer von ihm auch nur einen einzigen Kupferling, während er dort im Kerker weilte. Man gab ihm im Gegenteil noch Wein und Fleischspeisen. Gar rasch war die Kunde von allem nach Klarenfluß gelangt, und Simen Tjing, er erhielt auch davon Kenntnis, war bis in Hände und Füße hinein erregt. Da Tschen Wen-dschau unbestechlich war, wagte er es nicht, ihn zu beeinflussen. Es blieb ihm nur der Ausweg, den mit ihm Verschwägerten aus dem Hause Tschen um Hilfe anzugehen und seinen vertrauten Diener Lai-wang in die Osthauptstadt bei Nacht und Nebel mit einem Schreiben an den Kommandierenden General Jang abzuordnen. Dieser sollte seine Bitte an den Großlehrer Zai aus dem Ministerrat übermitteln. Der Großlehrer Zai war wiederum besorgt um den Ruf des Landrates Li und sandte deshalb eiligst mit Sonderboten einen vertraulichen Brief nach Ostniederung an den Regierungspräsidenten Tschen Wen-dschau, daß er Simen Tjing und die geborene Pan nicht vorladen lassen möge. Tschen Wen-dschau war ursprünglich Leiter des Revisionsgerichts gewesen und dann zum Regierungspräsidenten von Ostniederung befördert worden. Außerdem war er ein Schützling des Großlehrers Zai. Dadurch, daß er sah, daß sich in der Angelegenheit auch der Kommandierende General Jang bemüht hatte, der ständig bei Hofe Vortrag hielt, wurden seine menschlichen Regungen von zwei Seiten her beeinträchtigt. Unter Vermeidung der Todesstrafe für Wuh Sung lautete sein Urteil auf vierzig Schläge auf den Rücken, die Strafe der Brandmarkung und Verbannung in eine Entfernung von zweitausend Wegstrecken[12,m] unter Einreihung in die Grenzwehr. Der große Wuh war tot, Wundstellen am Körper waren nicht mehr vorhanden, die Zusammenhänge in der Angelegenheit blieben zweifelhaft und, wie es schien, nicht beurteilbar. Alle sonst Beteiligten sollten in Frieden nach Hause entlassen werden.

Nachdem die Akten den Provinzialgerichtshof passiert hatten und zurückgekommen waren, schritt Tschen Wen-dschau alsbald zur Vollstreckung. Wuh Sung wurde aus dem Kerker vorgeführt. Der Präsident verkündete in öffentlicher Sitzung, was der Hof klar verfügt hatte. Er ließ dann Wuh Sung den hölzernen Halskragen abnehmen, konnte ihm vierzig Schläge auf den Rücken nicht erlassen und ließ ihm einen etwa zehn Pfund schweren eisernen Halskragen umlegen und diesen vernieten. Im Gesichte ließ er Wuh Sung Schriftzeichen in zwei Reihen zur Kennzeichnung einritzen, und er ordnete schließlich seinen Transport nach dem Internierungslager in Mengdschou an. Alle übrigen waren ja bereits entlassen worden. Tschen Wen-dschau fertigte und siegelte das erforderliche Schriftstück und kommandierte zwei Transportbegleiter, die Wuh Sung nach Mengdschou bringen und dort zur Verbüßung der Strafe abliefern sollten.

Unter Begleitung dieser beiden Wächter verließ Wuh Sung noch an demselben Tage den Regierungsbezirk Ostniederung, nach seinem heimatlichen Kreise zu. Zu Hause brachte er den größten Teil seiner beweglichen Habe zum Verkauf und übergab den Erlös den beiden Wächtern als Wegzehrungsgeld. Seinen

Nachbarn zur Linken, den jungen Yau, bat er, für Willkomm zu sorgen. Sollte der Fall eintreten, daß der Hof einst Gnade walten lasse und ihm die Heimkehr gestatte, so würde er die Gefälligkeit reichlich belohnen und sie jedenfalls ganz bestimmt niemals vergessen.

Da die Nachbarn in der Straße und im Stadtviertel gesehen hatten, wie es Wuh Sung, diesem geradsinnigen Burschen, unglücklicherweise ergangen war, unterstützten ihn alle, teils durch Silberunzen, teils durch Geschenke von Wein, Speisen, Geld und Reis. An seiner Unterkunftstelle angelangt, bat er die Soldaten, ihm seinen Knappsack herauszuholen, da er den Kreis Klarenfluß am folgenden Tage verlassen müsse. Dann trat er den weiten Weg auf der Heerstraße nach Mengdschou an. Davon handelt das Gedicht:

Vom Leiter des Bezirkes wohl bedacht,
Lag im Verfahren ein gerechter Sinn.
Als schon dem Tod verfallen Wuh Sung schien,
ward doch das Ende glimpflich noch gemacht.
Drum heute zum Gefangnenlager hin
muß er gebrandmarkt in Verbannung ziehn. –
Das leid'ge Unkraut aber konnt' sich halten
und üppig in der lauen Luft entfalten.

So war also Wuh Sung zur Verbüßung der Strafe nach Mengdschou fortgezogen. Doch das steht hier nicht zum Bericht. – Als Simen Tjing von Wuh Sung's Abschub erfuhr, war ihm ein Stein vom Herzen gefallen. Er fühlte sich wie von einer Verstopfung erlöst. Er empfand wohliges Behagen. Im Hause befahl er seinen Dienern Lai-wang, Lai-bau und Lai-sing, den rückwärtigen Garten in Ordnung zu bringen und zu fegen. Die Eibischlaube sollte gereinigt und in ihr sollten Wandschirme aufgestellt und Brokatvorhänge angebracht werden. Sie sollten für ein Weinessen aufs allerbeste decken. Simen Tjing bestellte eine Menge Musiker zum Flötenblasen und Lautenspielen, auch solche zum Singen und Tanzen. Dann bat er seine ganze Familie, die erste Frau Mondtraut Wu, die zweite Holdchen Li, die dritte Jadeturm Meng, die vierte Schneeholdchen Sun und die fünfte Goldlotos Pan, mit ihm zu feiern und zu trinken. Alle sonstigen Frauen des Haushaltes, Zofen und Dienerinnen standen zu beiden Seiten zur Aufwartung und Bedienung bereit. Da konnte man sehen:

Duftrauch aus Dreifußöfchen
stieg festlich hoch empor.
Die goldnen Vasen füllte
der schönste Blütenflor.
Sjangdschou[76,1] -Kunstaltertümer
rings waren aufgereiht,
aus hellen Hopu- [11,a] -Perlen
der Vorhang öffnete sich weit.
Auf bergkristallnen Platten
sah man den Schichtenbau
von Datteln, mild geröstet,
und Birnen auch aus Djau.[40,f]
Smaragdne Becher waren
zum Überlaufen voll,
so daß manch leckrer Tropfen
und Edelsaft darüber quoll.
Beim Schmause mit den Stäbchen
man langte flink hinein
in Phönix-Bratgekröse
und Drachenleber fein;
Schwarzbärentatzen gab es,
Kamelklau'n eine Zahl,[40,h]
Zehntausend Kupferlinge
verpraßte man da auf einmal.

Als man dann nach dem Weine
geopfert hatte auch,
umwölkte licht die Sitze
ringsum der Weiherauch.
Mit Phönixklein gefüllte
Rundkuchen man genoß.
In die nephritnen Schälchen
der Trank in hellen Wogen floß.
Und wenn den Trank man schenkte,
entströmte Duft genug
beim Ausfließen des Nasses
aus dem braungoldnen Krug. –
So stellte man in Schatten
des Schi Dschung[25,a] Reichtumsglück,
des Fürsten Meng Tschang's[25,d] Schmausen
blieb hinter diesem weit zurück.

Simen Tjing und Frau Mondtraut hatten die Ehrenplätze inne. Die anderen saßen an beiden Seiten der Tafel. Man reichte die Becher herum und füllte die Schälchen. Blumen gab es in Fülle. Mit Brokatstoff war alles bedeckt. Während sie so tranken, führte der junge Diener Dai-an einen Botenknaben und ein junges Mädchen, die Kästchen in den Händen trugen, herein:

«Unsere Nachbarfamilie Hwa von nebenan sendet den Damen Blumen zum Schmucke des Haares.»

Der Haartracht nach waren die beiden Erschienenen wohl gleichaltrig. Sie erweckten den Eindruck der Schüchternheit. Vor Simen Tjing und Frau Mondtraut warfen sie sich in Gegenwart aller aufs Antlitz, traten dann zur Seite und sprachen:

«Unsere Herrin sendet diese Kästchen mit Backwerk und Blumen für die hohen Frauen Simen als Haarschmuck.» Darauf öffneten sie die Kästchen. Das eine enthielt fruchtgefülltes, mit Salz und Pfeffer be-

Simen Tjing's Gartenfest mit seinen Frauen.

streutes, goldgelbes Gebäck, wie es bei Hofe verzehrt wird, und das andere Kästchen barg frischgepflückte junge Duftfunkien. Voller Freude bemerkte Frau Mondtraut:

«Nun hat sich Eure Herrin wiederum so bemüht!» Sie ließ dann beiden etwas vom Nachtische geben und schenkte dem kleinen Mädchen ein Schweißtüchlein und dem Dienerknaben hundert Kupferlinge. Sie trug ihnen viele Empfehlungen und ihren herzlichsten Dank für ihre Herrin auf. Bei dem kleinen Mädchen erkundigte sie sich noch nach dem Rufnamen. Es erwiderte, daß es Lenzbunt heiße und der Knabe der kleine Tjän-fu (=Himmelssegen) sei. Damit waren sie entlassen.

«Frau Hwa ist wirklich sehr nett», bemerkte Frau Mondtraut zu Simen Tjing. «Immer sendet sie ihren Dienerjungen oder das Mädchen mit Aufmerksamkeiten zu uns, obwohl ich ihr noch gar keine Gegengeschenke gemacht habe.»

«Es sind erst zwei Jahre her, daß der junge Hwa diese Frau geheiratet hat», sagte Simen Tjing. «Wie er selbst erklärt, ist sie sehr angenehm im Wesen. Wäre dem nicht so, wie verkehrt wäre es, im Hause die beiden kleinen, schmucken Dienerinnen zu halten?»

«Als seinerzeit der Eunuch Herr Hwa gestorben war, habe ich sie beim Begräbnis auf dem Hügel gesehen», bemerkte Frau Mondtraut. «Sie ist gedrungen von Gestalt, zart im Gesicht, ansprechend sind ihre Brauen. Sie wirkt einfach und klar und ist recht sanft veranlagt. Jung ist sie noch und kann höchstens vierundzwanzig bis fünfundzwanzig Jahre alt sein.»

«Du wirst es noch nicht wissen», fiel Simen Tjing ein. «Sie war ursprünglich Nebenfrau des berühmten Großsekretärs Liang und ist erst später Hwa Dse-hü's Gattin geworden. Sie hat ihm übrigens dabei ein gutes Stück Geld in die Ehe eingebracht.»

«Da sie uns die Kästchen hergeschickt hat, dürfen wir mit Aufmerksamkeiten mehrfacher Art nicht anders handeln. In den nächsten Tagen wollen wir also unbedingt unsere Gegengeschenke senden», sagte Frau Mondtraut.

Lieber Leser! Hwa Dse-hü's Frau war eine geborene Li. Da sie am fünfzehnten Tage des ersten Mondes zur Welt gekommen war und an diesem Tage jemand ihrer Familie ein Paar Vasen mit Fischmalerei[48, a] geschenkt hatte, erhielt sie den Rufnamen Väsele (=Ping). Sie war Nebenfrau des allgemein bekannten Großsekretärs Liang gewesen, der seinerseits ein Schwiegersohn des Großlehrers Zai in der Reichshauptstadt war. Liang's Frau war nun äußerst eifersüchtig. So manche leibeigene Dienerin und Nebenfrau war von ihr umgebracht und dann hinten im Garten verscharrt worden. Diese geborene Li hatte mehr draußen im Bibliotheksraume Liang's gewohnt und eine Pflegerin dort zur Bedienung gehabt. Im ersten Jahre der Regierungslosung «Waltet in Eintracht!» weilte in der Vollmondnacht des ersten Mondes der Großsekretär Liang mit seiner Gemahlin in dem zweistöckigen Gartenhäuschen Zu den schillernden Wolken. Da ermordete ein gewisser Li Kwe[26, i] die ganze Familie, alt und jung einschließlich des Großsekretärs Liang und aller übrigen. Als jeder natürlich sein Leben zu retten suchte, nahm unsere geborene Li bei dieser Gelegenheit hundert große ausländische Perlen und ein Paar zwei Unzen schwere rabenschwarze Edelsteine mit. Mit ihrer Pflegemutter fand sie zunächst in der Osthauptstadt Zuflucht bei Verwandten.

Zu jener Zeit war der Hämling[49, u] Hwa von seinem Posten als kaiserlicher Leibgefolgsmann direkt zum Randstützpunktkommissar für Gwangnan[11, c] befördert worden. Da sein Neffe Hwa Dse-hü noch keine Frau hatte, so veranlaßte er unter Mitwirkung einer Heiratsvermittlerin seine Verheiratung mit der geborenen Li als Hauptfrau. Als der Hämling dann nach Gwangnan reiste, nahm er seinen Neffen und dessen Frau mit. Sie hatten dort nur wenig über ein halbes Jahr gelebt, als der Hämling Hwa leider erkrankte und wegen Alters seinen Abschied nahm. Da er aus dem Kreise Klarenfluß stammte, setzte er sich dort zur Ruhe. Inzwischen war er nun gestorben, und seine ganze Hinterlassenschaft an Geld befand sich jetzt zum größten Teil in den Händen von Hwa Dse-hü.

Dieser besuchte täglich die Vergnügungsstätten mit gleichgesinnten Freunden. Alle waren solche, mit denen Simen Tjing und er seinerzeit Brüderschaft geschlossen hatten. Ganze Tage verbrachte er mit Jing Bo-djau und Sjä Si-da. Die ganze Sippschaft, zehn an Zahl, kam monatlich irgendwo zusammen. Man ließ sich Singmädchen im Festschmucke kommen, um sich mit ihnen zu vergnügen. Alle diese Leute merkten, daß Hwa Dse-hü, ein von einem kaiserlichen Kammerherrn unterhaltenes Herrchen, Geld auszugeben verstand und aus dem vollen lebte. Deshalb verleiteten sie ihn, in den Vergnügungsstätten Halbweltdamen zu bewirten, so daß er vier oder fünf Tage lang gar nicht nach Hause zurückkehrte. So ging es da zu:

Wie schön ist doch die Straße, so braun, so braun,
im Glanz des heitern Frühlingstags zu schaun,
zu schau'n!
Im roten Hochgemache man lauscht, man lauscht
der Leier und der Flöte Klang berauscht, berauscht.
In diese Welt geboren hinein, hinein,
hat jeder auch die Möglichkeit zum Sein, zum Sein;
doch wer dem Frohsinn nicht schafft Bahn,
schafft Bahn,
der hat es töricht ungenutzt vertan, vertan.

Aber wir wollen an der Haupthandlung nicht vorübergehn. Simen Tjing hatte mit seiner ganzen Familie, der Hauptfrau und den Nebenfrauen, in der Eibischlaube beim Weine gefeiert. Erst als der Abend nahte, trennte man sich. Nach dem Aufbruche begab sich Simen Tjing angeheitert in Goldlotos Wohnung und wollte unter dem Einfluß des Weines zu ihr. Unverzüglich setzte Goldlotos Duftrauch an, entkleidete sich mit ihm und schlüpfte ins Bett. Simen Tjing wohnte ihr indessen nicht bei. Er wußte genau, wie unübertroffen sie die Flöte zu handhaben verstand. Als er nun hinter dem Bettvorhang aus dunkler Baumwollgaze saß, ließ er sie auf sich Hockstellung einnehmen. Sie mußte das bewußte Ding mit beiden Händen, als wären sie ein goldenes Armband, umspannen und in ihrem Munde ein- und ausgleiten lassen. Simen Tjing aber neigte den Kopf vor und vergnügte sich daran, wie es so wundervoll hinein- und herausging. Als sie eine gute Weile geräuschvoll daran gesaugt hatte, steigerte sich seine tolle Lüsternheit zu einem neuen Einfall.

Er rief Schlehenblüte herein, ihm Tee zu bringen. Als Goldlotos aus Besorgnis, das Mädchen möchte etwas sehen, schleunigst den Bettvorhang herunterließ, fragte Simen Tjing, was sie fürchte, und begann dann zu erzählen, daß die Frau des nebenan wohnenden Hwa Dse-hü zwei hübsche Dienerinnen habe. Jene, die heute die Blumen gebracht habe, sei die jüngere, die andere stehe etwa im Alter von Schlehenblüte und sei vom zweiten Hwa schon begehrt worden. Immer, wenn Frau Hwa in der Haustüre stehe, sei sie auch bei ihr. Sie sei von vorbildlicher Wohlgestalt. Wer hätte gedacht, daß Hwa Dse-hü mit dem noch ganz jungen Dinge daheim derart weit gegangen sein konnte?

Goldlotos blickte Simen Tjing starr an:

«Das ist doch von dir ein starkes Stück! Ich sollte dich eigentlich schelten. Wenn du Lust hast, die Dienerin dir zu nehmen, so tu es meinetwegen! Warum derart weit ausholen und um die Sache so im Bogen herumgehen, auf einen Berg weisen, wenn du eine Mühle meinst, und erst noch andere Leute mit deiner Sklavin zum Vergleiche heranziehen? Ich bin gar nicht so! Sie ist ja überdies auch nicht einmal meine Dienerin. Ich werde mich also morgen für ein Weilchen nach hinten begeben und dir dadurch eine Spanne Zeit schaffen. Ruf du sie selbst in die Stube! Wenn sie kommt, dann hast du sie, deine Tschun Meh!»

«Kind, ich muß dich doch gern haben, wenn du in dieser Weise verstehst, mir den Weg zu meinem Vergnügen frei zu machen», sagte Simen Tjing hocherfreut.

Beide wurden sich durch diese Aussprache des Zusammenklangs ihrer Gefühle und der Übereinstimmung ihrer Gedanken noch mehr bewußt. Was ihre tiefe Liebe betraf, so läßt sie sich unmöglich übertreiben. Das Flöten war vorbei. Ganz eng aneinander geschmiegt, schliefen sie ein. Was das Flötenspiel angeht, so ist es doch so:

Ganz natürlich ist willkommen,
gern vom Manne hingenommen,
mit so recht intimem Ziel
fleißiges Purpurflötenspiel.

Hier paßt auch ein Gedicht:

Der Mond über dem Westfluß

Von Orchideen und Moschus es weht
aus den Bettvorhängen berückend.
Die Brauenschöne, die Holde, versteht
die Flöte zu meistern entzückend.

Beim Spiel im verborgenen Kämmerlein bebt
ihr schneeiger Leib so sich wiegend,
daß schier die himmlische Seele entschwebt,
der Körper hinabsinkt erliegend.
So wie um den Arm die Spangen aus Gold,
sich ihre Nephritfinger schließen,
und beider stürmische Leidenschaft tollt
in taumelndem, trunknem Genießen.
«Weil dein Wunsch, mein Geliebter, es so befiehlt,
so will ich zu deinem Behagen
die Weise, die ich auf der Flöte gespielt,
Behutsam nun noch einmal wagen».

Am nächsten Morgen begab sich Goldlotos tatsächlich zu Jadeturm Meng und hielt sich dort eine Weile auf. Simen Tjing rief unterdessen Schlehenblüte in die Stube und machte sich die Zofe zu eigen.

Lenz am Pfirsichsproß,
Aprikosenschoß
rot die Knospen färbt und sprengt.
Pappeln wiegen sich,
Weiden biegen sich
hin und her, vom Wind bedrängt.

Seitdem wurde Schlehenblüte von Goldlotos eifrigst begünstigt. Sie hielt sie von Kochtöpfen, Holzkloben und Backarbeiten fern und ließ sie nur noch in der Stube aufwarten, die Betten machen, die Bettdecken zusammenfalten und Tee und Wasser reichen. Auch wählte sie aus ihrem Vorrat an Kleidungsstücken und Kopfschmuck das aus, was ihr das Liebste war, und schenkte es Schlehenblüte. Sie schnürte ihr die Füßchen ganz klein. Schlehenblüte war ja überhaupt ganz anders geartet als Herbstaster, sie war aufgeweckt, scharfsinnig, war von lebhafter Gemütsart und leidenschaftlich sowie schlagfertig im Antworten. Sie war wohlgewachsen und hatte ein recht hübsches Gesicht, und Simen Tjing war ihr sehr gewogen. Herbstaster war dagegen dumm und einfältig und nichts weniger als lebensgewandt, so daß sie fortwährend von Goldlotos geprügelt wurde.

In schlichtem Gefieder die Wachteln, die Spatzen,
mit bläulichem Kragen die Schwalben dabei,
erfüllen mit ihrem tschilpenden Schwatzen
die Luft durcheinander mit Zwitschergeschrei.
Unmöglich ist's freilich, das alles zu zählen,
was sich da an fliegenden Vögeln schart.
Ihr Hochwert, ihr Unwert ergibt sich beim Wählen:
Es sind nicht alle von gleicher Art.

11. KAPITEL

Goldlotos recht erfolgreich hetzt;
Für Schneeholdchen es Prügel setzt.
Zimtknospe, diesem jungen Ding,
Den Gürtel löset Simen Tjing.

Wo laut in des fröhlichsten Stadtteiles Gassen
den Flötenton wirbelnd die Trommel durchdröhnt,
– Es hatte sich merklich die Sichel des blassen
und wachsenden Mondes schon füllend verschönt–
da hatte die Schwalbe zum Schlaf sich begeben,
ihr Scherenschwänzchen doch bebt ohne Ruh'. –
Mühsam erkämpft war die Brautkerze eben
und des Ehebetts purpurner Vorhang dazu.
Doch wie die rotseidene Gaze auch strahlte,
Vom traurigen Weiß waren Flecken darin. 54,0
Und Augenbrauen, dunkelgemalte,
sich kummervoll krausten; die Freude war hin.
«Ach, Schwesterlein, laß ihn nur ruhig gewähren;
im vorigen Jahre er's ebenso trieb.
Drum nimm es nicht übel, laß dich's nicht
beschweren,
wenn deiner auch spottend er anderswo blieb!»

Das Vertrauen auf ihre Stellung als Liebling im Hause machte Goldlotos überheblich. Aus kalt machte sie heiß. Tag und Nacht hielt sie keine Ruhe. Von Natur höchst argwöhnisch, hatte sie die Eigenheit, hinter allen Hecken zu horchen und an allen Wänden zu lauschen. Schlehenblüte war auch ziemlich unbeherrscht. Eines Tages hatte Goldlotos sie leider gerade wegen irgendeiner Geringfügigkeit gescholten. Da sie ihrem Herzen sonst nirgendwo Luft machen konnte, war sie in die Küche gegangen. Hier hämmerte sie auf den

Tisch, schlug mit der Hand auf die Schemel und gebärdete sich wie toll. Schneeholdchen Sun konnte das nicht mitansehen und spöttelte:

«Unschlächtiges Ding! Wenn du mannstoll bist, so geh anderwärts deinen Launen nach! Warum mußt du deinen Eigensinn bei mir hier auslassen?»

Nur noch verärgerter fuhr Schlehenblüte los:

«Welche niederträchtige Magdseele beschuldigt mich, daß ich Männern nachstelle?»

Schneeholdchen Sun überhörte diesen Ausruf geflissentlich, weil sie fühlte, daß Schlehenblüte nicht zu beschwichtigen war. Diese eilte erregt mit ein paar Sätzen nach vorn, um dort in aller Ausführlichkeit und für Goldlotos Ohren aufgebauscht zu erzählen:

«Sie hat auch behauptet, daß Ihr, Herrin, den Vater[31,h] veranlaßt hättet, mich zu sich zu nehmen, und daß Ihr für den Männerfang prächtig geeignet seiet!»

Goldlotos wurde heftig erbittert. Da Frau Mondtraut sich zu einem Begräbnisse hatte begeben wollen, war Goldlotos an diesem Morgen etwas früher aufgestanden, um ihr bis zum Haupttore das Geleit zu geben. Abgespannt hatte sie sich ein Weilchen zur Ruhe gelegt. Jetzt schritt sie zu dem Gartenhäuschen. Dort tänzelte Jadeturm Meng heran und kicherte:

«Warum bist du so niedergeschlagen und wortkarg, Schwester?»

«Ach, es hat nichts zu bedeuten», gab Goldlotos zurück. «Ich fühle mich heute morgen nur entsetzlich matt. Woher kommst du denn?»

Jadeturm erzählte, sie sei eben in der Küche gewesen. Goldlotos wollte nun wissen, wovon sie dort gesprochen hätten, doch Jadeturm bemerkte, daß niemand etwas gesagt habe. Goldlotos war innerlich zwar sehr erbost, gab das aber nicht zu erkennen. Beide Frauen beschäftigten sich eine Weile mit Handarbeiten, bis Schlehenblüte Tee auftrug. Sie tranken, rückten dann, um der Langeweile zu entgehen, einen Tisch zurecht und vertrieben sich die Zeit beim Schachspiel. Plötzlich tauchte der Lautenjunge, der das Amt des Gartenpförtners versah, mit der Meldung auf:

«Der Hausherr kommt!»

Rasch räumten die beiden Frauen die Schachfiguren beiseite. Da trat Simen Tjing auch schon über die Schwelle und stand vor den Frauen. Sie trugen das Haar wie üblich in Netzen aus silbernen Fäden, die die Schläfen freiließen, und in den Ohren Gehänge aus Lasurstein. Über ihre weißen Batisthemden hatten sie rosa Westchen gezogen. Spitze, hurtige, rotbeschuhte Füßchen, winzig wie Mandarinenentlein, sahen unter den Röcken hervor, die in Streifen ausliefen. Die Frauen waren gepudert und geschminkt und trugen Schmuck aus Perlen und Edelsteinen. Langsam überzog Simen Tjing's Antlitz ein Schmunzeln, und er scherzte:

«Ein Anblick wie von einem Paar Puderköpfchen, die mehr als hundert Unzen Silber kosten.»

«Wir hier sind keine Puderköpfe», gab Goldlotos zurück. «Der richtige Puderkopf im Hause befindet sich in den Hinterräumen.»

Jadeturm wollte sich zurückziehen. Simen Tjing hielt sie jedoch fest:

«Wo willst du denn hin? Kaum bin ich da, so versuchst du, dich zu drücken! Gesteh nur, was ihr beide hier getrieben habt, während ich nicht zu Hause war!»

«Wir kamen fast vor Langeweile um», antwortete Goldlotos. «Wir haben zwei Partien Schach gespielt, aber nichts verbrochen. Wer konnte ahnen, daß du jetzt gerade heimkommen würdest?» Sie nahm ihm sein Gewand ab: «Du bist ja heute von der Beerdigung früh heimgekehrt!»

«Der ganze Speisesaal der Priester war voll von Hämlingen und ihren Amtsgenossen. Dazu noch die Schwüle. Ich fand es unerträglich und bin vorzeitig heimgegangen.»

Jadeturm erkundigte sich, warum Frau Mondtraut noch nicht zurück sei. Simen Tjing klärte es auf:

«Ihre Sänftenträger waren in die Stadt gegangen, um dort zu warten. Da ich zuerst zurückgekommen bin, habe ich zwei Dienerjungen geschickt, die sie abholen sollen.»

Er setzte sich hierauf und forschte, um welchen Preis sie Schach gespielt hätten. Goldlotos antwortete, es sei ohne Einsatz nur zum Zeitvertreibe geschehen.

«Laßt mich mit euch spielen!» regte Simen Tjing an. «Wer verliert, hat eine Unze Silber für einen Festschmaus zu zahlen.»

«Wir besitzen kein Silber», erklärte Goldlotos.

«Hast du kein Silber, so kannst du ja einen Haarpfeil bei mir versetzen. Das kommt auf eins heraus», meinte Simen Tjing.

Sie stellten nun die Schachfiguren auf und spielten; Goldlotos verlor die Partie. Als Simen Tjing den Stand seines Spieles übersehen wollte, warf sie die Schachfiguren durcheinander. Dann ging sie stracks zu dem Riesenhuflattichbusch, lehnte sich da an den Seehügel und stellte sich, als ob sie Blüten des Busches abpflücke. Simen Tjing entdeckte sie dort und rief:

«Liebes Schlaumäulchen, du hast die Schachpartie verloren, und nun verbirgst du dich hier!»

Als er auf sie zutrat, blickte ihn Goldlotos lachend von der Seite an:

«Du Bösewicht! Hätte Jadeturm verloren, so würdest du nicht gewagt haben, sie festzuhalten. Du kommst nur mich wieder behelligen.»

Sie zerdrückte die Blüten in ihrer Hand zu einem Häufchen und überstreute Simen Tjing damit. Er schritt auf sie zu, umfaßte sie mit den Armen und legte sie auf die Böschung des Seehügels nieder. Unter Zungenküssen kitzelte er sie und scherzte mit ihr. Doch ehe sie sich dessen versahen, kam Jadeturm hinzu und rief:

«Schwester, die erste Gemahlin ist zurückgekommen. Laßt uns zu ihr gehn!»

Mit den Worten:

«Schlingel, wenn ich wiederkomme, steh ich dir Antwort!» schob Goldlotos Simen Tjing fort, begab sich mit Jadeturm in die rückwärtigen Räume und begrüßte dort Frau Mondtraut. Diese fragte, was sie so lustig gestimmt habe.

«Die Schwester hat mit ihm Schach gespielt und eine Unze Silber verloren», erklärte Jadeturm. «Dafür soll demnächst ein Festschmaus veranstaltet werden, zu dem du eingeladen wirst.»

Frau Mondtraut lachte. Goldlotos hielt sich nur kurz bei ihr auf, dann begab sie sich wieder nach vorn, um Simen Tjing Gesellschaft zu leisten. Schlehenblüte mußte auf ihren Befehl in der Stube Weihrauch anzünden und ein heißes Bad herrichten als Vorbereitung für die Wonnen des Abends.

Lieber Leser! Frau Mondtraut nahm in der Familie zwar den ersten Rang ein, kümmerte sich aber nicht um die Familienangelegenheiten, denn sie war immer kränklich. Den gesellschaftlichen Verkehr leitete Holdchen Li; auch die Aus- und Einzahlungen von Silberbarren und gemünztem Gelde gingen durch ihre Hand. Die Aufsicht über das weibliche Dienstpersonal lag Schneeholdchen Sun ob. Sie hatte auch die Küche unter sich und mußte dafür aufkommen, daß alle Frauen ihre Mahlzeiten erhielten. Wünschte Simen Tjing in den Räumen der Frau, bei der er gerade übernachtete, Wein, Speisen oder auch nur heißes Wasser, so hatte Schneeholdchen Sun dafür zu sorgen, und die Mägde der betreffenden Frau holten es aus der Küche.

An jenem Abend weilte Simen Tjing bei Goldlotos. Sie tranken, badeten und legten sich zur Ruhe. Am nächsten Morgen sollte es eine Auseinandersetzung geben. Simen Tjing hatte Goldlotos versprochen, ihr in dem Tempel Perlen zum Aufziehen zu einem Schmucke zu kaufen. Er stand in aller Frühe auf, und weil er Appetit auf Lotosgebäck und Hühnerfleischbrühe hatte, hieß er Schlehenblüte, es in der Küche bestellen; doch sie rührte sich nicht.

«Schicke sie nicht!» warnte Goldlotos. «Man hat behauptet, ich lasse ihr alles durchgehen, habe dich veranlaßt, sie zu dir zu nehmen, und sei für die Betörung des Mannsvolkes eine rechte Helferin. Dazu haben wir noch alle möglichen sonstigen direkten und indirekten Schmähungen einstecken müssen. Wie kann sie da nun auf dein Geheiß in die Küche gehn?»

Simen Tjing wollte wissen, wer das gesagt habe, aber Goldlotos wich aus:

«Warum darüber reden! Alle Schüsseln und Krüge haben doch Ohren. Schicke sie ja nicht! Laß Herbstaster den Auftrag ausrichten und damit gut!»

Simen Tjing rief nun Herbstaster herbei. Sie mußte die Bestellung an Schneeholdchen Sun in der Küche überbringen. Es verstrich so viel Zeit, wie ausgereicht hätte, um zwei Mahlzeiten einzunehmen. Goldlotos hatte inzwischen längst den Tisch gedeckt, aber das Essen erschien nicht. Ungeduldig brauste Simen Tjing auf. Nun wies Goldlotos Schlehenblüte an:

«Schau doch einmal nach, ob das Geschöpf etwa Wurzeln getrieben und zu schießen begonnen hat, weil sie nicht wiederkommt!»

Schlehenblüte begab sich ziemlich widerstrebend und in gereizter Stimmung zur Küche. Als sie Herbstaster dort noch immer warten sah, schalt sie:

Simen Tjing traktiert Schneeholdchen in der Küche mit Tritten und Fäusten.

«Diebsbalg! Die Herrin wird dir Beine machen. Sie begreift nicht, warum du dich nicht tummelst, wenn dir etwas aufgetragen worden ist. Der Herr wartet auf das Gebäck. Er will zum Tempel. Vor Ungeduld ist er vorn heftig geworden und hat mir befohlen, dich herbeizuschleppen.»

Schneeholdchen hätte dies nicht mitanhören dürfen; nun fuhr sie zornig auf:

«Niederträchtiges, liederliches Frauenzimmer! Und macht der Prophet Mohammed einen Festbesuch: Kommt er an, so ist er eben da. Die Töpfe sind aus Eisen! Alles braucht doch seine Zeit. Der Reisschleim, den ich vorbereitet habe, wird nicht gegessen. Urplötzlich sind da acht ganz neue Gelüste wach geworden. Kuchen soll gebacken und Suppe gekocht werden. Wer hat denn den Bandwurm im Leibe?»

«Schwatz' nicht solchen Unsinn!» schimpfte Schlehenblüte ärgerlich. «Wer würde sich getrauen, etwas von dir zu verlangen, wenn ihn der Herr nicht geschickt hätte? Ob es nun fertig ist oder nicht, wir gehen jetzt erst einmal nach vorn und berichten, was für Wutausbrüche wir haben anhören müssen.» Sie zerrte mit einer Hand Herbstaster am Ohre nach sich und eilte nach vorn.

«Sklavenbiest!» rief Schneeholdchen noch nach. «Seit langem benimmst du dich so trotzig. Gelegentlich werde ich es aber sagen!»

«Ob du es gelegentlich sagst oder nicht, dadurch ändert sich nichts an dem Unterschiede zwischen dir und meiner Herrin», gab Schlehenblüte zurück und ging wutschnaubend davon.

Ganz gelb vor Erregung und Herbstaster mit sich ziehend trat sie zur Tür ein; Goldlotos wollte wissen, was sich ereignet habe.

«Frag' sie», antwortete Schlehenblüte. «Als ich hinkam, lungerte sie noch in der Küche herum, während jene eben erst in aller Gemütsruhe das Mehl anrührte. Kaum hatte ich nur geäußert: «Der Herr wartet, und die Herrin ist ungehalten, daß du nicht voranmachst», so schimpfte mich die aus dem kleinen Küchenhöfchen unzählige Male Sklavenbiest. Dazu sagte sie: Und wenn dem Herrn selbst der Prophet Mohammed einen Festbesuch machte, komme er an, so sei er eben da. Es habe so den Anschein, als ob jemand hier hetzte. Der vorbereitete Reisschleim werde nicht gegessen und aus reinem Mutwillen Gebäck und Suppe bestellt. Sie zeterte nur heftig in der Küche und ließ es sich nicht einfallen, etwas zu bereiten.»

«Ich riet ja gleich ab, Schlehenblüte zu schicken», bemerkte Goldlotos. «Ganz ohne Ursache beginnt der Zank mit ihr. Es wird behauptet, ich und sie beschlagnahmten dich hier, und wir müssen uns solche Schmähungen bieten lassen.»

Simen Tjing schritt voll Zorn in die Küche, versetzte dort ohne Umschweife Schneeholdchen ein paar Fußtritte und tobte:

«Elender krummer Knochen! Ich habe sie nach Gebäck geschickt, was hast du sie da zu beschimpfen? Du hast sie ein Sklavenbiest genannt. Spiegle du dich nur in deinem eigenen Harn, wenn du ein Sklavenbiest sehen willst!»

Schneeholdchen war ärgerlich, daß Simen Tjing sie getreten und gescholten hatte, doch sie wagte keinen Laut zu äußern. Als er aber zur Türe der Küche hinaus war, rief sie der Frau Lai-dschau's namens Grünranke zu:

«Sieh nur, was für Pech ich habe! Du hast doch vorher dabei gestanden und gehört, daß ich nichts von Bedeutung sagte. Sie kam wie ein böser Geist hierher, um in allen Tonarten zu nörgeln. Dann hat sie die Magd fortgezerrt und vor dem Herrn aus einem harmlosen Anlaß eine schwere Anschuldigung erhoben. Grundlos hat er mir wütend den Auftritt gemacht. Jetzt wische ich mir die Tränen ab und passe auf. Dieses Sklavenbiest mit dem ewigen Eigensinn soll sich nur nichts zuschulden kommen lassen!»

Entgegen der Erwartung hörte Simen Tjing das noch, kehrte um, versetzte Schneeholdchen ein paar Faustschläge und schalt:

«Niederträchtige, sklavische Dirne! Du behauptest noch, sie nicht beleidigt zu haben? Mit eigenen Ohren habe ich es jetzt gehört, wie du auf sie geschimpft hast.»

Er ging nach vorn, während die Verprügelte, Schneeholdchen Sun, in der Küche sich vor Schmerzen wand, bittere Tränen vergoß und laut jammerte. Frau Mondtraut hatte sich in ihrem Gemach eben erhoben und gekämmt und fragte Edelsteinchen nach der Ursache des Lärms in der Küche.

«Der Herr hat Gebäck essen wollen, um sich dann zum Tempel zu begeben», erzählte diese. «Er will mit eigenen Ohren vernommen haben, wie Tante Schneeholdchen Schlehenblüte schalt, und hat der Tante deshalb Fußtritte versetzt. Da hat sie angefangen zu heulen.»

«So etwas habe ich auch noch nicht erlebt! Wenn er Kuchen will, hätte sie sie ihm rasch machen sollen! Warum schilt sie die Dienerin auch grundlos!» bemerkte Frau Mondtraut. Sie schickte Edelsteinchen in die Küche, um Schneeholdchen anzutreiben, mit den Dienerfrauen rasch die Suppe fertigzumachen. Diese wurde Simen Tjing gebracht, und er begab sich darauf zum Tempel.

Schneeholdchen kochte vor Erregung und ging zu Frau Mondtraut, um ihr ihr Leid zu klagen. Inzwischen war Goldlotos flink herbeigeeilt, unter das Fenster getreten und horchte, wie Schneeholdchen sich bei Frau Mondtraut und Holdchen Li über sie beschwerte, daß sie den Herrn einspinne und heimlich alles Mögliche treibe:

«Herrin, Ihr wißt es noch nicht! Dieses liederliche Frauenzimmer ist toller als jede Dirne. Wenn sie in einer Nacht den Mann nicht bei sich hat, so ist sie von Sinnen. Was kein Mensch selbst nicht einmal verstohlen an Ränken zu schmieden wagt, das bringt sie fertig. Damals ist sie zu uns gekommen, nachdem sie ihren eigenen Mann vergiftet hatte. Jetzt läßt sie uns noch lebendig begraben. Sie hat den Hausherrn zum blinden Huhn gemacht, so daß er uns nicht mehr ausstehen kann.»

«Ich habe solche Torheit von dir noch nicht erlebt», gab Frau Mondtraut zurück. «Wenn der Herr eine Magd nach Gebäck schickt, so sei doch vernünftig und gib, was er wünscht! Damit ist alles erledigt. Warum schiltst du sie erst ohne Anlaß?»

«Ich soll sie wohl glatzköpfig und gar noch blind geschimpft haben?» entgegnete Schneeholdchen. «Schon als Eure Dienerin war sie ungehorsam. Sie hat aber in der Küche noch nie eins mit der Rückseite des Küchenbeils von uns abbekommen. Ihr sagt auch niemals etwas. So ist es möglich geworden, daß wir jetzt ganz in ihren Händen sind und sie sich so stolz und hochmütig gebärdet.»

In diesem Augenblicke meldete Edelsteinchen, daß Goldlotos draußen sei. Gleich darauf trat sie schon ein. Sie richtete ihren Blick auf Schneeholdchen.

«Gesetzt, ich hätte damals meinen Mann umgebracht, warum hast du nicht pflichtgemäß den Herrn davor bewahrt, mich zu heiraten und in die Familie aufzunehmen? Dadurch hättest du es doch vermeiden können, daß ich ihn jetzt hindere, dein Nest zu behüten. Und was Schlehenblüte angeht: Sie ist ja gar nicht meine Magd. Du brauchst dich also nicht so zu ereifern. Mag sie ruhig die Herrin bedienen; dann ist alles in Ordnung. Deine Zänkereien mit ihr können dann aufhören, und ich werde nicht wieder darein verwickelt werden. Wer heiratet nach dem Tode des Mannes gern zum zweiten Male?[36,i] Aber um allen Schwierigkeiten aus dem Wege zu gehen, wollen wir die Rückkehr des Hausherrn abwarten. Er mag mir einen Ehescheidungsbrief geben. Ich geh dann, und die Sache ist abgetan.»

«Ich versteh gar nicht, was ihr beide eigentlich miteinander habt!» bemerkte Frau Mondtraut. «Ihr solltet alle eure Zunge zügeln!»

«Herrin», sagte Schneeholdchen, «jetzt habt Ihr einmal ihr Mundwerk kennen gelernt. Ihr Redestrom ergießt sich wie der Hwai mit seinem Nebenflusse Hung. Niemand kommt mit ihr mit. In Gegenwart des Herrn hat sie ihre Zunge nicht im Zaume gehabt. Kaum hat er den Rücken gekehrt, so bestreitet sie es.» Und nun wandte sie sich zu Goldlotos: «Wenn es auf dich ankäme, so müßten außer der Herrin alle verjagt werden, damit du allein übrig bliebest.»

Frau Mondtraut saß schweigend und ließ die beiden ihr Wortgefecht weiterführen. Bald begannen sie einander zu beschimpfen. Als Schneeholdchen rief:

«Du nennst mich Sklavenbiest, du selbst bist das richtige Sklavenbiest!» fehlte nicht viel, daß sie aufeinander losgeschlagen hätten. Frau Mondtrauts Geduld war nun erschöpft. Sie veranlaßte Edelsteinchen, Schneeholdchen aus dem Zimmer hinauszuzerren. Goldlotos begab sich in ihre Räume, legte ihren Schmuck ab und wusch Schminke und Puder herunter. Mit aufgelöstem Haar und entstelltem Antlitze begann sie zu weinen und zu heulen, daß ihr die Augen wie Pfirsiche anschwollen, und warf sich auf ihr Bett.

Erst gegen Abend kehrte Simen Tjing vom Tempel mit vier Unzen Perlen im Ärmel heim und betrat ihre Stube. Er erkundigte sich sogleich, was geschehen sei. Goldlotos jammerte laut, forderte von ihm eine Scheidungsurkunde und erzählte den Vorfall:

«Ich habe doch damals wirklich nicht nach deinem Geld und Gute getrachtet, sondern bin dir aus freier Neigung gefolgt. Warum muß ich hier nun in dieser Weise gedemütigt werden! Immer wieder und wieder wird mir vorgeworfen, ich hätte meinen Mann umgebracht. Ich will überhaupt keine Dienerin mehr haben. Warum ist auch die Magd einer anderen zu meiner Bedienung bestellt worden, so daß ich nun diese Beschimpfungen hinunterschlucken muß!»

Simen Tjing wurde durch diese Worte aufgebracht.

In Kopf und Brust und in den Füßen
Erregung Oberhand gewann;
in seiner Brust erwachte Ingrimm
und reckte sich fast himmelan.

Wie ein Sturmwind raste er in die Küche, ergriff Schneeholdchen bei den Haaren und schlug wuchtig mit einem Knüttel ein paar Mal auf sie ein. Glücklicherweise kam Frau Mondtraut hinzu, fiel ihm in den Arm und sagte zu Schneeholdchen:

«Schickt sich denn das für eine anständige Familie? Macht doch keine Szene! Warum reizt ihr den Hausherrn so?»

«Sie ist ein richtiger, niederträchtiger, ganz verkommener Knochen», rief Simen Tjing und zu Schneeholdchen: «Mit eigenen Ohren habe ich die Schimpfereien in der Küche gehört. Nun wagst du es noch, zu hetzen und andere anzuschwärzen? Es schadet dir gar nichts, wenn ich dir dein Hinterteil verprügle.»

Lieber Leser! So wurde an diesem Tage Schneeholdchen von Simen Tjing wegen einer Kleinigkeit geschlagen, während Goldlotos, die viel Schlimmeres auf dem Gewissen hatte, verschont blieb. Es ist schon richtig und bleibt wahr:

Hier herrschen Liebe, Dankbarkeit,
Dort wüten Haß und Groll und Streit.
Wieviel Geschlechter auch entstehn,
So wars, und so wirds immer gehn.

Nach diesem Vorfall begab sich Simen Tjing zu Goldlotos, um sie zu trösten. Er zog aus seinem Ärmel die im Tempel gekauften vier Unzen Perlen hervor und reichte sie ihr. Als sie sah, daß ihr Mann für sie Partei ergriffen hatte, vergaß sie ihren Ärger. Warum sollte sie auch nicht vergnügt sein, wo ihr mehr als zehnfache Genugtuung zuteil geworden war! Ihre Leidenschaft für Simen Tjing vertiefte sich beträchtlich.

Eines Tages war gerade Hwa Dse-hü an der Reihe, ein Gastgelage zu geben. Die Familie Hwa wohnte neben Simen Tjing. Da ihr ein kaiserlicher Hämling angehört hatte, waren dort die Pokale mit den köstlichsten Weinen gefüllt. Die Schwurbrüder waren bereits vollzählig versammelt. Es fehlte nur noch Simen Tjing, der wegen irgend einer geschäftlichen Verabredung erst nach der Mittagsstunde erscheinen konnte. Deshalb hatte man noch nicht Platz genommen. Endlich kam er, und nach der Begrüßung ließ man sich an der Tafel nieder, wobei der Gastgeber Simen Tjing den Ehrensitz anwies. Zwei Singschätzchen spielten auf der Laute und Harfe und trugen Lieder zum Mahle vor. So schön waren sie und so vollkommen ihre Kunstdarbietungen, daß sie den Künstlern aus dem Birnengarten [53, c] glichen.

Schneeig erstrahlte der weiße Batist;
schön lagen die Falten.

Edel gerafft war ihr prächtiges Haar
auf dem Haupte gehalten.
Mündchen wie Kirschen! Wie Pfirsiche Wangen!
Das Antlitz der beiden
Aprikosen vergleichbar,
die Hüften den Pappeln und Weiden.
Zauber wie von Orchideen
den Herzen, den Mienen entquollen;
O! Wie im lieblichen Sang
ihre schmiegsamen Stimmen erschollen
süß und melodisch! So singt der Pirol
und hüpft in den Zweigen.
Auch waren wirbelnde Windungen
im feurigen Tanz ihnen eigen;
und mit schwebenden Schritten
sie blieben beim Reigen zu schauen,
wie wenn Phönixe ziehen dahin
über blühende Auen.
Altertümlicher Weisen Musik
sie legten zugrunde;
Dennoch kamen die Klänge natürlich heraus
und paßten zur Stunde.
Hinter dem fröhlichen Haus
hielt inne der Mond, beim Tanze zu weilen;
Wolken, die heitere Stätte besuchend,
vergaßen das Eilen.
Störte doch nirgends ein Mißton:
sie folgten getreulich den Noten,
die manch schwieriges Stück
an Höhe und Schnelle geboten.
Ob das Spiel nun behend,
ob ernst und gemessen ertönte,
immer des Wohlklangs Gesetz
den Harfen- und Lautenschlag krönte,
während rosige Elfenbeinklappern
den Takt hielten inne.

So ward jeglicher Ton
zum höchsten Genuß für die Sinne.

Es währte nicht lange, so hatte man drei Runden Wein zu sich genommen, und es waren drei Liederfolgen vorgetragen worden. Die beiden Sängerinnen legten ihre Musikgeräte beiseite, traten vor und warfen sich wie vom Winde bewegte Blütenzweige zu Boden auf ihr Antlitz. Simen Tjing ließ ihnen durch Dai-an aus seiner Brieftasche zwei Umschläge mit je drei Scherf Silber als Belohnung darreichen. Die Sängerinnen bedankten sich und traten in den Hintergrund. Simen Tjing richtete nun an Hwa Dse-hü als den Gastgeber die Frage:

«Wie heißen die jungen Damen mit Namen? Sie sind wirklich ausgezeichnete Sängerinnen.»

Noch ehe dieser hatte antworten können, rief Jing Bo-djau dazwischen:

«Unser Oberrat hat ein schlechtes Gedächtnis. Er erkennt sie nicht wieder! Die Harfenspielerin ist Silberschönchen Wu aus der hinteren Lustbarkeitsgasse, des jungen Hwa verehrtes Eisvögelchen. Die Lautenspielerin ist das Töchterchen der alten Mutter der dritten Li, von dem wir seinerzeit gesprochen haben, die jüngere Schwester von Zimtfee Li. Ihr Rufname ist Zimtknospe. Ihre leibliche Tante gehört doch deiner Familie an! Warum tust du da, als ob du sie nicht kenntest?»

«O, sie ist es!» lachte Simen Tjing. «Ich habe sie zuletzt vor sechs Jahren gesehen. Wer konnte erwarten, daß sie sich so prächtig entwickeln würde?»

Als man den Wein ausgetrunken hatte, schenkten die Mädchen wieder ein. Zimtknospe redete dabei fleißig zum Trinken zu, pflog Liebesunterhaltung und spazierte bei den Gästen herum. Simen Tjing fragte sie:

«Wie geht es deiner Mutter und deiner Schwester Zimtfee? Warum besucht ihr denn nicht eure Tante bei mir?»

«Unserer Mutter geht es seit vorigem Jahre gar nicht gut», antwortete Zimtknospe. «Jetzt ist sie an den Beinen halb gelähmt und kann sich nur mit fremder Hilfe fortbewegen. Meine Schwester Zimtfee hat ein Geschäftsmann aus der Gegend des Hwaistromes seit einem halben Jahre gedungen. Wenn sie ihn in seinem Hause besucht, läßt er sie oft mehrere Tage lang nicht nach Hause. Bei uns daheim ist sonst gar niemand mehr da, und so leben wir von meinem Verdienst als Sängerin. Es ist ein trauriges Brot. Ich habe mich schon immer mit dem Gedanken getragen, bei Euch vorzusprechen, um die Tante zu besuchen, aber umsonst, es fehlte mir dazu die nötige Zeit. Warum seid Ihr aber so lange nicht zu uns gekommen? Auch solltet Ihr die Tante einmal zum Besuch unserer Mutter nach Hause lassen. Das wäre schön!»

Ihre liebenswürdige Art und ihre verständige und aufgeweckte Unterhaltung rief in Simen Tjing den Wunsch wach, sie für sich zu haben. Darum sagte er:

«Wenn ich mich heute mit zwei guten Freunden verabrede, dich nach Hause zu bringen, würde dir das recht sein?»

«Narrt mich doch nicht! Solltet Ihr wirklich Euren hochwerten Fuß noch in unsere ärmliche Hütte setzen wollen?

«Ich narre dich nicht», antwortete Simen Tjing und gab ihr aus seinem Ärmel ein Taschentüchlein, einen silbernen Zahnstocher und ein Büchschen duftenden Tees.

Zimtknospe nahm alles in Empfang und erkundigte sich, um welche Zeit er gehen werde, da sie den Diener vorauszuschicken beabsichtige, damit man zu Hause etwas vorbereiten könne.

«Ich warte nur noch bis zum allgemeinen Aufbruche, dann kommen wir mit.»

Als man das Weingelage bald darauf aufhob, war es schon dunkel geworden. Simen Tjing verabredete mit Jing Bo-djau und Sjä Si-da, sich nicht nach Hause zu begeben. Sie begleiteten vielmehr hoch zu Roß Zimtknospe heim und bogen in das Vergnügungsstättenviertel ein zum Hause Li.

Zum Männerfange, wie man sah,
lag's wie ein Keller düster da,
gebaut wohl einem Kerker gleich,
an list'gen Winkeln äußerst reich;
Fast wie ein Labyrinth es war,
den Geist verwirrend ganz und gar.
Doch wie's im Leichenschauhaus Brauch,
in Fleischverkaufsgeschäften auch,
war alles offen ausgestellt
ganz ohne Scheu vor aller Welt.
Gefühlstot gab die Dirn' sich hin,
lebendig nur zum Geldgewinn.
In großen Zeichen an der Wand
zur Werbung angeschrieben stand:
Laß alle Knickrigkeit zu Hause!
Zahl reichlich, Freund, und ohne Flause!
Das Kopftuchgeld [53, d] streicht ganz allein
die Mutter dieses Hauses ein.
Magst, wie du willst, der Lust hier frönen:
doch pumpen tun dir nichts die Schönen.

Als Simen Tjing und seine Gefährten mit Zimtknospe in ihrer Sänfte am Haustor ankamen, bewillkommnete sie Zimtfee an der Tür und hieß sie eintreten. Nach den Begrüßungsförmlichkeiten baten die Herren, um sich der alten Mutter vorzustellen, daß man diese herausrufe. Alsbald erschien die kriecherische Alte, auf eine Krücke gestützt. Die eine Seite des Körpers und der Arm waren gelähmt. Beim Anblicke Simen Tjing's grüßte sie herzlichst mit dem Wunsche zehntausendfältigen Segens:

«Gütiger Himmel! Welcher Wind hat Euch, verehrter Schwager, hergeweht?»

«Es war mir unter der Bürde der Geschäfte bisher leider unmöglich zu kommen. Verargt mir das nicht, Mütterchen!» antwortete Simen Tjing lachend.

«Warum sind denn die beiden anderen Herren auch niemals zur Unterhaltung erschienen?» wandte sie sich nun an Jing und Sjä.

«Ja, so geht's! Weil ich leider nie Zeit hatte», erwiderte Jing Bo-djau. «Heute trafen wir Zimtknospe in einer Teegesellschaft bei Herrn Hwa und haben sie mit Herrn Simen heimgeleitet. Laßt nur rasch Wein auftragen! Wir wollen uns einige Gläschen zur Feier unseres Kommens genehmigen.»

Die unterwürfige Alte forderte die drei Herren auf, die Ehrensitze einzunehmen, bestellte Tee, wischte die Festtafel ab und sorgte für Speisen und Getränke. Bald darauf trat zu dem inzwischen angerichteten Festschmaus in vollem Schmuck und Putze Zimtknospe mit einer Kerze aus ihrem Gemach und setzte sich etwas abseits zu einer Gesellschaft. Die beiden Schwestern mußten singen und Wein kredenzen, und beim Zusammenspiele der Lauten floß der Wein in den güldenen Pokalen über.

Es paßte hier so recht: [65, d]

Glasurbecher glänzen ringsum auf dem Tisch
wie Bernstein so blank und so hell.
Aus Krügen mit Wein perlt rötlich und frisch
manch köstliches Tröpflein schnell.
Von gebratenen Phönixen mannigfach,
aus gesottenen Drachen heraus,

da träufelt nephritklar nach und nach
der Saft beim fetten Schmaus!
Aus den Frauengemächern, wie flutet es weich
und duftgeschwängert und schwer
von Behängen aus Seide, bestickt so reich,
der Türen und Betten her!
Es mischt in der Trommel lautes Gedröhn
sich Drachenflötenklang.
Beim Tanze, wie wiegen die Hüften sich schön!
Wie blitzen die Zähne beim Sang!
Ei wahrlich! Wer wünscht wohl, wenn er gescheit,
daß ungenützet und leer
die grünenden Tage der Jugendzeit
verrinnen ins Nimmermehr?
Aus der Sängerin Mund tönt lieblicher Laut
bei silberner Lampen Licht.
Doch Liu Ling[64,b] solche Feste schaut
im finsteren Grabe nicht.

Während des Gesanges der Schwestern kreisten die Trinkbecher aus Rhinozeroshorn. Fröhlich zechte man.

«Heute sind die beiden Herren da!» bemerkte Simen Tjing zu Zimtfee. «Ich habe schon immer sagen hören, Zimtknospe verstehe es ganz ausgezeichnet, südländische Opernarien zu singen. Darf ich nicht vielleicht um einen solchen Vortrag bitten, damit mir die Herren dabei ein Schälchen Wein zutrinken?»

«Ich durfte dem Herrn Oberrat darin nicht vorgreifen», meinte Jing Bo-djau, «und mußte die Anregung ihm, dem Würdigeren, überlassen. Ich habe aber meine Ohren bereits geputzt und will nun gern den herrlichen Tönen lauschen.»

Zimtknospe blieb unbeweglich sitzen und lächelte vor sich hin. Simen Tjing hatte die Absicht, ihr den Gürtel zu lösen. Deshalb hatte er sie zunächst zu einem Liede genötigt. Aus langer Erfahrung gewitzigt, übersah die Hausmutter der Vergnügungsstätte sofort die Lage. Zimtfee, die seitlich saß, bemerkte:

«Unsere Zimtknospe ist von klein auf sehr verhätschelt worden. Sie ist auch von Natur zurückhaltend und lehnt es ab, wahllos für jedermann zu singen.»

Simen Tjing ließ Dai-an einen Silberbarren von fünf Unzen aus seiner Brieftasche herausnehmen und legte ihn mit den Worten auf den Tisch:

«Es ist nur eine Kleinigkeit, einstweilen etwas für die Bedürfnisse von Fräulein Zimtknospe an Puder und Schminke. In ein paar Tagen werde ich außerdem noch einige golddurchwirkte Gewänder senden.»

Zimtknospe erhob sich, dankte und wies die Magd an, das Geld in Empfang zu nehmen. Dann erst trat sie zum Singen an die Tafel heran. Sie war zwar noch jung, zeichnete sich jedoch schon durch Schönheit und Kunstfertigkeit aus. Ohne jede Unruhe zog sie gelassen zunächst leicht ihre Seidenärmel hoch, strich ihren nach Hunan-Art geschnittenen Rock zurecht, steckte in den Ärmel ein Taschentüchlein mit rosa Fransen, so weich und geschmeidig wie fallende Blüten oder fließendes Wasser und sang: [86]

Anmutsvoll die Maid
glänzt als schönste weit
in der Sängerinnen Bund.
Wo sie geht allein,
hüllt sie Dufthauch ein,
Rührt der Männer Herzensgrund,
ihren tiefsten Herzensgrund!
Stab aus Edelstein,
der im Schmutz noch rein!
Dem, der lauschet deinem Sang,
bringst du wonnig Weh;
schöner als die Fee

einst im Traum des Königs Sjang,
einst im Traum des Königs Sjang. [64, d]

Simen Tjing war ganz fassungslos vor Entzücken über ihren Vortrag. Er hieß seinen Diener Dai-an, das Roß nach Hause führen und blieb die Nacht in Zimtfees Zimmer. Es drängte ihn, mit dem jungen Mädchen als erster eine Liebesnacht zu erleben. Jing Bo-djau und Sjä Si-da sprachen ihm auch noch tüchtig zu, und damit war der Entschluß endgültig gefaßt. Am anderen Morgen sandte Simen Tjing, um Zimtknospe seine Gunst zu bezeugen, einen kleinen Botenjungen nach Hause. Er sollte fünfzig Unzen Silber holen und aus dem Seidengeschäft vier Gewänder. Als Holdchen Li erfahren hatte, daß Simen Tjing ihrer Nichte den Gürtel zu lösen beabsichtigte, war sie hoch erfreut. Eiligst händigte sie Dai-an einen großen Silberbarren aus, damit er ihn in die Stätte der Lust bringe zur Besorgung von Kopfschmuck und Gewändern.

Es wurden nun Festgelage bestellt, und man flötete, fidelte, sang und tanzte. Alles prangte von Brokat und Stickereien. Drei Tage lang trank man Hochzeitswein. Jing Bo-djau und Sjä Si-da steuerten mit dem wortkargen Sun, Dschu Schi-niän und Tschang Dschi-djiä je einen halben Scherf als Anteile bei und erschienen zur gemeinschaftlichen Beglückwünschung. Die Auslagen für Nachtquartier und Bett bestritt sämtlich Simen Tjing. Tagaus, tagein zechte man Wein und schwelgte in Braten, trieb Possen und scherzte in der Stätte der Lust. Doch davon genug der Worte!

Es prangt in frischem Glanze
noch ihre Kleidung neu,
auch ist der Takt beim Tanze
stets deinem Wunsch getreu.

Simen Tjing löst Zimtknospe den jungfräulichen Gürtel
und feiert die Hochzeit mit seinen Freunden.

Doch rinnt des gelbe Gold dir fort,
sind arm und bloß die Körper dort.
Laßt euch, ihr Reichen, raten:
Treibt's nicht zu toll darin,
vergeudet die Dukaten
nicht, bis sie ganz dahin!
Denn der Verarmung bittres Leid
verhütet nur die Sparsamkeit.

12. KAPITEL

Wie Goldlotos den Diener liebt,
Der Gatte ihr's zu fühlen gibt.
Astrolog Liu, beschenkt, soll finden
Den Weg, ihn neu an sie zu binden

Wo den Baum man einsam läßt,
dauert mich sein Leben:
Sturm zerpflückt ihm das Geäst,
läßt die Wurzeln beben.
Fällt auch mild bisweilen Tau,
labt ihn hin und wieder,
doch wie wirbeln Winde rauh!
Beugen ihn hernieder.

Unentfaltet, ungemacht
sind des Bettes Decken.
Aufrecht sitzt sie Tag und Nacht,
mag sich drin nicht strecken.
Hager wurde sie vor Gram,
den sie klagt den Lüften,
weil er nicht liebkosen kam
ihre zarten Hüften.

Simen Tjing weilte also, lüstern auf Zimtknospes schönen Leib, in der Gaststätte der Freude und war schon fast einen halben Monat seiner Familie ferngeblieben. Frau Mondtraut hatte ihn bereits mehrmals durch einen der kleinen Dienerjungen mit dem Pferd abholen lassen wollen. Um ihn aber festzuhalten, hatte die Familie Li ihm Kleider und Kopfbedeckung versteckt. Daheim hatten seine Frauen, die von ihm im Stiche gelassen worden waren, nichts zu tun und lebten in beschaulicher Ruhe. Mit Ausnahme von Goldlotos fanden sich alle damit ab. Sie war noch nicht dreißig Jahre alt und konnte die brennende Sinnenlust nicht unterdrücken. Das Feuer ihrer Begierde loderte klafterhoch auf. Täglich puderte und schminkte sie sich, legte Edelstein- und Perlenschmuck an, pflegte ihre Zähne blendend weiß und färbte ihre Lippen zinnoberrot. Ohne daß sie sich zum Haupttore begab, verstrich kein einziger Tag. Dort, an die Türe gelehnt, spähte sie hinaus. Bis der Abend dämmerte, weilte sie hier. Dann schlich sie in ihre Behausung zurück. Da blieb ihr Kopfkissen vereinsamt, ihr Bettvorhang verwaist. Auf ihrer Phönixterrasse[77] fehlte der Gefährte. Schlaflos durchwanderte sie eines Abends den Garten. Während sie durch Blumen und Moos schlenderte, betrachtete sie das Spiegelbild des Mondes auf der sanft gekräuselten Wasserfläche. Sie grübelte über Simen Tjing's Wesen, das ihr schwer faßlich war. Zufällig gewahrte sie, wie zwei schildpattfarbene Kätzchen sich paarten. Das erregte sie und verwirrte ihre Tugend.

Ihrerseits hatte Jadeturm einen Dienerknaben mitgebracht, den man den Lautenjungen nannte. Er war etwa sechzehn Jahre alt und hatte sich das Haupthaar wachsen lassen. Hübsch waren seine Brauen, verführerisch seine Augen. Er hatte sich aufgeweckt, flink und gewandt gezeigt. Ihm war von Simen Tjing die Aufsicht über den Garten übertragen worden. Neben der Eingangspforte zu diesem schlief er nachts in einem kleinen Pförtnerhäuschen. Goldlotos und Jadeturm pflegten täglich in einer der Lauben gemeinsam Handarbeiten zu machen oder Schach zu spielen. Dabei war ihnen der Junge mit Handreichungen und kleinen Dienstleistungen besonders behilflich. Auch hielt er immer wieder Ausschau, ob Simen Tjing komme, um es dann sofort zu melden. Goldlotos hatte deshalb ihr Wohlgefallen an dem Knaben. Sie rief ihn öfter zu sich in die Stube und setzte ihm zur Belohnung Wein vor. Indem sie sich Morgen für Morgen und Abend für Abend zunickten, erwachte in ihnen Neigung füreinander.

Inzwischen war überraschend schnell der siebente Mond herangekommen und damit Simen Tjing's Geburtstag in die Nähe gerückt. Da Frau Mondtraut sah, wie Simen Tjing über der Halbwelt alles andere vergaß, sollte ihn Dai-an mit einem Pferd abholen. Goldlotos hatte in aller Heimlichkeit ein Briefchen verfaßt, es an Dai-an ausgehändigt und ihm eingeschärft, es dem Herrn unbeobachtet zuzustecken. Auch sollte er ihm ihre Bitte bestellen, möglichst bald heimzukommen. Dai-an ritt auf kürzestem Wege zu der Familie Li. Dort traf er Jing Bo-djau, Sjä Si-da, Dschu Schi-niän, den wortkargen Sun und Tschang Dschidjiä vollzählig beisammen, wie sie Simen Tjing Gesellschaft leisteten, mit den Schönen schäkerten, zechten und ihre Späße trieben.

«Warum bist du hergekommen?» fragte Simen Tjing. «Zu Hause liegt doch nichts vor?»

Das bestätigte Dai-an. Da fuhr Simen Tjing fort:

«Sag' Ohm Fu, er solle alles Silber einfordern und dann für die Abrechnung meine Rückkehr abwarten.»

Dai-an wußte zu berichten, der Geschäftsführer Fu habe in den letzten Tagen schon sehr viel Silber eingetrieben und warte auf des Herrn Heimkehr, um mit ihm abzurechnen.

«Hast du den Satz Kleider für Fräulein Zimtknospe mitgebracht?» erkundigte sich Simen Tjing.

Der Diener bejahte es, entnahm einem Paket ein rotes ungefüttertes Jäckchen und einen blauen Rock und überreichte beides Zimtknospe. Sie trat mit dem Wunsche tausendfältigen Segens heran und gab rasch die Weisung, Dai-an im Hinterzimmer etwas vorzusetzen. Der Junge aß sich satt und kam dann wieder nach vorn, um mit aufzuwarten. Heimlich flüsterte er dabei Simen Tjing ins Ohr:

«Die fünfte Gemahlin hat mich beauftragt, dieses Briefchen hier dem Herrn mit der Bitte zu überbringen, doch recht bald heimzukommen.»

Gerade wollte Simen Tjing den Brief an sich nehmen, als Zimtknospe, die den Vorgang beobachtet hatte und glaubte, es handle sich um den Liebesbrief einer Buhlin, ihn mit raschem Griffe wegschnappte, öffnete und musterte. Das Brokatblatt, mit einem Kehrgedicht[65, b] in Schönschrift verziert, enthielt ein paar Reihen Schriftzeichen. Zimtknospe reichte das Briefchen Dschu Schi-niän[30, f], um es vorlesen zu lassen. Es war ein Lied mit der Angabe der Weise: ‚Schlehen vom Sturm abgeworfen'. Er las vor:

«Sinnend verbring' ich die Tage,
immer noch grübelnd im dämmernden Licht.
Ach! Vor Leid ich verzage;
her führt all mein Lieben ihn nicht. –
Weil vor Weh mir das Herz schier bricht,
jammernd erheb' ich die Klage.
Decken mich einsam umfassen;
erst wenn erloschen des Flackerlichts Schein,
tröstet mich Schlaf; von den Gassen
schimmert durchs Fenster der Mond nur herein.
Hart ist dein graues Herz wie von Stein!
Nacht wird's, und ich bin verlassen!

Mit Grüßen Deiner Dich liebenden Nebenfrau, der sechsten Pan.»

Zimtknospe zog sich sogleich vom Mahl in ihre Kammer zurück und legte sich auf ihr Bett. Das Gesicht kehrte sie der Wand zu. Ihr Groll veranlaßte Simen Tjing, das Briefchen in Fetzen zu zerreißen und Dai-an vor aller Augen zwei Fußtritte zu versetzen.

Zwei Versuche, Zimtknospe herauszubitten, schlugen fehl. Da begab er sich erregt in ihre Kammer und trug sie auf den Armen hinaus. Dabei sagte er zu Dai-an:

«Führe das Pferd heim! Sobald ich nach Hause komme, werde ich das liederliche Weib, das dich hergesandt hat, zu Aas hauen.»

Dai-an machte sich mit Tränen in den Augen auf den Heimweg, während Simen Tjing Zimtknospe zu beschwichtigen suchte:

«Sei doch nicht böse! Der Brief stammt von keinem anderen Mädchen; meine fünfte Nebenfrau hat ihn geschrieben und mich nur gebeten, heimzukommen, um geschäftliche Angelegenheiten zu erörtern. Sonst liegt nichts vor!»

«Laß dir nichts von ihm weismachen, Zimtknospe!» scherzte Dschu Schi-niän. «Die sechste Pan ist ein Mädchen aus der Nachbarschaft, mit der er neulich angebändelt hat. Ein Musterbild von Schönheit! Laß ihn ja nicht zu ihr hin!»

Simen Tjing schlug lachend nach ihm:

«Verdammter Schurke! Immer ärgerst du einen fast zu Tode. Sie ist schon böse genug; da schwatzest du nun auch noch solchen Unsinn!»

«Schwager, Ihr seid im Unrecht», mischte sich Zimtfee ein. «Wenn Ihr daheim schon Frauen zu betreuen habt, braucht Ihr nicht andere Schöne zu umwerben. Ihr solltet Euch mit den Euren zu Hause bescheiden. Lange genug habt Ihr uns Gesellschaft geleistet, jetzt solltet Ihr Euch losreißen.»

«Was sie sagt, ist richtig», fiel ihr Jing Bo-djau ins Wort. «Hört mir einmal zu! Der Oberrat braucht sich nicht nach Hause zu begeben. Zimtknospe soll nicht schmollen. Für heute ist die Sache abgetan. Wer noch einmal davon spricht, zahlt zwei Unzen Silber als Strafe. Davon wird Wein eingekauft, und wir alle trinken mit.»

Simen Tjing nahm Zimtknospe auf den Schoß, umarmte sie und lachte sie an. Sie zechten nun wieder miteinander, und jeder trank dem anderen zu. Ein Weilchen später wurde in sieben großen Tassen Tee gebracht. Sein Aroma war so stark, daß man es mit den Händen hätte greifen können. Vor jeden wurde eine Tasse gestellt.

«Ich kenne ein Liedchen, das die Annehmlichkeiten dieses Tees schildert», begann Jing Bo-djau.

Wenn im Hauche des Frühlings
schwillt die Knospe des Teestrauchs zart,
pflück und sammle die Blättchen!
Später werden sie mispelhart.
Dunkel die Färbung beim Aufbrühn,
köstlich duftend und wunderbar
rein im Geschmack! Unmöglich,
das zu beschreiben rein und wahr.
Bist du recht im Genießen,
immer zu schlürfen begehrest du.
Selbst wenn Rausch dich umnebelt,
strebst du diesem Genusse zu.
Bist du nüchtern geworden,
gleich die Begier dich von neuem befällt.
Tausend Goldstücke wert ist,
daß den Schatz man umfangen hält.

«Oberrat, Ihr laßt hier doch auch nur so viel springen, um den Schatz umfangen zu halten oder etwa nicht?» bemerkte Sjä Si-da lachend. «Jetzt soll aber jeder, der dichten kann, ein Gedicht zum Besten geben; wer nicht zu dichten versteht, mag eine Schnurre erzählen und dann mit Zimtknospe ein Schälchen trinken.» Er eröffnete auch sofort diese Unterhaltung: «Ein Maurer hatte in einer Lustbarkeitsstätte den Fußboden gepflastert. Aber die alte Hausmutter hatte ihn nicht sehr zuvorkommend behandelt und entlohnt. Da verstopfte er heimlich mit einem Ziegelstücke den unterirdischen Abzugskanal. Beim nächsten Regen füllte sich das ganze Anwesen mit Wasser. Besorgt ließ die Alte den Arbeiter suchen, bewirtete ihn reichlich mit Wein und Speisen, zahlte ihm ein Scherf Silber und bat ihn flehentlich, die Wassernot zu beseitigen. Der Maurer aß und trank sich zunächst satt und entfernte dann unauffällig das Ziegelstück aus dem Abzugskanal, so daß sich das Regenwasser augenblicklich verlor. Die Hausmutter erkundigte sich nach der Ursache des Übels. ‚Mit der Unannehmlichkeit hat es die gleiche Bewandtnis wie mit Eurem Betrieb: Losgehn kann's nur gegen Bezahlung, sonst nicht', antwortete er.»

Zimtknospe parierte sofort den Hieb:

«Ich möchte den Herren meinerseits auch mit einem Witz aufwarten: Ein Heiliger namens Sun bereitete einst ein Festmahl. Dazu ließ er Einladungen ergehn. Er hieß seinen Reittiger[2,e] die Gäste herbeibitten. Der aber verschlang unterwegs einen nach dem andern. Bis zum Abende wartete Sun. Jedoch nicht ein einziger Gast ließ sich blicken. Nur der Tiger kam zurück. Da fragte der Heilige, wo die Gäste geblieben seien, die er herbeirufen sollte.

«Meister, ich will's Euch verraten», gab der Tiger mit menschlicher Stimme zur Antwort.

Bis jetzt hat mich niemand gelehret,
als Gästen auch andern ein Mahl zu bescheren.
Nur kostenlos zehren, von ihnen mich nähren,
das hat mir noch niemand verwehret.

Damit hatte sie ihrerseits allen eins ausgewischt, und Jing Bo-djau bemerkte:

«Nun haben wir es also zu hören bekommen, daß wir nur Mitesser eures Hausgönners sind und noch nicht einmal jemals eine Einladung haben ergehen lassen.»

Gleichzeitig zog er aus seinem Haupthaar einen als Ohrlöffel geformten versilberten Haarpfeil, der eine Zehntel-Unze wog. Sjä Si-da gab ein Paar vergoldete Haarnetzhaubenreife, knapp eine Zehntel-Unze schwer. Dschu Schi-niän holte ein altes Taschentuch aus dem Ärmel, das mit zweihundert Kupferlingen bewertet wurde. Der wortkarge Sun versetzte seinen Schurzrock, den er der sommerlichen Hitze wegen abgelegt hatte, für zwei und eine halbe Kanne Wein. Der Borger Tschang Dschi-djiä[30,h] mußte Simen Tjing wieder in unterwürfiger Art um ein Scherf Silber anpumpen. Alles händigte man Zimtfee für ein Gastmahl zu Ehren von Simen Tjing und Zimtknospe ein.

Zimtfee ließ den Kellner für das Geld Schweinebraten einkaufen und ein Huhn schlachten. Auf Kosten ihrer Familie spendete sie noch etwas Gemüse. Als die Tafel gedeckt und alles in großen Tellern und kleinen Schüsseln angerichtet war, nahm die Gesellschaft Platz. Auf das Wort «Langt zu!» machten sich alle über das Mahl her, rascher als es sich schildern läßt:

Als sucht' man Schutz vor Wetter
und grellem Sonnenschein,
hielt tief den Kopf ein jeder,
bewegt' den Mund allein,
mit gier'gem Augenzwinkern,
die Brauen hochgetan.
Wie wenn in dichten Schwärmen
Heuschrecken, Mücken nahn,
als ob ein Hungerstrafhaus
just aufgeschlossen wär,
so drängten sie zum Essen
mit Arm und Schulter her,

als wären sie noch niemals
geworden je gewahr
von Wein und Speisen etwas
wohl über Tag und Jahr.
Drum stürzte dieser hastig
mit drei der Stäbchen her,[40, e]
wie wenn schon lang beim Gastmahl,
er nicht gewesen wär.
Des andern volles Antlitz
war ganz von Schweiß benetzt,
als hätt' ein Hühnerknochen
sich ihm zur Wehr gesetzt.
Dem dritten aber glänzten
von Fett die Lippen blank,
indes er unaufhörlich
die Schweinehaut verschlang.
Man war noch gar nicht lange
beim Mahle da verweilt,
leer waren Becher, Teller:
So hatt' man sich beeilt.
Und als nach einem Weilchen
nun niemand kaute mehr,
wirr auf dem Tische lagen
die Stäbchen kreuz und quer.
Des Fresserfürsten Marschall
konnt' dieser sein im Saal,
von Tellerreinableckern
wohl jener: General.
Es waren schon die Kannen
vom Weine längst geleert,
doch wurden, einzuschenken,
sie oft noch umgekehrt.
Der Leckerbissen gab es
auch nicht ein Krümchen mehr,
doch suchte mit den Stäbchen
noch jeder ringsumher.

Im wahrsten Sinn des Wortes
verschwand im Handumdrehn,
von allen Schleckereien,
was eben noch zu sehn.
Hinabbefördert hatte
sie da ein jeder Gauch
rasch in sein eignes Wirtshaus,
den nimmersatten Bauch.

Alles wurde bis auf den letzten Rest vertilgt. Derweil Simen Tjing und Zimtknospe kaum zwei Becher Wein getrunken und nur ein paar Happen Gemüse abbekommen hatten, war von den anderen Gesellen alles verzehrt worden. Zwei der Stühle, auf denen man beim Mahle gesessen hatte, brachen zusammen. Für den kleinen Dienerjungen, der vor dem Hause auf die Pferde zu achten hatte, war nichts abgefallen. Er stürzte wütend den Thron des Erdgottes, dem vor dem Hause geopfert wurde, um und ließ geräuschvoll einen Haufen warmen Kot darauf ab. Kurz bevor der wortkarge Sun fortging, steckte er den vergoldeten bronzenen Buddha, dem die Familie Li in ihrem offenen Vorraume zu opfern pflegte, in seine Hosengurttasche. Jing Bo-djau stellte sich, als ob er Zimtknospe einen Kuß rauben wollte, entwendete ihr dabei aber eine goldene Haarnadel mit Perle und verulkte sie. Sjä Si-da versteckte Simen Tjing's Fächer aus den Stromlanden. Dschu Schi-niän begab sich in Zimtfees Gemach, um sich im Spiegel zu betrachten, und ließ dabei ihren Quecksilberspiegel[49, r] verschwinden.

Tschang Dschi-djiä schrieb seine Borgschuld an Simen Tjing, ein Scherf Silber, auf einen Spähvorhang an. Alle diese Kerle begleiteten ja Simen Tjing nur ihres eigenen Vergnügens wegen und waren ganz ausgelassen.

Indessen wie sagt doch jenes Gedicht?

Deckt das Gesicht mit dem Arm
wie ein Äffchen sich zierend die Schöne,
laß zum Verweilen dir Zeit
und nütze die Stunde wohl aus!
Aber wenn tolle Begier sich
gar nicht lässet genügen,
wer behütet derweil
goldene Schlösser zuhaus?

Wir können unerwähnt lassen, wie man allgemein Simen Tjing zum Weitertrinken drängte. Das braucht nicht im einzelnen geschildert zu werden.

Dai-an war unterdessen mit dem Pferde wieder heimgekommen. Jadeturm und Goldlotos weilten gerade bei Frau Mondtraut. Sie wollten sogleich wissen, warum er den Herrn nicht heimgeleitet habe. Mit ganz rot verweinten Augen berichtete Dai-an:

«Der Herr hat mich mit dem Fuße gestoßen und gescholten. Er hat erklärt, wer es nochmals wage, ihn abholen zu lassen, solle auch Schelte zu hören bekommen.»

«Nun seht, wie unklug!» bemerkte Frau Mondtraut. «Wenn er nicht kommt, auch gut! Aber den Diener brauchte er doch nicht zu schelten!»

«Wenn er dem Dienerjungen einen Fußtritt versetzte, dann ist das doch genug», meinte Jadeturm, «warum aber hinterher uns noch ausschelten wollen!»

«Neun von zehn der liederlichen Frauenzimmer in den Stätten der Lust haben doch keine aufrichtige Liebe zu ihm. Aber», sagte Goldlotos, «das Sprichwort lehrt ganz richtig:

Wo Sauferei und Dirnengunst
ein tiefes Loch erst stießen,
da reicht ein goldbeladnes Schiff
nicht aus, es zu verschließen.»

Goldlotos ahnte nicht, daß Holdchen Li wahrgenommen hatte, wie Dai-an aus dem Vergnügungsviertel zurückkam. Nun war sie herbeigeeilt und lauschte vor dem Fenster. So vernahm sie, wie Goldlotos ihre Familie unzählige Male als liederliches Weiberpack beschimpfte. Heimlicher Haß stieg in ihr empor. Zwischen ihr und Goldlotos entstand von nun an Feindschaft. Doch davon ist hier nicht weiter zu reden. Es traf richtig zu:

Warm, auch im kältesten Winter, macht jeden
Süßes Geplauder und heiterer Scherz.
Häßliches Schelten und kränkende Reden
Eisig durchkälten selbst sommers das Herz.

Doch zurück zu Goldlotos! Sie ging wieder in ihre Stube. Jede durchwartete Viertelstunde erschien ihr an Dauer drei Herbstmonden gleich, ja jeder Augenblick des Harrens wie ein halber Sommer. Daß Simen Tjing nicht heimkehren würde, wußte sie nun genau. Darum ließ sie ihre beiden Mägde zu Bett gehen und tat, als wolle sie sich noch im Garten erholen. Dann rief sie den Lautenjungen in ihre Stube, und setzte ihm Wein vor, bis er berauscht war. Darauf verriegelte sie die Türe. Sie entkleideten sich und tollten sich aus.

Gleichgültig schien der Frau jetzt Standespflicht
und Rang.
Zu scheiden Herrn und Knecht, fühlt' er
auch nicht den Drang.
Des Sinnentaumels Lust sie überwältigt hatte.
Was scherte sie Gefahr? Was scherte sie der
Gatte?
Und sein unzüchtig Herz war so sehr geil
entfacht,
daß er Gesetz und Brauch ließ völlig außer acht.

Des Gartens Blütenwelt ward Tummelplatz
der Brünste,
der Herrin Wohngemach zur Welt der
Wollustkünste.
Sein Eselssame floß im Lustrausch heiß und groß
geradewegs hinein in seiner Herrin Schoß.

Von diesem Tage an bestellte Goldlotos allnächtlich den Lautenjungen zu gleichem Zwecke zu sich in ihre Kammer und entließ ihn erst kurz vor der Morgendämmerung. Verstohlen schenkte sie ihm ein paar goldplattierte Haarpfeile aus ihrem Haupthaar und ein besticktes Beutelchen mit einem Riechfläschchen, das sie am Rocke getragen hatte. Wie konnte sie ahnen, daß der junge Bursche die Verschwiegenheit nicht wahren würde! Da er oft auf die Gasse ging, um mit Dienern seines Alters zu zechen und um Geld zu spielen, sickerte etwas durch. Ein Sprichwort warnt:

Was euch, daß man es weiß, nicht paßt,
das unterlaßt!

Eines Tages gelangte etwas von dem weitergetragenen Gemunkel auch zu den Ohren von Schneeholdchen Sun und Holdchen Li, und sie sagten:

«Das niederträchtige, liederliche Frauenzimmer hat sich bisher immer in der Familie als sittenrein und edel aufgespielt. Warum treibt sie jetzt so etwas!»

Sie begaben sich zu Frau Mondtraut und erzählten es ihr. Diese weigerte sich aber immer wieder, es zu glauben, und meinte:

«Laßt doch den Streit und vertragt euch mit ihr! Erzürnt auch nicht Schwester Jadeturm! Sie wird nur wieder sagen, daß ihr ihren Dienerknaben anschwärzt.»

Schweigend zogen sich die beiden zurechtgewiesenen Frauen zurück. Als bald darauf eines Nachts Goldlotos in ihrer Stube sich wieder mit dem Jungen einließ, hatte sie vergessen, die Küchentür abzuriegeln. Zufällig kam Herbstaster heraus, um ein Bedürfnis zu verrichten, und sah alles. Am nächsten Morgen erzählte sie es im Hinterhause Edelsteinchen. Diese teilte es Schneeholdchen mit, und nun begaben sich Schneeholdchen und Holdchen Li abermals zu Frau Mondtraut, um ihr die Sache zu berichten. Ihre eigene Dienerin habe es selbst gemeldet. Nicht sie seien es, die die Anklage erhöben. Wenn Frau Mondtraut jetzt nicht einschreite, so würden sie es dem Herrn sagen; dem dirnenhaften Frauenzimmer verzeihen, hieße mit jedem Skorpion Mitleid haben. Das war gerade der Siebenundzwanzigste des siebenten Mondes, und Simen Tjing war aus der Vergnügungsstätte zurückgekehrt, um seinen Geburtstag zu begehen. Frau Mondtraut meinte deshalb:

«Eben erst ist er heimgekommen; außerdem ist heute sein Festtag. Wenn ihr mir trotzdem nicht folgen wollt, so sagt es meinethalben! Ich kümmere mich um nichts, wenn er heftig wird.»

Sie hörten nicht auf Frau Mondtraut, baten Simen Tjing zu sich in die Stube und berichteten, wie Goldlotos zu Hause mit dem Dienerjungen gebuhlt habe.

Hätte Simen Tjing lieber nichts davon erfahren! Helle Wut übermannte ihn, als er das jetzt vernahm, und die Galle lief ihm über. Er ging nach vorn, setzte sich dann erst und rief einmal laut nach dem Lautenjungen. Goldlotos war inzwischen gewarnt worden. Vor Erregung an allen Gliedern zitternd, hatte sie durch Schlehenblüte sofort den Knaben in ihre Stube gerufen, ihm eingeschärft, unter keinen Umständen etwas zu verraten, und ihm alle Haarpfeile abgenommen. In der Eile vergaß sie aber, sich das Riechbeutelchen mit dem Fläschchen zurückgeben zu lassen. Als der Junge vor Simen Tjing erschien, hieß ihn dieser niederknien. Mehrere andere junge Diener mit kräftigen Prügeln mußten neben ihm Aufstellung nehmen.

«Du erbärmlicher Schurke!» begann Simen Tjing. «Weißt du, was du verbrochen hast?»

Der Junge wagte lange Zeit kein Wort zu stammeln. Simen Tjing wollte sich jetzt von den links und rechts stehenden Dienern die Haarpfeile des Jungen bringen lassen, aber man fand keine bei ihm.

«Wo hast du die vergoldeten Haarnadeln gelassen, die du getragen hast?» fuhr Simen Tjing ihn an.

«Meine Wenigkeit besitzt keine», erwiderte der Lautenjunge.

«Sklave», brüllte Simen Tjing, «du faselst auch noch dumm! Streift ihm die Kleider vom Leib und verdrescht ihn!

Sofort packten mehrere der Jungen zu, zogen ihm das Obergewand ab und streiften ihm die Hose herunter. Dabei kam an seinem Körper ein nephritfarbenes Batistleibchen zum Vorschein und an dessen Gurt ein besticktes Brokatbeutelchen mit einem Riechfläschchen. Simen Tjing ließ es sich reichen und erkannte es sofort als jenes, das Goldlotos an ihrem Beinkleide getragen hatte. Voll Empörung fragte er den Jungen:

«Wie bist du dazu gekommen? Wer hat es dir gegeben? Gesteh die Wahrheit!»

Vor Bestürzung wußte der Bursche lange kein Wort zu finden; schließlich sagte er, er habe es eines Tages, als er den Garten fegte, dort aufgelesen. Niemand habe es ihm geschenkt. Simen Tjing's Wut wuchs. Zähneknirschend befahl er, den Jungen zu fesseln und gründlich zu prügeln. Sofort wurde dieser auf einen Rahmen gespannt und erhielt dreißig so kräftige Hiebe, daß die Haut aufplatzte, das rohe Fleisch klaffte und das frische Blut ihm die Beine entlang rieselte. Simen Tjing gab Lai-bau die Weisung, dem Sklaven die

Haare an den Schläfen abzureißen, ihn aus dem Grundstück hinauszuwerfen und nicht zu dulden, daß er je wieder das Anwesen betrete. Der Lautenjunge warf sich auf sein Antlitz und verließ wimmernd und schluchzend das Haus.

Als Goldlotos vernahm, was geschehen war, schien es ihr, als hätte man sie in einen Kübel mit eiskaltem Wasser getaucht. Bald trat auch Simen Tjing bei ihr ein. Sie zitterte und bebte vor Schrecken, und ihr Puls wurde unregelmäßig. Zaghaft stand sie an seiner Seite und half ihm beim Ablegen der Gewänder. Simen Tjing versetzte ihr mit finsterer Miene eine Ohrfeige. Schlehenblüte wies er an, die Zugangstüren zu verriegeln und niemand einzulassen. Dann ließ er sich im Hof auf einem kleinen Stuhl unterhalb des Blumengestelles nieder, ergriff eine Reitpeitsche und herrschte sie an:

«Dirne! Zieh dich aus, knie' vor mir nieder, beuge deinen Puderkopf und wag' es nicht, einen Laut auszustoßen! Niederträchtige Dirne, tu nicht so, als träumtest du! Den Sklaven hab' ich bereits verhört. Er hat alles in Einzelheiten eingestanden. Sage mir die Wahrheit: Wie oft hast du dich ihm während meiner Abwesenheit von Hause hingegeben?»

«Himmel, Himmel!» schluchzte Goldlotos. «So töte mich nur, obwohl ich unschuldig bin! Während du fort warst, etwa vierzehn Tage lang, hab' ich immer, solange es hell war, mit Schwester Jadeturm Handarbeiten verfertigt, abends früh die Türe geschlossen und mich zu Bett gelegt. Ich habe es auch nicht gewagt, durch eine kleine Seitenpforte hinauszugehen, ohne etwas erledigen zu müssen. Glaubst du mir nicht, so befrage Schlehenblüte! Sie weiß doch alles bis auf ein Körnchen Salz oder ein Tröpfchen Essig ganz genau! Schlehenblüte! Liebe Schwester! So komm doch her und sag' es selbst dem Herrn!» wandte sie sich an sie.

«Niederträchtige Dirne!» schalt Simen Tjing. «Man hat mir berichtet, daß du dem Diener heimlich mehrere vergoldete Haarpfeile zugesteckt hast. Warum gestehst du es nicht ein?»

«So töte nur deine Sklavin zu Unrecht! Das behaupten nur jene Frauenzimmer, die keinen anständigen Tod verdienen, denen man die Zunge an der Wurzel abbeißen und den üppigen Springleib zerfleischen sollte! Weil sie gesehen haben, daß du immer bei mir schläfst, sind sie erbost und haben sich diese, so wahr es eine Sonne am Himmel gibt, erlogene Geschichte aus den Fingern gesogen, um mich zu peinigen. Die Zahl der Haarpfeile, die du mir geschenkt hast, steht doch fest. Hier ist Stück für Stück. Überzeuge dich doch selbst! Wie soll ich bloß auf den Gedanken kommen, sie dem Sklaven zu geben? Handelte es sich noch um einen besonders feinen Burschen von Sklaven, so wäre das Gerede vielleicht zu verstehn, aber da hängt man mir bei einem derartigen, nicht 'mal ausgepißten Drecklümmel grundlos solch eine Klatschgeschichte an.»

«Ob du nun die Haarpfeile hast oder nicht, ist gleichgültig», sagte Simen Tjing und zog dabei aus dem Ärmel das Riechbeutelchen hervor. «Das ist doch deines! Wie konnte man es denn von dem Körper des Dieners abnehmen? Wagst du noch, etwas abzustreiten?»

Mit jedem Worte nahm sein Zorn zu, und ein Peitschenhieb sauste auf das zarte, üppig duftende Fleisch ihres Leibes nieder. Schier unerträglich war der Schmerz, Tränen quollen ihr aus den Augen, und leise wimmerte sie unaufhörlich:

«Lieber Mann! Verzeih und gestatte doch, daß ich es erkläre! Erlaubst du mir nicht zu sprechen, so prügle mich nur zu Tode! Mag ich gleich hier verwesen! Während du nicht zu Hause warst und ich eines Tages im Garten mit Jadeturm Handarbeiten gemacht habe, ist mir das Riechbeutelchen mit dem Fläschchen verloren gegangen, als ich von der Osterluzei-Laube herunterkam und mein Gürtel sich etwas gelockert hatte. Ich habe es überall gesucht, aber ich konnte doch nicht ahnen, daß der Junge es an sich genommen hatte. Ich habe es ihm wirklich nicht gegeben.»

Da dies mit der Aussage des Lautenjungen übereinstimmte, war beim Anblicke des am Boden knieenden, splitternackten, blütengleichen Frauenkörpers sein Zorn rasch bis nach Java verflogen, als er ihr leises Schluchzen und ihre glatten Worte hörte. Reue und Rührung hatten sein Herz bereits fast wieder erobert. Er rief Schlehenblüte heran, nahm sie auf den Schoß, umarmte sie und fragte:

«Natürlich hat das liederliche Weib mit dem Dienerjungen angebändelt! Oder etwa nicht? Aber wenn du sagst, daß ich ihr verzeihen soll, will ich es tun.»

Schlehenblüte lehnte sich zierend und ziemlich verlegen an Simen Tjing's Brust:

«Herr, wir sollten gar nicht über so etwas sprechen! Ich bin doch mit der Herrin den ganzen Tag untrennbar wie Lippen und Wangen zusammen. Wie könnte sich die Herrin da mit dem Diener eingelassen haben? Das haben nur andere, die uns hassen, ausgeheckt. Ihr solltet Euch zu raten wissen und die Schmach nicht auf Euch nehmen, damit es nicht womöglich nach außen dringt! Das würde sich dort schön anhören!»

Damit hatte sie Simen Tjing so weit, daß er schweigend die Reitpeitsche fallen ließ. Goldlotos durfte sich erheben und ankleiden. Herbstaster mußte nach dem Essen sehen und den Tisch zum Trinken zurechtrükken. Einen Becher voll Wein schenkte Goldlotos ein und reichte ihn ihm mit beiden Händen. Dabei kniete sie nieder und verharrte in dieser Stellung.

«Schlehenblüte! Wenn du sagst, daß ich ihr verzeihen soll, will ich es tun.»

«Ich will dir heute verzeihen», herrschte Simen Tjing sie an. «Jedesmal, wenn ich künftig nicht zu Hause bin, mußt du dein Herz waschen und in dich gehn, früh die Türen schließen und dich auch nicht ungehörigen Gedanken hingeben. Es gibt keine Verzeihung mehr, wenn ich wieder etwas erfahre!»

«Ich werde deinem Befehle folgen», gab sie zur Antwort, fiel viermal vor Simen Tjing auf ihr Antlitz und ließ sich dann beruhigt auf ihren Sitz nieder, um Simen Tjing beim Weine wie früher Gesellschaft zu leisten.

Goldlotos war bisher von Simen Tjing aufs tollste bevorzugt worden. Heute hatte sie diese schimpfliche Behandlung über sich ergehen lassen müssen. Für sie bewahrheitete sich wirklich:

Muß ich das Mensch-Sein schon tragen,
nur nicht ein Weib sein dann!
In frohen wie bitteren Tagen
stets hängt man ab vom Mann. [64, g]

Während Simen Tjing noch bei Goldlotos zechte, klopfte plötzlich ein Diener an die Tür und meldete, der ältere und der jüngere Schwager Wu, der Geschäftsführer Fu, Schwiegersohn und Tochter nebst der ganzen Verwandtschaft seien mit Geburtstagsgeschenken erschienen, um ihn zu beglückwünschen. Er trennte sich deshalb von Goldlotos, begab sich nach vorn und spielte dort den Gratulanten gegenüber die Rolle des Gastgebers. Auch von Jing Bo-djau, Sjä Si-da und den übrigen waren Aufmerksamkeiten gekommen. Selbst die Familie von Zimtknospe aus dem Vergnügungsviertel hatte einen Kellner mit Geschenken gesandt. Diese entgegenzunehmen, sich als Hausherr zu geben und die Gäste zu Tische zu laden, das alles nahm ihn vollauf in Anspruch.

Jadeturm hatte inzwischen von der schimpflichen Behandlung erfahren, die Goldlotos über sich hatte ergehen lassen müssen. Als Simen Tjing fort war, begab sie sich, ohne daß Holdchen Li und Schneeholdchen Sun es merkten, zu ihr, um einmal nachzusehen. Goldlotos ruhte auf ihrem Bette.

«Schwester», fragte sie, «was in aller Welt ist denn los? Sag' mir's doch nur!»

«Du hast es gesehen», klagte Goldlotos, während ihr Tränen aus den Augen perlten, «wie die gemeinen Frauenzimmer hinter meinem Rücken heute ohne Grund den Mann gegen mich aufgehetzt haben, daß er mich so rücksichtslos geschlagen hat. Ich schwöre den beiden Weibern für die Zukunft Feindschaft so unergründlich wie das Meer!»

«Und wenn du mit ihnen irgendeinen Krach hattest», bemerkte Jadeturm, «warum wurde dann mein Diener noch hineinverwickelt und fortgejagt? Aber ärgere dich nicht weiter, Schwester! Er wäre kein Mann, wenn er sich nicht durch unsereins beeinflussen ließe. Sollte er morgen nicht zu mir kommen, so kann ich freilich nichts ändern. Kommt er aber zu mir, so will ich ihm vorsichtig ins Gewissen reden.»

«Herzlichen Dank für dein gütiges Herz, liebe Schwester», sagte Goldlotos und ließ durch Schlehenblüte Tee holen. Eine Weile plauderten sie noch miteinander, dann verabschiedete sich Jadeturm und ging wieder in ihr Zimmer.

An demselben Abend kam Simen Tjing für die Nacht zu Jadeturm Meng, weil in den Räumen der ersten Frau deren Schwester, die Tante Wu, zu Besuch weilte.

«Kränke doch Goldlotos nicht so!» sagte Jadeturm. «Sie hat ganz bestimmt nichts dergleichen getan. Die Ursache von alledem ist der frühere Wortwechsel mit Holdchen Li und Schneeholdchen Sun. Ganz unschuldig ist auch mein Diener gestraft worden. Ohne Beweise für seine Schuld hast du ihn mißhandeln lassen. Das hat er nicht verdient. Ich bin bereit, für ihn mit einem Eid einzustehen. Wenn so etwas wirklich geschehen wäre, hätte die Erste doch sicher etwas berichtet.»

«Ich habe Schlehenblüte gefragt. Sie hat auch dasselbe erklärt», bemerkte Simen Tjing.

«Goldlotos fühlt sich heute gar nicht wohl. Geh doch einmal nach ihr sehen!» meinte Jadeturm.

«Schon gut! Morgen werde ich sie besuchen», gab Simen Tjing zur Antwort.

Der Abend verlief sonst ereignislos. Als am zweiten Tage, dem eigentlichen Geburtstage Simen Tjings, der Kommandant Dschou, der Polizeistrafrichter Sja, der Drillmeister Dschang, der ältere Schwager Wu und viele weitere Gäste zum Festmahl erschienen waren, ließ Simen Tjing in einer Sänfte Zimtknospe holen und bestellte außerdem zwei Sängerinnen, die den Tag mit Liedern verschönen mußten. Holdchen Li empfing ihre Nichte und stellte sie dann Frau Mondtraut und den übrigen Frauen vor. Während diese im Haupthause beim Tee saßen, baten sie auch Goldlotos, anläßlich des Besuches zu erscheinen. Aber sie kam nicht, obwohl man zweimal nach ihr schickte. Sie sei unpäßlich, ließ sie sagen. Zum Abschied am Abende schenkte Frau Mondtraut Zimtknospe ein taftenes Westchen, ein Taschentuch und Schmuck aus Eisvogelfedern. Bevor Holdchen Li ihre Nichte Zimtknospe zum Hauptportale brachte, begab sich diese auch noch persönlich zu Goldlotos an das Seitentürchen des Garteneinganges, um ihr unter allen Umständen die Aufwartung zu machen. Goldlotos aber hatte bei der Nachricht von ihrem Kommen das Tor fest wie ein Eisenfaß verrammeln lassen, und Schlehenblüte erklärte, daß sie es auf Weisung ihrer Herrin getan habe und nicht wage, die Türe zu öffnen. Die Blumenmaid mußte die Abweisung einstecken und voll tiefer Scham heimgehen.

Als Simen Tjing gegen Abend Goldlotos Zimmer betrat, trug sie ihren Haarknoten ungeordnet, ihr Blumengesicht erschien abgespannt und fahl. Sie bewillkommnete ihn, nahm ihm die Kleider ab und löste ihm den Gurt. Dann bot sie ihm Tee und für die Füße heißes Wasser und war ihm in jeder Weise behilflich. In der Nacht bereitete sie ihm auf Matte und Kopfstütze die schönsten Wonnen und war zu allem bereit, obwohl ihr Körper die Schmach der Mißhandlung hatte über sich ergehen lassen müssen. Dabei schmeichelte sie:

«Du mein Einziger! Wer liebt dich am leidenschaftlichsten in der ganzen Familie? Mit allen bist du doch ehelich verbunden wie der Morgentau mit der Blüte. Sie sind doch nur Dinger, für die du an zweiter Stelle stehst. Nur ich kenne dein Herz genau, und du kennst meine Gefühle zu dir. Weil die anderen sehen, wie innig du mich liebst und daß du am meisten bei mir weilst, vergehen sie vor Ärger, verklatschen mich hinter meinem Rücken und wollen dich aufwiegeln. Was verstehn meine geriebenen Feindinnen an hinterlistigen Mordplänen sich nicht auszuklügeln, nur damit dein Herzensschatz durch dich so eine gefühllose Prüfung überstehen muß!

Ein Sprichwort sagt:

Das Haushuhn, das man schlägt,
nur wirbelnd Kreise zieht;
aufs Wildhuhn wirkt ein Schlag,
daß himmelweit es flieht.

Und wenn du mich, deine Sklavin, zu Tode prügeltest, ich bleibe in diesen Räumen.

Als du neulich in der Vergnügungsstätte dem Botenjungen einen Tritt gabst und ihn gescholten hast, habe ich – dafür sind die Hauptfrau Mondtraut und Jadeturm meine Zeuginnen – auch nicht eine Silbe gesagt. Ich sprach nur besorgt davon, jene Puderköpfe könnten dich ausmergeln und verseuchen. Die Sängerinnen aus den Vergnügungsstätten wollen doch nur dein Geld. Da gibt es doch keine Zuneigung! Wer hat dich da wirklich von Herzen lieb? Ich konnte ja nicht ahnen, daß zwei ränkevolle Lauscherinnen, die meine Worte gehört haben, heimlich einen Plan schmieden würden, mich zu verleumden. Aber die Lehre der Alten ist richtig:

Niemand stirbt durch Unheil,
das von Menschen droht.
Erst durch Himmelsfügung
leidet man den Tod.

Für die Zukunft weiß ich ja jetzt genau Bescheid. Wenn nur du zu mir hältst, so ist schon alles gut.»

Mit solchen Worten wickelte sie Simen Tjing rasch ein. In der Nacht willfahrte sie dann allen seinen maßlosen sinnlichen Lüsten.

Ein paar Tage danach ließ sich Simen Tjing ein Pferd satteln und ritt mit Dai-an und Ping-an im Gefolge zum Vergnügungsviertel. Dort leistete Zimtknospe in vollem Putze gerade jemand Gesellschaft. Auf die Nachricht von Simen Tjing's Ankunft lief sie in ihre Kammer. Hier wusch sie Puder und Schminke ab, packte Kopfschmuck und Armreife fort und warf sich auf ihr Lager. Die Bettdecke zog sie über sich und blieb liegen.

Simen Tjing hatte erst geraume Zeit sitzen müssen, ehe die alte Mutter Li erschien. Sie begrüßte ihn und bat ihn, Platz zu behalten:

«Ihr seid ja alle die Tage nicht hergekommen, Herr Schwager?»

«Das ist zwar richtig», bemerkte Simen Tjing, «aber an meinem Geburtstage hatte ich keine Zeit, ich habe doch niemand daheim.»

«Unser Schwesterchen mußte Euch an dem Tage auch noch belästigen!» meinte die Alte kriecherisch.

«Warum ist denn damals Zimtfee nicht mitgekommen?» fragte Simen Tjing.

«Sie war nicht zu Hause. Ein Kunde hatte sie in sein Geschäft geholt und noch nicht wieder heimgelassen.»

Erst nachdem ihr Gespräch eine ganze Weile gedauert hatte, holte die Alte Tee und leistete ihm dazu Gesellschaft.

«Warum zeigt sich denn Zimtknospe nicht» forschte Simen Tjing.

«Ach, Herr Schwager, Ihr könnt es ja wohl nicht wissen. Ich versteh gar nicht, was unserem Kinde fehlt. Sie kam damals verärgert nach Hause und mag seitdem nicht mehr aufstehn. Sie schläft immer nur und ist bis heute nicht über ihre Schwelle getreten. Ihr müßt doch recht gefühllos sein, daß Ihr so gar nicht nach ihr gesehen habt.»

«Na, so etwas! davon hab' ich ja nichts geahnt. In welcher Stube ist sie denn? Ich werde sie besuchen.»

«Sie liegt in der hinteren Schlafkammer.«

Nach diesen Worten befahl die Alte eiligst einer Magd, den Türvorhang zu lüften. Simen Tjing trat in das Zimmer. Hier fand er die Puderpuppe mit aufgelöstem Haar und nachlässig geschminktem Gesichte, wie sie unter der Bettdecke mit dem Antlitze zur Wand kauerte. Bei seinem Eintritte rührte sie sich nicht ein bißchen. Er erkundigte sich, was ihr denn bei ihrer Heimkehr zugestoßen sei. Keine Antwort! Über wen sie sich geärgert habe, solle sie ihm doch sagen, bat er. Aber erst nach vielen, immer wieder erneuten Fragen Simen Tjing's begann Zimtknospe:

«Von allen Personen deines Haushaltes kommt nur deine fünfte Frau in Frage. Natürlich, an ihr hast du eine, die es versteht, dich zu umschmeicheln und ihre Reize so recht spielen zu lassen. Deshalb kommst du so selten zu unsereiner! Was bildet sich das Weibstück denn ein? Wenn unsere Familie auch unebenbürtig ist, so stehen diese wohlanständigen Herrschaften auch nicht viel höher als unsereiner, wenn wir uns auf die Zehen stellen. Ich war doch neulich nicht gekommen, um bezahlte Gesangsvorträge zu geben, sondern als Gratulantin mit Geschenken. Herzlich und freundlich hat mich die Hauptfrau begrüßt. Sie hat mir so viel Schmuck und Kleidungsstücke geschenkt. Eigentlich wollte ich ja niemand bitten, mich zu empfangen. Aber dann hätte man wieder behaupten können, wir aus den Vergnügungsstätten wüßten nicht, was sich schickt. Als ich also erfuhr, daß du eine fünfte Frau hast, habe ich sofort gebeten, auch ihr meine Aufwartung machen zu dürfen. Sie erschien aber nicht. Bevor ich dann nach Hause ging, wollte ich mit meiner Tante zu ihr, um mich zu verabschieden. Sie ließ aber die Türe von ihrer Dienerin verriegeln; alles, um mich so recht den Unterschied ihrer Stellung fühlen zu lassen.»

«Sei ihr nicht gram!» meinte Simen Tjing. «Sie hat sich damals nicht wohl gefühlt. Wäre sie gesund gewesen und nicht herausgekommen, um dich zu empfangen, so bezöge das liederliche Frauenzimmer eine Tracht Prügel, zumal sie wiederholt unverträglich gewesen ist und mit ihrem Mundwerk andere gekränkt hat.»

Zimtknospe machte mit ihrem Handrücken vor Simen Tjing's Antlitz eine ungläubig abweisende Bewegung:

«Schamloser Junge! Du sie schlagen?»

«Meine lockere Hand kennst du wohl noch nicht? Von der Hauptfrau abgesehen, geht es bei den Weibern und Mägden im Haushalt ohne Schläge nicht ab. In schweren Fällen bekommen sie zwanzig bis dreißig Peitschenhiebe, ja gelegentlich sogar noch mehr. Auch schneide ich ihnen das Haupthaar ab[50, e].»

«Ich habe schon Leute gesehen», stichelte Zimtknospe auf seine Prahlerei, «denen der Kopf abgeschlagen wurde, aber noch keinen, dem man den Mund abhieb. Wenn du dich auch dreimal verbeugtest und zweimal dienertest, niemand wird deshalb deine Worte als wahr bezeugen. Wenn du aber ein ganzer Mann bist, so schneid ihr doch zu Hause einen Strang Haare ab und bring' ihn mir, damit ich ihn selbst sehe. Dann könnte ich dir glauben, daß du wirklich von allen Burschen, die sich in den Tummelstätten der Stadt blicken lassen, der tüchtigste bist.»

«Willst du mit mir wetten?» fragte Simen Tjing.

«Hundert Wetten geh ich mit dir ein», gab Zimtknospe zurück.

Simen Tjing verbrachte jene Nacht in der Stätte der Lust. Als er sich am nächsten Tage in der Dämmerung von Zimtknospe verabschiedete und in den Sattel schwang, um heimzureiten, sagte sie:

«Junge, wenn du jetzt fortgehst und mir das Zeug nicht bringst, wirst du mir dann noch vor die Augen treten können?»

Diese aufhetzenden Worte mußte Simen Tjing hinunterschlucken. Als er nun weintrunken heimkam, begab er sich nicht erst in andere Gemächer, sondern unmittelbar zu Goldlotos. Sie bemühte sich doppelt um ihn, als sie wahrnahm, daß er noch unter dem Einflusse des Weines stand, und fragte ihn, ob er noch etwas zu sich zu nehmen wünsche. Er lehnte dieses ab. Schlehenblüte mußte Kissen und Matte des Lagers säubern und dann das Zimmer verlassen. Er ließ sich nun auf das Bett nieder und verlangte von Goldlotos, daß sie ihm die Schuhe ausziehe. Sich zu weigern, wagte sie nicht. Als sie es getan hatte, wollte sie ihn zu Bette bringen. Aber zur Ruhe legte er sich nicht, sondern setzte sich auf eines der Kissen und befahl ihr, sich zu entkleiden und dann auf dem Fußboden niederzuknien. Bei Goldlotos brach der Angstschweiß aus, ihre Hände krampften sich zusammen, kannte sie doch die Ursache nicht. Sie kniete nieder und schluchzte bitterlich:

«Mein Väterchen, so sprich doch mit mir ein klares Wort! Ich will ja selbst mein Leben von Herzen gern hingeben. Verzeih' mir doch endlich! Warum hältst du mich immer in dieser schrecklichen Erregung? Ich bin ganz gewiß in jeder Hinsicht achtsam gewesen und habe dir aufs gewissenhafteste aufgewartet; wenn ich gleichwohl etwas versäumt habe, was du hättest wünschen können, so durchsäge mich nur gleich zur Strafe mit einem stumpfen Messer! Was soll ich denn nur noch alles erdulden in meinem Leben?»

«Niederträchtiges Frauenzimmer!» schalt Simen Tjing. «Wenn du dich nicht ausziehst, werde ich erst recht wütend.»

Er rief Schlehenblüte zu, ihm die Peitsche hinter der Türe hervorzuholen. Aber Schlehenblüte trat nicht ein. Erst ließ sie ihn lange, lange rufen, dann öffnete sie ganz sachte die Tür und kam herein. Sie sah Goldlotos am Boden vor dem Bette knieen, und wie sie dann in der Richtung nach der Lampe unter den Tisch fiel. Schlehenblüte rührte sich nicht, trotz Simen Tjing's Anruf. Goldlotos schrie auf:

«Schlehenblüte, meine liebe Schwester, rette mich! Er will mich jetzt schlagen!»

«Kümmere dich nicht um sie, du Schlaumäulchen!» rief Simen Tjing. «Reiche mir nur die Peitsche! Ich will das liederliche Weib züchtigen.»

«Vater, schämst du dich denn gar nicht?» sagte Schlehenblüte. «Was hat denn die Mutter dir angetan? Du hörst nur auf das Geschwätz elender Frauenzimmer und machst ohne jede Ursache Krach. Wenn du es willst, so verhöre die Mutter, aber kann dann irgend jemand dir noch herzlich zugetan bleiben? Mit was für Augen soll man dich denn nur anblicken? Aber ich gehorche dir nicht!» Damit zog sie die Türe hinter sich zu und entfernte sich in der Richtung nach den vorderen Gebäuden.

Simen Tjing blieb nichts übrig als laut aufzulachen.

«Ich werde dich nicht schlagen», sagte er zu Goldlotos. «Komm her zu mir! Ich will dich um eine Kleinigkeit angehen. Willst du sie mir gewähren?»

«Liebster Schatz, mein ganzer Körper, Fleisch und Bein, alles gehört dir ganz. Was du auch immer magst, ich werde dir nichts versagen. Ich ahne aber gar nicht, was dein Herz begehren könnte.»

«Ich möchte eine schöne Strähne des Haares von deinem Scheitel.»

«Mein Liebling», antwortete sie. «Zu allem an meinem Körper, und wenn du dir auswähltest, mich ganz zu rösten, würde ich einwilligen. Nur daß du mir mein Haupthaar abschneidest, kann ich nicht gestatten. Mußt du mich denn so tödlich erschrecken? Seit ich den Mutterleib verlassen habe, liegen sechsundzwanzig Lebensjahre hinter mir. So etwas ist mir bisher noch nicht widerfahren. Auch ist mir gerade ziemlich viel Haar auf dem Scheitel in der letzten Zeit ausgefallen. Hab' also Nachsicht mit mir!»

«Du brauchst dich doch nicht zu wundern, wenn ich böse werde. Was ich wünsche, gewährst du mir nicht.»

«Wenn ich dir nicht in allem zu Willen wäre, wem wohl sonst?» gab sie zurück. «So sag' mir die Wahrheit: wozu willst du denn eigentlich mein Haar?»

«Für ein Haarnetz.»

«Das will ich dir gern anfertigen. Nur gib mein Haar nicht liederlichen Weibern, damit sie mich nicht verspotten!»

«Ich gebe es niemand, dabei bleibt es. Ich brauche dein Haupthaar nur, um einen festen Faden zu bekommen.»

«Für den Faden will ich es dir abschneiden.»

Bei diesen Worten löste sie ihr Haar auf. Simen Tjing ergriff eine Schere und schnitt ihr vom Scheitel aus der erfaßten Haarfülle eine dicke Strähne heraus, wickelte sie in Papier ein und steckte sie in die Tasche. Goldlotos warf sich an Simen Tjing's Brust und sprach unter Tränen mit weicher Stimme:

«In allem gebe ich, deine Sklavin, dir nach. Ich wünsche auch nichts weiter, als daß du dein Herz nicht von mir wendest. Stell' dich mit allen da vorn so herzlich wie du willst, nur stoß mich nicht von dir!»

In dieser Nacht gewährte sie ihm ungewöhnliche Genüsse. Am nächsten Morgen sorgte sie, als er sich erhoben hatte, für sein Frühmahl. Er verließ das Haus und ritt dann direkt zu den Vergnügungsstätten. Hier fragte Zimtknospe ihn sofort nach dem abgeschnittenen Haare.

«Ich habe es bei mir.» Damit nahm Simen Tjing es aus der Tasche und reichte es Zimtknospe.

Sie öffnete das Päckchen. Als sie nun wirklich das prächtige, schwarze, fettige Haar vor sich sah, steckte sie es in ihren Ärmel.

«Du hast es gesehen. Gib es zurück!» sagte Simen Tjing. «Sie war gestern ganz unleidlich, als ich ihr die Haarsträhne abschneiden wollte. Erst als ich eine böse Miene aufsetzte, ließ sie es zu. Ich habe sie geprellt und ihr weisgemacht, es solle den Faden zu einem Haarnetze geben. Ich hab' es dir nun gebracht und vorgezeigt. Du siehst, daß meine Angaben richtig waren.»

«Was ist denn nur so kostbar daran, daß du es gar so eilig mit der Rückgabe hast?» fragte Zimtknospe. «Du erhältst es, ehe du nach Hause gehst. Wenn du solche Angst vor ihr hast, so hättest du ihr das Haar doch gar nicht erst abzuschneiden brauchen.»

«Ich mich vor ihr fürchten?» lachte Simen Tjing. «Du hattest nur behauptet, ich redete allzu große Töne.»

Während Zimtfee ihm beim Weine Gesellschaft leisten mußte, legte Zimtknospe heimlich Goldlotos Haar in ihre Schuhe, um immer auf ihm herumzutrampeln. Doch genug hiervon!

Simen Tjing wurde wieder umgarnt, und viele Tage ließ man ihn nicht nach Hause.

Goldlotos fühlte sich nach dem Vorfalle sehr beunruhigt. Sie verließ ihre Räume nicht und zeigte keinen Appetit. Frau Mondtraut ließ deshalb durch einen der Dienerknaben eine alte Frau namens Liu rufen, die man immer in solchen Fällen bestellte. Diese meinte, Goldlotos leide an heimlichem Kummer. Der Verdruß sitze zu tief in ihrem Herzen. Sie werde sich deshalb schwer erholen können; ihre Kopfschmerzen seien nur dadurch verursacht und deshalb die Appetitlosigkeit. Sie öffnete ein Arzneipäckchen und ließ für Goldlotos zwei schwarze Pillen zurück, die sie abends mit Ingwersuppe einnehmen sollte. Am nächsten Tage wolle sie überdies ihren Mann senden, um durch ihn ermitteln zu lassen, ob im laufenden Jahre Unheil zu gewärtigen sei oder nicht.

«Ach», erkundigte sich Goldlotos, «dein Mann kann also auch wahrsagen?»

«Er ist zwar blind», bemerkte die alte Liu, «hat aber einige besondere Gaben. Erstens versteht er sich vorzüglich auf Geomantie, Wahrsagen und Gesundbeten; zweitens auf Nadel- und Brennheilbehandlung und Beseitigung von Geschwüren. Das Dritte sollte ich eigentlich nicht verraten: Er bringt die Wendung zur Gunst zustande.»

Auf Goldlotos Frage, was denn Wendung zur Gunst bedeute, erklärte die Alte:

«Nun, wenn beispielsweise die Eintracht zwischen Vater und Sohn oder zwischen Brüdern gestört ist, auch bei Zank und Streit zwischen Hauptgattin und Nebenfrauen, da braucht man ihm das nur mitzuteilen. Mein Alter wendet einen Zauberbann an Ort und Stelle an oder verschreibt einen Zaubertrank. In noch nicht drei Tagen hegen Vater und Sohn zueinander wieder die wärmsten Gefühle, zwischen den Brüdern herrscht wieder herzlichste Eintracht, und Hauptgemahlin und Nebenfrauen streiten nicht mehr. Leuten, deren Handelsgeschäft nicht flott gehn will oder deren Acker oder Haushalt nicht gedeiht, verhilft er wieder zu Verdienst und Wohlstand. Er versteht sich auch auf Heilung von Krankheiten, kann entseuchen, Gebete zu den Sternen schicken und weiß den Scheffel, das Gestirn des Schicksals, um Hilfe anzugehn. Deshalb nennt man ihn allgemein den Astrologen Liu. Als kürzlich in eine Familie eine neue Schwiegertochter, ein Mädchen aus kleinen Verhältnissen, aufgenommen wurde, mußte man auf deren Hände und Füße Obacht geben. Ständig entwendete sie Gegenstände aus dem Haushalte der Schwiegereltern und schaffte sie zu ihrer Mutter. Wenn ihr Mann es gewahr wurde, setzte es Schelte und Prügel ab. Mein Alter hat für sie die Wendung zur Gunst zustande gebracht. Er hat sich einen Zauberspruch schreiben lassen, ihn verbrannt und die Asche in den Wasserbottich geschüttet. Alle Familienmitglieder tranken das Wasser, und obwohl doch alle mit offenen Augen die Entwendungen der Schwiegertochter sahen, so schien es nun, als ob

Goldlotos konsultiert den blinden Astrologen Liu

sie sie nicht bemerkten. Mein Mann verbarg auch einen Zauberbann in ihrer Kopfstütze. Nach einem Schlummer des Gatten auf dieser Kopfstütze schien des Gatten Hand gefesselt zu sein. Er schlug sie seitdem nicht mehr.»

Diese Erzählung beschäftigte Goldlotos sehr. Sie ließ durch eine Magd die Alte mit Tee und Gebäck bewirten und packte ihr beim Abschiede drei Scherf Silber als Arzneigeld ein. Für Opferpapier, Opfergaben und Opferpfänder legte sie noch eine halbe Unze Silber zu. Zur Frühstückszeit am anderen Morgen solle sie den blinden Liu zur Verbrennung des Opferpapiers mit den Gebetsformeln senden. Darauf verabschiedete sich die Alte und ging.

Selbstverständlich geleitete sie am nächsten Tage den alten Schelm schon in aller Morgenfrühe durch das Hauptportal nach den inneren Gemächern. Simen Tjing weilte zu dieser Zeit noch in der Vergnügungsstätte. Der Torhüter fragte den Blinden, wohin er wolle.

«Er soll heute für die Fünfte Opferpapier verbrennen», gab die alte Liu zur Antwort.

«Dann führ' ihn nur hin, gib aber auf die Hunde acht!» waren des Torwärters Worte.

Sicher geleitete sie den Blinden zu Goldlotos Schlafzimmer. Im Vorraume mußten sie zunächst geraume Zeit warten, bis Goldlotos erschien. Nach einer Verbeugung nahm der Blinde Platz, und Goldlotos nannte ihm ihre acht Zeichen[41,g]. Der blinde Schelm rechnete an seinen Fingern knetend:

«Gnädige, Ihr seid also im siebzehnten Jahre des Jahreszirkels, dem Schlangenjahre, im siebenundzwanzigsten Monde des Mondzirkels, dem Tigermonde, am zwölften Tage des Tageszirkels, dem Wildschweintag, zur sechsundzwanzigsten Stunde des Stundenzirkels, der Stierstunde, geboren. Frühlingsanfang[41,c] fiel in diesem Jahre auf den achten Tag. Für die Schicksalsdeutung muß ich nämlich von dem ersten Mond ausgehn. Nach Dse-ping's[41,i] Lehre ist Euer Horoskop allerdings etwas merkwürdig. Ihr werdet Euer ganzes Leben lang mit den Gestirnen des Gatten nicht in Einklang kommen. Auch für Nachkommenschaft bestehen gewisse Hindernisse. In dem Schriftzeichen für den zwölften Tag des Tageszirkels ist der Wandelzustand[49,1] des Holzes verkörpert. Holz nimmt im ersten Monde das Wachstum auf. An sich könnte das also für Euren Körper als gedeihliches Zeichen betrachtet werden. Wenn Ihr aber nichts anderes überwindet, müßt Ihr selbst verbrennen. Hinzu kommt, daß in den Schriftzeichen für das siebente Jahr des Jahreszirkels und den siebenundzwanzigsten Mond des Mondzirkels beide Male der Wandelzustand des Metalles verkörpert wird. Das ist zuviel! Darunter haben die Gestirne des Gatten zu leiden. Erst wenn Ihr zweie überwunden habt, ist alles in Ordnung.»

«Das ist schon der Fall», bemerkte Goldlotos.

«Gnädige», fuhr der blinde Schelm fort, «bitte, vergargt mir nicht, was ich hinsichtlich Eures Lebensschicksals sage! Bei Dse-ping werden die unheilvollen Einflüsse einmal gelobt, doch sie fallen dort mit dem Wandelzustande des Wassers und dem Tierzeichen des Wildschweines zusammen. Wenn aber bei Euch mit dem Stierbild auch wieder der Wandelzustand des Wassers zusammentrifft, so ist zuviel Flüssigkeit beisammen. Ihr werdet überschwemmt, zumal der Wandelzustand der Erde gebunden an die sechsundzwanzigste Stunde des Stundenzirkels nur einmal gegeben ist. Günstiges und Unheilvolles ist also miteinander vermengt. – Nun heißt es, daß bei Männern das Übergewicht an unheilvollen Einflüssen Macht und Würden mit sich bringe; Übergewicht an unheilvollen Einflüssen bei Frauen müsse ihrem Manne zum Schaden gereichen. Trotzdem gilt eine solche Frau als klug und wird von ihrem Manne geliebt. – Noch eines ist besonders zu beachten: Dieses, das einundvierzigste Jahr des Jahreszirkels, das Drachenjahr, bringt Glück wie Unglück mit sich. Das Unheil steht vor der Tür. Euer Geschick wird durch zwei widersetzliche, störende kleine Gestirne beeinträchtigt. Zu einer ernsten Schädigung Eurer Person können sie zwar nicht führen, doch sie bedeuten für Euch Unfrieden. Wegen des Klatsches geschwätziger Dienstlinge wird es auch immer Unruhe geben.»

«Meister», sprach Goldlotos, «gebt Euch doch etwas Mühe, für mich die Wendung zur Gunst zustande zu bringen! Hier ist eine Unze Silber als Dank. Kauft Euch dafür ein Täßchen Tee! Ich bitte nur um Entfernung der Dienstboten und wünsche mir nichts, als daß mein Mann mich wieder liebt und schätzt. Das ist alles.»

Sie holte hierauf aus ihrer Stube zwei Schmuckstücke und reichte sie dem blinden Schelm. Er schob sie in den Ärmel mit den Worten:

«Meine Wenigkeit soll für Euch also die Wendung zur Gunst bewirken. Dazu brauche ich ein Stück Weidenholz, um die Gestalten eines Mannes und einer Frau zu schnitzen. Auf diese Gestalten muß man Euer und Eures Gatten Horoskop schreiben, sie mit sieben mal sieben gleich neunundvierzig roten Fäden zusammenschnüren, dann die Augen der männlichen Gestalt mit einem roten Batiststreifen verhüllen, sein Herz mit Beifuß vollstopfen, seine Hände mit Nägeln festnageln, seine Füße mit Leim zusammenleimen und das Ganze dann heimlich in der Kopfstütze des Gatten, auf der er schläft, verbergen. Weiter müssen wir mit Zinnoberrot einen Zauberspruch niederschreiben, ihn verbrennen und die Asche unbemerkt in den Tee des Gatten schütten. Hat er davon getrunken und nachts auf der Kopfstütze geschlafen, so wird sich die Wirkung spätestens in drei Tagen zeigen.»

«Bitte, Meister, erklärt mir die Bedeutung aller dieser Maßnahmen!» rief Goldlotos.

«Ich will sie gern erläutern, damit Ihr sie versteht. Die Verhüllung der Augen mittels des Tüchleins bewirkt, daß Ihr dem Gatten so reizvoll und anziehend wie Si-schi [34,b] erscheint. Der in das Herz gefüllte Beifuß gibt seiner Liebe die Richtung auf Euch. Das Festnageln der Hände geschieht, damit er nie wieder wage, seine Hand gegen Euch zu erheben, wie Ihr Euch auch verhalten möget. Mit dem Zusammenleimen der Füße wird erreicht, daß der Gatte nicht wieder irgendwo auf Abwege gerät.»

Goldlotos war hoch erfreut. Sie ließ sofort Opferkerzen anzünden und Opfergegenstände aus Papier holen, und er verbrannte sie. Am anderen Morgen schickte er durch die alte Liu Zauberwasser und den Zauberbann zur vorschriftmäßigen Verwendung.

Goldlotos verbrannte zunächst den Zauberspruch und mischte die Asche in eine gute Teesorte. Schlehenblüte mußte Simen Tjing bei seiner Heimkehr am Abend den Tee reichen. Goldlotos veranlaßte ihn weiter, auf der Kopfstütze mit ihr das Lager zu teilen. Nach Verlauf von zwei bis drei Tagen paßten sie wieder wie Fisch und Wasser zueinander und genossen die außergewöhnlichsten Wonnen.

Lieber Leser! Wer du auch seiest, bleib stets eingedenk, dich unter keinen Umständen mit Mönchen und Nonnen, Bonzen und Priestern [5,m], Ammen und Kupplerinnen einzulassen! Sie können heimlich alles Mögliche anstiften. Schon die Alten haben dies richtig durch die Verse ausgedrückt:

Laß nie vor deinem Hause
gewisse Weiber stehn!
Auch leid' nicht, daß zur Klause
sie durch die Rücktür gehn!
Stets halt des Brunnens Spalte
im Hof in guter Hut,
damit nicht Unheil walte,
dann bleibt das Glück dir gut!

13. KAPITEL

Frau Li Ping gibt ein Stelldichein
Über des Gartens Mauer.
Lenzfreude späht zum Spalt hinein,
Um zuzuschau'n genauer.

Wie Blüten von Malven so lieblich und reich
hält Lächeln ihr Antlitz umfangen.
Den schräghin flatternden Enten gleich
fällt Haar auf die duftenden Wangen.
Kaum trifft ein Strahl ihres Auges auf ihn,
da hat er im Herzen gezündet.
Wie reizvoll verführend ihr Antlitz erschien!
Welch liebliche Anmut es kündet!
Ihr zierlicher Brief, ihr bekümmert Gesicht
manch heimliche Wünsche umschließen:
‚Komm wieder, wenn sanft in des Mondes Licht
die Schatten der Blumen verfließen!'

Als Simen Tjing eines Tages die Räume von Frau Mondtraut betrat, teilte sie ihm mit:

«Ein kleiner Junge der Familie Hwa hat ein Briefchen mit einer Einladung an dich zu einem Weingelage gebracht.»

Simen Tjing überflog den Zettel: ‚Ich bitte, mich heute mittag zu einer Unterhaltung bei Silberschönchen Wu im Vergnügungsviertel abzuholen! Aber bestimmt!' Er wählte flugs Gewand und Hut, hieß zwei Diener mitgehn und begab sich auf stattlichem Rosse sofort zur Familie Hwa. Wider Erwarten war Hwa Dse-hü ausgegangen. Seine Gattin Väsele Li trug – es war Sommer – ihr Haar aufgebunden und mit silbernen Fäden durchflochten und Ohrringe aus Rosenquarz in Goldfassung, dazu ein taubenfarbenes ungefüttertes Jäckchen und ein Röckchen aus weißem Batist, das mit einer längs gestreiften Borte eingefaßt war. Ein Paar rotbeschuhte, behende, winzige Füßchen lugten unter ihm hervor, zierlich und spitz wie die Schnäbel von Mandarinenten oder Phönixen. Sie stand gerade auf der Stufe vor dem zweiten Tore. Simen Tjing war, ohne daß es jemand gewahr geworden war, zum Tore hereingekommen. Beider Wünsche prallten aufeinander. Er hatte an sie schon lange denken müssen, sie auch wohl das eine oder andere Mal in einem Laden flüchtig gesehen, aber noch nie genauer betrachten können. Nun stand er ihr gegenüber und sah sie vor sich blitzsauber mit ihrem wohlgeformten Körper, ihrem Antlitz von der Form eines Melonenkerns und ihren zierlichen Augenbrauen. Ehe er sich's versah, übermannte ihn irdische Freude. Hastig trat er vor und verneigte sich tief. Sie entbot ihm zum Gruße den Wunsch tausendfältigen Segens, wandte sich aber dann gleich um, begab sich in die inneren Gemächer und ließ durch die Dienerin Lenzbunt, deren Stirnhaar bis zu den Augenbrauen reichte, Simen Tjing bitten, in der Empfangshalle Platz zu nehmen. Sie selbst trat in eine Seitentüre, wo sie nur halb sichtbar war, und sagte in holdfreundlichem Tone:

«Bitte, Herr Oberrat, nehmt einen Augenblick Platz! Er ist eben fortgegangen, um noch etwas zu erledigen. Er muß aber gleich wiederkommen.»

Die Dienerin brachte Simen Tjing eine Tasse Tee. Als er davon getrunken hatte, bemerkte Väsele Li durch die Türe:

«Herr Oberrat, er hat Euch gebeten, irgendwo ein Weingelage mitzumachen. Bitte, nehmt doch auf mich Rücksicht und haltet ihn an, etwas früher heimzukommen! Unsere beiden Diener begleiten ihn. Außer den beiden Mägden und mir ist also niemand zu Hause.»

«Ganz recht, verehrte Nachbarin», gab Simen Tjing zur Antwort. «Mein Freund muß auf seine Familie Rücksicht nehmen. Euer Wunsch ist mir, Eurem Diener, Befehl. Ich bringe ihn bestimmt zurück, so gewiß ich mit ihm hingehe.»

In diesem Augenblicke kam Hwa Dse-hü. Väsele Li zog sich zurück. Er grüßte Simen Tjing:

«Ich hatte noch einige Kleinigkeiten zu erledigen. Deshalb war ich ausgegangen, so daß ich leider nicht daheim war, um Euch, verehrter Bruder, zu empfangen. Bitte, entschuldigt dies!»

Sie setzten sich. Nach wenigen Minuten wurde Tee gebracht, und Hwa Dse-hü wandte sich an den Diener:

«Bestelle der Herrin, sie möchte für Essen sorgen. Ich will mit Herrn Simen noch ein paar Gläschen trinken, bevor wir aufbrechen. Heute am Vierundzwanzigsten des sechsten Mondes ist der Geburtstag von Silberschönchen Wu aus dem Vergnügungsviertel. Den wollen wir gemeinsam mit ihr feiern.»

«Warum habt Ihr mir das nicht früher gesagt?» bemerkte Simen Tjing und ließ sich sofort durch Dai-an von Hause eine halbe Unze Silber holen. Als dann der Tisch gedeckt wurde, meinte er: «Wir wollen lieber nicht hier sitzen bleiben! Wir können doch auch dort speisen.»

«Ich beabsichtige nicht, Euch hier lange aufzuhalten», bemerkte Hwa Dse-hü. «Bleibt nur noch ein Weilchen sitzen!»

Nach kurzer Zeit waren die Speisen aufgetragen und für jeden drei silberne Becher hingestellt, die sonnenblumenartig auf hohem Fusse standen. Dazu brachte man vier Rollkuchen. Als sie satt waren, gaben sie das übrige den Pferdejungen. Inzwischen war auch Dai-an mit dem Silber als Beitrag zur Feier erschienen, und nun brachen sie gemeinsam auf und ritten geradewegs zum Hause der alten Mutter der vierten Wu zu Silberschönchen Wu's Geburtstagsfeier. Dort prangte alles in Seide und Stickereien. Es wurde gesungen und getanzt. Flöten und Geigen erklangen. Man tafelte und zechte und ging erst um die Zeit der ersten Nachtwache auseinander. Simen Tjing hatte es darauf angelegt, Hwa Dse-hü völlig betrunken zu machen. Mit Rücksicht aufVäsele Li's Bitte begleitete er ihn heim. Die Diener pochten an das Haustor, bis man öffnete. Dann brachte man Hwa Dse-hü zu einem Sitze im Empfangsraume. Väsele Li und ihre Dienerinnen erschienen mit Laternen und Kerzen und führten Hwa Dse-hü in die hinteren Gemächer. Simen Tjing wollte sich danach verabschieden, doch Väsele Li kam wieder heraus, um sich bei ihm zu bedanken:

«Mein Mann ist ein Tölpel. Er ist zu unmässig gewesen. Ich schäme mich richtig seiner. Ich hatte absichtlich auf ihn gewartet. Lacht mich nicht aus, Herr Rat!»

Simen Tjing machte rasch eine tiefe Verbeugung:

«O nicht doch! Hätte ich, Euer Diener, es wagen dürfen, nicht zu beherzigen, was Ihr, Schwägerin, mir aufgetragen hattet? So habe ich ihn denn heimgebracht, damit Ihr Euch keine Sorge macht, Schwägerin. Ich habe freilich meine große Mühe gehabt. Man wollte ihn dort richtig einspinnen, ich habe aber energisch zum Aufbruche getrieben. Als wir am Hause 'Zum Gestirn der Lust' angelangt waren, stand in der Türe das kleine Puderköpfchen Duftlieb Dscheng, die den Kosenamen Gwanjin[19,d] führt. Sie hat eine Prachtgestalt. Euer Gatte wollte zu ihr. Ich habe ihn aber zurückgehalten und ihm immer wieder vorgestellt, wie Ihr daheim vielleicht in Unruhe bangtet. Erst daraufhin sind wir geradeswegs heimgekommen. Hätte er noch das Haus der Familie Dscheng betreten, so wäre er die ganze Nacht fortgeblieben. Schwägerin, ich verehre Euch sehr. Eigentlich dürfte ich es nicht so offen heraussagen: Euer Gatte ist ein Tor. Ihr steht doch in der Blüte der Jahre. Ach, wie kann man nur eine Gattin so vornehmer Herkunft vernachlässigen, anstatt die ganze Nacht bei ihr zu verweilen! Man sollte so etwas nicht für möglich halten!»

«Das ist es ja gerade», bemerkte Väsele Li. «Weil er so ist, sich draußen herumtreibt und auf niemand hört, darum bin ich zu Hause vor Gram ganz krank. Herr Oberrat, wenn Ihr ihn künftig in irgendeiner der Vergnügungsstätten trefft, so denkt an mich unglückliche Frau und redet ihm ins Gewissen, möglichst früh heimzugehn! Ich werde Euch die Gefälligkeit reichlich lohnen und es bestimmt nicht vergessen.»

Simen Tjing, ein heller Geselle, verstand diesen Wink sofort, denn er hatte Jahre hindurch viele Lebemannsabenteuer bestanden. Er sah hier jetzt von Väsele Li selbst einen bequemen Weg zu dem ersehnten Ziele gebahnt. Warum sollte er sich da nicht weitere Töne ersparen? Er schmunzelte über das ganze Gesicht und bemerkte:

«Aber Schwägerin, was denkt Ihr von mir! Warum haben wir so enge Freundschaft geschlossen? Ich werde bestimmt mein Äußerstes tun, den Gatten zu ziehen. Seid ganz ohne Sorge!»

Väsele Li bedankte sich tausendmal und ließ noch eine der Dienerinnen eine Tasse Mandeltee bringen.

«Ich will jetzt nach Hause gehn. Schwägerin, laßt das Tor gut schließen!» sagte Simen Tjing, nachdem er von dem Tee getrunken hatte, verabschiedete sich und ging heim.

Seit dieser Stunde war Simen Tjing's Sinnen und Trachten nur auf diese Frau gerichtet. Während Jing Bo-djau, Sjä Si-da und die anderen Freunde Hwa Dse-hü in den Vergnügungsstätten wiederholt beim Weine Nächte hindurch festhalten mußten, schlich er sich verstohlen aus ihrem Kreise nach Hause und blieb dann vor dem Tore stehn. Väsele Li begab sich mit ihren beiden Dienerinnen ebenfalls an ihre Pforte. Sobald Simen Tjing sie gewahrte, machte er sich durch Rufen und Räuspern bemerkbar, ging erst noch einmal auf und ab oder stellte sich gar ihrem Tore gegenüber auf und spähte unverwandten Blickes hinein. Sobald Väsele Li ihn kommen sah, huschte sie blitzschnell in das Innere, um aber, wenn Simen Tjing vorüber war, den Kopf wieder hinauszustecken. Doch genug von diesem Spiele herüber und hinüber!

Als Simen Tjing so eines Tages gerade wieder an der Türe stand, erschien die kleine Dienerin Lenzbunt, um ihn hereinzubitten. Simen Tjing fragte zunächst absichtlich:

«Nun, Fräulein, wozu werde ich eingeladen? Ist dein Herr zu Hause?»

«Nein», antwortete Lenzbunt, «aber die Herrin möchte Herrn Simen etwas fragen.»

Das genügte. Er trat sofort ein und nahm im Empfangszimmer Platz. Ein Weilchen später erschien Väsele Li und erklärte mit dem Wunsche tausendfältigen Segens:

«Neulich bin ich des Herrn Rates treuer Gesinnung so recht inne geworden. Ich habe es mir tief in das Herz eingeprägt. Meine Dankesschuld ist unbegrenzt. Er ist nun schon seit zwei Tagen nicht mehr heimgekommen. Habt Ihr ihn denn vielleicht irgendwo getroffen, Herr Rat?»

«Gestern hat er mit mehreren anderen bei der Familie Dscheng gezecht. Ich bin geschäftlicher Angelegenheiten wegen vorzeitig heimgegangen. Heute bin ich noch nicht da gewesen, so daß ich nicht weiß, ob er vielleicht dort ist, und ihn auch nicht drängen konnte, frühzeitig nach Hause zu gehn, um Euch nicht zu betrüben, Schwägerin.»

«Das ist es ja gerade», antwortete Väsele Li. «Ich kann mich zu Tode ärgern. Er hört auf niemand. Die Nächte verbringt er bei Blumen und unter Weiden[75,c]. Was ihm daheim verloren gehn könnte, behelligt ihn nicht.»

«Euer Gatte ist aber doch sonst ein rechtlich gesinnter Mann und ein Menschenfreund; nur diesen Fehler hat er leider.»

Während dieser Unterhaltung hatte die Dienerin Tee gebracht. Da Simen Tjing fürchtete, Hwa Dse-hü möchte heimkommen, schien es ihm nicht ratsam, lange zu tändeln, und er wollte sich verabschieden. Wieder und immer wieder bat sie ihn, er möchte doch unter allen Umständen ihren Mann, wo er ihn auch träfe, überreden, bald nach Hause zu kommen. Sie werde sich dem Herrn Rat für diese Gefälligkeit bestimmt erkenntlich zeigen und es ihm nicht vergessen.

«Davon kann gar nicht die Rede sein, Schwägerin», antwortete Simen Tjing. «Euren Gatten und mich verbindet doch engste Freundschaft.» Damit entfernte er sich.

Als Hwa Dse-hü am nächsten Morgen aus der Vergnügungsstätte heimkam, überhäufte ihn seine Frau mit Vorwürfen:

«Während du dich draußen dem Trunk ergibst und der Lust fröhnst, hat unser Nachbar Oberrat Simen schon mehrmals dafür Sorge getragen, daß du nach Hause gefunden hast. Kauf' ein Geschenk und statte ihm deinen Dank ab, wie sich das gehört!»

Hwa Dse-hü schickte nun schleunigst seinen Diener, den kleinen Tjän-fu, mit vier Schachteln voller Geschenke und einem Kruge Wein zu Simen Tjing. Dieser nahm die Gaben entgegen und belohnte den Boten reichlich. Hinterher erkundigte sich Frau Mondtraut Wu, was die Familie Hwa zu diesen Geschenken veranlaßt habe.

«Der junge Hwa hat uns neulich zur Geburtstagsfeier von Silberschönchen Wu in die Vergnügungsstätte eingeladen», erklärte Simen Tjing. Er betrank sich, und ich brachte ihn heim. Außerdem rede ich, da ich ihn jetzt oft in den Vergnügungsstätten sehe, ihm immer ins Gewissen, nicht über Nacht zu bleiben, sondern zeitig heimzugehn. Für diesen Liebesdienst ist mir seine Frau dankbar und hat ihn veranlaßt, mir mit ein paar Aufmerksamkeiten seinen Dank abzustatten.»

«Aber mein Bester», flehte ihn Frau Mondtraut mit aneinander gelegten Handflächen an, als er so erzählte, «kümmere du dich doch nur um dich selbst! Geradesogut könnte ein Buddha aus Ton einem Buddha aus Lehm Vorhaltungen machen wollen. Du selbst denkst tagelang nicht an deine Familie, hältst draußen Mädchen aus und treibst mit Weibern Scherz. Ausgerechnet du willst nun Männern anderer Frauen Ermahnungen erteilen! — Nimm die Geschenke keinesfalls umsonst an!» Anschließend wollte sie noch wissen, wessen Namen die Karte trage. Falls es der Name der Frau sei, so solle er eine Karte in ihrem Namen schreiben und sie bitten, einmal zur Unterhaltung herüberzukommen, zumal da sie schon längst bei ihnen habe vorsprechen wollen. Sei es eine Karte des Mannes, so gehe sie die Sache nichts an, und es sei seine Angelegenheit, ob er ihn einladen wolle oder nicht.

«Es ist eine Karte des Herrn Hwa», bemerkte Simen Tjing. «Ich will ihn für morgen einladen. Das genügt.»

Am nächsten Tage bat Simen Tjing tatsächlich Hwa Dse-hü zum Weine. Als er nach dem durchzechten Tage heimkam, meinte Väsele Li:

«Verstoß nur nicht gegen die Regeln des guten Tones! Wir sandten ihm eine kleine Aufmerksamkeit. Dafür warst du sein Gast. Nun ist die Reihe an dir, ihm nächstens eine Gegeneinladung zukommen zu lassen.»

Rasch verstrich die Zeit. Bald stand der Neunte des neunten Mondes vor der Tür. Hwa Dse-hü bestellte anläßlich dieses Festes zwei Sängerinnen und bat auch Simen Tjing zur Chrysanthemenschau. Ferner liess er Einladungen an Jing Bo-djau, Sjä Si-da, Dschu Schi-niän und den wortkargen Sun ergehn, damit sie Simen Tjing Gesellschaft leisteten. Man reichte bei Trommelklang Blumen weiter[52,c] und zechte und scherzte fröhlich. Ein Gedicht passt da so recht:

Güldner Rabe, Silber-Hase[47,b]
jagen hin gleich Pfeilen.
Schon beim Fest der Doppel-Mannzahl[39,e]
nun die Menschen weilen.
Herbstschmuck tragen tausendästig
rot die Bäume stumm.
Seltsam duftend an drei Pfaden
wächst Chrysanthemum[64,i]
Doch zu Berg mit schwarzem Hute
mag der Herr nicht steigen.
Ihr, die ihm soll Wein kredenzen,
möcht' er zu sich neigen.
Heimlich sie vom Vorhang blickte,
er vom Tore her;
seitdem fesselte die Liebe
beide mehr und mehr.

Man zechte tüchtig. Als man Lampen zur Hand nahm, verließ Simen Tjing plötzlich die Tafel, um auszutreten. Es traf sich günstig, daß Väsele Li gerade neben der Schutzwand stand, um heimlich zu spähen. Beide Teile trafen aufeinander, jeder Teil erfüllt von Gedanken der Liebe. Simen Tjing vermochte ihr nicht auszuweichen. Sie trat in die westliche Seitentür und ließ ihm im Schutze der Dunkelheit heimlich durch Lenzbunt zuraunen, er möge im Weingenuße Maß halten und frühzeitiger heimgehn, da sie am Abende noch gern mit ihm plaudern möchte. Simen Tjing war hierüber aufs höchste erfreut und begab sich, ohne sein Bedürfnis fertig verrichtet zu haben, zurück zur Tafel, trank aber nicht mehr. Wenn ihm die Sängerinnen nach Spiel und Lied Wein reichen wollten, stellte er sich trunken und nahm nichts zu sich. Allmählich rückte die Zeit der ersten Nachtwache heran. Väsele Li war unterdessen unaufhörlich an den Vorhang herangetreten, um hindurch zu blicken. Simen Tjing hatte noch den Ehrensitz inne und tat, als sei er eingeschlummert. Jing Bo-djau und Sjä Si-da saßen auf ihren Stühlen wie angenagelt und dachten nicht daran, sich zu erheben. Ja, selbst als Dschu Schi-niän und der wortkarge Sun sich übernächtig entfernten, rührten sich die beiden immer noch nicht, so daß Väsele Li äußerst aufgebracht war. Simen Tjing schickte sich auch an zu gehn. Hwa Dse-hü wollte ihn durchaus nicht fortlassen:

«Bruder, ich habe Euch heute zwar vernachlässigt, aber warum wollt Ihr denn gar nicht mehr bleiben?»

«Ich bin völlig beschwipst», erwiderte Simen Tjing. «Ich kann kaum noch gehn.» Dabei torkelte er absichtlich nach links und rechts und ließ sich von zwei Dienern nach Hause bringen.

«Ich weiß nicht, warum er heute durchaus nichts trinken wollte», meinte Jing Bo-djau. «Er hat doch gar nicht viel zu sich genommen und ist schon betrunken. Verschwendet habt Ihr nun einmal Euer Herz, Herr Gastgeber. Da die beiden Schönen da sind, holt noch die großen Humpen her! Ehe wir auseinandergehn, wollen wir noch vierzig, fünfzig Runden zu uns nehmen.»

«Das schamlose Verbrecherpack will kein Ende machen», schalt Väsele Li hinter dem Türvorhang und

Simen Tjing übersteigt die Mauer zu Hwa Dse-hü's Garten

ließ verstohlen Hwa Dse-hü durch den Diener herausbitten, um ihm zu erklären:

«Wenn du mit den Gesellen durchaus noch zechen willst, so geh mit ihnen in die Vergnügungsstätten saufen! Mache mir im Hause nicht die störende Unruhe! Um Mitternacht und um die dritte Nachtwache hier noch Öl zu verbrennen und Feuerung zu vergeuden, das dulde ich nicht.»

«Wenn wir in so später Stunde jetzt noch das Lustbarkeitsviertel aufsuchen, so kann ich nicht mehr nach Hause kommen», antwortete Hwa Dse-hü. «Du brauchst mir hinterher auch keine Vorhaltungen zu machen.»

«Troll' dich nur!» gab die Frau zurück. «Ich werde dir nichts vorwerfen.»

Hwa Dse-hü hatte das kaum vernommen, als er auch schon hineinging und die Gäste aufforderte:

«Laßt uns noch in die Vergnügungsstätte gehn!»

«Wirklich?» fragte Jing Bo-djau. «Hältst du uns auch nicht zum Narren? Ehe wir aufbrechen, frag' doch erst einmal deine Gattin!»

«Sie hat es eben erlaubt. Ich brauche erst morgen zurückzukommen.»

«Recht so», bemerkte Sjä Si-da. «Hungerkavalier Jing soll seine Quatscherei für sich behalten. Unser Bruder hat die Erlaubnis. Laßt uns also unbesorgt aufbrechen!»

Nun erhob sich die Gesellschaft einschließlich der beiden Sangesschätzchen und zog in eine Vergnügungsstätte. Es war bereits die Zeit der zweiten Nachtwache. Die Diener Tjän-fu und Tjän-hi folgten Hwa Dse-hü und seinen Begleitern. Doch das Gelage in der Hintergasse bei Silberschönchen Wu soll verschwiegen werden.

Simen Tjing, der sich betrunken gestellt hatte, war inzwischen zu Hause gewesen und hatte in Goldlotos

Zimmer sein Obergewand abgelegt. Dann ging er in den Garten, um dort Väsele Li's Einladung abzuwarten. Nach einer geraumen Weile hörte er, wie man nebenan die Hunde fortscheuchte und das Haustor schloß. Bald darauf bemerkte er, wie die kleine Zofe Lenzfreude in der Dunkelheit die Mauer erkletterte und scheinbar die Katze rief. Als sie Simen Tjing in der Laube sitzen sah, gab sie ihm einen Wink. Er trug einen Tisch und eine Bank an die Mauer, stieg hinauf und klomm heimlich hinüber. Auf der anderen Seite hatte man bereits eine Leiter angelehnt.

Väsele Li hatte nach Hwa Dse-hü's Fortgang ihr Haarkäppchen abgelegt und ihr schwarzes wolkiges Haar oberflächlich aufgewunden. In schlichter Tracht, aber reich geschmückt stand sie nun in Erwartung auf der Veranda. Sie war überglücklich über Simen Tjing's Kommen und geleitete ihn flugs in ihr Gemach, das Lampen und Kerzen erleuchteten. Dort hatte sie vorher den Tisch gedeckt und Wein, Speisen, Früchte und Gemüse aufgetragen. Einen Krug hatte sie mit duftendem Trank gefüllt. Mit beiden Händen reichte sie Simen Tjing persönlich hoch emporgehalten einen Nephritpokal, verneigte sich tief mit dem Wunsche tausendfältigen Segens und sagte:

«Ich möchte Euch meinen Dank abstatten, Herr Rat. Ihr habt Euch so außerordentlich um mich bemüht, daß es mir keine Ruhe gelassen hat. Deshalb habe ich heute diesen Becher leichten Weines selbst bereitgestellt und Euch hergebeten, um Euch meine armseligen Gefühle kundzutun. Leider sind die beiden unverschämten, verdammten Kerle so lange sitzen geblieben. Ich habe mich darüber fürchterlich geärgert und sie eben erst fort in die Lustbarkeitsstätte geschickt.»

«Ist nicht zu befürchten, daß der Herr Gemahl noch heimkommt?» forschte Simen Tjing.

«Ich habe ihm eingeschärft, diese Nacht nicht wiederzukommen. Die beiden Dienerjungen haben ihn begleitet. Hier im Anwesen ist niemand außer den beiden Zofen und der alten Mutter Feng, die das Tor hütet. Sie hat mich von klein auf erzogen und ist meine Vertraute. Alle Türen vorn und hinten sind verriegelt und verschlossen.»

Simen Tjing war hoch erfreut. Beide setzten sich eng aneinander. Tändelnd tauschten sie ihre Becher aus. Lenzfreude schenkte Wein ein und Lenzbunt sorgte für die Speisen. Als der Wein seine Wirkung tat, ließ Väsele Li hinter den Bettvorhängen aus Brokat die ehelichen Steppdecken mit Duftrauch durchtränken. Die Korallenbecher wurden beiseitegestellt. Die Dienerinnen räumten den Tisch ab, zogen die Tür hinter sich zu und entfernten sich. Väsele Li und Simen Tjing begaben sich nun auf das Lager und herzten einander dort.

In den Wohnungen der vornehmen Familien haben die Häuser doppelte Fenster, äußere und innere. Von Väsele Li geschickt, waren die Dienerinnen prüfen gegangen, ob nach Schließung der beiden inneren Fensterflügel das Lampenlicht, welches das Zimmer erhellte, nach außen nicht vielleicht sichtbar hindurchdrang. Die Zofe Lenzfreude war bereits siebzehn Jahre alt und ahnte schon etwas vom Leben. Das nächtliche Stelldichein erregte ihre Neugierde. Indem sie unten am Fenster mit Hilfe eines Haarpfeils das Papier durchstieß und spähend nach innen hineinlugte, beobachtete sie, wie sich die beiden miteinander verstrickten.

Aus Nixenseide[45,c] wallte hier
der Bettvorhang herunter.
Und drinnen hebt beim Lampenschein
sein Jadearm sich munter.

Zofe Lenzfreude belauscht und beobachtet das Wellenspiel

Die goldnen Lilienfüßchen hielt
empor da hoch die Schöne.
Er des Pirols Geflöt erhob,
sie Schwalbenzwitschertöne.
So wars, als Dschang sein Liebesglück
bei Fräulein Ying-ying spürte,[85,b]
und wie die Neigung Sung Yü[64,d] einst
zu seiner Dame führte.
Und wie von Treue felsenfest,
tief bis zum Meeresgrunde,
so summte es in ihrem Ohr
wie Schwur aus seinem Munde.
Durchwühlet ward in einem fort
des Frauenschoßes Stübchen.
Es drang das Einhorn immer neu
in ihr geschmeidig Grübchen.
Ein Schmetterlingsgeflatter wars,
ein Eifer, wie bei Bienen,
bis matt und schwach zur Lust nicht mehr
sein Kleinod wollte dienen.

Und so kam es zum Schlusse:

Das freudenrote Wellenspiel
erschöpfte ihre Lüste.
Dem wundertätigen Nashorn-Weiß
verglich er ihre Brüste.
Noch hing an Silberhaken hoch
des Bettes Vorhang offen,
da fielen ihre Augen zu,
von Müdigkeit getroffen.

Lenzfreude beobachtete und belauschte von draußen durch das Fenster die Zärtlichkeiten des Paares, ohne gesehen zu werden. Sie hörte, wie Simen Tjing Väsele Li nach der Zahl ihrer grünenden Lenze fragte, wie sie erwiderte, daß sie dreiundzwanzig Jahre alt sei, und wie sie sich dann ihrerseits nach dem Alter seiner ersten Frau erkundigte. Auf Simen Tjing's Antwort, sie sei sechsundzwanzig, meinte Väsele Li:

«O, so ist sie also drei Jahre älter als ich! Ich werde in den nächsten Tagen ein Geschenkchen kaufen und deiner Hauptfrau meinen Besuch abstatten. Oder ist sie etwa unnahbar?»

«Meine erste ist von Natur ein gütiges Wesen», gab Simen Tjing zur Antwort.

«Wußte deine erste Frau vorhin etwas davon, daß du herüberkamst?» fragte sie nun weiter. «Was willst du ihr antworten, wenn sie dich ausfragt?»

«Die Räume meiner Frauen befinden sich sämtlich im zurückgelegenen Teile des Grundstücks im vierten Gebäude. Nur meine fünfte Nebenfrau, die geborene Pan, wohnt hier vorn allein in dem Gartenhäuschen. Sie wagt es aber nicht, mich zu gängeln.»

«Wie alt ist denn diese fünfte Frau?»

«Sie ist mit meiner ersten gleichaltrig.»

«Das trifft sich ja gut», antwortete Väsele Li. «Wenn sie nicht Anstoß an meinen Unzulänglichkeiten nimmt, so will ich der fünften meine Aufwartung machen und ihr Schwesternschaft anbieten. Laß dir dieser Tage die Schuhmaße deiner ersten und deiner fünften Frau geben! Ich will ihnen eigenhändig je ein Paar Hausschuhe anfertigen und hinbringen, um ihnen meine Zuneigung zu beweisen.» Nach diesen Worten zog sie aus ihrem Haare zwei goldene Haarpfeile heraus und gab sie Simen Tjing, damit er sie trage. «Aber», bat sie, «achte in den Stätten des Vergnügens darauf, daß Hwa Dse-hü sie nicht sieht!»

Simen Tjing versprach, daran denken zu wollen. Beide ruhten eng aneinander geschmiegt und ineinander verschlungen, bis um die Zeit der fünften Nachtwache außerhalb des Anwesens die Hähne krähten und es im Osten bereits dämmerte. Besorgt, Hwa Dse-hü möchte heimkommen, strich Simen Tjing seine Kleidung zurecht, brach auf und stieg wie vorher über die Mauer, nachdem noch beide eine geheime Benachrichtigung verabredet hatten: Wenn Hwa Dse-hü nicht zu Hause sei, solle eine der Zofen über die Mauer hinweg husten oder zunächst ein Ziegelstückchen hinüberwerfen. Sei dann niemand im Garten, so solle Simen Tjing mit Hilfe von Bank und Leiter die Mauer übersteigen. Wenn diese nachbarlichen Liebesabenteuer und die heimlichen Zusammenkünfte sich so stets über die Mauer hinweg vollzögen und man nie das Hauptportal benutze, so könne doch niemand von den Anwohnern und Nachbarn irgend etwas von der Sache merken.

Der Mond versank. Im Schlaf die Blumen
 ruhten,
der Strom der Wasseruhr nur floß.
Wie jetzo hier, so waren wohl die Gluten
des Liebestraums im Gautang-Schloß.[64, d]
In tiefer Nacht geschah es im geheimen
nur bei der Silberlampen Licht,
doch daß der klugen Magd Begier mocht'
 keimen,
da zuzuschau'n, bedacht' man nicht.

Als Simen Tjing über die Mauer zurückgeklettert war, begab er sich in Goldlotos Stube. Sie lag noch zu Bette und hatte sich noch nicht erhoben. Sie fragte, wohin er gestern noch gegangen sei, ohne irgend jemand Bescheid gegeben zu haben. Er hätte ihr doch wenigstens etwas sagen sollen. Simen Tjing erzählte: Bruder Hwa habe ihn noch durch einen Boten zum Besuche der Vergnügungsstätten aufgefordert. Dort habe man die halbe Nacht durchzecht.

Erst jetzt habe er sich losmachen und heimkommen können. Goldlotos kam die Sache nicht ganz glaubwürdig vor, sie fand sich aber mit der Erklärung ab.

Eines Tages saß sie nach dem Essen mit Jadeturm in einer Laube im Garten bei der Näharbeit. Auf einmal sah sie, wie ein Stückchen Dachziegel vor sie niedergeworfen wurde. Jadeturm hielt zufällig den Kopf gesenkt und war mit Stepparbeit an ihren Schuhen beschäftigt, so daß sie den Vorfall nicht wahrgenommen hatte. Als Goldlotos nun nach allen Richtungen spähte, sah sie flüchtig, wie über der Mauer schattenartig ein helles Gesichtchen erschien, sich umschaute und wieder verschwand. Sie stieß Jadeturm an, wies nach jener Richtung und bemerkte:

«Hast du es beobachtet, Schwester? Das war eben die ältere Magd der Nachbarin Hwa. Sie wollte sich anscheinend über die Mauer hinweg unsere Blumen anschauen. Sie verschwand, als sie uns sah.»

Der Vorfall war damit erledigt. Als Simen Tjing abends von einem Gelage nach Hause gekommen und zu Goldlotos gegangen war, half sie ihm beim Entkleiden. Sie fragte, ob er noch etwas zu speisen wünsche oder Tee wolle, aber er lehnte alles ab und trottete stolpernd in den Garten. Die Schelmin Goldlotos beobachtete ihn heimlich: Eine gute Weile saß er dort. Wie vorher am Tage wurde darauf die Zofe auf der Mauer sichtbar; dann holte Simen Tjing behende eine Bank und kletterte über die Mauer hinweg. Drüben ließ ihn Väsele Li bei sich ein. Eines weiteren Berichtes über das Stelldichein bedarf es nicht.

Goldlotos ging zurück in ihre Stube. Dort warf sie sich im Bette von einer Seite auf die andere und konnte die ganze Nacht keinen Schlaf finden. Als eben der Tag graute, erschien Simen Tjing wieder und öffnete die Türe. Goldlotos blieb liegen und beachtete ihn nicht. Anfänglich etwas verlegen näherte er sich ihr und nahm bei ihr auf dem Bettrande Platz. Goldlotos sprang nun auf, setzte sich neben ihn, zauste ihn mit der Hand am Ohr und schalt:

«Treuloser Schurke, wo bist du gestern noch hingeschlichen? Deine Frau, die ältere Ansprüche an dich hat, muß sich die ganze Nacht grämen. So treibst du es also! Ich weiß nun alles. Aber ich will dir weiter keine Vorhaltungen machen; sag' mir nur sofort wahrheitsgetreu: wie viele Male hast du es denn seither mit dieser Dirne, der Nachbarin Hwa, getrieben? Wenn du mir alles bis ins einzelne genau erzählst, will ich es auf sich beruhen lassen. Solltest du mir aber ein Wörtchen verschweigen, so werde ich, wenn du das nächste Mal mit einem Beine schon über der Mauer bist, dich am anderen packen und Lärm schlagen. Dich treulosen Schurken will ich es schon lehren! Keine Grabstätte sollst du finden, wenn du verendest! Du sorgst dafür, daß ihr Mann die Nächte in den Vergnügungsstätten zubringt, damit du hier seine Frau haben kannst. Ich werde dich dahin bringen, daß du es noch sattbekommst. Kein Wunder! Neulich saß ich am hellen Tage mit Jadeturm im Garten bei einer Handarbeit. Plötzlich tauchte ihre größere Magd über der Mauer auf und spähte scharf umher. Jenes Frauenzimmer hatte sie als Lockteufel geschickt. Wagst du es mir, deiner erfahrenen Frau, etwas vorzulügen? Neulich soll ihr Mann, dieser Hahnrei, dich mitten in der Nacht noch in die Vergnügungsstätten gerufen haben? Ja, ihr Haus war die Vergnügungsstätte.»

Bei diesen Worten war Simen Tjing ganz klein geworden wie ein Zwerg, zappelte mit den Füßen, fiel schließlich auf die Kniee und flehte kichernd[32,f]:

«Kleines Schlaumäulchen, mäßige doch deine Stimme ein wenig! Ich will dir ja gar nichts verheimlichen. Sie hat sich so eingehend nach deinem und der

Ersten Alter erkundigt! Sie möchte in den nächsten Tagen um die Maße für eure Schuhe bitten und euch jeder ein Paar anfertigen, auch mit euch beiden gern Schwesternschaft schließen und eure jüngere Schwester sein.»

«Ich will mit dem Buhlweib nichts zu schaffen haben», gab Goldlotos zurück. «Sie gar noch als Schwester anerkennen! Zuerst macht sie anderen den Mann abspenstig, und dann will sie sich mit kleinen Liebesdiensten anbiedern. Mir Sand in die Augen streuen zu lassen, dazu bin ich zu alt. Ich werde ihr nicht gestatten, vor mir eine so zweideutige Rolle zu spielen.» Während sie redete, riß sie Simen Tjings Beinkleid auf. Sein Glied hing schlaff herab. Die silberne Stütze haftete noch daran.

«Sage die Wahrheit!» verlangte sie. «Wieviele Male hast du es mit dem buhlerischen Frauenzimmer getrieben?»

«Ach, da ist nicht viel zu zählen; nur ein einziges Mal,» erklärte Simen Tjing.

«Schwör mir, daß es nur einmal war! Davon soll dein Ding so weich wie Schleim, so wabbelig wie Gallert und so ausgemergelt sein? Wer wird dir das glauben!»

Sie riß ihm die Stütze herunter und schalt weiter: «Schändlicher Spitzbube. Ich werde dir das so verwahren, daß du es nicht wiederfindest. Da hat er es tatsachlich heimlich zum Begatten des Frauenzimmers mitgenommen!»

Simen Tjing lachte über das ganze Gesicht:

«Garstiges Frauenzimmerchen, du quälst mich zu toll. Sie hat mich wiederholt gebeten, dir ihre Empfehlungen zu bestellen, und läßt dir sagen, daß sie in in den nächsten Tagen selbst vor dich treten und vor dir auf ihr Antlitz fallen will. Außerdem will sie dir Schuhe anfertigen. Gestern hat sie sich bereits durch ihre Zofe die Maße von Mondtraut holen lassen, und heute hat sie mir Geschenke für dich mitgegeben: ein Paar Haarpfeile, die das Wortzeichen 'Langes Leben' tragen.» Dabei nahm er seine Kappe ab, zog die Pfeile aus dem Haar und reichte sie Goldlotos.

Sie prüfte sie sorgfältig in der Hand: zwei azurblau grundierte Nadeln aus Gold mit dem Zeichen des langen Lebens in durchbrochener Arbeit, Stücke für den kaiserlichen Haushalt, die vom Hofe stammen mußten, von ungemein eigenartiger Schönheit. Hocherfreut erklärte Goldlotos:

«Unter diesen Umständen will ich kein Wort weiter verlieren. Wenn du wieder hinübergehst, werde ich sogar für euch Wache stehn, damit ihr euch nach Herzenslust austollen könnt. Bist du damit zufrieden?»

Voller Freude schloß Simen Tjing sie in seine Arme: «Liebling, du bist einfach wundervoll!

> Das ist mein wahres Herzenskind,
> das klaren Mutterwitz beweist,
> das klug sich anzupassen weiß
> und nicht bloß Gold und Silber scheißt.

Gleich morgen will ich dir zum Danke neue Kleider und Schmuck kaufen.»

«Auf deinen honigsüßen Mund und deine Zuckerzunge verlaß' ich mich nicht,» sagte Goldlotos. «Wenn ich, deine Frau mit dem älteren Rechte, für euch Wache halten soll, so mußt du mir dreierlei versprechen.»

«Alles, was du willst!»

«Erstens darfst du keine Vergnügungsstätten mehr besuchen. Zweitens mußt du mir immer aufs Wort folgen, und drittens mußt du, wenn du bei ihr gewesen bist und bei ihr gelegen hast, mir nachher alles schildern; nichts darfst du mir verheimlichen.»

«Das ist doch nichts Besonderes. Das verspreche ich.»

Seit dieser Zeit erzählte Simen Tjing, wenn er hinübergegangen und wieder zurückgekehrt war, Goldlotos alles: WieVäsele Li's Haut weiß und zart, wie ihr Körper watteweich, wie feurig sie veranlagt sei und wie gern sie Wein trinke. Sie nähmen Früchte auf die Lagerstatt, spielten auf ihr Karten, zechten und scherzten bis Mitternacht. Dabei zog er eine Rolle aus dem Ärmel und zeigte sie Goldlotos. Der alte Hämling habe sie aus der Bildersammlung des Kaiserpalastes mitgebracht. Beim Scheine der Lampe hätten sie sie gemeinschaftlich studiert und beobachtet. Goldlotos öffnete die Rolle und betrachtete sie genau. Es paßte dazu die dichterische Schilderung:

Köstliche Szenen aus Frauengemächern
  gemalt auf die Seide.
Elfenbeinstäbchen mit Bändern
  verstärkten die Randseiten beide.
Farbig getönt in Gold,
  Grün, Schwarz war alles ersonnen.
Äußerst sauber gemalt
  eine jede der sinnlichen Wonnen.
Glichen der Zauberbergfee
  die Bildergestalten der Frauen,
waren wie Sung Yü's Herrscher
  die Männerfiguren zu schauen.
Pärchen für Pärchen im Bette
  beschäftigt war, sich zu vermählen.
Vierundzwanzig der Bilder
  im ganzen mochte man zählen.
Wahrlich, das konnte wohl Brünste
  noch wecken und Lenztriebe stählen!

Goldlotos besah sich die Bilder vom ersten bis zum letzten eingehend, weigerte sich dann aber, sie wieder aus den Händen zu lassen, überreichte sie vielmehr Schlehenblüte zu sorgfältiger Aufbewahrung in der Truhe, um sie früh und spät zur Unterhaltung ansehen zu können.

«Zwei Tage darfst du sie behalten und besehen. Dann mußt du sie mir wiedergeben», erklärte Simen Tjing. «Es ist ein Liebhaberstück. Ich habe mir die Rolle nur geliehen, um sie zu Hause zu beschauen, und muß sie ihr zurückgeben.»

«Wie kommen ihre Sachen zu mir?» meinte Goldlotos. «Direkt aus ihrer Hand habe ich sie doch nicht erhalten. Sie gehn nicht mehr hinaus, selbst wenn du dreinschlügest.»

«Mach keinen Unfug, du kleine eigenwillige Sklavin!» sagte Simen Tjing und bemühte sich dabei, die Rolle zu erhaschen.

«Willst du versuchen, sie mir wegzuschnappen, so laß es nur darauf ankommen! Wenn ich sie in Fetzen zerreiße, kann sie niemand mehr ansehen.»

«Da bin ich machtlos», lachte Simen Tjing. «Gut, ich gebe sie ihr meinetwegen erst, wenn du sie gehörig betrachtet hast. Aber sie hat noch etwas besonders Seltsames, das sollst du erhalten, wenn du ihre Bilder zurückgegeben hast.»

«Junge, wer hat dich erzogen, daß du so ein Schlauberger bist! Bring erst das andere her, dann will ich dir die Bilderrolle zurückgeben!»

Sie plauderten noch eine Weile. Abends durchtränkte Goldlotos die Ehebetten mit Duftrauch. Sie zündete die Nachtlampe an, schmückte und puderte sich, nahm dann die Rolle in die Hand und betrachtete sie im Bette zusammen mit Simen Tjing. Dann überließen sich beide ganz der Sinnenfreude.

Lieber Leser! Seit ältesten Zeiten gibt es geheime Zaubermittel, die die Sinne beeinflußen. Als der die Häuser abklappernde blinde Liu für Goldlotos die

Wendung zur Gunst vollzogen hatte, dauerte es nicht lange, und Simen Tjing's Zorn hatte sich in die größte Liebe verwandelt. Auf Kummer und Trauer waren die herrlichsten Freuden und Wonnen gefolgt.

Simen Tjing wagte es nicht mehr, Goldlotos zu strafen. Ihr zu Nutz traf es zu:

Wenn sie auch ist,
voll Teufelslist,
er muß doch auf ihr Winken
ihr Fußwaschwasser trinken.

Denkt lange noch der Stunde
– ob jemand sonst davon gewußt? –
Als Wolkenspiel und Regen
erfüllte das Gemach mit Lust!
Das Pärchen blieb beisammen,
bis Morgenrot die Nacht durchflocht,
bis matt der Lampe Schimmer,
und ausgebrannt fast war ihr Docht.
Was vordem war gewesen,
schien wesenlos verschwommner Traum;
denn hier glich nächt'ge Freude
dem Phönixflug zum Sternenraum
im Überschwang der Wonne,
als Leib in Leib verschlungen war.
Es blieben fortan beide
ein unzertrennlich Liebespaar!

14. KAPITEL

Herr Hwa Dse-hü hat so Verdruß,
daß er erkrankt und sterben muß.
Frau Väsel' Li sein Geld verschiebt
und dann zum Feste sich begibt.

Wenn dort mit liebesheißem Blick
verstricken sich die Herzen,
genügt ein Haarschmuck aus Nephrit
hier nicht als Trost in Schmerzen.
Wenn dort ein Antlitz strahlt und blüht,
so wie ein Lenzbukettchen,
verdüstern krause Brauen sich
hier so wie Weidenblättchen.
Dort glüht der Pfirsichwangen Haut
nach eh'lichem Umfangen.
Hier fröstelt man im Frau'ngemach
vor Sehnsucht und Verlangen.
Wie mach' ich seinen Plan zunicht',
nach dem schon Sjang-ju [32,i] strebte,
als Wen-djün's Kummer durch ihr ‚Lied
vom weißen Haupte' bebte?

Eines Tages war Frau Mondtraut gedrückter Stimmung. Die ältere Schwägerin Wu war zu Besuch gekommen, und Frau Mondtraut hielt sie zwei Tage bei sich. Während sie in der Stube beieinander saßen, erschien plötzlich der kleine Ping-an mit dem Gepäck und meldete, der Herr sei heimgekommen. Die Schwägerin Wu zog sich darauf in Holdchen Li's Stube zurück. Simen Tjing trat ein, legte sein Obergewand ab und setzte sich. Edelsteinchen brachte Tee, doch er lehnte ihn ab. Frau Mondtraut fiel die Seltsamkeit seines Gesichtsausdruckes auf, so forschte sie:

«Du bist ja von eurer Teegesellschaft so früh zurückgekehrt!»

«Bruder Tschang war heute an der Reihe, das Beisammensein zu veranstalten. Es fehlte ihm aber an Platz in seiner Wohnung, darum hat er uns zum Kloster der ewigen Seligkeit außerhalb der Stadt geladen. Danach hatte der junge Hwa mit ein paar anderen von uns auch Jing Bo-djau zum Trunk in die Vergnügungsstätte von Duftlieb Dscheng gebeten. Während wir dort zechten, erschienen plötzlich einige Amtsbüttel und führten Hwa Dse-hü ohne weitere Erklärungen ab. Wir alle waren verdutzt. Ich ging zu Zimtknospe und hielt mich dort geraume Zeit verborgen, sandte aber jemand zu Erkundigungen aus, weil ich unruhig war. Es handelt sich letzten Endes um eine Vermögensklage von Familienangehörigen des alten Hämlings gegen den jungen Hwa. Die Klage ist in der Reichshauptstadt Kaifeng anhängig gemacht worden und von dort an unser Kreisamt mit dem Ersuchen zur Festnahme gekommen. Erst das hat uns wieder beruhigt, aber wir gingen alle nach Hause.»

«So mußte es kommen», erklärte Frau Mondtraut. «Tagaus, tagein bist du mit diesen Gesellen zusammen, kümmerst dich nicht um deine Familie und erregst draußen nur Anstoß. Erst jetzt, da eine Verwicklung eingetreten ist, bist du zufrieden. Wenn du noch nicht in dich gehn willst, wirst du künftig vielleicht auch noch Prügel beziehen. Du wirst diesen Lebenswandel wohl erst aufgeben, wenn eure Hammelherde zerstreut ist und du dir den Schädel eingerannt hast. Willst du je hören, was dir deine rechtmäßige Frau zu Hause sagt? Nur wenn die Frauenzimmer in den Vergnügungsstätten dir etwas weis machen, so spitzest du deine Eselsohren. Es heißt ganz richtig:

Spricht deine Frau, so klug sie sei,
geht's dir wie Wind am Ohr vorbei.
Doch reden andre noch so dumm,
wird's dir zum Evangelium.»

«Wer es wagen wollte, die Hand gegen mich zu erheben, der müßte sieben Köpfe und achtfachen Mut haben», lachte Simen Tjing.

«Du bist mir der Rechte», bemerkte Frau Mondtraut. «Nur zu Hause führst du das große Wort.»

Während dieses Gespräches erschien Dai-an mit der Meldung, die Gemahlin des benachbarten jüngeren Herrn Hwa habe durch Boten den Herrn zu einer Besprechung zu sich gebeten. Simen Tjing wurde ganz zappelig, als er dies hörte, und wollte hinaus.

«Bald wird es so weit sein, daß niemand mehr Lust hat, dir etwas zu raten», bemerkte Frau Mondtraut.

«Daß ich zur Nachbarfamilie hinübergeh, um zu hören, was es gibt, hat noch nichts zu besagen!» Damit begab sich Simen Tjing zum Hause Hwa Dse-hü's.

Väsele Li bat ihn durch den kleinen Boten zur Besprechung in ihre hinteren Gemächer. Dort kam sie in einem seidenen ungefütterten Jäckchen unvollständig bekleidet und nur halb geschminkt heraus aus ihrem Schlafzimmer. Ihre Miene war verstört und blaßgelb wie Wachs ihr Antlitz. Sie sank vor Simen Tjing in die Knie und sprach in unablässig flehendem Ton:

«Herr Oberrat, ich weiß mir nicht mehr zu helfen! Achtet nicht auf des Priesters, achtet auf Buddha's Antlitz! Ein Sprichwort sagt:

Will zu dir ein Unheil kommen,
kann dir Nachbar-Hilfe frommen.

Er hat auf niemand hören wollen. Um die Angelegenheiten seiner eigenen Familie hat er sich nicht gekümmert, sondern sich immer nur planlos herumgetrieben. Inzwischen hat man heimlich gegen ihn gehetzt, und nun ist das Unglück da. Eben hat er mir durch einen Boten sagen lassen, ich möchte mich um Fürsprache für ihn bemühen. Wie und wo soll ich nun als alleinstehende Frau, eine Krabbe ohne Füße, einen Nothelfer finden? Alles empört sich in mir, wenn ich an ihn denke. Nie hat er hören wollen. Jetzt wird man ihn nach der Reichshauptstadt bringen und dort schlagen, daß die Fetzen fliegen. Er hat es sich aber selbst zuzuschreiben. Eine Schmach ist es nur für den guten Namen des ehrwürdigen Alterchens, des heimgegangenen Höflings. Weil ich mir nicht anders zu helfen weiß, habe ich Euch, Herr Oberrat herübergebeten, um Euch anzuflehen, dafür zu sorgen, daß er nicht vorgeführt werde. Nehmt doch unter allen Umständen Rücksicht auf mich armes Weib und sucht Fürsprache, wenn sie überhaupt möglich ist, damit er nicht gar zu hart behandelt werde.»

Simen Tjing hatte angesichts ihrer unterwürfigen Verneigung eiligst ausgerufen:

«Schwägerin[31,n], bitte, erhebt Euch doch nur! Seid unbesorgt! Ich weiß nur noch nicht, um was es sich eigentlich bei der ganzen Geschichte handelt.»

«Ja, natürlich», erwiderte die Frau. «Mit einem Worte läßt sich die Sache aber nicht erklären. Der verstorbene alte Höfling hatte vier Neffen. Der älteste hieß Hwa Dse-ju, der dritte Hwa Dse-gwang, der vierte Hwa Dse-hwah. Sie und Hwa Dse-hü sind also sämtlich blutsverwandt mit ihm. Der Alte hatte etwas Vermögen zusammengerafft. Er wußte, daß unser Hwa Dse-hü ein Taugenichts ist, und hatte deshalb, als er aus Gwangnan zurückkam, mir seine Sachen zur Verwahrung übergeben. Jene drei anderen mieden seine Nähe, weil der alte mit Stockprügeln nicht kargte. Als er nun im vergangenen Jahre das Zeitliche segnete, erhielten die anderen drei Neffen ihren Anteil an Betten und Hausrat, aber das Barvermögen wurde nicht verteilt. Oft habe ich meinem Manne, wer weiß wie, zugeredet, ihnen doch etwas abzugeben. Er hat aber auf mich durchaus nicht hören wollen. Nun haben die anderen, ohne daß wir das geringste davon erfuhren, ihn hineingelegt.» Sie schluchzte auf und wehklagte laut.

«Beruhigt Euch, Schwägerin!» besänftigte sie Simen Tjing. «Ich mußte doch erst einmal wissen, um was es sich handelt. Es ist also nur ein privater Vermögensstreit. Ein solcher hat doch nichts zu bedeuten. Weil Ihr es wünscht, Schwägerin, betrachte ich seine Angelegenheit wie meine eigene. Gebt mir nur noch Eure Weisungen!»

«Wenn Ihr helfen wollt, so ist schon alles in Ordnung. Darf ich fragen, welche Beziehungen Ihr benutzen wollt und was Ihr an Geschenken benötigt? Ich möchte alles vorbereiten.»

«Es wird nicht viel kosten», meinte Simen Tjing. «Ich habe gehört, daß der Präsident Jang in der Reichshauptstadt Kaifeng ein Günstling des Prinzenerziehers Zai ist. Dieser und der mit mir verwandte kommandierende General Jang sind Amtsträger, die dem Kaiser Vortrag halten und etwas zur Sprache bringen können. Diese beiden Beziehungen will ich ausnutzen, um bei dem Präsidenten Jang vorstellig zu werden. Dann muß es ja nach Wunsch gehn. Die schwierigsten Sachen lassen sich da regeln. Für den Prinzenerzieher Zai sind etliche Geschenke nötig. Der kommandierende General Jang ist ja mit meiner Familie verwandt, und da sollte er Geschenke annehmen?»

Väsele Li begab sich nun in ihr Schlafgemach, öffnete die Truhen und entnahm ihnen sechzig Schuhe feinsten Silbers im Gesamtgewicht von dreitausend

Unzen. Simen Tjing sollte das Silber für die Zwecke der Fürsprache an sich nehmen und allenthalben verwenden.

«Die Hälfte dürfte hinreichen; warum so viel anwenden?» meinte er.

«Behaltet einen Überschuß!» sagte Frau Hwa. «Hinter meinem Bette habe ich noch vier Kisten mit kostbaren Prunkgewändern, die mit Drachen bestickt sind, Edelsteingürtel, Staatshüte und allerlei Geschmeide, lauter wertvolle Sachwerte. Die möchte ich dem Herrn Oberrat auch zur Aufbewahrung für mich aushändigen. Falls ich sie benötige, kann ich sie holen. Treffe ich jetzt keine Vorsichtsmaßregeln und verlasse mich auf meinen Mann, so werde ich später keine guten Tage mehr haben. Drei Fäuste sind vier Händen ja augenfällig unterlegen. Ich brauche den Rückhalt an diesen Sachen, sonst bin ich künftig den Ränken der anderen ausgeliefert und habe keine Hilfe mehr und keine Mittel, ihren Fallen auszuweichen.»

«Ich fürchte nur, Bruder Hwa möchte nach seiner Rückkehr Nachforschungen anstellen; was dann?»

«Alle diese Gegenstände hat mir der alte Höfling noch zu seinen Lebzeiten eigenhändig zur Aufbewahrung übergeben. Mein Mann weiß gar nichts davon. Nehmt also nur alles zu Euch, Herr Oberrat!»

«Ich füge mich Eurem Wunsche, Schwägerin, und will Leute zum Abholen senden.»

Simen Tjing begab sich sofort nach Hause und besprach die Angelegenheit mit Frau Mondtraut. Sie riet, den Transport des Silbers durch die Diener mittels der Speisetraggestelle zu bewerkstelligen, die Kisten und Koffer mit den Sachen aber bei Nacht über die Mauer schaffen zu lassen, um die Geheimhaltung zu sichern. Brächte man die Gegenstände durch das Hauptportal, so müßten die Nachbarn den Transport wahrnehmen und würden Argwohn schöpfen.

Simen Tjing war der Vorschlag recht. Er ließ zunächst durch Dai-an, Lai-wang, Lai-sing und Ping-an die dreitausend Unzen Silber mittels zweier Speisetraggestelle in Speiseschachteln herüberholen und dann am Abend, als der Mond aufging, durch Väsele Li mit Unterstützung von Lenzfreude und Lenzbunt unter Benutzung von Tischen und Bänken die Kisten und Koffer über die Mauer reichen. Frau Mondtraut, Goldlotos und Schlehenblüte nahmen sie auf der anderen Seite mit Hilfe einer Leiter in Empfang. Auf die Mauer hatte man als Unterlage Teppiche gelegt; so kam Stück für Stück hinüber. Alles wurde in die Räume von Frau Mondtraut geschafft. Es bewahrheitete sich hier:

Das Glück verteilt Vermögen, Ehre
  nach eigner Wahl.
Wer danach giert, den drückt mit Schwere
  um sie die Qual.
Wem das Geschick sie frei will bringen,
  erlangt sie bald;
will's nicht, wirst du auch nichts erringen
  selbst mit Gewalt.

Simen Tjing empfing so eine Menge flauschiger Kostbarkeiten und Wertgegenstände aus Gold und Silber, ohne daß Nachbarn und Anwohner etwas bemerkten. Es wurden die Nacht hindurch Traglasten zurechtgepackt. Von seiner Verwandtschaft, der Familie Tschen, erbat sich Simen Tjing ein Schreiben. Dann sandte er die Boten nach der Reichshauptstadt. Sie kamen unbehelligt dort an und übergaben Brief und Geschenke dem kommandierenden General Jang. Dieser ersuchte seinerseits den Großkanzler und Prinzenerzieher Zai um ein Schreiben an den Präsidenten Jang in Kaifeng. Dieser Präsident Jang Schi führte den Freundesnamen Gweh-schan[58,b]. Er stammte aus dem Kreise Hung-nung in der Provinz Schensi. Nachdem er das Staatsexamen mit Auszeichnung bestanden hatte, war er Senatspräsident des Straftribunals gewesen. Jetzt war ihm der Präsidentenposten des Regierungsbezirks Kaifeng übertragen worden. Er war im höchsten Grade ehrlich und unbestechlich. Der Prinzenerzieher Zai war ehemals sein Prüfungsherr gewesen. Seine Amtszeit war begrenzt. Diesen Umstand wußte man auszunutzen.

Der Präsident Jang begab sich damals auf seinen Amtssitz und ließ Hwa Dse-hü aus der Haft vorführen. Alle Beteiligten betraten die Amtshalle und knieten dort nieder. Auf die Frage nach dem Verbleibe des Familienvermögens stammelte Hwa Dse-hü, der inzwischen von Simen Tjing Nachricht erhalten hatte, nach des Hämlings Ableben sei alles für das Begräbnis und die Seelenmessen verausgabt worden bis auf zwei Hausanwesen und ein Landgut. Diese seien noch vorhanden. Alles übrige, wie Betten nebst Bettzeug und Hausrat aller Art, sei unter die Verwandten verteilt worden.

«Vermögen solcher Höflinge des Frauenpalastes wie des eurigen lassen sich kaum nachprüfen», bemerkte Präsident Jang. «Wie gewonnen, so zerronnen. Da alles verausgabt ist, werde ich verfügen, daß das Kreisamt von Klarenfluß einen Beamten mit Abschätzung und Verkauf der beiden Wohnanwesen und des Feldgrundstücks und mit der Teilung und Aushändigung an Hwa Dse-ju und die beiden anderen betraut.»

Hwa Dse-ju und seine beiden Brüder traten nochmals vor und beantragten knieend, Hwa Dse-hü wegen der sonstigen Geldwerte in Haft zu behalten. Darüber ärgerte sich der Präsident und fuhr sie an:

«Ihr habt wohl zu wenig Prügel erhalten? Als Euer Kammerminister seinerzeit starb, hat keiner von Euch

Klage erhoben. Warum kommt Ihr überhaupt erst jetzt damit, nachdem so lange Zeit verstrichen ist, und belästigt mich?»

Hwa Dse-hü erhielt nicht einen einzigen Schlag. Die gegebene Verfügung, der Grundbesitz solle abgeschätzt werden usw., wurde an das Kreisamt in Klarenfluß abgefertigt. Doch davon genug!

Lai-bau machte sich auf den Heimweg, reiste Tag und Nacht und brachte Simen Tjing die Botschaft. Befriedigt vernahm er, daß seine Beziehungen genützt hatten und daß Hwa Dse-hü aus der Haft entlassen worden sei und heimkehre. Väsele Li bat Simen Tjing zur Beratung zu sich. Sie wollte ihn veranlassen, für einige Unzen Silber ihr Wohngrundstück zu erwerben. Über kurz oder lang würde sie ja doch die Seine werden. Simen Tjing besprach die Angelegenheit zu Hause mit Frau Mondtraut. Diese warnte ihn: Hwa Dse-hü möchte eines Tages Argwohn schöpfen, wenn er dessen Grundstück erstehe. Simen Tjing beherzigte das auch.

Nach Ablauf einiger Tage und Hwa Dse-hü's Rückkehr schätzte bald danach der vom Landrat von Klarenfluß beauftragte stellvertretende Landrat Lo das eine Wohnanwesen des Hämlings an der Hauptstraße im Nganking-Viertel auf siebenhundert Unzen Silber ein und verkaufte es an die Familie Wang, Verwandte des Kaiserhauses, das Landgrundstück vor dem Südtor auf sechshundertfünfundfünfzig Unzen Silber. Es wurde an den Wehrbezirkskommandanten Dschou Sju verkauft. Das übrig gebliebene kleine Wohnanwesen im Werte von fünfhundertvierzig Unzen Silber wagte niemand zu erwerben, weil es Simen Tjing eng benachbart lag. Hwa Dse-hü sandte wiederholt Boten zu Simen Tjing, um ihm zum Ankaufe zu raten, doch dieser lehnte stets wegen Geldmangels ab: Schulden wolle er nicht machen. Da man

Väsele Li gibt Hwa Dse-hü böse Worte

im Kreisamte dringend wünschte, die eingegangene Verfügung zu erledigen, schickte Väsele Li eiligst, aber ganz heimlich die alte Feng zu Simen Tjing, er solle das Grundstück für fünfhundertvierzig Unzen Silber von dem für sie verwahrten Gelde kaufen. Erst hierauf willigte Simen Tjing ein, zahlte auf dem Amte das Geld, und Hwa Dse-hü und die anderen siegelten die Übereignungsurkunde. Nun wurde in Tag- und Nachtarbeit der Bericht an die vorgesetzte Behörde fertiggestellt und abgesandt: Im ganzen seien eintausendachthundertfünfundneunzig Unzen Silber gelöst und zu gleichen Teilen unter die drei Neffen verteilt worden. Hwa Dse-hü als der Urheber des Rechtsstreits erhielt gar nichts. Sein Geld, seine Wohnanwesen und das Feldgrundstück waren dahin. Von den beiden Kisten mit den dreitausend Unzen Silber war keine Spur vorhanden. Das beunruhigte ihn. Er forderte Väsele Li auf, von Simen Tjing Rechenschaft über das Wo und Wie des Verbrauchs und den Rest zu fordern, um vielleicht eine andere Wohnstätte zu erstehn. Aber sie schalt ihn nur mehrere Tage hindurch aus:

«Pfui, du verrückter Teufelsbalg! Zu rechter Zeit hast du dich nicht um ernste Angelegenheiten gekümmert, nur immer bei Blumen genächtigt und unter Weiden[75,c] geschlafen, bis man dich in eine Falle gelockt und verhaftet hat. Damals schicktest du Boten zu mir und ließest mir sagen, ich solle Fürsprache für dich suchen. Wie sollte ich nun als alleindastehende Frau, die ich kaum einen Schritt vor die Türe gegangen bin, mich auf so etwas verstehn? Wen kannte ich? Wo sollte ich Fürsprache finden? Wie viele Beschämungen habe ich einstecken müssen! Wären es Nägel gewesen, mein ganzer Körper müßte aus Eisen sein! Überall habe ich 'Liebes Väterchen', 'Liebes Mütterchen' rufen und flehen müssen. Hauptsächlich ist der gute Ausgang unserem Nachbarn, dem Oberrat Simen, zu danken, der mit Rücksicht auf eure freundschaftlichen Beziehungen aus früheren Tagen trotz Nacht und Kälte und Unwetter Diener nach der Reichshauptstadt gesandt hat, um deine Sache ins Reine zu bringen. Jetzt, da dein Prozeß beendigt ist, du wieder mit beiden Beinen auf festem Boden stehst und dein Leben gerettet hast, denkst du nur an den Besitz. Eben erst ist das Geschwür geheilt, da hast du alle Schmerzen vergessen. Kaum heimgekehrt, beginnst du deine Frau mit deinen Fragen zu drangsalieren. Und wenn du vorn und hinten in der Rechnung suchtest und behauptetest, es müßte noch etwas Geld übrig sein, es ist eben doch nichts mehr da. Aber dein Zettelchen, das du geschrieben hast, ist noch vorhanden. Hätte ich es wohl gewagt, ohne deine schriftliche Weisung dein Geld hervorzuholen, um Fürsprache zu erreichen? Es ist schwer, für jemand, der sich rechtswidrig Werte angeeignet hat, den Ausgleich zu besorgen.»

«Wenn ich auch den Zettel geschrieben habe, so konnte ich doch mit Recht hoffen, daß noch etwas übrig bleiben müßte», gab Hwa Dse-hü zurück. «Wir möchten doch ein Grundstück als Obdach erstehn.»

«Pfui, du dumme Kreatur», wehrte Väsele Li ab. «Ich kann dich nicht genug ausschelten. Früher hättest du achtsam sein sollen! Als man dir die Schlinge zu legen begann, hast du keine Pläne geschmiedet. Nachdem du in sie geraten bist, willst du es tun. Und wenn du tausend- und aber tausendmal meinst, es ist zuviel verausgabt worden, wo können denn deine dreitausend Unzen Silber wohl geblieben sein? Der Prinzenerzieher Zai und der kommandierende General Jang lassen sich wohl mit kleinen Lebensmittelgaben abfinden! Doch nur dank der Verwendung dieser Exzellenzen ist es nicht dazu gekommen, daß man dir Nichtsnutz den Prozeß gemacht hat. Nicht einen einzigen Schlag hat dein Schweineleib zu spüren bekommen. Ungeschoren hat man dich freigelassen, damit du nun daheim so das Maul aufreißest. Andere lassen sich von dir doch nicht kommandieren. Wessen inniggeliebter Verwandter bist du denn? Wer wird sich für dich ganz umsonst nach Nord und Süd auf die Beine machen und sein Geld ausgeben, um dich zu retten? Nachdem du heimgekommen bist, solltest du ein Gastmahl veranstalten, Einladungen ergehn lassen und einmal zeigen, daß du Dankbarkeit kennst. Kehr' erst nochmals alles mit dem Besen aus, und dann frag' ihn und mich nach der genauen Abrechnung!»

So schalt sie fort. Hwa Dse-hü erwiderte nichts. Am nächsten Tage ließ Simen Tjing durch Dai-an ihm einige Geschenke bringen, um ihn zu beschwichtigen. Hwa Dse-hü veranstaltete nun ein Mahl und bat Simen Tjing dazu, um ihm seinen Dank abzustatten. Gleichzeitig wollte er ihn dabei nach dem Verbleibe seines Geldes fragen. Er vertraute darauf, von ihm ein paar hundert Unzen Silber zurückerstattet zu bekommen. Die sollten ihm einen Hauskauf ermöglichen. Väsele Li paßte das aber nicht. Sie ließ heimlich durch die alte Feng Simen Tjing raten, der Einladung keine Folge zu leisten, ihm auch nur eine Phantasieabrechnung zu erteilen und zu erklären, es seien bei allen Instanzen Zahlungen zu leisten gewesen, und so sei alles Silber verbraucht worden. Hwa Dse-hü wurde die Zeit beim Warten zu lang. Er ließ Simen Tjing wiederholt dringlichst durch Boten bitten, doch zu kommen. Aber Simen Tjing hatte sich, um der Einladung aus dem Wege zu gehn, in die Vergnügungsstätten begeben und ließ nur antworten, daß er nicht zu Hause sei. Hwa Dse-hü wurde fast ohnmächtig vor Ärger. Er konnte aber nur mit dem Fuße stampfen.

Lieber Leser! Frauen sind ränkevoll. Sind sie mit dem Gatten nicht eines Herzens, so kann der entschlossenste Ehemann, vermöchte er auch eiserne Nägel zu zerbeißen oder zu zerbrechen, ihre heimlichen Schliche nicht ergründen. Seit Urzeiten heißt es:

Männer draußen schalten,
Frau'n im Hause walten.

Häufig wird der Ruf des Mannes durch die Frauen vernichtet. Warum? Weil die Männer sie nicht zu beherrschen verstehn. An Gestalt und Tüchtigkeit sollen Mann und Frau übereinstimmen, aber außerdem sollen sie einander wohlgesinnt sein. Nur wenn der Gatte den Ton angibt und die Frau ihm folgt, ist die Sicherheit dafür gegeben, daß sie kein Unglück anrichtet. Wo die Dinge ähnlich liegen wie bei Hwa Dse-hü, der ausschweifend lebte, sich überall herumtrieb und für den es kein geschriebenes Gesetz gab, da darf man nicht erwarten, daß die Frau für den Mann so besorgt ist, wie man wünschen muß. Ja:

Steht auf festem Grund dein Streben,
bringt kein Sturm es zum Erbeben.

Kurz und gut: Hwa Dse-hü trieb später doch noch zweihundertfünfzig Unzen Silber auf und kaufte in der Löwenstraße ein Hausanwesen. Dort nahm er Wohnung.

Kaum war er aber nach all den langwierigen Auseinandersetzungen dorthin umgezogen, als es das Unglück wollte, daß er sich stark erkältete. Seit Beginn des elften Mondes war er an das Bett gefesselt. Er sollte nicht wieder aufstehn. Anfänglich ließ er noch den Arzt rufen, dann aber scheute er die Geldausgabe und verhielt sich abwartend. So wurden aus einem Tage zwei, aus zweien drei, bis er nach zwanzig Tagen — o Jammer und Elend! — körperlich zusammengebrochen war und den Geist aushauchte. Er verschied im Alter von vierundzwanzig Jahren.

Sein Diener Tjän-hi war nach Hwa Dse-hü's Erkrankung unter Veruntreuung von fünf Unzen Silber spurlos verschwunden. Da Hwa Dse-hü gestorben war, bat Väsele Li durch die alte Feng Simen Tjing zu sich, um mit ihm zu beraten. Man kaufte einen Sarg, bettete den Leichnam hinein, ließ Messen lesen und senkte ihn zur letzten Ruhe in das Grab. Seine drei Brüder erschienen mit ihren Frauen sämtlich zum Begräbnisse, drückten ihr Beileid aus und gaben ihm das letzte Geleite. Auf Simen Tjing's Veranlassung hatte Frau Mondtraut das Trauer- und Opfermahl am Grabe bereitgestellt.

Väsele Li, in ihrer Sänfte vom Grabe heimgekehrt, errichtete in ihrem Haus eine Seelentafel und opferte vor ihr. Sie hielt zwar auch die Totenwachen, dachte dabei aber im Herzen nur an Simen Tjing. Schon bei Hwa Dse-hü's Lebzeiten hatte sie ihre beiden Dienerinnen Simen Tjing angeboten. Nun da er tot war, gestaltete sich der Verkehr mit der ganzen Familie besonders lebhaft.

Eines Tages — es war gerade der neunte des ersten Mondes — erfuhr Väsele Li, wann Goldlotos Geburtstag habe. Noch war nicht die fünfte Woche seit Hwa Dse-hü's Ableben verstrichen. Sie kaufte Geschenke ein und begab sich in ihrer Sänfte, angetan mit einem weißseidenen Pelz und einem blauen, golddurchwirkten Rocke, zu Goldlotos Geburtstagsfeier. Um den Kopf trug sie ein grobes weißes Hanftuch geschlungen, das Haar mit einem Perlendiadem umwunden. Die alte Feng brachte das Gepäck, und Tjän-fu folgte der Sänfte als Diener. Als sie eingetreten war, warf sie sich zunächst vor Frau Mondtraut viermal auf das Antlitz:

Väsele Li in ihrer Sänfte auf dem Wege zum Geburtstags-
fest von Goldlotos

«Neulich am Grabe hat die gnädige Frau sich so bemüht und selbst Hunger leiden müssen. Ich möchte noch vielmals meinen Dank abstatten.»

Frau Mondtraut bat Holdchen Li und Jadeturm Meng hinzu, und man begrüßte einander. Vor Goldlotos, die danach eintraf, wollte Väsele Li mit den Worten: «Dieses also ist die fünfte Gemahlin!» sich wieder auf ihr Antlitz werfen. Dabei wiederholte sie bei jedem Öffnen des Mundes:

«Schwester, nehmt, bitte, die Ehrenbezeugung Eurer Sklavin entgegen!»

Goldlotos wollte sie nicht dulden. So stritten sie zunächst lange Zeit, bis dann beide gleichzeitig sich voreinander auf das Antlitz warfen. Darauf bedankte sich Goldlotos für die Geburtstagsgeschenke. Nun wurden die ältere Schwägerin Wu und Mutter Pan vorgestellt. Als Väsele Li um die Erlaubnis bat, auch Simen Tjing zu begrüßen, hörte sie von Frau Mondtraut, er habe sich heute zur Stadt hinaus zum Tempel des Erhabenen-Höchsten begeben, um ein Dankopfer darzubringen. Sie bat die Anwesenden gleichzeitig, Platz zu nehmen und ließ Tee bringen. Wesentlich später kam auch Schneeholdchen Sun hinzu. Väsele Li fiel es auf, daß sie an Schmuck etwas hinter der Schar der anderen zurückstand. Sie erhob sich:

«Wer ist denn die Dame? Ich habe sie noch nicht kennen gelernt und deshalb noch nicht gebeten, ihr meine Aufwartung machen zu dürfen.»

«Sie war eins seiner Mädchen», antwortete Frau Mondtraut. «Bemüht Euch doch nicht! Eine schlichte Verneigung genügt», fügte sie hinzu, als Väsele Li sich anschickte, sie in aller Form zu begrüßen.

Beide verbeugten sich voreinander. Frau Mondtraut stellte ihr Zimmer zum Umkleiden zur Verfügung und wies die Dienerinnen an, in der offenen Vorhalle den Tisch zu decken und Tee zu servieren. Augenblicklich stellte man ringsum Kohlenbecken hin und schüttete Holzkohle auf. Die Weinkannen wurden gefüllt, der Lammbraten angerichtet, und nun wurde zum Male gebeten. Die ältere Schwägerin Wu, die Mutter Pan und Väsele Li erhielten die Ehrensitze, Frau Mondtraut und Holdchen Li nahmen die Sitze der Gastgeber ein, und Jadeturm und Goldlotos setzten sich seitlich. Schneeholdchen begab sich wieder in die Küche, um dort Anordnungen zu treffen. Sie wagte es nicht, lange bei Tische zu verweilen.

Frau Mondtraut bemerkte, daß Väsele Li keinen Becher Wein ablehnte, deshalb reichte sie ihr einmal selbst einen und veranlaßte auch Holdchen Li und die anderen, ihr einmal einzuschenken. Dann fragte sie scherzend:

«Frau Hwa, weit seid Ihr fortgezogen, aber sind wir schon so sehr getrennt, daß Ihr nicht mehr herzlich an uns denkt? Es ist doch hartherzig, Frau Hwa, daß Ihr nicht mit der Sprache herauskommt, wann Ihr uns einmal besuchen wollt!»

«Frau Hwa», fiel Jadeturm ein, «wäre heute nicht der Geburtstag unserer sechsten Schwester [31,k], so wäret Ihr gewiß nicht gekommen.»

«Verehrte erste und dritte Herrinnen, von allen Damen widerfährt mir zuviel Ehrung!» erklärte Väsele Li. «Von Herzen gern wäre ich gekommen, aber erstens befinde ich mich doch noch in tiefer Trauer, und zweitens habe ich daheim niemand. Gestern sind es erst fünf Wochen seit seinem Tode gewesen. Ich hätte auch heute nicht zu kommen gewagt, wenn ich nicht befürchten mußte, die fünfte Gemahlin würde es mir verargen.» Anschließend erkundigte sie sich nach dem Geburtstage von Frau Mondtraut.

Diese erwiderte, der unwichtige Tag sei schon vorüber, aber Goldlotos übernahm die Antwort:

«Ihr Geburtstag ist der Fünfzehnte des achten Mondes. Frau Hwa, dann kommt bestimmt her!»

«Es bedarf keiner weiteren Worte», sagte Väsele Li. «Ganz bestimmt komme ich.»

«Frau Hwa, gewährt uns für heute Abend Eure Gesellschaft und geht nicht heim!» regte Jadeturm an.

«Ich möchte, das ist doch zu verstehn, auch mit den Damen plaudern», antwortete Väsele Li, «doch, offen gesagt, ich habe seit unserem Wohnungswechsel und meines Mannes Heimgange niemand zu Hause. Die hintere Mauer des Grundstückes grenzt hart an den großen leeren Garten der kaiserlichen Verwandten Tjau. Nachts treiben dort Fuchsgeister[76,n] ihr Wesen und werfen Backsteine und Dachziegel auseinander, so daß ich mich immer ängstige. Ursprünglich hatten wir ja zwei junge Diener. Der größere Bursche ist aber ausgerissen. Nun hütet der kleine Tjän-fu das Vordertor, und hinsichtlich des ganz verödeten hinteren Teiles des Anwesens bin ich auf die alte Feng hier angewiesen. Sie ist meine langjährige Dienerin und hat mir immer die Wäsche besorgt.»

Frau Mondtraut erkundigte sich nach dem Lebensalter der alten Feng. Sie sei aber eine gediegene Frau, auch nicht ein lautes Wort habe sie von sich hören lassen.

«Sie ist heuer sechsundfünfzig», bemerkte Väsele Li, «und ganz kinderlos. Ihren Lebensunterhalt erwarb sie sich durch Ehevermittlung. Für ihre Kleidung habe ich stets etwas gesorgt, und als neulich mein Mann starb, habe ich sie zu mir zur Gesellschaft gerufen. Nachts schläft sie mit meinen Mägden auf der heizbaren Lagerstatt.»

«Wenn sie Euer Haus bewacht, könnt Ihr ruhig über Nacht bei uns bleiben», sagte zungenfertig Goldlotos. «Euer Mann ist doch nun einmal tot. Um wen braucht Ihr Euch also zu kümmern?»

«Hört 'mal auf mich!» fiel Jadeturm ein. «Schickt die Alte mit der Sänfte heim und bleibt selbst hier!»

Väsele Li schwieg lächelnd. Während der Unterhaltung hatte man den Wein weiter die Runde machen lassen. Zuerst brach die alte Mutter Pan auf und zog sich nach vorn zurück. Goldlotos folgte ihrer Mutter und begab sich in ihre Gemächer. Väsele Li machte nun neue Versuche, sich zu verabschieden, sie habe genug getrunken, doch Holdchen Li erklärte:

«Frau Hwa, vorher, als Euch die erste und die dritte Gemahlin zutranken, habt ihr mitgetrunken. Jetzt, da ich Euch einschenken will, wollt Ihr nicht mehr. Ist das recht?» Damit ergriff sie einen größeren Becher und füllte ihn.

«Beste zweite Gemahlin», antwortete Väsele Li, «ich kann wirklich nichts mehr zu mir nehmen. Wie würde ich es sonst abzulehnen wagen?»

«Wir wollen eine kleine Trinkpause machen, sobald Ihr noch diesen Becher geleert habt», bemerkte Frau Mondtraut.

Väsele Li nahm nun den Wein an, stellte ihn vor sich und setzte die Unterhaltung fort.

«Was treibt denn nur deine Herrin vorn?» wandte sich Jadeturm an Schlehenblüte, die daneben stand, «sie und ihre Mutter werden gebeten, flink herzukommen. Sag', die erste lasse sie bitten, Frau Hwa Gesellschaft zu leisten.»

Schlehenblüte kam bald zurück: Die alte Mutter Pan habe Beschwerden und sei zur Ruhe gegangen. Die Herrin sei in ihrer Wohnung, erfrische nur ihr Antlitz und werde sogleich kommen.

«Es ist doch unerhört!» erklärte Frau Mondtraut. «Sie ist heute die Gastgeberin und verläßt ihre Gäste. Niemand weiß, wo sie hin ist. So gut sie sonst sein mag, sie hat noch immer kindliche Launen.»

Aber für Goldlotos hatte das Zitat Geltung:

Matt, im Seidenkleide schweißgebadet,
sie des Heimes Stufen aufwärtsklimmt,
wo zum Waschen blank ein Becken ladet;
bald im Wasser rot die Schminke schwimmt.

Frau Mondtraut hatte kaum ausgesprochen, da erschien Goldlotos. Als Jadeturm von ihrem Sitz an der Tafel sie üppig frisch gepudert von draußen hereintänzeln sah, rief sie neckend:

«Fünfte, du bist mir eine Schöne! Heute bist du der Esel. Deine Gäste läßt du hier im Stich und gehst in deine Stube. Du hast ja gar keine Erziehung.»

Goldlotos gab lachend Jadeturm einen Klaps.

«Fünfte, zeig' mal Mut und schenk' ihr jetzt einen Becher Wein ein!» meinte Jadeturm.

«Ich habe doch schon den Wein der dritten Gemahlin getrunken», erklärte Väsele Li. «Ich vertrage nicht viel. Ich habe wirklich übergenug.»

«Was sie Euch eingeschenkt hat, geht für ihre Rechnung», lachte Goldlotos. «Ich werde mir doch auch gestatten dürfen, Euch einen Becher zu reichen.»

Sie füllte einen großen Pokal und bot ihn Väsele Li dar. Diese stellte ihn vor sich und wollte nicht trinken. Da sah Frau Mondtraut in Goldlotos Haar einen goldenen Haarpfeil mit dem Schriftzeichen 'Langes Leben' und richtete an Frau Hwa die Frage:

«Wo habt Ihr das Schmuckstück anfertigen lassen, das Ihr Goldlotos, unserer sechsten Schwester, geschenkt habt? Es ist recht hübsch. Wir möchten uns ähnliche beschaffen und tragen.»

«Gnädige Frau, ich besitze noch einige. Wenn Ihr sie haben wollt, werde ich in den nächsten Tagen allen Damen diese Haarpfeile schenken. Es sind Stücke vom Hofe. Sie stammen von dem verstorbenen ehrwürdigen alten Herrn. Wo gäbe es sonst so etwas im Handel zu finden?»

«Ich habe selbstverständlich nur einen Scherz gemacht», erklärte Frau Mondtraut. «Wir sind unser zu viele. Wie könntet Ihr derartige Geschenke machen!»

Während des Trinkens und scherzhaften Plauderns war die Sonne allmählich nach Westen gerückt. Die alte Dienerin Feng war hinten bei Schneeholdchen mit Wein bewirtet worden und hatte dabei so viel zu sich genommen, daß ihr Antlitz ganz rot war. Nun erschien sie, um Väsele Li zum Aufbruche zu mahnen:

«Wollen wir jetzt heim? Dann werde ich die Sänfte vorbereiten lassen!»

«Bitte, Frau Hwa, geht noch nicht!» sagte Mondtraut. «Laßt die Alte mit der Sänfte heimkehren!»

«Es ist niemand bei mir im Hause», wehrte Väsele Li. «Ich will ein anderes Mal den Damen wieder meine Aufwartung machen und dann den ganzen Tag bleiben.»

«Ihr seid aber hartnäckig, Frau Hwa; wir hier zählen wohl gar nicht», bemerkte Jadeturm. «Laßt die Sänfte jedenfalls jetzt noch nicht vorbereiten! Wartet doch noch, bis der Herr kommt! Er wird nicht umhin können, Euch auch zum Bleiben einzuladen.»

Auf dieses Drängen hin gab Väsele Li die Schlüssel ihres Hauses der alten Feng:

«Da mich alle Damen zum Bleiben nötigen, muß ich mich wohl anständigerweise fügen. Laß also die Sänfte zurückgehn und mich morgen abholen! Begib dich selbst mit dem Diener nach Hause und achtet sorgfältig auf Tor und Türen!» Sie winkte sie noch näher zu sich heran und flüsterte ihr in das Ohr: «Die ältere Magd Lenzfreude soll aus dem goldbemalten Schmuckkästchen im obersten Koffer in meinem Schlafzimmer vier goldene Haarpfeile mit dem Schriftzeichen 'Langes Leben' herausnehmen. Bringe sie morgen mit! Ich will sie den vier Damen zum Geschenk machen.»

Die Alte verabschiedete sich nun von Frau Mondtraut und entfernte sich. Da Väsele Li nicht mehr Wein trinken wollte, bat Frau Mondtraut alsbald alle in ihre Stube zum Tee mit der Schwägerin Wu. Plötzlich tauchte Dai-an mit dem Gepäck auf, denn Simen Tjing war heimgekehrt. Dieser trat auch sogleich durch den Türvorhang und rief aus: «Da ist ja Frau Hwa!»

Väsele Li erhob sich hastig. Sie begrüßten einander und nahmen dann Platz. Frau Mondtraut wies Jadeflöte an, Simen Tjing's Gewänder entgegenzunehmen.

«Ich war heute vor der Stadt im Tempel des Erhabenen-Höchsten und habe aus Anlaß seines heiligen Geburtstages[3,c] als Oberhaupt unseres Bundes für alle geopfert», begann Simen Tjing der Schwägerin Wu und Väsele Li zu erzählen. «Dann habe ich mit dem Priester Wu abgerechnet. Das war eine ziemlich lästige Arbeit. Sie hat mich so lange aufgehalten. – Ihr bleibt doch heute bei uns?» wandte er sich an Frau Hwa.

«Sie hat sich andauernd zu bleiben geweigert. Schließlich ist es unseren vereinten Bemühungen geglückt, sie umzustimmen», sagte Jadeturm.

«Bei mir ist doch niemand im Hause. Deshalb bin ich beunruhigt», bemerkte Väsele Li.

«Ach, Unsinn!» warf Simen Tjing ein. «Neuerdings wachen doch rasch aufeinander folgend nächtliche Polizeistreifen. Wovor wollt Ihr Euch da ängstigen? Und sollte der Wind auch nur das Gras bewegen, so benutzt meine Karte und schickt zu Seiner Hoheit Dschou zur weiteren Veranlassung! Aber warum sitzt Ihr denn so ganz ohne etwas da, Frau Hwa? Laßt uns doch noch ein Gläschen trinken!» fügte er hinzu.

«Wir haben alle Frau Hwa dazu eingeladen. Sie hat aber abgelehnt», sagte Jadeturm.

«Wenn eure Aufforderung nichts genützt hat, so will ich sie einladen», erwiderte Simen Tjing. «Ihr vertragt doch Wein so gut, Frau Hwa!»

Väsele Li erklärte zwar, sie vertrage nichts, rührte sich aber nicht. Die Dienerinnen mußten nun erneut einen Tisch in die Stube zum gemeinsamen Umtrunke bringen. Simen Tjing bestellte Reis, Gemüse und Mandeln und ließ auch noch zum Essen decken. Entsprechend den Regeln des guten Tones lehnte die Schwägerin Wu ab, um ein geselliges Zusammensein mit ihrem Schwager Simen Tjing zu vermeiden und begab sich zu Holdchen Li. Väsele Li wurde der Ehrenplatz angewiesen. Simen Tjing nahm den Sitz des Gastgebers ein. Frau Mondtraut setzte sich auf das Ofenbett und stellte ihre Füße auf eine Wärmkruke. Jadeturm und Goldlotos nahmen seitlich am Tische Platz. Als sich so alle Fünf niedergelassen hatten, wurde Wein eingeschenkt, und zwar nicht in kleinen Näpfchen, sondern in den großen silbernen Sonnenblumenpokalen, und nun trank man sich gegenseitig zu. Ein Sprichwort sagt:

Der Tee zieht geistig in den Bann;
der Wein facht das Begehren an.

Man zechte, bis den Frauen die Augen zufielen, und schaute einander verliebt an. Es paßten da so recht die Verszeilen:

Knospen trieb ihr Antlitz wie von Pfirsichblüten;
weit in großen Augen die Begierden glühten.

Frau Mondtraut konnte es schließlich nicht mehr länger mit ansehen, wie die beiden sich zutranken, so daß sie förmlich ein Stück Zucker waren, und die Unterhaltung schlüpfrig zu werden begann. Sie begab sich deshalb zur Schwägerin Wu, um dieser Gesellschaft zu leisten. Die anderen vier blieben beisammen bis Mitternacht. Väsele Li's Sternäuglein waren halb zugefallen. Sie konnte sich kaum noch aufrecht halten und hängte sich an Goldlotos, um auszutreten. Simen Tjing begab sich zu Frau Mondtraut. Taumelnd richtete er an sie die Frage, wohin man den Gast zu Bette schicken solle.

«Sie mag bei der schlafen, zu deren Geburtstagsfeier sie gekommen ist», war Frau Mondtrauts Antwort.

«Und wo soll ich mich zur Ruhe legen?» fragte Simen Tjing.

«Das überlasse ich dir. Nur geh ja nicht auch dorthin, wo sie sich zu Bette begibt!» bemerkte Frau Mondtraut.

«An so etwas überhaupt zu denken!» platzte Simen Tjing heraus und konnte sich kaum vor Lachen halten. Er rief Edelsteinchen, ihm beim Auskleiden zur Hand zu gehn; er wolle sich dann hier zu Bette legen.

«Nun, werde mir nur nicht toll!» erklärte Frau Mondtraut. «Du willst es doch nicht darauf ankommen lassen, daß ich dich hinauswerfe. Wo soll denn die Schwägerin bleiben, wenn du hier schläfst?»

«Pah, Pah!» rief Simen Tjing. «Ich gehe zu Jadeturm zu Bett», und begab sich dorthin zur Ruhe.

Als Väsele Li ihr Bedürfnis verrichtet hatte, führte Goldlotos sie in ihre Räume, und dort schliefen sie gemeinsam mit der Mutter Pan.

Nach dem Aufstehen am nächsten Morgen half Schlehenblüte Väsele Li beim Ankleiden. Da sie sich dabei sehr anstellig zeigte, Väsele Li auch wußte, daß sie eine der Dienerinnen war, die Simen Tjing bereits zu sich genommen hatte, machte sie ihr ein Geschenk. Schlehenblüte erzählte dies sogleich Goldlotos, und diese bedankte sich wiederholt mit den Worten:

«Nun habt Ihr Euch wieder in Unkosten gestürzt und sie beschenkt!»

«Nicht nennenswert! Aber was habt ihr Glück mit Eurer Dienerin!» meinte Väsele Li.

Nach Beendigung des Haarbaues mußte Schlehenblüte die Gartentür öffnen. Goldlotos führte Väsele Li und die Mutter Pan in den Garten, ging mit ihnen umher und zeigte ihnen alles. Väsele Li sah, daß nach ihrem früheren Grundstück ein Durchgangstürchen eingebaut worden war. Sie erkundigte sich, wann drüben mit dem Umbau begonnen werden sollte. Goldlotos erzählte, der Geomant[44,a] habe sich neulich die Lage angesehen und empfohlen, im zweiten Monde die Arbeiten zu beginnen. Frau Hwa's früheres Grundstück solle mit dem alten Besitze zu einer Einheit verbunden werden. Vorn solle ein Hügel aufgeschüttet werden, mit einer Mattenlaube darauf; einen großen Blumengarten wolle man anlegen; hinten werde noch ein dreiräumiges Gartenhäuschen, 'Zur Blumenfreude' erbaut werden, das ein Gang mit Goldlotos Hause verbinden solle. Väsele Li horchte auf und folgte diesen Erläuterungen gespannt. Da erschien Edelsteinchen: Frau Mondtraut lasse zum Tee bitten; und alle begaben sich in das Hauptgemach, wo Frau Mondtraut, Holdchen Li und Jadeturm Meng der Schwägerin Wu bereits Gesellschaft leisteten. Während sie dort noch gemeinschaftlich frühstückten, erschien die alte Feng, zog aus dem Ärmel ein älteres Tüchlein, in das die vier goldenen Haarpfeile mit dem Schriftzeichen des langen Lebens eingewickelt waren, und reichte es Väsele Li. Diese gab das erste Stück Frau Mondtraut und dann je eines Holdchen Li, Jadeturm Meng und Schneeholdchen Sun. Frau Mondtraut bedankte sich: Das sei doch für Väsele Li zu kostspielig. Es gehe wirklich nicht! Aber Väsele Li lachte:

«Meine liebe gnädige Frau! Es ist doch nichts Besonderes dabei. Ich darf es mir schon erlauben, den Damen diese Nichtigkeiten anzubieten.»

Alle steckten die Schmuckstücke ins Haar und bedankten sich. Frau Mondtraut bemerkte:

«Ich habe mir erzählen lassen, daß Euer Haus, Frau Hwa, gerade Ausblick auf den Laternenmarkt hat. Das muß sehr vergnüglich sein. Wenn wir demnächst die Festbeleuchtung betrachten wollen, so werden wir Euch in Eurer Residenz besuchen kommen, um von dort aus alles zu sehen. Ihr dürft Euch aber nicht verleugnen lassen.»

«Ich werde die Damen zu dem Tage einladen», erklärte Väsele Li.

«Schwestern, etwas wißt ihr noch nicht», warf Goldlotos ein. «Ich habe erfahren, daß Frau Hwa am fünfzehnten Geburtstag hat.»

«Nun ist es uns heute gesagt worden», sprach Frau Mondtraut. «Also zum werten Geburtstage von Frau Hwa werden wir alle ohne Ausnahme zur Beglückwünschung erscheinen.»

«Ich wohne ja nur in einem kleinen Schneckenhäuschen», lachte Väsele Li. «Wenn die Damen sich zu einem Besuche herablassen wollen, so werde ich mir die Ehre der Einladung bestimmt geben.»

Das Frühstück war bald darauf auch beendet. Dann wurde wieder Wein aufgetragen, und beim Trinken schwand nach und nach der Tag. Wieder stand die Sonne im Westen. Man brachte die Sänfte, und Väsele Li verabschiedete sich, um heimzukehren. Die Frauen versuchten unaufhörlich, sie noch zum Bleiben zu veranlassen. Als Väsele Li im Begriffe war, das Haus zu verlassen, wollte sie sich auch von Simen Tjing verabschieden. Frau Mondtraut erklärte indessen, er sei in aller Frühe aufgestanden und ausgegangen, um jemand das Geleite zu geben. Da erst bestieg Väsele Li unter tausendfachen Dankesbeteuerungen ihre Sänfte und entfernte sich.

Zwillingspfirsichsteine muß man liebgewinnen;
doch hat jeder einen eignen Kernduft innen.

15. KAPITEL

Die Damen schau'n vom Altan aus
des Lampenfestes Rummel,
derweilen führt ins Klatschmohnhaus
der Busenfreunde Bummel.

Es weilen schöne Frauen im hohen Hause viel.
Von drüben nimmt der Vollmond das Fenster
sich zum Ziel.
Auf Frühlingspfaden wandelt man gern bei
Harfenklang;
zum Eintritt höflich bittend hebt man den
Türvorhang.
Wie man sich zierlich wendet, am roten
Jäckchen knüpft[32,c]
und, Anmut reich entfaltend, dann durch den
Vorhang schlüpft!
Man ladet ein zum Bleiben, schnell man die
Saiten nimmt,
stäubt ab und dreht die Wirbel der Harfe, die
man stimmt.

Rasch verstrich die Zeit bis zum Fünfzehnten des ersten Mondes. Am Vortage sandte Simen Tjing den Diener Dai-an zu Väsele Li. Er brachte vier Schüsseln Speisen und Tunken, einen Krug Wein, je einen Teller Kuchen in Pfirsichform[48,b], sogenannte Geburtstagspfirsiche, und Geburtstagsnudeln[48,c] und einen vollständigen Satz Gewänder aus doppelt starkem Taffet mit eingewirkten Goldfäden, dazu eine Karte von Frau Mondtraut zum Geburtstage. Eben hatte sich Väsele Li erhoben und war dabei, sich zu kämmen und zu pudern. Sie empfing Dai-an in ihrem Schlafzimmer mit den Worten:

«Erst neulich habe ich deine erste Herrin bemüht, und heute bin ich nun wiederum die Veranlassung dazu, daß sie ihr Herz verschwendet und mir Geschenke schickt!»

«Die Herrin läßt sich vielmals empfehlen», bemerkte Dai-an, «auch der Hausherr sendet Empfehlungen. Es seien doch nur unbedeutende Kleinigkeiten, die Ihr weiter verschenken mögt.»

Väsele Li ließ Lenzfreude vier Teller mit Speisen zum Tee auftragen und Dai-an bewirten. Als er fort wollte, schenkte sie ihm noch zwei Scherf Silber nebst einem schillernden Taschentüchlein und trug ihm viele Empfehlungen an alle Damen daheim auf. Sie wolle auch sogleich die alte Feng mit Karten schicken, um die Damen in jedem Falle für morgen um die Ehre ihrer Gesellschaft zu bitten. Dai-an warf sich auf das Antlitz und entfernte sich. Den beiden Trägern der Geschenke gab Väsele Li hundert Kupferlinge. Sie ließ dann durch die alte Feng fünf Einladungskarten überbringen und bat Frau Mondtraut nebst Holdchen Li, Jadeturm Meng, Schneeholdchen Sun und Goldlotos Pan für den Fünfzehnten zu sich. Etwas später sandte sie auch noch an Simen Tjing eine streng geheime Einladung zum Nachtessen.

Frau Mondtraut ließ am folgenden Tage Schneeholdchen zur Beaufsichtigung des Haushalts zurück und verließ mit Holdchen Li, Jadeturm und Goldlotos in vier Sänften das Haus. Alle trugen brokatene Gewänder mit reichen Blumenstickereien. Die vier Diener Lai-sing, Lai-an, Dai-an und der Bilderjunge bildeten ihr Gefolge. Bald waren sie an Väsele Li's neu angekauftem Hausgrundstück am Lampenmarkt in der Löwenstraße angelangt. Das Anwesen hatte eine vierräumige Straßenfront und bestand aus drei hinter einander gelegenen Baulichkeiten in der Tiefe. An die Straße selbst stieß ein zweistöckiges Gebäude. Hinter

Simen Tjings Frauen feiern mit Väsele Li das Laternenfest

dem Portale zum zweiten Hofe befanden sich beiderseits dreiräumige Nebenhäuser, die ein kleines einräumiges Gastzimmer enthielten. Um in den dritten Teil des Anwesens mit dem dreiräumigen Schlafgemach und der Küche zu gelangen, mußte man durch einen kleinen Seiteneingang hindurch. Ganz hinten lag dann noch ein freier Platz. Dieser stieß an den Garten der Familie Tjau, die mit dem Kaiserhaus verwandt war.

Väsele Li wußte, daß Frau Mondtraut und die anderen Damen auch des Laternenfestes wegen[39,a] gekommen waren. Sie hatte deshalb in dem Obergeschosse des an der Straße gelegenen Gebäudes hinter Wandschirmen Tische decken und dort viele Zierlaternen aufhängen lassen. In der Empfangshalle bewillkommnete sie zunächst die Erschienenen. Nach Beendigung der Begrüßungsförmlichkeiten bat sie in das offene Gemach, das weiter hinten lag, zum Tee. Um die Mittagszeit ließ sie im Empfangssaal an vier Tischen ein Mahl herrichten. Sie hatte dazu die beiden Sängerinnen Holdchen Dung und Goldreifchen Han kommen lassen, und während diese die Laute spielten und sangen, labte man sich am Weine. Vorn in dem Häuschen war versteckt die Tafel zu einem weiteren Schmause gedeckt worden. Väsele Li ließ daher Frau Mondtraut und die anderen sich dorthin begeben, um das Lampenfest von da aus zu beobachten. An dem Dachvorsprunge des oberen Stockwerkes waren Rollvorhänge aus Bambus angebracht und bunte Laternen aufgehängt.

Frau Mondtraut trug eine karminrote, geblümte Jacke mit langen Ärmeln, einen zartgrünen Atlasrock und eine Marderpelzjacke. Holdchen Li, Jadeturm und Goldlotos waren sämtlich in weißen Seidenjäckchen und blauen Atlasröcken gekommen. Holdchen Li hatte dazu noch ein goldverziertes, weihrauchholzfarben grundiertes Westchen angelegt, Jadeturm ein solches, das grün grundiert und goldverbrämt war, und Goldlotos ein karminrot grundiertes und goldgetontes. Reicher Perlen- und Eisvogelfederschmuck und etwa der halbe Phönixspangenschmuck zierte ihr Haar. Alle lehnten sich an die Fenster und beobachteten, wie auf dem Lampenmarkte die Menschenmenge hin und her wogte. Da ging es ausgelassen und heiter zu. Überall ringsherum auf den Straßen waren Dutzende von Lampenverkaufsständen errichtet. An den Haustüren trieb man schwunghaften Handel. Die Männer und Frauen, die an dem Laternenfeste teilnahmen, gingen in Rot und Weidengrün. Von Pferden und Karren toste es donnerartig.

Wie wenn im Wasser sich tummeln
  zwei Felsen durchbohrende Drachen,
wie wenn im Flug himmelan
  ein leuchtender Kranich emporsteigt,
hell wie die Röte des Morgens:
  so flammte der Rückschein der Lichter. —
Goldlotos-Lampen und jadenen
  Türmen gleiche Laternen
schimmerten auf wie Reihen
  von runden und länglichen Perlen.
Lampen in Seerosenform
  und malvenartig erschienen
wie ein seidengestickter
  und tausendfach blinkender Vorhang.
Lampen in sauberem Weiß wie die Blüten
  am Strauche des Schneeballs
leuchteten hier; dort blitzten
  und glitzerten schneeflockengleiche.
Lampen, wie junge Gelehrte gestaltet,
  verneigten sich würdig,
schritten voran und standen dann still,
  getreulich bewahrend

altüberlieferten Brauch,
den Kung-dse und Meng-dse schon lehrten.
Da gab es Lampen nach Art
von sanften und willigen Frauen,
deren Leben so tugendhaft war
wie der ältesten Djang [33,a] einst,
Lampen in Mönchsfigur, mondklar,
und hellgrün wie Weiden;
solche dann sah man in Richtergestalt,
dem Dschung Kweh [45,k] gleichend,
wie er ehedem saß
mit der jüngeren Schwester zusammen.
Aber es gab auch Lampen wie Hexen,
und sie bewegten
winkend den Fächer, als riefen herbei
sie boshafte Geister.
Liu Hai [25,h] ähnelten andre,
dem Gotte des Reichtums, auf dessen
Rücken die goldene Kröte
zum Spaße Kleinodien verschluckte [76,e];
fahlen Löwen glichen Laternen,
nicht minder Kamelen,
deren Rücken beschwerte
die Last unschätzbarer Werte,
Lampen wie Affen
und solche wie weiße Staatselefanten
Mit Juwelen so teuer
wie mehrere Städte zusammen;
Lampen wie Krabben, die wimmelnd
die zahlreichen Glieder bewegten,
um sich, spielend, hinab
in die klaren Wogen zu stürzen;
Lampen wie Welse mit riesigem Maul
und mit Bärten behangen,
die in friedlichem Fraße
grünliche Algen verschlangen. —

Silberne Nachtfalter waren dabei
so schillernden Glanzes,
wie wenn der Schnee mit dem Hellgrün
der Weiden im Wetteifer streitet.
Lustige Kurzweil trieben die Karpfen
und Drachen[76,f] da auf dem Sande.
Rotbücher[49,m] boten Gestalten
von Heiligen und den fünf Alten.
Wilder barbarischer Völker Vertreter
waren zugegen;
Gelbe Vorhänge brachten sie dar,
Tribute bezahlend.
Tosen erscholl von lärmenden Paaren
wie wenn auf den Dörfern
trommelnd man der Gottheit der Erde
das Opfer verkündet.
Um die Wette zeigten da
hundertfach die Verkäufer
ihres lustigen Spielzeugs
Absonderlichkeiten und Possen.
Drehbare Lämpchen gab es,
die vorwärts und rückwärts sich wandten;
hängende Lampen schnellten empor
und sanken nach unten.
Glasflaschen gab es,
von innen bemalt mit Feen und Blumen.
Scheidewände man bot,
aus Marienglas schimmernd gefertigt,
und von den Inseln der Seligen
Wunder verschiedenster Arten. —
Ballspielen folgten mit Eifer
als Zuschauer unter Balkonen
Edelleute; es flogen die Bälle
bis fast an die Augen.
Vornehme Damen halfen einander
treppaufwärts zu steigen,

ihre verführende Schönheit
    von oben her besser zu zeigen.
Wahrsagerstände gab es
    in Haufen wie Wolken am Himmel;
zahllos wie Sterne wimmelten
    da auch Deuter der Zukunft;
aus dem Antlitze Fragender
    weissagten sie die Geschicke,
die das künftige Jahr ihnen
    würde bescheren, und fürder,
wie im Leben Gedeih und Verderb
    ihnen vorher bestimmt sei.
Hoch auf erhabenem Platz
    standen Rezitatoren und boten
allen, die zuhören wollten,
    der Lieder und Dichtung Vergnügen.
Bettelmönche schwangen die Klappern [16,a]
    und wurden nicht müde.
Allen den dreifachen Kanon [14,b]
    des Buddha rings zu verkünden.
Berge von Neujahrskuchen,
    mit Frucht gefüllt, konnte man kaufen,
Künstliche Schlehenblüten
    nicht minder an trockenen Zweigen;
Und um seitlich am Knoten
    das Haar zum Lenze zu schmücken,
hielt man feil aus Papier
    geschnittene Frühlingsfalter.
Haarpfeile pries man da an,
    wie die Mode der Hauptstadt sie formt,
Sonnenhell leuchtenden Glanz
    des Goldes dem Haupte zu geben.
Wandschirme gab es, so schön
    wie ein Seidenvorhang des Schi Dschung;
Perlenvorhänge auch, so klar
    wie Schlehen im Mondlicht.

Nur noch die Aussicht vom Auschan[9,d]
mocht bunteren Anblick erregen,
Aber alles versprach für das Jahr
den fröhlichsten Segen.

Frau Mondtraut schaute eine Weile zu, zog sich dann aber angesichts des Menschengewirrs unten vor dem Hause mit Holdchen Li zurück und nahm wieder ihren Platz an der Festtafel ein, um etwas Wein zu genießen.

Goldlotos und Jadeturm sowie die Sängerinnen lehnten sich nur immerfort an das Fenster des oberen Stockwerks und schauten hinab. Goldlotos hatte die Ärmel ihres weißen Seidenjäckchens aufgerafft, so daß die goldverzierte Litze am Kleidärmel darunter sichtbar wurde. Ihre zehn Finger lugten hervor wie Frühlingszwiebeln. Sechs goldene, steigbügelförmige Ringe hatte sie angelegt. Mit dem halben Oberkörper lehnte sie sich hinaus und spähte umher; zwischen den Zähnen zerbiß sie Melonenkerne und spie die Kernhülsen hinab auf das Volk. Unaufhörlich lachte und scherzte sie gemeinsam mit Jadeturm. Sie wies mit dem Finger und rief jetzt:

«Erste Schwester, schau einmal dort unter dem Dachvorsprung die beiden Schneeball-Lampen, wie sie sich hin- und herdrehen und auf- und absteigen! Das ist doch wirklich ein reizender Anblick.»

«Zweite Schwester!» fuhr sie ein anderes Mal los, «sieh nur drüben die große Laterne an dem Lampengestell in Form des Fisches! Darunter hängen noch viele kleine Fischlein, Schildkröten und Krebse, die alle mit der großen Fischlaterne ziehen. Das ist aber spaßig!»

«Dritte Schwester!» bemerkte sie nun wieder. «Schau nur dort einmal die eine Lampe als Weiblein und die andere als Männlein!»

Während sie gerade darauf hinblickten, stieß ein plötzlicher Windstoß dem Frauenlampion ein großes Loch in den Unterleib. Die Frauen brachen in schallendes Gelächter aus. Das veranlaßte wieder die Leute, die sich das Laternenfest ansehen wollten und sich unten so dicht drängten, daß sie mit den Schultern aneinanderstießen und sich im Rücken preßten, hinaufzuschauen. Durch das Umwenden wurde aber das Gedränge nur noch ärger, und man trat sich gegenseitig auf die Füße. In der Menschenmenge befanden sich auch einige junge Tagediebe, die hinaufzeigten und Erörterungen anstellten. Einer meinte, es seien bestimmt Damen aus den hiesigen höchsten Adelskreisen. Ein anderer mutmaßte, es seien in besonderer Gunst stehende Nebenfrauen von Prinzen und kaiserlichen Verwandten, die sich hier das Lampenfest ansehen wollten. Wie könnten sie sonst zu Tracht und Schmuck von Palastdamen kommen? Wieder jemand meinte, es seien Mädchen aus den Vergnügungsstätten, die sich eine hochstehende Familie zu Spiel und Sang beim Lampenfeste habe kommen lassen. Jemand trat hinzu und erklärte:

«Ich kenne sie wohl. Ihr habt alle falsch geraten. Die beiden Damen sind keine Frauen unseres Standes. Sie sind die Gemahlin des obersten Höllenfürsten und die Nebenfrau des Räuberschutzgottes, Frauen des Oberrats Simen, der vor unserem Kreisamte die Drogenhandlung betreibt und der Geld an Amtsanwärter ausleiht. Wollt ihr ihn etwa reizen? Wahrscheinlich haben sie seine erste Frau hierher zur Betrachtung des Lampenfestes begleitet. Die mit dem gröngrundierten, goldverbrämten Westchen kenne ich nicht, aber die mit dem karminrot grundierten, goldverzierten Westchen und dem eisvogelfederzieratgeschmückten Antlitze gleicht der Frau des Kuchenbäckers, des großen Wuh, den der Oberrat durch einen

Fußtritt getötet hat, als jener im Teehause der alten Wang die Ehebrecher festnehmen wollte. Er hat sie dann zu seiner Nebenfrau gemacht. Später hat ihr Schwager Wuh Sung Anklage erhoben. Der wurde aber, weil er einen Amtsboten, den sogenannten Botschafter Li, irrtümlich getötet hat, auf des Oberrats Betreiben verbannt und in das Grenzheer eingereiht. Jetzt sind es schon ein oder zwei Jahre her, daß ich sie nicht zu Gesicht bekommen habe. Sie hat sich tatsächlich mittlerweile zu einer entzückenden Schönheit entwickelt.»

In diesem Augenblicke rief Frau Mondtraut —, sie hatte den Menschenhaufen vor dem Hause anschwellen sehen – Goldlotos und Jadeturm zur Tafel zurück. Man hörte nun den beiden Puderköpfen zu, die vom Lampenfeste sangen, und trank Wein. Nach einer Weile wollte Frau Mondtraut aufbrechen:

«Mehr möchte ich nicht trinken. Ich werde mit der Zweiten vorausgehn. Die beiden Schwestern lasse ich noch ein Weilchen zur Gesellschaft zurück, damit sie Eure Herzlichkeit auskosten können. Der Hausherr ist heute nicht daheim, so daß niemand im Hause ist. Nur etliche Mägde haben wir dort gelassen. Da bin ich beunruhigt.»

Väsele Li wollte sie natürlich nicht fortlassen:

«Gnädige Frau, ich habe es an Ehrerbietung fehlen lassen. Trotz dem Festtage habe ich die Lampen nicht einmal angezündet, auch kein gehöriges Mahl vorgesetzt, und nun wollt Ihr schon heim? Wenn auch Herr Simen nicht zu Hause ist, so sind ja dort die Mädchen. Beunruhigt Euch da doch nicht! Wartet nur, bis der Vollmond aufgeht, dann begleite ich die vier Damen heim.»

«So dürft Ihr nicht sprechen, Frau Hwa», antwortete Frau Mondtraut. «Ich vertrage nun einmal Wein nicht recht. Auch lasse ich ja die beiden

Schwestern hier. Das ist doch ebenso, wie wenn ich hier bliebe.»

«Die gnädige Frau hat gar nichts getrunken, und die zweite Gemahlin hat auch nichts zu sich genommen», meinte Väsele Li. «Das ist doch nicht recht. Als ich neulich bei der gnädigen Frau zu Gaste war, habe ich keinen einzigen Becher abgelehnt. Keine der Damen wollte ihn mir erlassen. Heute, da Ihr in meine beschränkten und engen Räumlichkeiten gekommen seid, hab' ich zwar nichts Rechtes dargeboten, aber erkennt doch die Bemühungen meines armen Herzens an!» Damit reichte sie Holdchen Li einen großen Becher: «So trinkt wohl oder übel einen Becher! Der gnädigen Frau wage ich keinen großen Becher anzubieten, sondern nur ein kleines Gläschen.» Sie schenkte es voll und reichte es Frau Mondtraut.

Diese gab den beiden Sängerinnen je zwei Scherf Silber, wartete noch, bis Holdchen Li ausgetrunken hatte, und brach dann auf, nachdem sie Jadeturm und Goldlotos noch eingeschärft hatte:

«Wir beide gehn jetzt voraus. Ich werde die Dienerjungen mit Laternen senden, euch abzuholen. Kommt dann auch heim! Es ist niemand zu Hause.»

Jadeturm nickte zustimmend. Väsele Li geleitete Frau Mondtraut und Holdchen Li bis zur Türe, wo sie in die Sänften stiegen und sich entfernten. Sie kehrte hierauf zu Jadeturm und Goldlotos zurück, und man verweilte beim Weine. Als es allmählich dunkelte, ließ sie die Laternen anzünden. Die beiden Sängerinnen trugen Lieder mit Musikbegleitung vor, und man trank. Doch davon genug!

Simen Tjing hatte an diesem Tage zu Hause mit Jing Bo-djau und Sjä Si-da gespeist. Dann waren sie gemeinsam auf die Straße gegangen, um das Lampenfest zu genießen. So kamen sie bis zum östlichen Eingange der Löwenstraße. Da Simen Tjing fürchtete, seine Freunde möchten wahrnehmen, daß Frau Mondtraut und die anderen Damen bei Väsele Li zum Weine geladen waren, mied er die Weststraße, wo die großen Laternen zu schauen waren, schritt nur bis zu den Verkaufsständen für Gazelaternen und kehrte dort wieder um. Unerwarteterweise stieß er, als er um eine Ecke bog, auf den maulfaulen Sun und Dschu Schi-niän. Sie begrüßten ihn und beteuerten, daß sie alle die vergangenen Tage, während sie ihn nicht gesehen hätten, seiner gedacht hätten. Als sie dann Jing Bodjau und Sjä Si-da gewahr wurden, schalten sie los:

«Verdammte Kerle! Ihr seid nette Menschen, geht mit dem Bruder spazieren und sagt uns keinen Ton!»

«Bruder Dschu», bemerkte Simen Tjing, «du tust ihnen unrecht. Wir haben uns auch eben erst auf der Straße getroffen.»

«Wohin wollen wir denn nun, nachdem wir uns die Lampen angesehen haben?» fragte Dschu Schi-niän.

«So laßt uns alle zusammen eine Weinstube aufsuchen und ein paar Schälchen trinken; oder ich könnte euch auch alle zu mir nach Hause einladen. Meine Frauen sind heute sämtlich einer Einladung außerhalb des Hauses gefolgt», erklärte Simen Tjing.

«Wenn du uns schon in eine Weinstube einladest, dann könnten wir doch weiter hinein, Zimtknospe Li besuchen gehn!» meinte Dschu Schi-niän. «Es gehört sich doch, daß wir anläßlich des Festes unseren Neujahrsbesuch machen und ihr etwas die Zeit vertreiben. Neulich haben wir beide sie besucht. Da hat sie, als sie uns sah, bitterlich geweint: Seit dem zwölften Monde bis jetzt sei auch nicht ein Schattenstrich des Oberrats bei ihr sichtbar gewesen. Heute hast du doch Zeit. Wir gehn gern zur Gesellschaft mit.»

Eingedenk seiner Verabredung für den Abend mit Väsele Li machte Simen Tjing Ausflüchte:

«Ich habe heute noch eine Kleinigkeit zu erledigen. Wir können morgen hingehn.»

Doch den vereinten Bemühungen der Freunde, die ihm förmlich auf Tod und Leben zusetzten, unterlag er und ging mit ihnen in das Lustbarkeitsviertel. Es bewahrheitete sich:

Man wandert, wo Blumen im Schatten stehn,
an den Weidenbäumen vorbei,
und mag man auch wieder und wieder gehn,
immer ist Freude dabei.
Doch das, was man hingibt, um Tschang-
an's Tand [12,a]
zu erkaufen samt seiner Lust,
könnt' sättigen Arme im ganzen Land;
wer ist sich dessen bewußt?

Als Simen Tjing und seine Begleiter am Hause Li eintrafen, stand Zimtfee gerade in vollem Schmucke vor der Türe. Sie forderte sie sogleich zum Eintritt auf. Nach der Begrüßung rief Dschu Schi-niän laut:

«Bittet rasch die Hausmutter heraus! Unseren vereinten Bemühungen ist es geglückt, den Oberrat herbeizuschaffen.»

Alsbald erschien die kriecherische Alte, auf einen Stab gestützt.

«Ich Alte habe es Euch gegenüber doch nicht an Aufmerksamkeit fehlen lassen, Herr Schwiegersohn», begrüßte sie Simen Tjing. «Warum habt ihr denn in letzter Zeit gar nicht nach dem Schwesterlein geschaut? Ich kann mir nur denken, daß Ihr irgendwo sonst eine neue Liebelei angeknüpft habt.»

«Könnt Ihr aber gut raten, Alte!» fiel Dschu Schiniän ihr in das Wort. «Unser Oberrat hat jetzt eine neue Liebste von höchster Anmut. Er geht nur noch zu ihr und denkt gar nicht mehr an Zimtknospe bei

Euch. Wenn wir ihn nicht heute auf dem Lampenmarkte getroffen und hergeschleppt hätten, wäre er auch nicht hier. Glaubt Ihr es mir nicht, so fragt den Herrn Sun!» Auf Jing Bo-djau und Sjä Si-da weisend fügte er hinzu: «Diese beiden verdammten Kerle sind ebensolche Engelswesen wie er!»

«Bester Herr Jing», lachte die Alte hell auf, «wir haben Euch doch nicht erzürnt. Warum habt Ihr denn nicht beim Schwiegersohn ein gutes Wort für uns eingelegt? Wenn auch in seinem eigenen Innern der Schlüssel zu vielem stecken mag, so sagt doch ein Sprichwort:

Söhne aus gedieg'nem Haus
schauen nicht nach Dirnen aus.

Alle Münzen haben gleiche Löcher[55,a]. Ich brauche gar nicht erst viel zu loben. Unser Zimtknöspchen ist wirklich nicht häßlich. Der Schwiegersohn hat ja seine eigenen Augen, und es wäre überflüssig, noch Worte zu machen.»

«Ehrlich gesagt, seine neuerwählte Liebste ist keine aus dem Viertel. Sie wohnt außerhalb», sagte der maulfaule Sun.

Bei diesen Worten suchte Simen Tjing des maulfaulen Sun habhaft zu werden, schlug nach ihm und rief:

«Mutter, hört nicht auf diesen Unhold, dieses alte Schlaumaul, diesen Nichtsnutz!»

Sun und die anderen lachten eine Weile, bis Simen Tjing drei Unzen Silber aus seinem Ärmel hervorholte und sie Zimtfee überreichte: Aus Anlaß des Festes lade er die Freunde zum Schmause ein. Zimtfee wollte das Silber nicht annehmen und reichte es der Alten.

«Wie soll ich das auffassen, Schwiegersohn?» bemerkte diese. «Ihr wollt uns wohl verspotten? Als ob wir an diesem hohen Feste keinen Wein und keine Speisen vorsetzen könnten, die Herren zu bewirten. Wollten wir dulden, daß Ihr Euer Geld verpraßt und verschleudert, so würde es so scheinen, als ob wir in den Vergnügungsstätten nur auf Ausbeutung ausgingen.»

Jing Bo-djau trat an sie heran und sagte:

«Mutter, folgt mir, steckt es ein! Setzt rasch Wein her, damit wir trinken können!»

Die Alte murmelte zwar noch, das gehe gegen alle Regeln des Anstandes, sie lehne die Annahme ab, steckte aber doch das Silber so tief wie möglich in den Ärmel und sagte unter tausend Beglückwünschungen:

«Also besten Dank, Schwiegersohn, für die Spende!»

«Mutter, noch einen Augenblick!» rief Jing Bo-djau. «Ich will ein Geschichtchen erzählen: Ein junger Fant hatte mit einem kleinen Mädchen in einer Vergnügungsstätte angebändelt. Eines Tages trat er, zum Scherz ärmlich gekleidet, ein. Als die Hausmutter das zerschlissene Gewand sah, schenkte sie ihm keinerlei Beachtung. Er saß eine ganze Weile, ohne daß ihm Tee gebracht wurde. Der Jüngling erklärte, er habe argen Hunger, man möge ihm etwas zu essen bringen. Der Reisbehälter ist leer, war ihre Antwort. Woher solle sie sich das Essen zusammenbetteln? Wenn Ihr keinen Reis habt, so bringt mir Waschwasser für das Gesicht, rief er. Es fehle ihnen an Geld für den Wasserträgerlohn, deshalb habe man ihnen schon seit mehreren Tagen kein Wasser mehr gebracht, erwiderte die Alte. Darauf zog der junge Herr aus seinem Ärmel einen Barren Silber von zehn Unzen hervor, legte ihn auf den Tisch und verlangte, daß sie Reis kaufen und Wasser besorgen lasse. Vor Überraschung konnte die Alte gar nicht schnell genug hervorbringen: Schwiegersohn, wollt Ihr erst Euer Gesicht essen und dann Euren Reis waschen oder umgekehrt?»

Alle lachten laut auf. Die unterwürfige Alte meinte nur:

«Ihr seid ja mit Witzchen über andere flink bei der Hand. Laßt es gut sein! Seit alters heißt es:

Ob man auch so spricht,
wahr ist es nicht.»

«Ich will Euch etwas ins Ohr sagen», rief Jing Bodjau sie zu sich heran. «Der Oberrat hat sich neuerdings mit des jungen Hwa Liebschaft eingelassen, mit Silberschönchen Wu, in der Gasse weiter hinten. Von Eurer Zimtknospe will er nichts mehr wissen.»

«Das glaub' ich nicht», lachte die Alte. «Mit Silberschönchen Wu kann sich unser Zimtknöspchen noch ohne Übertreibung messen. Die verwandtschaftlichen Beziehungen unserer Familie und des Schwiegersohnes lassen sich außerdem selbst mit schärfstem Messer nicht zerschneiden. Was denkt Ihr von dem Schwiegersohne! Er sieht viel und hat viel gesehen, und was besonders wichtig ist, er weiß den Feingehalt des Goldes zu erkennen.» Damit entfernte sie sich, um die Vorbereitungen zum Festschmause zu treffen.

Ein Weilchen später ließ sich Zimtknospe blicken. Ihr Haar war wie alltäglich mit Seide nach Hangdschou-Art durchflochten. Dazu trug sie Haarnadeln aus Goldfiligran, aus Eisvogelfedern gebildete Schlehenblüten als Schläfenschmuck, ein Stirnband aus Perlen und goldenes Ohrgehänge. Als Obergewand trug sie ein Jäckchen mit Mittelschluß aus weißem Damast, darunter einen geschmackvollen roten Seidenrock. Gepudert und geschmückt, schien sie wie aus Edelstein geschnitten. Sie sah auf, wünschte tausendfältigen Segen und setzte sich dann wie Zimtfee seitlich und zwar ihr gegenüber. Bald danach wurde der frischaufgebrühte Tee gereicht. Zimtfee und Zimtknospe stellten vor jeden eine Tasse und tranken auch zur Gesellschaft mit. Der Kellner erschien, säuberte die Festtafel und deckte zum Festschmause.

Plötzlich steckten ein paar Kerle in zerlumpten Kleidern ihre Köpfe durch den Vorhang. Es waren die sogenannten Vogelscheuchen. Sie traten ein und knieten mit ein paar Lot Melonenkernen in den Händen nieder, um anläßlich des Festes den hohen Herren ihre Ergebung und Ehrfurcht zu bezeugen. Simen Tjing erkannte nur den ersten namens Yü Tschun und fragte, wieviele sie seien. Yü Tschun gab an, draußen seien noch Duan Miän-scha und der junge Nia Yüä.

Duan Miän-scha trat ein, rief, als er Jing Bo-djau sah: Herr Jing ist ja auch hier! und warf sich eiligst vor ihm auf sein Antlitz. Simen Tjing gab Anweisung, ihre Melonenkerne in Empfang zu nehmen, öffnete sein Silberpäckchen, suchte ein Silberstück im Gewichte von einer Unze heraus und warf es auf den Boden, wo es Yü Tschun erhaschte. Er und alle anderen, die am Boden herumkrochen, fielen nun auf ihr Antlitz, bedankten sich und huschten hinaus.

Es gibt ein Gedicht, das, gesungen nach der Weise «Zur Audienz beim Himmelssohne[65, a]», das Leben und Treiben dieser Vogelscheuchen schildert:

Hier mit dieser Familie müssen,
sich gut zu stellen, sie sehn;
Wohlgewogenheit immer auch bei jener
schmeichelnd erflehn.
Klein ist der Kreis ihrer Pflichten;
um so höher ihr Hoffen ragt.
Sind im geringsten sie lässig,
werden sofort sie hinausgejagt.
Freudenstätten besonders gilt gar oft
ihr Bettelbesuch.

Zimtknospe beim Luftballspiel am Laternenfesttage

Dort bedienen zu helfen,
machen sie immer gern den Versuch.
Nichts zu beißen sie haben.
Nur wenn Eßbares einer erhält,
Stillt er den brennenden Hunger.
Stets nur spärlich verdienen sie Geld,
diese Schnorrergesellen, wie erbärmlich
leben sie doch!
Müssen haschen den Speichel auch aus dem
Rachen des Tigers[49,s] noch.

Simen Tjing hatte sich also dieser Vogelscheuchen entledigt, und man hatte an der gedeckten Tafel zum Mahle Platz genommen. Zimtknospe füllte die goldenen Becher bis zum Rande und reichte sie mit ihren aufgerafften roten Ärmeln. Die köstlichen Leckereien an Braten und Früchten, die die Jahreszeit bot, waren aufgetragen. Man lehnte sich an die Mädchen mit der bunten Festkleidung in Eisvogelgrün und Rot. Die Blumen betäubten und der Wein gab Stimmung. Nach der zweiten Weinrunde spielte Zimtfee auf der Harfe und Zimtknospe auf der Laute, und dazu sangen sie das Lied «Friedvoll spannt sich das Himmelszelt». Mitten hinein in den Gesang platzten drei Burschen in blauen Gewändern mit gelben Schlaghölzern, die sogenannte Ballgarde. Sie trugen eine gebratene Gans und zwei Krüge alten Wein und wollten den hohen Herrschaften aus Anlaß des Festes ihre tiefe Ehrfurcht erweisen. Etwas vortretend machten sie einen halben Kniefall. Simen Tjing erkannte von früher in dem einen den Kahlkopf Bai, in dem anderen den kleinen Dschang Sjän und in dem dritten den Mohammedaner Lo. Er hieß sie zunächst draußen warten, bis sie das Mahl beendet hätten, um dann ein paar Partien Ball zu spielen. Gleichzeitig reichte er der Ballgarde von der Tafel vier Teller mit Zwischengerichten, eine große Kanne Wein und eine Schüssel mit Nachtisch als Zehrung. Sie bereiteten alles zum Luftballspiele vor und warteten dann, bis Simen Tjing heraustrat und das Spiel eröffnete. Nach ihm ließ Simen Tjing Zimtknospe gemeinsam mit Zweien der Ballgardisten spielen. Der eine von ihnen nahm Aufstellung am Ausgangsplatze, der andere am Endziele. Während Zimtknospe den Ball hin und her schleuderte, spendete man ihr ununterbrochen schmeichelnd Beifall. Ging einmal ein Stoß fehl, so wurde ihr der Ball rasch zugetragen, und Simen Tjing hatte dafür etwas zu spenden. Zimtknospes Haltung und Bewegung beim Spiele sei bedeutend besser als früher, erklärten sie. Sie stoße den Ball derart geschickt hin und her, daß sie mit ihren Händen und Füßen kaum zurechtkämen. Noch ein oder zwei Jahre, und Zimtknospes Spiel würde das beste im Vergnügungsviertel, mindestens aber das zweitbeste und jedenfalls zehnmal besser sein als das Spiel der kleinen Dung in der zweiten Gasse.

Während Zimtknospe zwei Ballpartien gespielt hatte, war ihr der Staub bis zu den Augenbrauen hinaufgewirbelt. Schweiß benetzte ihre Wangen. Ihr Atem ging kurz und hastig, und ihre Glieder waren ermüdet, als das Spiel zu Ende war. Mit einem kleinen Tändelfächer, den sie aus dem Ärmel zog, wedelte sie sich Kühlung zu. Dann schaute sie Hand in Hand mit Simen Tjing, wie Zimtfee mit Sjä Si-da und dem kleinen Dschang Sjän spielte. Der Kahlkopf Bai und der Mohammedaner Lo hatten seitlich Aufstellung genommen und warteten dort kauernd vergeblich darauf, daß der Ball fehlgehe, um ihn aufzuheben. Ein Gedicht wiederum nach der Weise «Zur Audienz beim Himmelssohne», schildert das Los dieser Ballgarde:

Bei sich selber, zu Hause, wissen sie nie
  'was Rechtes zu tun.
Kommen sie aber zu andern, lassen sie
  schwatzend die Zunge nicht ruhn.
Arbeit zu leisten im Leben,
  halten sie nimmer für ihre Pflicht,
nur den Luftball zu geben aus den
  Händen, das wollen sie nicht.
Tag für Tag auf den Straßen treiben sie
  lungernd Allotria.
Arme Schlucker am Wege sind für sie
  überhaupt nicht da.
Wo sie Reichtum vermuten,
  dahin streben und sehnen sie sich.
Aber von früh bis zum Abend leiden an
  Hunger sie jämmerlich.
Geld sie wenig verdienen. Weil zu klein
  ist dessen Betrag,
nehmen die anderen ihnen selbst ihre
  Frauen stets in Beschlag.

So wurde, während Simen Tjing dabei war, gewürfelt, Ball gespielt und gezecht, bis Dai-an zu Roß erschien, um ihn abzuholen. Er flüsterte ihm ins Ohr, die erste und die zweite Gemahlin seien bereits heimgegangen; Frau Hwa lasse ihn deshalb bitten, zeitig zu ihr zu kommen. Dai-an mußte daraufhin, so befahl Simen Tjing ihm, heimlich das Pferd am hinteren Ausgangstor anbinden und dort warten. Simen Tjing trank nichts mehr, geleitete nur noch Zimtknospe in ihre Kammer, verweilte dort ein Weilchen und kam dann heraus. Unter dem Vorwande, austreten zu müssen, schwang er sich am Hintertor in den Sattel und verduftete. Jing Bodjau hatte ihn durch den Keller noch zurückhalten wollen. Simen Tjing erklärte jedoch, daheim noch etwas erledigen zu müssen und lehnte es ab, nochmals an die Tafel zurückzukehren. Den drei Ballgardisten ließ er vorher noch durch Dai-an anderthalb Unzen Silber geben. Die Familie Li war besorgt, Simen Tjing möchte sich noch zu Silberschönchen Wu in die hintere Gasse begeben, und ließ ihn deshalb durch eine Dienerin bis zum Eingange des Vergnügungsviertels begleiten. Jing Bo-djau und die anderen zechten bis zur zweiten Nachtwache und trennten sich erst dann.

Sie dachten:

Ob man mich mag verlachen,
verspotten obendrein,
ich will mir Freude machen,
will froh und fröhlich sein.

16. KAPITEL

Zur Hochzeit wählt Herr Simen Tjing
den Festtag aus gemach.
Von Jing Bo-djau empfing er dann
Glückwünsche noch hernach.

Daß Städte zerfallen und Reiche vergehn,
daran ist kein Zweifel erlaubt.
Doch töricht, wer «Wolken- und Regen»-
Gescheh'n
in Zauberbergmärchen nur glaubt.
Der reitet sein prächtigstes Roß in den Tod,
wen Leidenschaft lodernd durchdringt.
Der vergißt auch der innigsten
Freundschaft Gebot,
wem die Braue der Schönen winkt.
Nur dort bleibt rege der Geist und wach,
wo liebliche Frauen im Haus.
Ihr feines Benehmen übt mannigfach
magnetischen Zauber aus.
Der närrisch Verliebte nichts fühlt noch sieht
vom Frühling so heimlich und still.
Der Abend ihn nur zum Goldmädel zieht,
ein anderes Ziel er nicht will.

Simen Tjing ritt, von Dai-an gefolgt, aus der Lustbarkeitsstätte direkt in die Löwenstraße zu Väsele Li. Das Tor war dort verschlossen. So wußte er augenblicklich, daß sich die Damen in ihren Sänften heimbegeben hatten. Dai-an rief nach der alten Feng. Sie öffnete und ließ Simen Tjing ein. In der Halle stand mit einer Kerze in der Hand Väsele Li in schlichtem Gewande, aber mit Blumenschmuck im Haare. Sie hatte am Türvorhange hinausgespäht. Um Simen Tjing zu empfangen, eilte sie ihm mit Lotosblumen-Schritten entgegen. Ihr Hunan-Rock flatterte, als sie die Stufen hinabschritt.

«Wärest du etwas früher gekommen», begann sie lächelnd, «so hättest du deine dritte und fünfte Gemahlin noch angetroffen. Sie sind eben erst gegangen. Deine erste hat sich heute früh entfernt. Sie behauptete, du seiest nicht daheim. Wo warst du denn?»

«Jing Bo-djau, Sjä Si-da und ich haben uns heute frühzeitig die Lampen angesehen. Dabei sind wir auch bei dir vorbeigekommen. Ganz unerwartet begegneten uns zwei Bekannte. Sie zerrten uns in die Vergnügungsstätten und hielten mich dort bis jetzt fest. Ich war immer bemüht, dich nicht warten zu lassen. Da nahm ich das Erscheinen des Jungen zum Vorwand, auszutreten und machte mich durch das hintere Tor davon, sonst hätten mich jene bestimmt festgehalten, und es wäre nicht daran zu denken gewesen, herzukommen.»

«Meinen Dank zunächst für die Menge Geschenke von dir! Die Damen wollten leider nicht länger bleiben, weil niemand zu Hause sei. Was konnte ich dagegen sagen und tun?» erzählte Väsele Li.

Sie trug nun wiederum den köstlichen Festwein auf, brachte die leckersten Speisen und zündete alle Lampions in der Halle an. Dann ließ sie die warmen Wintervorhänge herunter und füllte den Metallofen mit Kohle. Den Raum durchflutete würziger Ambraduft. Väsele Li reichte Simen Tjing Wein, fiel auf ihr Antlitz und sprach:

«Mein Mann ist nun tot. Wenn ich die Augen aufschlage: Verwandte sind nicht da. Wir trinken heute diesen Becher Wein, weil ich darauf baue, daß Ihr die Verantwortung für mich übernehmen und mich nicht als häßlich verschmähen werdet. Ich möchte Euch von Herzen gern das Bett machen, die Steppdecken zusammenfalten und Euren anderen Gemahlinnen eine

Schwester werden. Das ist mein sehnlichster Herzenswunsch. Nur weiß ich nicht, wie Ihr darüber denkt.» Tränen perlten ihr dabei aus den Augen.

Simen Tjing ergriff mit der einen Hand den Weinbecher und zog mit der anderen Väsele Li empor:

«Bitte, steh doch auf! Es ist tief in mein Herz gemeißelt, daß ich der Ehre deiner tiefen Liebe teilhaftig geworden bin. Warte nur das Ende deiner Trauerzeit ab, so werde ich Rat finden! Du brauchst keine Sorge zu haben. Heute ist dein Geburtstag. Laß uns da trinken!»

Er leerte den Becher, füllte selbst auch einen und reichte ihn ihr. Sie trank ihn aus, und beide setzten sich darauf zur Tafel. Die alte Feng besorgte die Küche und brachte ein Weilchen später Nudeln herauf. Während sie diese verspeisten, erkundigte sich Simen Tjing, welche Sängerinnen heute zur Gesellschaft bei ihr gewesen seien.

«Es waren Holdchen Dung und Goldreifchen Han. Abends haben sie deine dritte und fünfte Gemahlin heimbegleitet, um sich dort Blumen zu holen», plauderte Väsele Li.

Beide tranken sich zu, während sie speisten. Lenzbunt und Lenzfreude standen zur Aufwartung an der Seite, schenkten Wein ein und reichten die Gerichte. Da erschien Dai-an, fiel vor Väsele Li auf sein Antlitz und gratulierte ihr zum Geburtstage. Sie erhob sich rasch, erwiderte seine Begrüßung und ließ durch Lenzfreude der alten Feng in der Küche sagen, daß Dai-an von den Nudeln, dem Nachtisch und den Zwischengerichten und dazu eine Kanne Wein bekommen solle. Simen Tjing seinerseits befahl ihm, rasch nach Hause zu gehn, sobald er gegessen habe.

«Wenn deine Herrinnen zu Hause fragen sollten, so verrat ja nicht, daß dein Herr hier ist!» bemerkte Väsele Li.

Lenzbunt und Lenzfreude warten Väsele Li und Simen Tjing beim Trinken auf

«Selbstverständlich», erklärte Dai-an. «Ich werde sagen, der Herr bleibe in den Vergnügungsstätten über Nacht. Morgen früh komme ich ihn abholen. Das ist dann schon gut.»

Simen Tjing nickte zustimmend. Väsele Li meinte in ihrem Freudenüberschwange:

«Er ist ein pfiffiger Junge und beachtet jeden Wink.»

Lenzfreude mußte ihm zwei Scherf Silber reichen, damit er sich Melonenkerne zum Knabbern am Feste kaufen könne.

«Bringe mir morgen auch dein Maß! Ich werde dir ein Paar schöne Schuhe fertigen», fügte Väsele Li bei.

Dai-an fiel auf sein Antlitz: Er sei dessen nicht würdig. Dann ging er hinab, aß und trank und führte das Pferd heim. Die alte Feng verriegelte das Tor. Väsele Li und Simen Tjing spielten Rätsel-raten und schmausten. Dann holten sie einen Satz von zweiunddreißig Dominosteinen aus Elfenbein hervor, deckten über den Tisch eine rotgefärbte Matte, legten die Steine und tranken. Nach einer Weile ließ sie Lenzfreude im Schlafzimmer eine Kerze anzünden. Nach Hwa Dse-hü's Ableben waren Lenzfreude und Lenzbunt von Simen Tjing auch bereits zu sich genommen worden. Deshalb verbarg das Pärchen vor ihnen nichts mehr, ließ sich das Lager herrichten und Früchte und Wein reichen. Hinter dem Vorhang aus violettem Brokat entblößte Frau Väsele Li ihren puderweißen Körper, während Simen Tjing, an ihre duftende Schulter gelehnt, ihren hellen Leib umfing. Während beide zum Dominospiele aus großen Humpen tranken, fragte sie Simen Tjing, wann er ihr früheres Wohnanwesen instandsetzen lassen wolle.

«Ich warte noch bis zum zweiten Mond und werde dann mit den Arbeiten beginnen lassen», antwortete Simen Tjing. «Dein früheres Anwesen wird ganz offen gelegt, mit meinem Garten einheitlich verbunden und eingeebnet werden. Vorn soll eine Laube aus aufrollbaren Matten auf einer kleinen Anhöhe errichtet werden; sie soll Ausblick auf den Garten gewähren. Hinten werde ich ein zweistöckiges Gartenhaus «Zur Blumenfreude», dreiräumig, erbauen lassen.»

Väsele Li wies mit dem Finger hinter ihr Bett:

«In Teekistchen habe ich hier noch dreißig bis vierzig Pfund Weihrauchholz, zweihundert Pfund weißes Pflanzenwachs, zwei Krüge Quecksilber und achtzig Pfund mongolischen Pfeffer. Du kannst alles in den nächsten Tagen holen lassen, für mich verkaufen und zum Hausbau verwenden. Wenn ich dir nicht zu häßlich bin, so erzähle doch zu Hause deiner Ersten, wie ich mich von ganzem Herzen danach sehne, deinen Frauen Schwester zu werden. Die wievielte ich werde, ist mir völlig gleichgültig. Ich kann eben ohne dich nicht mehr sein, liebster Schatz.» Tränen perlten ihr dabei aus den Augen.

Simen Tjing trocknete sie rasch mit einem Tuche:

«Ich kenne ja deine Liebe und Zuneigung. Warte doch nur, bis deine Trauerzeit vorüber und bei mir die Häuser erbaut sind! Dann ist alles in Ordnung. Ich habe keinen Wohnraum für dich, wenn ich dich früher heimholen soll.»

«Da du mir die Heirat bestimmt zusagst», bemerkte Väsele Li, «so laß doch nur ja das Gebäude für mich auf dem Platze bei deiner fünften errichten! Ich fühle mich zu ihr hingezogen. Sie ist ein so lieber Mensch. Als sie mit deiner dritten Gemahlin mich besuchte, war sie sehr herzlich. Beiden stand ihre Tracht so natürlich. Man mußte sie nicht nur für Schwestern halten, sie sehen geradezu so aus, als ob sie von einer leiblichen Mutter stammten. Das Wesen deiner ersten Gemahlin gefällt mir nicht so gut. Sie mustert einen mit so scharfem Blicke.»

«Meine Eheerste, die geborene Wu, hat ganz im Gegenteil einen sehr gütigen Charakter. Sonst würde sie sich doch mit den anderen Frauen nicht vertragen. Ich will also demnächst drüben ein gleich großes dreiräumiges, zweistöckiges Häuschen wie jetzt hüben dir als Wohnung errichten lassen mit zwei Seitentüren für den Ein- und Ausgangsverkehr. Ist dir das so recht?»

«Damit erfüllst du ganz meinen Herzenswunsch, Liebster», antwortete Väsele Li.

Und nun tummelten sich beide wie ein Phönixpaar. Unersättlich in ihrer Leidenschaftlichkeit tollten sie bis zur vierten Nachtwache und schlummerten dann erst, eng aneinander geschmiegt auf einem Kissen ein. Bis zur Essenszeit am nächsten Tage schliefen sie durch und erhoben sich auch dann noch nicht. Ehe sich Väsele Li gekämmt hatte, brachte Lenzfreude den Reisschleim herein. Sie verzehrte Simen Tjing zur Gesellschaft etwa einen halben Napf. Wieder wurde Wein geholt und wieder zechten beide. Väsele Li verstand sich besonders gut darauf, zu reiten. Sie ließ Simen Tjing auf dem Kissen sich niedersetzen, steckte sein Glied ein wie eine Blume in eine Vase und bewegte sich hin und her. Gerade empfanden beide höchste Wonne, als Dai-an draußen mit einem Pferd erschien, um Simen Tjing abzuholen, und an das Tor pochte. Simen Tjing rief ihn an das Fenster, um ihn zu befragen. Dai-an berichtete, es seien drei Kaufleute aus West- und Südchina mit einer Menge feiner Ware bei ihm daheim angekommen. Sie verhandelten mit Ohm Fu wegen eines Abschlusses. Sie wollten nur hundert Unzen, doch müsse ein Vertrag unterzeichnet werden, daß Zahlung bis etwa Mitte des achten Mondes geleistet werde. Er sei von der ersten Herrin geschickt worden, den Herrn heimzubitten, um den Handel abzuschließen.

«Du hast doch nicht erzählt, daß ich hier bin?» forschte Simen Tjing.

«Ich habe nur gesagt, Ihr seiet bei Fräulein Zimtknospe. Daß Ihr hier seid, habe ich nicht verraten», gab Dai-an zur Antwort.

«Da sieht man, daß sie nichts versteht», meinte Simen Tjing. «Sie hätte doch die Händler durch Ohm Fu abfertigen lassen können. Warum werde ich dazu hingerufen?»

«Ohm Fu hat mit ihnen verhandelt», wandte Dai-an ein. «Die Männer lehnten aber ab. Sie wollten den Vertrag erst nach Rückkehr des Herrn unterzeichnen.»

«Man hat nun einmal von Hause den Jungen nach dir geschickt. Das Geschäft geht vor. Würde deine Gemahlin sich nicht mit Recht wundern, wenn du nicht heimkämst?» mischte sich Väsele Li ein.

«Das verstehst du nicht», sagte Simen Tjing. «Es ist südländisches Spitzbubengesindel. Sie haben den Markt verpaßt, können ihre Ware nirgendwo absetzen und kommen mir ins Haus gelaufen, um sie mir anzuhängen. Bei günstiger Marktlage würden sie sich anders verhalten. Und wenn sie jetzt von meinem Geschäfte mit dem großen Umsatz und Warenbestand absehen und im ganzen Kreise Klarenfluß noch so oft herumfragen, sei unbesorgt, daß sie etwa den Weg nicht wieder zu mir finden!»

«Im Handel soll man sich keine unnötigen Rivalen heranziehen! Hör' nur auf mich! Geh heim, fertige sie ab und komm dann wieder! Der Tage, an denen wir künftig noch zusammensein können, werden mehr sein, als ein Weidenbaum Blätter hat.»

Simen Tjing folgte diesem Rate von Väsele Li. Er erhob sich gemächlich, kämmte und wusch sich, legte ein Haarnetz um und kleidete sich an. Väsele Li richtete unterdessen das Mahl her und ließ ihn speisen. Dann legte Simen Tjing den Augenschutz an und ritt nach

Hause. Die Waren der vier oder fünf Händler im Laden wurden gewogen. Sie ließen sich Anzahlung leisten und unterzeichneten den Vertrag. Als sie abgefertigt waren, begab sich Simen Tjing endlich zu Goldlotos.

«Wo warst du gestern hingegangen? Sag' mir die Wahrheit, andernfalls werde ich schelten, daß der Staub nur so fliegt!» drängte sie sofort.

«Während ihr bei Frau Hwa zu Gaste waret, ging ich mit meinen Freunden auf dem Lampenmarkte spazieren, dann in die Vergnügungsstätten zu einem Schälchen Wein. Über Nacht bin ich dort geblieben und jetzt zurückgekommen, als mich der Diener heute abholte.»

«Daß der Diener dich geholt hat, weiß ich. In den Vergnügungsstätten war aber wohl nur dein Geist, nicht wahr? Treuloser Schelm! Du hältst mich noch zum Narren! Das Dirnenweib hat, als es uns losgeworden war, alles angestellt, dich noch zu sich zu rufen, um eine Nacht zu buhlen. Nachdem ihr euch ausgetobt hattet, hat sie dich entlassen. Dai-an, dieser Verbrecherschlingel, ist schon an solche Flunkereien gewöhnt. Der Ersten hat er jenes und mir wieder dies erzählt. Als er das Pferd heimbrachte, erkundigte sich die Herrin, warum du nicht mitgekommen seiest und wo du zechtest. Er antwortete, daß du mit Ohm Fu und anderen die Festbeleuchtung ansehen gegangen seiest; dann hättet ihr euch gemeinsam zu Zimtknospe Li zum Weine begeben. Am anderen Tage sollte er dich abholen. Als ich ihn später zu mir rief und ausfragte, lachte er nur und wollte nicht mit der Sprache heraus. Weil ich aber energischer in ihn drang, gab er zu, daß du in der Löwenstraße bei Frau Hwa seiest. Woher weiß der Verbrecherschlingel es nur, daß ich und du ein Herz und eine Seele sind? Du hast ihn wohl geheißen, mich zu verständigen?»

Simen Tjing bestritt das. Weil aber nichts mehr zu verheimlichen war, so erzählte er nun, wie ihn Väsele Li habe rufen lassen und er mit ihr gefeiert habe:

«Sie sagte: Ihr hättet sie allein gelassen. Sie hat dann geweint, geschluchzt und mir geklagt, daß sie niemanden habe. Wegen des großen, freien Platzes hinter ihrem Hause komme sie nachts nicht aus der Furcht heraus. Sie sehne sich danach, daß ich sie heirate. Wann ich mit dem Hausbau beginnen wolle? Sie habe noch Weihrauch, Wachs und dergleichen. Ein paar Hundert Unzen seien die Sachen wert. Ich solle sie durch einen Makler verkaufen lassen und das Geld zur Errichtung ihres Wohnhauses verwenden. Sie drängt auf die Herstellung. Sie möchte als deine Schwester zu dir ziehen und fürchtet nur, du könntest es ablehnen.»

«Ich habe hier auch nichts mehr als meinen Schatten. Ich brenne schon darauf, sie bei mir zu haben. Ich fühle mich hier auch einsam und verlassen», erklärte Goldlotos. «Sie kann mir, deiner Frau mit älterem Rechte, Gesellschaft leisten. Ein Sprichwort sagt:

Es können Schiffe, selbst in Massen,
im Hafen fahren aus und ein;
und freie Bahn kann auf den Gassen
sogar für viele Wagen sein.

Ich sollte es ablehnen, sie zu rufen? Aber wer hat mich seinerzeit gebeten zu kommen? Ich habe doch wenig zu sagen, und ich fürchte, die anderen denken nicht so herzlich wie ich. Frag' also zunächst die Erste!»

«Mag man sich dazu stellen, wie man will! Ihre Trauerzeit[54,p] ist ja auch noch nicht um», bemerkte Simen Tjing.

Goldlotos half ihm nun aus seiner weißen Seidenjacke. Dabei fiel ein Gegenstand klirrend aus dem

Ärmel zu Boden. Sie hob ihn auf. Es war etwas Gewichtiges, Dickes, wie eine Geschoßkugel. Sie musterte den Gegenstand eine Weile, ohne erraten zu können, was es sei.

Im Vasallenlande, ferne,
  war es ursprünglich gemacht,
ward von dorther dann zum Glücke
  in die Reichshauptstadt gebracht.
Ausgehöhlt ist es im Innern,
  Glöckchen klingen drin im Schaft.
So verleiht es seinem Träger
  ungeahnte Liebeskraft.
Gleich Zikaden zirpt es helle,
  wenn man es bewegt und dreht.
Welche Schöne dem, der's brauchet,
  bei dem Sturm da widersteht?
Wer geübt ist als sein Träger,
  wird an Kraft ein rüst'ger Held,
Darum heißt's mit Fug und Recht auch
  tapf're Erzvorhut im Feld.
Unerreicht an Reizkraft bleibet
  im Gebrauch der Gegenstand,
den der Volksmund hat ‚das Glöckchen,
  das aus Birma stammt' benannt.

Endlich fragte Goldlotos:

«Was ist denn das eigentlich, und wie geht es zu, daß man davon Gänsehaut auf dem Unterarm bekommt?»

«Du kennst das Ding noch nicht», lachte Simen Tjing. «Man nennt es 'Glöckchen aus Birma'[49,t]. Es stammt aus dem Süden, aus Birma. Es ist etwas Feines und hat seine vier bis fünf Unzen Silber gekostet.»

«Wozu denn», forschte Goldlotos.

«Nach vorheriger Erwärmung in einem Ofen steigert es den Genuß unaussprechlich.»

«Du hast damit wohl bei Väsele Li angefangen.»

Simen Tjing erzählte darauf eingehend von seinen gestrigen Erlebnissen. Goldlotos Sinnlichkeit geriet dadurch in Wallung. Beide verriegelten die Stubentüre, entkleideten sich und gaben sich einander hin.

Warum Prinzessin Dse-djin[34, i] ward
Unsterblichkeit beschert,
die kaum das Flötenspiel erlernt,
hat man mir nicht erklärt.

Doch wir wollen uns kurz fassen: Simen Tjing bestellte eines Tages einen Makler und ließ durch ihn Väsele Li's Weihrauch, Wachs und die sonstigen Spezereien wiegen und für insgesamt dreihundertachtzig Unzen Silber verkaufen. Väsele Li behielt davon nur einhundertachtzig Unzen zur Bestreitung ihrer Lebensbedürfnisse; den Rest überließ sie Simen Tjing als Zuschuß zum Hausbau. Ein Geomant wurde gerufen und am achten Tage des zweiten Mondes nahmen die Arbeiten ihren Anfang. Der erste Hausangestellte Laidschau und der Gehilfe Fei, der vierte, erhielten fünfhundert Unzen Silber für den Bau angewiesen. Backsteine, Dachziegel, Bauholz und Kies wurden angefahren, und es gab viel zu beaufsichtigen und zu rechnen.

Fei, der vierte, hieß eigentlich Fei Di-tschwang[30, i] mit Rufnamen. Er war ein junger, leichtfertiger, nicht unbegabter Tunichtgut, der sich auf allerlei Schnurren verstand. Seine Mutter war Dienerin eines Hofkammerherrn gewesen. Wegen einer Pflichtvergessenheit hatte man ihn fortgejagt. Anfänglich war er nur Spielkamerad bei Bekannten, später wurde er Hausangestellter bei irgend einer Exzellenz. Er entführte dann eine Amme und heiratete sie. Er vermittelte Geschäfte in getragenen Kleidungsstücken. Auch verstand er sich auf Lauten- und Flötenspiel. Wegen dieser seiner

Fähigkeiten begönnerte ihn Simen Tjing, ließ ihn beim Verwiegen von Drogen in seinem Geschäfte mithelfen und Vermittlergebühren verdienen, bis man schließlich in allen wichtigen und unwichtigen Angelegenheiten ohne ihn nicht mehr auskam.

Fei und Lai-dschau beaufsichtigten also die Handwerker und die Bauarbeiten. Zunächst wurden die alten Gebäude der Familie Hwa niedergerissen. Die Trennungsmauer der beiden Grundstücke brach man durch. Die Fundamente wurden gelegt. Für eine Laube warf man einen Hügel auf. Gartenhäuschen, Terrassen und andere Tummelplätze wurden errichtet. Das war zeitraubend und braucht nicht eingehend geschildert zu werden.

Die Zeit raste dahin. Tage und Monde flogen wie das Weberschiffchen. Seit Beginn der Gartenarbeiten durch Simen Tjing war bereits mehr als ein Monat verstrichen. Es war gerade in den ersten zehn Tagen des dritten Mondes und in den letzten der hundert Tage nach Hwa Dse-hü's Ableben. Väsele Li hatte Simen Tjing zu sich zu einer Vorbesprechung gebeten und verhandelte mit ihm:

«Ich will Hwa Dse-hü's Seelentafel verbrennen lassen. Ob unser Hausgrundstück verkauft werden soll oder nicht, betraue jemand mit seiner Bewachung und nimm mich selbst baldigst zu dir! Es ist mir gleichgültig, in den Rang der wievielten Frau du mich versetzen willst. Ich habe nur den Wunsch, dir zu dienen, das Bett zu machen und das Lager zu bereiten.» Dabei strömten ihre Tränen wie der Regen.

«Mach' dir doch keine Sorgen!» beruhigte sie Simen Tjing. «Ich habe die Sache schon mit meiner Ersten und der Fünften erörtert. Laß uns nur erst das Wohnhaus für dich fertiggestellt haben, dann ist auch deine Trauerzeit um, und es ist noch nicht zu spät, dich zu mir einholen zu lassen.»

«Wenn du mich ernstlich heiraten willst, so laß nur meine Wohnung rasch fertigstellen und uns dann Hochzeit machen. Bin ich erst in deine Familie aufgenommen und habe ich auch nur einen Tag bei dir geweilt, so will ich gern sterben. Nur erspare mir, daß ich hier bleiben muß,»

«Aber das weiß ich doch!» versicherte Simen Tjing.

«Ließe es sich denn nicht einrichten, daß ich nach Verbrennung der Seelentafel zunächst zu deiner Fünften ziehe und bei ihr für ein paar Tage Unterschlupf finde? Sobald der Neubau fertig ist, könnte ich ja umziehen. Verhandle doch deshalb mit deiner Fünften, wenn du heimkommst! Ich warte auf deine Antwort. Am Zehnten des dritten Mondes haben wir den hundertsten Tag seit seinem Tode. Ich könnte dann mit ruhigem Gewissen die Messe lesen und die Seelentafel verbrennen lassen.»

Simen Tjing stimmte ihr zu und blieb über Nacht bei ihr. Nach seiner Heimkehr am nächsten Morgen besprach er alles ausführlich mit Goldlotos.

«Ich weiß ja, daß alles gut ist», erklärte sie. «Ich möchte ihr auch so rasch wie möglich zwei Räume als Wohnung überlassen. Aber besprich die Sache erst noch mit der Ersten! Ich, die ich den Fluß vor mir voll Wasser habe, sollte da das Schiff nicht waschen?»

Simen Tjing begab sich stracks zu Frau Mondtraut, die sich gerade kämmte. Er offenbarte ihr Väsele Li's Wunsch, geheiratet zu werden, und alle Einzelheiten dieses Planes.

«Du kannst sie anstandshalber doch nicht heiraten», meinte Frau Mondtraut. «Erstens ist ihre Trauerzeit noch nicht um. Zweitens hast du doch seinerzeit mit ihrem Manne gesellschaftlich verkehrt. Drittens hast du mit ihrer Unterstützung sein Haus erstanden und von ihr die vielen Sachen zur Aufbewahrung erhalten. Ein Sprichwort sagt:

Wenn auch der Webstuhl stille steht,
das Weberschiffchen hurtig geht.

Von ihren Sippenangehörigen soll der älteste Hwa ein gerissener Gesell und eine boshafte Haut sein, wie ich gehört habe. Wenn ihm etwas zu Ohren käme! Nur ja nicht! Dann setzest du dir eine Laus in den Pelz. Ich meine es wirklich gut. Aber:

«Dschau und Tjiän und Sun und Li!
Entscheide selbst das Ob und Wie.» [30,c]

Schweigend steckte Simen Tjing diese Vorhaltungen ein, ging in die vordere Halle und ließ sich dort seufzend auf einen Stuhl nieder. Er war nicht imstande, Väsele Li die Nachricht zu überbringen, und wäre doch gern zu ihr gegangen. So überlegte er eine Weile, begab sich dann zu Goldlotos und erzählte ihr auf ihre sofortige Frage nach der Stellungnahme der Ersten, in welchem Sinne sich diese zu der Angelegenheit geäußert hatte.

«Sie hat auch recht!» meinte Goldlotos. «Du hast doch ihres Mannes Anwesen erworben, nun willst du auch noch seine Frau heiraten. Seinerzeit hast du mit ihm gesellschaftlich verkehrt und bist sein Freund geworden. Es geht hier nicht um ein Hunderttausendstel Fuß, sondern um einen ganzen Zoll. Kommt die Sache vor die Behörden, so wird sie krumm genommen werden.»

«Das ist unerheblich», bemerkte Simen Tjing. «Nur vor dem ältesten Hwa, dem Kerl, fürchte ich mich etwas. In diese Schlinge möchte ich nicht geraten. Ich weiß, er wird einen Druck ausüben, weil ihre Trauerzeit noch nicht um ist, und wenn er sich hineinmischt, was dann? Andererseits kann ich ihr jetzt aber doch nicht eine Absage erteilen!»

«Bah! Das ist doch nicht schwierig. Sage ihr nur, du hättest mit deiner Fünften gesprochen, deren Häuschen auch als Drogenlager diene. Für ihren Hausrat sei deshalb kein Platz mehr. Das beste sei, noch kurze Zeit zu warten. Ihr Haus sei schon zu drei Vierteln fertig. Du triebest die Handwerker zur Eile an, und habe man es erst fertig gefirnißt und gestrichen, so sei ihre Trauerzeit auch um, und du würdest sie dann heimholen. Bestünde sie dagegen darauf, ohne die nötigen Vorbereitungen zu deiner Fünften zu ziehen, so sei das nichts Rechtes; so zusammengepfercht könne man doch nicht leben! Wahrscheinlich wird Väsele Li sich damit beruhigen.»

Hocherfreut begab sich Simen Tjing, ohne auch nur eine Minute zu zögern, sofort zu Väsele Li. Auf ihre Frage, wie die Sache stehe, antwortete er:

«Meine Fünfte ist der Meinung, nach Fertigstellung deiner Wohnung sei es zur Übersiedelung noch früh genug. In ihrem Hause sind jetzt zu viele Waren aufgestapelt. Wo soll man noch mit deinem Hausrat hin? Außerdem besteht auch noch ein gewichtiges Bedenken. Man muß befürchten, dein ältester Schwager werde daran Anstoß nehmen, daß deine Trauerzeit noch nicht beendet ist. Und dann?»

«Er wird es nicht wagen, sich in meine Angelegenheiten zu mischen. Abgesehen davon, daß wir wirtschaftlich von einander unabhängig sind, hat auch eine amtliche Erbauseinandersetzung stattgefunden, und alles wurde geteilt. Erste Vermählung: der Eltern Bestimmung; Wiederverheiratung: eigener Entschluß. Eine Lebensregel sagt: Schwager und Schwägerin dürfen nicht miteinander verkehren und sich nicht miteinander unterhalten. So darf also mein älterer Schwager sich auch nicht in meine intimen Angelegenheiten hineinmischen. Jetzt, da mein Dasein so öde ist, kümmert er sich ja auch nicht um mich! Wie sollte er also zu stänkern wagen! Wenn ich den Spitzbuben im Sitzen sterben heiße, so wird er es nicht wagen, sich dazu niederzulegen. Seid nur ganz ohne Sorge, Herr Oberrat! Er wagt es nicht, mich aufzuregen. — Wann wird denn das Haus endlich fertig sein?» erkundigte sie sich.

«Ich habe jetzt die Handwerker angewiesen, zu allererst das dreiräumige Häuschen für dich herzustellen. Bis es gestrichen und gefirnißt ist, kann es Anfang des fünften Mondes werden.»

«Lieber Schatz, laß doch schneller bauen, wenn ich auch gern noch so lange zu warten bereit bin!»

Nun brachte die Dienerin Wein. Beide labten sich, zechten und verweilten die Nacht beieinander. Seit dieser Zeit vergingen keine drei, vier Tage, ohne daß Simen Tjing Väsele Li besuchte; doch das braucht nicht näher geschildert zu werden.

Die Zeit raste dahin. Schon seit zwei Monaten waren die Bauarbeiten im Gange. Das Gartenhäuschen «Zur Blumenfreude» näherte sich der Vollendung. Noch nicht errichtet war die Mattenlaube. Da war eines Tages der fünfte Mond herangekommen und mit ihm die Zeit des üppigen Wachstums.

Allüberall an den Türen die
  Beifußbüschelchen hingen;
Zierat von Zauberbildern und Sprüchen
  die Häuser empfingen[28,c].

Väsele Li hatte ein Festmahl vorbereitet und Simen Tjing zu sich gebeten, um ihm Reisklöße vorzusetzen und mit ihm die Angelegenheit ihres Umzuges zu erörtern. Sie hatte den Fünfzehnten des fünften Mondes ausgewählt, um buddhistische Mönche zur Messe und zur Verbrennung der Seelentafel kommen zu lassen. Danach sollte Simen Tjing sie einholen.

«Hast du zur Einäscherung der Seelentafel die drei Brüder Hwa gebeten?» erkundigte sich Simen Tjing.

«Ich habe jedem eine Einladung zugesandt. Ob sie kommen oder nicht, ist ihre Sache.»

Es war nach dieser festen Vereinbarung also nur noch der Vollmondstag abzuwarten. Väsele Li bestellte aus dem Kloster der Gnadenverkündung zwölf Mönche, die bei ihr im Hause die Messe lesen und die Seelentafel verbrennen sollten.

Simen Tjing hatte für den Tag gerade drei Scherf Silber gestiftet, um Jing Bo-djau's Geburtstag zu feiern. Frühmorgens hatte er Dai-an fünf Unzen Silber eingehändigt und ihn beauftragt, davon Speisen und Wein zu kaufen und sie abends Väsele Li aus Anlaß der Trauerbeendigung zu bringen. Er selbst ritt mit Ping-an und dem Bilderknaben im Gefolge kurz nach der Mittagszeit zu Jing Bo-djau. Es waren dort zur Tafel erschienen Sjä Si-da, Dschu Schi-niän, der maulfaule Sun, Wu Djän-en, Jün Li-schou, Tschang der Borger, Bai Lai-gwang und der in den Bund frisch aufgenommene Fei Di-tschwang. Von den zehn Schwurbrüdern fehlte also nicht ein einziger. Man hatte zwei Knaben zum Spielen und Singen bestellt. Als der Wein eingeschenkt war und man Platz genommen hatte, rief Simen Tjing die beiden Jungen zu sich heran. In dem einen von ihnen erkannte er Silberschönchens Bruder Wu Hwe. Der andere war ihm fremd. Er kniete nieder und sagte, er sei Duftlieb Dscheng's Bruder Dscheng Feng. Simen Tjing, der den Ehrensitz an der Tafel innehatte, gab jedem Knaben zwei Scherf Silber.

Noch war die Tafel nicht aufgehoben, als die Sonne sich bereits stark zum Westen neigte. Da erschien Dai-an mit dem Pferde, um Simen Tjing abzuholen, und flüsterte ihm ins Ohr: Frau Hwa bitte ihn, etwas zeitiger zu kommen. Simen Tjing gab ihm einen Wink abzutreten. Jing Bo-djau stellte Dai-an:

«Spitzbube, Hundeknochen, komm 'mal her und sag' die Wahrheit! Sprichst du sie nicht, werde ich eines deiner Öhrchen abdrehen. Wie oft habe ich im Jahre Geburtstag? Wie kommst du also dazu, jetzt, obwohl die Sonne noch hoch am Himmel steht, mit dem Pferde zu erscheinen? Wer hat dich denn eigentlich hergeschickt? Eine deiner Herrinnen daheim oder eine aus dem Viertel, wo die Achtzehnjährigen wohnen? Sagst du nicht die Wahrheit, werde ich deinem Herrn hundert Jahre lang nicht zureden, dir hündischem Kahlköpfchen eine Frau zu suchen.»

«Wirklich, niemand hat mich gesandt», gab Dai-an zur Antwort. «Meine Wenigkeit vermutete nur, mein Herr möchte bei Nachteinbruch heim wollen. Deshalb bin ich etwas zeitiger gekommen und werde nun warten.»

Vergeblich bemühte sich Jing Bo-djau noch eine Weile, aus ihm etwas herauszulocken; er schloß endlich mit den Worten:

«Wenn du es nicht sagst und ich erfahre es in den nächsten Tagen, so werde ich mit dir, Schlaumäulchen, abrechnen.» Er schenkte Dai-an einen Humpen Wein ein, gab ihm auch eine halbgefüllte Schüssel mit Näschereien und ließ ihn damit abtreten.

Etwas später begab sich Simen Tjing hinunter, um auszutreten. Er rief dabei Dai-an in eine abgelegene Ecke und erkundigte sich, wer von der Familie Hwa eingetroffen sei.

«Der dritte Hwa ist auf das Land gereist. Die Frau des vierten Hwa ist augenkrank. Sie sind deshalb nicht gekommen. Nur der älteste Hwa war mit seiner Frau seit zwei Tagen da. Inzwischen ist er nach Teilnahme an der Fastenkost vorweg nach Hause zurückgekehrt. Als seine Frau sich auch anschickte aufzubrechen, hat Frau Hwa sie in ihre Schlafstube gerufen und ihr zehn Unzen Silber und zwei Kleider geschenkt. Dafür ist

Gratulationskur bei Bruder Jing

sie vor Frau Hwa auf ihr Antlitz gefallen», berichtete Dai-an.

«Haben sie gar keine Bemerkungen gemacht?» forschte Simen Tjing.

«Sie haben auch nicht das allergeringste einzuwenden gewagt, sondern sogar erklärt, wenn Frau Hwa übergesiedelt sei, wollten sie am dritten Tage dem Herrn einen Besuch abstatten.»

«Wirklich?»

«Wie könnte meine Wenigkeit die Unwahrheit zu sagen wagen!» erwiderte Dai-an.

Hocherfreut erkundigte sich Simen Tjing noch, ob die Totenmesse beendet sei.

«Die Mönche sind längst fort. Die Seelentafel ist verbrannt. Frau Hwa bittet den Herrn, etwas früher zu ihr zu kommen», berichtete Dai-an.

«Schon gut», sagte Simen Tjing. «Geh hinaus und gib auf das Pferd acht!»

Als Dai-an dies tun wollte, rief ihn Jing Bo-djau, der beide von einem Nebengange belauscht hatte, so plötzlich an, daß Dai-an zusammenfuhr:

«Du spitzbübischer kleiner Hundeknochen! Du hast es mir nicht sagen wollen, aber erfahren hab' ich es jetzt doch. Dein Herr und du, ihr spinnt ja gut zusammen.»

«Hundsfott, posaune nichts aus!» fiel Simen Tjing ein.

«Dir zuliebe will ich nichts verraten», antwortete Jing Bo-djau.

Sie begaben sich nun zur Tafel und hier wurde die Sache doch allgemein erörtert. Man drang auf Simen Tjing ein:

«Bruder, du bist der Rechte! In einer so wichtigen Angelegenheit hüllst du dich in Schweigen und sagst deinen Brüdern auch nicht ein einziges Wort? Sollte der älteste Hwa irgend etwas einwenden wollen, so brauchst du uns Brüdern doch nur einen Befehl zu geben. Wir werden dann mit ihm reden. Hab' keine Angst, daß er sich dann nicht fügt! Sollte er ein Nein über die Lippen zu bringen wagen, so werden wir die Sache mit ihm ausfechten. Aber letzten Endes wissen wir ja noch nicht, ob die Heiratsangelegenheit tatsächlich zustande gekommen ist. Erzähl' doch Genaueres! Warum haben wir erst kürzlich die Busenfreundschaft geschlossen? Bruder, schick' uns irgendwohin. Wir gehn für dich durch Feuer und Wasser. Während wir in dieser Weise brüderlich für dich eintreten wollen, hüllst du dich in Schweigen und verrätst nichts!»

«Wenn du uns nichts mitteilst, Bruder, posaunen wir es morgen drüben bei Zimtknospe und Silberschönchen Wu aus. Das dürfte dann eine allgemeine Mißstimmung geben», fügte Sjä Si-da hinzu.

«So will ich es euch denn beichten», lachte Simen Tjing. «Die Heirat ist abgemachte Sache.»

«Wenn du die Schwägerin erst heimgeholt hast und wir zur Beglückwünschung erscheinen, so mußt du unter allen Umständen vier Sangesschätzchen kommen lassen und uns zum Hochzeitsschmause laden», fiel Sjä Si-da ein.

«Selbstverständlich lade ich euch alle ein», versicherte Simen Tjing.

«Wir werden also zur gegebenen Zeit Gelegenheit haben, unserem Bruder Glück zu wünschen», sagte Dschu Schi-niän. «Aber besser ist es schon, daß wir ihm jetzt vorweg mit einem Gläschen Wein Glück wünschen.»

Er rief Jing Bo-djau zu, Wein zu holen. Sjä Si-da ergriff die Kanne. Dschu Schi-niän reichte Speisen. Alle anderen knieten zur Gesellschaft nieder, und auch die beiden Sänger mußten knieen und ein Stück mit dreizehn Variationen spielen und singen. Um die mit dem Geburtstage zusammengetroffene Glücksnachricht zu begießen, schenkte man Simen Tjing hintereinander drei- bis viermal Wein ein.

«Wenn du uns demnächst zur Feier ladest, dürfen Dscheng Feng und Wu Hwe nicht fehlen. Ich verpflichte euch beide also auf jeden Fall hiermit», bemerkte Dschu Schi-niän.

«Unsere Wenigkeiten werden bestimmt erscheinen», fiel der Sängerknabe Dscheng Feng ein.

Nun kehrten alle auf ihre Plätze an der Tafel zurück, und man speiste wieder ein Weilchen. Allmählich war es dunkel geworden. Simen Tjing ließ sich durch nichts mehr halten. Auf einmal stand er auf und entfernte sich. Jing Bo-djau wollte die Türe verriegeln und ihn nicht fortlassen. Sjä Si-da meinte jedoch:

«Bruder Jing! Laß ihn laufen, damit er nichts versäumt und die Schwägerin nicht unwillig wird!»

Das war Simen Tjing willkommen. Er schwang sich auf sein Pferd und ritt geradeswegs zur Löwenstraße.

Väsele Li hatte die Trauerfrisur abgelegt und sich neu und kostbar gekleidet. In ihrer Empfangshalle schimmerten und leuchteten die Laternen. Die Tafel war mit Wein und Leckereien gedeckt. An ihr Ende hatte sie einen Armsessel gestellt. Dort sollte Simen Tjing Platz nehmen. Während die Dienerin die Weinkanne hielt, schenkte Väsele Li einen Becher voll, reichte ihn Simen Tjing, warf sich dann viermal vor ihm auf ihr Antlitz und sagte:

«Die Seelentafel ist heute verbrannt. Wenn ich der Ehre teilhaftig bin, daß der Herr Oberrat mich nicht verschmäht, so werde ich also die Wonnestunde erleben, Euch Handtuch und Kamm zu reichen, und, wie ich es von Herzen wünsche, in ehelicher Eintracht mit Euch leben.»

Als sie sich erhoben hatte, stand Simen Tjing von der Tafel auf, kredenzte ihr seinerseits Wein und erkundigte sich, sobald er neben ihr wieder Platz genommen hatte:

«Hat das Ehepaar Hwa heute keinerlei Bemerkungen fallen lassen?»

«Nach dem Trauermahl um die Mittagsstunde rief ich sie zu mir in mein Schlafzimmer und weihte sie in unser Verlöbnis ein. Sie stimmten mir vollkommen zu, sagten auch nicht ein häßliches Wort, erklärten vielmehr, daß sie drei Tage nach dem Feste eine Einladung für Frau Hwa erwarteten. Ich gab Ihnen noch zehn Unzen Silber und zwei Kleider. Darüber waren sie über die Maßen erfreut, und als sie aufbrachen, bedankten sie sich wiederholt.»

«Wenn sie es gern wollen», sagte Simen Tjing, «mögen sie ruhig unser Grundstück betreten. Es kommt darauf nicht an. Auch nur ein ungünstiges Wort würde ich mir nicht haben bieten lassen.»

«Ich hätte sie auch nicht ungeschoren abziehen lassen, wenn sie zu stänkern oder sonst uns zu ärgern gewagt hätten», erklärte Väsele Li und füllte einen versilberten Pokal mit Südwein. Lenzbunt schenkte ihr ein, und das Paar trank einige Becher miteinander. Es war richtig so, wie es heißt:

Solange Jugend fühlen wir,
als Liebe in uns lebt;
mit Wein die Kehle kühlen wir,
solang uns Stimmung hebt.

Väsele Li war ausgelassener denn je, da der Tag ihrer Übersiedelung nahe bevorstand. Verschämt lächelnd fragte sie Simen Tjing:

«Ist es niemand an dem Gelage bei Herrn Jing aufgefallen, als dich Dai-an abholte?»

«Der Hungerkavalier hat es erraten und aus dem Diener einiges herausgequetscht. Es gab einen zeitweiligen Trubel. Alle wollten mich beglückwünschen. Die Sänger mußten Wein kredenzen. Man drängte mich zu bleiben und pumpte mir noch ein paar Becher ein. Als ich mich rasch erhob, um fortzukommen, suchte man das zu verhindern, und erst auf mein Zureden in Gutem und mit Bösem ließ man mich los.»

«Damit zeigen sie doch, daß sie Spaß verstehn», meinteVäsele Li.

Simen Tjing sah, wie Väsele Li weinselig wurde, hin- und herschwankte und ihm verliebte Blicke zuwarf. Er konnte sich nun nicht mehr beherrschen und begann mit ihr zu tollen. Sie küßten einander, und die Wangen erglühten dabei wie Aprikosen der Seligen. Väsele Li drückte Simen Tjing an ihre Brust.

«Du mein Allerliebster! Da du mich aufrichtigen Herzens heimführen willst, so beschleunige es doch! Es ist ja so unbequem für dich, hierher zu kommen. Laß mich hier nicht allein! Tag und Nacht denke ich nur deiner.»

In der Verzückung wälzten sie sich hin und her und bildeten ein Knäuel.

Wonnevoll im Liebaufschäumen
schmiegen Brust an Brust sich dicht.
Ist es möglich, daß wir träumen
Trotz der Silberlampe Licht?

17. KAPITEL

Weil Zensor Yü ihn klagte an,
kam Gen'ral Jang in Wehe.
Frau Väsel' Li sagt Djang Dschu-schan
fest zu den Bund der Ehe.

«Ich weiß, daß seine Liebe
zu mir hat aufgehört.
Doch sollt' ich mich nicht quälen,
von Eifersucht betört!
Wer gab uns einst der Liebe
und Süße höchsten Grad?
Wer wirkt's, daß an die Stelle
Gleichgültigkeit jetzt trat?
In Kummer bis zum Morgen
schlaf ich im seid'nen Bett,
Sitz' bis zum Abend weinend
im güldnen Kabinett.
Nur wenn im Reich der Träume
nachts meine Seele schwebt,
Spricht sie noch jetzt von Liebe,
wie sie sie einst erlebt.»

Am zwanzigsten des fünften Mondes war der Geburtstag des Wehrbezirkskommandanten Dschou im Standort-Palast. Simen Tjing legte seinen Beitrag zu den Kosten des Festes im Gewichte von fünf Strichen auf dem Wägebalken in einen Briefumschlag und fügte noch zwei Taschentücher hinzu, dann wählte er ein dem Fest entsprechendes Gewand nebst Hut und ritt auf einem stattlichen Schimmel, von vier Dienern gefolgt, zur Wohnung Dschou's, um ihn zum Geburtstage zu beglückwünschen. An dem Gastmahle nahmen auch der Strafrichter Sja, der Führer der Bürgerwehr

Dschang, die Tausendschaftführer Djing und Ho und im übrigen lauter Offiziere teil. Musik und Trommelschall ertönte zum Empfang und Theateraufführungen fanden statt.

Dai-an hatte Simen Tjing's Obergewand entgegengenommen und dann sein Pferd heimgeführt. Als die Sonne im Westen stand, brachte er es zurück, um Simen Tjing abzuholen. Am Eingange der Weststraße stieß er auf die alte Feng.

«Wohin des Weges, Mutter Feng?» redete er sie an.

«Deine Herrin hat mich beauftragt, Herrn Simen zu ihr zu bitten. Der Silberschmied Gu hat den Kopfschmuck fertiggestellt und heute übersandt. Herr Simen möchte ihn sich einmal ansehen kommen. Außerdem hat sie auch noch einiges zu besprechen.»

«Er ist heute bei Herrn Dschou von der Wehrbezirkskommandantur zu Gaste. Ich reite eben hin, ihn abzuholen. Ihr könnt heimgehn, Mütterchen. Ich werde es ihm dort bestellen.»

«Danke schön! Richte es ihm aber bestimmt aus, daß ihn die Herrin erwartet.»

Dai-an gab dem Pferde einen Schlag und gelangte rasch zur Kommandantur. Dort saßen die Offiziere noch beim Weine. Er trat an Simen Tjing heran:

«Auf dem Wege hierher habe ich am Eingange der Straße Mutter Feng getroffen. Sie hat im Auftrage von Frau Hwa bestellt, der Silberschmied Gu habe den Kopfschmuck[36,b] geschickt. Ihr möchtet ihn Euch einmal ansehen gehn. Auch habe sie noch mancherlei mit Euch zu besprechen.»

Simen Tjing wollte sich sofort erheben, doch der Kommandant Dschou ließ ihn nicht fort, riegelte vielmehr die Türen ab und schenkte ihm einen besonders großen Pokal zum Trinken voll.

«Angesichts der besonderen Ehre, daß Euer Exzellenz mir den Wein reichen, kann ich wohl nicht um-

Simen Tjing auf Besuch beim Wehrbezirkskommandanten Dschou

hin, den Becher noch zu leeren», sagte Simen Tjing. «Ich habe jedoch noch etliche kleine Angelegenheiten zu erledigen und kann deshalb Eure Herzlichkeit nicht auskosten. Ich bitte, die Unhöflichkeit zu verzeihen.»

Er goß den Becher hinunter, verabschiedete sich, schwang sich in den Sattel und gelangte im Handumdrehen zu Väsele Li. Nach der Begrüßung und nach dem Tee ließ Simen Tjing den Diener Dai-an das Pferd nach Hause führen. Am nächsten Tage sollte er ihn abholen. Dai-an entfernte sich. Lenzfreude mußte den Kopfschmuck aus der Schachtel herausnehmen und Simen Tjing vorführen. Goldgelb wie lodernde Flammen funkelte das prächtige Schmuckstück. Der Schmuck wurde wieder verwahrt. Es war ja nur noch der Vierundzwanzigste für die Förmlichkeiten abzuwarten, und am Vierten nach Neumond sollte dann die Hochzeit selbst stattfinden. Väsele Li strahlte vor Freude. Sie holte rasch Wein herbei, begann fröhlich mit Simen Tjing zu zechen und tat alle Sorgen ab.

Nach einigen Gläschen ließ sie durch die Dienerin im Schlafzimmer die Matte auf dem Lager glätten und säubern. Unter den batistenen Bettvorhängen duftete es nach Weihrauch und Moschus. Die Steppdecken aus Nixenseide lagen entfaltet da. Das Paar entledigte sich seiner Kleidung und trank auf dem Bette weiter Schulter an Schulter und Schenkel an Schenkel. Eine Weile scherzten und lachten sie zunächst, bis ihre Mienen Sinnlichkeit verrieten. In zügellosem Lustrausche wohnte Simen Tjing der Frau darauf einmal bei. Nachher ließ er, vom Wein erhitzt, Väsele Li sich quer über die Decken legen und ihm die Flöte blasen:

Nicht Bambus, nicht Seide und auch kein Stein
kann Laute geben wie Fleisch allein.
Der blaugrüne Fransenvorhang vom Bett
mit raschelnden Tönen ergänzt das Duett.

Der zarten Finger bewegliche Hast
läßt bersten das kirschrote Pünktchen fast.
Zur Tollheit der beiden Brunst ansteigt,
wie das Glied hineindringt und wieder
entweicht.
Da plötzlich, der köstlichsten Wonne Born,
entleert sich das Regenzauberhorn[76, x].

«Hast du es zu Hwa Dse-hü's Lebzeiten mit ihm auch so gemacht?» fragte trunken scherzend Simen Tjing.

«Er lebte doch tagaus tagein nur im Rausche. Wie hätte ich es da über mich gewinnen können, bei ihm so wie bei dir zu sein! Er hat mich doch täglich außerhalb des Hauses betrogen. Kam er heim, hatte ich immer umsonst gewartet. Intim bin ich daher nicht mit ihm gewesen. Außerdem schlief er zu Lebzeiten des alten Hämlings mit ihm in einem besonderen Gemache. Wie habe ich ihn ausgescholten, als wäre sein Kopf mit Hundeblut besudelt gewesen! Hatte ich dazu nicht recht? Dem alten Hämling riet ich, ihm tüchtige Trachten Prügel zu verabfolgen. Hätte ich ihm derartige Freuden bereitet, es müßte mich tödlich gereuen. Wer könnte mir überhaupt so gefallen wie du, Bösewicht, der mir geradezu eine Art heilsamer Arznei ist? Am hellen Tag, in finsterer Nacht, immer muß ich an dich denken.»

Sie schäkerten. Unter Küssen gaben sie sich einander hin. Lenzfreude, die aufwartete, brachte dem Paar aus einer kleinen Schachtel allerlei seltsame Früchte und Leckereien und schenkte aus einem goldenen Kännchen rötlichen Wein. Als die Dämmerung hereingebrochen war, hatte man die Lampen angezündet; schon war über solcher Kurzweil des Pärchens die Zeit der ersten Nachtwache herangekommen; da vernahm man draußen am Haupttore Klopfen. Die alte Feng mußte nachsehen gehn und das Tor öffnen. Dai-an war gekommen.

«Ich habe ihm doch befohlen, mich morgen abzuholen. Warum kommt er denn jetzt zu so später Abendstunde?» bemerkte Simen Tjing und ließ ihn hereinrufen, um ihn zur Rede zu stellen.

Der junge Bursche trat aufgeregt, aber zaghaft an die Schlafzimmertür. Einzutreten erlaubte er sich nicht, weil Simen Tjing mit Frau Hwa das Lager teilte.

«Die Tochter und der Schwiegersohn sind hergezogen», meldete er am Türvorhange. «Das Haus ist voll von Koffern und Körben. Die Herrin schickt mich, Euch sofort zur Beratschlagung heimzubitten.»

Unruhe bemächtigte sich jetzt auch Simen Tjing's. Was mochte sich denn nur zu so später Stunde ereignet haben? Es wurde ihm klar, daß er unbedingt nach Hause mußte, um nachzuschauen. Eiligst erhob er sich vom Lager. Väsele Li half ihm beim Ankleiden und wärmte ihm einen Becher Wein. Er schlug auf sein Pferd ein und ritt stracks nach Hause.

Dort erblickte er in der hinteren Halle im Scheine von Laternen und Kerzen seine Tochter und seinen Schwiegersohn. Zahlreiche Kisten, Körbe, Bettzeug und Hausrat waren aufgestapelt. Zunächst erschrokken, erkundigte er sich nach dem Grund ihres so unerwarteten Kommens. Der Schwiegersohn Tschen Djingdji warf sich auf sein Antlitz und erzählte mit Tränen in den Augen:

«Unser Herr Jang am Kaiserhof ist jüngst von einem Zensor[56,b] angeklagt und zu Fall gebracht worden. Ein kaiserlicher Erlaß hat seine Verhaftung angeordnet. Er soll in den Südkerker übergeführt und verhört werden. Alle seine Familienangehörigen und seine Gefolgschaft sollen vernommen und zum Holzkragen oder zur Auffüllung der Grenzwehr verurteilt werden. Sein Sachwalter Jang ist nachts zu uns geeilt und hat meinen Vater heimlich verständigt. Mein Vater war ganz bestürzt und drängte mich, mit Frau, Hausrat und Gepäck zunächst einmal bei Euch unterzukommen und uns für einige Zeit verborgen zu halten. Er selbst ist nach der Reichshauptstadt aufgebrochen, um dort bei der Tante weitere Nachrichten einzuziehen und zu warten, bis sich die Lage geklärt hat. Eure Güte wird reichlich gelohnt und nie vergessen werden.»

«Hat dein Vater dir einen Brief mitgegeben?» fragte Simen Tjing.

«Ja, hier ist er!» antwortete Tschen Djing-dji, zog ihn aus dem Ärmel hervor und reichte ihn Simen Tjing. Dieser öffnete ihn und las:

«Ich, Euer Verwandter Tschen Hung, neige grüßend mein Haupt und teile dem tugendsamen, uns durch verwandtschaftliche Bande verknüpften Hause Simen unter völliger Fortlassung des Ausdruckes meiner überschwänglichen Gefühle folgendes mit:

Von den Grenzpässen sind Alarmnachrichten eingelaufen. In das Gebiet des Hahn-Gaus (=Sjungdschou) ist der Feind eingefallen. Der Kriegsministerialrat Wang hat keine Hilfstruppen entsandt und dadurch militärische Erfordernisse vernachlässigt. Herr Jang am Hofe wird auch verantwortlich gemacht. Gegen ihn hat ein Zensor eine drückende Anklage erhoben. Seine heilige Majestät hat voll Zorn befohlen, daß er festgenommen, in den Südkerker eingeliefert und von den vereinigten drei Gerichtshöfen verhört werde. Die Familien- und Sippenangehörigen sowie die Gefolgschaft sollen dem Gesetze gemäß an die Grenze geschickt werden, um das Heer aufzufüllen. Die Kunde davon hat mich und meine ganze Familie in Schrecken versetzt. Da ich nicht weiß, wohin wir sonst flüchten könnten, vertraue ich zunächst meinen Sohn und Eure Tochter mit dem notwendigsten Gepäck und Hausrate versehen vorübergehend Eurer uns durch das Band der Verwandtschaft verknüpften Familie zur Obhut an. Ich selbst begebe mich sofort in die Reichshauptstadt, verberge mich dort bei meinem Schwager Dschang Schi-liän und warte weitere Verfügungen ab. Sobald sich die Lage beruhigt hat, werde ich nach Hause zurückkehren und Eure Güte reichlich lohnen. Ich werde sie ganz bestimmt niemals vergessen. Weil ich nun befürchten muß, daß in meiner Kreisstadt etwas verlauten könnte, habe ich meinen Sohn beauftragt, fünfhundert Unzen Silber mitzunehmen, und bitte Euch, damit meine Sache unter Übernahme der Mühewaltung auf Euch zu regeln. Ich werde mich später dankbar zeigen und es Euch nie vergessen, selbst wenn ich ganz alt und zahnlos geworden sein werde.

Bei Lampenlicht und in der Eile ist dieser Brief nicht so ausgefallen, wie er sein sollte.

Am Zwanzigsten des Mittsommermondes.

Nochmals grüßend Hung.

Simen Tjing zitterte an Händen und Füßen, als er das las. Er hieß Frau Mondtraut für Wein und ein Mahl zur Bewirtung von Tochter und Schwiegersohn sorgen. Dann ließ er die Dienerschaft drei Räume im östlichen Seitengebäude vor der Empfangshalle als Wohnung für das Paar fegen und säubern. In Frau Mondtrauts Räumen im Herrschaftshause wurden sämtliche Koffer, Körbe und weichen Ballen untergestellt. Tschen Djing-dji holte die fünfhundert Unzen Silber hervor und händigte sie Simen Tjing zur Beilegung der Angelegenheit ein.

Simen Tjing ließ den Haushalter Wu kommen und gab ihm fünf Unzen Silber. Noch in der gleichen Nacht mußte er auf der Geschäftsstelle des Kreisamtes eine Abschrift des Erlasses fertigen, der aus der Hauptstadt eingetroffen war, sowie das Amtsblatt ihm zur Einsicht bringen. Er las:

Untertänigstes Bittgesuch des Zensors für Heeresangelegenheiten Yüwen Hsü-dschung[26,k] um eine kaiserliche Entscheidung zur schwersten Anprangerung der Landesverräter, damit das Heer aufgerüttelt und die Schlappe an der Grenze ausgemerzt werde.

Zu meiner, des zuständigen Staatsmannes, Kenntnis ist das Unglück an der Grenze gelangt. Kriegsrückschläge hat es seit Urzeiten schon immer gegeben: zur Dschou-Zeit[1,c1] bei Großferne (=Taiyüän), zur Han-Zeit[1,d] bei Finsterbergen (=Jinschan), zur Tang-Zeit[1,f] bei Stromost (=Hodung) und zur Zeit der Fünf Dynastieen[1,g] herrschte überhaupt niemals Frieden an den Grenzen, bis schließlich unser hehres Herrscherhaus Sung die Leitung des Reiches übernommen hat.

Seit geraumer Zeit sind bewaffnete Einfälle an den vier Grenzen vorgekommen. Ich habe noch nie etwas davon gehört, daß sich Fäulniserscheinungen außen am Holze zeigen, wenn nicht der Wurm in seinem Innern sitzt. Man sagt:

> Die Glocke in der Halle schlägt,
> wenn Reif sich auf die Felder legt.

Und:

> Wenn uns ein Regenwetter scheucht,
> macht's auch die Pfostensockel feucht.

Es sind Selbstverständlichkeiten, daß sich ein Glückszustand schaffen läßt, und daß Unheil aus Verschulden herrührt. Um ein Beispiel zu wählen: Bei einem Kranken, dessen Brust und Herz seit langer Zeit angegriffen sind, ist der gesunde Urzustand des Körpers geschwächt, und Wind und Kälte, die von außen auf die vier Gliedmaßen eindringen, bringen den ganzen Körper samt Knochengerüst zur Erkrankung. Selbst ein Arzt wie Biän aus Lu[29,b] könnte daran nichts ändern, und der Kranke dürfte sich kaum eines langen Lebens erfreuen. Das Reich in seiner gegenwärtigen Lage gleicht einem kranken, im höchsten Grade ausgezehrten Manne. Der Landesherr ist das Haupt, die ihm zur Seite stehenden Staatsmänner entsprechen Brust und Herz, die Beamtenschaft den vier Gliedmaßen.

Wenn Eure Majestät im neunstöckigen Palastsaal erhaben thronen, und wenn alle Beamten ihr ganzes Wissen und Können für die Landesverwaltung zur Verfügung stellen, dann wird das Reich im Innern von Urgesundheit erfüllt sein; und wenn unsere ruhmgekrönte Wehrmacht draußen wacht, könnten dann wohl feindliche Einfälle möglich sein?

Unser gegenwärtiges Kriegsunglück ist nur von dem Großsekretär der erlauchten Regierungsbehörde Zai Djing verschuldet. Er ist im Charakter zänkisch und hinterhältig, schurkisch und tückisch im Gebaren. Dazu kommt seine Bestechlichkeit und Schamlosigkeit. Er ist ein Schmeichler und Schaumschläger. Einerseits ist er unfähig, den Herrscher in der Verwaltung zu unterstützen, das Land in Ordnung zu halten und die Sittlichkeit des Volkes zu fördern, andererseits versteht er auch nicht, die Vorzüge der Regierung zu betonen und die Masse der Untertanen liebevoll zu schützen. Er trachtet nur nach Gewinn und Ehren und denkt allein an sein eigenes Wohl. Er buhlt um die kaiserliche Gunst, weil er sich seine Stellung erhalten will. Er hat sich mit einem Klüngel von Verrätern und Schurken umgeben. Dem Landesherrn verheimlicht er alles und hintergeht ihn. Bewährte Beamte schädigt er heimlich. Deshalb haben sich die staatstreuen Männer vom Hofe zurückgezogen. Allenthalben herrscht Sorge darüber im Reiche. Die zinnober- und violettgekleideten Beamten versammeln sich in Scharen in seinem Hause. Neulich zur Zeit der Niederlage im Gebiete zwischen dem Gelben Fluße und dem Huang[10,b] hat er sein Augenmerk ganz dem Osten zugewendet. Dabei hat er drei Bezirke eingebüßt. Außerdem hat Go Yo-schi rebelliert. Schließlich hat das Reich der Goldenen Horde der Tataren das Bündnis gebrochen; Eintracht und Friede zwischen unseren beiden Staaten sind dahin. Alle diese schweren Fälle der Schädigung des Reiches sind dadurch verursacht, daß Zai Djing seine Pflichten vernachlässigt.

Wang Fu ist ein habgieriger Nichtsnutz. Sein Gebaren ist das eines Gauklers. Daß er in die Regierung gelangt ist, verdankt er Zai Djing's Günstlingswirtschaft. Rasch ist ihm, wiewohl ihm die Fähigkeiten dazu abgehn, die Leitung unserer Truppenmacht übertragen worden. Entschlossenheit beweist er nur darin, daß er an seinem Posten klebt. Als beispielsweise kürzlich Dschang Da bei Großferne eine Niederlage erlitt, wußte er sich keinen Rat. Jetzt, da die Soldaten im Inlande sich erheben, hat er Frau und Kinder nach dem Süden in Sicherheit gebracht. Nur um sein eigenes Ich drehen sich alle seine Pläne. Niedermetzelung wäre noch keine hinreichende Sühne für seine Schuld an der Vernachlässigung des Staates.

Jang Djän's Fähigkeiten bestehn nur in seidenen Beinkleidern und geschniegelter Frisur. Er zehrt vom Ruhme seiner Ahnen und verläßt sich ganz auf den Beistand der Seelen der Verstorbenen. Er ist unwürdig, den Heeresoberbefehl zu führen. Er stellt sich zwar treu, ist aber ein großer Schurke. Dazu ist er ein Feigling sondergleichen.

Jene drei Staatsmänner haben einen Freundschaftsbund miteinander geschlossen, der alles vertuscht, was innen und außen zustößt. Sie sind die Würmer im Leib und Herzen Eurer Majestät. Seit Jahren haben sie das Unglück verschuldet und das Unheil heraufbeschworen. Alle Grundlagen des Staates haben sie ins Wanken gebracht. Erdrückend sind die Frondienste, schwer die Steuerlasten. Die Bevölkerung hat sich zerstreut. Räuber und Diebe treiben ihr Unwesen und haben sich zu Haufen zusammengerottet, um sich gegen die Staatsautorität aufzulehnen. Schon ist das ganze Fett des Reiches abgeschöpft. Die Ordnung ist völlig dahin im Lande. Unzählbar wie die Haare auf seinem Haupte sind die Freveltaten Zai Djing's und der anderen Verräter.

Mein Amt als Zensor macht es mir zur Pflicht, Unfähigkeit zu brandmarken. Wenn ich mit eigenen Augen wahrnähme, wie verbrecherische Beamte das Reich vernachlässigen, und diese Tatsachen nicht Eurer Kaiserlichen Majestät unterbreitete, so erwiese ich mich einerseits undankbar für alle Wohltaten des Landesherrn und der Eltern und hätte andererseits alles, was ich gelehrt worden bin, gänzlich mißachtet. So erbitte ich denn untertänigst eine kaiserliche Entscheidung darüber, ob der Frevlerklüngel Zai Djing und Genossen nur leicht bestraft und dem Hofgefängnis überantwortet werden soll, ob er den strengsten Gesetzen gemäß öffentlich hingerichtet werden oder milderen Strafnormen entsprechend zum Holzkragen verurteilt oder im Gebiete wilder Völkerschaften, wo er sich gegen Ungeheuer und Teufel verteidigen mag, verbannt werden soll. Der Himmel wird uns dann seine Gunst wieder zuwenden, die Herzen des Volkes werden heiter und zufrieden, die Gesetze des Reiches wieder aufgerichtet werden, und die feindlichen Angriffe werden von selbst abnehmen, dem Reiche, seinen Staatsmännern und dem Volke zu Nutz und Frommen.

Kaiserlicher Erlaß hierzu:

Zai Djing wird einstweilen noch zur Unterstützung der Regierung im Amte belassen. Wang Fu und Jang Djän sind zu verhaften und den drei Strafoberrichtern zum gemeinsamen Verhör auszuliefern. Sodann ist Bericht zu erstatten. Dies ist gewissenhaft zu befolgen.

Das gemeinsame Verhör der drei Oberrichter hat demzufolge stattgefunden. Das Verbrecherpaar Wang Fu und Jang Djän ist dem Gesetze gemäß mit Enthauptung zu bestrafen, weil unser Heer versagt hat und sie geduldet haben, daß die feindlichen Truppen dem Volke zur Plage tief in das Reich eingedrungen sind, daß wir Mannschaften verloren, Offiziere eingebüßt und Gebietsverluste erlitten haben. Die Untersuchung hat die Mitschuld ihrer Diener, Schriftführer, Unterbeamten und Verwandten Dung Scheng, Lu Hu, Jang Scheng, Pang Sjüän, Han Dsung-jen, Tschen Hung, Hoang Yü, Liu Scheng und Dschau Hung-dau ergeben, so daß auch sie als Verbrecher zu gelten haben. Sie werden sämtlich zu einem Monat Holzkragen verurteilt und sind nach Ablauf der Frist an die Grenze zu senden, um die Grenzwehr aufzufüllen.

Hätte Simen Tjing das nur nicht zu Gesichte bekommen! Er hätte in gelassenster Ruhe gelebt. Nun sausten ihm die Ohren, und voller Bestürzung wußte er nicht aus noch ein.

Fressend an Leber und Lunge
  war Angst in den Leib ihm gefahren.
Furcht hielt umklammert sein Herz
  und hockte ihm in den Haaren.

Eiligst packte er Gold- und Silbergeschmeide zu einer Traglast zusammen, rief seine Diener Lai-bau und Lai-wang in sein Schlafgemach und gab ihnen flüsternd den Auftrag, Lasttiere zu mieten und in Tages- und Nachtmärschen zur Reichshauptstadt zu eilen, um dort weitere Nachrichten einzuziehen. Sie sollten sich natürlich nicht in den Unterschlupf der Verwandtschaft Tschen begeben. Falls die Lage ungünstig scheine, so möchten sie etwas springen lassen, alles geschickt ordnen und schleunigst Meldung senden. Er gab den beiden Dienern zwanzig Unzen Silber, und sie mieteten Träger und brachen dann in aller Frühe, um die fünfte Nachtwache, mit dem Gepäcke nach der östlichen Reichshauptstadt auf.

Simen Tjing fand während der ganzen Nacht keinen Schlaf. Am frühen Morgen des nächsten Tages befahl er Lai-dschau und dem vierten Fei, die Bauarbeiten im Garten einzustellen. Alle Handwerker wurden heimgeschickt, und alles blieb liegen. Das Tor ließ er täglich sorgfältig verschlossen halten. Auch die Dienerschaft durfte ohne wichtigen Anlaß das Haus nicht verlassen. Niedergeschlagenheit und Kummer bemächtigten sich seiner mehr und mehr. Er wanderte im Hause hin und her, wie Schnecken und Asseln auf heißem Boden. Die Sache mit der Heirat von Väsele Li ließ er nach den neun Himmelsgewölben jenseits der Wolken entschwinden.

Sein bekümmertes Wesen und seine verstörte Miene veranlaßten Frau Mondtraut zu dem Versuche, ihn zu beruhigen:

«Die Sache betrifft doch nur die Verwandtschaft Tschen! Für die Widersacher, die jeder hat, liegt die Ursache in ihm selbst, wie jeder Schuldner seinen besonderen Gläubiger hat. Deine Niedergedrücktheit ist deshalb ganz unbegründet.»

«Was verstehst du als Frau schon davon!» gab Simen Tjing zur Antwort. «Die Familie Tschen ist uns verschwägert. Meine Tochter und mein Schwiegersohn, diese Unglückswürmer, sind zu uns gezogen. Von jeher hat es sehr viele unter unseren Straßenanwohnern und Nachbarn gegeben, die uns grollen.

Sprichwörter warnen:

> Wenn auch der Webstuhl stillesteht,
> das Weberschiffchen hurtig geht.

und:

> Der Schlag, den man dem Schaf gegeben,
> läßt auch das Eselsfüllen beben.
>
> Schließt du die Tür dem Leid zur Wehr,
> naht Unheil dir vom Himmel her.»

Aber zurück zu Väsele Li. Sie hatte inzwischen einen und den zweiten Tag gewartet, ohne daß sich etwas gerührt hätte. Deshalb sandte sie die alte Feng zweimal nacheinander aus. Diese fand Simen's Haustor stets wie ein eisernes Faß verrammelt. Auch nicht der Zahn eines Menschen wurde sichtbar, obwohl sie halbe Tage wartete. Das war ihr völlig unerklärlich. So rückte der Vierundzwanzigste heran. Väsele Li schickte wiederum die alte Feng und zwar dieses Mal mit dem Kopfschmuck aus, um Simen Tjing zu sich zur Besprechung zu bestellen. Trotz ihres Pochens öffnete niemand das Tor. Sie nahm nun Aufstellung unter dem Dachvorsprunge des Hauses gegenüber und wartete dort. Nach einer Weile erschien Daian, um die Pferde zu tränken.

«Was führt Euch her, Mutter Feng?» fragte er, als er ihrer ansichtig wurde.

«Deine Herrin schickt den Schmuck. Warum ist es bei euch nur so totenstill? Sie bittet deinen Herrn, zu ihr zu einer Besprechung zu kommen.»

«Der Herr hatte in den letzten Tagen einiges zu regeln und deshalb keine Zeit. Nehmt den Schmuck wieder mit, Mütterchen! Wartet, bis ich die Pferde getränkt habe; ich werde dann dem Herrn Mitteilung machen.»

«Guter Junge! Ich will hier warten. Bringe den Schmuck deinem Herrn hinein und melde, die Gnädige ist auf ihn recht böse!»

Dai-an band die Pferde an und begab sich hinein. Erst nach geraumer Zeit kam er wieder heraus:

«Ich habe mit dem Herrn gesprochen. Er hat den Schmuck an sich genommen. Ihr sollt der Gnädigen viele Empfehlungen bestellen. Sie möchte sich noch ein paar Tage gedulden, bis der Herr ausgeht und zur Besprechung zu ihr kommt.»

Die alte Feng machte sich nun auf den Heimweg und erzählte ihrer Herrin, was sie wußte. Diese wartete wieder einige Zeit. Langsam ging der fünfte Mond zur Neige und das erste Drittel des sechsten rückte heran. Es half kein Bangen am Morgen, kein Sehnen am Abende: Kein Laut, keine Nachricht traf ein.Väsele Li's Seele verzehrte sich in wirren Träumen. Die wundervollen Zeiten der Stelldicheine hatten völlig aufgehört. Es paßten so recht die Verse:

Ihre Brauen pflegt sie kärger,
pudert scheu sich ohne Sinn,
weil die Brust sich füllt mit Ärger,
welkt ihr schönes Antlitz hin.

So viel auch Väsele Li nach Simen Tjing Ausschau hielt, er ließ sich nicht blicken. Sie nahm von Tage zu Tage weniger Nahrung zu sich. Ihr Geist begann sich zu verwirren. Als sie eines Abends allein im Bette lag und sich grübelnd hin und her wälzte, vernahm sie plötzlich draußen am Tore Pochen. Als sähe sie Simen Tjing kommen, ging sie zur Türe, bewillkommnete ihn und führte ihn freudig lächelnd an der Hand in ihr Schlafgemach. Sie fragte ihn nach den Umständen aus, daß er die Verabredung nicht eingehalten habe. Dann offenbarte jeder dem anderen die Gefühle seines Herzens, sie schlossen einander in die Arme und ergingen sich in Liebkosungen die ganze Nacht hindurch. Beim Hahnenschrei in der Früh entfernte er sich und ging heim. Väsele Li erwachte bestürzt, schrie auf und bekam einen Schwindelanfall. Erschrocken trat die alte Feng in ihr Schlafzimmer.

«Herr Simen ist doch soeben fortgegangen. Hast du hinter ihm das Haustor verriegelt?» fragte Väsele Li.

«Herrin, Ihr redet wirres Zeug», antwortete die Alte. «Der Oberrat soll hier gewesen sein? Nicht einmal sein Schatten war da!»

Väsele Li wurde fortan weiter von ähnlichen wilden Träumen geplagt. Nacht für Nacht erschienen ihr Fuchsgeister unter fremden Gestalten und zehrten an ihrem Geist und Marke. Ihr Antlitz wurde allmählich ganz fahl und hager. Nahrung verschmähte sie, verließ auch nicht mehr ihr Lager. Die alte Feng empfahl, zur Untersuchung den am Eingange der Straße wohnenden Djang Dschu-schan [30,k] zu bestellen, einen noch nicht ganz dreißigjährigen Mann von untersetzter Gestalt, einen Windbeutel und höchst leichtfertigen und tollen Leuteprellen. Als er in das Schlafgemach trat, ruhte Väsele Li, in Decken gehüllt, auf dem Bette. Knoten- und Schläfenhaare umrahmten gewölkartig ihr Haupt. Sie machte einen unsagbar bekümmerten Eindruck. Nachdem zunächst Tee aufgetragen worden war, rückte eine Zofe Matratze und Kissen zurecht und der Heilkünstler untersuchte den Puls.

«Es ist mir soeben geglückt, die Krankheitsursache zu ermitteln», hub er, überwältigt von ihrer natürlichen Anmut und Schönheit, an. «Euer Leberpuls ist hart wie eine Saite. Er tritt an der Schlagaderstelle prall hervor. Auch der Puls für Schwindelanfälle ist da bemerkenswert. Er muß schon lange am Spaltungspunkt der Speichenarterie wahrnehmbar sein. Das hängt mit den sechs Begehrlichkeiten [49,b] und den sieben Gemütszuständen [3,1] zusammen. Das weibliche und das männliche Prinzip stehn bei Euch miteinander im Widerstreit; daher die plötzlichen Frostschauer und dann wieder die unerwarteten Hitzewellen. Voll Schwermut scheint Ihr etwas im Herzen zu bewegen, was nicht Euren Wünschen entspricht. Euer Leiden bietet das Bild des Wechselfiebers, ohne daß dieses vorliegt. Eine Erkältung scheint zu bestehn; sie ist aber in Wirklichkeit nicht da. Am Tage seid Ihr erschöpft, sehnt Euch nach Bettruhe, und Euer Geist ist träge. Nachts verläßt er Euren Leib, und [44,1] Ihr ergebt Euch im Traume Geistern. Wird das Leiden nicht bald behoben, so könnte es in Knochenerweichung übergehn, und dann steht nur zu befürchten, daß auch bald die bei Scheintoten übliche Atemprobe bei Euch nötig wird. Wie jammervoll schade wäre so etwas, wie schade!»

«Ich möchte Euch, mein Herr um eine wirksame Arznei bitten», bemerkte Väsele Li. «Bin ich genesen, so will ich es Euch doppelt, ja vielfach in Dankbarkeit lohnen.»

«Aber selbstverständlich gebe ich mir alle Mühe. Habt Ihr meine Arznei genommen, gnädige Frau, so wird Eure werte Leibesbeschaffenheit auch völlig zur Ruhe kommen.» Damit erhob er sich.

Man wog ihm sein Entgelt im Gewichte von fünf Punkten auf der Waage zu, und die alte Feng mußte die Arznei einholen. Väsele Li nahm sie am Abend ein und schlief daraufhin ruhig und ohne Angstzustände. Langsam begann sie auch wieder mehr Nahrung zu sich zu nehmen, kämmte und regte sich, und nach Verlauf von einigen Tagen war sie wieder geistig frisch wie früher. Nun veranstaltete sie eines Tages ein Essen, legte drei Unzen Silber zurecht und ließ Djang Dschu-schan durch die alte Feng zu sich bitten, um ihm ihren Dank abzustatten.

Seit jener Untersuchung sehnte sich dieser längst herzlich danach, Väsele Li wieder einmal zu sehen. Als ihm die Einladung zuging, warf er sich sofort in schickliche Kleidung und begab sich hin. In ihrer Haupthalle begrüßte Väsele Li ihn in ihrer prächtigsten Gewandung. Nach zweimaligem Teeaufguß bat sie ihn in ihr Gemach, das von Moschus- und Orchideenduft durchflutet war. Hier war die Tafel gedeckt. Die kleine Zofe Lenzbunt stand zur Seite und reichte ihm in einer goldbemalten Schale die drei Unzen Silber. Frau Väsele Li hob einen Nephritbecher hoch empor und sagte mit einer Verneigung zu ihrem Gaste:

«Als ich neulich unpäßlich war, beehrtet Ihr mich mit einer wirksamen Verordnung. Die Arznei brachte merkliche Besserung. Heute habe ich nun in schlichtester Form ein Schälchen dünnen Weines bereitgestellt und Euch hergebeten, um mich wiederholt zu bedanken.»

«Es war doch nur eine Aufgabe meines Pflichtenkreises und lediglich meine Schuldigkeit. Es lohnt nicht, Worte darüber zu verlieren.» Im Hinblick auf die drei Unzen Dankgeld setzte Djang Dschu-schan hinzu: «Wie dürfte ich die Gabe anzunehmen wagen!»

«Die unbedeutende, winzige Aufmerksamkeit kann man wohl nicht als Gabe bezeichnen. Ich bitte doch sehr, Euch nicht über mich zu belustigen», erwiderte Väsele Li.

Djang Dschu-schan zierte sich noch eine geraume Weile, dann nahm er das Silber an. Nun bot ihm Väsele

Li Wein dar und wies ihm den Platz an. Nach drei Runden begann er, sie verstohlen zu mustern. Gepudert und gemalt, wie sie war, erschien sie wie aus Edelstein geschnitten. Ihre Holdheit und reizvolle Anmut machten tiefsten Eindruck auf ihn.

«Eigentlich dürfte ich mir die Frage nach der Zahl der Lenze der gnädigen Frau kaum gestatten», begann er, die Unterhaltung in Gang zu bringen.

«Vierundzwanzig Jahre meines Lebens habe ich bereits vergeudet», erwiderteVäsele Li.

«Die gnädige Frau scheint diese köstlichen Jahre in sorgloser Zurückgezogenheit der Frauengemächer verlebt zu haben. Was könnte da nun nicht nach Wunsch gegangen sein, daß ihr neulich unter Schwermut und Unzufriedenheit zu leiden hattet?»

«Ich will es offen bekennen, Herr Djang», bemerkte sie lächelnd; «mein Mann hat das Zeitliche gesegnet. Einsam und verlassen steh' ich in den Angelegenheiten der Haushaltführung da. Das trübsinnige Grübeln hat mich kränklich gemacht.»

«Wie lange ist denn eigentlich der Gatte schon verschieden?»

«Seit dem elften Monde des vergangenen Jahres. Er starb infolge einer Erkältung. Es ist jetzt also acht Monate her.»

«Hattet Ihr seinerzeit einen Arzt zu Rate gezogen?»

«Ja, Herrn Hu aus der Großen Straße.»

«Ach, Hu mit dem verteufelten Mundwerk, der in dem Hausanwesen des Hämlings Liu in der Oststraße wohnt. Er hat keine Hochschule für Medizinwissenschaft besucht wie ich. Was versteht er vom Pulsfühlen? Wie konntet Ihr ihn zu Rate ziehen, gnädige Frau?»

«Nachbarn hatten ihn uns empfohlen. Daß mein Mann schließlich kein gutes Schicksal gehabt hat, dafür kann er nichts.»

«Habt Ihr Kinder, gnädige Frau?»

«Weder Söhne noch Töchter!»

«Wie schade, gnädige Frau, so in der Blüte der Lenze und der wundervollen Jugendzeit als einsame Witwe allein zu leben! Hättet Ihr denn nicht den Wunsch, Euch wieder zu vermählen? Daß Ihr so in Melancholie verfallt und infolgedessen erkrankt, ist ja ganz natürlich.»

«Ich habe mich kürzlich bereits verlobt und werde demnächst in die neue Familie übersiedeln.»

«Darf ich mir die Frage erlauben, wem Ihr Eure Hand zugesagt habt, gnädige Frau?»

«Dem Oberrat Simen, der vor dem Kreisamte die Drogenhandlung hat.»

«Wie schmerzlich, wie schmerzlich! Warum wollt Ihr ihn heiraten, gnädige Frau? Ich mache regelmäßig Krankenbesuche in seinem Hause und kenne deshalb seine Verhältnisse sehr genau. Dieses Mannes Spezialität ist es, sich im Kreisamt in Rechtsangelegenheiten einzumischen, Geldgeschäfte großen Stils zu machen und Sklavenhandel zu treiben. Er hat im Hause fünf, sechs Frauen und Nebenfrauen, die Dienerinnen gar nicht gerechnet. Sehr unangenehm ist seine Neigung zum Prügeln. Erregt eine Frau auch nur im geringsten sein Mißfallen, so läßt er sie durch Vermittler verkaufen. Er ist ein Oberschinder von Frauen und ein Anführer derer, die Mädchen Fallen stellen. Ihr habt es mir noch gerade rechtzeitig mitgeteilt, gnädige Frau. Trätet Ihr in seine Familie ein, so glichet Ihr einer Motte, die ins Lampenlicht fliegt. Ihr wäret gefangen, wüßtet schließlich nicht mehr aus noch ein, und jede Reue käme zu spät. Neuerdings hat außerdem seine Verwandtschaft irgend etwas verschuldet. Er ist in die Angelegenheit mitverwickelt, hält sich deshalb zu Hause verborgen und wagt sich nicht vor die Türe. Begonnene Bauarbeiten hat er halbfertig eingestellt, und alles verfällt. Aus der Reichshauptstadt ist eine Verfügung eingetroffen, die Verhaftungen durch die zuständigen Kreisämter anordnet. In wenigen Tagen dürften auch seine Grundstücke zum größten Teile beschlagnahmt und eingezogen werden. Da habt Ihr doch keinen Anlaß, gnädige Frau, ihn zu heiraten.»

Väsele Li schwieg ob dieser Mitteilungen. So viel Hab und Gut von ihr ging bei ihm verloren. Nachdenklich trat sie unbemerkt von einem Fuß auf den anderen. Seufzend überlegte sie, daß sie ihn verschiedentlich hergebeten habe, er aber nicht gekommen war, weil er angeblich zu Hause etwas zu regeln hätte. Nun sprach Djang Dschu-schan so lebhaft auf sie ein. Dabei war er ehrerbietig und bescheiden. Wenn sie demnächst irgend einen anderen nähme, so wäre alles erledigt. Da sie nicht wußte, ob er verheiratet war, sprach sie:

«Ich bin Euch für die Fingerzeige unendlich dankbar. Solltet Ihr mir jemand aus Eurem Bekanntenkreise vorschlagen können, so laßt es mich wissen! Warum sollte ich Eurem Rate nicht Folge leisten?»

Djang Dschu-schan ergriff die Gelegenheit, die Frage zu stellen, wie denn der betreffende Mann beschaffen sein müsse, damit er sich leichter umsehen und berichten könne.

«Ob sein Rang höher oder geringer ist, ist mir weniger wichtig. Es müßte eine Persönlichkeit wie Ihr selbst sein.»

Das hätte Djang Dschu-schan nicht hören müssen! Es stimmte ihn überglücklich. Es juckte ihn, und er wußte nicht, wo er mit dem Kratzen beginnen sollte. Hastig erhob er sich von der Tafel und fiel auf die Knie:

«Meine Gnädige, ich will nichts verheimlichen. Ich habe meine Frau verloren, und es fehlt mir die Gefährtin besonders in der Küche. Schon lange lebe ich als

Djang Dschu-schan wirbt um die Hand von Väsele Li

Witwer. Nachkommenschaft habe ich nicht. Wenn Ihr, gnädige Frau, mich mit Eurem Mitgefühle beehrt und mit mir einen Ehebund schließen wollt wie einst zwischen den Staaten Tjin und Djin[22,c], dann ginge mein sehnlichster Lebenswunsch in Erfüllung. Ich werde Nephritringe bringen und Grasschlingen winden[79,b] und es nicht zu vergessen wagen.»

Väsele Li lachte auf und ergriff seine Hand:

«Bitte, erhebt Euch doch! Ich habe mich noch gar nicht zu erkundigen gewagt, wie lange Ihr schon Witwer und wie alt Ihr seid. Für eine Heirat müßte doch auch eine Vermittlerin gesucht werden[51,a], die alles ordnet, damit es dem Brauche gemäß vor sich gehen kann.»

Djang Dschu-schan fiel wiederum auf die Knie und sprach in klagendem Tonfalle:

«Ich bin neunundzwanzig Jahre alt und am Siebenundzwanzigsten des ersten Mondes um die sechste Morgenstunde geboren. Meine Frau ist leider im vergangenen Jahre verschieden. Meine Familie ist arm, mein eigener Stand ist niedrig und gering. Ihr habt mich heute der Ehre Eures goldenen Jawortes gewürdigt; was soll da der Mann auf dem Eise[51,d] noch vermitteln?»

«Wenn du kein Geld hast, so ziehe meine alte Dienerin Feng als Mittelsperson und Zeugin hinzu, da brauchst du niemand zu dingen. Sie mag einen glücklichen Tag und eine günstige Stunde auswählen und dich dann zur Einheirat und zum Einzuge zu uns rufen. Bist du einverstanden?»

Djang Dschu-schan verneigte sich schleunigst tief:

«Gnädige Frau, das wäre, als ob Ihr mir erneut Eltern und Elternhaus schenktet. Wahrscheinlich ist unsere Verbindung schon in einem früheren Dasein geknüpft. So ist mir denn großes Heil für die drei Zeiten meines Lebens[49,v] widerfahren.»

Beide reichten darauf einander ein Schälchen Vermählungswein und besiegelten so ihr Eheversprechen. Djang Dschu-schan zechte noch bis zum Abend und schickte sich erst dann zum Heimweg an.

Väsele Li besprach die Angelegenheit mit Mutter Feng: Simen Tjing sei nun einmal in irgendeine mißliche Sache verwickelt. Niemand könne wissen, ob die Geschichte gut oder böse auslaufe. Sie stehe überdies allein. Einmal sei sie bereits erkrankt und dem Tode nahe gewesen. Gegenwärtig erscheine es ihr das beste, Herrn Djang als Mann zu sich zu nehmen. Warum denn auch nicht?

Schon am nächsten Tage sandte sie die alte Feng zu ihm mit der Botschaft, der Achtzehnte des sechsten Mondes sei als Glückstag ausgewählt. Djang Dschu-schan heiratete dann auch bei ihr ein, und beide wurden ein Ehepaar. Drei Tage nach der Vermählung streckte Väsele Li dreihundert Unzen Silber vor, um für Djang Dschu-schan ein Geschäft mit zweiräumiger Straßenfront zu eröffnen, und alles wurde dazu neu hergerichtet. Anfänglich machte der Heilkundler seine Krankenbesuche noch zu Fuß, später erstand er einen Esel und ritt in den Straßen umher. Doch davon zunächst nichts mehr.

Es ist wahr:

Ist ein Tümpel noch so still,
ohne Wellenregung,
wenn der Frühlingswind es will,
kommt er in Bewegung.

18. KAPITEL

Bestechung im Ministerschloß
hilft Simen Tjing der Not entkommen.
Der Anblick einer holden Frau
macht Tschen, den Schwiegersohn, benommen.

Tschen sinnt:
Die Gedanken zur Schönen ich wende,
die so hold wie der Haitang[75,d] blüht,
wie die Schwalbe im Fluge behende,
berückend, vom Weine durchglüht.
Wenn mit zierlichen Brauen sie lachte,
erzeugte sie Lenzlust umher;
um ihretwillen erwachte
im Herzen das Weh mir so schwer.
Zwar spricht man von Zauberbergkette
und Gewölk im Tschu-Lande noch![9,b]
Verraucht im dürftigen Bette,
ist aber der Dufthauch doch.
Am Gazefenster von Seide,
wie kalt ist des Mondes Licht!
Ach, schmiegten wir uns doch beide
aneinander warm und dicht!

Indessen lassen wir Djang Dschu-schan's Einheirat bei Väsele Li beiseite und zurück zu Lai-bau und Lai-wang, die mit dem Auftrage, in der Reichshauptstadt irgendeine Regelung zu treffen, unterdessen in aller Frühe auf dem Braun der Kaiserstraße schritten und auch noch abends den roten Lehmstaub der Welt traten. Endlich hatten sie eines Tages die Hauptstadt erreicht. Sie gingen durch das Tor des Zehntausend-jährigen Lebens hinein, nahmen in einer Gaststätte Quartier und ruhten aus. Am nächsten Tage suchten sie die Straßengespräche und den Gassenklatsch zu belauschen und erfuhren daraus, daß man den Kriegsminister Wang gestern einem Verhör unterzogen, und ein kaiserlicher Erlaß die Entscheidung im Spätherbste[59,b] befohlen habe. Noch seien nicht alle aus der Sippe des kommandierenden Generals Jang festgenommen und abgeurteilt worden.

Lai-bau und sein Gefährte begaben sich mit ihren Geschenken eiligst in die Nähe des Eingangstores zum Herrensitze der Familie Zai. Sie waren in früheren Tagen schon zweimal geschäftlich dort gewesen, und der Weg war ihnen deshalb vertraut. Sie nahmen auf dem Drachenkraft-Damm unter dem dortigen Ehrenbogen Aufstellung und spähten und lauschten von da auf Nachrichten aus dem Prunkanwesen. Bald sahen sie einen Mann in schwarzem Gefolgschaftsgewande herauseilen und nach Osten gehen. Lai-bau erkannte in ihm den Amtmann Jang des Generals Jang und wollte ihn anrufen und ausfragen, wie die Dinge ständen. Mangels entsprechender Weisung seines Herrn schwieg er jedoch und ließ ihn vorüber. Eine ganze Weile später begaben sie sich zum Eingange des Palastes. Vor dem Pförtner verneigten sie sich besonders tief zum Gruß und fragten:

«Ist Durchlaucht, der Prinzenerzieher, anwesend?»

«Durchlaucht ist von den Beratungen am Hofe noch nicht zurück», gab der Torhüter zur Antwort. «Was habt ihr denn?»

«So bittet den Haushalter Di heraus; meine Wenigkeit möchte ihn wegen einer Eingabe einmal sprechen», bat Lai-bau nunmehr.

«Der Haushalter Di ist ebenfalls abwesend», bemerkte der Pförtner.

Lai-bau merkte, daß er nicht die Wahrheit sagte, verstand, daß er etwas haben wollte, zog aus dem Ärmel eine Unze Silber und reichte sie dem Manne.

Dieser forschte nun:

«Willst du Durchlaucht sprechen, oder wünschest du eine Audienz bei Seiner Exzellenz dem Großkanzler? Für Angelegenheiten, die Durchlaucht betreffen, ist der Oberhaushalter Di Djiän zuständig. Eingaben an seine Exzellenz sind bei dem Haushalter Gau An anzubringen. Jeder hat seinen besonderen Geschäftsbereich. Überdies ist Durchlaucht vom Kaiserhofe noch nicht zurück. Nur seine Exzellenz der Großkanzler ist anwesend. Um was handelt es sich? Ich werde dir den Haushalter Gau herausrufen, um das Gesuch bei Seiner Exzellenz anzubringen. Es kommt auf eines hinaus.»

«Ich gehöre zum Palastpersonale des kommandierenden Generals Jang», plauderte Lai-bau in vertraulichem Tone, «und möchte wegen einer Angelegenheit vorgelassen werden.»

Der Dienstling wagte es nun nicht mehr, es an Zuvorkommenheit mangeln zu lassen, und ging in den Palast hinein. Bald kam Gau An heraus. Lai-bau begrüßte ihn rasch und überreichte ihm zehn Unzen Silber mit den Worten:

«Meine Wenigkeit ist ein Familienmitglied von Exzellenz Jang. Gemeinsam mit dem Amtmann Jang wollte ich bei Durchlaucht einer Auskunft wegen vorsprechen. Ich nahm hinten einen Imbiß ein und habe mich dadurch etwas verspätet. Er ist wider Erwarten hier gewesen, bevor ich ihn eingeholt hatte.»

Angesichts des Geschenkes erklärte Gau An:

«Der Amtmann Jang ist eben fort. Durchlaucht ist noch nicht vom Kaiserhofe zurück. Wartet ein Weilchen! Ich will Euch auch noch zur Audienz bei Seiner Exzellenz einführen.»

Damit geleitete er Lai-bau an der ersten Empfangshalle vorbei durch ein zweites Portal hindurch zu einem von Norden nach Süden sich öffnenden drei-

Lai-bau und Lai-wang in Audienz bei Exzellenz Li

teiligen, schlichten Saale. Das Holzgeländer war hellgrün lackiert. Auf einem zinnoberroten Türschilde standen auf steingrünem Grund in großer goldener Schrift mit der Widmung als kaiserliches Geschenk, vom Himmelssohn eigenhändig mit kaiserlichem Pinsel geschrieben, die Worte: Erholungsstätte des Großkanzlers.

Zai Djing's Sohn Zai Yu war nämlich auch Günstling bei Hofe. Er war Großkanzler des Palastes «Heil und Eintracht» und gehörte außerdem als Verwalter des Weltallopfertempels dem Kultusministerium als Minister an.

Lai-bau wartete vor der Türe. Gau An begab sich zunächst hinein, meldete ihn an und trat wieder heraus, worauf Lai-bau zur Audienz hineingerufen wurde. Er kniete in der Halle nieder. In losem Hausgewand und mit weicher Mütze saß Zai Yu im Saal und fragte ihn:

«Woher kommst du?»

«Meine Wenigkeit ist ein Angehöriger der Familie von Exzellenz Jang und gehört zu Tschen Hung's Gefolgschaft», antwortete Lai-bau bescheiden. «Ich reiste mit dem Amtmann Jang, um Durchlaucht die Aufwartung zu machen und um Auskunft zu bitten. Wider Erwarten ist der Amtmann Jang bereits hier gewesen. Meine Wenigkeit ist ihm nachgeeilt und kommt verspätet zur Audienz.»

Nach diesen Worten überreichte er seine Besuchseinführung, die er im Ärmel bei sich geführt hatte. Zai Yu las nur: Fünfhundert Zentner geschälter Reis, dann rief er Lai-bau näher heran:

«Durchlaucht Zai hält sich wegen der Erörterungen der Zensoren seit einigen Tagen auch von den Staatsgeschäften fern. Außerdem hat neulich ein Verhör durch die drei Strafoberrichter stattgefunden. Der Reichskanzler Li hat alles eigenhändig niedergelegt.

Hinsichtlich Exzellenz Jang's Fall ist gestern vom Hofe die Nachricht eingelaufen, daß Seine Majestät Gnade walten lassen wolle. Es soll noch eine Verhandlung stattfinden. Besonders namhaft gemachte Verbrecher aus der Zahl seiner Gefolgschaft und Dienstlinge werden noch verhört und je nach dem Verbrechen bestraft werden. Geh zu Exzellenz Li und laß dir dort alles mitteilen!»

Lai-bau warf sich auf sein Antlitz:

«Meine Wenigkeit hat keine Verbindung im Palaste von Exzellenz Li. Ich hoffe, Eure Exzellenz werden Wohlwollen walten lassen und Rücksicht auf die Familie von Exzellenz Jang nehmen.»

«Geh zur Brücke der Heiligen Han-Dynastie[43,f]!» sagte Zai Yu. «Neben ihr, am mehrstöckigen Torhaus auf dem nördlichen Abhang, erkundige dich nach dem jetzigen Reichskanzler, Großkanzler im Palaste der Regierungsbeiräte, Minister im Kultusministerium, Exzellenz Li mit dem nicht zu profanierenden Namen Bang-jän! Wer kennt ihn nicht? Aber schließlich werde ich dir außerdem noch einen Begleiter mitgeben.»

Von einem der anwesenden Beamten ließ er sich ein Briefblatt reichen, setzte darauf sein Siegel und schickte den Haushalter Gau An mit, um bei Exzellenz Li das Nötige zu berichten.

Gau An wiederholte den erhaltenen Auftrag und verließ mit Lai-bau den Palast. Sie riefen Lai-wang heran und begaben sich nun mit den Geschenken über den Drachenkraft-Damm vorbei an der Brücke der Heiligen Han-Dynastie zum Portale des Schlosses von Li Bang-jän. Es traf sich gerade, daß dieser von seinem Dienst am Hofe zurückgekehrt war. In karminrotem kreppseidenen Mantel mit einem Nephritgürtel um die Lenden geleitete er einen hohen Würdenträger hinaus, der die Sänfte bestieg und sich entfernte. Als er in die Empfangshalle zurückgekehrt war, meldete ein Torhüter ihm, der Großkanzler Exzellenz Zai, habe seinen Haushalter zur Audienz gesandt. Gau An wurde nun hineingerufen und erstattete Bericht. Dann ließ man Lai-bau und Lai-wang vor. Auf der Terrasse vor der Halle knieten beide nieder. Gau An neben ihnen überreichte Zai Yu's Schreiben und die Liste der Einführungsgeschenke, die Lai-bau darauf im Hintergrund ausbreitete. Li Bang-jän bemerkte mit einem Blick auf sie:

«Es handelt sich doch um eine Gefälligkeit gegenüber Exzellenz Zai. Dein Herr Jang ist dazu ein Verwandter. Wie vermöchte ich da mit Anstand die Geschenke anzunehmen! Überdies ist neulich die Sache, die deinen Hern Jang betrifft, infolge einer Rührung des höchsten kaiserlichen Herzens niedergeschlagen worden. Nur einige der Untergebenen, gegen die die Zensoren schwere Anklagen erhoben haben, sind verhört und abgeurteilt worden.» Er schloß, indem er einem der harrenden Beamten winkte: «Bringt einmal die gestern aus dem Ministerium eingegangene Liste mit den Namen her und zeigt sie ihnen vor!»

Auf dieser Liste waren unter Wang Fu's Namen aufgeführt der Schriftführer Dung Scheng, der Diener Wang Liän, der Aufseher Hoang Yü und unter Jang Djän's Namen als Schuldige der Schreiber Lu Hu, der Amtmann Jang Tscheng, die Kanzlisten Han Dsung-jen und Dschau Hung-dau, der Aufseher Liu Tscheng sowie von der Verwandtschaft und den Sippenangehörigen Tschen Hung, Simen Tjing und der vierte Hu. Es hieß: Sie sind sämtlich Falken und Hunde und ein Rudel von Füchsen, die sich gebärden, als besäßen sie eines Tigers Kraft. Ich bitte inständigst, den Gerichtshof anzuweisen, diese ganze Rotte von Verbrechern entweder in Gebiete wilder Volksstämme zu verbannen, wo sie Ungeheuern und Teufeln wehren mögen, oder sie hinrichten zu lassen, damit den Gesetzen des Reiches Genüge geschehe.»

Lai-bau berührte nur immerfort aufgeregt mit der Stirn den Erdboden:

«Meine Wenigkeit ist Simen Tjing's Diener. Ich hoffe auf die Hochherzigkeit Euer Exzellenz, ein einzelnes Leben zu schonen.»

Auch Gau An, der Haushalter, sank auf die Knie und unterstützte seine Bitte. Li Bang-jän überlegte: Für den Freikauf eines einzigen Namens fünfhundert Unzen Silber! Warum sollte er diesen kleinen Dienst nicht erweisen! Die anwesenden Diener mußten einen Schreibtisch herantragen; er ergriff den Pinsel und änderte in dem Dokument den Namen Simen Tjing in Dja Liän[63,q] ab, nahm die Geschenke an und entließ Lai-bau und seine Gefährten. Er schrieb noch einen kurzen Antwortbrief an den Großkanzler und belohnte Gau An, Lai-bau und Lai-wang mit einem Päckchen von fünf Unzen Silber.

Lai-bau verabschiedete sich auf der Straße von dem Haushalter Gau und kehrte in seine Gaststätte zurück. Hier schnürte er sein Gepäck zusammen, bezahlte das Quartier und eilte in Tages- und Nachtmärschen nach Klarenfluß zurück. Zu Hause angelangt, erzählte er Simen Tjing alles von Anfang an, was er in der Reichshauptstadt ausgerichtet hatte. Auf Simen Tjing wirkte der Bericht so, als ob man ihn aus einem Faß eiskalten Wassers gezogen hätte.

«Ich habe die Leute gerade noch rechtzeitig abgesandt, die Sache ins reine zu bringen. Was wäre uns geschehen, wenn ich es versäumt hätte!» äußerte er zu Frau Mondtraut.

Es hatte sich dieses Mal für sein Leben der Spruch bewahrheitet:

Als beendet schien im Westen
hinterm Berg der Sonne Lauf,
zieht vom Fu-sang-Baum[75, e] zu Festen
sie im Osten neu herauf.

Ein Stein war ihm vom Herzen gefallen. Zwei Tage danach ließ er das Tor nicht mehr geschlossen halten, im Garten wieder wie früher weiterbauen, und allmählich wagte er sich auch wieder auf die Straße.

Eines Tages gewahrte Dai-an, er ritt gerade durch die Löwenstraße, daß in Väsele Li's Hauseingang eine große Drogenhandlung eröffnet worden war. In dem Geschäftsraume lagen große Stapel von Spezereien. Ein kleiner zinnoberroter Ladentisch war sichtbar. Über der Tür befand sich ein Firmenschild in Lackfarbe, und außerdem hing auch noch ein Geschäftsschild herab. Es herrschte lebhafter Verkehr in dem Laden. Zu Hause erzählte er Simen Tjing, was er gesehen hatte. Von Djang Dschu-schan's Einheirat bei Väsele Li wußte er noch nichts, und so berichtete er nur, Frau Hwa habe einen Geschäftsführer angestellt und eine Drogenhandlung eröffnet. Simen Tjing nahm die Mitteilung ungläubig hin.

Um die Mitte des siebenten Mondes — der goldene Herbstwind wehte sanft und nephritklarer Tau netzte das Erdreich — stieß Simen Tjing eines Tages bei einem Ritte durch die Straßen auf Jing Bo-djau und Sjä Si-da. Sie riefen ihn an, veranlaßten ihn abzusteigen und begrüßten ihn:

«Warum hast du dich denn nur so lange nicht blikken lassen, Bruder? Wir waren mehrmals an deinem Herrensitz, fanden aber das Tor verschlossen und erlaubten es uns nicht, anzuklopfen. Es war ziemlich langweilig in dieser Zeit. Was hast du denn nur zu Hause getrieben, Bruder? Du hast die Schwägerin wohl schon heimgeführt und uns Brüder nicht zum Schmause geladen?»

«Ich habe eine peinliche Geschichte erlebt. Meine Verwandtschaft Tschen hatte Widerwärtigkeiten. Ich war geraume Zeit auch hineinverwickelt. Den Hochzeitstag habe ich verschoben.»

«Wir hatten auch nicht die leiseste Ahnung davon, daß du in Aufregung schwebtest», bemerkte Jing Bodjau. «Nun haben wir dich heute aber getroffen; da lassen wir dich nicht wieder frei. Wir laden dich ein, uns zu Silberschönchen Wu zu begleiten, dort ein paar Gläschen zu trinken und damit vorläufig allen Trübsinn zu verscheuchen.»

Ohne weitere Worte schleppten sie Simen Tjing nun in die Vergnügungsstätte.

In der Laube am Wasser
beim Weinkrug zur Rast
bewillkommnen singende Mädel den Gast.
Lobwürdig die Art, wie da feiert ihr Wort
die Liebe, nur Liebe im Liede dort!
Mit zarten Händen verteilen sie Becher
voll Bambusblattwein
ringsum an die Zecher. —
Es spiegelt ein Vorhang aus Bambusstab
von der Laube in herbstlichen Fluten sich ab.

Simen Tjing zechte bei Silberschönchen Wu bis zur Abenddämmerung. Als man ihn fortließ, war er halb berauscht. Er trieb sein Roß heimwärts an. Gerade am Eingange zur Oststraße stieß er auf die alte Feng, die von Süden eilig dahertrippelte. Simen Tjing straffte die Zügel und brachte sein Pferd zum Stehn:

«Wo willst du hin?»

«Die Herrin hat mich zum Kloster vor der Stadt gesandt, um am Allerseelentag[17,k] für den verstorbenen Herrn Kisten mit Papiergeld zu verbrennen», antwortete sie.

«Wie geht es der Herrin?» fragte Simen Tjing im Rausche. «Morgen werde ich sie bestimmt besuchen kommen.»

«Ihr erkundigt Euch noch nach ihrem Ergehn?» wunderte sich die Alte. «Zu Eurer Hochzeit war doch alles fix und fertig wie ein gargekochtes Gericht. Das hat jetzt ein anderer verzehrt und dazu den Kochtopf mitgenommen.»

«Sie hat sich doch nicht gar anderweit verheiratet?» erschrak Simen Tjing.

«Sie hat damals immer auf Euch gewartet und mich doch auch mit dem Braut-Kopfschmucke zu Euch gesandt. Vergebens hab' ich mehrmals versucht, Euch zu Gesichte zu bekommen. Euer Haustor war verschlossen. Ich hab' Euren Oberdiener hineingeschickt, Euch um möglichst baldigen Besuch zu bitten. Ihr seid nicht gefolgt und habt damit die Hochzeit mit dem anderen zustande kommen lassen. Was gibt es da noch zu reden!»

«Wer ist es denn?» forschte Simen Tjing.

Die alte Feng erzählte nun im einzelnen, wie Väsele Li um die Mitternachtszeit von Fuchsgeistern geplagt worden und dadurch sterbenskrank geworden sei, wie sie Djang Dschu-schan zu Rate gezogen und dessen Arznei genommen habe. Ihr Zustand habe sich davon gebessert, Djang Dschu-schan sei eines Tages zu ihr gezogen, und sie seien ein Ehepaar geworden. Zur Eröffnung der Drogenhandlung habe ihm neulich die Herrin dreihundert Unzen Silber gegeben. Sie berichtete die Geschichte ausführlich von Anfang bis zu Ende.

Das hätte Simen Tjing nicht hören dürfen. Er zappelte ob ihrer Mitteilung ganz aufgeregt auf dem Pferde mit den Füßen.

«Ach, wie jammervoll!» rief er aus. «Hättest du irgend sonst jemand geheiratet, so würde mich das nicht weiter geärgert haben; warum nur diesen Knirps, diese Schildkröte[76,c]! Gibt es dafür überhaupt eine Erklärung?» Damit schlug er auf sein Pferd und ritt stracks heim.

Er saß ab und schritt durch das zweite Portal. Da sah er, wie sich dort Frau Mondtraut, Jadeturm, Goldlotos und seine Tochter im Hofe vor der großen Empfangshalle im Mondschein mit Sprüngen über ein Pferdeseil belustigten. Bei seinem Erscheinen zogen sich Frau Mondtraut, Jadeturm und Simen's Tochter zurück. Nur Goldlotos entfernte sich nicht, sondern lehnte sich an einen Pfosten der Halle und nestelte an ihren Schuhen. In seinem Weinrausche schimpfte Simen Tjing vor sich hin:

«Dirnenpack, was lärmt ihr hier müßig herum und führt sinnlose Seiltänze auf!»

Als er bis zu Goldlotos gelangt war, trat er zweimal mit dem Fuß nach ihr und ging dann weiter nach hinten, jedoch nicht etwa in Frau Mondtrauts Zimmer, um sich dort seines Gewandes zu entledigen, sondern in ein Schreibstübchen im westlichen Seitengebäude. Dort verlangte er Bettzeug, um da zu übernachten. Die Magd schlug er, den Dienerjungen schalt er und zeigte sich übelgelaunt.

Die Frauen standen verschüchtert beieinander, zumal sie den Grund seines Verhaltens nicht wußten. Frau Mondtraut grollte Goldlotos:

«Du sahst doch, daß er einen Rausch hatte. Wärest du zwei oder drei Schritte zur Seite getreten, alles wäre in Ordnung gewesen. Aber da mußt du ihm auch noch vor die Augen treten, um mit ihm zu tändeln, und die Schuhe ausziehen! Dadurch hast du ihn veranlaßt, herumzuspringen wie ein Heuschreck und Grashüpfer und uns zu beschimpfen.»

«Daß er auf uns geschimpft hat, mag noch hingehn. Wie kann er aber seine Tochter auch ein Dirnenweib nennen! Welche Maßlosigkeit dieses Mannes!» bemerkte Jadeturm.

«Ich bin von der ganzen Familie am schwersten gekränkt worden», fiel Goldlotos ein. «Nur mich hat er von uns dreien mit dem Fuße gestoßen. Wer wird da nun bevorzugt?»

«Warum hast du ihn denn vorhin nicht noch geheißen, auch mir einen Fußtritt zu versetzen?» fuhr Frau Mondtraut ärgerlich auf. «Wenn du nicht bevorzugt wirst, wer denn eigentlich sonst? Verdammtes Ding, das keinen Rangunterschied kennen will! Doch besser, ich schweige, sonst reißt du nur wieder deinen Mund auf und faselst dazwischen.»

Goldlotos suchte ihre Worte zurückzunehmen, als sie Frau Mondtraut so in Zorn geraten sah:

«So war es doch nicht gemeint, Schwester! Ich möchte wirklich nur wissen, woher seine üble Laune stammt, warum er sie gerade an mir ausgelassen hat, und weshalb er uns so wütend angestiert und angebrüllt hat, als müsse er unbedingt alles zu Aas schlagen.»

«Wer hat dich veranlaßt, ihn noch zu reizen?» bemerkte Frau Mondtraut. «Er sollte wohl einen Hund prügeln, wenn er dich nicht anrühren sollte!»

«Schwester, ruft doch den Diener und befragt ihn, wo der Herr heute getrunken hat», fiel Jadeturm ein. «Heute morgen ging er noch ganz friedlich fort. Wie kann man es sich nur erklären, daß er bei seiner Rückkehr diese Tonart anschlägt!»

Sofort wurde Dai-an herangerufen. Frau Mondtraut fuhr ihn barsch an:

«Wenn du, Spitzbubenschlingel, nicht die Wahrheit sagst, laß' ich alle Diener, groß und klein, antreten und dir und Ping-an je zehn Schläge verabfolgen.»

«Herrin, Ihr braucht meine Wenigkeit nicht zu schlagen! Ich will die Wahrheit sagen», antwortete Dai-an. «Der Herr hat heute morgen mit dem zweiten Jing in der Vergnügungsstätte bei Silberschönchen Wu gezecht. Auf dem Heimwege trafen wir am Eingange der Oststraße die alte Feng. Sie berichtete, Frau Hwa habe nicht auf ihn gewartet, sondern sich mit dem Heilkundler Djang aus der Großen Straße verheiratet. Der Herr hat danach auf dem ganzen Heimwege fürchterlich getobt.»

«Also diesem schamlosen, krummen Dirnenweibe, die sich aus Mannstollheit verheiraten mußte, haben wir es zu verdanken, daß er hier seinen Zorn an uns ausgelassen hat», sagte Frau Mondtraut.

«Frau Hwa hat sich mit dem Heilkundler Djang nicht nur verheiratet», bemerkte Dai-an, «sie hat ihn sogar als Mann in ihren Hausstand aufgenommen und ihm neuerdings auch noch Kapital vorgestreckt, mit dem er ein recht flott gehendes Drogengeschäft eröffnet hat. Ich hatte dem Herrn schon vorher davon erzählt. Er glaubte es mir aber nicht.»

«Wie dem auch sei», meinte Jadeturm. «Ihr Mann ist doch eigentlich gar nicht lange tot und ihre Trauerzeit also noch nicht um, und nun hat sie sich schon wieder verheiratet. Das ist doch höchst unschicklich.»

«Wer kümmert sich heutzutage noch darum, was schicklich ist und was nicht!» sprach Frau Mondtraut. «Ist sie etwa die einzige, die vor Ablauf der Trauerzeit für ihren Gatten sich aus Mannstollheit wieder verheiratet hat? Diese liederlichen Frauenzimmer! Tagtäglich zechen und schlafen, trinken und liegen sie mit dem Mannsvolke. Was kümmern sie sich darum, Keuschheit zu wahren!»

Lieber Leser! Mit dieser Bemerkung versetzte Frau Mondtraut auch den beiden anderen einen Schlag, denn Jadeturm und Goldlotos hatten sich beide vor Ablauf der Trauerzeit[54,P] wieder verheiratet. Sie fühlten sich deshalb auch getroffen und zogen sich in ihre Räume zurück. Es trifft eben zu:

Dinge, die wir schwer ertragen,
gibt es vielerlei;
Worte, die uns wohl behagen,
unter zehn kaum drei.

Simen Tjing traf am nächsten Morgen — er hatte seinen Verdruß im Seitengebäude des vorderen Anwesens inzwischen ausgeschlafen — die Anordnung, daß der Schwiegersohn Tschen Djing-dji gemeinsam mit dem vierten Fei die Bauarbeiten im Garten beaufsichtigen und die Rechnungsführung besorgen sollte. Lai-bau ließ er die Torwache übernehmen.

Simen Tjing's Tochter weilte tagsüber in den rückwärtigen Räumen bei Frau Mondtraut und den anderen Frauen. Sie speiste auch mit ihnen und kehrte nur abends zur Nachtruhe nach vorn in das Seitengebäude zurück. Tschen Djing-dji war die ganze Zeit über nur im Garten und beaufsichtigte dort die Arbeiten. Die Haupthalle zu betreten, ohne dorthin gerufen zu sein, nahm er sich nicht heraus. Seine Mahlzeiten brachte ihm einer der Dienerjungen. So hatte er die zahlreichen Frauen Simen Tjing's noch nie zu Gesicht bekommen.

Eines Tages — Simen Tjing war, dem Tausendschaftführer Ho vom Strafgerichte das Abschiedsgeleite zu geben, fortgegangen — gedachte Frau Mondtraut, Tschen Djing-dji's Mühewaltung zu belohnen, da er bei der Beaufsichtigung der Gartenarbeiten hart hatte helfen müssen und nicht einmal für die Mahlzeiten Ruhe hatte.

«Wenn ich mich darum kümmere», meinte sie zu Jadeturm und Holdchen Li, «so könnte man sagen, ich ginge zu weit. So möchte ich mich eigentlich nicht hineinmischen. Andererseits kann ich es wieder nicht mitansehen, daß fremder Leute Kind in unserem Hause täglich vom Aufstehn in der Frühe bis zum Schlafengehn in der Nacht sich hart und angestrengt für uns abmüht. Es muß ihm doch alle Lust am Leben vergehn. Wie wäre es, wenn wir ihn einmal trösteten?»

«Schwester, Ihr seid doch das Oberhaupt unseres Haushaltes», bemerkte Jadeturm. «Wenn Euch die Sache nicht zu Herzen geht, wem sonst?»

Frau Mondtraut gab darauf Anweisung an die Küche, ein Festmahl mit Wein und Nachtisch zu bereiten, und bat um die Mittagszeit den Schwiegersohn zu Tische. Er legte die Arbeiten beiseite, übertrug dem vierten Fei die Aufsicht und begab sich flugs ins Haus. Vor Frau Mondtraut verneigte er sich und setzte sich dann zur Seite. Edelsteinchen holte Tee, stellte die Tafel zurecht und trug Speisen und Wein auf.

«Schwiegersohn, Ihr habt tagaus, tagein hart mit der Beaufsichtigung der Bauarbeiten zu schaffen, und deshalb hab' ich Euch eingeladen, daß Ihr Euch hier etwas erholt», sagte Frau Mondtraut. «Sonst gibt es ja nie Ruhe. Heute ist nun der Vater nicht zu Hause. Es drängt auch nichts. Deshalb habe ich einen Becher leichten Weines bereitgestellt, um Euch meine Anerkennung für Eure Mühewaltung endlich einmal auszudrücken.»

«Ich muß dem Vater und Euch, Mutter, für die wohlwollende Förderung danken», antwortete Tschen Djing-dji. «Aber meine Arbeiten sind nicht so anstrengend, daß Ihr Euch um meinetwillen diese Mühe macht.»

Frau Mondtraut leistete ihm eine Weile Gesellschaft und trank mit. Dann mußte die Dienerin Edelsteinchen die Tochter Simen's rufen.

«Sie kommt im Handumdrehen», meldete Edelsteinchen.

Bald danach ließ sich im Nebenraum das Rascheln von Dominosteinen vernehmen. Der Schwiegersohn erkundigte sich, wer spiele.

«Die Tochter und Jadeflöte», sagte Mondtraut.

«Da zeigt sich, daß sie nicht weiß, was sich gehört!» bemerkte Tschen Djing-dji. «Ihr laßt sie rufen, Mutter, sie aber kommt nicht, sondern spielt nebenan Domino.»

Nicht lange danach trat Simen's Tochter durch den Türvorhang heraus. Sie nahm ihrem Manne gegenüber Platz, und sie tranken gemeinsam.

«Kann unser Schwiegersohn auch Domino spielen?» fragte Frau Mondtraut die Tochter.

«O ja! Duft und Stunk weiß er zu unterscheiden.»

Frau Mondtraut kannte Tschen Djing-dji eben nur als willigen, aufrichtigen Schwiegersohn. Sie hatte keine Ahnung, daß das junge Herrchen in Liedern und Schwänken, Gassenhauern und Schlagern, im Würfeln und im Schachspiel, im Domino- und Zeichenrätselspiel bestens beschlagen und bewandert war.

Listige Klugheit von Kindheit an
  barg immer sein Wesen,
tummelfreudig auch war er
  und oft schlug er über die Stränge.
Gern zog er Entengrün [50,d] an;
  gab hin geläutertes Silber,
gab dem menschlichen Spieltriebe nach
  beim Schach und beim Würfeln;
Mundorgel, Laute, Schalmei, und Zither
  beherrscht' er und Flöte.
Spielte gern Ball, konnt' reiten,
  stark war die Begierde nach Liebe.
Eins aber ist am bedenklichsten hier
  über ihn zu vernehmen:
sah er irgend 'ne Schönheit,
  so wurde sie ihm zum Verhängnis.

Da tauchte Goldlotos unter dem Türvorhange auf.
Tschen Djing-dji wandte den Kopf.

«Da Ihr das Dominospiel kennt, so laßt uns hineingehn und ein Weilchen zuschauen!» ermunterte Frau Mondtraut.

«Mutter, geht nur mit der Tochter hinein! Für mich schickt es sich nicht», gab Tschen Djing-dji zur Antwort.

«Als Schwiegersohn und naher Angehöriger braucht Ihr Euch doch nicht zu scheuen», meinte Frau Mondtraut, und damit gingen sie alle in die Stube.

Dort lag auf dem Bette Jadeturm Meng auf einer ausgebreiteten weinroten Decke, um dem Spiele zuzuschauen. Bei Tschen Djing-dji's Eintritt wollte sie sich zurückziehen, aber Frau Mondtraut erklärte:

«Es ist doch der Schwiegersohn und kein Fremder. Begrüßt ihn nur!» und zu Tschen Djing-dji gewandt: «Das ist Eure dritte Mutter.»

Der Schwiegersohn verneigte sich eilig und tief und Jadeturm erwiderte den Gruß mit tausendfältigem Segenswunsch. Nun spielte Frau Mondtraut mit Jadeturm und der Tochter Domino, und Tschen Djing-dji schaute daneben zu. Simen's Tochter verlor die erste Partie. Nun trat Tschen Djing-dji näher heran und spielte mit. Jadeturm legte die Steine Himmel und Erde[52,e] auf. Der Schwiegersohn kam mit einem Steine heraus, der nicht paßte. Hätte Frau Mondtraut die rote Vier aufgelegt, so hätte das nicht zur Acht gereicht. Die Pasch-Drei brauchte sie zu ihrer Pasch-Eins, deshalb spielte sie die Dreien nicht aus. Sie überlegte hin und her. Nichts schien ihr zur Lage zu passen. Da tauchte Goldlotos unter dem Türvorhange auf und trat ein. Ihr Haar war mit Silberfäden zu einem Knoten gewunden, in den sie frische Blumen eingeflochten hatte.

«Ich habe mich gefragt, wer hier sein möchte», bemerkte sie kichernd. «Unser Schwiegersohn Tschen ist es also.»

Auffahrend wandte Tschen Djing-dji den Kopf und schaute sich um. Sein Herz pochte heftig bei ihrem plötzlichen Anblicke; es zuckte ihm im Auge, und das Denken versagte. Es war,

> wie wenn sich heute wiedersahen,
> die vor fünfhundert Jahren
> ein Liebespaar einst waren,

oder wie ein Pärchen, das drei Jahrzehnte getrennt war, und dann sich wiederbegegnet.

«Das ist die fünfte Mutter, Schwiegersohn, begrüßt sie nur gehörig!» sagte Frau Mondtraut.

Tschen Djing-dji trat vor und verneigte sich tief. Goldlotos erwiderte seinen Gruß mit dem Wunsche zehntausendfältigen Segens.

«Fünfte», sagte Frau Mondtraut, «kommt und seht einmal her! Das Küchlein besiegt noch den alten Raben.»

Goldlotos trat etwas vor. Mit einer Hand stützte sie sich auf das Endstück des Bettes, die andere spielte mit dem Fächer aus weißem Batist.

«Schwester, den Stein dürft Ihr jetzt nicht auflegen», gab sie Frau Mondtraut Ratschläge. «Legt die Pasch-Drei hin, dann kommt der Himmelstein nicht mit dem Eintrachtstein zusammen, und Ihr schlagt den Schwiegersohn mitsamt der Dritten.»

Während sie so lebhaft beim Spiele waren, tauchte Dai-an mit einem Gepäckbündel auf und meldete die Heimkehr des Herrn. Frau Mondtraut ließ den Schwiegersohn eiligst von Edelsteinchen durch einen Seitenausgang hinausgeleiten. Simen Tjing war unterdessen vom Pferde gestiegen und nach vorn gegangen, um die Bauarbeiten zu besichtigen. Danach begab er sich in Goldlotos Räume. Sie bewillkommnete ihn und half ihm aus den Kleidern:

«Du bist heute von dem Abschiedsgeleite früh heimgekehrt?»

«Der Tausendschaftführer Ho vom Strafgericht ist zum Befehlshaber der Feste Neuenfried (=Sinping) befördert worden», erzählte Simen Tjing. «Alle seine Freunde und Bekannten vom ganzen Standort haben ihm zur Stadt hinaus das Geleite gegeben. Mich hatte er von seiner Abreise benachrichtigt. So konnte ich nicht gut fernbleiben.»

«Du hast noch nichts genossen. Ich lasse dir durch die Dienerin Wein holen», bemerkte Goldlotos.

Alsbald war auch der Tisch gedeckt; die Speisen wurden für ihn aufgetragen. Während des Trinkens sprachen sie darüber, daß er zum Richtschmause für die Mattenzeltlaube im Garten eine Anzahl Verwandter und Bekannter geladen habe; alle hätten zugesagt, wollten Körbchen mit Früchten und Wein spenden und alles rot ausschmücken. Dazu dürfte es an Wein nicht fehlen, und die Küche müsse alles für die Bewirtung bereithalten. So plauderten sie eine Zeit lang. Inzwischen war es Abend geworden. Schlehenblüte hatte die Lampe gebracht und sich in ihre Kammer zurückgezogen. Beide begaben sich auch zur Ruhe auf das Lager. Da Simen Tjing wegen des Abschiedgeleites früh aufgestanden und von der Anstrengung ermüdet war, jetzt auch noch einige Becher Wein getrunken hatte, war er leicht berauscht, und kaum hatte er das Haupt auf die Kopfstütze gelegt, als er auch schon eingeschlummert war. Er schnarchte donnerartig und wachte nicht auf.

Es war gerade der Zwanzigste des siebenten Mondes und entsprechend heiß. Auch nachts war es übermäßig schwül. Wie konnte Goldlotos Schlaf finden! Plötzlich hörte sie Moskitosummen in dem Bettvorhange aus smaragdgrünem Batist. Sie konnte nicht umhin, unbekleidet wie sie war, sich zu erheben und den Bettvorhang mit der Lampe nach Schnaken abzuleuchten. Wenn sie eine entdeckt hatte, verbrannte sie sie. Als sie den Kopf wandte, fiel ihr Blick auf Simen Tjing, der auf der Matratze in tiefem Schlummer lag. Sie schüttelte ihn, doch er erwachte nicht. An seinem Gliede trug er noch die Stütze. Es hing deshalb besonders mächtig herunter. Sinnlichkeit überwallte sie, ehe sie sich dessen versah. Sie stellte die Lampe auf den Tisch und begann mit ihren zarten Fingern an seinem Gliede zu spielen. Dann beugte sie sich herab und bearbeitete es mit ihrem Munde. Simen Tjing erwachte darüber:

«Verdammt geiles Frauenzimmer! Wenn dein Schatz schläft, quälst du ihn mit deinen Lustgriffen noch zu Tode.»

Dabei richtete er sich auf, setzte sich auf das Kissen und ließ sie weiter lutschen. Er neigte den Kopf, sah ihr vergnügt zu und ließ sich den Kitzel behagen. Es war eine Szene ähnlich der in den Worten:

Wie doch der heimliche Ort
  ihre wilde Begierde erhöhte!
Tief in der Nacht und innig,
  wie spielte sie Purpurflöte!

Übrigens gibt es ein doppelsinniges Gedicht auf die Saugmücke nach der Weise: Durch das Riedgras wandern wir:

Ihrer zierlichen Gestalt
immer meine Liebe galt.
Wie sind ihre Hüften glatt!
Nur in Tschu man gleiche hat.
Schwebt sie hin die Kreuz, die Quer,
tönt es summend nebenher.
Manchmal schließt im Dämmerlicht

sich der rote Vorhang nicht.
In des Bettes seidnen Schrein
Zwängt sie sich sogleich hinein,
nähert sich der Haut mit List,
die so lockend duftig ist.
Gierig treibt der Sehnsucht Pfeil
sie zum schönsten Körperteil.
Wo ihr Mund den Kuß ihm bot,
wird die Stelle schminkerot.
Flüsterlaute an das Ohr
dringen mancherlei hervor. —
Dient die Nacht auch sonst der Ruh',
sie läßt doch den Schlaf nicht zu.

Als Goldlotos etwa die Zeit, die man für eine Mahlzeit benötigt, mit Simen Tjing herumgespielt hatte, kam ihm plötzlich ein Einfall. Er rief Schlehenblüte. Sie sollte Wein holen und sich mit der Weinkanne an das Bett stellen. Die Kerze ließ er auf das Brett hinter dem Bette setzen. Hierauf veranlaßte er Goldlotos, vor ihm Kriechstellung einzunehmen und preßte dann sein Glied in ihren Schoß mit einem Eifer, als gelte es, Feuer über einen Berg hinweg zu holen. Sie mußte sich bewegen, während er zur Steigerung seiner Gefühle noch Wein trank.

«Du hinterlistiger Geselle!» schalt Goldlotos. «Wann hast du denn dieses neue Verfahren ausgeklügelt? Du bist ja ein gräßlicher Anstachler, weil du die Magd zusehen läßt. Welch unerhörtes Verhalten!»

«Ich will dir nur sagen, Väsele Li hat es früher immer so mit mir getrieben. Sie ließ ihre Dienerin dabeistehn und Wein einschenken. Es war ein Hochgenuß», erzählte Simen Tjing.

«Ich müßte dich eigentlich gehörig ausschelten», sagte Goldlotos und kam auf Väsele Li zu sprechen. «Sie ist ein schändliches Weib. Du solltest den Namen dieses Hurenfrauenzimmers nicht mehr erwähnen. Mein gutes Herz belohnst du schlecht. Jene Hure hat es nicht ausgehalten und aus Geilheit einen anderen geheiratet. Als du neulich berauscht heimkamst und wir im Hofe mit dem Sprungseile spielten, hast du deine üble Laune nur an mir ausgelassen und nur mich mit demFuße gestoßen. Die anderen waren auch noch verärgert und haben eine Weile mit mir gezankt. Wenn ich das so bedenke, ich werde immer geknechtet.»

«Mit wem hast du denn noch Auseinandersetzungen gehabt?» forschte Simen Tjing.

«Als du damals zurückgekommen warst, hat die im Herrschaftshause ihren Verdruß gehörig an mir ausgelassen. Sie hat behauptet, ich sei vorwitzig gewesen. Auch hat sie mir vorgeworfen, ich wisse nicht, wer höher und wer tiefer stehe. Wenn ich mir es recht überlege, wozu das alles! Wer Krabben und Frösche zieht, erkrankt leicht an Wasserwurmsucht. Alles ist jetzt gegen mich aufgehetzt.»

«Nein, ich bin dir doch nicht böse», beruhigte Simen Tjing sie. «Damals hatten mich der zweite Jing und die andern zu Silberschönchen Wu zum Kneipen geschleppt. Als ich von dort weggegangen war, begegnete mir auf dem Heimwege die alte Feng und erzählte mir alles. Ich war sprachlos vor Ärger. Hätte sie irgendeinen anderen geheiratet, so hätte mich das nicht so aufgeregt, aber gerade den Heilkundler Djang, dieses spitzbübische, kleine Schwein! Warum hat ihm der älteste Hwa nicht den Unterleib zerfleischt! Was kann der Mensch denn nur überhaupt, daß sie ihn zu sich gerufen und ihm auch noch Geld gegeben hat, vor meinen Augen ein Geschäft zu eröffnen und gleich mit lautem Trara Handel zu treiben?»

«Du hast jetzt gut reden», bemerkte Goldlotos. «Was habe ich dir seinerzeit gesagt? Wer den Reis kocht, der ißt ihn. Du hast auf mich nicht hören und nur der Ersten folgen wollen. Ich war bereit, sie für dich bei mir aufzunehmen.

Wer andre heranläßt, die Suppe zu rühren,
muß selbst den Verlust seiner Fülldose[66,b] spüren.

Du hast also selbst Schuld. Warum grollst du anderen?»

Mit diesen Worten traf Goldlotos in Simen Tjing's Herz. Haß stieg in ihm auf, und er wurde rot bis in die Schläfen.

«Laß sie gehn! Mag das miese Weibsstück wissen und reden, was es wolle. Ich werde mich künftig nicht mehr um sie kümmern!» rief er aus.

Lieber Leser! Seit jeher lassen sich im Leben ungerechte Vorwürfe zwischen Fürst und Staatsmann, Vater und Sohn, Mann und Frau und unter Geschwistern nicht vermeiden. So tugendhaft Frau Mondtraut auch war, infolge Goldlotos Ohrenbläserei im Bette war Simen Tjing plötzlich mit ihr zerfallen. Sollte man nicht größere Vorsicht walten lassen?

Seit jener Zeit war Simen Tjing auf Frau Mondtraut schlecht zu sprechen. Sie redeten nicht miteinander, wenn sie sich sahen. Frau Mondtraut bekümmerte sich nicht darum, bei welcher Frau er sich aufhielt. Ob er früh fortging und spät heimkehrte, sie fragte nicht danach. Kam er in ihre Räume, um irgendetwas zu holen, so ließ sie ihn durch die Mägde abfertigen und beachtete ihn nicht. Die Herzensbeziehungen beider waren abgekühlt. Es traf richtig zu:

Wo Wagen tausendfach
schon umgefallen sind,
was dann von Karren kommt,
dem Sturz auch nicht entrinnt. —

Ihm ward gezeigt der rechte eb'ne Pfad;
doch nahm, was treu gemeint,
er für der Bosheit Rat.

In dem Maße, wie Simen Tjing Frau Mondtraut grollte, bevorzugte er Goldlotos. Sie sah damit ihre Wünsche erfüllt und fühlte sich täglich wohler. Sie putzte und schmückte sich und ließ sich hätscheln und verwöhnen. Seitdem sie in den privaten Frauenräumen Tschen Djing-dji begegnet war, diesem verschmitzten, pfiffigen Burschen, trachtete sie danach, mit ihm anzubändeln. Nur die Furcht vor Simen Tjing beeinflußte sie in ihren Handlungen. War Simen Tjing ausgegangen, so ließ sie Tschen Djing-dji durch die Dienerin rufen, setzte ihm Tee vor und spielte mit ihm Schach. Beide waren einander nahe.

Am Tage des Richtfestes für das neuerbaute Mattenzelt hatten die Verwandten und Freunde alles rot geschmückt, ihre Glückwünsche dargebracht und Kästchen mit Obst geschenkt. Die zahlreichen Handwerker hatten ihre Belohnungen erhalten. Alle Gäste waren in der großen Festhalle bewirtet worden. Bis Nachmittag hatte man geschmaust und sich dann zerstreut. Simen Tjing hatte früh aufstehn müssen und begab sich nun in den zurückgelegenen Räumen zur Ruhe. Tschen Djing-dji suchte Goldlotos in ihrem Schlafzimmer auf und bat um Tee. Sie saß gerade auf dem Bette und zupfte an der Laute.

«Vorn ist doch das Richtfest gefeiert worden. Den halben Tag hat man geschmaust und gezecht. Hast du dort denn nichts zu trinken bekommen, daß du jetzt zu mir kommst und um Tee bittest?» sagte sie.

«Um offen zu sein, ich bin von Mitternacht an auf und hatte bis jetzt zu schaffen. Zu trinken habe ich nichts bekommen», war Tschen Djing-dji's Antwort.

«Wo ist der Vater?» erkundigte sich Goldlotos.

«Er hat sich in den hintern Räumen schlafen gelegt.»

«Wenn du nichts bekommen hast, soll Schlehenblüte dir etwas von dem gedämpften, knusprigen Obstkuchen bringen, den ich gegessen habe», bemerkte Goldlotos.

Das junge Herrchen speiste nun von den vier Gerichten, die auf dem Tischchen der Lagerstatt aufgetragen waren. Da Goldlotos mit der Laute hantierte, scherzte er:

«Fünfte Mutter, was für eine Melodie spielt ihr da? Wollt Ihr mir nicht etwas vorsingen?»

«Mein lieber Schwiegersohn Tschen», lachte sie. «Ich bin doch nicht eine, auf die du dir Hoffnungen machen könntest. Warum soll ich dir da etwas vorsingen? Paß auf, daß ich es nicht dem Vater sage, wenn er ausgeschlafen hat!»

«Fünfte Mutter, ich bitte inständigst, habt Mitleid mit mir! Ich werde es nicht wieder tun», flehte Tschen Djing-dji, der kichernd in die Knie gesunken war.

Goldlotos lachte auf. Seit dieser Zeit wurde das Bürschchen mit ihr täglich vertraulicher. Er trank mit ihr Tee oder speiste mit ihr. In ihrem Wohn- und Schlafraume ging er ein und aus und scherzte und schäkerte dabei mit ihr. Er lehnte sich an ihre Schulter oder an ihren Rücken an. Sie nahmen gar keine Rücksicht mehr.

Frau Mondtraut sah in Tschen Djing-dji ein halbes Kind. Deshalb hatte sie diesen ungezogenen Schwiegersohn in den Familienverkehr hineingezogen. Die daraus folgenden Vorgänge in der eigenen Familie blieben ihr verborgen.

Die Biene Blüten wählt,
  bereitet Honigseim
und kennt nicht Müh',noch wem
das Süße sie bringt ein.

19. KAPITEL

Den Rundengang Grasotter führt;
Djang Dschu-schan wird verdroschen.
Väseles Liebe Simen rührt;
sie war ja nie erloschen.

«Nie war ein Mensch,
  dem die Liebe nicht echt
am Anfang das Herz ließ erklingen;
daß bis zum Tode
  sie nimmer sich schwächt,
du, glaub' ich, kannst es vollbringen.
Mir ist's als gingen schon Jahre ins Land,
da uns die Trennung betroffen;
darf ich die Liebe, wie einst sie bestand,
wiederzufinden noch hoffen?
Manchen zieht immer das Neue in Bann,
das Frühere will er vergessen,
doch wird ein edeler Mensch ihn dann
nur mit Verachtung bemessen.
Ob ich im Leibe auch immerdar nur
ferne von dir muß leben,
wie hätt' es je eines Augenblicks Spur,
dich zu vergessen, gegeben!
Weil ich dich liebte so innig und bang,
ward meine Sehnsucht nicht kleiner.
Trügt mich die Hoffnung,
  daß dich es auch zwang,
immer zu denken noch meiner?»

Etwa ein halbes Jahr war bereits seit der Inangriffnahme der Arbeiten am Garten und der Mattenzeltlaube durch Simen Tjing verflossen. Der Anstrich der Bauten war vollendet, und ringsum erstrahlte alles in neuem Glanze. Die Gratulanten hatten tagelang feiernd geschmaust. Doch davon soll nicht weiter die Rede sein.

Eines Tages im ersten Drittel des achten Mondes hatte der Strafrichter Sja aus Anlaß der Feier seines Geburtstages auf seinem neuerworbenen Landgut ein Gelage vorbereitet und dazu vier Singmädchen mit einer ganzen Kapelle und eine Gauklertruppe kommen lassen. Simen Tjing war um die Frühstückszeit zu der Geburtstagsfeier hingeritten. Frau Mondtraut veranstaltete unterdessen daheim mit Holdchen Li, Jadeturm Meng, Schneeholdchen Sun, Simen's Tochter und Goldlotos Pan ein Festmahl. Sie ließ das Tor zum neuen Garten feierlich öffnen, und die Frauen lustwandelten nun dort zwischen Blumen, Bäumen, Lauben und Terrassen. Da konnte man alles auf einmal gar nicht überschauen. Es war ein wirklich prächtiger Garten[38,a]:

Gleich vorn beim Eingang zum Garten
steigt fünfzehn Fuß empor
mit zwanzig Brettlängen Umfang
ein mehrstöckig Häuschen am Tor.
Terrassen und Lauben beleben
des Gartens Bild. Es steht
ein kunstvoll geschaffener Hügel,
wo's abwärts zum Wasser geht.
Vom Dunkel des Föhrengrüns absticht
des Bambus munteres Hell,
vom Flachdach der Terrassen
der Lauben spitzes Modell.
Wie schön, im Garten zu weilen,
zu jeglicher Jahreszeit!
Denn jeder zur Entfaltung
ist da ein Ort geweiht.
In Lenzeslust kann man schwelgen

im «Saal, wo die Schwalbe zieht»,
wenn Pfirsich- und Pflaumenblüte
das Wunder beider verriet.
Die Sommertage genießt man
im «Teehaus beim stürzenden Bach»;
an Pracht von den Blättern des Lotos
gibt keines dem anderen nach.
Der Herbst entzückt in dem «Türmchen
des mannigfachen Grüns»,
wenn leuchtend die Welt durchglänzet
das Gold des Chrysanthemumblühns.
Den Winter erträgt man behaglich
im Gartenhaus «Frühlingsversteck».
Die weiße Schlehe nephritgleich
umwuchert rings den Fleck.
Gewundene Pfade umschlossen
hält lieblicher Blumenflor,
und duftende Bäume drängen
heran sich zum Schnitzwerk am Tor.
Gezweig hängt wie Brauen der Schönen
von Pappeln und Weiden im Wind,
gesellt zu Haitangblüten,
die regenbefeuchtet sind.
Lampionblumen, täuschend geöffnet,
gedeih'n, «wo die Schwalbe zieht»;
am «Frühlingsversteck» Aprikosen
mit schwellenden Knospen man sieht.
Im berstenden Boden es blinket
wie Gold zwischen Hügel und Teich,
und Tropfsteinzapfen wachsen
im Prunkgeländerbereich.
Durch Vorhänge flattern die Schwalben
und fliegen aus und ein;
Pirole hüpfen flötend
in den grünen Schatten hinein.
Und dort das mondrunde Fenster!

Die schneeige Grotte ganz nah!
Ums Gartenhäuschen fließt Wasser!
Ein luftiges Hüttlein ist da.
Die Osterluzeilaube
Gerank wilder Rosen umschließt.
Dem blattreichen Pfirsichbaume
entgegen die Lenzweide sprießt.
Der Hecke von Föhren und Bambus
vorüber läuft ein Pfad;
es zeigt sich ein schlängelndes Bächlein,
ein Teich quadratisch gerad.
An Treppenstufen glänzen
Bananenpalmen blank;
zum Lichte Granatäpfel streben
und Sonnenblumen schlank.
Die Blumen umgaukelnd tanzen
die bunten Falter zu zwei'n;
ins Schilfrohr schwimmen die Fische,
vor Menschen flüchtend, hinein.

Alles erinnerte an das Dichterwort:

Der Pfingstrose Heiligenantlitz,
sich öffnend, durch Schönheit bestrickt;
doch aus den Lidsche-Zweigen [38,b]
der Koboldkönig blickt.

Bald wandelten unter Führung von Frau Mondtraut die Frauen Hand in Hand auf den duftenden Pfaden, bald ließen sie sich auf den wohlriechenden Wiesen nieder und unterhielten sich mit dem Pflanzensuchspiel [52,a]. An das Geländer gelehnt, beobachtete die eine ihr Spiegelbild im Wasser, und es machte ihr Spaß, rote Kranzerbsen nach den Goldbarschen zu werfen. Eine andere betrachtete, über eine Balustrade gebeugt, die Blütenpracht und vergnügte sich damit, die bunten

Falter mit ihrem seidenen Fächer zu scheuchen. Frau Mondtraut bestieg unterdessen den am höchsten erbauten Pavillon «Zum Schlummer in den Wolken» und spielte dort mit Jadeturm Meng und Holdchen Li Schach. Goldlotos, Simen's Tochter und Schneeholdchen Sun hielten sich im Gartenhäuschen «Zur Blumenfreude» auf, schauten vom ersten Stockwerk hinunter und bewunderten die Baumpäonien an den Böschungen, die wilden Pfingstrosen in den Beeten, die Haitang-Hecken, die Hyazinthengestelle und die Osterluzeilaube. Dort stand der winterharte Edlingbambus neben den schneetrotzenden Staatsmannskiefern. Die Blütenpracht hörte zu keiner Jahreszeit auf und gewährte zu allen acht Jahresabschnitten [41,c] den Anblick ewigen Lenzes. Man konnte sich nicht sattschauen, und immer fand sich noch etwas Neues.

Als nach einiger Zeit Wein aufgetragen wurde, nahm Frau Mondtraut den Ehrenplatz ein, Holdchen Li setzte sich ihr gegenüber, und der Rangordnung gemäß folgten zu beiden Seiten Jadeturm, Schneeholdchen, Goldlotos und Simen's Tochter.

«Ich habe ja ganz vergessen, den Schwiegersohn zu uns zu bitten», erinnerte sich Frau Mondtraut und schickte flugs Edelsteinchen nach ihm.

Tschen Djing-dji erschien alsbald mit himmelblauseidener Mütze, einem violett-seidenen Festtagsgewand und schwarzen Schuhen mit verzierten Kappen. Er verneigte sich und nahm neben seiner Frau, Simen's Tochter, Platz. Nun wurden die Becher herumgereicht, und man trank einander zu. Nach ein paar Gläschen nahm Frau Mondtraut das Schachspiel mit Holdchen Li und Simen's Tochter auf. Schneeholdchen und Jadeturm wandten sich zum Gartenhäuschen, um von dort aus Umschau zu halten. Goldlotos schlug an dem Hügel neben dem Teiche mit ihrem weißseidenen Fächer lustig nach Schmetterlingen. Unbemerkt trat

Tschen Djing-dji leise von rückwärts an sie heran und lachte:

«Fünfte Mutter, du verstehst es nicht, dir einen Falter einzubringen. Laß mich es dir besorgen. So ein Falter steigt plötzlich hoch, bald senkt er sich nach unten. Er ist ein unbeständiges, bewegliches Ding.»

Goldlotos wandte ihren gepuderten Nacken um, musterte ihn mit einem Seitenblick und schalt:

«Nichtsnutziger Schelm! Du bist des Todes, wenn es jemand hört. Ich weiß, daß dir dein Leben nichts gilt.»

Kichernd trat Tschen Djing-dji rasch auf sie zu, umarmte und küßte sie. Mit einer abwehrenden Handbewegung schob sie ihn zurück. Wider Erwarten hatte Jadeturm sie in der Ferne vom Gartenhäuschen «Zur Blumenfreude» aus beobachtet und rief:

«Schwester, komm doch einmal hierher! Ich will dir etwas sagen!»

Goldlotos ließ Tschen Djing-dji stehn und begab sich zu ihr. Das Schmetterlingspaar hatte sich nicht festsetzen können. Es war bei einem Treffen geblieben. Der Rüssel hatte bloß den Blumenkelch berührt.

Tolle Bienen, lose Falter
sieht man nur von Zeit zu Zeit.
Fliegen sie zu Birnbaumblüten:
weg ist ihre Sichtbarkeit.

Da Goldlotos fort war, begab sich Tschen Djing-dji verdrossen in sein Schlafzimmer. Es war ihm schwer ums Herz, und um seine melancholische Stimmung zu zerstreuen, summte er nach der Weise «Nun pflücket des Zimtbaumes Rinde!» die Verse vor sich hin:

Ich sah sie schräge die Blüte
am Zweiglein tragen im Haar;
die Lippe wie Schminke ihr glühte,
doch ungeschminkt purpurn sie war.

Ich habe sie neulich getroffen,
wir trafen uns beide auch heut':
liegt's nicht wie Abrede offen?
Doch Abrede sie ja noch scheut.
Ermunterung möcht ich erhalten;
Wann gönnt' sie Ermunterung mir?
Nein, Abweisung schien da zu walten;
doch Abweisung war's nicht von ihr.
Wann wird mir die Zusage frommen?
Wann endlich das Stelldichein?
Und kann es dazu auch nicht kommen,
mein Sehnen gilt ihr nur allein.

Doch genug von dem Festschmause der Frauen im Garten und zurück zu Simen Tjing. Das Essen bei dem Polizeirichter Sja war auf dessen Landsitze vor der Stadt veranstaltet worden. Auf dem Heimwege bog Simen Tjing in die südliche Ziegelgasse ein. Die Kämpen dieses Gässchenviertels — wie man sie in der Sung-Zeit nannte; heutigen Tages würde man von Janhagel sprechen — kannten ihn sämtlich. Einer der Sorte war ein gewisser Lu Hwah, mit dem Spitznamen Grasotter, ein anderer Dschang Scheng, die Straßenratte. Sie hatten von Simen Tjing oft Zuwendungen erhalten. Es waren richtige Hühnerdiebe und Hunderäuber. Als Simen Tjing sie erblickte — sie waren gerade beim Glücksspiel — brachte er sein Roß zum Stehn und rief sie an. Sie traten rasch vor und fragten mit halbem Kniefalle:

«Wohin noch so spät am Abend, Herr Oberrat?»

«Heute hat der Richter Sja vom Polizeistrafgericht Geburtstag», klärte Simen Tjing auf. «Er hatte uns auf sein Landgut vor der Stadt eingeladen. Von dort komm' ich. Ich habe eine kleine Angelegenheit, um deren Besorgung ich euch bemühen möchte. Wollt ihr sie übernehmen?»

«Welche Frage, Herr Oberrat! Wir haben bisher so zahlreiche Beweise Eures Wohlwollens erhalten, daß wir auf Euren Befehl durch siedendes Wasser und durch Feuer gehn und keinen Tod scheuen.»

«Da ihr mir das zusagt, so kommt morgen zu mir! Ich werde euch dann die Weisungen erteilen.»

«Warum bis morgen warten! Sagt uns doch, um was handelt es sich denn?»

Simen Tjing erzählte ihnen nun im Flüstertone von Djang Dschu-schan's Heirat mit Väsele Li. Mit den Worten:

«Ich will nur, daß ihr mich rächt», raffte er die Borte seines Gewandes empor. In einem Täschchen hatte er noch vier, fünf Unzen Bruchsilber verborgen. Das schüttete er ihnen hin. «Nehmt es als Trinkgeld und besorgt die Sache für mich nur ordentlich! Ich werde mich euch dann noch dankbar zeigen.»

«Hat meine Wenigkeit nicht schon genug Wohltaten von Euch erhalten?» wehrte Lu Hwah ab. «Ich möchte nur erklären, daß wir es hätten ablehnen müssen, auf Euer Geheiß zum Ostermeere zu ziehen und dort mitten im Ozean vom Haupte des blauen Himmelsdrachens[43,c] die Hörner zu holen oder auch auf dem heiligen Berge im Westen, dem Hwahschan, einen Zahn aus dem Rachen eines wilden Tigers. Aber nun handelt es sich um diese Kleinigkeit! Sie bietet doch keine Schwierigkeiten. Das Silber anzunehmen, erlauben wir uns auf keinen Fall.»

«Wenn du es nicht nimmst, kann ich dich auch um nichts bitten», widersprach Simen Tjing, hieß Dai-an das Silber zu sich stecken, gab seinem Pferd einen Schlag und wollte davon reiten.

Aber Dschang Scheng hielt ihn an.

«Lu Hwah, du kennst des Herrn Wesensart nicht. Wenn du es nicht nimmst, so sieht es so aus, als ob wir uns um die Sache drücken möchten.» Er strich also das

Silber ein, fiel auf sein Antlitz und sagte: «Herr, bleibt nur ganz ruhig zu Hause! Keine zwei Tage, und Ihr werdet ob des Klatschens, das es gibt, Eure Freude haben. Nur hoffen wir, daß uns der Herr Oberrat später bei dem Herrn Richter Sja eine Stelle beschafft, das würde genügen.»

«Selbstverständlich!»

Später hat Simen Tjing auch tatsächlich Dschang Scheng an die Kommandantur empfohlen und ihm zu dem Posten eines getreuen Gefolgsmannes verholfen, doch das gehört nicht weiter hierher.

Die beiden Kämpen setzten, nun sie das Silber erhalten hatten, zunächst ihr Glücksspiel fort, während Simen Tjing heimritt. Es war schon spät am Nachmittage, als er zu Hause eintraf. Frau Mondtraut zog sich mit den Frauen bei seiner Ankunft in die hinteren Gemächer zurück. Nur Goldlotos gab noch in der Laube Obacht auf das Tafelgerät. Simen Tjing schritt nun nicht nach hinten, sondern unmittelbar in den Garten. Als er Goldlotos das Geschirr aufräumen sah, erkundigte er sich, was sie während seiner Abwesenheit getrieben hätten.

«Wir haben heute mit deiner Tochter den Garten eingeweiht und uns alles angesehen», lachte Goldlotos. «Niemand ahnte, daß du so früh heimkommen würdest.»

«Herr Sja hat sich zwar heute besondere Mühe gegeben», schilderte Simen Tjing. «Er hat vier Sängerinnen auf sein Landgut kommen lassen, obwohl er nur fünf Gäste geladen hatte. Aber wegen der weiten Entfernung bin ich etwas früher nach Hause geritten.»

«Willst du noch etwas Wein? Ich werde ihn dir durch die Magd holen lassen», erbot sich Goldlotos, während sie ihm beim Ablegen seines Gewandes half.

Auf Simen Tjing's Geheiß räumte Schlehenblüte alle anderen Speisen fort, ließ nur ein paar Schüsseln mit

Früchten stehn und holte eine Kanne Weintraubenmost. Während er auf seinem Stuhle dasaß, betrachtete er Goldlotos. Sie trug ein sandelholzfarbenes, quergestreiftes, ungefüttertes Seidenjäckchen mit Mittelschluß und bunter Kreppborte, darunter einen weißen, hochgeglänzten, längsgestreiften Rock mit karminroter Atlasborte und Schuhe aus weißer Seidengaze mit hohen Sohlen. Ihr Haupthaar hatte sie mit Silberfäden zu einem Knoten zusammengebunden und darüber goldplattierten schillernden Muschelschmuck gelegt. An den Schläfen hielten Spangen mit zahlreichen blauen Verzierungen das Haar zusammen. Von dem weiß geschminkten und gepuderten Antlitze hoben sich ihre roten, würzigen Lippen ab. Jäh erwachte Simen Tjing's Sinnenfreude. Er ergriff ihre beiden Hände, zog sie an sich, umarmte und küßte sie. Als bald darauf Schlehenblüte den Wein vorsetzte, reichten sich beide die Schälchen und tranken und schnalzten mit der Zunge. Goldlotos hatte ihren Rock hochgerafft und sich Simen Tjing auf den Schoß gesetzt. Sie nahm einen Schluck Wein und flößte ihn Simen Tjing ein. Dann schob sie ihm mit ihrer zarten Hand einen Lotoskern in den Mund nach.

«Er schmeckt aber recht herb! Warum soll ich ihn essen?» wehrte Simen Tjing.

«Mein Junge, so läßt du das Glück fahren! Die Frau reicht dir etwas, und du willst es nicht?» Nach diesen Worten nahm Goldlotos einen frischen Walnußkern zwischen ihre Lippen und reichte ihm diesen als Entschädigung. Simen Tjing begann ihren Busen zu streicheln.

Sie öffnete ihr seidenes Hemdchen, entblößte ihre prachtvollen, nephritgleichen, makellosen, würzigen, elastischen Brüste. Er berührte sie zärtlich, auch mit den Lippen. So belustigten sich beide und vollendeten ihr Spiel im Phönixfluge.

«Ich will dir etwas erzählen», plauderte Simen Tjing in fröhlicher Laune. «Bald wirst du lachen. Der Doktor Djang hat doch eine Drogenhandlung eröffnet. In den nächsten Tagen wird sein Gesicht zum Fruchtladen werden.»

Auf ihre Frage «Inwiefern?» erfuhr Goldlotos von Simen Tjing die Einzelheiten seiner heutigen Begegnung mit Lu und Dschang.

«Mensch, wie viele Freveltaten wirst du noch begehn!» lachte sie. «Der Heilkundler Djang macht doch immer bei uns Krankenbesuche. Ich halte ihn für einen bescheidenen und netten Herrn. Bei Begegnungen hält er immer den Kopf zu Boden gesenkt. Er tut mir aufrichtig leid, daß du ihm so etwas antust.»

«Du durchschaust ihn nicht», erklärte Simen Tjing. «Du sagst, er halte immer den Kopf gesenkt. Er sieht eben hauptsächlich nach deinen Füßen.»

«Unflätiges Schlaumaul! Er sollte imstande sein, nach den Füßen fremder Frauen zu gucken? Das glaube ich nicht. Er ist doch ein gebildeter Mensch und sollte so etwas tun?»

«Du siehst nur seine liebenswürdige Miene und täuschest dich über seine ausschweifende Gesinnung», warf Simen Tjing ein. «Er stellt sich gern in seiner äußeren Aufmachung als Biedermann, aber innerlich ist er voller Tücke.»

So plauderten und scherzten sie noch eine Weile. Dann hörten sie auf zu trinken, ließen das Weingeschirr abräumen und begaben sich zur Nachtruhe in das Schlafgemach.

Doch zurück zu Väsele Li. Seit Djang Dschu-schan's Einheirat bei ihr waren bereits etwa zwei Monate verstrichen. Anfänglich hatte er im Bestreben, sie zu ergötzen, allerlei Liebestränkchen zusammengestellt und Jünnan - Sächelchen eingekauft, Stimulationsmittelchen, um die Zuneigung schöner Frauen zu gewinnen. Er hoffte mit ihrer Anwendung bei Väsele Li Eindruck zu machen. Sie hatte nun aber ihre Erlebnisse mit Simen Tjing gehabt, die vergleichbar dem Sturmwinde waren mit plötzlichen Regenschauern. Djang Dschuschans Zärtlichkeiten befriedigten sie deshalb nicht, erzeugten vielmehr im Laufe der Zeit in ihr Abneigung. Sie zertrümmerte seine sämtlichen Geräte auf einem Steine, warf sie weg und schalt:

«Du mit deiner schlaffen Garnele willst nun mittels des gekauften Zeugs deine Frau kitzeln. Was an dir selbst ist, ist wohl nur zum Ansehn, aber nicht für den Gebrauch; du Waschlappen und siecher Schwächling!» Oft jagte sie ihn um Mitternacht in den Laden, dort zu schlafen. Weil sie innigst Simen Tjing liebte und seiner dachte, ließ sie Djang nicht in ihre Schlafstube. Tagsüber prüfte sie scheltend die Bücher und rechnete das Geschäftskapital nach.

Djang Dschu-schan hatte sich gerade, maßlos verärgert, in den Laden begeben und hinter dem Verkaufstische niedergelassen, als zwei verwahrlost aussehende Kerle hastig, aber zielbewußt eintraten und sich auf der Kundenbank niederließen.

«Führt Ihr hier Hundegallenstein?» fragte der eine von ihnen zunächst.

«Treibt keine Possen!» lachte Djang Dschu-schan. «Man führt doch nur Rindergallenstein [28,h] und nicht Hundegallenstein.»

«Wenn Ihr keinen Hundegallenstein habt, so doch wenigstens Eisasche. Zeigt sie mir 'mal; davon möchte ich ein paar Unzen haben», forderte jener wieder.

«In den Drogenhandlungen gibt es nur sogenannte Eisbrocken oder Kampfer, aus Persien über See eingeführt. Aber Eisasche?» bemerkte Djang Dschu-schan.

«Frag' ihn nicht weiter», fiel der andere ein. «Bedenke, seit wann er das Geschäft erst betreibt; wie kann er da deine beiden Drogen führen! Wir wollen gerade heraus zu ihm reden. Freund Djang, stellt Euch nicht, als ob Ihr schlieft und träumtet! Als Eure Frau vor drei Jahren starb, habt Ihr doch von Bruder Lu hier dreißig Unzen Silber geborgt. Kapital und Zinsen machen jetzt ein erkleckliches Sümmchen aus. Heute kommen wir, um es zurückzufordern. Würden wir gleich beim Eintritt es gerade heraus verlangt haben, so hätte das vielleicht dein Ansehen untergraben, da du doch hier eingeheiratet und eben erst das Geschäft eröffnet hast. Es wäre der Eindruck erweckt worden, als ob wir keine Lebensart hätten. Deswegen haben wir zuerst der Form halber ein paar Fragen gestellt. Nun wahre auch du Brauch und Regel! Und wenn du sie auch nicht beachtest, sein Silber mußt du ihm doch unverkürzt zurückerstatten.»

Djang Dschu-schan hörte das, sprachlos vor Schreck.

«Ich habe bestimmt nichts von ihm geborgt», erklärte er.

«Würde ich wohl etwas fordern, wenn du nichts geborgt hättest?» rief der andere. «Seit alters gilt das Wort:

Es dringt die Fliege in kein Ei,
wenn seine Schale nicht entzwei.

Seid also damit nur still!»

«Ich weiß nicht einmal Eure werten Vor- und Zunamen. Ich habe Euch noch nie kennen gelernt. Wie könnt Ihr da von mir Geld fordern?»

«Freund Djang, du bist auf dem Holzwege!» rief jener. «Seit alters heißt es:

Nie die Armut den begleitet,
der's zu einem Amt gebracht.
Doch wer Schulden bloß bestreitet,
wird dadurch nicht reich gemacht.

Wenn ich an die Zeit denke, wo du noch keine Grundlage hattest und mit der Schelle durch Hausierhandel deine Salben und Pülverchen verhökertest, bist du nur dank der Unterstützung des Herrn Lu hier heute in deiner gegenwärtigen Lage.»

«Mein Name ist nämlich Lu, und zwar Lu Hwah», mischte sich dieser nun ein. «Du hast damals dreißig Unzen Silber zur Beerdigung deiner Frau geborgt. An Kapital und Zinsen schuldest du mir jetzt achtundvierzig. Unter allen Umständen mußt du es mir jetzt zurückgeben.»

«Wo habe ich von dir Geld geborgt?» fragte Djang Dschu-schan erregt. «Hätte ich es getan, so wäre doch ein Schuldschein da und ein Vermittler.»

«Ich, Dschang Scheng, bin doch der einführende Vermittler gewesen!» erklärte nun dieser, zog gleichzeitig aus seinem Ärmel einen Schuldschein heraus und wies ihn vor.

Djang Dschu-schan wurde vor Zorn wachsbleich und gelb im Gesicht und schimpfte:

«Verdammte Kerle! Hundepack! Wie kommt ihr Spitzbuben dazu, an mir Erpressungen zu verüben?»

Voll Wut hierüber versetzte ihm Lu Hwah windschnell über den Ladentisch hinweg einen Fausthieb und schlug ihm dabei die Nase breit. Gleichzeitig schleuderte er die Drogen aus den Gestellen auf die Straße.

«Räuberische Spitzbubenbande!» schrie und schalt Djang Dschu-schan. «Wie könnt ihr euch unterstehn, mir meine Waren zu rauben und mich auszuplündern!»

Er wollte den kleinen Tjän-fu zu Hilfe rufen, doch Lu Hwah versetzte diesem einen Fußtritt und stieß ihn zur Seite, so daß er sich nicht mehr vorwagte. Dschang Scheng zerrte Djang Dschu-schan nun hinter dem Ladentische hervor, wehrte andererseits Lu Hwah's Hand ab und sagte beschwichtigend:

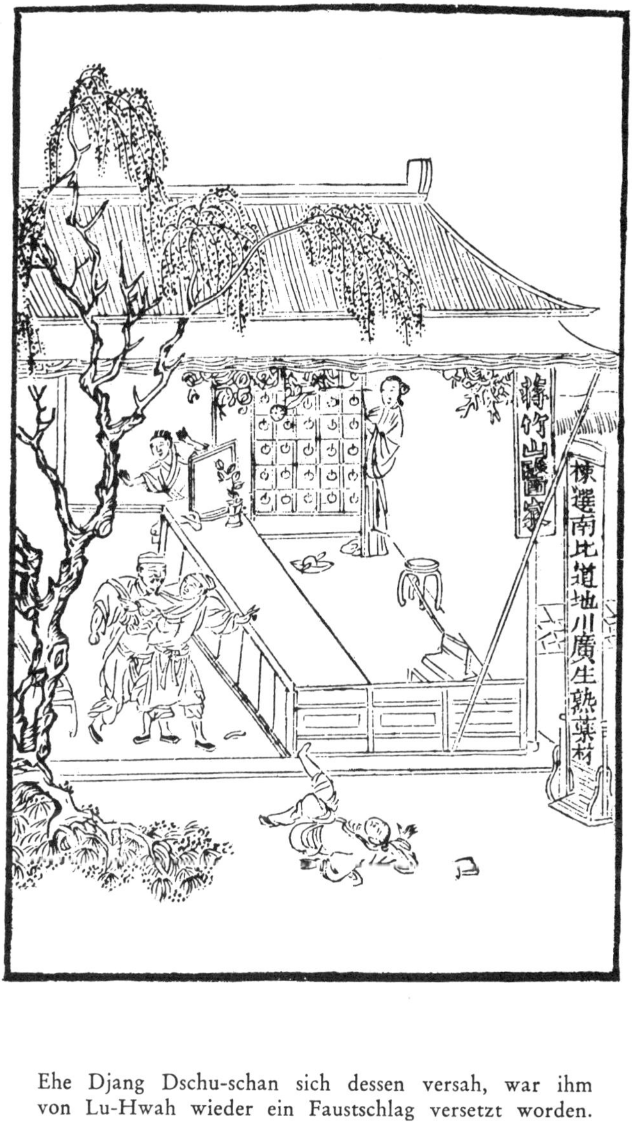

Ehe Djang Dschu-schan sich dessen versah, war ihm von Lu-Hwah wieder ein Faustschlag versetzt worden.

«Bruder Lu! Da du dich schon so lange hast hinhalten lassen, so gib ihm noch zwei Tage Frist, das Geld zu beschaffen und zu zahlen, dann ist diese Angelegenheit erledigt. Und du, Freund Djang Dschu-schan, was sagst du dazu?»

«Wann habe ich Geld von ihm geborgt? Und wenn ich dich wegen des Darlehns angegangen hätte, laßt uns doch die Sache erörtern, wie sich's gehört!» war Djang Dschu-schan's Antwort. «Warum betragt ihr euch so ungebärdig?»

«Freund Djang, jetzt hast du den Kalk zur Betelnuß gegessen und hast den Nachgeschmack», bemerkte Dschang Scheng. «Wärest du von vorneherein so anständig gewesen, hätte ich auf Bruder Lu eingewirkt, dir in den Zinsen entgegenzukommen. Du hättest die Summe in zwei oder drei Raten zurückzahlen können. Das wäre angängig gewesen. Warum erst steif und fest die Schuld ableugnen! Ihr könnt doch nicht von den Leuten erwarten, daß sie Euch wegen ihres Geldes nie mahnen!»

«Der Ärger bringt mich um. Ich geh' mit ihm vor den Richter. Wer hat von ihm etwas geborgt?» erklärte Djang Dschu-schan.

«Du hast wohl heute früh schon wieder getrunken?» sagte Dschang Scheng zu ihm, und ehe Djang Dschu-schan sich dessen versah, war ihm von Lu Hwah wieder ein Faustschlag versetzt worden, so daß er rücklings mit breit gespreizten Beinen zu liegen kam und beinahe kopfüber in die Gosse gestürzt wäre. Sein Haar war in Unordnung geraten und sein Käppchen ganz beschmutzt.

«Am hellen, lichten Tage ...» begann Djang Dschu-schan laut zu schreien, als der Blockvogt erschien und alle fesselte.

Väsele Li war auf den Lärm hinter den Vorhang getreten, um zu horchen, und sah nun, wie der Blockvogt Djang Dschu-schan gefesselt fortführte. Im ersten Augenblicke war sie starr vor Erregung, dann ließ sie die alte Feng die Ladenschilder abnehmen und in das Haus bringen. Eine große Menge der auf die Straße geschleuderten Waren hatten inzwischen andere fortgeschleppt. Hinter verschlossenen Türen wartete Väsele Li den Lauf der Dinge ab.

Der Vorfall war Simen Tjing frühzeitig berichtet worden. Er ersuchte den Blockvogt durch Boten, die Sache in aller Frühe des nächsten Morgens vor das Polizeigericht zu bringen. Gleichzeitig verständigte er auch den Richter Sja durch eine Mitteilung.

Als am nächsten Tage die Leute vorgeführt wurden, bestieg der Richter seinen Amtssitz. Er überflog die Eingabe des Blockvogts und rief Djang Dschu-schan zum Verhöre vor:

«Du also bist Djang Dschu-schan! Warum zahlst du Lu Hwah's Darlehn denn nicht zurück, sondern prügelst dich noch mit ihm? Das ist doch eine Gemeinheit.»

«Meine Wenigkeit kennt ja den Menschen überhaupt nicht und hat nichts von ihm geborgt», antwortete Djang Dschu-schan. «Ich wollte die Sache gründlich klargestellt sehen, doch er ließ sich auf nichts ein, betrug sich unziemlich, schlug und trat mich und plünderte meinen Laden!»

«Was hast du dazu zu sagen?» rief der Richter Sja nun Lu Hwah vor.

«Er hat ehemals für das Begräbnis seiner Frau Geld von meiner Wenigkeit geborgt und heute, drei Jahre später, immer noch nicht zurückgezahlt», erklärte Lu Hwah. «Meine Wenigkeit erfuhr nun, daß er eingeheiratet und ein gut gehendes Geschäft eröffnet hat. Daraufhin forderte ich mein Geld. Er machte alle möglichen Ausflüchte, beschimpfte mich und beschuldigte mich des Raubes. Sein Schuldschein über das

Darlehn ist vorhanden, und Dschang Scheng hier ist der Vermittler. Ich hoffe, Euer Gnaden werden die Angelegenheit eingehend prüfen!» Damit zog er aus der Brustbekleidung eine Urkunde hervor und überreichte sie.

Richter Sja entfaltete sie und las:

«Dem Aussteller dieses Schuldscheins, Djang Dschu-schan, Arzt in der Kreisstadt, fehlen die Mittel zum Begräbnisse seiner Frau. Er hat durch Vermittelung des Zeugen Dschang Scheng von Herrn Lu dreißig Unzen Silber zum Zinssatze von drei vom Hundert monatlich als Darlehn in die Hand vorgezahlt erhalten. Es ist vereinbart, Kapital und Zinsen bis zum nächsten Jahre restlos zurückzuzahlen. Als Beweisstück für spätere Zeit ist diese Urkunde errichtet.»

«Unerhört!» schlug er zornig mit der Hand auf den Tisch. «Vermittler und Schuldschein sind da, und trotzdem in dieser Weise die Sache noch abzustreiten! Nach der Art und Weise, wie der Mensch den Urkundentext zerbeißt und die Schriftzeichen zerkaut, scheint es sich sozusagen um einen böswilligen Schuldenleugner zu handeln.»

Er rief den links und rechts stehenden Schergen zu, ihn tüchtig mit den großen Prügeln zu schlagen. Sofort packten drei oder vier Männer ohne Zaudern zu, warfen Djang Dschu-schan zu Boden und versetzten ihm dreißig derbe Schläge, so daß die Haut in Fetzen flog und das frische Blut hervorquoll. Gleichzeitig beauftragte der Richter zwei Amtsboten, mit einem Ausweis unter Mitführung Djang Dschu-schan's sich in seine Wohnung zu begeben und dort die dreißig Unzen Silber an Lu Hwah zurückgeben zu lassen, geschehe es nicht, ihn zum Amte zurückzubringen und in den Kerker einzuliefern.

Djang Dschu-schan brannten die zerschlagenen Beine gar arg. Weinend und schluchzend ging er spreizbeinig heim und klagte Väsele Li sein Leid. Er bat sie um das Silber für Lu Hwah. Sie aber schalt ihm ins Gesicht:

«Du unverschämter Kerl! Hast du mir irgendwelches Silber gegeben, daß du es von mir forderst? Hätte ich von dir, du unsauberer Schurke, gewußt, daß, wenn man dir den Kopf abschlägt, bloß noch ein Schuldgestell übrig bleibt, so hätte ich dich nicht geheiratet, und wäre ich auch blind gewesen. Du bist ja nur zum Ansehen da, aber sonst zu nichts brauchbar, du Laffe!»

Auf das Geschimpfe hin drängten Djang Dschu-schan's vier Begleiter fortgesetzt:

«Djang Dschu-schan, wenn du kein Silber hast, so halt uns doch nicht unnötig hin! Laß uns sogleich zum Amte zurückgehn und berichten!»

Djang Dschu-schan kam heraus und beschwichtigte die Amtsboten. Dann begab er sich nochmals wehklagend zu Väsele Li. Ganz erschöpft kniete er nieder und weinte und schluchzte:

«Sieh es doch so an, als wolltest du einen stillen Schatz guter Werke für dich sammeln, als spendetest du die dreißig Unzen Silber für Buddha und die Mönche in den fünf Tempeln oder auf den vier heiligen Bergen! Denn wenn ich jetzt nicht zahle, weiß ich nicht, wie ich mit meinem zerschlagenen Gesäße noch mehr Prügel aushalten soll. Es würde mein Tod sein.»

Väsele Li blieb nun nichts anderes übrig, als ihm die dreißig Unzen in schneehellem Silber zu geben, und er händigte sie vor den Amtsboten an Lu Hwah aus. Die Schuldurkunde wurde zerrissen, und die Sache war damit abgetan.

Lu Hwah und Dschang Scheng begaben sich sofort mit den dreißig Unzen Silber zu Simen Tjing und erzählten ihm alles. Er behielt sie in seiner Mattenzeltlaube eine geraume Weile bei sich und bewirtete sie mit Trank und Speise.

Zu ihrem Berichte bemerkte er höchst befriedigt:

«Ihr habt meine Fehde gründlich ausgetragen, meine Herren!»

Lu Hwah wollte Simen Tjing die dreißig Unzen Silber übergeben, doch der lehnte sie ab:

«Behalte sie nur zum Dank und als Belohnung und kauft euch dafür Wein! Später hab' ich vielleicht noch einmal einen Auftrag für Euch!»

Die beiden schickten sich zum Aufbruch an, steckten vielmals dankend das Silber ein und gingen davon, um sich sogleich dem Glücksspiele hinzugeben. Es traf zu:

Um der Wollust Gier zu frönen,
ist bereit er alsobald,
alles Edle zu verhöhnen,
anzutun dem Recht Gewalt.

Nachdem Djang Dschu-schan unter dem Drucke der gerichtlichen Vollstreckung das Geld hatte bezahlen müssen, wollte ihn Väsele Li nicht mehr bei sich behalten:

«Ich will die Sache so ansehen, als hätte ich mir eine Grippe zugezogen und dir das Silber gegeben, um mir Arzneien zu kaufen. Räume im übrigen so rasch wie möglich mein Grundstück! Wenn du zögerst, werden vielleicht die Baulichkeiten nicht mehr genügen, um deine Schulden abzudecken.»

Djang Dschu-schan sah ein, daß seines Bleibens bei Väsele Li nicht mehr sein könne. Weinend und schluchzend suchte er trotz der unerträglichen Schmerzen an seinen Beinen ein anderes Obdach. Er ließ alle Waren, die er mit Väsele Li's Geld eingekauft hatte, zurück; nur seine eigenen alten Drogenvorräte, Mühlen, Siebe und Kästen nahm er mit sich. Damit war die Trennung beider vollzogen. Als er das Haus verließ, mußte auf ihrer Herrin Geheiß die alte Feng hinter ihm ein

Becken voll Wasser versprengen. Sie freue sich, daß der Missetäter ihr aus den Augen komme, bemerkte Väsele Li dazu.

Nach Djang Dschu-schan's Abzuge waren alle ihre Gedanken nur noch bei Simen Tjing, und da sie überdies erfahren hatte, daß seine Familie unbehelligt geblieben war, machte sie sich nun selbst Vorwürfe. Ihre Mahlzeiten vernachlässigte sie täglich. Träge nur malte sie ihre zarten Brauen. An den Türpfosten gelehnt, spähte sie hinaus. Aber es war alles umsonst. Niemand kam zu ihr. Es traf bei ihr zu:

> Deine Worte auf dem Kissen
> sind in mir noch wach.
> Doch ich muß dein Lieben missen,
> das so ganz zerbrach.
> Nirgends sieht mein Aug' mit Zaudern
> dich, den es begehrt,
> einsam ohne süßes Plaudern
> sich mein Geist verzehrt.

Doch nichts mehr von Väsele Li's Sehnsucht nach Simen Tjing! Eines Tages ritt Dai-an an ihrem Anwesen vorbei. Er sah das Haupttor verrammelt, die Drogenhandlung geschlossen und alles verödet und verlassen. Das erzählte er bei seiner Heimkehr Simen Tjing.

«Der Sauknirps ist anscheinend arg geprügelt worden und liegt jetzt zu Bette», bemerkte dieser. «Er wird nun wohl einen halben Monat das Bett hüten müssen und keine Geschäfte machen können.» Im übrigen war die Sache für ihn erledigt.

Am Fünfzehnten des achten Mondes erschienen viele Damen in der Haupthalle, um Frau Mondtraut zu ihrem Geburtstage zu besuchen. Simen Tjing, der mit ihr nicht sprach, begab sich zu Zimtknospe in die

Vergnügungsstätte. Er trug Dai-an auf, das Pferd heimzuführen und ihn abends abzuholen. Dann ließ er sich Jing Bo-djau und Sjä Si-da zum Würfelspiele kommen. Zimtfee war damals auch zu Hause. Beide Schwestern leisteten den Herren Gesellschaft und nötigten zum Trinken. Schließlich begaben sich alle hinaus und belustigten sich mit dem Spiele «Wer trifft am besten hinein» [52,b]. Als gegen Abend Dai-an Simen Tjing abholen wollte, verrichtete dieser gerade im Hinterhaus ein großes Bedürfnis.

«Zu Hause ist doch nichts besonderes vorgekommen?» fragte er Dai-an.

«Alle Damen sind schon fort. Die Schwägerin und die Damen des Hauses haben sich in die Frauengemächer zurückgezogen», berichtete Dai-an. «Frau Hwa aus der Löwenstraße hat heute übrigens der Herrin durch die alte Feng vier Schüsseln köstlichster Früchte, zwei Schüsseln Geburtstagskuchen und einen Ballen Stoff als Geburtstagsgeschenk geschickt, ihr auch ein paar Schuhe gearbeitet. Der alten Feng hat die Herrin einen Scherf Silber geschenkt und nur gesagt, ihr seiet nicht zu Hause. Sie hat Frau Hwa aber nicht eingeladen.»

Simen Tjing fiel es auf, daß Dai-an's Antlitz gerötet war, und er forschte, wo er getrunken habe.

«Eben hat mich Frau Hwa durch die alte Feng rufen lassen und mir Wein vorgesetzt», sagte Dai-an. «Ich wollte ihn ablehnen, doch auf ihr stürmisches Zureden habe ich zwei Gläschen zu mir genommen. Das ist mir zu Kopfe gestiegen. Frau Hwa ist jetzt voller Reue und hat in meiner Gegenwart bitterlich geweint. Neulich hatte ich es dem Herrn doch schon mitgeteilt, daß sie seinerzeit den Heilkundler fortgejagt hat, als er vom Gericht zurückkam. Ihr wolltet es aber nicht glauben. Sie bereut alles sehr und möchte den Herrn von Herzen gern heiraten. Sie ist beträchtlich schmäch-

Dai-an bei Väsele Li als Heiratsvermittler

tiger geworden. Meine Wenigkeit hat sie angefleht, den Herrn zu ihr zu bitten, Eure Befehle entgegenzunehmen und, was Ihr auch immer saget, ihr zu berichten.»

«Das niederträchtige, gemeine Frauenzimmer hat sich doch verheiratet», erboste sich Simen Tjing. «Warum behelligt sie mich da jetzt noch? Ich habe außerdem keine Zeit hinzugehn. Verhandle du mit ihr. Wozu noch diese Tee-Einladung und warum noch so viele Förmlichkeiten! Ich werde einen günstigen Tag auswählen und sie dann heimholen lassen.»

«Meine Wenigkeit weiß Bescheid», sagte Dai-an. «Sie wartet auf meine Nachricht. Es genügt doch, wenn ich Ping-an und den Bücherjungen anweise, hier auf Euch zu warten?»

«Geh nur, es ist schon gut!» erklärte Simen Tjing.

Dai-an machte sich von der Vergnügungsstätte unmittelbar zu Väsele Li auf und kramte aus.

«Mein lieber Junge», sagte diese hocherfreut, «ich danke dir für die Mühe, daß du mit dem Herrn gesprochen und damit die Sache zustande gebracht hast.» Sie wandte sich in eigener Person zur Küche, bereitete etwas zu und bewirtete Dai-an. «Ich habe hier niemand. Komm morgen auf alle Fälle her und hilf Tjänfu Leute suchen, die meine Sachen hinüberschaffen.»

Am nächsten Morgen wurde ein halbes Dutzend Handlanger als Träger gedungen, die mehrere Tage mit dem Umzuge zu schaffen hatten. Simen Tjing sagte Frau Mondtraut von alledem nichts. Die Sachen wurden in das neu erbaute Gartenhäuschen «Zur Blumenfreude» gebracht. Als Hochzeitstag wurde der Zwanzigste des achten Mondes ausgewählt. In großer Sänfte, mit einem Ballen Atlas als Geschenk, vier roten Laternen und unter Begleitung von Dai-an, Ping-an, dem Bilderjungen und Lai-sing wurde Väsele Li nachmittags eingeholt. Sie hatte ihre beiden Dienerinnen durch die alte Feng vorausgesandt. Nach Rückkehr der Alten übertrug sie ihr und Tjän-fu die Bewachung ihres Hausanwesens und bestieg dann die Brautsänfte.

Zwar war Simen Tjing an diesem Tage zu Hause geblieben, doch er hielt sich nur in bequemen Hauskleidern mit einfacher Mütze in einer Gartenlaube auf und wartete Väsele Li's Kommen ab. Als die Sänfte am Hauptportal eingetroffen war, begab sich geraume Zeit zunächst niemand zum Empfange hinaus. Jadeturm ging deshalb in das Herrschaftshaus und sprach auf Frau Mondtraut ein:

«Schwester, Ihr seid doch das Oberhaupt. Sie ist nun schon am Portale. Wenn Ihr sie nicht einmal bewillkommnet, so will ich mich nicht wundern, wenn der Herr böse wird. Er sitzt im Garten in einer Laube, und die Sänfte steht vor der Türe! Wenn niemand ihr an diesem Tage entgegengeht, kann sie dann überhaupt bei uns einziehen?»

Frau Mondtraut war unentschlossen, ob sie sich zum Empfange hinausbegeben sollte. Sie war innerlich empört und vermochte ihren Ärger nicht zu unterdrücken. So ging sie in ihrer Unschlüssigkeit zunächst nicht hinaus. Da sie aber wiederum Simen Tjing's unangenehme Wesensart scheute, schritt sie nach reiflicher Überlegung gelassen mit ihren Lotosfüßchen, die den nach Hunan-Art geschnittenen Rock nur wenig bewegten, zur Begrüßung hinaus. Väsele Li hielt das kostbare Väschen[36,f] in der Hand und begab sich direkt in ihre neue Wohnung. Die beiden Mägde Lenzfreude und Lenzbunt hatten dort im Schlafgemache das Bett geordnet, und nun harrte sie nur auf Simen Tjing's Kommen zum Abend. Er hatte aber, das hatte sie nicht bedacht, noch den alten Groll im Herzen und mied ihre Räume.

Am nächsten Morgen wurde Väsele Li zu Frau Mondtraut gebeten. Diese eröffnete den Frauen der Familie, daß Väsele Li den Rang der sechsten Gemahlin erhalte. Drei Tage hindurch wurde gefeiert, wurden Gäste eingeladen, Verwandte empfangen und Wein getrunken. Nur Simen Tjing ließ sich in Väsele Li's Räumen nicht blicken. Die erste Nacht hatte er bei Goldlotos verbracht.

«Sie ist dir doch neu vermählt, den ersten Tag hier, und du läßt sie allein in ihrer Stube?» meinte diese.

«Du kennst sie noch nicht. Das Frauenzimmer ist ziemlich eifersüchtig. Sie mag noch zwei Tage warten, ehe ich mich gemächlich zu ihr begebe», war Simen Tjing's Erwiderung.

Auch am dritten Tage, die Gäste hatten sich verabschiedet, ging Simen Tjing noch nicht zu ihr, sondern legte sich mit Jadeturm Meng zur Ruhe.

Da ihr neuer Ehemann drei Nächte hintereinander nicht zu ihr gekommen war, schickte Väsele Li die beiden Dienerinnen um Mitternacht zu Bett. Sie weinte sich satt, begab sich gebrochen aufs Bett, schlang dann eins ihrer Fußbänder um den Hals und hängte sich am Balkon auf. Es paßte auf sie:

> Nicht verwachsen konnten beide
> wie zwei Bäumchen fest,
> mied der Gatte, ihr zu Leide,
> doch des Bettes Nest!
> Und die Seele der Gekränkten
> strebte zu den Stellen,
> wo entspringend vor sich drängten
> die neun Tiefen-Quellen.[4,g]

Als die Dienerinnen ein Weilchen geschlafen hatten, wachten sie auf. Da die Lampe nur noch düster brannte, erhoben sie sich, um den Docht herauszustochern. Plötzlich erblickten sie über dem Bette die hängende Herrin. Voller Bestürzung an allen Gliedern bebend, riefen sie sofort Schlehenblüte heraus:

«Unsere Herrin hat sich erhängt!»

Erschrocken erhob sich Goldlotos, um nachsehen zu gehn. Sie sah Väsele Li, mit einem karminroten Gewande bekleidet, steif über dem Bette hängen. Rasch schnitt sie mit Schlehenblüte das Band durch und löste Väsele Li aus der Schlinge heraus. Diese erbrach eine geraume Weile danach Schleim und kam wieder zum Bewußtsein. Goldlotos ließ durch Schlehenblüte sofort Simen Tjing rufen. Dieser zechte gerade noch bei Jadeturm und hatte sich noch nicht zu Bett gelegt.

«Du hast sie doch geheiratet und meidest sie schon drei Tage lang», hatte ihm Jadeturm zunächst vorgehalten. «Du wirst sie nur reizen, und sie wird dir grollen. Auch könnte es so aussehen, als ob wir die ganze Sache allzu wichtig nehmen und letzten Endes ihr die Nacht mit dir nicht gönnten!»

«Nach Ablauf der drei Tage will ich zu ihr gehn», hatte Simen Tjing erwidert. «Du kennst das Frauenzimmer noch nicht. Wenn sie etwas aus der Schüssel gegessen hat, guckt sie gleich in den Topf. Ihr Ärger kann meiner Meinung nach nicht größer sein als meiner. Noch zu Lebzeiten ihres Mannes waren wir doch schon intim. Was hat sie mir nicht alles gesagt und erzählt! Dann hat sie geruht, den Doktor Djang zu sich zu rufen. Ich war ihr nicht so gut wie der Bursche. Weshalb verlangt sie jetzt wieder nach mir?»

«Du hast ja Grund ärgerlich zu sein, aber sie hat auch ihre Enttäuschung hinter sich», war Jadeturms Antwort.

Während dieses Gespräches vernahmen sie plötzlich Pochen am zweiten Portale. Jadeturm sandte Duftwunder aus, um zu fragen, was es gebe. Sie kam mit der Meldung zurück: Schlehenblüte wolle den Herrn rufen, die Sechste habe sich in ihrer Stube erhängt.

«Ich sagte dir doch, du möchtest einmal zu ihr gehn. Du hast nicht auf mich gehört, und nun ist das geschehen!» machte Jadeturm erregt Simen Tjing Vorwürfe. Sie zündete eine Laterne an und begab sich nach vorn an Ort und Stelle.

Frau Mondtraut und Holdchen Li waren auf die Nachricht auch aufgestanden und begaben sich zu Väsele Li. Goldlotos saß bei ihr und hielt sie in den Armen.

«Hast du ihr etwas Ingwersuppe eingeflößt?» war die allgemeine Frage.

«Ja, sofort, als ich sie abgeschnitten hatte», gab Goldlotos zur Antwort.

Väsele Li würgte in der Kehle und begann laut zu weinen. Allen Frauen fiel ein Stein vom Herzen. Sie beruhigten sie bis sie einschlief, und gingen dann wieder in ihre Gemächer.

Als Väsele Li am nächsten Tage um die Mittagszeit etwas Reisschleim zu sich genommen hatte, bemerkte Simen Tjing zu Holdchen Li und den anderen Frauen:

«Glaubt doch dem Frauenzimmer nicht! Sie hat sich nur totgestellt, um uns einen Schrecken einzujagen. Ich werde es ihr aber noch anstreichen. Heute abend werde ich mich persönlich überzeugen, ob sie sich erhängt. Tut sie es nicht, so wird sie von mir mit der Peitsche eine gehörige Tracht Prügel erhalten. So ein niederträchtiges Frauenzimmer! Wen meint sie denn nur vor sich zu haben?»

Angesichts dieser Drohungen brach bei allen Frauen um Väsele Li's willen Angstschweiß aus, als sie am Abende Simen Tjing mit einer Reitpeitsche im Ärmel zu Väsele Li gehen sahen. Jadeturm und Goldlotos ließen alle Türen verriegeln und gaben Weisung, niemand einzulassen. Dann nahmen sie an der Seitenpforte Aufstellung und lauschten.

Simen Tjing fand Väsele Li im Bette. Sie lag auf einer Seite, weinte und schluchzte. Als er eintrat, richtete sie sich nicht auf. Darüber verstimmt, jagte Simen

Tjing zunächst die beiden Dienerinnen zur Stube hinaus, dann ließ er sich im leeren Zimmer auf einem Stuhle nieder. Auf Väsele Li weisend schalt er:

«Frauenzimmer! Wenn du schon lebensüberdrüssig bist, warum mußtest du dann erst in mein Haus kommen, um dich zu erhängen? Da hättest du doch bei deinem Sauknirps bleiben können. Wer hat dich kommen heißen? Ich habe doch niemand in eine Falle gelockt. Warum mußt du dich also hier auspissen? Ich habe noch nie zugesehen, wie sich jemand erhängt hat. Mach' es mir jetzt einmal vor; ich will zuschauen!» Dabei zog er einen Strick hervor und schleuderte ihn ihr vors Gesicht: «Häng' dich auf!»

Väsele Li fielen Djang Dschu-schan's Worte ein: Simen Tjing sei ein Haupt-Frauenschinder und der gerissenste Fallensteller für Frauen und Mädchen. Sie dachte bei sich nach, für welche Handlungen in einer Vorexistenz sie jetzt büßen müsse, daß sie offenen Auges sich ins Feuer gestürzt habe. Verzweifelt schluchzte sie auf und weinte. Wütend befahl ihr Simen Tjing, das Bett zu verlassen, sich zu entkleiden und niederzuknieen. Sie zögerte, diesem Befehle Folge zu leisten. Da riß er sie vom Bette herunter auf den Fußboden, zog aus dem Ärmel die Peitsche hervor und schlug ein paar Mal zu. Jetzt erst entkleidete sich Väsele Li und sank zitternd in die Knie. Simen Tjing blieb sitzen und eröffnete ein eingehendes Verhör:

«Ich habe dir doch so ernst erklärt, dich etwas zu gedulden, ich hätte eine Familienangelegenheit zu regeln. Warum hast du mir nicht gefolgt, sondern hast schleunigst und eiligst den Arzt Djang, diesen Burschen, geheiratet? Hättest du irgend jemand sonst geheiratet, so hätte ich mich nicht darüber aufgeregt. Was hat der Sauknirps denn nur an sich, daß du ihn in dein Haus aufgenommen und ihm das Kapital vorgeschossen hast, um vor meinen Augen und zu meinem wirtschaftlichen Nachteil ein Konkurrenzgeschäft zu eröffnen?»

«Laß mich lieber schweigen. Die Reue kommt doch zu spät», klagte Väsele Li. «Als du fortgegangen warst und nicht wieder erschienst, dachte ich nur an dich von früh bis spät. Das Grübeln und Sinnen machte mich krank. Von hinten aus dem Garten der mit dem Kaiserhause verwandten Familie Tjau suchten mich um Mitternacht Fuchsgeister heim. Sie kamen in deiner Gestalt und zehrten an meinem Marke[44,1]. Erst beim Hahnenkrähen am Morgen verließen sie mich. Wenn du mir nicht glaubst, so frag' nur die alte Feng und die beiden Mägde und laß es dir von ihnen bestätigen! Ich kam immer mehr herunter und war dem Tode nahe. Da ließ ich den Heilkundler Djang zum Krankenbesuche kommen, und nun war es gerade so, als ob ich in einen Kleistertopf gefallen wäre. Er hat mich völlig betört und behauptet, du seiest in Familienangelegenheiten nach der Hauptstadt gereist. In meiner Not tat ich den Fehltritt. Ich konnte auch nicht ahnen, daß der Bursche noch eine Schuldsäule gewesen wäre, wenn man ihm den Kopf abgeschlagen hätte, und daß die Leute ihm das Haus einlaufen würden. Als dann schließlich die Sache noch vor das Gericht gebracht wurde, habe ich meinen Ärger hinuntergeschluckt, die paar Unzen Silber verschmerzt und ihn hinausgejagt.»

«Du sollst ihn doch zu einer Klage auf alle die vielen Sachen veranlaßt haben, die ich von dir in Händen hätte! Warum kommst du da überhaupt noch in mein Haus?»

«Sprich doch nicht so! Wenn ich derartiges getan hätte, so möge ich lebendig verfaulen!»

«Und wenn du es auch getan hättest», erklärte Simen Tjing, «ich fürchte nichts, selbst wenn du behauptetest, Vermögen zu haben. Doch damit, daß du jetzt rasch den Mann wechselst, ist die Sache noch nicht abgetan. Ich will dir nur die Wahrheit gestehn: Daß die beiden Kerle seinerzeit den Arzt verprügelt haben und alles weitere war eine kleine List von mir, damit der Bursche ein für alle Male erledigt sei. Ich hätte auch noch etwas mehr List anwenden können, wenn ich es gewollt hätte; dann wärest auch du in den Prozeß verwickelt worden, und es wäre dir ähnlich gegangen.»

«Ich weiß jetzt, daß es ein Kniff von dir war. Aber ich habe schwer gelitten. Hätt' ich einsam leben müssen, das wäre mein Tod gewesen», sagte Väsele Li.

Simen Tjing's Zorn hatte sich bei dem Gespräch allmählich gelegt, und nun richtete er an sie die Frage:

«Frauenzimmer, komm einmal heran! Du sollst mir die Wahrheit sagen! Wer von uns ist denn nun der bessere Liebhaber, der stärkere Mann im Bett, der Doktor oder ich?»

«Wie sollte er sich mit dir vergleichen können! Du bist wie der Himmel und er dagegen wie ein Ziegelbrocken. Du stehst über den dreiunddreißig Himmeln und er unter den neunundneunzig Erden. Gar nicht zu schildern, wie hoch du über allen stehst, was du allein täglich an Köstlichem verzehrst und verbrauchst, würde er nie zu Gesichte bekommen, und wenn er selbst ein paar hundert Jahre lebte. Worin sollte er sich mit dir messen können? Laß uns ihn gar nicht weiter erwähnen! Und hätte Hwa Dse-hü zu seinen Lebzeiten sich mit dir messen können, würde ich doch nicht immer so nach dir verlangt haben. Du bist wie eine Arznei, die mich genesen macht. Seitdem ich dich einmal erlebt hatte, verging kein Tag, verstrich keine Nacht, da ich nicht nur an dich dachte.»

Diese Worte weckten in Simen Tjing wieder die alte Zuneigung zu ihr. Er freute sich unendlich, ließ die Peitsche fallen und zog Väsele Li vom Boden auf. Sie kleidete sich an, und dann umarmte er sie:

«Kind, du sagst die Wahrheit. So ist es tatsächlich. Jener Bursche hätte ja sein Glück nie zu schätzen gewußt.»

Schlehenblüte mußte den Tisch zurechtrücken und aus der Küche Wein und Speisen holen.

Noch blinkt im Osten Sonnenschein,
da setzt im Westen Regen ein. —
Wo ganz die Neigung schien verloren,
da ward die Liebe neu geboren.

Wie sagt doch ein Gedicht so passend:

Bi-yü[34,a], die eben herangeblüht war,
sah in Liebe den Mann sich verzehren.
Das zwang sie, gerührt
  und der Scheu auch bar,
umarmend zu ihm sich zu kehren.

20. KAPITEL

Die schnorrende Schar ist lustig gestimmt
und schmeichelt beim Fest um die Wette.
Die Fehde der närrische Fant aufnimmt,
zertrümmert des Lustrausches Stätte.

Auf Blumenpfaden man wandelt,
auf Wegen, geländerumwehrt,
wo fremden Blicken ist sorglich
der Einblick ins Inn're erschwert.
Hier Vorsicht: an Haaren und Röckchen
zaust dorniger Brombeerbusch!
Dort in die wilden Rosen
fällt flüchtend man im Husch.
Und hu! Wie haket und zerret
der knackenden Zweige Tück'!
Man sucht einen Durchschlupf zu finden
und strebt aus den Büschen zurück.
Wo hinter dem Gazefenster
die Schwalbe ihr Nestchen spürt,
wird man von ihr dann wieder
ins Haus hineingeführt.

Nachdem Väsele Li's sanfte Liebesbeteuerungen Simen Tjing tief gerührt und seinen Verdruß in Freude gewandelt hatten, er sie auch zu sich emporgezogen und sie sich wieder bekleidet hatte, waren sie innig umschlungen und körperlich erschöpfend ineinander verstrickt gewesen. Dann hatte Simen Tjing Schlehenblüte ins Zimmer kommen, den Tisch zurechtstellen und aus der hinten gelegenen Küche Wein holen lassen.

Goldlotos und Jadeturm hatten unterdessen von dem Augenblick an, da sich Simen Tjing zu Väsele Li begeben hatte, an dem Seitentürchen gestanden und gelauscht. Das Türchen selbst war verriegelt, und nur Schlehenblüte hatte im Höfchen zur Aufwartung zur Verfügung gestanden. Sie hatten durch Ritzen in der Türe hineingespäht, wahrgenommen wie eine Kerze angezündet wurde, und gehört, daß gesprochen worden war. Die Worte selbst hatten sie nicht verstehen können.

«Wir sind nicht so gut daran, wie das schelmische Dingchen Schlehenblüte», hatte Goldlotos bemerkt. «Sie ist im Lauschen ganz besonders gewandt.»

Schlehenblüte war nämlich unter das Fenster geschlichen und hatte ein Weilchen die Ohren gespitzt. Dann war sie zurückgekommen und hatte auf Goldlotos leise Frage, was in der Stube vorgehe, beiden Frauen durch das Tor erzählt, wie der Herr ihr befohlen habe, sich zu entkleiden und niederzuknieen. Da sie es nicht getan habe, habe er im Zorn ein paar Mal mit der Peitsche zugeschlagen.

«Hat sie sich danach denn ausgezogen?» hatte Goldlotos gefragt.

«Als sie fühlte, wie gereizt der Herr war, hat sie schnell die Kleider abgelegt und ist auf dem Erdboden in die Knie gesunken. Jetzt fragt sie der Herr aus», war Schlehenblütes Antwort.

«Schwester, wir wollen uns etwas weiter entfernen», hatte Jadeturm aus Furcht, Simen Tjing möchte etwas merken, vorgeschlagen und damit Goldlotos zum westlichen Seitentore fortgezogen. Es war damals der Zwanzigste des achten Mondes. Die Mondscheibe ging gerade auf. Die beiden Frauen stellten sich in den Schatten, sprachen miteinander und warteten, daß Schlehenblüte wiederkäme, um sie auszufragen.

«Schwester!» äußerte Goldlotos zu Jadeturm. «Ich kann nur sagen, sie erntet die Frucht ihres Verhaltens. Sie drängte mit aller Sehnsucht hierher. Zuerst ist er überhaupt nicht zu ihr gegangen. Nun ist er abgesessen und zeigt seine Macht. Frühzeitig hat sie sich die Schläge verdient. Wir hier sind schon ganz folgsame Dingerchen, denn wenn man seinen Willen tut, so geht es mit ihm. Es ist geradeso wie beim Kaugummihersteller. Ob man ihn erst kneten läßt oder nicht, immer kostet es dasselbe Geld. Ich muß daran denken, wie es mir früher wegen der Klatschereien der gemeinen Frauenzimmer gegangen ist, und wie ich gedemütigt worden bin. Ich bin hundertzwanzig-prozentig vorsichtig gewesen, aber was mußte ich noch trotzdem an Bitternis auskosten! Schwester, du bist noch nicht lange genug hier, um sein heftiges Wesen zu kennen.»

Bei diesen Worten vernahmen sie, wie das Seitentürchen geöffnet wurde. Schlehenblüte trat heraus und ging geradeswegs zur Küche. Die Frauen, die im Schatten standen, riefen sie an:

«Wohin willst du, Geschöpfchen?»

Schlehenblüte ging lachend weiter.

«Komm doch her, du abscheuliche Kleine!» rief Goldlotos. «Ich will etwas von dir hören. Warum hast du es so eilig?»

Schlehenblüte hielt an und erzählte:

«Sie hat geweint und dem Herrn so vielerlei erzählt. Voller Freude hat er sie an sich gedrückt und sich anziehen lassen. Dann habe ich den Tisch zurechtstellen müssen und soll von hinten Wein holen.»

«So ein Schuft und unverschämter Kerl!» stieß Goldlotos zu Jadeturm gewandt hervor. «Da macht er erst ein so furchtbares Donnerwetter, und dann handelt es sich nur um ein paar Regenspritzer. Richtig betrachtet, konnte es auch nichts weiter werden. Ich vermute — denn etwas anderes kann ich mir nicht denken —, er läßt den Wein wahrscheinlich holen, damit sie ihn ihm kredenze. Schelmisches Geschöpf, du bist doch gar nicht ihre Dienerin und holst ihr den Wein! Wenn Schneeholdchen, diese Knechtskreatur, in der Küche nun wieder ihr stänkriges Maul aufreißt und losschimpft, so will ich nichts davon wissen.»

«Der Herr schickt mich doch, was macht's da aus!» war Schlehenblütes Antwort, und kichernd entfernte sie sich.

«Geb' ich dem Ding da einmal einen wirklich regelrechten Auftrag, dann ist sie so bewegungsfaul, als ob sie im Sterben liege», bemerkte Goldlotos. «Aber wenn irgend eine Kauzgeschichte zu erledigen ist oder sie ihren Kopf in eine Ritze stecken soll, um zu lauschen, kann sie nicht schnell genug laufen! — Wenn du ihre beiden Dienerinnen schonst und deren Gänge besorgen willst, so ist das schließlich Sache deiner Beine. Da läuft gewissermaßen ein Rettichhändler hinter einem Salzträger her. Dummes Ding, daß du dich grundlos abrackerst!»

«Das ist auch wahr!» meinte Jadeturm. «Wenn ich meine ältere Dienerin Duftwunder einmal zu einer ernsten Verrichtung anstelle, so behandelt sie es als gar nicht dringlich. Wenn aber der Herr sie ausschickt, heimlich andere zu belauschen, da sollst du nur sehen, wie flink sie rennen kann.»

Während sie noch so sprachen, war Jadeflöte in der Dunkelheit hinzugetreten und sagte:

«Dritte Herrin, seid Ihr noch hier? Ich wollte Euch abholen.»

«Abscheuliches Hundefleisch, mich so zu erschrekken!» fuhr Jadeturm zusammen und fragte dann: «Weiß die Herrin es, daß du hierher gekommen bist?»

«Seitdem ich sie zu Bett gebracht habe, ist schon eine ganze Weile vergangen, und jetzt bin ich nach vorn gekommen, um einmal Ausschau zu halten. Eben begegnete ich Schlehenblüte, als sie aus der Küche Wein und Früchte holen wollte. Der Herr ist doch in ihrer Stube? Was hat es gegeben?» schloß sie.

«Er ist zu ihr gegangen, und alles ist längst erledigt und eingerenkt», gab Goldlotos zur Antwort und wies mit der Hand hin.

Jadeturm mußte Jadeflöte alle Einzelheiten erzählen.

«Hat er sie wirklich gezwungen, sich auszuziehen und niederzuknieen, und sie dann fünfmal mit der Peitsche geschlagen?» fragte Jadeflöte.

«Er hat sie nur geschlagen, weil sie nicht niedergekniet ist.»

«Hat er sie in Kleidern oder ohne Kleider gezüchtigt? Wie schade um ihren zarten, weißen Körper! Wie hat sie es ausgehalten?» forschte Jadeflöte.

«Du abscheuliches Stück Hundefleisch», lachte Jadeturm. «Tot ist niemand; da brauchst du dich nicht zu grämen!»

Indessen sie noch so redeten, gingen Schlehenblüte mit Wein und Edelsteinchen mit einer Speisenschachtel vorüber und wollten direkt zu Väsele Li.

«Niederträchtiges Geschöpf!» rief Goldlotos. «Wie hast du es bloß in Erfahrung gebracht, daß hier etwas los ist! Du wirklich nur zur Zeitvergeudung geschaffener Nichtsnutz! Ich befehle dir, beeile dich mit dem Hineintragen, und dann mögen ihre Mägde sie bedienen! Du brauchst dich nicht um sie zu kümmern. Du sollst für mich Besorgungen machen.»

Schlehenblüte ging kichernd mit Edelsteinchen hinein, deckte den Tisch und kam dann wieder heraus. Es blieben nur Lenzbunt und Lenzfreude zur Bedienung bei Väsele Li. Jadeturm und Goldlotos fragten Schlehenblüte aus; dann sagte Jadeflöte zu Jadeturm:

«Herrin, laßt uns nach hinten gehn!»

Beide entfernten sich darauf. Goldlotos ließ Schlehenblüte das Seitentor verriegeln, begab sich in ihre Stube und legte sich einsam zu Bett.

Ach, wie vollkommen und rund
heute nacht die Scheibe des Monds blinkt!
Nahebei koset sein Glanz
silbern ein anderes Paar.

Doch genug von Goldlotos, die einsam schlummerte. Simen Tjing und Väsele Li umarmten und liebkosten unterdessen einander. Sie tranken und plauderten bis Mitternacht. Erst dann rollten sie die blaugrün schillernde Steppdecke auf, legten das Kissen zurecht mit dem Mandarinenentenpaar und begaben sich zum Schlummer ins Bett. Das Licht der Lampe erzeugte eine Dämmerstimmung, in der das Paar den in Eintracht ruhenden Phönixen auf dem Metallspiegel glich. Duftrauch stieg aus dem Weihrauchöfchen empor. Sie waren, wie wenn Schmetterlingspaare sich zwischen Blumen tummeln. Es war wirklich so:

Ist es möglich, daß wir träumen
trotz der Silberlampe Licht?

Wie es gekommen war, gibt das Gedicht wieder:

Schlecht gefärbte Brauen,
Kämme schief im Haar:
wie das Schmücken, Putzen
doch so freudlos war!
Fenster wolkendunkel,
nebelgrau Gemach!
Aus dem Zauberherzen
quoll nur Weh! und Ach!
Mitleidswert die Zarte,
schwach, man stützte sie;
und doch Feenschöne
gab's ihr gleiche nie.

Heut' aber ist nun verschwunden
schmerzlicher Sehnsüchte Glut,
köstliche Liebe gefunden,
reicher als Geld und als Gut.

Sie schliefen bis zur Essenszeit am nächsten Tage. Väsele Li hatte sich gerade erhoben, um sich vor dem Spiegel zu kämmen, als sie Lenzfreude hinter sich das Essen bringen sah. Zunächst spülte sie ihren Mund und aß Simen Tjing zur Gesellschaft ein halbes Näpfchen. Sie wies Lenzfreude an, den gestern übriggebliebenen Rest Güldenprachter Wein durchzuseihen und zu bringen, nahm den Krug in Empfang und leistete Simen Tjing Gesellschaft. Zwei Kännchen trank jeder von ihnen. Dann erst wuschen, kämmten und verschönten sie sich. Väsele Li holte aus den Koffern Schmucksachen und weiche Kleidungsstücke hervor und hielt sie Simen Tjing zur Ansicht hin. Auch hundert westländische Perlen nahm sie heraus, um sie Simen Tjing zu zeigen. Aus ihrer früheren Zeit beim Großsekretär Liang hatte sie sie mitgebracht.

Nun holte sie einen in Gold gefaßten rabenschwarzen Knopf eines Mandarinenhutes hervor und erklärte, daß er von dem verstorbenen alten Hämling herstamme. Er war von ausgezeichneter Beschaffenheit und wog nicht ganz eine halbe Unze. Väsele Li bat Simen Tjing, ihn zu einem Silberschmiede zu bringen und ihr ein Paar Ohrgehänge daraus machen zu lassen. Dann brachte sie ein Haarkäppchen aus Goldfäden, das neun Unzen schwer war.

«Haben deine erste und deine übrigen Frauen auch derartige Haarkäppchen?» fragte sie.

«Sie besitzen mehrere verschiedenartige Haarkäppchen aus Silberfäden, aber nichts Derartiges.»

«Dann kann ich mich damit kaum zeigen. Bring' es einem Silberschmiede zur Umarbeitung und laß ihn daraus einen goldenen Schmuck mit neun Phönixen fertigen! Jeder Phönix soll im Schnabel eine Perle halten. Von dem Reste soll er mir dann noch ein Schmuckstück fertigen, wie es deine erste vorn an der Stirne trägt, mit einer in Gold gefaßten Göttin der Barmherzigkeit[19,d] in ihrer vollen Holdheit aus Nephrit.»

Simen Tjing nahm alles an sich, kämmte und wusch sich, kleidete sich an und ging fort. Väsele Li schärfte ihm noch ein:

«In meinem früheren Hause wohnt jetzt niemand; beauftrage doch auf alle Fälle jemand mit der Bewachung an Stelle des kleinen Tjän-fu, damit er hierher zu meiner Bedienung kommen kann! Wenn das alte Inventarstück, die Mutter Feng, dort ganz allein herumkrächzt, bin ich etwas in Sorge.»

«Es wird geschehen», sagte Simen Tjing, schob das Haarkäppchen und den Hutknopf in den Ärmel und ging hinaus.

Zu seiner Überraschung stand Goldlotos unfrisiert am östlichen Seitentor und rief ihn an:

«Freundchen, wohin des Weges? Jetzt kommst du erst heraus?»

«Ich muß etwas besorgen», war Simen Tjing's Antwort.

«Warum diese Eile, du Strick? Ich habe dir etwas mitzuteilen», gab sie zurück.

Da sie ziemlich energisch gerufen hatte, kehrte Simen Tjing um, und sie führte ihn in ihre Stube. Auf einem Stuhle nahm sie Platz und ergriff seine beiden Hände:

«Ich will nicht schimpfen, du Schinken und Dreizöller. Wer hat denn schon eine Bratpfanne geholt, um dich zu verzehren, daß du so eilig hinausflüchten wolltest? Komm doch näher, damit ich dich etwas fragen kann!»

«Schon gut, Frauenzimmerchen, was willst du denn wissen? Ich muß etwas besorgen. Wir können plaudern, wenn ich zurückkomme.» Damit wollte Simen Tjing hinaus.

Goldlotos fühlte beim Streicheln, daß er etwas Schweres im Ärmel hatte:

«Was hast du da? Laß es mich 'mal sehen!»

«Es ist mein Geldpäckchen!»

Sie glaubte ihm nicht, fuhr mit der Hand in seinen Ärmel und holte ein goldenes Haarkäppchen heraus: «Das gehört doch ihr! Wohin willst du damit?»

«Sie fragte mich, ob ihr etwas Derartiges hättet, und als ich es verneinte, meinte sie, daß sie es auch nicht tragen könne. Darum hat sie mir aufgetragen, es von einem Silberschmied umarbeiten zu lassen. Er soll zwei Kopfschmuckstücke daraus anfertigen.»

«Wie schwer ist denn das Käppchen, und was will sie gemacht haben?»

«Es wiegt neun Unzen. Sie will einen Kopfschmuck mit Muschelverzierungen und neun Phönixköpfen und einen anderen, wie ihn die Erste trägt, vorn mit einer Göttin der Barmherzigkeit aus Nephrit in ihrer ganzen Holdheit.»

«Für den Muschelschmuck mit neun Phönixen genügen vollauf etwas über drei und eine halbe Unze Gold», meinte Goldlotos. «Der Schmuck der Ersten wiegt — ich habe es festgestellt — nur etwas mehr als eine und eine halbe Unze. Von dem Reste laß mir auch einen solchen Muschelschmuck mit neun Phönixen wie für sie anfertigen!»

«Der Schmuck mit der Gottheit muß doch solide und haltbar gearbeitet werden!» wich Simen Tjing aus.

«Auch wenn er haltbar und solide hergestellt wird, sind nur drei Unzen Gold nötig; das ist schon reichlich. Es bleiben also noch zwei bis drei Unzen Gold für meinen Muschelschmuck übrig.»

«Du Frauenzimmerchen», lachte Simen Tjing. «Stets wünschest du, etwas für dich herauszuschinden, und überall brichst du dir noch eine kleine Spitze ab.»

«Mein Kerlchen», sagte Goldlotos, «daß du dir ja merkst, was dir deine Frau aufträgt! Läßt du es mir nicht machen, so werde ich mit dir noch ein Wörtchen reden!»

Simen Tjing steckte das Haarkäppchen wieder in den Ärmel und entfernte sich lachend.

«Freundchen, du hast dich tüchtig erwiesen!» rief ihm Goldlotos noch ironisch nach.

«Inwiefern?»

«Ist das keine Leistung, gestern so gewaltig zu donnerwettern und dann nur so winzige Regentröpfchen folgen zu lassen? Du wolltest sie doch prügeln und sich erhängen lassen, und heute hast du ein Haarkäppchen herausgeholt! Dazu hast du dein hündisches Schlaumäulchen gebraucht. Der Teufel hat die Mühle in Bewegung gesetzt; so braucht man nicht zu befürchten, daß du nicht gehst.»

«Immer schwatzt das Frauenzimmerchen nur Unsinn», lachte Simen Tjing und ging davon.

Unterdessen hatten Frau Mondtraut, Jadeturm und Holdchen Li in der Stube beieinander gesessen, als sie plötzlich draußen einen der kleinen Diener Lai-wang suchen und nach ihm vergeblich rufen hörten. Dann erschien Ping-an unter dem Türvorhange.

«Warum suchst du ihn?» fragte Frau Mondtraut.

«Der Herr wartet dringend auf ihn», antwortete er.

«Ich habe ihn zu Besorgungen fortgeschickt», erklärte Frau Mondtraut nach einer kleinen Pause. Sie hatte ihn nämlich mit Weihrauch, Öl und Reis in der Frühe zur Nonne Wang ins Kloster gesandt.

«So will ich sagen: die Herrin hat ihn zu Besorgungen ausgeschickt», bemerkte Ping-an.

«Dummer Kerl! Antworte doch, was du Lust hast!» schalt Frau Mondtraut.

Ping-an erlaubte sich nicht, etwas zu entgegnen, und ging hinaus.

«Wenn ich nur den Mund auftu, so heißt es, ich kümmere mich um viel zu viel», sagte nun Frau Mondtraut zu Jadeturm und den anderen. «Aber wenn ich schweige, so fresse ich meinen Ärger in mich hinein. Ein einziger kann das Haus doch auch bewachen. Verkaufen sollte man es, dann ist die ganze Geschichte erledigt. Warum so viel Geschwätz, Geklingel und Getrommel wegen der Bewachung des einen Hauses? Ihre Dienerin, die alte Feng, ist doch auf alle Fälle dort. Schließlich mag auch noch einer der unverheirateten Dienerburschen hingesandt werden und dort bleiben! Das würde doch genügen. Oder hat man vielleicht gar Angst, das Haus werde fortlaufen? Jetzt soll nun durchaus das Ehepaar Lai-wang hin. Seine Frau ist doch immer leidend und kränklich. Wer soll sie dort pflegen, wenn ihr einmal etwas zustößt?»

«Ich achte Euch hoch, Schwester», sprach Jadeturm. «Eigentlich darf ich mir das Wort nicht erlauben, denn Ihr seid die Herrin im Hause. Ich will nicht dazu Stellung nehmen, daß Ihr mit dem Herrn nicht sprecht, aber unser aller Lage ist dadurch schwierig. Das junge Volk wird nicht gehörig beaufsichtigt und angewiesen. Seit langem kümmert sich der Herr selbst um nichts. Ihm fehlt zu allem die Lust. Hört doch einmal auf uns, Schwester, und lacht den Herrn wieder einmal an!»

«Schwester Jadeturm, davon fang lieber gar nicht an!» antwortete Frau Mondtraut. «Er und ich hatten doch gar keinen Streit miteinander. Ohne jeden Anlaß hat er sich nicht im Zaume gehabt und sich so aufgeregt, daß ihm wohl sein eigenes Gesicht wehgetan haben muß. Bilde dir nicht ein, daß ich ihm auch nur einen geraden Blick zuwerfen werde! Hinter meinem

Rücken hat er mich anderen gegenüber ein tugendloses, liederliches Frauenzimmer gescholten. Inwiefern bin ich denn tugendlos und liederlich? Erst jetzt, wo er sieben, acht im Hause hat, findet er heraus, daß ich tugendlos und liederlich bin. Von jeher heißt es:

Red'st du den Leuten nach dem Mund,
das heißt man gut;
doch tust du nur das Rechte kund,
erregst du Wut.

Seinerzeit habe ich ihn doch nur in bester Absicht von der Heirat zurückzuhalten versucht, wenn ich sagte: Du hast soviel von ihm übernommen, dann sein Grundstück gekauft, und jetzt planst du noch, sein Weib als Frau zu nehmen! Das wäre doch nicht angenehm, wenn die Sache vor den Richter käme. Außerdem ist ihre Trauerzeit noch nicht um; deshalb empfiehlt sich die Heirat für dich nicht. Wie konnte ich ahnen, daß hinter meinem Rücken der Kreis immer enger geschlossen wurde! Täglich wurden Teebesuche gemacht, und nur mir allein wurden sie verheimlicht. Mich setzte man ganz nach unten auf den Boden des Topfes. Heute schützte er vor, eine Nacht in den Vergnügungsstätten verbringen zu wollen, morgen hatte er die gleiche Ausrede. Wer konnte damit rechnen, daß er überhaupt noch zu Hause schlafen würde! Es muß sich in den Vergnügungsstätten doch wohl besonders schön ruhen. Er erträgt eben nur Leute um sich nach Art von bunten Rehen, flötenden Füchsen, betörenden Drachen und bemalten Tigern, die ihn schädigen wie zweischneidige Schwerter. Trotzdem sind sie für ihn tausendmal und abertausendmal gut. Wenn Menschen wie wir, so nachsichtig und ruhig, ihn mit den besten Worten, freilich bitter im Munde, ermahnen, will er es beachten? Er braucht sich nicht um mich zu kümmern.

Ich will ja nur von ihm meine drei Mahlzeiten täglich verlangen; im übrigen will ich mich als Witwe betrachten, die ihren Mann verloren hat. Laßt mich alle hier in Ruhe und kümmert euch auch um sein Verhalten nicht!»

Solchen Worten gegenüber blieb Jadeturm und den anderen nichts übrig, als zu schweigen. Ein Weilchen später erschien Väsele Li in vollem Schmuck und Putze. Sie trug ein karminrotes, goldgrundiertes, ungefüttertes Seidenjäckchen mit Mittelschluß und einen blaugrün grundierten, mit bunten Blumen verzierten Seidenschlepprock. Lenzfreude brachte eine silberne Kanne mit kochendem Wasser, und Lenzbunt trug eine Büchse Tee. Sie kamen in das Herrschaftshaus, um Frau Mondtraut und den anderen Damen mit Tee aufzuwarten. Frau Mondtraut ließ Edelsteinchen einen Stuhl für Väsele Li holen. Etwas später erschien auch Schneeholdchen Sun. Allen schenkte Väsele Li Tee ein, und man saß beieinander.

«Schwester Väsele», bemerkte Goldlotos vorbeugend, «kommt näher und macht der ersten Schwester Eure Verneigung! Ich will nur die Wahrheit gestehn. Seit geraumer Zeit spricht sie nicht mit dem Herrn, und zwar bist du dazu der Anlaß gewesen. Wir haben ihr soeben mit Rücksicht auf dich beinahe den ganzen Tag lang zugeredet. Gib an einem der nächsten Tage einen Festschmaus und fleh sie einmal an, damit sie, Ehemann und Ehefrau, sich endlich wieder einmal anlachen!»

«Ich will es tun, was Ihr mir auftragt, Schwester», sagte Väsele Li und fiel sogleich wie eine Kerze, die man aufstecken will, viermal vor Frau Mondtraut aufs Antlitz.

«Schwester Väsele, sie narrt dich», sprach Frau Mondtraut und wandte sich dann an Goldlotos: «Und du, Fünfte, mußt nicht immer aufdringlich und lästig werden. Ich habe mir geschworen: Ich mache nicht mehr mit ihm mit, und wenn es hundert Jahre werden.»

Daraufhin wagte niemand mehr, etwas dagegen zu reden. Goldlotos setzte sich abseits und begann nun mit einem Spachtel Väsele Li's Haar zu glätten. Dabei sah sie auf ihrem Kopf einen goldenen, durchbrochen gearbeiteten Schmuck, der die Gestalt einer Heuschrecke hatte, und einen Kamm, dessen Rücken Goldfedernzierat aufwies und Föhre, Bambus und Schlehe, die drei Freunde der kalten Jahreszeit, in kostbarer Goldschmiedearbeit darstellte.

«Schwester Väsele», sagte sie, «diesen zerbrechlichen Heuschreck-Kopfschmuck solltest du nicht tragen. Er bringt dein Haar in Unordnung. Viel besser ist ein Schmuck, wie ihn die Herrin trägt, mit der Gottheit der Barmherzigkeit aus Gold. Der ist solide und haltbar.»

«Ich wollte schon einem Silberschmiede den Auftrag geben, ein entsprechendes Stück anzufertigen», antwortete Väsele Li bescheiden.

Bald danach traten Edelsteinchen und Jadeflöte hinzu und reichten Tee. Sie begannen Väsele Li zu verulken[36,h].

«Sechste Herrin», fragte zunächst Jadeflöte, «in welchem Amt ist eigentlich der alte Hämling Eurer Familie im Kaiserpalaste tätig gewesen?»

«Er hatte ursprünglich im Sparkommissariat die Leitung der Werkstätten für die Palastbauten.»

«O!» lachte Jadeflöte, «deshalb also solltet Ihr es gestern mit Holzknüppeln zu tun gehabt haben!»

«Haben dich nicht im vergangenen Jahre viele Blockälteste tüchtig gesucht, um dich nach der Reichshauptstadt zu senden?» fragte Edelsteinchen.

«Warum soll man mich denn gesucht haben?» forschte Väsele Li unachtsam.

«Sie behaupteten, Tantchen, Ihr verstündet es, Hochfluten anzukündigen», lachte Edelsteinchen.

«Tantchen», sagte dann wieder Jadeflöte, «hat gestern das Dorfmütterchen sich genügend oft aufs Antlitz geworfen, als es zu allen Buddhas betete?»

«Ist wirklich etwas Wahres daran, daß gestern der Hof vier Nachtwächter gesandt hat, um dich an die Grenze zur Besänftigung eines Barbaren zu bestellen?» fragte Edelsteinchen.

«Ich weiß nichts davon«, gab Väsele Li zur Antwort.

«Tantchen», lachte nun Edelsteinchen, «Ihr könnt aber schön Schatz, Schatz! rufen.»

Während Jadeturm und Goldlotos in lautes Gelächter ausbrachen, schalt Frau Mondtraut:

«Abscheuliche Bälge, kümmert euch um eure Arbeiten! Was habt ihr sie zu verulken!»

Väsele Li's Antlitz wurde vor Verlegenheit rot und weiß, ihr wurde es unbehaglich; sie mochte nicht stehn und nicht sitzen und ging bald darauf zurück in ihre Gemächer.

Erheblich später trat Simen Tjing bei ihr ein mit der Nachricht, der Silberschmied Gu habe die Arbeit übernommen. Dann besprach er die Absendung von Einladungskarten für den Fünfundzwanzigsten, zu dem er Freunde und Bekannte zum Hochzeitsschmause laden wolle. Der älteste Hwa müsse auf alle Fälle auch gebeten werden.

«Wenn seine Frau demnächst ihren Besuch macht, will ich es ihr nochmals sagen. Das genügt doch. Wenn du ihn aber einladen willst, so tu es meinetwegen! Die alte Feng muß mein Haus ganz allein bewachen», fuhr sie fort. «Ordne doch an, daß noch jemand von hier abwechselnd mit Tjän-fu die Nachtwache übernimmt! Lai-wang darfst du aber nicht hinsenden. Deine Erste hat erklärt, seine Frau sei kränklich, und er dürfe deshalb nicht fort.»

«Das habe ich nicht gewußt», bemerkte Simen Tjing, rief sofort Ping-an und befahl ihm, abwechselnd mit Tjän-fu eine Nacht um die andere die Hauswache in der Löwenstraße zu halten.

Ehe man sich dessen versah, war auch der fünfundzwanzigste Tag da. Alles war im Hause Simen Tjing's für den Hochzeitsschmaus mit Blumen geschmückt, die Tafel stand gedeckt, und für Belustigungen und Schaustellungen aller Art war Sorge getragen. Vier Sängerinnen, nämlich Zimtknospe Li, Silberschönchen Wu, Schatzelfe Dung und Goldreifchen Han, waren von der Mittagszeit an zugegen. Die Gäste tranken zunächst in der Mattenzeltlaube Tee, und als alle vollzählig erschienen waren, nahm man in der Haupthalle zum Festessen Platz. Die Ehrensitze erhielten die beiden ältesten Schwäger Hwa und Wu, die zweiten Plätze der jüngere Schwager Wu und der Schwager Schen, die dritten Rangplätze wurden Jing Bo-djau und Sjä Si-da zugeteilt, die vierten Plätze Dschu Schi-niän und dem maulfaulen Sun, die fünften Plätze Tschang Dschi-djiä und Wu Djän-en und die sechsten Jün Li-schou und Bai Lai-gwang. Simen Tjing selbst nahm den Sitz des Gastgebers ein. Die übrigen Gäste, wie der Geschäftsführer Fu, Fei Di-tschwang und der Schwiegersohn Tschen Djing-dji saßen zu beiden Seiten. Die Musikanten hatten bereits mehrere Stücke aus dem Vortragsschatze des Hauses der Lustigen Musiker gespielt. Auch Li Ming und Wu Hwe hatten unter Begleitung gesungen. Während dann die Blasinstrumente ertönten, traten die vier Sängerschönen vor und reichten Wein herum. Jing Bo-djau eröffnete als erster die Ansprachen:

«Heute beim Hochzeitsschmaus unseres ältesten Bruders sollte ich als jüngerer mich eigentlich nicht erdreisten, die neue Schwägerin herauszubitten, um ihr unsere Aufwartung zu machen und unsere Gefühle innigster Herzlichkeit kundzutun. Auf uns kommt es schließlich aber nicht sehr an. Indessen, warum sind heute die verehrten Verwandten, der älteste Herr Hwa und die beiden alten Schwäger sowie Schwager Schen, die ich alle meiner Hochachtung versichere, erschienen?»

«Meine jüngste Nebenfrau ist etwas zurückhaltend und findet nicht den Mut, die Begrüßungen entgegenzunehmen. Entbindet sie also davon!» wich Simen Tjing aus.

«Bruder, das gibt es ja nicht!» mischte sich Sjä Si-da ein. «Ich habe schon früher erklärt, wir kämen überhaupt nur der Schwägerin willen. Warum sitzt außerdem unser verehrter Verwandter, Bruder Hwa, hier auf dem Ehrenplatze?

Erst wird man freundschaftlich bekannt,
dann hinterher auch noch verwandt.

Es handelt sich doch auch nicht um Fremde, denen sie sich zeigen soll. Warum scheut sie sich da zu erscheinen?»

Simen Tjing schmunzelte nur, rührte sich aber nicht.

«Bruder, was gibt es da zu lachen?» bemerkte nun Jing Bo-djau. «Wir alle haben doch Hochzeitsgaben mitgebracht, sie soll sich also nicht umsonst zeigen.»

«Hundsfott!» gab Simen Tjing zurück. «Immer mußt du Unsinn schwatzen.»

Da man aber immer weiter in ihn drang, rief er Daian heran, um es auszurichten. Als dieser dann nach einer Weile mit der Antwort zurückkam, die sechste Herrin bitte, ihr das zu erlassen, sagte Jing Bo-djau:

«Du kleiner Hundeknochenkobold, wann bist du überhaupt nach hinten gegangen? Du hältst uns nur zum besten.»

«Nein», widersprach Dai-an. «Herr Jing kann ja selbst hingehn und fragen, ob es stimmt.»

«Du glaubst wohl, ich wage es nicht? Ich kenne alle Stege im Garten. Soll ich einmal hingehn? Alle deine Herrinnen hole ich samt und sonders heraus», erwiderte Jing Bo-djau.

«Wir haben einen ziemlich gefährlichen großen Peking-Hund; hoffentlich beißt er Herrn Jing nicht ins Gekröse.»

Jing Bo-djau sprang geflissentlich vom Mahl auf, ging auf ihn zu, versetzte ihm zwei Tritte und rief lachend:

«Du kleiner Hundeknochen hast mir gut eins versetzt. Jetzt gehst du sofort zu deiner Herrin und bittest sie heraus, sonst zähl' ich dir zwanzig Schläge auf.»

Alle Anwesenden, auch die vier Sängerschönen, lachten. Dai-an trat in den Hintergrund und blieb dort. Den Blick richtete er auf seinen Herrn und rührte sich nicht. Simen Tjing blieb nichts anderes übrig, als ihm zuzurufen, er solle der sechsten Herrin bestellen, sie möchte sich ankleiden und erscheinen. Als Dai-an nach einer Weile zurückkehrte, bat er Simen Tjing heraus. Dann wurden die Diener fortgeschickt und das zweite Eingangsportal des Grundstücks geschlossen. Jadeturm und Goldlotos halfen Väsele Li beim Haarbinden, schmückten sie mit Blumen und schickten sie dann in die Empfangshalle. Dort wurden für sie kostbare Teppiche und bunte Läufer ausgebreitet. Die vier Sängerinnen begaben sich nach hinten, und nun setzte sich der Zug unter Musikbegleitung in Bewegung. Eine Wolke von Moschus- und Orchideenduft stieg auf; Zupfinstrumente und Flöten klangen harmonisch zusammen. Väsele Li trug einen karminrotbunten Seidenmantel mit langen Ärmeln, darunter einen hellgrünen, mit allerlei Blumen und Blütenzweigen in Gold gewirkten Rock. Um die Hüften schwang

Väsele Li zeigt sich der Hochzeitsgesellschaft

sich ein Frauengürtel aus grünem Nephrit. Goldverbrämte Manschetten schützten ihre Handgelenke. Über der Brust hingen Fransen in Farbengemisch. Am Rocksaume klingelten Edelsteingehänge. Das Haupthaar war reich durchsetzt mit Perlen und Eisvogelfederschmuck. Den Schläfenhaaren gaben schräg eingesteckte kostbare Haarpfeile Zusammenhalt. Blumenschmuck umrahmte ihr gepudertes Antlitz, und unter dem Rocke im Hunan-Schnitte schauten rote Füßchen, winzig wie Mandarinenenten, hervor. Es paßte so recht:

> Blendender nimmer die Fee
> aus dem Schlosse des Mondes hervorschritt;
> wie eine Göttin beim Feste
> umleuchtete Glanz ihren Eintritt.

Die Sängerinnengruppe geleitete unter dem Klange der Lauten, Harfen und Fiedeln Väsele Li, die in ihrer reich bestickten Tracht, einem Blütenzweig im Windeswehen gleichend, aufschaute und grüßte. Hastig erhob sich alles von den Sitzen und verneigte sich. Jadeturm, Goldlotos und Holdchen Li standen unterdessen um Frau Mondtraut herum hinter der durch Vorhänge gebildeten Trennwand der Empfangshalle, um zuzuschauen und zu lauschen.

Als sie den Gesang hörten:

> «Gekommen ist der Tag der Freude,
> und alle Wünsche sind erfüllt»,

bis

> «Der Himmel hat sie nun verbunden;
> sie gleichen einem Phönixpaar;
> nie in Äonen ward gefunden
> ein Eh'bund, der vollkommner war,»

da bemerkte Goldlotos zu Frau Mondtraut:

«Schwester, hört nur den Gesang! Für eine Nebenfrau ist er doch höchst unpassend. Wenn sie wie Fisch und Wasser zusammengehören und in Äonen das vollkommenste Ehepaar sein sollen, wo bleibt Ihr denn da?»

Auf Frau Mondtraut, die an sich gütig veranlagt war, mußten diese Worte aufreizend wirken. Dazu sah sie mit an, wie Jing Bo-djau und Sjä Si-da, diese Gesellen, beim Erscheinen von Väsele Li sich fast nicht darüber beruhigen konnten, daß ihnen nur ein Mund gewachsen war, um im schmeichlerischem Lobe zu wetteifern: Solche Schwägerinnen wie Väsele Li gebe es in der Welt nur selten. Auf Erden könne sich mit ihr überhaupt keine messen, ganz zu schweigen von ihrer Tugendhaftigkeit und ihrem anmutigen und gesitteten Benehmen. Sie sei das Musterbild einer Ehefrau, und nirgends unter dem ganzen Himmel finde man ihresgleichen. Wie Simen Tjing nur zu dem großen Glücke gekommen sei? Nun sie die Schwägerin heute von Angesicht gesehen hätten, müßten sie bekennen, daß ihnen größtes Heil widerfahren sei, selbst wenn sie morgen aus dem Leben scheiden müßten. Dann mahnten sie Dai-an, die Herrin rasch in ihre Gemächer zurückzugeleiten, damit sie sich nicht überanstrenge, denn dazu sei sie viel zu schade.

«Diese nichtsnutzigen, niederträchtigen Schwätzer!» schalten Frau Mondtraut und die anderen Frauen mit ihr.

Väsele Li verließ nun die Halle. Die Sängerinnengruppe hatte gemerkt, daß sie über Geld verfügte, und umdrängte und umschmeichelte sie: Gnädige hier, Gnädige dort! Man half ihr beim Putzablegen, faltete ihre Gewänder zusammen und tat alles, was nur möglich war.

Frau Mondtraut war verdrossen in ihre Räume zurückgekehrt. Da brachten Dai-an und Ping-an zahlreiche Hochzeitsgeschenke, Stoffe, Kleidungsstücke und gefüllte Kästchen, zu ihr. Sie würdigte sie keines Blickes, sondern schalt:

«Spitzbuben, tragt es nach vorn! Warum bringt ihr es zu mir hierher?»

Da Dai-an erwiderte, der Herr habe befohlen, die Sachen zu ihr zu bringen, ließ Frau Mondtraut sie durch Jadeflöte auf das Bett werfen. Nicht lange danach — der zweite Gang des Festmahls war vorüber — erschien Frau Mondtrauts Bruder bei ihr zu Besuch. Sie begrüßten einander, dann setzten sie sich, und Herr Wu begann:

«Es tut mir leid, daß du neulich mit deiner Schwägerin so viel Mühewaltung gehabt hast. Ich wollte mich auch bei meinem Schwager für die Einladung bedanken. Übrigens hat man mir zu Hause erzählt, daß ihr nicht miteinander sprecht, du und mein Schwager. Ich bin mit der Absicht gekommen, dir gut zuzureden. Der Schwager hat sich dir doch heute wieder genähert, aber mit deinem Verhalten läufst du Gefahr, bei ihm noch alles zu verlieren. Von jeher hat man betont: Angst vor der Frau kennzeichnet den törichten Mann, aber Respekt vor dem Mann die edele Frau. Dreifache Folgsamkeit und vierfache Tugendhaftigkeit[32,e] umfaßt der Pflichtenkreis der Frau. Hindere ihn nicht in seinem Treiben! Er wird schon nichts Falsches tun. Erst darin offenbart sich dein Edelsinn, daß du stets gütig mit ihm sprichst.»

«Ich bin doch immer so gut zu ihm gewesen: deshalb durfte man mir doch nicht derart wehetun», sagte Frau Mondtraut. «Die neue Schwester, die er nun geheiratet hat, ist so reich, daß ich, das Mädchen aus armer Beamtenfamilie, für ihn erledigt und abgetan bin. Kümmere dich nur nicht weiter um ihn! Es geht schließlich doch nur mich an. Laß ihn mit mir machen, was er will! Der gemeine, gewalttätige

Mensch! Wie konnte er seither nur so treulos werden?» Dabei begann sie zu weinen.

«Schwester, du vertrittst nicht den richtigen Standpunkt», sagte der Bruder. «Wir sind doch beide vernünftige Menschen. Ändere lieber dein Verhalten! Ihr müßt euch als Eheleute gut miteinander stellen, dann hat unsereiner, wenn er einmal herkommt, auch etwas Abglanz davon.»

Er hatte Frau Mondtraut so eine Weile ermahnt, da brachte Edelsteinchen Tee, und als er davon getrunken hatte, wurde er durch einen Diener zurück zur Tafel gebeten. Er verabschiedete sich deshalb von Frau Mondtraut.

Man schmauste bis zur Dunkelheit und trennte sich erst dann. Die vier Sängerinnen hatten von Väsele Li je ein seidenes, goldbetupftes Schweißtüchlein und eine halbe Unze Silber erhalten. Erfreut kehrten sie heim.

Simen Tjing blieb während der folgenden Nächte in Väsele Li's Räumen. Alle Frauen fanden sich damit ab. Nur Goldlotos war darüber maßlos aufgebracht. Sie hetzte heimlich bei Frau Mondtraut, stellte sich aber Väsele Li gegenüber herzlich und behauptete bei ihr wiederum, Frau Mondtraut sei unerträglich. Väsele Li kannte sie noch nicht und ging in ihre Falle. Sie nannte sie nur immer Schwester und vertraute sich ihr ganz an. Doch richtig ist:

Sag' andern nur drei Zehntel
von dem was dich erfüllt.
Der ist nicht wohl beraten,
der ganz sein Herz enthüllt.

Dadurch, daß Simen Tjing Väsele Li geheiratet hatte, war ihm wieder ganz unverhoffter Besitz zugefallen. Seine Familie blühte und gedieh. Er ließ seinen Landsitz und seine Wohnhäuser innen und außen überholen und neu herrichten. Reis und Getreide füllten seine Speicher. Zu Herden wuchsen die Scharen seiner Maultiere und Pferde, und der Diener und Knechte gab es eine ganze Reihe. Den Namen von Väsele Li's Diener änderte er aus Tjän-fu in Lautenjunge um. Dann kaufte er noch zwei Dienerknaben, die er Lai-an und Schachjunge benannte. Goldlotos Zofe Schlehenblüte, Jadeflöte aus dem Herrschaftshause, Väsele Li's Dienerin Lenzfreude und Jadeturms Zofe Duftwunder versah er mit Kleidung und Putz, hielt darauf, daß sie schmuck aussahen, und ließ ihnen in einem Seitenhause neben der vorderen Empfangshalle durch Holdchen Li's Bruder, den Musiker Li Ming, Musik- und Gesangsunterricht erteilen. Schlehenblüte erlernte das Lautenspiel, Jadeflöte das Harfenspiel, Lenzfreude die Leier und Duftwunder die mongolische Fiedel. Zu jedem Tee und jeder Mahlzeit zog er Li Ming hinzu und gab ihm monatlich auch noch fünf Unzen Silber. An der Straßenfront wurden auf seine Anordnung zwei Räume als Geschäftslokal hergerichtet. Er stellte zweitausend Unzen Silber zur Verfügung und ließ durch den Geschäftsführer Fu und Fei Ditschwang ein Pfandhaus eröffnen. Der Schwiegersohn Tschen Djing-dji erhielt die Schlüssel und hatte die Ein- und Auslieferungen unter sich. Fei Di-tschwang wurde die Buchhaltung und Verwiegung übertragen. Die Aufsicht über die Drogenhandlung und die Pfandleihanstalt behielt der Geschäftsführer Fu; er prüfte auch die Güte des Silbers und tätigte die Ein- und Verkäufe. Die Drogen wurden im Stockwerk über Goldlotos Räumen gestapelt und über Väsele Li's Wohnräumen Schränke und Gestelle zur Aufbewahrung der verpfändeten Kleider, Schmucksachen, Altertümer, Gemälde, Schriftwerke und Kuriositäten bereitgestellt. Der tägliche Umsatz war beträchtlich. In aller Frühe mußte Tschen Djing-dji Tag für Tag aufstehn und kam erst abends spät zu Bett. Er hatte die Schlüssel unter sich, mußte die Buchungen und Zahlungen mit den Gehilfen durchgehn und die Ein- und Auslieferungsscheine ausfertigen. Simen Tjing hatte sein helles Wohlgefallen an ihm. Als er eines Tages mit ihm in der vorderen Halle speiste, sagte er:

«Es würde deinen Vater in der Reichshauptstadt von Herzen befriedigen, wenn er es erführe, wie du dich hier betätigst. Auch ich bin mit dir sehr zufrieden. Ein Sprichwort sagt:

Lebt dir ein Sohn, so soll er schalten,
wenn nicht, den Schwiegersohn laß walten!

Sollte ich ohne Sohn bleiben, gehört mein ganzes Besitztum euch beiden Eheleuten.»

«Leider ist meine Familie in ein Strafverfahren verwickelt worden, und meine Eltern leben weit entfernt von hier», antwortete der Schwiegersohn. «Nun habe ich hier Vater und Mutter gefunden, und ihr fördert mich. Diese unendliche Güte werde ich schwerlich je im Leben vergelten können. Dazu bin ich noch jung und weiß nicht, was gut und was schlecht ist. Ich hoffe, ihr werdet als Eltern mit mir Geduld haben. Das wäre schön. Doch ich wage nicht, zuviel zu wünschen.»

Simen Tjing hatte seine innige Freude an seiner vernünftigen und gewandten Redeweise. In allen Familienangelegenheiten, ob wichtig oder nicht, bei Aussendung oder Entgegennahme von Einladungen oder Briefen feierlich-förmlicher Art ließ er ihn das Schreibwerk erledigen. Kamen Gäste, so wurde er zur Gesellschaft hinzugezogen. Ohne ihn gab es keinen Tee und keine Mahlzeit mehr. Wer hätte geahnt, daß dieser junge Bursche aber wie eine Nadel in der Watte, wie ein Dorn im Fleische war?

Es war, wie einst ein Dichter schrieb:

Er blickt stets, nach Dja-Yü schmachtend,
den bestickten Vorhang an;
will, nach ihrer Stube trachtend,
stehlen dort den Duft des Han [80].

Die Zeit raste pfeilgeschwind und ehe man es gedacht, war das letzte Drittel des elften Mondes da. Von einer Teegesellschaft bei Tschang dem Borger brach Simen Tjing noch vor Einbruch der Dunkelheit frühzeitig auf. Er war zu Roß gekommen in Begleitung von Jing Bo-djau, Sjä Si-da und Dschu Schi-niän. Kaum waren sie aus der Türe, da sahen sie den Himmel mit dunklem Gewölke sich dicht bedecken, und rasch begann der Schnee in schimmernden und flatternden Flöckchen zu Boden zu fallen.

«Wenn wir jetzt heimgehn, so können wir zu Hause auch nichts mehr anfangen», meinte Jing Bo-djau. «Wir sind schon lange nicht in der Vergnügungsstätte bei Zimtknospe gewesen, um uns nach ihrem Ergehen zu erkundigen. Wie einst Meng Hau-jan [64, e] sollten wir heute, da es schneit, im Schnee spazieren und Schlehenblüten suchen. Geben wir ihr doch wieder einmal die Ehre!»

«Bruder Jing hat recht», bemerkte Dschu Schi-niän. «Ohne Rücksicht auf Wind und Wetter zahlst du ihr monatlich zwanzig Unzen Silber, um sie zu verpflichten. Wenn du sie nun trotz dieser Bindung nicht besuchst, so machst du es ihr sehr bequem.»

Da alle drei ununterbrochen, jeder mit seinen Worten, Simen Tjing zusetzten, lenkte er sein Pferd direkt zur Oststraße in das Lustbarkeitsviertel. Es war gegen Abend, als sie am Hause von Zimtknospe anlangten. Eine Magd kehrte im Empfangszimmer mit einer Laterne in der Hand den Fußboden. Zimtfee und die alte Hausmutter erschienen; und nach der Begrüßung nahmen die vier Herren auf Lehnstühlen Platz.

Simen Tjing und seine Diener schlagen im Hause der ungetreuen Zimtknospe alles kurz und klein

«Neulich ist Zimtknospe spät von Euch heimgekommen», sagte unterwürfig die Alte. «Sie hat Euch sicher sehr gestört. Herzlichsten Dank auch Eurer Sechsten für das Geschenk eines Schweißtüchleins und des Haarschmuckes an sie!»

«Ich habe sie damals etwas vernachlässigt. Ich befürchtete, es möchte für sie zu spät werden, und habe sie deshalb heimgesandt, als die Gäste sich zerstreuten», bemerkte Simen Tjing.

Die Alte sah unterdessen nach dem Tee, und eine Dienerin deckte die Tafel zu einem Weinschmause.

«Warum läßt sich denn Zimtknospe gar nicht blikken?» forschte Simen Tjing.

«Sie war die ganze Zeit zu Hause und wartete auf den Herrn Schwiegersohn», sagte die Alte. «Da der Herr Schwiegersohn aber nicht erschien und heute ihre fünfte Tante Geburtstag hat, hat sie sich zu ihr begeben, weil sie sie entgegenkommend mit einer Sänfte abholen ließ.»

In Wirklichkeit war das aber gar nicht der Fall. Da Simen Tjing in der letzten Zeit nicht gekommen war, hatte sie den Besuch des jungen Herrn Ding mit dem Namen Schwang-tjau (d. i. Doppelbrücke) angenommen, des Sohnes des Seidenhändlers und Ministerialrats Ding aus Hangdschou. Er hatte Seidenstoffe für tausend Unzen Silber verkauft und weilte in einem Gasthause. Ohne Wissen seines Vaters war der Sohn in die Vergnügungsstätte gekommen und hatte Zimtknospe erst einmal für zehn Unzen Silber und zwei Kleider aus schwerer Hangdschou-Seide für sich verpflichtet und bereits zwei Nächte bei ihr zugebracht. Gerade hatte er mit ihr gespeist, als ganz unerwartet Simen Tjing gekommen war. Die Hausmutter hatte sie in aller Hast nach hinten in ein stilles und abgelegenes Zimmerchen des dreistöckigen Hauses geschickt. Simen Tjing hatte der Alten geglaubt und nur gemeint:

«Da Zimtknospe nicht da ist, so seht nur zu, Mütterchen, daß uns Wein vorgesetzt wird! Wir wollen warten bis sie wiederkommt.»

Die Alte sorgte nun mit ganzem Eifer für den Schmaus, und bald war der Tisch voll beladen. Zimtfee spielte auf der Harfe und sang eine neue Melodie dazu. Die Gäste belustigten sich mit Rätselraten und der Erteilung von Trinkanweisungen und sprachen dem Weine tüchtig zu. Nun wollte es das Schicksal, daß Simen Tjing, um auszutreten, einmal nach hinten ging. Im östlichen Seitengebäude hörte er lachen. Er ordnete seine Kleidung, schlich an das Fenster und spähte verstohlen hinein. Da sah er Zimtknospe in dem Zimmer einem Südchinesen mit viereckiger Mütze Gesellschaft leisten und mit ihm trinken. Wild brauste sein Innerstes auf. Er ging nach vorn und warf den gedeckten Tisch um, so daß Schüsselchen und Becherchen zu Scherben zersplitterten. Dann schrie er seinen vier Trabanten Ping-an, Dai-an, dem Bilderjungen und dem Lautenjungen zu, Türen, Fenster, Wände und Bettstellen mit Bettvorhängen der Familie Li zu zertrümmern. Beschwichtigungsversuche Jing Bo-djau's, Sjä Si-da's und Dschu Schi-niän's waren vergeblich. Mit jedem Mundauftun, mit jedem Worte wollte er nur den südländischen Halunken herausholen und gefesselt mit dem Puderköpfchen Zimtknospe zusammen in der Pförtnerstube einschließen lassen.

Der junge Herr Ding, kleinmütig wie er war, versteckte sich infolge des Krachs eiligst unter dem Bett und flehte Zimtknospe an, ihm doch das Leben zu retten.

«Bah!» meinte diese. «Das hat nichts auf sich. Die Mutter ist doch noch draußen. So etwas erleben wir in den Vergnügungsstätten immer wieder. Es hat gar nichts zu besagen. Mag er sich doch austoben und ausbrüllen. Nur geh nicht hinaus!»

Als die Alte Simen Tjing so wütend sah, daß es keine Art mehr war, wollte sie durch eine Lüge eine Brücke bauen. Sie trat vor und suchte die Sache einzurenken; doch Simen Tjing hatte für nichts Ohren und feuerte seine Diener wutschnaubend an, alles zu zerstören. Es fehlte nicht viel, so wäre auch die alte Mutter Li noch verprügelt worden. Nur mit eindringlichstem Zuspruche konnten Jing Bo-djau, Sjä Si-da und Dschu Schi-niän ihn zurückhalten. Nachdem Simen Tjing so eine zeitlang gerast hatte, schwor er, die Stätte nie wieder zu betreten, schwang sich aufs Pferd und ritt durch den Schnee nach Hause. Es paßte so recht:

Dem, der so unzähl'ge Nächte
bringt bei süßen Mädchen zu,
wär' es gut, er ginge heimwärts,
suchte bei der Eh'frau Ruh.
Fällt man da auch auf den Kissen
nicht in leidenschaftlich Feuer,
schlafen kann man, bis es hell ist,
und das kommt dann auch nicht teuer.

21. KAPITEL

Frau Mondtraut sorgt für guten Tee
und sammelt dazu vorher Schnee.
Jing Bo-djau kommt und ladet ein
ins Kurtisanenhaus zum Wein.

Ein wasserblankes Messer
  aus Bing [11,b] handhabte sie,
streut Salz aus Wu [57,c] zur Speise,
  selbst Schnee war zarter nie.
Mit leichter Hand zerlegt
  sie Apfelsinen dann
und sorgt, daß im Gemache
  mild steigt die Wärme an.
Im Ofen geht die Kohle
  in Glut auf und in Rauch;
Man sitzt sich gegenüber
  und musizieret auch.
Sie fragt mit sanfter Stimme,
  wo er an Schlaf gedacht;
denn auf dem Stadttor draußen
  man kündet Mitternacht.
«Frostglatt ist heut' der Boden,
  dein Pferdchen gleitet aus,
nur wenig Menschen gehn noch;
  bleib doch bei mir im Haus!»

Als Simen Tjing aus der Vergnügungsstätte daheim anlangte, war es bereits die Zeit der ersten Nachtwache. Auf den Anruf seines Dieners wurde das Hauptportal geöffnet. Er schwang sich aus dem Sattel und stapfte durch die Schneekristalle, die wie Nephritsplitter wirr umherlagen. Es fiel ihm auf, daß das zweite Portal halb geöffnet war. Im Hofe selbst herrschte Stille und kein menschlicher Laut war zu hören. Simen Tjing wähnte, hier irgendeinem Geheimnis auf die Spur kommen zu können, schlich leise durch das Tor und lauschte neben der getünchten Wand. Er sah zunächst nur Edelsteinchen heraustreten und auf der Veranda einen Tisch aufstellen.

Frau Mondtraut hatte, seitdem sie mit Simen Tjing schmollte, in jedem Monate dreimal gefastet und an jedem mit einer Sieben bezeichneten Tage zu den Gestirnen gebetet und Weihrauch verbrannt, um den Gatten zu schützen und möglichst bald umzustimmen. Simen Tjing wußte noch nichts davon. Nachdem Edelsteinchen den Weihrauchtisch hingestellt hatte, sah er ein Weilchen später Frau Mondtraut in Feierkleidung heraustreten, nach dem Hofe gewandt den Weihrauch in dem gefüllten Öfchen anzünden, zum Äther hinaufblicken, sich tief verneigen und dann beten:

«Ich, eine geborene Wu, bin mit Simen Tjing verheiratet. Leider denkt mein Gatte nur an Halbweltfrauen; so bin ich in den besten Lebensjahren kinderlos geblieben. Wir sind insgesamt sechs Frauen ohne jede Nachkommenschaft. Niemand wird dereinst da sein, unsere Gräber zu pflegen und für uns zu beten. Von früh bis spät quält mich das, und da ich mir keinen Rat weiß, so flehe ich inbrünstig nächtlich beim Scheine der Sterne und des Mondes zu den drei Lichtspendern [43, a]. Ich bitte nur darum, den Gatten zu bewahren, daß er bald heimkehre, das Vergnügen meide und sein Herz wieder der Familie zuwende, auch daß eine von uns sechs Frauen baldigst einem Kinde das Leben schenke als Lebenszweck. Das ist ja mein sehnlichster Wunsch.»

Heimlich tritt sie aus der Türe
in die Nachtluft kühl und klar;
Weihrauchduft erfüllt die Halle,
Schnee umgleißt sie wunderbar.
Und zum Himmel flehend klagt sie,
was ihr Herz zu tiefst bewegt,
ruhlos auf und nieder wandelt
sie allein; sonst nichts sich regt.

Tief gerührt über ihre Worte, dachte Simen Tjing bei sich: Es war nicht recht, daß ich ihr bis jetzt grollte. Sie liebt nur mich mit ganzem Herzen und ist doch die wahrhaft echte Ehefrau. Es hielt ihn nichts mehr. Er trat einige Schritte von der Wand vor und schloß Frau Mondtraut in die Arme. Sie hatte nicht damit gerechnet, daß er bei dem starken Schneewetter heimgekommen sein könnte, erschrak und wollte ihn von sich stoßen, um in ihr Zimmer zu eilen. Er aber hielt sie fest in den Armen und sprach:

«Mein Schwesterlein, ich hatte gar keine Ahnung, daß du so von ganzem Herzen nur auf mein Wohl bedacht bist. Wie hab' ich bisher gefehlt, als ich dein Herz verwaisen ließ! Jetzt ist es fast zu spät zur Reue.»

«Du hast dich in dem heftigen Schneetreiben wohl verirrt», wehrte Frau Mondtraut ab. «Glaubst du etwa, hier in meinen Räumen von den tugendlosen Dirnen eine zu treffen, die mit dir ein Stelldichein verabredet hat? Wer soll denn hier für dich da sein? Ohne ersichtlichen Grund bist du hier. Laß mich ganz in Ruhe! Wir wollen für alle Ewigkeit einander meiden.»

Simen Tjing zog Frau Mondtraut in die Stube hinein. Beim Scheine der Lampe sah er, daß sie ein karminrotes, seidenes Pelzjäckchen mit Mittelschluß trug, darunter einen zartgelben Rock und auf dem Kopf ein Zobelkäppchen und ein goldenes Diadem mit der Gottheit der Erleuchtung. Man konnte so recht sagen:

Perlen trug sie und Edelsteinschmuck;
einer silbernen Schale
glich ihr gepudert Gesicht,
und Zikadenfrisur es umrahmte;
ihres Rabenhaars Knoten
entsprach Tschu's wolkigen Höhen.

Wie hätte Simen Tjing nicht in Liebe entbrennen müssen! Eiligst machte er eine tiefe Verbeugung vor Frau Mondtraut und sprach:

«Ich war die ganze Zeit hindurch verwirrt und umnachtet, daß ich auf deine edlen Worte nicht gehört und mich deinen guten Absichten gegenüber undankbar erwiesen habe. Es ist schon richtig:

Hatte Augen, konnte sehen;
und den Edelstein vom Djing[9,e]
hielt ich – wie mocht' das geschehen? –
Für ein einfach Kieselding.

Erst nach Verfehlungen kann man beurteilen, ob der Mensch edelgesinnt ist.[5,k] Also tausend- und abertausendmal verzeih mir doch nur!»

«Deine Herzallerliebste bin ich doch nicht!» war Frau Mondtrauts Antwort. «Was hat es für einen Zweck, dich immer wieder mit guten Worten zu mahnen bei Sachen, die ich anders beurteile als du! Laß mich hier in dieser Stube mein Leben für mich führen und bemühe dich nicht um mich! Du darfst hier auch nicht bleiben. Verlaß mich so schnell wie möglich, sonst müßte ich die Mägde rufen und dich hinausjagen lassen.»

«Ich habe heute schon einen tüchtigen Ärger hinunterschlucken müssen. Ungeachtet des heftigen Schneesturms bin ich gekommen, um dir davon zu erzählen.»

«Ob du nun Ärger hast oder nicht, mir brauchst du davon nichts zu sagen. Ich will nichts davon wissen. Geh und besprich es mit deinen Leutchen, die dafür Sinn haben.»

Da Frau Mondtraut Simen Tjing nicht anschaute, hockte er nieder, um sich klein zu machen, reckte den Hals wie ein Huhn, das geschlachtet werden soll, und rief nur liebes Frauchen hin, liebes Frauchen her. Frau Mondtraut bekam das satt:

«Dein Betragen ist wirklich lästig und albern. Ich rufe jetzt die Magd.»

Das tat sie auch. Bei Edelsteinchens Eintreten erhob sich Simen Tjing eiligst, und da ihm gerade nichts besseres einfiel, diese hinauszuschicken sagte er:

«Draußen schneit es heftig, willst du denn noch nicht den Weihrauchtisch hereinholen?»

«Ich hab' ihn vorhin schon hereingebracht», gab Edelsteinchen zur Antwort.

Frau Mondtraut mußte loslachen:

«Unverschämter Mensch! In Gegenwart der Magd schwindelst du!»

Als Edelsteinchen hinausgegangen war, kniete Simen Tjing wieder nieder und bettelte.

«Wenn ich nicht menschlich handeln wollte», sagte Frau Mondtraut, «dürfte ich dich hundert Jahre lang nicht beachten.»

Erst jetzt setzte sie sich mit ihm und hieß Jadeflöte ihm Tee bringen. Simen Tjing berichtete nun, wie er nach der Teegesellschaft bei Tschang zusammen mit Jing Bo-djau zur Familie Li gegangen und wie es dann dort zum Krache gekommen sei.

«Ich schwöre, daß ich keine Freudenstätte mehr betreten werde!»

«Ob du hingehst oder nicht, liegt nicht in meiner Macht», bemerkte Frau Mondtraut. «Wenn du das Mädchen auch mit noch so viel klingendem Gold und

Silber an dich zu fesseln suchst, aber nicht hingehst, so müßtest du es dir doch denken können, daß sie mit anderen Kerlen anbändelt. Das ist doch das Gewerbe dieser Dirnen. Du kannst ihren Körper anbinden, aber nicht ihr Herz. Und wenn du einen noch so langen Siegelstreifen[49,h] nähmest, meinst du, du könntest sie versiegeln?»

Simen Tjing gab ihr recht. Er schickte darauf die Dienerinnen fort, legte die Kleider ab und begab sich in das Bett, um sich mit Frau Mondtraut zu ergötzen.

«Geh auf die Lagerstatt», sagte diese. «Nur nicht zu hastig essen! Es genügt doch, daß ich dir heute erlaube, in meiner Stube zu schlafen. Denkst du vielleicht an etwas anderes? Das gibt es nicht.»

Simen Tjing holte sein Glied heraus und scherzte:

«Also bist du nur noch diesem Kerl gram? Er ist erkältet und daher sprachlos. Er tut nur ein Auge auf, aber kein Wort findet er zu seiner Entschuldigung.»

«Unanständiger Kerl du!» schalt Frau Mondtraut. «Du hoffst wohl, ich werde auch nur mit einem Auge hinschauen?»

Simen Tjing nahm nun, ohne weitere Worte zu verlieren, ihre beiden schimmernd weißen Schenkel über seine Schultern und führte sein Glied in ihren Schoß ein. Dann waltete er seines Amtes mit der ausschweifenden Emsigkeit des Pirols, tastend wie ein Schmetterling, und das Wolken- und Regenspiel wollte kein Ende nehmen.

Bei dem lebhaften Wolken- und Regenspiele ging es zu wie in den Zeilen:

Im Geäste des Haitang hüpft der Pirol,
einem Weberschiffchen vergleichbar an Eile;
während im bunten Gebälke des Hauses derweile
kündet das Zwitschern der Schwalben
  von ihrem Wohl.

Eher als gedacht, kam der Höhepunkt, an dem das Wonne-Einhorn die beglückenden Empfindungen nicht höher steigern konnte und mit dem Safte, von dem wie von Moschus und Orchideen Duft ausströmte, ihren Schoß füllte.

Simen Tjing rief in höchster Wonne leise abbittend: «Schatz! Schatz!»

«Liebster! Liebster!» flüsterte sie ebenfalls unaufhörlich in gedämpftem Tone, die Augenlider traumverloren halb geschlossen, den Kopf in die Kissen gepreßt. Ihrer Haltung Anmut war dabei nicht zu übertreffen.

In dieser Nacht schliefen sie beide, innig Kopf an Kopf geschmiegt und eng umschlungen:

Verwirrten Haars,
  so lagen sie in brünst'ger Lust,
im Liebesrausch der Nacht
  stets pressend Brust an Brust.
Als spät er kam,
  stand sie so einsam vor dem Tisch;
nicht not war's da,
  daß sie die Brauen malte frisch!

Doch genug von der Hingabe des Paares aneinander in dieser Nacht! In der Frühe des nächsten Morgens begab sich Jadeturm zu Goldlotos. Schon im Eintreten rief sie:

«Die Schwester ist wohl noch nicht auf?»

«Unsere Herrin hat sich eben erhoben und frisiert sich; tretet ein und nehmt Platz!» antwortete Schlehenblüte.

Als Jadeturm hineinkam, sah sie, wie Goldlotos vor dem Frisiertisch ihr duftendes Haar knotete.

«Ich bin hier, dir eine Neuigkeit zu erzählen, oder weißt du sie etwa schon?» fragte Jadeturm.

«Wie könnte ich hier in diesem weltentrückten Winkel wohl etwas gehört haben! Was gibt es denn?» war Goldlotos Antwort.

«Er ist gestern um die zweite Nachtwache heimgekommen, in das Herrschaftshaus gegangen und hat sich mit Frau Mondtraut ausgesöhnt. Dann hat er die Nacht mit ihr zugebracht.»

«Als wir, wer weiß wie, zur Versöhnung mahnten», knurrte Goldlotos, «hat sie von hundert, ja zweihundert Jahren geredet. Ohne weiteres war man in ihren Augen liederlich. Nun haben sie sich vertragen, ohne daß irgend jemand dazu aufgefordert hat!»

«Ich habe es erst jetzt morgens erfahren. Meine größere Magd Duftwunder hat die Nachricht aus der Küche mitgebracht. Die Diener erzählten dort, der Herr habe gestern mit Herrn Jing Bo-djau in der Vergnügungsstätte bei Zimtknospe Li gezecht, dabei auf irgendeine Weise die Schlechtigkeit der Frauenzimmer entdeckt und alsbald hätten sie ihnen Türen, Fenster und Wände zertrümmert. Wütend sei der Herr trotz dem heftigen Schneesturme nach Hause geeilt. Beim Durchschreiten des zweiten Portales habe er die Erste Weihrauch verbrennen sehen und wohl auch belauscht. Da waren beide miteinander wieder gut. Die Mägde wußten auch noch zu erzählen, daß sie die ganze Nacht hindurch geplaudert hätten, der Herr vor ihr niedergekniet sei, sie Mutter gerufen habe, und wie die Erste ihm schließlich mit ihren Äußerungen entgegengekommen sei. Ihr Verhalten soll natürlich wieder einwandfrei sein. Eine andere wäre, ich weiß nicht, wie sehr, als ausschweifend getadelt worden.»

«Sie ist doch nun schon lange genug die Herrin des Hauses und weiß noch immer nicht, wie sie sich wohlanständig und artig zu verhalten hat», fiel ihr Goldlotos ins Wort. «Wenn man nachts Weihrauch verbrennen und beten will, so soll man das doch heimlich tun.

Wie kann man das nur so ausposaunen, daß der Mann es erfährt! Nun hat sie sich ohne Vermittelung[51,b] durch andere ganz allein und heimlich mit ihm ausgesöhnt. Hätte sie bis zum Ende getrotzt, das wäre recht gewesen. Aber es war natürlich alles nur Heuchelei.»

«Nein! Zum bloßen Scheine hat sie den Trotz nicht aufgegeben», meinte Jadeturm. «Sie hat ein gutes Herz und wünscht Eintracht, aber sie kann das nicht so zum Ausdrucke bringen. Sie glaubte, daß sie als Hauptfrau nicht nachzugeben brauche, was doch für uns Pflicht ist. Sie hat wohl Angst gehabt, wir möchten später einmal über sie klatschen. Ich steh jedenfalls auf dem Standpunkte: Wenn das Ehepaar einen Streit miteinander gehabt hat, so hat sie die Versöhnung uns zu verdanken. Aber nun wollen wir, du und ich, sie nicht prahlen lassen. Frisier' dich rasch und komm mit, um mit Väsele Li zu sprechen! Wir wollen je eine halbe Unze Silber geben. Väsele Li soll eine ganze herausrücken, denn die Geschichte ist ihretwegen entstanden. Dann wollen wir ein Festessen veranstalten, einmal um dem Paare Wein zu kredenzen und sodann zur Belustigung der ganzen Familie und zur Feier des prächtigen Schneefalles. Warum auch nicht!»

«Einverstanden», sagte Goldlotos. «Aber ob der Herr heute etwas vorhat?»

«Was soll er bei diesem Schneewetter vorhaben! Als ich kam, war bei dem Paare noch alles still. Die Türe des Herrschaftshauses wurde gerade geöffnet, und Edelsteinchen hat Wasser hineingetragen.»

Goldlotos beendete eiligst ihren Haarbau und begab sich gemeinsam mit Jadeturm zu Väsele Li. Diese lag im Bett und schlief noch. Lenzfreude rief:

«Die dritte und die fünfte Herrin sind da!»

Jadeturm und Goldlotos traten ein und sagten:

«Schwester Väsele, du führst ein behagliches Dasein. Jetzt erst dehnst und streckst du dich, du Faultier!»

Goldlotos fuhr mit der Hand unter die Bettdecke, holte eine silberne Kugel mit Weihrauch zum Ausräuchern des Bettes hervor und rief:

«Schwester Väsele hat ein Ei gelegt!»

Sie lüftete dann die Bettdecke, so daß Väsele Li's nackter weißer Körper sichtbar wurde. Diese zog sich eiligst an.

«Schwester, laß den Ulk!» sagte Jadeturm. «Schwester Väsele beeilt Euch, aufzustehn! Wir kommen, dir eine Neuigkeit zu berichten. Es ist schon so: Er hat sich gestern mit der Ersten ausgesöhnt. Wir geben je eine halbe Unze, du mußt etwas mehr spenden, weil seinerzeit alles deinetwegen entstanden ist, und wir wollen heute, weil so schöner Schnee gefallen ist, uns eine Freude machen und einen Schmaus geben, zu dem wir den Herrn mit der Ersten einladen. Ist dir das recht?»

«Ganz nach deinem Belieben, Schwester!» sagte Väsele Li. «Sag', wieviel ich geben soll. Ich bin dabei.»

«Es genügt, wenn du eine Unze gibst», bemerkte Goldlotos. «Wäge sie ab, damit wir dann nach hinten in die Küche gehn und dort auch Holdchen Li und Schneeholdchen Sun auffordern.»

Während Väsele Li sich ankleidete und die Füße band, ließ sie Lenzfreude einen Koffer öffnen und ein Stück Silber herausnehmen. Goldlotos wägte es. Es wog eine und eine Viertel-Unze.

«Bleib du bei Väsele Li zur Gesellschaft, während sie sich frisiert! Ich geh einstweilen nach hinten und hole Geld von Holdchen Li und Schneeholdchen Sun», erklärte Jadeturm.

Etwa eine Stunde hatte Goldlotos zugeschaut, wie sich Väsele Li kämmte und wusch, als Jadeturm von hinten zurückkam:

«Hätte ich das geahnt, so hätte ich die ganze Geschichte nicht angeregt. Es betrifft doch die ganze Familie! Will ich denn etwas von Ihnen umsonst? Das kleine Frauenzimmer behauptete: Mir ist das Glück nicht hold. Er kommt nicht mehr zu mir. Woher soll ich Geld haben? Ich mußte erst eine halbe Stunde betteln, bis sie mir eine silberne Haarnadel gab. Stell' einmal ihr Gewicht fest!»

Goldlotos ergriff die Waage. Die Nadel wog etwas über dreieinhalb Scherf. Sie erkundigte sich, wie sich Holdchen Li zu der Sache gestellt habe.

«Anfänglich tat sie, als ob sie auch nichts habe», erzählte Jadeturm. «Wenn auch täglich Geld durch ihre Hände gehe, sei doch alles genau berechnet, und sie erhalte nur gerade so viel, als sie brauche. Wie solle sie zu überflüssigem Gelde kommen! Ich widersprach: Du führst den Haushalt, und wenn du kein Geld hast, wer von uns soll dann etwas haben! Die Julisonne bescheint doch auch deine Tür oder etwa nicht? Es handelt sich doch um die ganze Familie, und du willst nichts geben? — Ärgerlich ging ich hinaus. Da ließ sie mich schnell durch die Dienerin zurückrufen und gab mir dann erst dieses Silber. Ganz unnötig hat sie mich erst so in heftige Erregung gebracht.»

Goldlotos wägte Holdchen Li's Silber. Es wog nicht ganz eine halbe Unze. Sie schalt:

«Das gerissene, filzige Frauenzimmer! Bei jeder Gelegenheit will sie eine Rolle spielen. Niemandem gibt sie die volle Summe. Immer knappt sie etwas ab.»

«Sie nimmt es sich heraus, bei anderen auf der gelben Sonderwaage auszuwägen, aber wenn jemand etwas von ihr will, dann weiß sie sich schon noch einen Knochen herauszuschlagen. Darüber ist ja, wer weiß, wieviel schon geschimpft worden», stimmte Jadeturm zu.

Sie hatten nun einschließlich Jadeturms und Goldlotos Beitrag insgesamt drei Unzen und ein Scherf zusammen und ließen durch Lenzbunt den Diener Dai-an rufen. Goldlotos fragte ihn zunächst aus:

«Gestern bist du doch mit dem Herrn bei der Familie Li gewesen. Was war denn eigentlich der Anlaß seines Ärgers?»

Dai-an berichtete nun im einzelnen, wie sie nach der Teegesellschaft bei Tschang früh aufgebrochen seien und auf Anregung von Jing Bo-djau sich gemeinsam mit Sjä Si-da zur Familie Li begeben hätten. Dort habe die Hausmutter erklärt, Zimtknospe sei nicht zu Hause, sondern auf Geburtstagsfeier bei ihrer fünften Tante. Als dann zufällig der Herr später nach hinten austreten gegangen sei, habe er mit eigenen Augen gesehen, wie der Puderkopf mit einem Südländer gezecht habe. Aus Empörung darüber habe der Herr sie ohne weitere Umschweife geheißen, Türen, Fenster und Wände der Dirnen gründlich zu zertrümmern. Er habe auch den Puderkopf mit dem Südländer an das Hausportal anschließen wollen. Nur dank dem ununterbrochenen Zureden des Herrn Jing und der anderen sei er entrüstet heimgeritten. Noch auf dem ganzen Wege habe er getobt: Er wolle dem Dirnenpack in den nächsten Tagen noch eins auswischen.

«Diese gemeinen Frauenzimmer!» rief Goldlotos. «Ich kann nur sagen: der Honigtopf ist das ganze Jahr hindurch so sorgsam gehütet worden; warum mußte er jetzt zerbrochen werden! — Hat der Herr wirklich gesagt, was du erzählst?» fragte sie Dai-an.

«Würde ich es wagen, die Herrin zu belügen?»

«Spitzbube!» fuhr ihn Goldlotos an. «Wenn er sich auch nicht um sie kümmert, sie ist doch die Buhlin deines Herrn. Darfst du es dir da erlauben, über sie so unziemlich zu reden? Du willst dich wohl einschmeicheln? Wenn wir dich einmal irgendwohin schicken wollten, dann hast du immer Mangel an Zeit vorgeschützt. Der Herr schickte dich zu Tante Li mit Silber, und dann hast du von Tantchen Zimtknospe so süß gesprochen. Jetzt, wo sie verlassen ist und der Herr ihr zürnt, da nennst du sie sogar Dirnenweib. Warte nur ab, ob ich das nicht morgen dem Herrn sage!»

«Du meine Güte! Herrin, jetzt geht die Sonne aber im Westen auf», sagte Dai-an. «Ihr wollt sie jetzt neuerdings in Schutz nehmen! Hätte der Herr sie auf dem Heimwege nicht Dirnenpack geschimpft, würde meine Wenigkeit da wohl wagen, das Wort zu gebrauchen?»

«Wenn der Herr auf sie schimpfen darf, darfst du dir das wohl auch erlauben?» fragte Goldlotos.

«Hätte ich geahnt, daß Ihr mich so belästigen würdet, so hätte ich Euch nichts erzählt», bemerkte Dai-an.

«Schalk du, widersprich mir nicht!» fiel Jadeturm ein. «Hier sind drei Unzen und ein Scherf Silber. Flugs geh und kaufe mit Lai-sing ein! Wir wollen wegen des Schneewetters heute den Herrn und die Erste einladen. Sei bescheiden, begnüge dich mit einer kleinen Belohnung! Ich werde der fünften zureden, dem Herrn nichts zu verraten.»

«Herrin, wie könnte ich es wagen, einen Schnitt zu machen, wenn ihr mir einen Auftrag gebt!» erklärte Dai-an. Er strich das Silber ein und ging mit Lai-sing einkaufen.

Simen Tjing hatte sich erhoben und kämmte und wusch sich gerade im Herrschaftshause; da sah er, wie Lai-sing mit einem Huhn, einer Gans und mit Zutaten durch den Schnee nach der Küche ging und Dai-an ihm mit einem Kruge Güldenprachter Wein folgte. Er erkundigte sich bei Jadeflöte, woher die Diener die Sachen hätten.

«Alle Damen veranstalten heute ein Festmahl, um Euch und die Herrin aus Anlaß des Schneefalles einzuladen», antwortete sie.

Simen Tjing fragte, woher der Güldenprachter Wein komme, und Dai-an sagte, die dritte Herrin habe ihm Geld gegeben, und dafür habe er ihn gekauft.

«Ach wir haben doch Wein im Hause; wozu gehst du da kaufen!» bemerkte Simen Tjing und befahl Daian:

«Hole die Schlüssel! Vorn im Seitengebäude befindet sich doppelt stark angesetzter Jasmin-Wein. Bring' zwei Krüge! Wir wollen ihn trinken.»

Unterdessen wurden hinten im offenen Vorraum Brokatvorhänge angebracht und Schutzwände aufgestellt, der wärmende Schlehenblütenvorhang herabgelassen, die Öfen mit Kohle gefüllt und die Tafel gedeckt. Als alles fertig war, erschienen Holdchen Li, Jadeturm Meng, Goldlotos Pan und Väsele Li, um Simen Tjing und Frau Mondtraut einzuladen. Holdchen Li ergriff ein Weinschälchen, Jadeturm trug den Krug, Goldlotos reichte Speisen und Väsele Li kniete dazu nieder. Der erste Becher wurde Simen Tjing gereicht. Er nahm den Wein lachend an:

«Liebe Kinder! Ihr habt euch sehr um mein Wohl bemüht. Das geziemt sich so!»

«Ja, liebe, artige Kinder!» fiel ihm Goldlotos vorlaut ins Wort. «Ich möchte wissen, wer von uns sich wohl vor dir auf das Antlitz wirft! Das könnte dir gerade passen, und du stehst dabei wie die Widderzwiebeln an der Südwand, die je älter desto schärfer werden. Wenn die Herrin dich nicht mitgebracht hätte, meinst du, wir würden uns vor dir auf das Antlitz werfen?»

Nachdem man Simen Tjing den Wein gereicht hatte, wurde ein Schälchen erneut bis zum Rande gefüllt und Frau Mondtraut dargeboten.

«Ihr habt mir nichts vorher verraten», sagte sie. «Wer hätte gedacht, daß ihr euch so ohne eigentliche Ursache um uns bemühen würdet!»

«Es ist doch nichts weiter!» lachte Jadeturm. «Wir haben nur in aller Eile einen Becher dünnen Weins bereitgestellt. Weil es so stark geschneit hat, wollten wir dem Herrn und der Herrin einen kleinen Zeitvertreib bereiten. Bitte, Schwester, setzt Euch und nehmt unsere Ehrenbezeigung entgegen.»

Frau Mondtraut lehnte das ab und erwiderte die Ehrenbezeigung in gleicher Form.

«Schwester», sagte Jadeturm, «wenn Ihr Euch nicht niedersetzt, können wir nicht aufstehn.»

So gingen die Höflichkeitsbeweise eine ganze Weile hin und her. Schließlich nahm Frau Mondtraut die halbe Ehrfurchtsbezeigung an. Goldlotos scherzte:

«Schwester, ich will es Euch nur sagen: Ihr habt ihm uns zuliebe heute verziehen. Sollte er ein andermal wieder lieblos sein und dich kränken, dann kümmern wir uns um nichts, Schwester. — Und du stellst dich einfältig, spielst den großen Herrn und setzest dich auf den Ehrenplatz», wandte sie sich an Simen Tjing. «Willst du nicht machen, daß du davon herunterkommst, und der Schwester einen Becher Wein kredenzen, um Abbitte zu leisten?»

Simen Tjing lachte nur. Als der Wein kredenzt worden war, vertauschte Frau Mondtraut die Rolle, ließ Jadeflöte die Weinkanne halten und schenkte allen Frauen ein. Nur Schneeholdchen Sun nahm den Wein kniend in Empfang, die übrigen behandelten Frau Mondtraut wie eine Schwester. Simen Tjing und Frau Mondtraut saßen auf den Ehrensitzen, Holdchen Li, Jadeturm Meng, Goldlotos Pan, Väsele Li, Schneeholdchen Sun und Simen's Tochter nahmen die Plätze quer zu beiden Seiten ein.

«Schwester Väsele», sagte Goldlotos zur Sechsten, «du solltest zu der ersten Schwester etwas liebenswürdiger sein und ihr Wein darreichen. Die ganze Geschichte ist seinerzeit deinetwegen entstanden. Warum sitzest du so hölzern da wie die alte Frau Holz?»

Väsele Li stand auf, um den Wein zu kredenzen, doch Simen Tjing verhinderte es:

«Hör' nicht auf das verdrehte Frauenzimmer! Sie verulkt dich. Es ist doch schon eine Runde kredenzt worden. Wie lange soll das denn noch so fröhlich weitergehn?»

Väsele Li setzte sich wieder. Jetzt begannen die vier in der Musik ausgebildeten Zofen Schlehenblüte, Lenzfreude, Jadeflöte und Duftwunder Laute, Harfe, Fiedel und Mondgitarre zu spielen und zur Begleitung zu singen. Als sie das Stück: Wiedersehen zur köstlichen Zeit der Granatapfelblüte[75,b] vorgetragen hatten, fragte Simen Tjing, wer sie diese Träumerei habe singen lassen.

«Die fünfte Herrin hat den Gesang angeordnet», antwortete Jadeflöte.

Simen Tjing warf einen Blick auf Goldlotos:

«Immer hast du nur Flausen im Kopf, du Frauenzimmerchen!»

«Wer hat das Singen befohlen? Nun soll ich es wieder gewesen sein!» war Goldlotos Antwort.

«Warum ist eigentlich der Schwiegersohn nicht hergebeten worden?» fragte Frau Mondtraut und sandte gleichzeitig einen Diener nach ihm.

Es währte nicht lange, so kam Tschen Djing-dji. Er verneigte sich vor der ganzen Tafelrunde und ließ sich neben Simen's Tochter nieder. Frau Mondtraut wies Edelsteinchen an, auch für ihn zu decken zur Teilnahme an Schmaus und Scherz mit der ganzen Familie.

Simen Tjing beobachtete den Schneefall jenseits des Vorhangs. Es schneite, als ob Baumwollflocken beim Pflücken oder Weidenkätzchen beim Abstreifen niedergingen oder wie wild durcheinandertanzende Birnblütenblättchen. Wirklich war es ein prächtiger Schneefall:

Frau Mondtraut serviert Tee mit Schneewasser

Kätzchen des Weidenbaums glichen
die fallenden Flocken zu Anfang,
wurden allmählich so fein
wie der zarte Flaum bei den Gänsen.
Rauschen lag in der Luft
wie von krabbelnden Krebsen im Sande.
Auf dem Podest wie Edelgesteine
sich ballten die Flöckchen.
An die Kleider hefteten sich
sechseckige Sternchen,
wo man da ging und stand.
Wie mit Blütenstaub über und über
sich der Bienenrüssel bedeckt,
war sofort man voll Schneestaub.
Schuppenbewegenden, lüftedurchfliegenden
Drachen entsprachen
grüne Jaspisterrassen.
Wie Flaumfedern silbriger Reiher
wirbelten Flocken umher
und umhüllten völlig die Erde.

Genau dem Dichterwort entsprach es:

Die Schultern man hochnimmt der Kälte zur Wehr,
von Gänsehaut überzogen.
Rings flimmert's und gleißt's wie ein Silbermeer,
wie Funken, die Kerzen entflogen.

Frau Mondtraut sah zu, wie die Mauer und die Steine vom Großen See sich hoch mit Schnee bedeckten. Sie erhob sich, ließ sich von Edelsteinchen eine Teekanne reichen und sammelte mit eigener Hand Schnee hinein. Dann ließ sie zarte Phönixzungen-Teeblättchen aus Kiangnan aufbrühen und setzte das Getränk allen vor.

Im weißen Teekrug aus Nephrit,
da sprudeln grüne Wellenmassen.
Ein frischer Duft den Raum durchzieht
und strömt aus purpurroten Tassen.

Während sie den Tee tranken erschien Dai-an: Li Ming sei da und warte nebenan. Simen Tjing ließ ihn hereinrufen. Er trat ein und warf sich vor allen Anwesenden auf das Antlitz. Dann ging er zur Seite.

«Woher kommst du? Dein Besuch ist recht günstig», redete ihn Simen Tjing an.

«Ich hatte kein bestimmtes Ziel. Vorhin erteilte ich im Nordviertel am Weinessigtor einigen Kindern beim Herrn Minister Liu Unterricht. Nun wollte ich einmal nach dem Herrn und den Damen sehen. Die kleinen Fräulein beherrschen den Rhythmus einiger Stücke noch nicht völlig. Deshalb bin ich gekommen.»

Simen Tjing reichte ihm eine Tasse Lorbeertee, die er gerade in der Hand hielt:

«Trink! Geh nicht fort, sing mir etwas vor!»

«Wie befohlen», antwortete Li Ming. Zuerst genoß er im Hintergrunde den Tee, dann trat er wieder vor und stimmte die Harfe. Mit geschlossenen Füßen nahm er den Gästen gegenüber Aufstellung und sang mit Kopfstimme stehend das Lied: Es weicht des Winters Bild dem Frühling in der Kaiserstadt. Nach dem Gesange winkte Simen Tjing Li Ming zu sich heran, um ihm zur Belohnung Wein zu reichen. Er ließ sich durch Edelsteinchen die Weinkanne geben und schenkte ihm einen silbernen, mit Schmelzlack überzogenen Becher in Pfirsichform voll. Knieend trank Li Ming drei Becher hintereinander. Simen Tjing ließ ihm auch noch von den auf dem Tische stehenden vier Gerichten einen Teller füllen. Li Ming verzehrte die Speisen im Hintergrunde. Dann wischte er sich mit einem seidenen Taschentüchlein den Mund, trat wieder vor und nahm neben der hölzernen Schutzwand Aufstellung. Simen Tjing erzählte ihm sein gestriges Erlebnis mit Zimtknospe Li.

«Meine Wenigkeit hat davon noch gar nichts gehört», erklärte Li Ming. «Ich bin noch nicht dort gewesen. Wenn ich mir die Sache aber überlege, kann das nicht auf Zimtknospe zurückzuführen sein. Die Alte muß die ganze Geschichte eingefädelt haben. Ärgert Euch nicht weiter! Ich will ihr gehörig die Meinung sagen, sobald ich hinkomme.»

Sie zechten an diesem Tage bis zur ersten Nachtwache. Alle Frauen nahmen an der Freude teil. Zuerst zogen sich Tschen Djing-dji und seine Frau, Simen's Tochter, zurück. Als später alle völlig trinksatt waren, schenkte Simen Tjing Li Ming nochmals Wein ein und entließ ihn dann mit den Worten:

«Verrat zu Hause nicht, daß du hier gewesen bist!»

Li Ming versprach das. Simen Tjing ließ ihm darauf durch die umstehenden Diener das Geleite bis zum Tore geben. Die Frauen zerstreuten sich jetzt, und Simen Tjing blieb bei Frau Mondtraut zur Nacht. Es paßten die Verse:

Keinen Zweifel gibt es: Rote Fäden [47,e] banden
fest da Herz zu Herzen. Innig sie empfanden
Liebe wie vor Zeiten jenes Ehepaar,
das zwar ohne Riegel arm, doch glücklich war.
Drum wie Fisch und Wasser fest sich zugehören:
ihrer Seelen Einklang war nicht zu zerstören.

Am nächsten Morgen hatte sich das Schneewetter verzogen, da erschienen Jing Bo-djau und Sjä Si-da, um Simen Tjing zur Familie Li einzuladen. Sie hatten von dieser eine gebratene Gans und Wein erhalten, weil sie befürchtete, Simen Tjing möchte ihr noch eins auswischen. Die beiden traten ein, um Simen Tjing ihre

Aufwartung zu machen. Frau Mondtraut hatte sich eben am frühen Morgen gekämmt und geschmückt und frühstückte mit Simen Tjing, als Dai-an die Meldung brachte, die Herren seien da. Sogleich legte Simen Tjing seinen Kuchen aus der Hand und wollte hinaus.

«Warum kommen diese beiden Teufelsboten eigentlich schon wieder?» äußerte Frau Mondtraut. «Iß doch erst zu Ende, bevor du hinausgehst, und laß sie draußen warten! Was soll diese Hast, als ob es ums Leben ginge! Willst du etwa ausgehn? Trotz der Schneemassen? Wer weiß, wohin sie dich wieder schleppen wollen!»

«Laß einen der Dienerjungen das Gebäck nach vorn bringen! Ich kann ja mit ihnen speisen», beruhigte Simen Tjing sie, stand auf und ging hinaus.

«Wenn du mit ihnen frühstückst, so sei nicht zu vertrauensselig! Wohin wollen sie dich wieder schleppen? Heute ist doch Jadeturms Geburtstag!» schärfte ihm Frau Mondtraut noch ein.

«Schon gut, ich weiß es ja», waren Simen Tjing's Worte, während er hinausging.

«Als ihr neulich verärgert heimgegangen waret, Bruder», sagten die Herren Jing und Sjä nach der Begrüssung, «haben wir der Familie Li gehörig unsere Meinung gesagt: Du hättest bei ihnen schon so viel Geld und Gut sitzen lassen. Weil du einige Zeit nicht hingekommen seiest, hätten sie die Tonart nicht gleich ändern und dem Mädchen erlauben dürfen, hinter deinem Rücken heimlich mit einem Südländer anzubändeln.

Leuten, die sich hassen,
sind zu eng die Gassen.

Du habest das mit eigenen Augen sehen müssen. Da sei dein Zorn doch verständlich! Aber ganz abgesehen von deinem Verdrusse sei es auch uns gegen den Strich gegangen. So haben wir beide auf die Alte gehörig eingeredet. Sie war ganz niedergeschlagen. Heute morgen hat sie uns beide zu sich gebeten. Die Frauen haben auf den Knieen gelegen, geweint und geklagt. Sie fürchten, du möchtest in deinen Gefühlen wankend werden. Sie haben ein Weinessen bereitgestellt. Wir sollen dich so oder so hinbestellen, damit sie Abbitte leisten können.»

«Ich bin in meinen Gefühlen nicht wankend. Ich geh nicht mehr hin», erklärte Simen Tjing.

«Bruder, an sich seid Ihr im Rechte mit Eurem Zorn», bemerkte Jing Bo-djau, «aber um es zu berichten: Zimtknospe kann gar nichts dafür: Jener Herr Ding ist eigentlich ein Freund von Zimtfee. Er hat nie nach Zimtknospe verlangt. Irgendwo hatte das Schiff seines Vaters das eines Kandidaten Tschen eingeholt. Eben waren sie vor zwei Tagen hier eingetroffen. Kandidat Tschen mit den Freundesnamen Liang-hwei ist ein Sohn des Regierungsrates Tschen. Herr Ding hatte nun für zehn Unzen Silber ein Essen bei der Familie Li bestellt und den Kandidaten Tschen dazu geladen. Als wir hinkamen, hatte er eben das Geld gebracht. Da er sich nicht mehr ungesehen entfernen konnte, haben sie den Südländer in der Hast hinten versteckt, und du hast ihn dann erblickt. Tatsächlich hat er Zimtknospe nicht berührt. Das haben die Frauen heute bei ihrem Seelenheil beschworen. Sie haben sich auf ihr Antlitz geworfen und uns beide angefleht, dich so oder so zu ihnen hinzubitten, damit sie dir die ganze Geschichte des bedauerlichen Vorfalles auseinandersetzen und deinen Groll etwas beschwichtigen können.»

«Ich habe meiner Frau geschworen, nicht wieder hinzugehn. Im übrigen bin ich nicht weiter böse. Bestellt Grüße! Aber weitere Bemühungen sind ganz zwecklos. Ich habe heute zu Hause auch etwas vor und kann deshalb tatsächlich nicht fort.»

Wiederum gelingt es den Herren Jing und Sjä, Simen Tjing aus dem Hause zu locken

Erregt knieten die beiden Männer nieder und flehten: «Bruder, redet doch nicht so! Der Streit geht nicht darum, daß du nicht hinkommst. Es würde aber den Eindruck erwecken, als ob wir nicht imstande gewesen wären, unseren Wunsch durchzusetzen, also gar keinen Einfluß hätten. Wir brauchen uns dort nur ein kurzes Weilchen aufzuhalten. Dann gehn wir wieder fort.»

Beide bettelten auf Tod und Leben, bis Simen Tjing schließlich einwilligte. Darauf wurde der Tisch gedeckt und sie frühstückten gemeinsam. Rasch war der Imbiß verzehrt. Simen Tjing befahl Dai-an, ihm das Übergewand zu holen.

Frau Mondtraut saß gerade mit Jadeturm zusammen und fragte Dai-an: «Wo will denn der Herr hin?»

«Ich weiß es nicht», antwortete Dai-an. «Ich soll nur das Übergewand holen.»

«Spitzbübischer Verbrecherschlingel», schalt Frau Mondtraut. «Du verheimlichst es mir nur. Heute ist der Geburtstag deiner dritten Herrin. Sollte der Herr zu spät heimkehren, so bekommst du die Prügel! Du spitzbübischer Verbrecherschlingel!»

«Die Herrin will mich schlagen und ich kann doch gar nichts dafür», klagte Dai-an.

«Das versteh' ich nicht», sagte Frau Mondtraut zu Jadeturm, «kaum hört er, daß die ollen Kerle hier sind, da beeilt er sich, als ob es das Leben gelte. Eben erst hat er gegessen und die Schüssel hingesetzt, so geht er fort. Nie weiß man, wann er wiederkommt, wenn er mit dieser Bummlerbande, diesen Taugenichtsen, die ihn immer beschwatzen, zusammengeraten ist.»

Es erübrigt sich, über die Vorbereitungen zum Geburtstagsfest und das Warten der Frauen etwas zu sagen. Zurück zu Simen Tjing und zur Familie Li, die ihn hatte einladen lassen! Hier hatte man einen Festschmaus vorbereitet und zwei Mädchen zu Spiel und Gesang kommen lassen. Zimtknospe und Zimtfee bewillkommneten Simen Tjing in Festkleidung. Die kriecherische Alte erschien und kniete grüßend nieder. Während die beiden Schwestern Wein kredenzten, rissen Jing Bo-djau und Sjä Si-da, die dabei standen, ihre Witze und bemerkten zu Zimtknospe:

«Du hast es uns zu danken. Wir haben uns den Mund halb fusselig reden müssen, um deinen Herrn herzubitten, und nun bietest du uns auch nicht einen Schluck Wein an, sondern kredenzest ihn nur deinem Herrn! Hätte er mit euch gebrochen und wäre nicht gekommen, dann hättest du dir deine Augen blind weinen und singend von Haus zu Haus ziehen können, niemand hätte später von dir überhaupt noch etwas wissen wollen. Nur dank unseren guten Worten ist die Sache beigelegt.»

«Abscheulicher Hungerkavalier», sprach Zimtknospe. «Du bist wohl toll geworden. Ich sollte dich eigentlich gehörig ausschelten. Es könnte dir so passen, daß ich singend von Haus zu Haus ziehe.»

«Seht nur die schelmische Dirne!» gab Jing Bodjau zurück. «Kaum ist die Messe gelesen, da schlägt sie nach dem Priester. Solange er nicht kam, war die Aufregung groß. Jetzt fühlt sie sich wieder geborgen mit trockenen Flügeln. Komm 'mal näher, gib mir einen Kuß und sei bei der Kälte warm und zärtlich!» Ohne Umschweife umschlang er ihren Nacken und küßte sie.

«Abscheulicher Räuber! Sieh dich vor, daß du nicht den Wein verschüttest und den Herrn begießest!» lachte Zimtknospe.

«Du Frauenzimmerchen verstehst dich schön auf das Kokettieren. Jetzt bist du um deinen Herrn besorgt, achtest darauf, daß er nicht mit Wein begossen wird, und redest wer weiß wie süß zu ihm. Mich behandelst du als Stiefkind. Warum gibst du mir kein freundliches Wort?»

«Ich rufe ja schon: mein Bübchen!» lachte Zimtknospe.

«Komm näher, ich werde dir einen Witz erzählen», sagte Jing Bo-djau. «Ein Taschenkrebs und ein Frosch hatten Brüderschaft geschlossen und vereinbart, daß derjenige von ihnen, der zuerst über den Wassergraben komme, das Recht des älteren Bruders haben solle. Der Frosch erreichte mit einigen Sätzen das andere Ufer. Als der Taschenkrebs gerade hinüberkrabbeln wollte, kamen zwei Mädchen hinzu, um Wasser zu schöpfen. Sie fesselten den Taschenkrebs mit einem Strohseil, um ihn nachher mitzunehmen, vergaßen ihn aber beim Fortgehn. Da der Krebs nicht nachkam, kehrte der Frosch zurück, um nach ihm zu schauen, und fragte ihn, warum er denn nicht hinübergekommen sei. Der Taschenkrebs sprach: Ich wäre hinüber gekommen, hätten mich nicht zwei kleine Dirnen so maßlos mit den Fingern bearbeitet und mürbe gemacht.»

Da stürzten sich die Schwestern auf Jing Bo-djau und schlugen nach ihm, während Simen Tjing sich vor Lachen nicht halten konnte.

So scherzte man hier. Inzwischen hatte in der Familie Simen Tjing's Frau Mondtraut den Festschmaus vorbereitet als Gegeneinladung für die Nebenfrauen und auch aus Anlaß von Jadeturms Geburtstag. Die Frauen saßen mit der Schwägerin Wu, der Großmuhme Jang und zwei Nonnen in der Stube im Herrschaftshause. Sonnenuntergang nahte, Simen Tjing erschien nicht. Frau Mondtraut war höchst aufgebracht. Goldlotos ergriff Väsele Li's Hand und sagte lächelnd zu Frau Mondtraut:

«Schwester, wir wollen zum Hauptportale gehn und nach ihm Ausschau halten!»

«Warum denn? Geduldet euch doch nur!» meinte Frau Mondtraut.

Goldlotos faßte auch Jadeturm bei der Hand und sprach:

«Wir wollen alle drei zusammen gehn!»

«Ich will nur die Schwänke der Oberin anhören. Wenn sie fertig ist, geh ich mit», erklärte Jadeturm.

Goldlotos blieb nun da, trat zu den beiden Nonnen und hörte auch deren Schnurren an.

«Oberin, beeilt Euch etwas mit Eurer Geschichte!» drängte sie.

Die Nonne Wang, die auf der Lagerstatt saß, erzählte einen Witz.

«Der taugt nichts», erklärte Goldlotos. «Gebt einen anderen zum besten!»

«Drei Frauen einer Familie feierten den Geburtstag des Mannes», hub die Nonne an. «Als die erste ihm Wein darreichte, bemerkte sie: Unser Gemahl gleicht einem Amtsträger. Warum denn? fragte der Ehemann. Du sitzest oben an der Tafel, und groß und klein im Hause haben Angst vor dir, antwortete sie. Darin bist du doch einem Amtsträger ähnlich. — Die zweite Frau kam an die Reihe, den Wein zu kredenzen, und sprach: Der Gemahl gleicht einem tigergewaltigen Schergen. Inwiefern? fragte der Mann. Wenn du nur einen Laut ausstößt, so ist die ganze Familie erschrocken. Sieht das nicht einem Schergen ähnlich? antwortete sie. Du hast mir gut eins versetzt, meinte der Mann. Endlich reichte ihm die dritte Wein und sprach: Unser Gemahl gleicht weder einem Amtsträger noch einem Schergen. Wem denn? fragte der Mann. Unser Gemahl gleicht einem Kammerjäger, sagte die Frau. Warum? fragte er. Wenn du nicht einem Kammerjäger gleichen willst, warum scharwenzelst du in allen Schlafkammern herum? war die Antwort der Frau.»

Alle lachten. Goldlotos bemerkte:

«Alter Kahlkopf! [16,b] Du machst dich über uns lustig. Jener Kammerjäger hat gehörigen Mut.»

Nun begaben sich Goldlotos, Jadeturm und Väsele Li zum Hauptportale, um nach Simen Tjing Ausschau zu halten.

«Wo mag er nur trotz dem heftigen Schneefalle hingegangen sein?» fragte Jadeturm.

«Ich täusche mich bestimmt nicht, daß er sich in die Vergnügungsstätte zu der Familie des Frauenzimmers Zimtknospe begeben hat», erklärte Goldlotos.

«Er hat doch alles zerschlagen und geschworen, nicht wieder hinzugehn. Wie kann er sich also dorthin begeben haben! Wollen wir wetten? Aller Wahrscheinlichkeit ist er also dort nicht», warf Jadeturm ein.

«Väsele Li ist Zeugin», sprach Goldlotos. «Wagst du, die Wette mit Handschlag abzuschließen? Ich behaupte, er ist heute noch dort. Zwar hat er neulich alles bei dem Weibe zertrümmern lassen, doch der Zuhälter Li Ming hat hier gestern die Lage zunächst ausgekundschaftet, und heute sind in aller Frühe die Herren Jing und Sjä gekommen, ihn zu überreden. Die alte Mutter und die Dirnen haben das so ausgeklügelt, um ihn hinzubekommen, vermute ich. Sie werden Abbitte leisten und ihn einwickeln. Auch umgeschmolzen werden sie sich wieder in Zahlung geben lassen. Wer weiß, wie lange sie ihn einspinnen, und ob er heute überhaupt noch kommt! Aber die Erste wartet und wartet auf ihn.»

«Und wenn er schon selbst nicht kommt, so sollte doch der Diener heimkehren und Bescheid geben», bemerkte Jadeturm.

Während dieser Unterhaltung war ein Verkäufer von Melonenkernen hinzugetreten. Sie machten gerade ihren Einkauf bei ihm am Portale, als plötzlich im Osten Simen Tjing sichtbar wurde. Die drei Frauen eilten nun zurück zu den hinteren Gemächern.

«Geh voraus und schau, wer da am Tore steht!» hatte Simen Tjing vom Pferde herab Dai-an befohlen.

«Die dritte, die fünfte und die sechste Herrin kaufen Melonenkerne am Portal ein», konnte Dai-an nach ein paar Schritten, die er vorangegangen war, melden.

Zu Hause angelangt, schwang sich Simen Tjing aus dem Sattel und begab sich nach hinten. Jadeturm und Väsele Li waren in das Herrschaftshaus vorausgegangen, um Frau Mondtraut zu verständigen. Goldlotos aber hatte sich bei dem zweiten Portal im Schatten der Mauer versteckt. Erschrocken fuhr Simen Tjing zusammen, als er dort auf sie stieß, und rief aus:

«Abscheuliches Frauenzimmerchen, du hast mich tüchtig erschreckt. Was hattet ihr am Haupttore zu suchen?»

«Du wagst es noch, den Mund aufzutun? Wo bist du denn gewesen, daß du erst jetzt heimkommst, so daß wir am Portal auf dich haben warten müssen?» war Goldlotos Antwort.

Simen Tjing ging ins Gebäude. Frau Mondtraut hatte dort alles zum Schmause vorbereitet. Jadeflöte mußte die Weinkanne halten und Simen's Tochter den Wein kredenzen, und zwar zunächst Simen Tjing und dann den Frauen. Dann nahm man Platz. Schlehenblüte und Lenzfreude spielten und sangen etwas weiter im Hintergrunde. Nachdem man eine Weile getrunken hatte, wurde der Tisch abgeräumt und erneut aus Anlaß des Geburtstages von Jadeturm zum Weinschmause gedeckt. Auf Schüsseln wurden vierzig Gänge von Delikatessen und Schleckereien aufgetragen. Aus den Krügen wurde der köstliche Wein geschenkt und sein rötliches Naß perlte in den Bechern. Der Schwägerin Wu war der Ehrensitz angewiesen worden. Da sie nicht viel Wein vertrug, zog sie sich bei Beginn der ersten Nachtwache von der Tafel zurück. Frau Mondtraut und die anderen Frauen blieben bei Simen Tjing. Es wurde gewürfelt, man gab sich Rätsel auf und setzte fest, was Anlaß zum Trinken sein sollte.

«Da ich etwas bestimmen soll, was den, der es richtig trifft, zum Trinken berechtigt, so schlage ich Melodie- und Dominosteinnamen vor», wünschte Frau Mondtraut, als die Reihe an sie kam. «Die Bezeichnung einer Melodie und die Namen zweier Dominosteine[52,d] sollen mit einem Zitat aus dem «Westzimmer»[85,a] einen Zusammenhang ergeben.»

Frau Mondtraut begann selbst als erste: «Die 'sechste Frau' und die 'trunkene Haremsdame Jang'[34,e] ließen das 'Acht-Perlen-Armband' fallen, das wie 'ein Sommerfaden im Windeshauch' einsam auf dem Wildrosenbusche festsaß.»

Es stimmte nicht mit dem Dominostein überein. Nun war die Reihe an Simen Tjing, etwas zu sagen und einen Dominostein zu ziehen:

«Die 'schöne Jü' sah den 'scharfen Kampf der Staaten Tschu und Han', wobei die 'ganze Kavallerie' verwundet wurde. Man hörte nur 'Trommelwirbel, Paukenschall zwischen Erde schon und Himmel'.»

Tatsächlich hatte er den Stein 'ganze Kavallerie' getroffen, also trank er ein Gläschen. Jetzt war Holdchen Li an der Reihe:

«Die 'Wasserfee' erschrickt wegen des 'Eintritts von zwei Herren im Pfirsichblütenquell' und verstreut 'Zweige voller Blüten und Schmetterlinge'; 'die Blüten fallen um ihr Haus und breiten einen Teppich aus, wie Schminke leuchtet seine Pracht'.»

Es paßte nicht zu ihrem Dominosteine. Nun wählte Goldlotos einen Stein:

«Als 'Alterchen Bau' zu greisen begann, ging er in das 'Blumendickicht' und verletzte dadurch die 'drei Grundregeln und fünf Leitsätze'[49,d]. Man fragte ihn: 'Hat Buhlschaft Euch nicht hergelockt, so seid Ihr denn ein Dieb?'»

Tatsächlich hatte sie den Stein Drei Grundregeln und fünf Leitsätze gewählt, und sie trank deshalb. Die nächste an der Reihe war Väsele Li. Sie griff einen Stein mit den Worten:

«'Ganz besonders gut' war der 'Leiterstand zur Ausschau nach dem Monde'. Ich wartete bis zum 'Ende der Frühlingszeit und der Sommernächte'. Die trennende Mauer damals 'beinahe wandelt mich zu Stein'[33, c].»

Es paßte nicht zu dem gezogenen Steine. Jetzt war Schneeholdchen Sun an der Reihe:

«Es sah 'der junge Herr Ma' den 'Angriff der Krähenschar auf den Phönix', und daß gefesselt war 'die Wildgans mit gebrochenem Bein'. 'Wie mich des Jünglings Klagen quälen!'»

Es war fehlgetroffen. Als letzte deklamierte jetzt Jadeturm:

«Die 'Sklavin Niän im lieblichen Rausch' stützt sich fest auf 'vier rote Punkte' und schleppt den 'seidenen Staatsrock'. Wie oft wird sie den Frühlingswind und den 'Mond ganz groß und silberweiß am Mückennetze' haben[85, a]?»

Sie hatte richtig den Dominostein Vier rote Punkte getroffen. Frau Mondtraut schloß das Spiel, wies Edelsteinchen an, Jadeturm Wein zu reichen, und fügte, zu ihr gewandt, hinzu:

«Du mußt drei große Becher trinken. Heute abend sollst du als neuvermählte Braut schlafen.» Sie hieß Holdchen Li, Goldlotos und die anderen ihre Becher leeren, um das Paar in sein Schlafgemach zu geleiten.

«Wie könnten wir dem gestrengen Befehle der Schwester zu widersprechen wagen!» bemerkte Goldlotos.

Jadeturm selbst war ziemlich verlegen. Man trank aus, und Frau Mondtraut und die anderen Frauen geleiteten Simen Tjing in ihr Gemach. Als sie sich entfernen wollten, bat Jadeturm noch alle, Platz bei ihr zu nehmen, doch niemand tat es.

«Kindchen, schlaf recht schön!» neckte Goldlotos. «Morgen kommt deine Mutter nach dir sehen. Sei schön artig!» und zu Frau Mondtraut gewandt: «Liebe Hausmutter, das Kindchen ist noch jung. Seid mir zuliebe ihr gegenüber nachsichtig!»

«Schwester, du bist der rechte aus Reis gebraute Essig[32, h], schalt Jadeturm. «Ich lasse dich jetzt gewähren. Dafür werde ich morgen ein Wörtchen mit dir reden.»

«Ich, die Vermittlerin, begebe mich jetzt nach oben», sagte Goldlotos. «Die alte Mutter ist etwas sehr ängstlich und besorgt.» Mit diesen Worten entfernte sie sich zusammen mit Väsele Li und Simen's Tochter.

Am zweiten Portale glitt Väsele Li aus, weil der Weg glatt war. Goldlotos fing sie auf und schalt:

«Schwester Väsele, du gleichst einer Blinden, die bei jedem Schritte strauchelt. Wie ich dich halten will, hast du noch einen Fuß von mir in den Schnee gezogen und so meine Schuhe schmutzig gemacht!»

«Diese Schneehaufen am zweiten Portale! Ich habe schon zweimal die Weisung gegeben, aber die Spitzbuben schaffen sie nicht fort, so daß man ausgleiten muß», bemerkte Frau Mondtraut.

Edelsteinchen mußte eine Laterne holen und der fünften und der sechsten Herrin den Weg in ihre Räume beleuchten.

«Sieh nur das schelmische Frauenzimmer an!» sagte Simen Tjing zu Jadeturm in deren Stube. «Sie tritt in den Schmutz, verursacht, daß jemand anderes strauchelt, und behauptet dann noch, man habe ihr Schuhwerk beschmutzt. Es gibt wirklich niemand, bei dem sie nicht Gelegenheit zum Nörgeln findet. So ein Frauenzimmer! Gestern befahl sie den Zofen, ohne Aufforderung das Lied vorzutragen: Wiedersehen zur köstlichen Zeit. Ich vermutete gleich, daß sie die Anstifterin war.»

«Was soll denn mit Wiedersehen zur köstlichen Zeit gemeint sein?» fragte Jadeturm.

«Sie will sagen, Frau Mondtraut und ich hätten uns nicht wirklich rein zufällig getroffen, sondern Frau Mondtraut habe das Zusammentreffen heimlich in Szene gesetzt. Sie habe zwar nachts Weihrauch verbrannt, aber in Wirklichkeit nur auf mich gewartet.»

«Die Schwester Goldlotos weiß alle möglichen Schliche, von denen wir überhaupt keine Ahnung haben», meinte Jadeturm.

«Du kennst das Frauenzimmer noch nicht. Sie ist ganz unkameradschaftlich und stichelt immer.»

Goldlotos und Väsele Li waren unterdessen plaudernd miteinander gegangen. Simen's Tochter hatte sich am zweiten Portal in das Seitengebäude des Vorderanwesens begeben. Edelsteinchen leuchtete den beiden Frauen mit einer Laterne in den Garten. Angeheitert, wie Goldlotos war, faßte sie Väsele Li bei der Hand:

«Ich bin beschwippst, Schwester. Begleite mich doch in meine Wohnung!»

«Du bist doch nicht beschwippst», wehrte Väsele Li.

Da waren sie auch schon an Goldlotos Räumen angelangt. Sie schickten Edelsteinchen zurück, und Goldlotos behielt Väsele Li noch zu einer Tasse Tee bei sich.

«Wem meinst du, hast du es denn zu verdanken gehabt, daß du damals nicht gleich zu uns kommen durftest?» bemerkte Goldlotos. «Aber bist du dir dessen bewußt, daß wir beide auf derselben Planke gehn? Was habe ich nicht schon alles für dich in Szene gesetzt, so daß man hinter meinem Rücken tüchtig über mich herzieht! Doch ich folge bloß meinem guten Herzen. Nur der Himmel sieht alles.»

«Schwester, ich weiß es ja, wie du dich für mich einsetzest. Deine Güte soll dir auch doppelt gelohnt werden. Ich werde es dir nie vergessen», gab Väsele Li zur Antwort.

«Es ist gut, daß du es weißt», meinte Goldlotos.

Schlehenblüte brachte den Tee. Man trank. Dann verabschiedete sich Väsele Li und begab sich in ihre Räume. Goldlotos aber schlief einsam ein.

Verlass'ner Saal. Hoch überm Dache
zieht hin der Mond; er ist noch klein.
Allein schläft jemand im Gemache,
was soll drum auf dem Bett sein Schein?

22. KAPITEL

Nixblume hat ein Stelldichein,
viel Liebe sie erhört.
Schleh'nblüte will voll Tugend sein,
und Liebeln sie empört.

Was für ein Abend vor dieser Nacht!
Die Mondsichel eben wollt' scheinen.
Es wird doch Begegnung
  oft schwer gemacht!
Nur Zufall und Glück sich vereinen.
Sie trafen bei Licht sich
  im dämmernden Raum. —
Vom Lampenschimmer umglommen,
ward ihre Begegnung, als seien im Traum
einander sie nahegekommen.
Daran nur zu denken, sie selbst sich verbot;
gesehen zu werden, sie scheute.
Bestürzt ward ihr Antlitz,
  bald weiß, bald rot,
des Leidenschaftfeuerbrands Beute.

Am nächsten Tage erschienen die Schwägerin Wu, die Großmuhme Jang und die alte Mutter Pan mit allen Damen zur Feier des Geburtstages von Jadeturm. Frau Mondtraut behielt sie zu einem Festtrunk in der hinteren Halle bei sich. Diese Veranstaltung hatte gewisse Folgen. Lai-wang's Frau war an Auszehrung gestorben, und Frau Mondtraut hatte ihn neu mit der Tochter des Sarghändlers Sung Jen verheiratet, die auch Goldlotos hieß. Ursprünglich war sie in die Familie des Richters Zai verkauft worden, wo sie der Hausfrau zur Seite gestanden hatte. Später jagte man sie dort wegen irgendeines Verstoßes fort, und sie verheiratete sich mit dem Koche Djang Tsung. Dieser leistete bei Simen Tjing häufig Aushilfdienste. Lai-wang hatte ihn zu jeder Tageszeit rufen müssen. Dabei hatte er seine Frau kennen gelernt. Sie hatten zusammen getrunken und gescherzt, und er hatte mit ihr zu tändeln begonnen. Unerwarteterweise bekam nun eines Tages jener Djang Tsung in angeheitertem Zustande mit einem anderen Koche Streit wegen einer Vermögensteilung und wurde mit ihm handgemein. Der andere erschlug ihn mit einer Axt, schwang sich über die Mauer und entfloh. Die Witwe hatte Lai-wang gebeten, Simen Tjing zu veranlassen, beim Kreisamte die Festnahme des Verbrechers für sie zu beantragen, um zu erreichen, daß er mit dem Tode bestraft und Djang Tsung's Ermordung gesühnt würde. Lai-wang hatte dann später Frau Mondtraut vorgespiegelt, sie sei ein Mädchen aus einfachem Stande, das sich auf Näharbeiten verstehe. Daraufhin hatte Frau Mondtraut fünf Unzen Silber gespendet, zwei vollständige Gewänder, vier Ballen dunkelroten Stoff und einige Haarpfeile und sie an Lai-wang verheiratet. Da sie Goldlotos hieß, Frau Mondtraut sie aber schicklicherweise so nicht rufen konnte, so änderte sie ihren Namen in Nixblume um.

Diese Frau war vierundzwanzig Jahre alt, also zwei Jahre jünger als Goldlotos. Sie hatte eine zartweiße Haut, war weder dick noch mager und dazu mittelgroß. Ihre Füßchen waren noch etwas kleiner als die von Goldlotos. Verschmitzt wie sie war, verstand sie es ausgezeichnet, sich veränderten Umständen anzupassen. Sie wußte sich zu schminken und zu schmücken. Kurz, sie stand obenan unter den koketten, Männer anlockenden und die Familiensitten verderbenden Frauen. Sie läßt sich wie folgt kennzeichnen:

Schräge sich ans Türchen lehnend
schaut nach jedem Mann sie sehnend,

gern stützt sie sich auf die Wange,
kaut am Finger, nestelt lange
ohne rechten Grund am Kleid.
Steht sie, sitzt sie: jederzeit
muß die Beine sie bewegen.
Ist kein Mann auf ihren Wegen,
summt sie, wie's ihr kommt zu Sinn,
Melodien vor sich hin.
Fenster läßt sie auf und Türen.
Soll die Hand die Nadel führen,
hält sie gern sie sinnend still.
Eh' sie spricht, sie lachen will.
Stets hat sie — da gibt's kein Streiten —
mit den Männern Heimlichkeiten.

Anfänglich verrichtete sie Küchenarbeiten wie die anderen Frauen. Zu dieser Zeit trug sie noch keinen Schmuck. Nach etwa einem Monate hatte sie Jadeturms und Goldlotos Tracht abgeguckt, baute nun ihr Haar auch kunstvoll aufgetürmt in luftigen Flechten und malte ihre Augenbrauen möglichst lang. Wenn sie im Herrschaftshause Tee auftrug und Wasser brachte, war sie Simen Tjing unter die Augen gekommen. Daraufhin reifte eines Tages in ihm ein Plan. Er sandte Lai-wang mit fünfhundert Unzen Silber nach Hangdschou, um dort seidene Staatsgewänder mit Drachenstickerei als Geburtstagsgeschenk für den Großkanzler einzukaufen und zum Gebrauch in seinem eigenen Hause Kleidungsstücke für alle Jahreszeiten. Die Hin- und Rückreise mußte reichlich ein halbes Jahr dauern. Mitte des elften Mondes war er mit einem Karren über Land aufgebrochen. Seitdem dachte Simen Tjing früh und spät nur noch daran, sein Weib zu verführen. Bisher hatte sich dazu noch keine Gelegenheit geboten.

Als nun aus Anlaß von Jadeturms Geburtstag Frau Mondtraut mit allen Damen in der hinteren Halle beim

Weine saß, war Simen Tjing zufällig nicht ausgegangen. Auf Frau Mondtrauts Weisung hatte Jadeflöte für ihn in ihrem Zimmer decken und dort das Essen anrichten lassen. Simen Tjing beobachtete nun von dort aus hinter dem Vorhange, wie Nixblume in einem rotseidenen Jäckchen und einem violetten Seidenrocke Wein einschenkte.

«Das ist doch Nixblume, die Lai-wang neulich geheiratet hat?» fragte er Jadeflöte. «Wie kann sie nur eine rote Jacke mit einem violetten Rocke tragen! Das ist ja eine scheußliche Zusammenstellung. Sage der Herrin morgen, sie soll ihr einen Rock anderer Farbe geben, der zu der Jacke paßt!»

«Den violetten Rock hat sie dazu noch von mir leihen müssen!» bemerkte Jadeflöte.

Damit war aber der Vorfall erledigt. Bald nach Jadeturms Geburtstag hatte Frau Mondtraut einer Einladung der gegenüber wohnenden Familie Tjau Folge geleistet. Gegen Nachmittag war Simen Tjing in etwas angeheitertem Zustande nach Hause gekommen. Als er an das Portal zum zweiten Gehöfte gelangte, wollte Nixblume dort gerade hinaus. Sie prallten beide mit der Brust aufeinander. Simen Tjing schlang seinen Arm um ihren Nacken, küßte sie und sagte lallend:

«Kind, wenn du mir zu Willen bist, so kannst du an Schmuck und Kleidung haben, was du begehrst.»

Sie wehrte seinen Arm ab, sagte aber nichts und ging nach vorn. Simen Tjing begab sich in das Herrschaftsgebäude, sandte ihr durch Jadeflöte einen Ballen blauen Atlas in ihre Stube und ließ ausrichten, er habe neulich gesehen, wie sie zu dem roten Jäckchen einen violetten Rock getragen habe; das sei eine scheußliche Zusammenstellung gewesen und habe übel ausgesehen. Er schicke ihr deshalb den Ballen Atlas; sie möge sich daraus einen Rock nähen. Nixblume öffnete den Ballen. Es war ein blauschillernder Atlasstoff, der mit

Blumen aller Jahreszeiten und mit dem Ornament 'Freude' durchwirkt war.

«Was dann, wenn die Herrin es sieht, wenn ich mir etwas daraus anfertige?» wandte sie ein.

«Er will es ihr morgen selbst berichten», erklärte Jadeflöte. «Sei nur unbesorgt! Er hat gesagt, er wird dir kaufen, was du wünschest, wenn du ihm in dem einen Punkt zu Willen bist. Heute ist die Herrin nicht zu Hause. Da hätte er gern eine Zusammenkunft mit dir. Wie denkst du darüber?»

Nixblume lächelte und schwieg zunächst. Dann fragte sie:

«Wann will der Herr denn kommen? Ich werde im Zimmer auf ihn warten.»

«Der Herr meint, er könne nicht zu dir kommen», sprach Jadeflöte. «Die Diener würden es beobachten. Du sollst heimlich in die Grotte am Hügel kommen. Dort ist niemand. Es ist ein geeigneter Treffpunkt.»

«Ich habe nur Angst, daß die fünfte oder die sechste Herrin etwas merken. Das wäre mir höchst peinlich», wandte Nixblume ein.

«Die Dritte und die Fünfte spielen beide im Zimmer der Sechsten Schach. Du kannst also ungestört hin», beruhigte sie Jadeflöte.

Nachdem man das Stelldichein in dieser Weise vereinbart hatte, kehrte Jadeflöte zu Simen Tjing zurück und erstattete ihm Bericht. Beide hatten dann auch ihr Abenteuer hinter dem Hügel, während Jadeflöte für sie an der Türe Wache stand.

Wenn gelöst einmal der Gürtel liegt,
hat die Leidenschaft im Kampf gesiegt.
Wenn die Hände die Berührung wagen,
muß erregt das Herzchen schneller schlagen.
Doch wer weiß, daß, wenn der Geist gibt nach,
dann im Seidenrock besonderer Duft wird wach?

Während Goldlotos und Jadeturm noch bei Väsele Li Schach spielten, kam plötzlich Phönixchen, um Jadeturm zu melden, der Herr sei heimgekommen. Die drei Frauen trennten sich darauf. Jadeturm kehrte in die hinteren Gemächer zurück. Goldlotos ging zunächst in ihr Zimmer, glättete die Schminke auf ihrem Antlitz und begab sich auch in jene Gemächer. Am zweiten Portal angelangt, bemerkte sie Edelsteinchen in der Türe zu den Herrschaftsräumen und fragte, ob der Herr im Zimmer sei. Edelsteinchen machte eine verneinende Handbewegung und wies nach vorn. Goldlotos verstand ihre Andeutung. Sie ging dorthin zum Seitentürchen bei dem Hügel. Da sah sie Jadeflöte die Pforte versperren. Goldlotos vermutete, Jadeflöte beabsichtige mit Simen Tjing dort zu buhlen, und ging erst recht hindurch.

«Herrin, bleibt hier!» sagte Jadeflöte in Aufregung. «Der Herr hat innen etwas zu erledigen.»

«Albernes Hundefleisch!» schalt Goldlotos. «Hab' ich etwa vor dem Herrn Angst?» Ohne weitere Umstände ging sie in den Garten und suchte ihn ab. Als sie an den Hügel mit der Grotte Zum Frühlingsversteck gelangte, wurde sie innen das Paar gewahr, das gerade fertig geworden war. Nixblume hatte auf das Geräusch von Tritten hurtig ihren Rock zugebunden und strebte hinaus. Sie wurde feuerrot bei Goldlotos Erscheinen.

«Spitzbübisches Aas, was hast du hier getrieben?» fragte Goldlotos.

«Ich wollte den Bilderjungen rufen», erwiderte Nixblume und verduftete.

Als Goldlotos in die Grotte eintrat, sah sie Simen Tjing das Beinkleid zubinden.

«Spitzbube, schamloser Kerl!» schalt sie. «Am hellen Tage bist du hier mit der Hure eines der Leibeigenen. Das ist es also, was du zu erledigen gehabt hast. Ich

«Herrin, bleibt hier!» sagte Jadeflöte aufgeregt.
«Der Herr hat innen etwas zu erledigen.»

hätte dem Frauenzimmer eben ein paar Ohrfeigen geben sollen; das wäre das Richtige gewesen; aber ehe mir das einfiel, war sie fort. Du bist also der Bilderjunge, den sie hier gesucht hat. Gesteh mir die Wahrheit! Wie viele Male hast du der Dirne beigewohnt? Wenn du nicht die Wahrheit sagst, so kannst du es ja darauf ankommen lassen, ob ich es der Ersten berichte, wenn sie heimkommt. Daß ich dieser Sklavendirne nicht ins Gesicht geschlagen habe, daß es ihr anschwillt wie eine aufgeblasene Sau, ist nicht mehr zu ändern. Alles Reden ist überflüssig. Du bist jedenfalls nur hierher gekommen, um einmal ins Schwarze zu treffen. Mit eigenen Augen habe ich es gesehen. Da gibt es kein Leugnen.»

«Schreckliches Frauenzimmer! Sachte, sachte!» lachte Simen Tjing. «Mach' doch nicht solches Geschrei, sonst ist das ja zu hören! Ich will dir die Wahrheit sagen. Es ist schon so. Es war bis heute das erste und einzige Mal.»

«Ach, einmal, zweimal, ich glaube dir nicht! Du bist auf diese Sklavenhure ganz versessen. Um euer Techtelmechtel zu haben, belügt und betrügt ihr die Welt und die Teufel. Aber du brauchst dich nicht zu wundern, wenn ich mit dir rechte, nachdem ich euch erwischt habe.»

Simen Tjing entfernte sich lachend. Goldlotos begab sich in den zurückgelegenen Teil des Anwesens und hörte dort die Mägde darüber reden, daß der Herr nach seiner Heimkehr durch Jadeflöte einen Ballen blauen Atlasstoff nach vorn geschickt habe, wer den Stoff wohl erhalten haben könne? Ihr war es sofort klar, daß Nixblume die Empfängerin gewesen sei. Doch sie sagte auch Jadeturm davon kein Wort.

Nixblume machte sich täglich bei Goldlotos zu schaffen, holte ihr entweder heißes Wasser oder Essen, nähte für sie oder fertigte ihr Schuhe an. Ging Goldlotos zu Väsele Li Schach spielen, so begleitete sie sie regelmäßig. Kurz, sie suchte ihr immer heimlich gefällig zu sein. Traf sie bei Goldlotos mit Simen Tjing zusammen und war niemand anwesend, so ließ Goldlotos es zu, daß sich die beiden einander hingaben. So wollte sie den Mann erfreuen.

Seit dem Beginne der heimlichen Beziehungen zu Simen Tjing erhielt Nixblume von ihm hinter dem Rücken der anderen Frauen Kleider, Schmucksachen, wohlriechenden Tee und dergleichen mehr. Silber hatte sie immer in ganzen Unzen bei sich, und sie machte am Hauptportal Einkäufe von Blumen, Eisvogelfederschmuck, Schminke und Puder. Allmählich putzte sie sich heraus und kleidete sich viel kostbarer als früher. Zu Frau Mondtraut erklärte Simen Tjing, sie könne besonders gut Wasser erhitzen, sie solle sie deshalb nicht mehr am Küchenherd arbeiten, sondern künftig gemeinsam mit Jadeflöte bei ihr aufwarten lassen. Höchstens dürfe sie in der Küche auf dem kleinen Herdchen Teewasser kochen und Speisen für Frau Mondtrauts Mahlzeiten, die sie allein in ihrer Stube einnähme, zubereiten, außerdem auch für Frau Mondtraut Näharbeiten ausführen.

Lieber Leser! Hausherren sollten unter keinen Umständen mit den Frauen der Bediensteten und Hausangestellten heimliche Liebeleien haben. Sie führen später immer zu einer Störung des Abstandes der Vorgesetzten und der Untergebenen. Ränke und Sittenverderbnis sind die unvermeidliche Folge.

Eines Tages, es war der Achte des zwölften Mondes, hatte sich Simen Tjing früh am Morgen erhoben, um einer Verabredung mit Jing Bo-djau gemäß an einem Leichenbegängnis in der Familie des benachbarten reichen Untersuchungsrichters Schang teilzunehmen. Er hatte durch seine Diener zwei Pferde satteln lassen und wartete nun auf Jing Bo-djau, der noch nicht gekommen war. Da tauchte Li Ming auf. Simen Tjing, der in der vorderen Halle neben dem Stubenöfchen saß, ließ seine Hausmusikantinnen Schlehenblüte, Jadeflöte, Duftwunder und Lenzfreude in vollem Staate antreten und schaute dem Musik- und Gesangsunterricht Li Ming's zu. Der Schwiegersohn Tschen war auch zugegen und unterhielt sich mit ihm. Die Mädchen hatten die drei Stanzen zum Preise der Schlehenblüten noch nicht beendet, als Jing Bo-djau erschien. Der Diener Jing Bau trat mit einem Paket ein. Die Mädchen wollten sich zurückziehen, doch Simen Tjing wehrte:

«Es ist doch nur der jüngere Jing, bewillkommnet ihn! Warum wollt ihr seinetwegen fort?»

Er und Jing Bo-djau begrüßten einander und setzten sich. Simen Tjing ließ die vier Mädchen nähertreten und sich vor Jing Bo-djau auf ihr Antlitz werfen. Das taten sie. Jing Bo-djau erwiderte hastig ihren Gruß und schmeichelte:

«Wem ward je gleiches Glück zuteil wie dir, Bruder? Wie bist du nur zu diesen hübschen jungen Damen gekommen? Sie gleichen Narzissen, und eine übertrifft immer die andere. Wie schön sie alle gewachsen sind! Euer Oheim Jing kommt heute leider mit leeren Händen. In der Eile meines Aufbruches habe ich nichts zu mir gesteckt, aber das nächste mal werde ich Geld für Schminke mitbringen.»

Die Mädchen verabschiedeten sich. Der Schwiegersohn Tschen trat jetzt vor und setzte sich nach einer Verneigung zu den beiden.

«Weshalb erscheinst du denn erst jetzt?» erkundigte sich Simen Tjing bei Jing Bo-djau.

«Nur ungern sprech' ich davon. Meine Mädchen waren bisher krank. Erst heute geht es ihnen etwas besser. Meine Frau war ihretwegen beunruhigt. Neulich kamen nun ihre Verwandten. Um sie aufzuheitern,

Li Ming ergreift vor den lauten Schimpfnamen
Schlehenblütes eilig die Flucht

wollten sie ein paar Tage bleiben. Jing Bau mußte eiligst eine Sänfte holen und Einkäufe erledigen. Deshalb bin ich erst jetzt gekommen.»

«Du hast mich einfach warten lassen! Laß uns die Reisgrütze einnehmen und dann aufbrechen!» Er gab Weisung, aus der Küche den Reis zu bringen.

Da trat Li Ming vor und machte vor Jing Bo-djau einen halben Fußfall.

«Wir haben uns ziemlich lange nicht gesehen, Li Ming!» bemerkte dieser.

«Ganz recht!» war dessen Antwort. «Ich mußte einige Tage hintereinander bei Herrn Sü im Nordviertel zur Stelle sein.»

Ein Diener hatte inzwischen den Tisch zurechtgestellt. Die Reisgrütze war aufgetragen worden und dazu zehn Sorten Gemüse und vier Teller mit Näschereien. Silberplattierte Tassen waren mit Sago gefüllt. Dazu gab es Haselnüsse, Pinienkerne und kandierten Reis. Simen Tjing, Jing Bo-djau und der Schwiegersohn Tschen speisten zusammen. Während des Mahles füllte Simen Tjing jedem dreimal die kleinen silbernen Becher mit Güldenprachter Wein. Mehr als die Hälfte des Kruges blieb übrig. Simen Tjing befahl dem Bilderjungen, den Wein nebst dem Tisch samt Speisen darauf ins Nebengelaß hinüberzuschaffen und dort Li Ming essen zu lassen. Dann fuhr er in sein Obergewand, erhob sich und ritt mit Jing Bo-djau zum Begräbnisse der Familie des Untersuchungsrichters Schang.

Li Ming blieb allein zurück; er aß und trank gemächlich. Jadeflöte, Duftwunder und Lenzfreude hatten Simen Tjing zum Portale geleitet, dann noch ein Weilchen im Nebengebäude gescherzt und sich darauf zum östlichen Flügel begeben, um dort in den Räumen der Tochter Simen's zu tollen. Nur Schlehenblüte war allein bei Li Ming zurückgeblieben, der mit ihr das Lautenspiel üben wollte. Er war etwas angeheitert. Da Schlehenblütes weite Ärmel ihr auf die Hände fielen, zog Li Ming ihre Hand hervor und preßte sie dabei etwas kräftiger. Schlehenblüte schrie sofort laut scheltend auf:

«Du widerlicher Unhold! Was fällt dir ein, meine Hand zu drücken und mit mir zu schäkern? Gräßliches, verdammtes Ekel, du weißt wohl nicht, wen du vor dir hast? Einen Tag lang hat man dich mit Speise und Trank freigehalten, und schon ist dir das zu Kopfe gestiegen, du Unhold! Ohne Grund fängst du an, mir die Hand zu drücken, du niederträchtiges Scheusal. Aber du hast falsch geschürft. Du magst dich umhören! Mit meiner Hand versuchst du anzubändeln. Warte, ich werde es dem Herrn bei seiner Rückkehr erzählen! Er wird dir widerlichem Mistvieh eine Tracht Prügel verabfolgen und dich aus dem Hause jagen, daß man dich Dreckstück nicht mehr vor sich hat. Mit dem Unterricht ist es dann vorbei, und zum Kummer aller Vergnügungsstätten des Bezirks wird man dich Scheusal nicht mehr finden. Die Nase sollte man dir Unhold abbrechen!»

Ob dieser unaufhörlichen Betitelung mit Schimpfworten ergriff Li Ming sein Obergewand und eilte hinaus. Es paßten so recht die Verszeilen:

Man öffnet leicht mit eignen Händen
den Weg vom Leben sich zum Tod,
springt man aus jener Tür im Wenden,
wo Recht dem Unrecht Halt gebot.

Schlehenblüte ging unter wütendem Schimpfen in die hinteren Gemächer. Dort weilten Goldlotos, Jadeturm, Väsele Li und Nixblume beim Schachspiele. Sie hatten Schlehenblütes Geschimpfe schon von weitem vernommen.

«Kleine Schelmin, wen schiltst du eigentlich? Wer hat dich denn gereizt?» fragte Goldlotos.

«Du sollst es gern wissen. Li Ming war es, das Ekel», antwortete Schlehenblüte. «Als der Herr fortging, befahl er den Dienern wohlmeinend, die Reste des Mahles und der Reisgrütze Li Ming vorzusetzen. Während Jadeflöte sich mit den beiden anderen knuffte und balgte, mußte ich dem Unhold einmal die Zähne zeigen, da er die gute Form aufgegeben hatte wie einen zerknüllten Rock. Als die anderen sich zu der Tochter begeben hatten und der Unhold merkte, daß wir allein waren, hat er meine Hand kräftig gedrückt und gepreßt. Angeheitert grinste mich das Ekel an. Weil er gewahrte, wie ich schrie und schalt, hat er dann sein Obergewand übergeworfen und ist abgezogen. Ich hätte dem gräßlichen Unhold zwei Maulschellen geben sollen; das wäre für das Mistvieh recht gewesen. Er hätte doch wissen müssen, mit wem er es zu tun hatte. Ich bin doch kein hergelaufenes, gemeines Geschöpf, das das Scheusal veranlaßt hat, mit meiner Hand anzubändeln. Grün und blau hätte ich dem Unhold das Gesicht schlagen sollen.»

«Albernes Fleischstückchen! Der Unterricht ist auch Nebensache. Du bist ja vor Erregung ganz gelb im Gesichte», sprach Goldlotos. «Erzähl es dem Herrn, wenn er heimkommt, damit er den unverschämten Halunken hinausjagt! Dann ist die Sache erledigt. Wozu überhaupt das Geld für den Gesangsunterricht ausgeben? Damit das Ekel mit meiner Hausgehilfin anbändelt? Ich kenne den gräßlichen Unhold. Sein Schuldmaß ist voll.»

«Wenn er sein Glück mit Füßen getreten hat, so hoffte er wohl darauf, daß er Holdchen Li's jüngerer Bruder ist», bemerkte Schlehenblüte. «Aber wer hat davor Angst! Sie wird sich doch nicht an mir rächen und mich schlagen!»

«Er ist doch schließlich nur ein Musiker», mischte sich Nixblume ein.

«Wenn er Unterricht erteilt, so darf er doch nicht mit den Mädchen anständiger Familien zu flittern anfangen. Und gäbe man ihm nur einen einzigen Kupferling als Unterstützung, die Leute sind doch gewissermaßen seine Pflegeeltern; schon gar nicht davon zu reden, daß er täglich dreimal mit Tee und sechsmal mit Essen bewirtet worden ist.»

«Außer der Verpflegung wollte er auch noch Geld, wenn er fortging», erwiderte Goldlotos. «Monatlich erhielt das niederträchtige Scheusal fünf Unzen Silber. Er hat sich verrechnet. Fragt alle Diener im ganzen Hause! Wer wagt es, unser Küken anzulachen oder ihr gegenüber den Mund zu verziehen? Ist sie gut gelaunt, so setzt es ein paar Scheltworte. Paßt es ihr nicht, so schleppt sie den Betreffenden vor den Herrn, und dann setzt es Prügel ab. Der abscheuliche Kerl, hat das Pech gehabt, sie, die scharf wie Ingwer ist, zu reizen. Ihre derbe Hand hat er noch nicht kennen gelernt!» Zu Schlehenblüte gewandt fügte sie hinzu: «Ich versteh dich aber auch nicht, du hättest doch hereinkommen können, als der Herr sich entfernt hatte. Dann wäre doch nichts vorgefallen. Was hast du auch bloß mit ihm im Zimmer zu schaffen und dem Unhold Anlaß zu geben, mit dir anzubändeln?»

«Alles kommt daher, daß Jadeflöte und die anderen nur Flausen im Kopfe hatten und nicht mithineingingen», war Schlehenblütes Antwort.

«Sind die drei denn noch dort?» fragte nun Jadeturm.

«Sie sind bei der Tochter.»

«Ich will 'mal nachsehen gehn», rief Jadeturm, stand auf und entfernte sich.

Ein Weilchen später kehrte Väseli Li in ihre Räume zurück und ließ Lenzfreude durch Lenzbunt rufen.

Als Simen Tjing abends heimkehrte, berichtete ihm Goldlotos alles ausführlich. Er befahl Lai-sing, von nun an Li Ming nicht mehr das Grundstück betreten zu lassen. Damit war ihm der Zutritt zum Hause fortan verwehrt; er wagte auch nicht mehr wiederzukommen.

Zur Ehre des Hauses die Schönen
sich widmen der Kunst im Gesang!
Auch Harfen und Lauten ertönen
in täglich beseelterem Klang.
Und würde das Frischrot der Jugend
nicht schwindend sich wandeln so leicht,
es wüchse die musische Tugend,
bis hoch an den Himmel sie reicht.

INHALT

CIP-Kurztitelaufnahme der Deutschen Bibliothek
Djin-ping-meh: e. Sittenroman aus der Ming-Zeit – Schlehenblüten in goldener Vase / hrsg. u. eingeleitet von Herbert Franke. [Zum 1. Mal vollst. aus d. Chines. ins Dt. übertr. von Otto u. Artur Kibat]. – Frankfurt am Main; Berlin: Ullstein
Einheitssacht.: Chin-p'ing-mei ‹dt.›
ISBN 3-549-06673-2
NE: Franke, Herbert [Hrsg.]; PT; EST
Bd. 1 (1987).